酱料故事

劳斯夫 著

江苏凤凰文艺出版社
JIANGSU PHOENIX LITERATURE AND
ART PUBLISHING

图书在版编目(CIP)数据

酱料故事 / 劳斯夫著. -- 南京：江苏凤凰文艺出版社，2021.8

ISBN 978-7-5594-5713-4

Ⅰ. ①酱… Ⅱ. ①劳… Ⅲ. ①长篇小说－中国－当代 Ⅳ. ①I247.5

中国版本图书馆CIP数据核字（2021）第058139号

酱料故事

劳斯夫　著

责任编辑　孙金荣
策划编辑　王安琪
特约编辑　郑嘉期
责任校对　杨芳云
出版统筹　孙小野
出版发行　江苏凤凰文艺出版社
　　　　　南京市中央路165号，邮编：210009
网　　址　http://www.jswenyi.com
印　　刷　三河市金元印装有限公司
开　　本　700毫米×1000毫米　1/16
印　　张　27.5
字　　数　404千字
版　　次　2021年8月第1版
印　　次　2021年8月第1次印刷
书　　号　ISBN 978-7-5594-5713-4
定　　价　59.80元

目 录

七月，我遇着老唐了，巧得很。

老唐说，他儿子想学医，问我学医好不好。而我的问题却是：他儿子是谁？什么时候有儿子的？婚都没结，是亲生的吗？我一再追问家族史，他才承认是帮侄子打听。七月了，侄子高考完了要填志愿，想做医生，老唐觉得说成是儿子不太容易被坑，现在的医生，不光是累，一不小心还有生命危险。

哎呀，我一挠头："我说呢，亲生的问不出这种话。你侄子这个'病史'有点复杂的，什么时候开始想的？当地医院查过没有？是整天想这事，还是间歇性有念头？饮食睡眠什么的正常吧？大小便呢？哦，都没问题，有医疗影视作品接触史吗？之前有做过什么大手术、被医生救过一命之类的情况吗？家族里有人是医生吗？是什么医生？这种遗传倾向也排除一下哦。我觉得去精神卫生中心填几个测试量表再说吧。"

老唐连连敲桌："你个糊涂蛋，下班了，别犯职业病。"我一拍脑袋，这职业素养，我太敬业，得给自个儿出租房里挂面锦旗。

"行，我给你讲个故事，关于'酱料'的故事，你转述给你侄儿，再做决定。"

酱料的故事从一场饭局说起，而饭局又从一台手术而来。

第一章　初恋

是夜，十点钟，上海落雨，鼓楼钟鸣，外滩人散去，重获久违的宁静。小酒馆外，檐雨潺潺，一个男人叉着腰讲电话。

他叫安非，药物安非他命的安非，是半个外科医生。隔着玻璃，安非嘴张合，沫横飞，闻不见人声。

店里一圈等他开酒的是他的江东医科大学的同学们，当年曾住同个寝室的人，浦野、瞿麦，以及两位同班女生洛芬和陆英——如果奔三的女性还能被允许称作女生的话。周末逢闲他们总聚在一起“开组会”，轮流做东找馆子犒劳“五脏庙”。今天算是节日，纪念他们来上海的第八个年头。

带头大哥瞿麦什么都略懂一些：“我猜冷战转热战了。女人不就这回事，包、口红、衣服，三板斧，一辆车、一张卡、一下午。安非就是认死理、犟。”

“一张空卡谁都有，一下午不见得能腾出。”旁边说话这位瘦高个叫浦野，浦野的面相是这桌上最白净的，他向来不待见安非的准夫人，“他女朋友也不是善茬，安非折进死胡同了，她做甩手掌柜？”

“也难为安非做个可怜虫，如若他‘老板’还不上位，将来留院就是奢望，规培完就得去招聘会上贱卖。”已在麻醉科正式入职两年的洛芬说道。

桌对角，儿科的陆英则不解：“正正当当的不能应聘到个三甲吗？博士硬学位到手，比什么不强。”

“养了三年细胞，开刀也没会几招，收个病人都不大方。手上论文被‘老板’压着，两手空空寻哪儿的下家，心比天高，身为下贱，挪地盘是最忌讳的，哪一家不偏要自己人？今早我听他说，外科考核单纯切个阑尾他都开砸了，‘老板’在手术室飙粗，不知道是操作太差，还是‘老板’没升上行政大主任，本来也憋着火。”瞿麦终归是混药企医学部的，对行情有拿捏。

“况且女人都定在上海了。男人呢，风里雨里、飘着摇着。”陆英又接力，她比同为女生的洛芬更早入职，一向是爱求稳的。

洛芬则连着叹气：“我不是向着她，安非也有不对。我倒相信女人总是命苦，爱自己才该是第一位，女人如若撒泼，男人定有不到之处。我就记得研究生跟老师坐妇科门诊，一个年轻女人独自进来。简单的阴道菌群失调引起的小炎症，嘱托她近期避免行房，她却首先说不会传染给老公就好。那女人去领药，我又听她男人电话里嚷嚷，什么不能接受没有性生活，是不是外面有男人搞的阴道发炎。那时候我心气高，劈手夺了小灵通来就冲着喊：你是不是男人，还是不是人！”

“结果呢？”众人问。

“呵，那女人反倒和男人去医务处投诉，让我老师背个警告！”

“上次曲林也说呢，他们产科的孕妇临产，有的是老公不在身边的。对，曲林怎么还不到，锅都烧干喽，吃夜宵不成，咱四人团就差他了。”瞿麦块头大，不禁饿。

洛芬给瞿麦点根烟，自己也猛抽一口说起：“他发短信说刨孩子给耽搁了，2号线又运行故障，打车也排队。”

浦野嗅到烟味，眉头皱起，捧着平板电脑划划写写，不抬头自顾自地说：“都是大哥瞿麦给带坏的，姑娘家家的抽烟。大哥跑差压力大，烟酒缠身都是人情世故，你不学学好。”

洛芬瞪出个白眼来：“最烦你这种，管天管地不管床，整天待实验室懂个屁的临床压力。”

门轴吱呀一声，闯进来一片夜雨滂沱，冲了一屋锅香烟气。

“谈妥了？”众人问安非。

“没什么，那几样老生常谈的东西，来回说，啰唆，不想听。”安非拉开凳子，往烧红的嗓子眼里灌了半杯凉水，拎拎黏湿的衬衣，把布料和皮肤分离。大哥瞿麦不放心安非的处事，让安非喊女友一起来，也都一道劝劝。陆英摇着头示意瞿麦别管：“安非你回去陪她吧，我们改天再聚，哪年还没个纪念日。”

安非不搭腔，伏桌深埋进臂弯，琢磨起雨中的争辩。

十小时前，苏州河边的云天还是敞亮的。

上海人民总医院分院，当地人都简称为“人总”，午休时段，外科病房难得清净，安非被其“老板”，院里老江湖们都唤作“吕秀才”的肝外科主任，叫进办公室训话。而“老板”一词，是21世纪的研究生们对导师的统一尊称。

“知道我找你来是什么事吗？”吕秀才拿杯盖撇开漂浮的茶叶。

安非一贯保持作为学生的谦卑：“我知道，昨天那手术……要不我向医院科教处申请再考核一次手术，昨天状态不是很好……”

吕秀才打断安非的支吾言语：“手术考核的事先放一边吧，我替病人惜命呢。昨晚那病人开完刀，今早查房你去看她了吗？”安非的老板之所以在院内获得秀才的雅称，在于能将十分的怒气外化为三分幽默的本事。安非不知何意，摇头不语。“她女儿是律师，她现在要告我们。”吕秀才又提示道。安非尤其惮惧老板说话挤牙膏似的启发式教学。

“你们昨天谈话怎么谈的？昨天我是总值班，为什么这个病人的入院情况事先不跟我讲？你给我复盘一下术前谈话。”

“是黄主任谈的，具体怎么谈的，他没跟我说。”安非扮委屈。

“这个病人是夜间急诊刀，黄主任不值班就不该他管，你是急诊一线班，应该由你去谈吧？”

“是这样的老师，我们博士毕业考的手术考核，按要求是能独立完成开放阑尾切除这样的小手术，而且为了避嫌，规定不能由自己导师做考官，正好我在黄主任组轮转，算他下面的住院医，科教处就定的黄主任负责考核我。昨天又正好遇到这个病人是阑尾炎有腹膜炎体征，他突然决定选定这台刀算考核，他说他在旁边看着也不会出问题，就意思一下走个过场，但是他又不值班，按程序讲，主刀不能写他。”

“你这是为你自己还是为黄主任开脱？所以这就是你自作主张的理由，你导师我就该被坑对吧。哦，就是黄自己心血来潮去谈了话，又喊上你开刀，想尽快完成考核任务，却让巡回护士把主刀写上了我的名字，最后他没空了要提前走，才喊我来收场，变成我全权负责了。”吕秀才陈述全程。

吕秀才叹气：“这个患者的女儿，她说已经事先把黄主任的谈话录了音，她说，黄跟她谈的单孔腹腔镜。现在开完刀，人家发现变成开放式手术，肚子上还留道长疤，手术中间也没出来和人家家属沟通，现在伤口恢复不太好，有点渗血，说不满意要打官司。而且这病人女儿听说是学生开的刀，更有意见了，说自己妈妈是被用来练手。关键是什么，黄说他自己会负责主刀，而手术记录上是我！她们现在状告医院管理混乱——阑尾炎首选手术治疗，结果连续吊水好几天，生生拖成腹膜炎。现在已经封存病史，不管赔不赔，官司是没跑了，你说这个责任谁来担呢。”

“吕老师，这个也不能算是医疗事故，又没有严重并发症，风险什么的同意书上都有，谈话也有提到术中发现粘连严重可能转成开腹手术的，漏病程的、缺签名的、没贴化验单的，我通通都补完整了，而且偷偷录音是没有法律效力的，她如果是律师应当知道的，这种她们想打也打不赢吧。之前几天的保守治疗，给病人一直吊水不手术，这属于遗留下来的病人，按照首诊负责制，也不算是我们的问题啊，毕竟还是我们积极主张要开掉的……”安非极力解释。

“别，是你和黄主任要开的，你这个‘积极’别拉上我，我是不知情的，主刀应当是黄主任，这个锅我不背，我以后要和家属说明的。”

“可是老师，我们的处理真的没问题。真要追究对我毕业包括留院规培都有影响……”

“人家不管啊，就是要告你啊，你没有得到患者充分的知情同意呀。所以你还提什么毕业考核，越提我越来气，你做事靠谱吗？还没做成正式医生就先搞个官司，毕什么业呢？真的，我在手术台上讲的那些话并不是刻意教训你，你是不是这块料，你好好想想吧。”挨了老板的损，安非的心思更重了。

“做不做得成、做不做得好外科医生是另一码事，关键是，你还想从医吗？”

迟到的曲林挤来一旁，四人团迎来最后一位。安非惊起，酒杯已被斟满了五十四度的“民用乙醇”。洛芬捣破餐具的一次性塑封膜，帮二人倒茶水烫了个来回。

“送子观音曲仙人把孩子刨出来了？”浦野问。

“屁！刚准备下班，有个孕妇喊着有感觉，痛得要生要生的，绑胎监测宫缩也不强，和助产士一起守着，结果是便秘，拉出来一条硬屎，完了还连说‘好爽，好爽’，白等得我肚子叫。再后来地铁上听人喊我医生，以为家属又追到院外问问题，怕又走不成，回头一看是一外国小伙喊伙伴的英文名字，叫伊森！”曲林随口就是段子逗笑众人，大伙儿都不追究他迟到了。作为稀有的产科男大夫，曲林硕士毕业就留本院了，当年的妇科圣手已能独当一面，发际线后撤堪比退潮的海岸。好歹看在每次“开组会”带点家属送的红蛋的分儿上，大家都不提这事，除了酒过三巡的浦野爱调侃他。曲林也释然，毕竟管两腿间的事，长得丑点总不容易让新婚夫妇们心生芥蒂。

小个子的温婉陆英，倏地扯扯安非衣袖：“好好跟女朋友说，结婚之前这段时间最关键了，她这辈子就仰仗你了，你得理解不是？这可是你谈得最久的一个了，都快三周年庆了，别轻易放弃，女人都是刀子嘴豆腐心，再磨合磨合。等两年规培完去区中心医院也行啊，工作定下就好，何必硬留人民总院，干几年跳到私立去，到时候空闲时间一大把，让她再忍忍呗。”

“道理我都懂，可真的是性格、境况等各方面都不匹配吧，她一上海本地土著，她妈妈若偷偷拿她简历到人民公园相亲角，能让大爷大妈像排超市开业特惠似的排起长队，哪能受我这外地佬的整日冷落。这次，不过是小学闺密生二胎，她回去吃席满月酒回来就变脸，我知道她想结婚，可准丈母娘说了没工作不谈婚事。而我也失策，当年七年硕士毕业就该入职占坑的，一心就觉得读博好，现在得强制规培了，七年一直耕耘在人总，没给自己留后路，找工作只能等后年吧，可谁能等得起呢。”安非语气悲凉。

洛芬叹气说：“虽然这么说恋爱观不正，但我觉得不合适就该分了，互相折磨算什么呢。早说了像你这种事业心太重的该找同行，否则你试多少次都是白搭嘛。我们麻醉有个师兄，因为经常值班加班，赴约不成就临时叫别人去赔礼说好话，好家伙，没几个月就被女友绿了，发现绿他的是自己派去照顾的好兄弟！”

“对啊，安非你说这次手术考核做砸，是不是有她的因素？她又来电骚扰了吧，我猜肯定是你慌了。”浦野添油加醋地说道。

安非既点头，又摇头。

倒推三十小时，前一日下午四时。

2 号间走廊洗手台，安非冲了把脸，弯腰让冷水冲击手掌到上臂，刺激着全身的立毛肌。五年级的实习生们慌张踏着小碎步送冰冻病理，护工老头晃晃悠悠推走了术后苏醒的最后一批病人，但他们并不会干扰到安非。系上口罩，安非凝视镜中的自己，镜中那人也回视他。

“赛马出栏前会紧张吗？”

“不会，那是他夺冠的机会。”安非自问自答。

透过手术室门窗，安非瞄向里面，他的轮转上级，主任黄大富已经铺好无菌单候着，安非的首刀将由他考核。黄大富又名“黄大腹”，一方面因为他是腹部胃肠外科的科主任，另一方面是因为他笑脸常开、弥勒佛似的体态。

“三十分钟后，我将收获我的处女刀；一个时辰内，我定关腹宽衣，把滴血未溅的隔离衣团进回收桶，在主刀的空白栏绕出自己的笔画，将割下的第一条阑尾泡进福尔马林永久纪念。”安非说着，直勾勾盯住镜中反射着的在隔壁池子洗手的巡回护士。

“又瞎贫，主刀得填大富，你又不是正式职工。阑尾你能随便带走的？恶心兮兮。我听大富说，后面这台算你的毕业考，他当一助。所以通过这个就顺利毕业，留院规培吗？秀才要你不？”安非与这巡回护士是老相识，七年前安非作为本科生刚到人总时，她不过才来应聘。

“说是严格按论文、手术操作和面试计分，我觉得主要看师爷意思吧。我老板没这本事留人，说是看我规培的表现给我争取一下。”安非讲道。

巡回护士年纪轻，但人情上算老练：“那就没戏，看你表现就是让你意思一下，争取那就是不能保证，秀才说话滴水不漏。”

“倒不是，进人有名额的，还是怕欠了师爷人情，谁没自己的算盘。”

“真是舍不得你们一个个的呢。”巡回护士忽然捏了一下安非的“人总第一翘臀”说道。

安非讲：“你皮，碰我这不又白洗手？”

“我又不上台，拿你裤子擦个手，指不定是不是最后一次揩你油呢。”巡回护士理理花帽子，先进一步。手机突然来电，安非料想到些许。

“我想和你谈谈。”

“麻利点啦，洗完手就进来，我赶时间呢，病人我都谈好了，早点做完你我都解放。片子我看了有积液，肚子板状腹，直接做开放吧，等下结束了我跟家属讲。”黄大富探头讲了几句，缩回手术室。

“上台了，忙呢，回去再说。”熟练而迅速挂断，安非的手算是污染了，不得已再刷洗一遍。

2号间显得空旷、清冷，清点器械的不锈钢脆响，伴着麻醉呼吸机规律的提示音，此起彼伏。消毒铺单完毕，术前准备一切就绪，麻醉师、器械护士、巡回护士，一一到位。黄大富旋上灯罩把手，把无影灯的光区移入绿色剖腹单包围的视野，只说了一句：“开始。”

刀尖刚及切口标记的黑笔迹，黄大富又一句没来由的：“出埃及记，《圣经》里的故事，你听过吗？”安非一脸狐疑，这有什么联系？

“你沿着右下腹直肌旁作切口，想象手术刀就是摩西的权杖，让红海分开为干地，刀片所划之处令腹壁分离，表皮、肌层、腱膜，钝性分离后开辟腹膜，就到达你的目的地腹腔。大网膜、小肠，一目了然，纱布裹着盲肠拎出一点来，顺着结肠带找到阑尾，这就是你的家园，哦不，是这位患者的家园。现在阑尾有了问题，一幢受了感染摇摇欲坠的破楼，所以你要拆除它，重建家园。如果你能像以色列人渴望土地一样喜欢开刀这种艺术，那你天命之年终成大家，至少水平能赶上我……”

“哟，大腹，今天文绉绉的哩，你那些害人臊的段子都藏哪儿了，尽整些我们这些老姑娘们摸不着头脑的形而上。”巡回护士戏谑道。

黄大富笑：“顺带着教学，这不算作弊吧，不要拆台。”

麻醉嘴上还是不饶：“这弟弟哪是你自己的学生，你就好为人师，他老板见了会不开心的。”

说什么来什么，黄大富接了通临时电话便退下手术台，瞬目之间，第一助手的位置赫然站着的却是吕秀才。

四目对视，摄人心魄。巡回护士和麻醉师抿紧了嘴，安非摸不清情况，吕秀才何时进来换下黄大富的？吕秀才一向不关注手术考核，安非慌了神。

“为什么不做腔镜？谁让你做开放的？”

“院里新规嘛，主治才够做腔镜。而且黄老师说这人可能有粘连，我又是第一次做主刀，怕找不到阑尾，开放稳妥。”

吕秀才鼻孔里只一哼，归于沉默。安非感到屁股后袋的手机振动，思绪神游起来，决定等她自己挂断，继续当下操作。

“老师，能调下电刀吗？电流大，烟也重，呛得难受。”

“你按反了！上面的键是切割，下面的才是电凝。你快拿盐水冲一下，你看看出血小动脉在哪里，赶紧用蚊钳夹住。”安非的隔离衣没滋到血，而内衬的洗手衣浸透了。用干纱匆忙按压出血的肠系膜动脉，安非望向背对的器械护士，她却纹丝不动，又转向吕秀才，期盼些指导性的言语。

“愣什么，等盐水吗？你看器械台上有没有，你长了嘴不会和巡回讲吗？我让你抬头看我了吗？出血点按住别松，今天你是主刀，你记住！”

“来了来了少爷，盐水拆给你。秀才，你也真是的，哪有跟自己学生这么凶的，刚大富都是循循善诱，你这平时斯文气怎的没了？性生活不和谐啊。”巡回护士撅着屁股到敷料柜里好一阵倒腾。

然而安非裤子口袋的来电音再次震起，巡回护士看不下去，掀起安非的隔离衣帮着挂掉了。吕秀才不搭腔，径自开起火来：“你觉得合适吗？

“正经开刀，还是考核，手机都不知道关机。

“整天说给你机会试试，给你机会上手，第一台手术就要下不来台？黄主任刚才走的时候还说你不错，你要是脸皮厚，让巡回老师打电话喊他来救场。不管你能不能独立，我不再带你了，自己收尾吧。

“你还想留院丢我的人，比你晚上临床半年的人家胆囊阑尾乳腺肿块都开得很熟了。外科医生不是谁都能当的，浪费教育资源是犯罪。没见过你这么废物的。手残，脑子还笨，磨磨叽叽的怎么做外科。要你有什么用呢，这辈子只配当助手拉钩。

“哪是开阑尾，你是烂尾啊！我丢不起这人，病人丢不起这命。你还是自己到下级医院应聘去吧，那里有的是阑尾刀给你练。也别说导师是我，我也要脸。这样，去基层挂水吧，没人问你导师。管你医生还是男护士，无所谓的，穿个白大褂，混碗白米饭。

“人总该待在属于自己的地盘，鱼在海里游，蛤蟆只能泡池塘。不跟你打比方了，你这脑子估计也不懂。说白了，哪儿来的回哪儿去。瞎折腾，只能害人害己。只希望你要是十年后从基层上来进修，能稍微长进点。你这辈子，也就这样了。混子，到哪里还不是混。但你别在我这儿混……”

“那你老板到底是什么意思呢，那病人女儿要告你们这事怎么解决？”浦野有时就爱看安非笑话。

“老板要我道歉，争取请求病患和家属谅解。”

“我觉得你老板讲得没错，你就倔，认个错不就好了，怕被家属打吗？”

“倒不是，我是不敢去，这事各人各说法，黄大富跟我私下统一口径，我们确实是没问题的。我要是去求谅解不就背叛黄大富了吗？横竖两面不做人，我就先躲着。而且开完刀送床，我抬病人时才看到她的脸，五六十岁的妇女，我总感到面熟，又想不起来是谁，病历上的姓名也似曾相识。”

洛芬又跟安非猛一碰杯：“别说烦心的，再说你分手的事，我有很多朋友可以介绍给你，同行，保你满意！”

“又是你那些面如菜色的大龄学姐？这样不好，我还没分手你就咒我，我觉得我跟她还有希望，正如陆英讲的，再磨合磨合，等她实在想分再说。”

安非没讲完，裤袋里熟悉的提示音又催命似的，又收到女友短信：

既然你认为都是我的问题，我想，领证的事还是算了。对不起，我不觉得有什么希望了。我不该违逆父母的，他们对你的要求并不高，对于我，对于我们，在上海有套自己的房是必备的，我不可能婚后一直住自己家的崇明老房，也无法做到和你一直租房，而且一个人每天等你下班再等你做完实验，半夜才回来。我累了，受够了，我不是生气，就是沮丧。从来不图你什么，没想到怎么都走不到一起。

情人节你不送花，你说你不想学别人，随大流没意义。你花时间每天写十几份病历，就不能腾出一点时间写欠我的情书，还有你请护士吃饭倒是热情幽默，你说是欠人家人情要回请，你和我倒是成天一点儿玩笑都不开。

“亲爱的，我爱你，等一下，在跟刀”，我搜索聊天记录，无非就是这些，我留下的记忆就只有这些。你累，你是可悲的，我理解，我只是要放弃。套牢我真是太便宜了，打发叫花子。你不懂我的心思没关系，问题是我告诉你想要什么，你从未努力过，什么都能拿点科学依据反驳我。演苦情戏有必要吗？也许你有你自己爱人的方式。那我是活该受你的苦吗？你不欠我什么吗？你骗我说，等博士毕业，你苦日子就到头了，可到现在，你才告诉我你还要继续规培。当初你硕士毕业能直接工作，你不听我劝要读博，我想知道你后悔吗？不，你一定嘴硬说不后悔，但我不关心，因为等的人不再是我。

我不再信你一生一世的谎话，你和我在一起的时候也就是说说而已，我是不系之舟，我要找的是那个能束住我的人，你不是。你也要找个包容你的港湾，我不想再是了。

我搬回家了，别再找我。勿念。

安非起身告诉大家先行一步。雨点沉重敲击着他的头顶和脊背。去地铁站的路上，他们结完账追上了安非。地铁停运检修，人群夹在四处建筑的遮挡下，等待交通重启。闷热难耐，马路对面穿着背心的大爷们却在轻摇蒲扇，与上海老克勒相反的格调。

安非看到几个青年搬箱子到人行天桥上，摆放折叠的乐谱架子、音箱、小提琴、吉他。收拾片刻，一位身着日本学生校服式样服装的女青年把持着话筒，前奏渐起，女孩以日语演唱着，熟悉的旋律开始飘过人流，压住了雨声，人影穿梭中摇晃的身姿，风雨里摇曳的顶灯，甜美的声线如磁吸般，入站口逐渐聚集了很多人。

安非一时记不起哪里听过，曲林猛一拍发际线的前广场，说："是一首叫《初恋》的歌，90 年代香港歌手林志美翻唱的。"浦野也听出来了——当年周星驰的《食神》里想象钟丽缇演的初恋，最后莫文蔚整容重现时，就是这个旋律！曲林跟着扭曲身体做出了一个挖鼻屎的如花姿态："那个男扮女装的学生妹，想起来了吗？"

初恋は
ふりこ細工の心
放課後の校庭を
走る君がいた
遠くで僕はいつでも
君を探してた
浅い夢だから
胸をはなれない……[1]

[1] 此歌为日本歌手村下孝藏的《初恋》，中文大意为：初恋恰似 / 细腻犹豫的心 / 课后校园中 / 你奔跑着 / 我总是在远处 / 寻觅着你的身影 / 浅浅的梦 / 留藏心中……——编者注

大学时狂热于日语的曲林十分兴奋，翻出歌词来。

“初识不知曲中意，再听已是曲中人。”陆英语态温柔。

瞿麦对于他们口中的流行文化颇觉陌生，态度则是不屑：“又把肉麻当情怀，平平淡淡才是真，嘴唇擦出火星子的初恋，得采访洛芬和浦野。”洛芬只得走一边去佯装听歌，浦野倒做作起来：“我整天就待实验室，我当然懂个屁，问安非，他是个情种。”

而安非呢，悄悄去了远方。在不近不远的记忆里，回到那个试着在纸上写爱这个字都会不由颤抖的年纪，站在江东医科大学的门前，按下了歌曲《初恋》的倒带键。

第二章　四人团

公元两千多年，那是一个半新半旧的年代。

微博和知乎还未兴起，没有外卖和共享单车，吃饭靠徒步食堂，省城里还没人敢不揣现金下馆子。油腻老祖冯唐关于学医如何泡“马子”的说明书还没风行，第一部国产医疗剧未有纸稿，解剖课的作业得手动画到纸上，大多数人对医生的想象局限于县市人民医院里多金的老主任，对医生是一项崇高的事业也没有太多争议。

普通县城的普通青年安非，如同无数靠考运起底的暴发户，在六月的下午撒手放开斜坡上的小滑车，吐着孟德尔的豌豆，脱下九镑十五便士的衬衫，乘上医学院扩招的西南季风，挤进了省医大——江东省江东医科大学的七年制，成为居民小区单元楼里那种别人家的孩子。不似选择其他专业的孩子们仍有无限可能，安非的前路不宽不窄，安非的目标也不高不低，回县人民医院做个小医生，未来清晰而光明。

作为普通县城的普通家长，安非的父母对于适龄青年恋爱的态度从“严打”迅速过渡到扶持，敦促孩子尽早成家成为家长们新的五年计划。显然，安非并没有从中学生心理辅导课本上习得此类知识，他潜意识里把高中毕业后的恋爱统一算作“黄昏恋”。除去在县城高中扒着栏杆看过的各班“班花”外，安非对这个言情小说式的词没有其他的判断标准。当然，“鹅蛋脸、高鼻梁、樱花唇、深人中，黑长直、八头身，两条腿跷在一起，像两支交叉的削皮铅笔，手上捧本《安徒生童话》，边看边笑，微风拂起长发飘出的清香”，安非似乎也存在着通用于直男脑袋的朦胧幻想。听着描述，曲林不由得抽出私藏的日本动漫画册，颤颤地展示童颜巨乳的动画人物封面：“你说的，可是这个吗？”

可安非是个过了年纪的年轻人，本分又知足，初中经常看的周星驰电影《食神》里那句简单的形容——“女学生，斯斯文文”，那样的女生，就够。

2007 年，带厕所的四人间是省城高校里少有的快活天地，艰苦的六人间上下铺里，为数不多的上床下桌。安非、瞿麦、浦野和曲林分在一个宿舍，八年后浪迹上海的他们并不曾回想故事的开头是这样一副情形：水汽、灰尘、蛛网、酒精味儿、蚊香，还有四摞半人高的绿封皮的专业书，安非翻着解剖课本看真真切切的生殖器构造，瞿麦扒扯下破个小洞的菊花牌背心打盆水搓背，浦野的爸妈帮着收拾衣柜床位不时喷两下随身带来的酒精，而曲林头顶着索尼耳机沉浸在日漫的私人世界里。

医大英雄排座次——瞿麦是河南人，千千万万农民家庭里的一员，立志做医生，高考复读考了三年才考上，在庄稼地里长得直爽、正派；浦野是广东佛山人，爸妈都是医生，老豆干肛肠科，老母是妇产科，不是抠屁眼就是掏孩子，因此浦野是典型的医二代；曲林是上海人，略显女气，柜子上一水儿的进口手办隐隐散发出资本主义的腐臭和零花钱的幽香。

刚发到手的白大褂还留有服装厂的气味，小伙子们都穿起来照镜子，厨师和兽医、屠宰场的师傅、肉铺的大妈，这样的装扮总是似曾相识，瞿麦坦言除了布料好点，并没什么职业感，又找了几支笔别在胸口，把浦野从家里带来的听诊器绕在脖子上，腋下装模作样夹本文件夹，这再一看就像几分。继而众人互相吹捧起来：大夫、医生、院长、院士，称呼不断升级。安非迫不及待把照片发回家给爹妈看。

可白大衣并不是为现在准备，他们并不是纯种的医大人——扩招后医大宿舍容量告急，医大大半的连读生们第一脚报到地的大门牌匾，是散发古旧气息的汉京大学，简称为“汉大”，省城里唯二的985，作为汉大联合培养的医大生们，上完一年通识教育的基础课，才得以在医大做回“白衣少年”。而不管哪个校区，新生们首要关注的自然是饮食起居。

在汉大入学军训时，众人觉得大学食堂不为盈利，晨起的免费粥和中午的免费汤是项福利，信了人民公社描绘的乌托邦，却没想现实是“稀饭可以洗澡，干饭可以打鸟；一颗蛋成就一桶汤，一坨盐咸了一锅粥”。吃货瞿麦自创一首打油诗曰：一勺干到底，顺边慢慢起，绝对不要慌，一慌全是汤。报到时家长们送孩子来校，那几日是有料的“真汤”。

而此时此地，“娘家”医大的食堂的形势则另有一番特色：按大妈打菜手抖的频率，可以分析出她在食堂的江湖地位，手不抖饭又多，基本都是新来的短工，还没能掌握给后勤节约食材成本的工作原则。

安非一行逛校园来得晚了些，要份土豆烧肉，阿姨手只一抖，空留一盘土豆烧马铃薯。瞿麦排在后面，预先看惯了套路，眼看着阿姨手一抖一块肉就要掉下去，机智地赶紧把餐盘往前一送，往下一捞。可算是把肉保住了，不过挨了阿姨一白眼。据此浦野创了个词：帕金森急性发作。少一份颤抖，多一丝关爱。将来毕业，首先得治好大妈多年不治的手抖。

千篇一律的快餐之外，食堂也有贵贱之分，青年人谈情说爱须食之有味。小资食堂——充满手磨咖啡香、各式甜点和鲜切水果拼盘，自古汉大文史哲见长，自是各路女神们的集散地。傍晚闲适，饱暖思淫欲，四人团爱坐食堂休息区观察女生。“美景”使人延年益寿，想着返回医大不能再享眼福，每每离开食堂时，四人都把“当日最佳”目送入宿舍楼，直到绝美侧颜消失于楼梯转角处的垃圾桶。曲林会给入眼的女子打分评判姿色，如同疼痛有分级——3分没有严重不适，6分要吃药，10分则难以入睡，女孩之美也有区分——3分者令人侧目，5分者对视力无损伤，7分者因引人长久注视使得眼酸疲劳，8分者使观者尾行、内中兴奋，眼压升高而两颞胀痛，而10分者令人狂奔追逐、心窍神迷，时而瞪眼以摄真容，时而闭目以存残影，如初恋临近般甜醉，如烈酒灌肠般奔头。

汉大之大，往返各区之间靠校园巴士。医学部的食堂里，不论是医大的借读生还是汉大本部生，基本上衣着保守、毫无灵气，面如菜色、味同嚼蜡，四人团只得乘车去别处下馆子。几日食遍，文学院和外语学院的女生们青春靓丽，工程学院的女生一向被雄性簇拥难见真容，众人决定探探商学院和法学院。

在商法学院附近的食堂，曲林背后的方桌，安非远观一位女生模样可人，倒是耐看，远不似医大妹子，举手投足间没有橡胶手套包裹小动物屎尿屁的粗糙劲儿。众人探问：横纵坐标？瞿麦寻了几桌，自觉站到桌位相连的钢架上，手直指着立柱旁靠餐具消毒柜一桌女子，使人联想十字街口的交警，缓缓头转回向浦野，说一不二，大声喝道："是啃鸡腿的眼镜妹吗？也不好看啊，你什么眼光！"

一块片区内，笑声、碗筷声、吃饭吧唧嘴声、喝汤声戛然而止，邻桌的学生们一齐看向被聚焦的女子们，瞿麦也自觉失态，环顾四下，傻笑着渐退回座位，抱歉把这观景良机弄成尴尬的境地。女子们也投来注视的目光，安非之众深感不宜久留，作鸟兽散，端着剩饭菜的餐盘，免费汤一路滴滴洒洒，掀了透明帘子一溜跑走了。

"脸盲吗？戴眼镜那女生是我们同班的，我说的是另一个，对面长发的。"安非嘲军训分队长瞿麦不识自班人——军训半个多月，医大班的男女们分在不同方队，未曾谋面，班长提议班会联谊互相认识，人在外校得团结友爱。

军训结业那晚大家如约去汉大后门"老街"聚会，"老"一是指背靠老牌大学，二是设施建筑陈旧，部分路面还是青石板，甚至有待拆迁钉子户的危房，却不妨碍这里成为周遭烟火气最盛之处。

老街前半段是中国一条街的标配，贴膜修机、连锁旅馆、廉价饰品、DVD录像店、中国移动、美容美发，兰州拉面、沙县小吃、黄焖鸡三大餐饮巨头，倒是正规。而往里处却渐入佳境——穿过彩条布顶棚的大排档、玻璃鱼缸里增氧的水鲜鱼铺，地面水漫过青石板苔藓缝隙，被光晒整日的地砖暑热蒸成水汽，新疆烧烤的外放音箱、面馆老阿姨的吆喝不绝于耳，麻辣烫、水果摊满是夏天的气息，持八卦的算命先生和以灯光造势的星座占卜对擂。

同行的女生分为几拨，三五成群，已然派系林立。其中两人身材引人侧目，将安非浦野一行牵住了：短发姑娘，蜜色皮肤，鲜亮的唇齿，五官立体、下颌凌厉，牛仔短裤勾勒紧致的腰身；长发姑娘，远远飘来发香，标致似不可攀，温婉又引人亲近，身形稍逊一筹。瞿麦性觉迟钝，却也为班上有这等俏模特而颇感欣慰。经浦野多方打听，短发者众女称之洛芬，而长发女子，并无知晓者，只称是洛芬密友。大家商讨先散开各自玩耍去，再决定哪家集合聚餐，曲林和浦野耳语一番，执意要去火锅店，毕竟耍些不打紧的手段要看妆容下的真脸，除了吃辣，就得跑步：一出汗，妆就全花了。

洛芬臂挽闺密，去烟酒店买冷饮。掀开冰箱盖的布单，洛芬挑挑拣拣从厚实的冰隙里拔出一袋雪糕，长发女生突然向洛芬反悔道："不要了吧！没有杯装的，天热化了洒一身。"小卖部老板貌似不苟同，把烟插到搪瓷碗里灭掉烟头，操着外地口音只道："这凉快。"长发女生依然犹豫，洛芬佯装生气不再搭理，直问老板多少钱。老板又说凉快，洛芬急起来："知道你家雪糕凉快！"老板不耐烦地讲："知道还问，付钱吧。"洛芬正要发作，拿了雪糕就要背身走人，老板扬起布围裙蹿出店来，欲逮住她俩，一旁窥伺已久的男生拦住老板："两块对吧，你得讲标准普通话，没事，我请她们。"

洛芬不明就里，这白净清瘦的男生突兀地和自己闺密笑着招呼起来，又一番寒暄，原是新交识的学长。雪糕被移交到洛芬手中，闺密则和男生远了去。洛芬一时语塞。

曲林和浦野的火锅提议被大家否决，只得挑了家像样的菜馆。饭馆后厨的小包间里，一众的生面孔互相不多言语，各自埋头把玩手机，门缝里时不时飘来烤肉香味和呛鼻油烟。两张大木圆桌虽围得满当，但男女生形成明确的分界，各一簇成团，班长提议把男女座位间隔错开，四人团被打散，洛芬夹在安非、浦野之间。洛芬提出有商院的好朋友也想加入进来，安非满心不情愿，但还是舒展眉头，热情地在洛芬和自己之间挪出空位。

不出所料，洛芬引着闺密前来，以及令洛芬反感的学长。洛芬唤闺密叫袁雪菁，是金融学专业的同级老乡。大伙儿热情招呼着，眼见座位空间紧俏，袁雪菁想找个借口跟学长去玩，见洛芬火气上头，又不提这事，只是和学长道别了几句。

打年少第一次遗精算起，安非还不曾和200斤的高中女同桌以外的任何异性有过肌肤相亲，因此大腿颤动慌张到控制不住，只能双手放下桌去按住，不知所措的模样被洛芬看在眼里。袁雪菁落座一旁后，安非故意手撑住脑袋侧向另一边，避免尴尬打招呼。过了一会儿，安非还是忍不住用余光瞥了几眼——头颈部，山根眉骨颌角，折返得恰到好处；胸腹部，微隆的山丘是青春期胸大小肌活跃的板块运动所构造的地形；腰臀部，有束腰黑裙包裹下朦胧的生理弧度，沿裙摆而下，就只能直白地用“直白”二字形容了。

安非从油烟气中嗅出发香，竟眯起眼来，着了魔般企图往袁雪菁旁靠拢，用嗅器进一步解析发香的成分，而袁雪菁也察觉到了，凳子便越往洛芬那边挪去。很快袁雪菁把洛芬挤得伸不出手，洛芬探头质疑安非诡异的行为，安非抖了个机灵：“我腾地方留给饭馆阿姨上菜。”

年轻人吃饭很猛，每一碟都被扫空。曲林提议打扑克玩游戏，输家任由赢家处置——大家都挑敏感的情感问题入手，到瞿麦时被大伙儿问到学校里见过印象最深的女生。瞿麦也不谦让，坦言几日前在东区商、法学院附近的梅园食堂，见过一粉衣女生，那时刻，一手上推滑落的花色眼镜框，另一手把鸡腿从门牙和尖牙的夹持下横向撕扯开，色泽鲜亮的健康牙龈溅满肉酱汁引人食欲，满嘴流油吃相又非常地难看，令人回想《射雕英雄传》里郭靖初见的乞丐黄蓉，实在对商院的精英范儿肃然起敬。众预备役医学生们捧腹开怀起来，预感是在针对新加入的袁雪菁。

洛芬随即敞开外套露出粉色T恤，打开眼镜盒戴上眼镜：“你说那个人，你看像我吗？”先是一阵迟疑，待大家反应过来，饭桌上哄然大笑。至此瞿麦和洛芬结下了梁子。

那一夜，浦野直言，安非的“吃相”猥琐地坏了医大名声。而安非直白地表达自己的想法：“未来依旧是男女比例失调，僧多粥少，这种女人属于濒危物种，捞一个少一个。爱美之心，人皆有之，饮食男女，人之大欲，我偏不改正！”

瞿麦的表述更直白些：“癞蛤蟆想吃天鹅肉！”气得安非径直下床溜进厕所里，曲林倒是关心问：“生气了，哭啦？没有梦想的人当然不能随便成功，我支持你！”

“没，我就撒泡尿照照自己。”安非讲。

第三章 四个W

医大盛办百年校庆，所有在汉大的学生被召回参会，那是安非第一次回娘家。医大不通地铁，汉大到医大要乘一个小时的校园巴士，外来户们自拍之余，将校门上大书的繁体字“江東醫科大学”戏称为江车酱料大学，酱料的故事也由此而来。

在医大，他们再次见到专管长学制的辅导员尤通知——医大生们在校生涯里最重要的成年女性。她姓尤，尤通知谐音“有通知”，而这名号的由来，在于每当有学生需要解答疑惑时，不管生活还是政策，她总是话说半句，然后——却没有然后了，一句“学校网站有通知，自己看”足以敷衍所有急切的期待，这一经典式回复直接将校园官网信息栏的访问量提高了数倍。

尤通知叉着肉质结实的小短腿立在矮一级的台阶上，一副嗑多了糖皮质激素的圆润样儿，肩上撑开道道皮纹，肉滚滚的满月脸上镶着俩玲珑珠子，玻璃似的折出体育馆射灯打来的暖光，可这喜庆的光线在她眼里降了温，直瞪得学生们发颤。四人团五指紧贴裤缝中线，两腿直挺，这种惊吓不亚于烈日下偷偷挠痒被后排巡视的军训教官逮住。“你们看我群发的短信通知没？穿长袖白大褂，一个个的拿件夏装过来露膀子秀肌肉呢！”事实上她大概十分钟前刚发出短信——临时起意的决定加马后炮式的追责是她的特征性管教方式。而作为一个辅导员，还是一个女辅导员，尤通知在军训中发扬了男教官般吃苦耐劳的作风，在连排教官缺勤的情况下担任了三天的临时教官——在宝贵的集体休息时间，用唱红歌和做体能游戏的方式和医大的男生建立了“友好关系”，又使一招回眸百媚生和教官们打成一片，也为自己的履历栏添了一“优秀指导员特别奖”。军训验收大会领奖台上的她那似笑非笑的面皮子表现了一种无功不受禄的谦逊——这类新发明的荣誉称号显然是校领导为她量身定制的。

因此众人传说她有着过硬的背景，才能做了集中全校王牌专业的长学制学院，每日浓咖啡、小蛋糕，吃了上顿等下顿，活儿少又风光的工作。在几乎清一色教育学或是心理学研究生学历的众辅导员里，她还是个另类的艺术生出身。看得住学生是因为长学制的学生乖巧听话少折腾罢了，书呆子们能干什么出格的事。上岗第一年总不能去管外边儿民办的三本专业，安非一向信奉政治正确这条，不胡乱揣测。但敢肯定的是，虽然学艺术出身，但她绝不是学舞蹈的，舞蹈房的木地板扛不住她。

学生们既恨又怕，除了背地里花式调侃她的身材和她大龄嫁不出的尴尬处境，似乎找不到更好的解气方法。

而在校庆开幕前，尤通知又顾及当晚的相亲计划，心血来潮决定提前开完年级大会。她三句并作两句，句号缩成逗号，把长学制的医学生涯计划迅速讲完：第一年在汉大上基础课，接着两年在医大学完专业理论课，再往后五年是见习、实习以及研究生阶段，送出学校扔到各地的附属医院里历练，验收合格的住院医师可以正式上架售卖给医疗单位，而为了防止次品退货影响品牌，生产线上的医学生将在各个环节受到严厉的敲打检验。

萌新医大生们以为会有刺激的解剖、动物实验、手术操作，听闻整个一年要同汉大医学院的同行们一道上完无关医学的通识课，脸上忍不住露出失望的表情。对安非来说，其实只有两种课，一种难于理解乃至头疼，以艰涩的高等数学和工科物理为典型，另一种无聊到教人昏睡，体现在辩证法、伦理学、医学史之类条目繁多的人文学科。尤通知重点强调了案例课的改革——医大把所有偏人文学科归为一门每半个月一次的案例课，不再使用任何教材，试图培养学生的辩证、逻辑和发散思维，每堂课计划由不同学科的老师们预先设定主题，由学生自行准备后开展讨论与辩论，老师则垂帘评分；后期学生们接触医学知识后，案例课将改为聚焦棘手复杂的专业的临床综合案例，糅合医患沟通和医事法学，培养疾病诊断、处置的能力。

而学生们则只关心如何通过考试，大概是学校网站没有通知可看了，尤通知只一句“无可奉告”——自己背资料，没有范围。没有范围是最大的范围，最令现当代大学生恐慌的莫过于此。

校庆现场，盛况空前。

体育馆外停着江东省科教卫视的转播车，本市汉京市电视台也要做个医疗健康专题节目，体育馆内上下安了八个机位，正中搭建的临时舞台上放着话筒架子，讲台鲜花一应俱全，摄像机的机械臂飞来飞去，冷不丁给几个前排大人物脸部特写，大屏循环播放特意为校庆制作的宣传短片——除了老一套的延时摄影校园景致，缅怀一些医学界的响亮名字，就是追溯几段光荣的历史。而过多地强调历史，不可避免地会触碰新中国成立前的政治尴尬；室内各个专业的新生已经坐定了看台的指定区域，既是开学典礼又是校庆开幕式，刚军训完的新生们个个黑脸白褂的，颇有喜感。医学生入学宣誓不是稀奇事，今年适逢百年校庆，这项例行活动被纳入了更庞大的体系，历届对着大屏幕朗读宣誓的传统，便成了背诵“人卫版医学生誓言”。对于功成名就的大主任们，观看医学生宣誓是种体味第三人视角的怀旧情结。

瞿麦把物化女性的大不敬的习惯带进了体育馆，拿胳膊肘顶安非，知会他注意侧方看台的护理学院——在性别比男三女七的医大，护理专业的女生们俨然是荷尔蒙一词的具象化代言，白腿热裤，外边儿套白长褂，尤其腿长者，真是像没穿裤子一般，腰部直接长出两条腿来。九月半的秋老虎催汗，男生强制穿长裤，女生不做要求，现在盯着那根根削皮的白铅笔腿儿，只感到凉爽了。“白大褂，白腿，白胸，白臀”，浦野念念有词，看来燥热至极，安非怀疑他在镜片上安了便携式X光机，浦野解释为：根据已有的信息进行逻辑和形状的推断——一种达到颅内高潮的方法，是一项大众娱乐，好比看着穿薄纱却不露点的封面女郎也能血脉偾张，特别对于外科医生，三维想象的能力具有重要意义。后句必是听自他的肛肠科老爹了。

尤通知示意大家噤声，台子两旁的管弦乐团也熄火静待，身着燕尾服的小音乐家们吹肿了腮帮子。谢顶校长西装革履，小碎步上台，拍拍话筒，清清嗓子，客套地咳上两声试音。医科大的校长竟没做过医生，年轻时长期做基础科研倒是耗尽了乌发。

“在这个世纪之交的时刻，我荣幸地作为医大历届最年轻的校长，在我校百年诞辰之际主持校庆盛典。从市中心中央东路的国立老汉京医学院，到今日科教大学城的新江东医科大学，百年来医学界先贤同舟共济，薪火相传，励精图治，蔚成优良学风，循循培育完人，这所百年医校为中国医疗事业的前进源源不断输送着力量……”套话云云，众生不由得神游天外了。

“这次百年校庆，我们有幸邀请到第76届校友——楚安老先生，让我们用掌声感谢他百忙之中出席开幕式，下面有请楚老上台致祝词。”浦野从小在饭桌上耳濡目染，也听些行业政治的道道儿：恰逢时代变革的种种原因，当年他甚至没能念完医科，只作短暂停留，然而医大还是能沾上光。医大作为地方院校，能压制汉京大学的医学部，独揽资金发放和政策倾向的红利，吸纳近乎全省的教学医院和科研机构作为附属单位，是何缘由？大人物登场，也是照本宣科，走个过场罢了，紧接着是省卫生厅、卫计委、医保局、红十字会、医师协会、科研所、药企，负责人依次转过身来朝大家挥手微笑——由此管窥一个披着白大褂的官场。入学前安非曾觉得治病救人很纯粹，做医生只需要一年一年的不断奋进，而做大医生再加点天赋足矣，做医生头子，依浦野看就不是凭一己蛮力了，一个完整的产业构架在会场已然初具雏形，而他们自己只是优秀的螺丝钉。医院虽然是核心，但医生和患者只是一个产业链的最下游，我们只能看到多米诺骨牌的最后一块，而往往忽视上游的政策、资金与资源的无数次暗流涌动。浦野总结就是：我们不是上帝，我们只是上帝的指尖。

浦野依然期待着重磅消息的公布，他曾听言汉大近年要把医大合并——上流985高校并掉独立医科大学，本是很常见的事，关于汉大和医大的微妙关系安非倒是听闻些许，一向分分合合。“历史上汉大合并我医大的计划，连续多次都不成功，作为补偿也为促进交流，汉大医学部和我们医大可以交换学生、共享附属医院，这才有一年又一年的医大生驻扎到汉大。”安非惊异于这不知打哪儿来的消息，虽是浦野道听途说，也不是空穴来风——当然如果进展足够迅速，安非这批医大生甚至可以留在汉大不再返校。

只顾和曲林看女生，同浦野聊八卦，安非之流宣誓词没熟练，军训班长声音又洪亮，像军训吼嗓子，大家对着口型：“我决心竭尽全力除人类之病痛，助健康之完美，维护医术的圣洁和荣誉，救死扶伤，不辞艰辛，执着追求，为祖国医药卫生事业的发展和人类身心健康奋斗终生！”近似练字本背面的中学生操行守则，却不如希波克拉底的老经典有文化气：医神阿波罗、埃斯克雷彼斯及天地诸神作证，我——希波克拉底发誓：无论到何处，也无论需诊治的病人是男是女，是自由民是奴婢，对他们我一视同仁，为他们谋幸福是我唯一的目的。我遵守以上誓言，目的在于让医神阿波罗、埃斯克雷彼斯及天地诸神赐给我生命与医术上的无上光荣；一旦我违背了自己的誓言，请求天地诸神给我最严厉的惩罚！

校庆后回汉大，开学第一课，向来是政治课，也算是第一堂案例课，无关专业与知识。

医学部和医大的学生们共坐一堂，面面相觑，互不相熟。好的开始等于成功了一半，踏上苦行僧的朝圣路前，医学生们需要加倍的鼓励，安非期待诸如“你们是我见过的最优秀的学生”“坚持不懈就一定会成功”之类，像地铁站里柱子上的鸡汤标语，令人轻松而愉快。过来讲课的是省人民医院上一任退休的副院长，现也兼任第一临床医学院的副院长，头发半白的老先生，笔挺的身板配精神的白大褂，大清早从中央东路的老校区行政楼坐班车赶过来。一旦在校学习结束，安非这批学生进入见习期，从长学制转入第一临床医学院的麾下，那里是真正的实战课，而他是血染甲胄的老帅。

老教授进门面容严肃，搞得台下大家也倍感压抑，大礼堂里只回荡皮鞋踏着舞台的木地板声。他开口惊人：“学习医学，你们需要做的第一件事就是停止想象。

“今天开学第一课，我冒雨过来。下雨意味着什么，你们考语文的懂，衬托主人公忧伤的心情，暗示某些悲剧的发生。”台下泛起轻笑，在礼堂内散播开来。

“我知道，长学制的都是高考选拔出的尖子生，我当年没你们聪明，从专科到本科一级级考上去的。但你们以为我会夸赞你们优秀？优秀的学习能力，还是优秀的眼光，挑了个越老越吃香的铁饭碗？错！做你们的大梦吧。我要说的是，你们中有很多人是浑蛋！”学生里响起叽叽喳喳的细碎语声：不勉励诸生就算了，哪有上来就骂人的。教务处长示意尤通知起身管理秩序，老教授把声音提高了一倍。

“你们一小部分会提前滚蛋，因为挂科太多和能力不足，从七年连读淘汰去五年本科，或者干脆退学转专业，剩下的才能如愿成为笨蛋——那种心甘情愿把一腔热血付给患者，付给事业，付给医学的加引号的笨蛋，和我有相同志向的笨蛋，是我欣赏的笨蛋。好在你们有优势，你们还是未孵化的蛋，有无限破壳的可能。

“我为什么像吃了火药？因为我今天说的话要炸醒你们。就在今天早上来讲课之前，我收到一份辞呈。你们的博士生学长，大你们很多届，我从硕士就带着他，他不是笨蛋，论文写得棒，顶级期刊连连发，做外科很有天赋，心细手稳，在台上懂得我的任何操作意图，情商也高，不会成为倒霉蛋，吃官司被家属闹。

“但我没想到，他是个典型的浑蛋，”老院长稍稍平息愤怒，“你们父母做医生的知道，仁辉制药，一家跨国医药大企业，做药做试剂做器材，我们医大有他们资助设立的奖学金，甚至比国家奖学金更多。在老校区实验中心，我们用的仁辉的耗材，那边负责联络做代理的是个小姑娘，年方二十，长得漂亮。你们学长，他年轻，不懂事，傻乎乎要跟着那女生去做药代。我说你还是适合干医生，我做主留你在省人医，但他依旧执迷不悟……”

老教授顿了顿，一度哽咽。他挪开话筒，想打开不锈钢茶杯，大概水冷了吸住杯盖，试了几次拧不开。他断断续续地说：“很多学生想选我做导师还不给呢，那孩子整天待实验室，他懂什么呀。他师娘比我还喜欢他，中午还焖了红烧肉等我们回去吃，我回去怎么交代？嫌收入低我来补贴就是了，好苗子还被药厂捞走了，我接班的手艺后继无人，我晚节不保！”

最后一句几乎靠吼出的。不肯抬头讲，是怕被发现泪水盈眶吧。主持这堂案例课的医学部训导主任端个一次性水杯忙上来递水：“老……老领导，他们还小，讲这些啊，过了过了。您平复心情再接着说，不急。”

周围低语声越发多了起来，不一会儿又默契地归于无声。

“对不起大家，事出突然，我失态了，不该的。我本来是要和你们唠唠家常，所以我今天什么意思呢，做医生，做好医生，做大医生，我们讲德育，玩情怀。你们中的很多来学医并不出于自愿，我是没改名前的老医学院毕业的，我们那个年代都是初心不改，当然我不能站着说话不腰疼，我们包分配，不存在竞争，而你们要拿到更高的学历，更加辛苦才有竞争力。我们坐落沿海经济强省，全省遍布附属医院，甚至辐射两个医疗薄弱的邻省，本地优势工作好找，但这不是你们只想挣票子混日子的理由啊，一定要努力走出去！”

又一阵躁动，尤通知眉头皱起来。

“说你们优秀，又不是绝对拔尖。上不了清北复交，学不到商科和计算机，又想退而求其次谋口饭吃，以为医生好当？选这行，大不了这辈子磨破头就是个小中产，想挣大钱趁早改行，金融法律都好，做药代上什么大学哩，做一行就要有一行的觉悟和理想——医大不是最一流的大学，但希望你们做一流的学生。”训导主任给教授打手势，意思快超时了。

“好，你们还有人想问，我会再待半小时，其他人吃午饭去吧，不耽误你们了。年轻人按时吃饭，要长身体的。”老教授准备下台，训导主任做总结发言：“我其实是想引导大家说出学医的目的，那么老院长讲得很生动。你们应当了解自己的四个W——Who，Why，When，Where——你是谁，这涉及你们的自我认知和定位，为什么做医生，何时才能成为合格的医生，如果注定要终身学习，哪里会是你停下脚步的地方。希望你们能把自己此时的想法写下来装进信封，学校会封存你们的时光信，直到你们毕业再返还。”

安非和浦野凑过去想多和老教授聊聊，被训导主任抢了先。“怎么净告诉他们这些，最后那话不是戳咱江医大的脊梁骨吗？”

“我这不实话实说嘛，到时候上临床再说就晚了，就是给他们中那些个做大梦的打打退堂鼓，再一个今天早上这事太来火……”

浦野没再继续偷听下去，安非心想这老头儿太可爱，句句有理，头头是道，将来有机会做他的关门弟子该是种荣幸吧。他想做个幸运的笨蛋。如果说百年校庆是给予闪耀的承诺，展示了一个行业遥不可及的天花板，那也需要冰冷的耳光。

老院长案例课后的晚自习，尤通知要求各班选举班干部，新的集体需要新的领导班子。二十个本不相识的人命运被捆绑在一起，使人联想到超市散称的糖果被塑封打包，但仿佛是从高中开始，学生们就不再热衷于担任班干部这类琐事。

大家票选出各个班委。瞿麦毕竟北方人，生得大个子的彪悍，身高一米八二、肩宽臂粗，从军训班长变到体育委员算平级调动；洛芬自称手工做得好，打扮也挺张扬，要当文艺委员；陆英是洛芬的舍友，文文静静，不爱说话，平日除了学习其他事都参考洛芬看法，学习委员也就该这么“闷”和“专”；曲林除了爱日漫还有闻香识女人的嗜好，懂女人心思，选了个“心理委员”——据称作用是一班之媒婆，得疏导同学们的异常心理，对于大学生那多半是失恋了；浦野自称笔头功夫好，只剩个宣传委员可选；安非不参选任何职位，就想静静地做个平凡的学霸，脸上写满不屑却又夹杂点羡慕。

班长跟团支书的职位还空着——做大学的班长跟团支书，要学会上下周旋，从傲娇的尤通知处得到学校信息，再应付班上刺儿头们，任何无意义的面子工程都会被强迫参加。吃力不讨好的活儿就是烫手山芋。掷骰子、抓阄、摸牌和猜拳又太过草率，于是大伙约定个协议，明日第一堂物理，班上第一个回答问题的同学就做班长跟团支书，谁也不许抵赖。

隔日早，不出所料，安非所在的临床二班无一人举手发言。按班级点人回答，物理老师的点名册上，二班下面空无一笔。气氛很是诡异，老师决定抖个机灵：“腼腆羞涩可不在大学生的品格之列哦，学会沟通和交流，比知识重要。相比我们医学部的同学，医大的孩子好像不积极，尤其是二班，那么投影上这题留给二班，无论对错，只要上来答题，全班期末都加分。”

此话一出，下边儿热透半边，医学部的有人吹口哨，看起热闹来。见没个反应，物理老头儿又诱惑起来：“后面的量子物理、波函数和薛定谔定理，这些对你们医大生来说，倒也挺难，每年总有不少挂的，而我们医学部的同学呢，也不擅长，但总归挂科人数少点。我没有歧视医大的意思，但期末必要时能不能拉你们一把就要看自己的造化。”这时候就得看谁沉得住气，医大生们看来不悦，但既点名二班，也是无法帮忙。安非前日预习过，但他不想被枪打出头鸟，心想我不入地狱那总有人入地狱。眼看老师走来，安非低下头，衣领竖得高高的，以躲避扫视的目光，恨不能埋头到桌肚里。老师在左手旁的走道停下脚，曲林在一旁，脸颊的汗毛能感觉到老师即将脱口而出的话语。

“那好，就你，你是二班的吧，会就上去做，不会告诉我你们班长是哪个，我倒要来问问他怎么回事。”安非只得不情愿站起来，跟腘窝里糊了 502 胶水一样。等转身才发现物理老头儿指着后面一位隔壁班的同学——安非竟把脑门送到了枪口上，听到周围隐约的笑意，安非只得故作镇定。

“你是班长？”

安非把头摇成拨浪鼓。

“那你指认下班长，我不信做了班长还敢第一堂逃课！”物理老头儿急了。安非再摇拨浪鼓，打手势呜呜地示意自己不会做题，大伙明白一松口就得背口大锅，承认自己被迫的班长身份。

“说话，哑巴啦，你叫什么名字？再装神弄鬼，我要扣光你的分数。”物理老头儿开始翻教材首页找安非的姓名，小学时写作文，喜欢这么描写人物紧张的状态，“头上沁出豆大的汗珠”，此刻是多么切合安非的状态啊！

“你都预习写满笔记了怎还不会，你还谦虚，快上去做去！”既然这么重视他的物理课，老头儿又开心起来，周围几个看戏的不嫌事大，怂恿安非道：“男子汉不能扭捏，担起责任来！”

男子汉倒是“男子汗”，湿了满背。安非虽不情愿，但还是把一题多解全都码在黑板上，谦虚而低调地当选班长，从此这段在年级里传为佳话。

午饭时段，兴许是老教授的话校正了所有人对职业预期的偏差，大家都把小心思深埋在塑料餐盘的白米饭下，上下颌机械地咀嚼以应付不断充实着口腔的米粒，提供了一个无暇顾及发音的牵强理由。安非一眼瞥见了老唐。

老唐眉头紧锁着，下巴搁在手臂上干发愣，面前摊半盘剩菜，被绿头苍蝇环伺，入学以来安非第一次见到他。安非试图融入新的群体，但心中依旧挂念老唐，倒不是出于同性之间的友情，而是高中一路沿袭的习惯。同出一所中学，难说友谊之稀奇，但安非与老唐高中同班，大学也同专业，这就殊为难得。老唐却意外地不愿多搭理安非。究其缘由，军训之后的入学体检，老唐被查出色盲，只是轻微的红绿色盲，却是剪不掉的小辫子，招生简章上注明了临床医学专业不接受色盲，若不接受转专业调剂，老唐只有被勒令退学。

“走走关系？他们怕是不了解你的家世。”安非觉得老唐是多虑的，试着让老唐多做些努力，老唐不再赘言，只说晚饭让安非给他饯行，再跟安非详说。夜宵、老街、老唐、不醉不走。上次老唐喝成这样是三个月前办升学宴，没想退学竟如此之快。

老唐渐渐接受现实，打开心扉：老唐算是富二代里少见的爱学习的，争气地考上医大七年制，高考前市里的体检，靠家里动点关系，老唐把体检报告这关过了，但学校行不通，号称人命前容不得一点情面。老唐父亲是做实业的大老总，做跨国生意，很少过问家里的事，习惯用钱摆平时间与精力欠缺的问题。原以为学校不过是想借口敲他点小竹杠，唐老总请教务处长吃饭，从招生办主任到院里系里的辅导员尤通知，挨个儿敬酒，能求的情都说了。结果雷打不动的说法却是：拿到硕士学位证书没问题，夸张点，就是现在饭桌上说都行，但真的不能放他从业。动脉是红的，静脉是蓝的，将来起码这得分清，一个萝卜一个坑，哪怕辅助科室也不会接受不能干活的人。就是转专业做基础研究，试剂颜色得分辨得出吧。不能胜任工作，却又学习这个专业，这有任何意义吗？

唐老爹倒也释然了，本就有意要他学商科继承产业的。安非调笑，看看医大的产业估值，以你数十亿的家庭资产，也大可忽悠老爹把学校买下来，毕竟创收的是附属医院，又不是医大本身。老唐可一点不觉可笑，还是埋怨老爹没尽力打点好校领导。安非劝慰道："讲的没问题啊，你想想，你这是生理原因，生物学上的不可抗因素。"

"我老爹喜欢吹嘘发家史，如果不是他那时怎样云云，总结起来都是人应该自始至终地追寻自己的梦想，说忙这些家什不过是为了让我不受现实阻挠，自由实现人生理想。你看现在他又改口，说什么人应当在正确的方向上努力才会有所成就，那我姥姥还说他小时候是笨蛋儿童，老师给他算术试卷上画红鸭蛋，他不也适合做生意吗？医学是可以改命的，我是先天性法洛四联症，我活到现在，我信它，才愿意学它。"

"不对的，你想，你想啊，蛆它不可能孵化成蝴蝶。"

"干吗要把我类比苍蝇。苍蝇是色盲吗？"

"不是，但你是。"

"我不是色盲，我不承认。"

"那你就是苍蝇，苍蝇不是色盲。"渐渐地，老唐的额头贴上小饭店桌布上油腻腻的玻璃转盘，他醉了。

真正热爱医学的人终究却是如此有劲无处使。酒精吸收入血，安非有点奔头，听不进话，止不住地闪回到一段时光，这是上大学以来他第一次如此想家。

夏日的傍晚，暑热蒸腾，蝉声聒噪。

教室里潮闷难耐，只能把前后门大敞着，空调风机临时罢工，并不是个好兆头，而且是在吹坏了班主任宝贝女儿的肚子后，遥控器"畏罪潜逃"导致的，就更令人费解了。但这并不影响大家玩命地背书刷题。不远的校门外则挤满了家长，他们时而踮脚，时而叉腰，努力把耳朵凑近校门的栅栏，去分辨自家孩子的读书声，并试图拦住每一辆在这条马路上鸣笛的机动车。安非趁班主任背身，从单词默写本上扯下一页，叠成纸飞机，送到嘴边哈口气，高高地扬起手掷向闷头打盹的老唐，却不料飞机绕了个“之”字飞出窗户去了。班主任从外边捡了回来，先询问了一圈，无人承认，于是便把纸条念给全班同学听：老唐，和你一样的理想，我也想做医生。不知道你是什么原因，我只觉得医生很伟大光荣，我要做大牛，做专家，做教授，做两院院士，我要改生死簿，跟无常抢命，和阎罗谈价，下十八层劫狱，我要做神，做希波克拉底的继承人，让所有轻视我的人膜拜我，让所有达官显贵求我出马。白袍加冕，人间封神。

班主任略有疑惑，以往抓到写纸条情书的念给大家听，无一不爆笑，这次倒反常——同学们认为把最心底的理想说出来是一种很可怕又尴尬的事情，便越发同情起老唐来，因为所谓的矫情，也因为最后无法实现而被嘲讽的风险。

安非和老唐的交情甚至还在于“追求”过同一个对象。

老唐高中喜欢某个大一届的女生，安非为了帮老唐追靓女，两人一起犯过傻：女生放学后坐她爸爸的摩托车回家，老唐想知道她家住哪里，方便自己去偶遇，但不想让家里知道，放学就避开接他的司机。老唐跟着摩托后面跑，发现怎么也跑不过，总是半路跟丢，后来他想了个法子，他每天先提前跑到上次跟丢的地方等待女生的摩托车经过，这样每天都至少能多跟一个路口，一点点接近目的地，再后来老唐被司机逮住了，这重担就落到安非身上。安非自己有单车，他骑了大半的城区，每日的“偶遇”之下，摩托后座的女生曾一度以为是骑车跟踪的安非迷恋自己。安非完成任务后竟惊异发现，那位靓女和老唐住同个小区，老唐自此开始了暧昧生活。

而这次，老唐倒是大方地把“新对象”让给安非——他让安非记下某个同乡学姐的手机号，“有个学姐，她大二，现在回到医大了，你大概会认识她，但愿我不在，她能罩着你。以后想念我，她就算是替代品吧。”安非将信将疑。

酒后回寝，众人都在撰写上堂案例课布置的时光信，安非讲述老唐的退学始末，宿舍其他三人很是唏嘘。给毕业时的自己留时光信一直是医大的传统，尤其是长学制，因为跨度长，穿越时间的对话显得弥足珍贵。

虽然生活在一处，四人团从没交心过，大家从没了解过彼此的“既往史”和入学“主诉”，洗澡时安非曾和宿舍的三个男人无数次“坦诚相对”，但只限于肉体的坦诚。写信需要有感而发，瞿麦首先打破沉默，诉说起自己立志学医不畏复读的苦难史：十岁上下的除夕夜，大约吃得油腻，瞿麦的爷爷肚子剧痛，送到镇医院，诊断为胰腺炎，过年放假，医生也没几个正经的，让先保守治疗，吊了些水反而加重了。送到市区医院诊断胆囊炎穿孔，而之前完全是误诊，却感染太重、为时已晚，剩余的瞿麦不说大家也都明白。瞿麦的学医理想可以说是宿舍最正统的。

而浦野讲，父母是医生的往往不愿孩子继承衣钵，他也是个特例。浦野爸妈分别是佛山当地的普通外科和妇产科的医生，他们觉得他毕业回佛山，职业会很顺路。说来有趣，在浦野他爹小时候，他爷爷告诉他爹，不认真学习将来只能淘大粪，结果浦野老爹却做了肛肠外科，浦野总结就是淘不淘大粪其实是命中注定的。也出于“下半身”外科的继承，浦野深信他有学泌尿专业的天赋。但那是后话，最初高考出分时浦野的父母完全尊重浦野，声称不干涉浦野填报志愿，但唯一不推荐学医，觉得自己苦累也不过是为了让孩子自由选择轻松的专业，浦野也言听计从。填志愿那时恰逢父母都值班外加手术，待他们忙完工作回家，发现浦野填了临床医学，志愿已不能再更改，只得同意。

大家仿佛都刻意绕开物质因素来为自己的选择正名。只有曲林直言，爸妈坚持医生是个铁饭碗，越老越能挣钱，他不仅不感兴趣，而且是被逼无奈做的选择。轮到安非，安非只是摇头，藏起不能见人的矫情秘密，任凭他们言语诱导、摇晃他的身体，内心透不出一丝光。

第四章 制造偶遇

一个大学完美宿舍的标配是：不学无术的土豪，清坚决绝的学霸，阅女如麻的情种，羞涩内敛的文青。安非自认单身穷汉，没钱不能泡妹，排除了俩身份，而谁是学习的好料子仍很难说，不过这年头文青是个贬义词，总和迂腐、自恋等品质沾边，这名头大方地让与浦野了，医学生当学霸才是主流。安非决定竞争下学霸的位置，这为他的后期发力提供了充分的理论依据，当然，这也是安非爱去图书馆的理由，但绝不是把自习据点挪到袁雪菁同一层的借口。

安非从图书馆电梯下行中途，偶遇袁雪菁搭乘，安非眼神接触的刹那又迅速避开，他害怕尴尬地搭讪，也怕眼里藏不住喜悦。没有令安非失望，电梯直到底层袁雪菁也没能认出这饭局上的“变态”，抑或不想搭理，安非倾向于后者，到底是庆幸与失落同在，安非从图书馆到食堂远远跟了一路。

安非发现袁雪菁并不仔细观察电梯里的人，很难打上招呼，她可能是脸盲，又可能是故意，一面之交本就属于可有可无的社交关系，加之那日聚餐前陪伴她的学长时而伴随出现，究竟是学习同伴还是男女朋友关系呢？谁又知道呢——那也只有洛芬知道。安非试图鼓动瞿麦请洛芬吃饭，以示对上次的不尊重赔罪，而瞿麦总以一句“关你屁事”回绝，安非不得已用班长的威严恐吓他，又以出饭钱的条件诱惑，终于促成了这次密会。

洛芬这人倒奇怪，她把地点约在老街一家酒吧。可安非记着只有一家酒吧是离汉大最近的，KTV越来越多了，像这样的传统的酒吧就很少了，只能躲在鱼龙混杂的老街最深处。洛芬说她在那里工作，工资也比KTV高不少，只交代他们去时要穿着时髦一点。大家都没经验，去之前安非和瞿麦说，得查查该怎么玩，浦野表示完全没必要，他是懂行的，跟着他就足够。为此，安非拿出了最花的格子衬衫，浦野穿得又红又绿的混乱配色，瞿麦买了荧光棒和假发，下边儿搭配的紫色健美裤。去的路上瞿麦还想到老街地摊买件豹纹的背心，被浦野制止住："我们要显得潮，但不代表张扬，和大家差不多也就够了。"

三人寻了许久才识出洛芬，低音轰响、射灯交织中，黄头发、蜜色的嘴唇、又圆又亮的耳环，短裙包臀、婀娜猫步的洛芬踩着节奏迎面而来，仿佛从光影中幻化出来一般。浦野和瞿麦的颞肌瞬时变得无力，下巴几乎垂到胸口。倒是安非猛地想起班长身份来："你在这里上班安全吗？你家里人不管吗？这形象妖得不像学生了，作为班长我非得要指教你一下。"

"十八岁过了，大班长，尤通知都没问，你瞎操啥心。你们自己穿的什么调调。什么，混搭？把老阿姨辈的上衣束进不良青年的裤衩里，你这是胡闹！"

这是家大型酒吧，洛芬有个远房亲戚在这儿做管理，洛芬说她只是坐前台打打杂，订位开酒她不管，偶尔忙不过来，她才下池子、翻卡座。她白天听课，只能晚上打工，有时候会把作业偷带过去做，但大多是陆英帮她完成，毕竟除学习以外的方面，陆英是她的跟屁虫。浦野和瞿麦去舞池里溜圈，正点会有舞者上台热舞，洛芬劝他们选个靠舞台的座位。既是腼腆也是嫌衣服丑，他们找了角落的卡座，和洛芬解释："不看不看，就是图个热闹氛围，主要就是给你捧场……"

安非把洛芬拉到吧台，在一串英文酒名里点了杯最便宜的，找机会切入正题："就你一个人在这儿兼职也没个人照应。"又试探着问："怎么这会儿没了雪菁，闺密不是应该形影不离？"

"雪菁？大班长记性倒是好，我可就说过一次她的名字。怎么，有意思？人家可有心上人。"

“哪有，我就是关心你的生活嘛。她是你老乡？那她不陪你兼职，有其他什么爱好没？心上人是那个白净的书生气的学长？他在学校里看起来很老练，是上一届的？哪个专业？怎么认识的？”两人一来一回，洛芬斜觑着安非：“你怕是个没谈过对象的雏子吧。说起那人来雪菁眼里冒星星，同个系的，但细分的专业不同，雪菁是金融学，他是风险投资，据雪菁说，他大我们两级，本事挺厉害，再后面巴拉巴拉一通我也不懂。雪菁肯定是有好感，你还就算了吧，都是不同道的。”

“她手机号能给我不？”安非直接发问，并不关心洛芬对自己的评价，揿住按键让他的翻盖诺基亚手机常亮着，怕没记下，洛芬讲两遍会不耐烦。洛芬并不情愿,虽然她厌恶那学长,但出卖朋友她就暴露自己破坏了友谊。安非略失望，他学电影里把钞票压到酒杯下去找那俩小子，却发现他俩消失了，又喊洛芬来一起找人，最后在舞台最前面——两人半蹲着昂着头看姐姐们跳舞，假发滑到肩上都不自知，怎样也拉不走。洛芬一愣：“你们是来给我道歉赔罪的吗？”

那晚安非做了一梦，安非这人奇怪在，他确认迷上一个人的标准是依靠梦境，他相信潜意识这类说法。他这次梦到的竟是才认识三天的袁雪菁，这一梦，他甚至在哪里求婚、孩子的小名都安排得妥妥当当，梦到最后那个学长又出来坏事了。一早曲林称安非半夜说梦话了，安非猛一摸裤裆湿湿的，便问：“我说的什么？”

“你说，好爽啊。”曲林只是面无表情。

攻掠无主之地固然是方便，但有守门员在场的进球才显得更有质量，洛芬的劝退不足以吓倒安非，他对袁雪菁的渴望部分为赌气，部分为向舍友证明自己。安非感到时间紧迫，决定停止侦查和渗透，即刻发起第一轮冲锋。

身在图书馆，学习虽是第一要义，暗中窥视袁雪菁也不费力气，她喜欢早早地坐到窗台有风景的同一个位置。今天袁雪菁是独自自习，临近中午饭点，安非见她起身，快步走到电梯门提前进去等，袁雪菁突然半路拐弯去归还借阅书籍，又有三两同学进来，安非揿住开门键等待，电梯里同学渐渐不耐烦，眼见袁雪菁还不出现，安非刚要探身出来看，门被砰地合上，电梯返回底层。袁雪菁一来见电梯下行，直接走楼梯去了。

安非也毫不气馁。不论天热天冷，有课没课，安非都会第一个起床，等图书馆开门就进去占座，继续在图书馆执行学习和窥视的双重任务，寻求偶遇的机会。

周末图书馆人少，这次是个机会，又到午餐时，袁雪菁笑着拿起手机把弄了片刻，起身刚动，安非抢先去按下电梯等着，对电梯里等待下行的几位同学解释稍等片刻，倏地那位魔鬼般的学长不曾获求安非的批准，就这么走了进来，绅士地用手臂挡住电梯门等袁雪菁，而袁雪菁见此景则满脸甜意夸赞了句“你真好”。安非深深吸了一大口空气，把已经到嘴边的话又给憋了下去，可更出乎他所料的是，电梯里袁雪菁主动和他打了招呼，安非迫不及待讲“我们那天吃饭见过的”，袁雪菁“嗯”了声，沉默片刻安非又补了句“我是那个洛芬的——班长”，安非特地强调了“班长”两个字，又换回了袁雪菁一个“嗯”。安非小小地跳跃了下，大约离地一毫米的高度。

为了一个“嗨”两个“嗯”，安非整日亢奋。后来多天又不见那位惹人厌烦的学长，天气渐凉，但安非感觉春天快到了，发起第三次进攻。

袁雪菁开始并没注意到，安非逐渐坐到了与她相近的座位。安非喜欢观察她的坐态、走姿，喜欢趁她走动时用嗅器重温初次见面时那种久违的发香，她阅读的书和她接触的人，安非在脑中建立了以袁雪菁为关键词的数据库。直到近些时候安非占领了与袁雪菁相邻的座位，似乎是发觉了安非的刻意而为，袁雪菁倍感排斥。终于在某个明媚的早晨，袁雪菁爆发了属于女神的不满——安非仍在相同的座位熟练地放下他的书包，却罕见得到了袁雪菁的回应，轻轻一句“那个，我旁边有人了”震得安非一个踉跄。

安非悻悻提书包走开。袁雪菁本以为安非会离得远些，安心地自习，抬头间发现安非转到对面正对的座位又坐下了，袁雪菁虽是无奈，却也无法。事实上，对于这类日本小电影里尾行的变态，袁雪菁连大气都不敢喘声，同理，安非也是如此战战兢兢。他们互相都高估了对方。一桌之隔，隔着约一立方米的空气，包含了 21% 的氧气、78% 的氮气、少量的二氧化碳和稀有气体，而比稀有气体更稀有的，是袁雪菁长发中四散的香味分子。一想到二人吐息的二氧化碳分子能在同一片空气里碰撞、交换，安非便兴奋到自醉，而袁雪菁却只嗅到尴尬。

直到午餐时间，安非紧跟着袁雪菁进电梯，空气凝固般致使两人动弹不得，袁雪菁期待电梯赶快下行到底，安非则希望电梯悬停故障，做个四四方方的婚房。不一会儿，电梯门开似发令枪响，袁雪菁冲出去，却撞上刚欲进门的学长，学长捉奸般诧异地发问，两人才回魂一般发现忘按楼层，于是袁雪菁的指腹瞬间揿住了“1”键，而安非的指腹揿住了袁雪菁的指甲盖，随之两人又触电似的回缩。学长的余光瞬间瞪了安非。出了电梯，学长领着袁雪菁快步前进，他们以为甩掉了安非，但安非的耳朵向来是跑在身体前面的。学长欲言又止，袁雪菁忙解释：“刚才那人是医大的，我那个好朋友叫洛芬的班上的，你见过。”学长便嘲讽道：“不是我说，干吗非要跟医大的玩到一起，他们品质不坏，但是迂得很。每年都来一批，还送到外面来放养，说好听点叫交流，说白了就是来参观旅游的，蹭点教学资源罢了。你要是觉得是将来求医问药要有求于人，大可找我们这儿正经医学部的，我有好兄弟在那里……”学长仍吐槽着，袁雪菁回头觉察安非竟还在，拱了下手臂让他停嘴。

学长又白了安非一眼。除此学长排外歧视式的言论，某次晚自习的意外，也助安非动摇了洛芬的态度。

大一年级，医大生要求强制晚自习，汉大特地辟了几间自习教室，安非的整班集齐，除了洛芬，安非不愿追究她。

而曲林竟然在桌肚里用步步高学习机看起小电影。耳机只供两人听声，曲林把声音外放出来，女生们先是诧异，继而了解到他们是在利用视频提前预习“人体生殖系统”。久之，妨碍到一些女生自习，她们开始面露厌恶，要求曲林关外放。

课间，安非收到尤通知的短信，让他带着班上几个男生到教师休息室来。陆英这才冲来告诫他们，尤通知一直在窗台外盯着，她们忍着笑使眼色——尤通知从医大过来突击检查纪律，本就是查查逃晚自习，没想过这一出，四人团被拎出来批评，尤通知讲了半小时的八荣八耻，竟然忽略了数人头，无意间却给洛芬打了掩护。最后学习机还是被没收了，称看表现再还他们。

虽是乌龙，安非也把洛芬欠的这个人情记在账上。转眼，夜晚宿舍里吃火锅，四人团邀请洛芬爬墙进男生宿舍楼，共话安非情事。

浦野把房顶的烟雾报警器用湿毛巾扎起来，安非拿小锅煮底料，水沸，肉、菜、菇、面，一拂而下，接着开始他的开场表演——虚张声势地总结今日的突破，他形神俱佳地描绘如何与袁雪菁产生肢体接触，充满了夸张的动作。瞿麦则直截了当地评价："两次白眼换回指甲盖大小的肉体接触，你要是买块猪皮回来枕着做春梦，我们半夜就得被哈喇子淹死。"而浦野更是神句频出："我记得哪本医学生写的书，是这样说的——在征得对方同意之前，请不要用眼神把人家肉体烧红，使人面颊滚烫。你这样就暴露得未免太早，泡妹的手段太低级了。"

接着，安非向洛芬挑明了对袁雪菁所谓学长的态度，也预备着这招不灵就以通报辅导员她偷偷去混夜场兼职的事儿做把柄，逼其就范。

"所谓的人模狗样的学长，他就是这么说的，当你好闺密的面。"安非先跟洛芬告状。洛芬忿忿拍桌："凭什么，赤裸裸的歧视，我们是占用资源的游客？还正经医学院，高考都差不多的分数，耀武扬威什么玩意儿！"一向冷静的浦野也吃了壶酸醋，他本想着努力结交些汉大的同学，也一反常态批斗起来："他们整个医学院就是闭门造车的笑话，占个985的名头，录取分数也最低，都是被调剂的和等着转专业的非医之徒，哪里来的正经。"

在对战那位学长的阵势上，安非还未撕破脸皮就迅速赢得洛芬的支持，拉拢一个稳固的内线才是挖墙脚的第一步。但洛芬依旧坚守原则，只是承诺在不违背袁雪菁心意、不刻意破坏他人感情的情况下，她会极尽褒贬之能事，撮合他和袁雪菁，封印好色学长的不轨之心。

曲林进来插话："别老想些不着调的，快期末了，我寒假回家要更新片库的，你快把我的步步高搞回来吧。"

"他做个班长都㞞成卵蛋，你别指望了。"瞿麦开始用激将法。

安非一想目的达成，情绪高涨更来了劲，假意拨通号码，把他的诺基亚听音孔凑到耳边："喂，小尤吗？你记得曲总有个东西落在你那儿吗？曲总通知你明天送回，你可记住？”

可安非话出一半，电话真就震响安非耳朵，真的就是尤通知。这下安非整理好情绪才敢接通:“尤老师好，我在，不忙，您说，没事，我都行，都听您的。是是是，您说得对，这个是我做得不好，我下次改正……”众人开吃，吃相陶醉，筷子夹菜到安非面前诱惑，曲林尖起嗓子娇喘叫着，凑到安非那里声声“哥哥”酥麻，安非惊得从凳子直跳上阳台去接听，众人趁机把牛羊卷捞得精光，只留些白菜叶。

原是尤通知又犯老毛病——临时通知所有班长和团支书回医大，参加最后一次的班团例会，俗称“马屁会”。安非实在不舍得花费时间坐校际班车回医大开马屁会，所谓“一鼓作气，再而衰，三而竭”，美丽的早晨应该用于和袁雪菁巩固感情，安非自认为在和那位学长进行 F1 赛车，学长依然跑圈，而他在进站保养。

第五章 案例课

医大的七年制有众多专业方向，除传统的大临床专业有五个平行班，还有儿科、口腔、病理、影像四个具体方向，一共九个班级，十来位班团干部，安非努力识别每个人的特点。作为一班之带头人，为班级谋福利、恭维尤通知、推脱烫手山芋，这都不是安非擅长之事，安非至多只是个闷头读书的能人，只会自我检讨学生工作的不足。

安非回医大，尤通知组织第一次班团例会，所谓班团，即每班的班长与团支书，与辅导员共同形成核心管理层。尤通知在会上布置新任务，要求大一新生们寒假到各地医院见习，临到散会时她把安非喊住，众人以为安非又要挨一顿批。

“你昨晚在宿舍吗？”尤通知当着所有人发问。

“是的，尤老师。”安非诚惶诚恐。

“你确定？我电话里可听见女人的声音，是女朋友？”

“那个不是，是洛——哦，是曲林。”安非结巴起来。

“还有曲林？曲林带你去的？三个人一起那个？”尤通知的想象力丰富。

“没有，哪儿也没去，我们就在宿舍，四个人，宿舍四个人。”在场的班长和团支书们瞪大了眼睛。

“你们……？行吧，你不用解释，我知道你们那天晚自习看什么，你留下来我们详说，散会！”所有学生叽叽喳喳着出门。

尤通知边把曲林的步步高还与安非边叹气：“女的是谁我也不问了，成年了，有些事我也懂。”

安非才明白些什么：“不是女人，真的是曲林学的女声而已。”

尤通知拍拍安非让住嘴：“我知道，尤老师我虽然还没对象，但我懂的，走吧走吧。”

安非也没话回应，回汉大后，曲林一把夺回步步高的学习机，电量竟仍未耗尽，四人团好奇打开查看，原先的视频一个也没删除，曲林高兴不用回去重下载了。

安非返程时路过慈志楼，那是医大校园里一块特殊又神秘的地方。慈志楼，“慈”意为慈善、慈悲，“志”是指志友——专门指称志愿捐献遗体用作医学研究与教学的人，“慈志”的内涵不言而喻。在曲林经常浪迹的医大天涯贴吧里，有不少往届生详细地讲述闹鬼经过，也就是自习时遭遇一些奇怪的事，但都没有确凿证据。而关于慈志楼建楼的位置、构造也有几套玄学的解读，据说风水的走向也是为了镇压不祥的事物。

自从开学，新生们总心念着一窥其貌，众人曾听说镇馆之宝是具明朝古尸，被埋在楼的地基下很深处，也有一说，这里是日军屠城留下的乱坟岗，但不管怎样，现在是用作解剖楼——地下一层的福尔马林尸库里存放着解剖教学的尸体，大学二年级时他们会在此习得解剖学。一楼是几间普通教室以及对外开放的志友纪念馆，纪念馆人来人往的倒不是想象中的冷清，但教室相连的走廊十分阴冷，只是一个过道的间隔，却又完全感受不到人声；二楼锁着，只有有解剖课时由任课老师开启。一楼几间教室各有不同，一间教室玻璃缸里装着福尔马林浸泡的婴孩头颅，攒了几十年的老古董，非上课时段，空无一人的教室里有站立的人体白骨，兴许是上过了解剖课要散气味，窗户开条缝，风通过狭窄处发出尖怪的声音，也让暗处的窗帘飘动，骨架微晃，安非心慌起来——原来真的会给尸骨让学生平时随意触摸到，安非摸出了塑料质感，舒一口气；另一间教室有更多座位，也干净很多，墙上挂满上世纪七八十年代质感的解剖图谱和几位解剖学家的画像。

安非逛进了志友纪念馆，红色的布景墙上相框里是各位把遗体捐给红十字和医大的老志友的旧照，有些是彩色，有些黑白，其中一个遗照下放了几捧鲜花，应是家人前来悼念留下的。一位着红马甲的志愿者朝他走来，见他看得认真、严肃，便开始给他介绍纪念馆的背景，这些志友有些是患不治之症的病患，有些本就是医大的教职工，最有名的是医大的第一任校长，官至卫生厅，去世后夫妻俩都把遗体捐给医大解剖系。

安非仔细地观察这志愿者——“一双丹凤三角眼，两弯柳叶吊梢眉”“粉面含春威不露，丹唇未启笑先闻”，这是《红楼梦》里刻画王熙凤的。前一句写形貌不似，后一句的气场倒是形容贴切了，此女容貌不魅惑，但是线条硬朗，隐约间有些欧美女性的感觉。讲解了一会儿后两人闲聊起来，这位学姐和安非同专业，开学二年级刚回来医大，找个志友馆讲解员的兼职，也算学分评优。

“平时没人的时候，你不会害怕吗？”安非问她。

“没做亏心事，不怕鬼敲门。也听说一些同学遇到的奇奇怪怪的事，但大多后来证实是心理作用。”

“所以你不相信有灵魂之类超自然的事物？”

“我不敢肯定说有，也不敢说没有。但你尊重逝者，他们就会尊重你。”

安非若有所思，对慈志楼的恐惧感消解许多。

“你当真认不出我了？”安非前脚刚踏出门，那位学姐问道，安非不知所云，“秦巧凤，我的名字可还记得？”

“耳熟，我们俩认识？我想想。”迷糊的记忆里那是高中时老唐在橡皮上刻画的名字，是老唐为其奔跑的女人，也是他两年前曾猛踩自行车追赶的风一般的女子。

“那时候我以为是你想追我，天天骑个车跟着我老爸的摩托。”秦巧凤如此调笑。她只是“想看看你能不能认得出我”，而既然认出是老唐的“女人”，安非今后准备称呼她“凤姐”以示尊重。

安非就此与秦巧凤愉快结成了寒假实践的二人小分队，兴奋之余不忘告知老唐，老唐说：“你终于开窍了呵，真以为我舍不得离开是因为你？”

久违的案例课。这次主持的是医学史老师。既是案例，就是从讲故事开始。

很久以前，这位老师的一位在联合国“无国界医生”组织工作的同事，曾分享过一次经历。无国界医生们曾随非洲当地医生进驻非洲中部一个未开化的部落，那里的原住民保持古老传统的生活方式，但由于缺乏现代化的医疗手段，饱受疾病困扰，除了非洲大陆常见的艾滋病，还有原始生活里特有的寄生虫和细菌感染，导致大面积范围的霍乱、伤寒等。但非洲医生们毫无办法，“传统”有时代表着顽固不化，当地有着自己的宗教信仰，他们多灾多难时只会向聚居地一座最高峰祈祷，部落有一位巫医，说是“医”不如说是祭司，担任与天神交流的任务。面对针头和刀片，部落民众仍感到害怕，哪怕他们中有青年已经从外学会了英文并给他们翻译。巫医更不信任无国界医生，她坚信应对这一切最好的办法就是采集神山山顶的草药，研磨成汁并送服，并且把稀缺的肉和粮食置于神山下馈赠给神明，然后把被蝇蚊风沙污染甚至发霉的祭品带回村落分食，这却加剧了各类疾病的传播。

“所以该如何解决？”医学史老师走下讲台，向前座的发问。首先点了医大班的同学。他说，讲明身份和目的，通过村里的翻译，晓之以理，动之以情。另一个则说，先礼后兵，强制村民注射疫苗、服药，废除他们的不洁习惯。

“强制？无国界组织是世界警察吗？嫌非洲没有医疗纠纷？疾病有多可怕，信仰就该有多坚定，信仰有多坚定，抗拒就会有多强烈。”老师说道。

汉大医学部的同学直接绕过这个问题，仿佛是从宏观角度考虑的结果——医疗资源永远是有限的，就算排除它，还有千千万万个村落要拯救，自然选择、弱肉强食，不适合的族群必然会被淘汰。而老师只是反问：“以自然法则为名义放弃他们，人与动物等同？生命是平等的，但你这种医学的达尔文主义未免太博爱了吧。”

安非一直认为浦野是他们中最聪明的，事实也是如此。浦野提出的观点是从村里的巫医入手，贿赂她，教化她。这也与老师的正解类似：巫医虽然知晓自己的操作几无作用，但又担心无国界医生的到来会影响自己在部落的权威和地位，而当医生们引领她到周围部落向其展示医疗的强效，并答应仍经由她之手治疗族人，同时给予其惠利好处后，她开始欣然接受提议——医生们把药物溶解在所谓的草药汤，并且藏匿在食物中让患者们服下，巫医也声称是神灵要求族民们清洁水源、食物和住所。这一切方法仍使他们坚信是山神拯救了他们。

“所以医学是什么？沙茨说‘在宗教强盛科学幼弱的时代，人们把魔法误信为医学；在科学强盛宗教衰弱的今天，人们把医学误当作魔法’，我不会要你们背所谓的名词解释，我觉得你们的视野还不够开阔。简单地说，医学不过是治病救人。医学的边界在哪里，哪些医学偏离了常识和目的，我想要你们学会判断。”

短暂的讨论后每个人交上了自己的答案。

有人提到历史，如古巴比伦的占星术、基督教的十字架驱魔；有人写到失格的医生，如希特勒手下迫害犹太人的法西斯医生、731 部队用病菌病毒做人体实验的日本军医、没有资质的非法民营医院；也有人分享社会现象，如一些医生爱开无用的中成药补贴收入、泛滥的人流手术、火热的医美行业乱象、非法代孕地下黑色产业链；还有人探讨深刻的伦理学命题，如用代价高昂的手段维持“脑死亡”患者的呼吸是否值得、安乐死的可能性、变性手术、人为进行胚胎选择，等等。

案例老师希望大家以思考为先：“人们有需求就该做，没有需求就不该做，医学应该支持这样的事吗？罗伊·波特在《剑桥插图医学史》前言中这样说道，在西方世界，人们从未活得这么久，活得这么健康，医学也从来没有这么成绩斐然。然而矛盾的是，医学也从来没有像今天这样招致人们强烈的不满和怀疑，医学的定义不断变化而没有定论，不管你们将来选择什么专业和岗位，希望你们形成自己的医学观。”

案例课就是如此，只和你讨论，从没有结果，或者说答案有千万种。应要求，下学期案例课开始，老师将“垂帘听课”，所有人将开始随机分组，围绕案例，担任不同角色做出决策和评判，案例课会完全是学生的舞台了。

寒假离校的最后一天，安非照例去图书馆老地方“偶遇”袁雪菁，一想三十多天不能与之交流就心生离愁别绪。而袁雪菁却整日不见踪影，安非随手翻开她的《高等数学》，兴许是怕弄丢书，袁雪菁在扉页上留了电话号码。机不可失，安非急忙把号码存入他的翻盖诺基亚，但又转念一想——近在咫尺的人却用手机联系又有何意义，要发消息又该怎样开始，表明身份会不会突兀，安非认为还是先让这串数字沉寂在通讯录里为好。

另一个女人——寒假的见习同伴秦巧凤如期与安非相约。

2008年初，冰寒的一月底，大雪厚积、冰封省道，数十年未有的雪灾侵袭全国，《新闻联播》里熟悉的老播音员罗京，安抚着全国上下焦急的春运旅人。安非和秦巧凤并排坐在回老家的大巴上，从车头玻璃遥望前路车龙，准确来说，拥堵车队的长度只能靠想象，能见度只到三五辆小轿车。安非却心念着袁雪菁：她是否也堵在路上，等再开学她是否会忘却我的存在。若是与袁雪菁同乡便好了，替换邻座的秦巧凤，那再大的风雪倒也是顺境吧。安非忧心忡忡，别无他法。

秦巧凤困倦，头点前座，不一会儿又搭上安非不薄不厚的肩膀。这块男人之肩，面积刚巧能托起一朵寂寞的簪花，安非第一次靠母亲之外的女人如此之近。其实他心里明白，如果老唐还心存爱意，那秦巧凤必是坐在他的私家车上，而不是堵在积雪的高速国道，他感到秦巧凤和自己都是被抛弃之人，靠她更紧了。大巴车一路“挪”着，秦巧凤收了安非这等直系同乡学弟，睡觉补足精神后煞是热情，给安非讲解她参加辩论、考试的技巧，从艾宾浩斯遗忘曲线到科研选题，数个时辰不在话下，兴致攀至高处，满面红润，摇下车窗透气，让皮孔热气逸散，引得周围一众老头老太乡音埋怨。

而安非只是关心秦巧凤能不能教他怎么把妹，怎样洞悉女生的心理，其余一概不论。秦巧凤尤喜讲些实验室的科研，安非费解，那是研究生阶段才干的事，也不是学医的主业，学途漫漫，揠苗助长，净是耗费金贵的时间。

大巴堵了两宿，半夜里停靠服务区，安非上完厕所迷迷糊糊又睡去，被秦巧凤带上来的两桶热乎的康师傅泡面唤醒:“太贵了,大雪天全卖光,最后两桶。”安非猛嘬一口汤差点烫破食管黏膜,秦巧凤则是一叉又一叉吃面。

“你和老唐后来怎么了?”

秦巧凤被这发问惊着了,几条面呛进鼻腔里去:“多事,怪我这碗面让你吃太饱了,你嫌面烫去外面吃。”

“我干吗去外面吃?”

秦巧凤没好气:“哪儿凉快哪待着啊。”她的笑话讲得比天冷。秦巧凤是可爱之人,“可”取值得之意,而非“可以”。

到站时安非的父母到车站接车,见这两位风雪夜归人一同下来,安非的妈妈也开心:“开窍了,这孩子长进了,大学就是大学。”一路行车顺道送秦巧凤回家,安母绕过安非只和后座秦巧凤有句没句地搭讪,安非无言,只是不解。

尽管路面积雪,还是拿学分为上,休了几日安非又接着去医院社会实践。按县人民医院规矩,准大一新生只得做做导医,大一级的秦巧凤自恃在校成绩好底子牢靠,偏跟县医院科教处讲要跟查房和门诊。

“导医该做啥?”安非表示听从组织安排,秦巧凤说就是做引路和分诊的志愿者,话没讲完秦巧凤就赶去查房,空留安非傻穿着红马甲站在一楼门诊大厅的圆形前台里。除去安非,导医台还有一位化着浓妆的红马甲姑娘,安非想搭讪,听到这女子开口公鸭嗓呵斥了一位不停啰唆提问的大妈,刹那间失了兴致。

周一,虽说是年前淡季,一早挂号的人仍很多,两个导医忙不过来。安非被一个看甲状腺结节的五十来岁的男人揪住了:“我甲状腺看哪个科啊?”

“普外科吧。”安非心想着初诊内分泌和普外任一个都行。

“普外科是什么科?普通外科?”安非直点头,这男人却来了劲,“不对的,我不看普通的外科,那就是我年轻时候开阑尾的地方,我这个脖子上的问题严重的哩,不能要普通的,我要挂高级点的外科,要主任看。”安非详细解释普外科涵盖的范围是从体表一直到腹腔,才把他打发走。另一位倒是家属难缠,老太曾有中风的急诊既往史,来复诊安非直接给挂了神经内科,老太的儿子倔强起来:“你才神经,我妈不是神经病,是血管问题,你们导医的也都不懂,仗着上次晚上中风送过来时我没在，就想骗我多挂一次号？”安非更是哭笑不得。

一周结算，主管导医的阿姨给红马甲姑娘一张百元钞，也不避讳。“不是说志愿者是义务劳动吗？”安非又话多起来。主管阿姨只是敷衍一句：“你们不一样。”红马甲姑娘也狠狠瞪了他。大概是勤工助学吧，可能家庭贫困，安非心想，心里尊敬了些许，哪怕这姐姐导医态度是那么差劲，时常上班时间从导医台消失无影。

某日红马甲姑娘又去药房窗口撩药师小哥，留下安非应付一大波满脸疑惑的挂号者。没料到还是有患者见她穿着红马甲，也上去问路，想知道“临床营养科”在哪儿，她没好气地打发患者跑去问安非，安非实在没听过这地，准备打电话问门诊办公室，患者又折回去继续询问她。前一秒对帅哥和颜悦色，下一刻便是疾风骤雨：“没看见这有事？你认字吗？你不能看路标吗？”患者先是一愣，但想必找了很久，脾气也上来了，撸起袖子铺开了骂街的架势。周围看戏的病人和医护们也围成一圈，像斗兽场决斗的盾阵，使这对无可后退。门口的年轻保安见状冲上来拉开两人：“我滴个亲娘，姑娘你现在当个导医都不消停，营养科就是负责病房配餐的食堂啊，这位您也快去吧，晚了食堂收摊啦。”

红马甲姑娘去办公室躲了躲，中午人潮散去，又见势回来，问起安非会不会打针挂水。红马甲姑娘看来心情不错，主动搭话，安非坦言不会。“那你们要学七八年都学个什么哟，我们没毕业就去手术室帮忙了。”她敞开公鸭嗓讥讽安非，“有本事的人和患者讲话才能有底气，就像我早上那样，你学到了吧。”

“在校学生一般不可以上手术吧，做助手都不行，无菌和器械使用基本都不会的。”安非没讲完，红马甲姑娘又给怼回来：“那是你们太菜，眼高手低，不想多学。”既然她已经盖棺论定，想必也是最一流那几所医学院的，安非蔫了，不敢争理。秦巧凤回来听说，倒笑起来，那是去年的事了——这姑娘是地方上卫校的，还比秦巧凤大一届，她的某个亲戚是医务处处长，去年寒假把她弄来实习，秦巧凤上大一，也和她一道。那时也是普外科，按理不该这姑娘上台做二助，她却自告奋勇直至手套乱摸违反无菌原则，被主任呵斥骂下去了，还哭闹着说不给她面子，最后把医务处亲戚的脸丢尽了，只能安排她做导医。

安非不服气，也学着一天隔一天地来，不出全勤，让这姑娘干干活，当天下午就被主管打电话训斥，威胁不给实践证明盖章。红马甲姑娘颐指气使，嘚瑟着告诫安非替她两天班，她得“休个假”。秦巧凤想帮安非出出气，安非大手一挥：“不用，我打个电话。”秦巧凤可就纳了闷：“你是官二代不成？还是黑社会？喊人？”

下午安非带秦巧凤再去志愿者办公室时，主管阿姨忙招呼他们坐下：“哎呀，志愿者我们医院也是有点零头补贴的，就打算一并结束时发给你们，证明材料也准备好了。”

安非见状，也假惺惺客套几句：“不是这个意思，学习才是主要的。”

“学什么呀，跟你舅舅多夸夸我的好。”主管阿姨说着忽然就站起来，原来屋里进来个高大身形的男人，白面方脸、仪表正派，秦巧凤也不敢说话。安非唤他“舅舅”，秦巧凤另眼相待起来：“你早不说院长是你舅舅。”

安非谦虚道：“县城小医院，院长还是副的，能有多大权力。”

“那你学医就是想靠你舅舅，回来工作顺风顺水喽。”

“那你又小看了我，我父母都不是医疗行业，但我却胜似‘医二代’，我舅舅你已见过，我姑姑也是医生，留美回来在上海一家三甲大医院做到主任，姨夫是医药公司的大区经理，我表姐学护理，表弟学口腔，甚至我没见过几面的嫂子家也是医疗耗材商。连老家的左右邻居，一边是县医院肛肠科主任，一边是脑外科主任。每到春节请客吃饭，那就是全院大会诊。”

“那你就有天然优势。”

“那可不是。”安非飘飘然，“我家老爷子摘猪毛的镊子，老妈修指甲的直剪，粘东西的胶布，拖地的消毒水，都是医院公家的。外公也是兽医，我老爸总说我妈的病都是外公治好的呢。”秦巧凤扑哧没忍住笑。

“对了，我老爹也是卖药的。”

“你才说父母不是这行的。”

“是啊，有机化肥和农药。”唱和之间，秦巧凤对这幽默学弟好感倍生。

第六章　老街

四人团重聚，大家的实践不尽相同，但无一积累到医大要求的“临床经验”——曲林回上海的区中心医院盖个章就钻回了闵行区的温暖被窝；浦野从小看爹妈上班看得够够的，更为了假期自由避开爸妈的管教，偷摸去找佛山医院科教科弄齐证明；而瞿麦是四人里最认真积极的那个，每日跟早查房跑腿打杂，熟稔这套流程，令他气愤的是带教医师实在太看低他，以怕被扣工资为由，竟不给他写病史的小小机会。

经过一学期的磨合，四人团内部也产生隐约的团体——安非与瞿麦交好，浦野与曲林走得近。

瞿麦与浦野之间时有看不顺，尤其在洗澡一事上。洗澡习惯的差异南北自古有别，南方的浦野和北方的瞿麦是四人团里的两种极端，是大伙儿心知肚明的南北地域梗。浦野作为南方人，加之家境优渥，大学前洗了二十年的单间，无法接受男人们赤身裸体地混在一起洗澡，除去夜深人静一人独洗，平时的浦野均是穿着内裤冲澡的；而瞿麦打小浸淫在北方白花花的大澡堂子里，看不惯浦野平角裤兜住水的扭捏模样。曾有次澡堂人多，停水时间又迫近，瞿麦来得不巧，剩下一个莲蓬头被浦野抢了先，瞿麦不愿等空位非和浦野挤，看浦野肩背厚垢，提出以帮他搓背交换半个莲蓬头凑合冲个身，浦野害怕瞿麦的洗澡水碰到自己的一点皮肉，瞿麦又是个犟骨头，逼得浦野顶着泡沫头大冬天里冲凉水。反之，浦野用以嘲笑瞿麦的一点是：瞿麦人高马大，却被楼层公用厕所里一只“规模可观”的美洲大蠊吓得蹦起——一种条件反射式的跳高，近乎头顶天花板，两腿收折到后跟戳着屁股腚子，尽展体委风范，最后竟躲闪蟑螂不及踉跄摔入垃圾堆，沦为笑谈。

开学日当晚十点，瞿麦突然光着没擦干的身子滴滴答答奔进宿舍:“不得了，不得了，浦野今天脱光了洗！”安非和曲林起身就奔去所在楼层的公共洗浴房，却没见着人。

“他哪敢在这儿，在下一层楼洗的，以为没人认得他呢。”瞿麦领着他俩赶到下一层楼悄悄拧开门把手，只见热气弥漫中浦野站在角落里背对门口冲淋。瞿麦慢慢接近，狠一拍浦野臀部，“嗷呜”一下激起千层水花，浦野转身惊恐护住下体，只喊着要他们出去。“这不是正常了嘛，有什么可臊的！”瞿麦贱兮兮嘲讽道。不知假期中了什么邪，浦野的澡堂风尚得到初步改善——这是浦野第一次肯做“光杆司令”。至此一劫，浦野便和大家一样，不再避讳袒露肉身起来。

大一下学期的四人团很少再蹲守食堂给女生们评分，一则阅尽汉大千千美色，是审美疲劳使然，二来综合性高校的文娱活动实在多样，大家逐渐分散兴趣，总是沉浸在各自的迷你世界里。“两馆三吧”是四人团各自的阵地。

“两馆”之一是图书馆，安非自习之余游荡在各层寻觅袁雪菁新的藏身之所。开学当天安非就到图书馆踩了点，兴许是各学院开学时间不同步，图书馆空空荡荡少有人迹，袁雪菁的那本《高等数学》，依然落在管理员阿姨处，想必是她用来长期占座的工具，静静地蒙了灰。“占座”是高素质大学生们为数不多的被鄙夷的行为，期末闭馆时，阿姨把所有占座的书本都拾掇到一起，等开学学生们各自领回，丢失物品，概不负责。安非心生一计，他毫不犹豫带走了袁雪菁那本留有手机号和QQ号的高数教材，以备后用。

“两馆”之二是空手道馆。瞿麦坚持每日傍晚去空手道馆训练，他心仪的社团教练是位身材健美迷人的美女，那件绣着流派和姓名的白色道服下偶尔显露出前凸后翘的身形，而飘飘的黑带又警示人只可远观的诱惑，因此不管重复的出拳和踢击多么枯燥，瞿麦总有使不完的劲儿。医学专业的学生很少有来练习的，尤其医大生只在汉大一年半载，习不得精髓，但依女教练的经验，瞿麦是个十年不遇的奇才，每当其他学员拉韧带号叫到满脸虚汗，瞿麦一声不吭，且只要教练目光扫过，瞿麦打套路的姿势永远最正，拳拳生风、气势撼人。

“三吧”就是酒吧、书吧和贴吧。

浦野通常在校外书吧度过周末，酒吧并不常去，最多是去洛芬在老街兼职那家，至于是否为了与洛芬会面，他从不透露。他只是说：“在声色光影中，丧失感官知觉的纸迷金醉的放空，会暂时阻断某种大都市疏离感的侵入。”瞿麦觉得是酒吧高浓度“谷物发酵饮料”让浦野发了癫才吐出这般非人话，安非却觉得这是浦野在酒吧和书吧之间来回切换，终获得某种哲学“悟性”。

而曲林泡的吧，是最迅捷而无处不在的贴吧。曲林爱宅，但不纯粹是看日漫的遁世青年，混迹在天涯、大学 BBS 各类大小网络社区，曲林的台式机永远是一线八卦的集散地。最早也是曲林发现天涯贴吧上香港女星的艳照，惊诧众人。

曲林发了一笔小财，要请客吃饭，安非呼吁大伙儿去洛芬兼职的酒吧唱 K，还得到洛芬的内部优惠，洛芬也进一步兑现给安非的承诺——把袁雪菁带来。正如浦野、曲林所预料，安非最期待也最紧张——该穿什么衣服？裤子怎么搭配？唱歌该什么表情到位？安非整日嘴里塞满了“十万个为什么”。但最为关键的是唱什么歌。洛芬建议多看看芒果台的《超级女声》：“那都是女的。”安非否决；曲林劝他实在不行到周杰伦的专辑里找。安非想到还是要问有经验的人，于是打电话咨询老爹的 KTV 经验——只有嘶吼着伍佰、张宇和汪峰的嗨歌的男人才配做包厢里最靓的少爷。

然而好事毁在了尤通知的手上——约定唱 K 的白天，安非正梳头搞发型，收到通知临时要开“马屁会”，是尤通知顺路到汉大，一时兴起想要“传达上级组织精神”，然而洛芬的包间已经订下，人也约齐，为他一人实在难以更改。安非只得提前到达会议室，期盼着早开始早结束，空荡的房间只有尤通知那台商务笔记本外放着韩流音乐。

尤通知主要就讲一件事，今年最重要的校际活动——医药类高校的辩论联赛，由药企冠名赞助，汉大医学部协办，医大组队，本着尽量给低年级历练机会的原则，想低年级出几个人，在汉大的新生们当仁不让。

“要民主，要抓阄投票。”尤通知每讲一句，下面以爱拍马屁出名的几个班长团支书都夸张点头表示赞同，尤其以病理班的女班长和临床四班的女支书最为显眼，她俩私下里快成尤通知的好闺密了，又称“左右护法”，尤通知两旁的最近的座位永远是留给她俩的。

选个人而已，这能算事？安非看看表，再看看尤通知，他尤其厌恶这类对学习提升毫无帮助的破事，忍无可忍。安非举手示意道，有急事能不能放他先走。尤通知脸上变天，艳阳欲雨，“不耐烦了？”尤通知瞪着安非。

马屁精们一口一句：“就是就是，不尊重尤老师。”

安非不愿上纲上线，好半天没有说话，生闷气，尤通知见状给了台阶下：“既然这样，那这次派的这个人我看就你吧，也不用投票，大家觉得怎么样，没人有意见吧？”自然是无人接这块烧红火炭，安非再次被重重钉在耻辱柱上。

会后安非匆匆赶去老街，白天小雨，路面泥泞，深一脚浅一脚连跳带跑，沾湿了裤腿，更把伞丢在尤通知的会议室，倒不是怕耽误了宿舍几个，也不是心疼洛芬开包间多续的钟点钱，给袁雪菁留下不守时的印象是最了不得的罪过。眼看众人早已坐定，瞿麦跷起二郎腿，曲林哈欠连天，洛芬似女罗汉怒目圆瞪——安非可来太晚了。安非再一巡视，独独袁雪菁未到，开始回瞪洛芬：“办事不力，雪菁怕要爽约。”

“你可别瞪我，她来的，赶场子呗，学长那边有活动，来得晚些，男人嘛，有个漂亮妞谁还不拉出来亮亮排场。”洛芬讲了个明白，意为袁雪菁和那学长已走到图书馆之外的地步了，安非却是放了心，来就好，管他什么牛鬼蛇神。

洛芬献计：“这样吧，给你个锻炼胆量的机会，待会儿雪菁来肯定要坐我旁边空位，我们占住其他位置，留下俩相邻空座，这样你俩就只能坐一块儿了，零距离接触，满意吗？”安非给洛芬一个意味深长的微笑，转身就到厕所照镜子整整衣装，却听得走道里熟悉的男女对话。

“我就猜到你又是和这几个医大的玩，我都嫌掉价，你那同学是老鸨子吗？在这儿兼职，还拉你陪那几个男生唱歌！”

“你不也是吗？你组这饭局上一个女的都没有，我能和谁说话，我是你展示柜上的花瓶？就许你逼我融入你的圈子，我不配有社交？”

“是你说你要认识些厉害人物，带你多见识。那你和我报备了吗？你就这样走，给我什么面子？”

“我一早就说我不去了，你说很快，就吃饭，非得哄我，你们‘厉害’男生吹的牛讲的荤段子我一没兴趣，二觉得庸俗。我拉住你陪我一起走了？我要不是下雨没伞走不得……”

一切争吵戛然而止，安非小心翼翼探出头去。那个用来打篮球的大巴掌停在袁雪菁漂亮脸蛋上，只靠女人面部纤细的汗毛和男人掌面粗厚的角质组成了名为“爱”的隔离层。

“你打呀！”安非心一惊，更想过去看个仔细，迎面撞上学长，又被学长推搡一掌。袁雪菁见安非在这儿，一时愣住，而学长早已远去，袁雪菁拿手腕抹了泪就和安非讲：“你就当没看见吧，挺丢人的。”

安非随袁雪菁一同进来包厢，众人见了一齐起哄。袁雪菁提不起笑，让大家先点歌，洛芬就跟袁雪菁面前使劲儿给安非吹牛：“我特地给你找了会唱的来，我们班长安非也是会吼几嗓子的优等唱将，今天你俩真是棋逢对手，将遇良才。”

“先尽着大伙点唱吧。”安非倒又承让起来。浦野起身耷拉着脸点了首《难忘今宵》，自己也不唱，纯粹搁那欣赏 MV ：“要结束前不都得点这首嘛，大家一起拿话筒唱呗。”浦野这下马威是“明示”被袁雪菁、安非拖延太久，时间已经要续点了。

袁雪菁挂不住脸，说要给大家赔不是，一反常态，门口唤位小少爷来，要开瓶安非连名字都念不利索的洋酒，说酒钱算她的，第一个先给浦野斟上，安非第一次见到这样的袁雪菁，烈酒一般的脾气。

瞿麦非常积极，抄起话筒就唱他早早点的《敢问路在何方》和《纤夫的爱》，倒不是说品味差，只是过于“经典”，以至于超出年轻人可欣赏的范围，瞿麦可就是会扯嗓子，是响度足够，音准度实在不敢恭维的跑调王子；曲林唱了《灌篮高手》和《美少女战士》的主题曲，微胖的中二少年，胸腰上的多层肥膘随流川枫的篮球起落而颤动着；浦野自恃粤语地道，选唱了几首 Beyond 的歌曲，开始大谈 Beyond 的才华横溢不落俗套和黄家驹的英年早逝，那个年代的明星全靠翻唱填词而原创作曲稀缺，而当代更只有寥寥可数的歌手可以做到。

轮到洛芬唱最近火热的《不能说的秘密》，浦野仍在一旁充当乐评人，跟兄弟们啰唆普及些音乐八卦。安非近近地观察，感觉袁雪菁的衣襟里飘不出原有的“仙气”了，汗水粘住耳廓黏糊糊的头发，妆容显出淡淡的雀斑，眼角也是红红的。

安非若接着洛芬再唱点周杰伦的流行歌就显得俗气。弄个伴唱把背景开大不就妥了，唱不好又何妨，安非决定就这么糊弄过去。安非高中时爱看些金庸、梁羽生的小说，就挑了电视剧《射雕英雄传》里的歌曲《铁血丹心》，中学写作业时那几句“逐草四方沙漠苍茫，哪惧雪霜扑面”也曾像模像样念叨过，大概不成问题。男女合唱的部分，安非也打算把话筒递给洛芬意欲互相配合。前奏响起，袁雪菁偏着脑袋望向身边人：“这歌好老的，你还会这个歌，我也很喜欢的，那我们一起？”

安非也无法推辞，众人又瞎起哄，袁雪菁可能就是简单想唱吧。背景原唱被故意放大，只听得女声部分依稀犹在，全然没过安非的男音。一段间奏过后，轮到安非的部分，他做深情陶醉状，仰头、吸气，乍一出声，发现原声伴唱被关了，旁人没发现，自己倒先被本音惊吓，瞿麦在点歌台的角落憋着坏笑。安非假意咳嗽两声，说淋了雨喉咙受不住折腾，就匆忙把话筒递给袁雪菁，这一曲未终也只得作罢。

所有人“表演”完毕，袁雪菁摸清大家的实力，方才到她的主场，她点的第一首歌叫《初恋》，开头字幕显示由莫文蔚演唱，但说这歌的原唱叫林志美，安非从没听过。

爱恋没经验，今天初发现，遥遥共他见一面，那份快乐太新鲜。

歌词是寓意女生暗恋男子，袁雪菁是借这词暗示她对学长的喜欢吗？可安非觉得这词句句都是唱的自己。

默默望着是，默默望着那目光似电，那刹那接触，已令我倒颠。

又或是袁雪菁嘲我痴？安非沉溺于袁雪菁拨弄的情感魔方里四处碰壁。

分分钟都盼望跟他见面，默默地守候亦从来没怨，分分钟都渴望与他相见，在路上碰着亦乐上几天。

音符里尽是图书馆的暮暮朝朝，电梯的升升降降，轻快的感觉飘上面，可爱的一个初恋！

“这不就是前几年周星驰的《食神》里那首吗？莫文蔚演的女主。”洛芬突然的废话打破了安非的自我感动。

“不对不对，雪菁讲错了，这歌是翻唱日本的。”曲林纠正道。

不管怎样，安非深深爱上了这首歌，况且袁雪菁的名字不得与“错”字并列。袁雪菁又一连着唱了《追梦人》《天若有情》《笑红尘》，凤飞飞、叶倩文、陈淑桦、李丽芬，那都是20世纪八九十年代的港台风潮，她偏好唱那些节奏缓慢的情歌。现场俨然是她的小型演唱会，清丽偏甜柔的声线，在慢歌的一字一吐一顿中释放得清爽自然通透，想来嗓子这东西和脸蛋一般，天生是上帝给的，用不了刻苦和勤奋去再造。

浦野又使坏，切歌点了首音高的要试试她的底，韩红的《天路》。

“怎样，不是花瓶吧？”安非凑过浦野耳旁问道。

浦野一向对袁雪菁有偏见，一味褒扬才是反常：“粤语唱得太蹩脚，连自己很喜欢的歌都不知是翻唱过来，唱歌也不全是表面功夫吧，但看能唱得了下一首才算是水平了得。”在这高音部分时袁雪菁的声带终触到极限，唱不上去了，浦野又有挑刺的理由。

如果说安非之前的追求有赌气的成分，那现在亲吻到袁雪菁那发出的声音都是幸福的了，在安非的评分表上，袁雪菁用月光流泻般的音色填补了因颜值掉下的可忽略不计的分数。没尽兴的袁雪菁又和洛芬合唱电视剧《还珠格格》的主题曲。今年又有汉京的高校音乐节，每两年一举办，今年轮到汉大承办，洛芬怂恿袁雪菁去参加："这样算来整个大学生涯才碰上一次，比湖南台的选秀还宝贝，传言上一次就有星探来挖人，你不得为校争光拿个名次吗？你肯定有戏的。"

"别闹腾，我们这种学生唱着玩的，哪能自己就当了真。"袁雪菁嘴上谦逊，脸上却被洛芬捧得开了花。

天下没有不散的聚会，但安非没有获得实质的进展，洛芬便拉住袁雪菁玩起游戏来，她决定就地取材，坚决把好人做到底——极具土味的"真心话和大冒险"，仿佛风行了整个年轻人的"娱乐圈"。几轮摇骰子，安非、袁雪菁终于同时掷到了最大和最小点，高频度的抖腿暴露了安非的兴奋。洛芬的"暴力美学"就是用"大冒险"直接让安非去亲、去抱。安非不解其意，偏又选"真心话"。洛芬强行把丘比特之箭塞到安非手中，又帮安非开弓搭箭，并把那心形的靶子推得距离如此之近。

"你是不是暗恋雪菁？"

"我没有暗恋。"安非一口否认，却着重强调"暗恋"二字。不知是怕伤人还是想暧昧，袁雪菁没有正面回应，只是把门齿深埋进唇缝。洛芬却还想继续追击。"您好，你们续的钟头到了。"一个总台小少爷不知是洛芬订的包房，直接抛出这句话，安非也趁势踏上这借来的台阶，说雨天夜晚也不便让曲林再破费，拉着哥们儿几个就要走。结账时袁雪菁也没再提酒，把曲林挣的钱全给糟践完了。

袁雪菁和安非都没伞，檐下泄成瀑布，KTV门口多的是等生意的黑车，大伙儿也倒自觉，没人愿意和他俩共伞。车子是辆看着要报废的老桑塔纳，座椅一股霉味，借着雨滴敲击车窗的噪声，四座密闭空间里，司机的耳朵权且当个摆设。

"不好意思，他们可能不知道你有男朋友。"

"没关系，没事，我跟学长也就和你一样，好朋友而已。"

"那能不能……"

"我觉得我们这个年龄还是学习重要，升学竞争激烈，工作也难说，其他那些东西我也想通了，暂时不考虑。”袁雪菁似笑非笑地说道，这一下堵上了安非的嘴。

一个急刹停在镀金招牌的“汉京大学”门口，晕车和酒精对脑干平衡中枢的双重打击下，袁雪菁吐了一整后座，又跑出车外呕吐去。司机见状，要价狮子大开口：“等这么久，等你俩穷学生，老街到汉大门口没几步的路，要吐之前不知道开个窗！”为显男人雄风，安非要和司机理论一番才肯走，洛芬一行也走到，骂战也惊动安保室里几个保安，“现在汉大的大学生都是这个素质吗？你们到我车里看看！”

瞿麦拉开洛芬，自己上前却又吵不过那唧唧歪歪的孙子，只得狠狠一脚踹在车前盖上，长期在道馆练深蹲的绝对力量下，破车盖有了一个深深的凹陷，司机想是惹不过，骂骂咧咧开走了。

那夜，安非借着酒意睡得很沉，那学长和袁雪菁暂不会有交集，难得不用再起早去图书馆。

第七章　急性短暂性精神障碍

KTV之夜，酒精的甘醇延长了安非春梦的柔美，一梦初醒他收到辩论培训的通知，从班团例会“被”报名次日，就得开始一项新技能之旅。

秦巧凤曾吹嘘过的辩论功底得到了印证——尤通知所言，队里那个参加过联赛的老油条，就是能干、狠毒的外号“凤辣子”的秦巧凤。从凤辣子捧一大摞材料稳稳地走进活动室那刻起，安非就已经被她征服了，她一定是那种危急关头镇场子的角色。入选辩论队也不是瞎胡来，每个学校都组建了一队和二队，而每个队里也会安排有资历的高年级学生带队，统一培训，每周末带一群毛头小子从零开始，秦巧凤也颇具耐心。

辩论培训考勤严格，但方法不定，看出医大对此尤为重视。培训时要求每个人先抽签，按自己拿到的话题陈述看法和理由，类似高考做议论文。陈述五分钟，二十分钟打腹稿，再逐一叙述看法，安非把脑组织压缩成干瘪的海绵，短短时间吸纳乱七八糟的知识，有关或者无关医学的，却仍是被模拟的对方辩手喷到无言以对。秦巧凤对安非尤其关照，让他在一辩二辩三辩四辩的席位上轮流体验，以求得全面的经验，培养辩证批判的逻辑思维，让他羽翼丰满。而秦巧凤的上级，大三年级的大姐大，向新一届萌新们介绍起基本情况：“不似体育、歌唱类的比赛，整个汉京的十来所高校都会参与，医药类高校就只六所——

两家985的医学部、汉医大、药科大、中医药大学，还有师范大学和理工大学几个医学工程类的小专业，总而言之，所谓医校辩论联赛只是个小领域的大活动，初赛复赛决赛只三轮也就完结，只要努力踮起脚尖说不定就能夺冠。”

夺冠又有何用？安非入学曾立誓：不吸烟不酗酒是基本法，与学习无关的事不做，于职业无意义的事不做，对这等废课业于不顾的活动，安非总抱有退出的心态。为这辩论，安非算得上半脱产，不仅免修一学期的案例课，晚自修也得听从培训安排，图书馆里还有更重要的人和事也只能放下，套取内情只靠洛芬，又或者说，即便再泡在图书馆，也捕捉不到外面的言情风雨。好在洛芬帮安非查清那位学长的底细，每得情报必及时传达，理清“狗男”和“仙女”之间的脉络，此事洛芬任重而道远。

而在这培训期间，备受学生们钟爱的案例课计划被迫更改，须待那位医事法学的任课老师摆脱泥潭——他仍挣扎在传统舆论和网络暴民的双重旋涡中。

医法老师摊上轰动一时的汉京凯迪拉克肇事案：上个月十号，汉京三环高架桥下一辆黑色凯迪拉克，与多车连环相撞的交通事故，造成两死一伤。据事件通报上说：犯罪嫌疑人被汉京市人民检察院批准逮捕，根据其肇事前后异常表现，及其妻子委托辩护律师的申请，警方于上月中旬委托汉京脑科医院暨江医大精神医学司法鉴定所对其“是否患有精神疾病，作案时是否具有刑事责任能力”进行司法鉴定，目前根据程序已将意见告知事故当事方，如有异议可提出重新鉴定。而诸多矛盾指向的集火点就是任医大司法鉴定所副所长的医法老师。在事发一个多月后的上周末，汉京交警发布通报称，医大司法鉴定所鉴定意见为：驾驶员作案时患急性短暂性精神障碍，有限制刑事责任能力。而此鉴定结果正出自他领导的鉴定团队。

专业地讲，“急性短暂性精神障碍”，在我国的定义为“一组起病急骤，以精神病性症状为主的短暂精神障碍，多数病人能缓解或基本缓解”的疾病。翻译得通俗易懂就是：好好的一个人突然就可能犯病发疯，持续时间不等，好了就完全正常，发病原因目前也研究得不明白。但既然认为撞车者属“精神障碍”，必然是持有力诊断作为证据。医法老师对新闻采访回应称，鉴定结果是“在慎重检查、鉴定每一个细节后，才作出了客观、公正、科学的鉴定意见”，但质疑声依旧响亮。

秦巧凤一行的辩论队也紧紧跟踪这件事情，如同高考作文题般，近期发生的社会新闻最可能会被设为题目，是该着重准备的辩题，安非所在小组围绕事件开始着手收集材料，贴吧、论坛和各大主流纸媒是社会舆论的主要阵地：在当场逮捕该嫌疑人时，路人爆料警察曾搜车检出一袋白色粉末，因此坊间传言车主是个吸毒的富二代，家里挺有背景，当时在车里的并非他本人，只是顶包入狱的，而“急性短暂性精神障碍”的说辞，是利用公众的医学常识盲区企图为嫌疑人脱罪。也有不同意见，指出受撞击的一伙人本来就在斑马线醉酒撒泼，因此反应迟钝躲避不及才会连环相撞。网络上恶意揣测不断，更有甚者在贴吧扒出“鉴定人员”的资料信息，声称这些人是豪强的走狗，在脑科医院就诊和住院的病人们也在非议自己的管床医生。

停课、出庭，疑云笼罩下的医法老师处于舆论中阴暗的一方。而这次汉大罕见地和官方对着干，选择和外部媒体舆论一致，指责相关司法和鉴定部门包庇枉法。在浦野看来，汉大无非是为了保持“独立自由”的高姿态——舆论掮客都是墙头草，从没有自己的稳定立场，校级报刊代表全校党团委和行政高层的风向。

浦野作为笔杆斗士，文字极具野性，近来加入文学社后在汉大校刊的编辑部里“横冲直撞”，竟也掺和进此社会事件。他曾想通过汉大校刊为医法老师张目，做了个专题访谈，对象包括校园路人、普通市民、法学院和医学院院系相关领导，把访谈对话整理成文，但最终登稿时，采访旋涡中心的医法老师的部分，那份对事件详细而权威的解读，却被“后勤”编辑组重点删减了，同时几位毫不相关的领导几句不痛不痒的言论又被着重突出。浦野见不得别人糟蹋自己的成果，很冲地质问起上司——那位统管校刊报纸的社长。新人选拔笔试时浦野拿了第一，但现任社长依然限制他独立组稿，直言“新手必从普通部员做起，先出外勤做校报记者去”。浦野始终不服社长，为何搞文学也要官僚风气论资排辈，只写官样文章有何用处；更不服的是，社长竟委派另一同辈的汉大中文系学生做他部长，一唯唯诺诺写抒情诗的娘炮，浦野须听他统领。蚍蜉撼树，可想被批到奄奄一息，眼里容不得沙就得学会以泪洗面，浦野总是如此自嘲。

瞿麦和曲林两人的春苗各自发芽。

曲林那边接连挣了好些笔网络“巨款”，置换了专门的游戏电脑，也在博客贴吧里蹿红，留言板好友无数，在虚拟社交网络呼风唤雨。曲林平时不爱主动学习，与图书馆和自习室无缘，近来又迷上一款名为“魔兽世界”的游戏，有时还带“妹妹”,不过这“妹妹”是每天匹配和曲林同局的女性统称,年龄并不等，据听见的声音“妹妹”性别也可不同——曾有次曲林与几个“妹妹”线下约见，竟是女仆装的男生。不过其中一个“妹妹”声音动听，宿舍四人团齐全时，曲林引她唱歌作秀给三人。相对于袁雪菁，此女唱功更好，但声音明显成熟很多，不似个“妹妹”，于是乎安非总嘲曲林是遇到了“大姐”，认为这是想追女人想到疯癫了，却也不提自己的窘境。

瞿麦日复一日赴健身房锻炼，肌肉线条明朗起来，依他暗恋的女教练的说法，瞿麦真正是“一天换一个模样”。他谋划着在道馆大展身手，不巧的是，女教练忙于接校外私教的活儿，找来男教练到汉大的高校道馆代课，自己却并不常现身。或许是对新面孔没甚感情，或许是刚入行经验太少，男教练总是训斥过严，有瘦弱女生因踢腿姿态不到位被这位新教练生生呵斥。并不是所有的学员都像瞿麦般要追求“更高、更快、更强”，大多数女生只是单纯想强身健体，学几样保护自己的本领。因此几次代课后便开始有学员向女教练抱怨，倾诉男教练代课时的野蛮教学和过分言语。

有一次男教练代课，兴许是听言有人向上头女教练打小报告，他的粗暴态度比往常更甚，个别女生固定动作支撑不住被体罚做俯卧撑，其中一个直接坐到一边哭鼻子去了。代课的男教练瞥了眼:“练武不是过家家，坚持不了就该滚，有些人空长了张有本事的嘴，身体弱，人品素质可比身体素质还差得远。”

见不到心仪的老师，瞿麦本就心中不悦，外加在初中就是小混混儿的调子，从前爱打野架不服管，是典型吃软不吃硬的脾气。此时也是冲动作祟，瞿麦决定在课堂最后的复习总结时狠狠地报复他。

“教练，我觉得您说得很有道理。”男教练饶有兴致让瞿麦继续说下去，“我觉得学习空手道就是应该有门槛的，武道是崇高的，有些人注定不配也没能力学它。我们就是应该提高我们空手道队伍的质量，所以应该首先从教练做起，也不是阿猫阿狗都能被叫老师的，要先剔除不合格的教练。不是有句话嘛，没有教不好的学生，只有教不好的老师。教练我说得有道理吧。”瞿麦特意装扮出蠢而不自知的表情，而年轻男教练的微笑渐渐凝固，只道声“散课”。男教练不经意走到换鞋的瞿麦身旁，耳语道：“你很出众，我记住你了。”

间隔几日没有新的情报，回想在KTV的表现，恐怕在情感私事上袁雪菁对洛芬已起戒心。安非决定亲自潜入这潭浑水，做间谍与洛芬里应外合。首先把袁雪菁的那本《高等数学》利用起来，安非按书扉页的QQ号发送了好友申请。

意料之中的拒绝，的确对陌生异性应当保持警戒之心，还是手机短信比较正式严肃。被曲林和“妹妹”游戏的暧昧对白干扰着，安非躺在床板上思来想去，从枕头下掏出翻盖诺基亚终于按下第一条消息：你好。

两个字，开门见山，安非自以为简洁明了、落落大方。

——请问你是？

她回复如此及时，让人无法准备好下一条内容。

——不好意思，错拿你的高数书，想还给你。

——原来这样，没事，我重买了一本。但还是感谢你。

一来二去这段不痛不痒的隔空对话又拐进了死胡同。安非试探性强攻：我把书放回图书馆失物招领处了，有空你就顺手带走吧。

久久没有回复，安非见状又补发一条用于提醒她：我是医学部临床的，你是哪个学院的，我们有缘交个朋友？

21世纪的“交朋友”是再古老不过的遮羞布。安非迅速把手机塞回枕头下，他无法忍受等待消息的铃声，那种讯息在空中飘摇的不确定，更忍受不了曲林和妹妹嘻嘻哈哈的游戏互撩，为了静等回复，安非探半个身子下床去喝止住曲林。铃声突然响起，安非小心翼翼将手指爬进机盖缝，曲林从床下跃起一把抢过，大声念出来:“老唐又回来了，有空约。”是秦巧凤的短信。什么时候回的？回哪里呢？安非只是好奇既然已从医大退学，不复读又怎个回来法。老唐先告知了秦巧凤，安非想来不是个滋味，也把烦心的袁雪菁暂放。

转眼间，安非、老唐、秦巧凤，三人共坐在老街酒吧的吧台上。老唐一扫上回离别的颓废感伤之气。安非把当班的洛芬介绍给老唐，老唐也冷淡对应。洛芬刚坐下，老唐就要洛芬开瓶五位数以上的酒，全无尊重之意，气得洛芬直扭走了去，老唐还塞给安非一沓小费让转交她，说不必追去。庆祝是今晚的主题，庆祝他重返汉大，但这次老唐不以医大生的身份，而是作为汉大下一届经管学院的新生，下半年正式报到入学，这样他便成了袁雪菁和那学长的准学弟。改学经管方面的专业，然后出国深造再接盘产业，显然这是家族为他量身定制的继承之路。

老唐的气质也变了人一般，高脚杯里摇晃着满是浮夸的冰块，骄傲、豪放，不畏缩、不拘束，这是崭新的老唐，等待着新学期的拆封。

“你和巧凤姐呢，现在算什么关系？”安非坏笑地问道。

“你看你俩坐我两边，左右对称，我老唐，和她，和你，当然都一样啦，好朋友，一生一起走！”秦巧凤恶恶地瞪了安非一眼。老唐言语此刻亦真亦假，让人捉摸不透，真是变了。从平凡的医大跳去名校，因祸得福，安非假意羡慕恭维他几句，老唐反倒安慰起安非，“你也别急，汉大并掉医大是迟早的事，这次我转学托关系找汉大领导，他讲这事确定提上日程了，口号喊了两三年，这次志在必得，合并的初步方案已经在起草，赶你毕业时证书上的钢印一定是汉大的。”安非并不那么期待，在汉大生活久了，也早把自己当作这里的一分子了。

小聚会散去后，洛芬又聊起袁雪菁和学长，情报有进展：袁雪菁的体育课选修了游泳，经常周末拉着洛芬一起在汉大体育馆练蛙泳，洛芬苦于兼职和游泳的时间冲突。安非自告奋勇要同洛芬一起去学游泳套近乎，洛芬却罕见劝安非最近冷淡一些，安非似乎低估了问题的严重性。

洛芬严肃地讲:“她的私事我不会干预，但她处于不稳定期，你的介入对你对她都不明智。她和那个学长的关系，她和我深谈过，这学长背景深厚，攀得上关系才能从自主招生的路子放进来，学生会里做小干部也常耀武扬威。传闻他家族有人是外资银行和地产集团的高管，又说其父还是其舅是某家 TOP 期货公司的掌门人，在汉京和上海都置有产业。你那唐同学是财不可挡的实业龙头，可这学长是贵不可攀的金融背景。他虽然心高气傲但确实优秀，大了袁雪菁三届，感情上好像喜欢吃嫩草，先前也有个小女友，但也算袁雪菁的学姐，为了追袁雪菁转手就把原女友甩了。和袁雪菁走近后一度处得很好，体贴肯为袁雪菁付出，闲暇时他在图书馆弄课题弄材料弄作业，只要袁雪菁坐在一旁陪着他都声称幸福满满，他背着袁雪菁硬塞给她不少个人荣誉奖项之类来讨好，但也给袁雪菁带来麻烦——此举惹得同班同宿舍的其余女生嫉妒。而袁雪菁毕竟是刚进大学门，不谙世事，今天这学长能为袁雪菁甩了前女友，明天就能为其他妹子抛弃袁雪菁，所以袁雪菁也谨慎，怕这学长太紧贴着自己。”

“归根到底，是雪菁对学长人品的不确定，导致双方不敢确立关系。”安非总结道，并且安非乐于袁雪菁保持这份戒心。

“也不仅是她的方面，问题也出在最近学长对她的冷淡态度——学长忙着捣鼓自己的职业未来，也可能是故意晾着雪菁，这是他们闹别扭的缘由。雪菁不是谈快餐恋爱的人，暗示他选择本校保研，想慢慢处着考察他。可学长有自己的打算，靠家里的手腕他不需要再深造读研就能有不错的工作，即使深造，也是出国读书，那也是得和雪菁就地散伙。总之，学长离开汉大是板上钉钉了，所以不停加压给这段青涩的关系催熟。至于学长有多喜欢她，凭雪菁的道行钻不透男人的心机，她只会任性地犯公主病。学长一旦厌倦了，觉得走之前无望确立稳定的关系，雪菁就如同鸡肋般，食之无味、弃之可惜。看到他们这对就体会到了恋爱的费劲，不像我活一时舒服一时，就爱挣外快。”

“爱一个人，不着急这一时半会儿的，我熬到期末他俩自会不成的。”安非嘴上承认不去游泳，还是预先做好打算——不去，那是要先锻炼身体才好秀出身材。他让瞿麦带着他去健身房举铁，可力量对游泳毫无帮助，安非尝试下水几次，不会换气只能可劲儿喝水。等忙完辩论初赛再施行泳池战略，安非记下备忘录。

宿舍里，对于曲林的网恋，众人不堪其扰——曲林与妹妹日渐亲昵，演变到甜腻的“老公”“老婆”互相称呼，叫不停歇。即便游戏打得差劲，曲林也会温柔地表扬，从不发火。曲林坦言这所谓的妹妹也并不是年龄小的高中生，而是汉大医学部的同级，不过二人并不曾见过面。妹妹在游戏里唱火，这真性情的元气少女被称为“侧脸甜心”，她只露侧脸开唱日本歌曲，然后上传到博客视频，她唱过《灌篮高手》《七龙珠》《名侦探柯南》甚至奥特曼的片尾曲，举一支口红或者钢笔当话筒，表演欲很强，满屏洋溢着青春的味道。这一对成了电竞王子和翻唱女王的组合。

而白天，妹妹会每天偷偷把早餐挂到曲林他们班教室门口。由于汉大和医大生混编在一起上课，妹妹和四人团不同教室，安非的整个大班也没机会见过妹妹的正脸真容，只是花样不同的早餐引人遐想，曲林更无从知晓其人。果然爱情是可以使人变得向上，吃着热腾腾的包子豆浆，曲林终究是爱上了听课，这是他来出勤的唯一目的了。四人团里没想到最宅的小胖子曲林却最先要脱单，大家都以为是最聪明的浦野。

曲林心痒痒地发起新一轮的线下约见活动，这妹妹却一直推脱，于是他经常到不同教室的课堂上课，坐最后一排给她手机发消息试探，看看哪个低头回复，想搜索出妹妹的定位。一番折腾后，曲林坚定地认为妹妹真人应当是隔壁最好看的班花，可她还不好意思承认，座位飘忽时南时北，戏曲林于东于西，和曲林玩起捉迷藏来，曲林直夸她的天真可爱，可羡煞众舍友。他们约定在辩论初赛相见，梦想那像影院牵手一样的美妙场景。

曲林初见妹妹的大喜日子，现场阵势果真不小，但安非没细瞧评委席位上有头有脸的人物，倒是注意到台下并排坐了洛芬和袁雪菁，学长却不在左右，这场景比对方辩手更使安非紧张起来。

题目公布真如预言：从连环撞车案看精神病的减罪。抽签时医大一队对阵二队，算是变成内部战，白白地提前压了真题。安非所在的一队由秦巧凤领队，二队里出现了班团例会上见过的熟人，马屁精之一的临床三班班长，一尖颌细眼的阴险小伙。安非是被迫入队补人数，而这位自愿报名的“社会人”是牙尖嘴利的货色，并不好对付。

一队的打法按照秦巧凤的战略规划，采取了中规中矩的套路。主守不主攻，紧扣我方论点与对方盘桓，只要论点根基够牢，论据结合够贴切，队员配合紧密，一般来说城防被攻破的概率很小。我方论点主要是两个方面，立法初衷方面与减罪条款适用面方面。为了备战，作为纯粹的医大学生，啃法条吃了些许苦头。

“首先，刑法不是为了给受害者报仇的，也不是给受害者补偿的，刑法的主要意义在于避免罪行的发生，即不要再有受害者，而对于精神病人，刑事惩罚不能起到威慑、杜绝类似事件发生的效果，所以采取强制收容等才是针对精神病患者犯案的更好措施；其次，不是所有的精神病人犯罪都不负刑事责任，更不是不承担民事责任，如果该精神病人有民事行为能力，其自身也是要承担民事责任的……”按照正常程序，两方按部就班念了一辩稿，双方二辩分别对对方的理论进行了常规质询，波澜不惊。安非以为这场比赛会像这样一直风平浪静，照常混过就行，直到进入双方三辩的盘问环节，他才感受到了被锋芒针对的刺痛感。

一队三辩秦巧凤盘问：“有请对方一二四辩。请问对方一辩，精神病人在作为刑事犯罪人员时，其极其有限的判断能力是否说明其主观作案意图的衡量必须特殊对待？”

反方回答是，尽管意图有别，其后果却更严重。秦巧凤逐渐加力：“我方强调作案意图的原因在于想说明，对精神病人的刑事惩罚并不能使其降低未来或有的再次伤害他人的概率。好，请问对方二辩，精神病人实施犯罪时，是否无法通过理智来控制自己？”

“不一定。那必须是不一定。”

“在特指犯病的情形下呢？”

“好吧，也可以这样说。”这话没毛病，这二队二辩只能松口点头。

“那么请问反方，在此时，能够对其进行理性控制、避免或有伤害的人是谁？”

“其监护人，但是——”

秦巧凤及时行使打断权："所以也就是说，在精神病人犯病时没有民事行为能力，他行为的或有恶果应当由监护人共同承担。请问对方一辩，为避免再次伤害，是该把大于其自身行为能力的刑事惩罚加诸该精神病人，还是应该对本应分担其行为恶果的有正常判断能力的监护人加以限制和规范？"

"话是这样说，但是伤害确实是该病人——"

秦巧凤不等他支支吾吾，"所以，相对于惩罚精神病人本身，对其监护人和监护环境的限制和规范才更加符合刑法规避再次伤害的初衷，我们为什么要舍近求远、南辕北辙呢？"

主席宣布计时时间到，"谢谢大家！"现场响起热烈的掌声，评委中有一两人微微点了点头。秦巧凤坐下后对安非讲，我方的第一个论点基本打出去了，接下来的对方盘问环节，一定死守第二个论点，甚至攻出去。

对方眼神犀利的三辩即那位"马屁精"，并没有给安非机会，他们没有按照秦巧凤设想的套路逐个反驳论点，而是另辟蹊径问了安非一个措手不及："有请对方一二四辩。请问对方一辩，您方刚才的意思是否是在伤害既定的情况下，对精神病人定罪无法挽回受害人损失？"

安非方一辩愣了一下，觉得没毛病就应了一声："对。"对方又跳过安非："那么请问对方四辩，以深圳罗湖三死两伤案为例，如果犯罪嫌疑人并非精神病患者，对该嫌疑人进行刑事制裁是否能够避免这起惨案？"

一队迎击："不能，但是精神病人确实对受害人造成了巨大伤害。""马屁精"直接忽略一队四辩"但是"后面的内容，继续问木头一辩："既然惩戒正常人也不可以避免既有案件的发生，这又如何成为不依法刑事惩戒精神病人的理由？而法者本来就禁于已然之后。"

正一支支吾吾，秦巧凤心碎。安非发言轮空，不禁走神，关注起袁雪菁、洛芬那边，正式开辩后袁雪菁就站在斜侧方的投影屏下观看，她为何去那处地方，是准备上台吗？这三班的"马屁精"趁势追击，突然矛头指向安非："再请问对方二辩，我们今天讨论的对精神病人减罪公正不公正和有没有效果，这两个问题矛盾吗？"

安非回过神来，一想这话没毛病，顺口便是“不，不矛盾”，秦巧凤急得直拉安非袖口。“那就很好办了，既然如此，那么对方强调的规范监护人义务并不能证明减罪的有效性。补充一点，”他转向评委和观众席，“如果不对精神病人减罪，并加大对监护人的连带刑事处罚，甚至可以治此类案件于无形，法者亦能禁于将然之前。”

上场前秦巧凤曾讲过这“马屁精”，简直人面兽心，太小家子气，虽然一同培训，却敌对所有同校的一队成员。安非分不清这凶猛的盘问是不是私人恩怨了，但他确实慌了神送给对方可乘之机。按照论点和论据的罗列，正反方现在实力相当，只是反方其实比较有场面优势。

自由辩环节。一队方面补充论证了一些观点和论据，而反方揪住之前三辩拿到的领地不放，一个劲儿地逼问，尤其是对方“马屁精”，在自由辩时甚至一度嫌弃他们的四辩太弱，在四辩要站起来时按下他的肩头自己起来说。这些细节被评委看在眼里。而一队虽盘问环节气势不足，但在秦巧凤的带领下一直是稳中求进的状态——利用法条和定义以及判决证据，死守高地。最后自由辩结束，两方四辩结辩，根据先发后结的规则，一队最后结辩。一般后结者有优势，二队没有再反驳一队的一次机会。

主席宣布评委离席讨论胜负，在此期间观众自由提问辩手，等待评委返场公布结果。安非平静下来，再细看袁雪菁的表情，窘相已然深入美人心。当下，袁雪菁那位关系暧昧的学长竟悄然出现，主动向主持人要过话筒，开始向一队询问问题：“既然辩题是由连环撞车案而来，也就是事先假定此人有精神疾患属实。那我知道鉴定主体是隶属你们医大的精神医学司法鉴定所，抛开辩题本身的限定不说，我就想提问你们一些专业上的问题。”他向主持人指明要安非回答。

“这个奇怪的精神病诊断得足够权威吗？还是只要看是不是权威的人下的诊断呢？此病需要时得，不需要时恢复正常，可无限次使用吗？那以后只要傍上你们的权威老师，想杀人就犯病，想出狱就痊愈，塞红包就能得到犯事的机会，是这种道理吗？”这学长攻势凌厉，言辞熟练，像是有备而来，安非不知该如何表现了，明显是来找碴砸场子的。

秦巧凤见状不妙，抢过话筒来反驳：“阴谋论那是在你们这些不明所以的公众看来，唯恐天下不乱。那有证据提示鉴定团队是食人嘴短，替人消灾吗？目前并没有，但民粹主义者对强者和弱者的判别总有基于经济条件和社会地位的预设——豪车撞人吃定了是理亏的。即使你们学医，如果不从事精神心理方面的专业研究，也不可能知道这个病的，这是近年来新兴起的精神疾病诊断分类，教育条件所限，要懂也太为难你了。”

两人对辩甚至比刚才的初赛更加精彩。学长引战完成，话筒递给台下另一个汉大内应：“所谓权威就是玩弄术语欺负老百姓，这种病就是特权病，是有官商背景的特权阶级通过腐蚀医学伪权威拿到的低级借口！”

接下来还有人把鉴定部门一段“前科”扒出：曾有一个再婚男人的前妻，突然带了两个人到他家里，将他的现任痛打一顿。几个月后警方称前妻不需要承担任何法律责任，理由是有精神残疾证。而此前妻是出租车司机，已有十多年驾龄，按照相关规定，精神病人不准申领驾照。后来记者暗访时前妻承认精神残疾证是找关系弄来的，声称“搞急了砍她一刀没有罪”。而她找关系弄来的精神残疾证，正来自医大附属汉京脑科医院鉴定所。

不管台下如何泼污，秦巧凤不紧不慢地表明态度，维护母校荣誉：“精神类疾病的特点导致其有可能成为任人打扮的小姑娘，为违法犯罪行为背锅。但其实并不罕见的，汉京去年一年脑专科医院诊断出近百例。近年到我们脑科医院申请做精神病鉴定的人逐年增加，一些嫌疑人为了逃脱法律制裁，绞尽脑汁想伪装成精神病——说谎、撞墙、脱裤子，可谓丑态百出，最后被鉴定为无精神病的人数更多，冒充精神病没那么简单的。你们要相信医大鉴定系统的公平公正，在任何情况下都不会缺席！”

台上医大方的几个评委格外注意到秦巧凤的积极表现。

评委点评后谢幕，结果显而易见——从事件起始警方和鉴定所的联合通告就隐约透露出本案倾向于轻判，有一定影响范围的省级辩论赛结果也不会违背官方结论，因此与其说是辩论技巧，毋宁说是抽签的胜利，一种官方内定的结果，二队从抽签那刻就注定落败。合影时被满场瞩目的安非依然用余光窥伺袁雪菁，看她是否同学长一道离场，回看照片里的安非心不在焉，秦巧凤的脸色也阴沉起来。

初赛告一段落，半个月后医大一队会挺进复赛。而肇事案无论事实如何，已然解释不清。作为医学生当然更倾向于老师及其同事们的科学鉴定；而作为普通群众，又实在难以置信。争议，在任何时代都客观存在着。

“她鼻唇沟里那个黑痣有那么大，”曲林回来倾诉自己受到的惊吓，屈着食指和拇指套成圈，“有葡萄那样大的痣你们见过吗？”曲林看来显然网约奔现失败，他嫌弃那妹妹不好看，虽然当时不说破，但曲林观看辩论赛的半路离场，连“上厕所”的借口都不稀罕使，表达得足够明显。“她还想伸过来摸我的手，我立即把她手放回大腿上去，就想叫她自重，我现在知道怎么都说网络是骗人的了！”曲林呆滞地望着笔记本桌面，他得出了这个结论，颓废地自己玩游戏去了，他需要放空欲望做个孑然一身的玩家。

又一个周一，低头不见抬头见的一排教室，大伙等着看曲林和妹妹的尴尬相遇，四人团里其他三人好奇妹妹的长相究竟有多不能接受，很快就见分晓。果然门把手上没再出现早餐，曲林倍感欣慰，而其他人却没了戏看。就在三人面露失望之色时，一女子闯入教室，众人见她打扮时髦，黑皮外套、裤不及膝，猫步、不理人，皮衣反光、妆容吸睛，小太妹气质，拎一塑料袋于教室门口环视，再瞧袋里早餐，众学生这才识别她身份。她走向曲林时，过处无不侧目回头，这气场令人以为她会把那小拎袋掷到曲林桌上去，却是端端正正双手奉予曲林，曲林恨不能翻过凳子后面去躲着她。这次包子油条升级成煎饼和奶茶，反观曲林这肥仔身材，看来妹妹竟单方面满意了。

她这相貌中规中矩、不功不过，那颗骇人的大痣也不及葡萄干那样的尺寸，更不用说有紫葡萄大，瞿麦、浦野很久没打分了，一时竟无法评价。但显然曲林描述夸张了，浸淫在完美的二次元世界里太久，有种动漫的格调替换成真人纪录片的不适应感——她离常理的丑还远着哩。

“以后别送了吧，我怕同学们误会。”曲林哀求似的说道，觉得妹妹该明白，妹妹听了倒也不生气，只歪着脑袋，仍保持着暖人的微笑。

至此曲林不许宿舍伙伴们提及那人，他认为被丑女看中就是某种被认定般配的羞耻，之前多期待多嘚瑟，现在的当众羞辱就多丢人。妹妹的亲昵称呼也改成了粗糙的真名——苏桂枝，桂花的桂，树枝的枝。

这周安非再蹲守图书馆，发现失物招领处的高数书悄然消失。夜间，没有曲林和妹妹的男女语音，宿舍安静许多，安非把疲惫的身子一顿收拾已经是临睡时分，他抄起手机来：我今天在图书馆见到一女生到失物招领处取走了你的高数书，我来确认下是你，怕是别人误取的。安非显然不是为了一个简单到不能再简单的“嗯”，继续搭话：行，那我也算见过真人了，我俩干脆交个笔友呗。

太晚了，有空加好友再聊吧。

袁雪菁并不感冒，匍匐爬行的他并不知道在战线的另一侧，很快将收获一次明面上的“跃进”。

四月，春池水暖只有体育馆一泳方知，既然袁雪菁课余最大的爱好是学习游泳，安非相信总有一天他们会在水中偶遇。汉大碧蓝的大泳池呼唤安非的加入，因此身体的锻炼迫在眉睫，即使力量的练习不能指导他提高游泳技术，他也不想依靠下腹部的脂肪泳圈漂浮着，而瞿麦永远是他免费而专业的私教。

安非总在瞿麦下课前到道馆等他，但尴尬之处却在于瞿麦爱“拖堂”：若是惹人厌的男教练当班，他一定准时或是提前下课，而每当那心心念念的女教练归来，瞿麦则会要求主动加训——学生竟要求老师“开小灶”，最好是单独授课。安非不知情，眼见学员们一窝蜂涌出空手道馆，一个个换衣穿鞋有说有笑，怎也等不到瞿麦，怀疑其早已离开，打手机无人接听，又因为严苛的礼仪规范不敢入内，拽住其中一个问起瞿麦行踪来。这孩子没透露，却窃笑地拿食指做个“嘘”的手势。

安非起疑，入大门只隐约听得急而重的喘息，夹杂几声呻吟，蹑手蹑脚循声摸到道馆的回廊里，透过门缝瞟到角落里的道垫上有两个人紧贴着，其中一个甚至赤裸上身，能辨出男人喘粗气……安非一时窥伺入神，想入非非，心想瞿麦一定已习得了丰富的体位。倚靠着门又压着门把，安非踉跄着把自个儿送上了场地的道垫，这才看得仔细了——那女教练的身体压着瞿麦的赤身肉背，用体重顶住瞿麦使两腿岔成“人”字，企图逼其完全拉开腿部韧带劈叉成平角。而躺在道垫上的安非从瞿麦岔开150度的裆下和他产生了迷惑的对视。

打扰了他们二人，安非随便敷衍了那教练两句，使用俯卧撑的方式起身告别道馆，以示对体育精神的尊重。安非有求于瞿麦，而瞿麦有求于浦野——瞿麦有股子体育人的独特浪漫，声称想给女教练写封感谢信。

“情书就情书呗，恁净整啥有的没的，不中不中。”安非学着瞿麦的北方腔调。说来也不过是让浦野为他出招，编几行优美情诗，可浦野傲气，认为情爱之辞必出自真心，代写那是辱没了真感情，想必浦野认为编土味情话让自己掉价罢了。瞿麦只好去缠安非，安非就从口水爱情歌里抄了几句像样的歌词来，字里行间都是假大空。瞿麦口口声声喊老师，教练也才24岁，因为瞿麦高考复读两届，她只比瞿麦大三岁，刚从江东体育学院毕业，在一家体育机构工作，代课的男教练是她带的入行新人。安非有时诧异，但相比袁雪菁和那学长，也只这般的年龄差，即便是学生和社会人的区别，这份感情又有何不妥。

而浦野拒绝给情书代笔有更深层的缘由，他偏好写杂文、政治时评，文风好斗、带刺，自诉是战士，不是后勤更不是护士，不擅写情情爱爱，保养感情非他所能，若是分手干文字架时他自会出马。浦野的笔力远不是大学才发迹，高中时浦野曾入围新概念作文大赛，写作是一把好手。浦野之“野”在写文无畏无惧，浦野有自己的偶像——鲁迅、闻一多、李敖、柏杨、王小波，那一类特立独行、不死不休的文字猛士。浦野这处处不饶人的个性尤其适合擂台上盘嘴皮子，但也经常搬石砸脚。

汶川地震时，全国上下倾力救助，高校也不例外。除了医大的几家附属医院正组织医疗队前往四川，捐款先行，但凡提钱必会争执。慈善机构发布公告，组织开展救援，爱心捐款方面直接向各公立单位要指标，几日筹款后，汉大官方公布了捐款名单和款数。问题在于名单上医学部的合计最少，只有别院的零头，原因也很简单，医学部的学生人数最少，再者汉大医学部里医大学生的捐款金额归入医大系统，班长们收取后交予尤通知，不计入汉大的账面，因而就显得更少。

但这本没什么说法。兴许是心系家乡，又或是认为慈善部门发动能力有限，汉大四川老乡会的同学们自发组织救援物资和捐款，学生间的鼓动效果显著，甚至联合了省城里其余大学的老乡会，形成民间捐款的一大股力量。此举或不合规或不合法，汉大学生会仍要求统一经过他们再上交，最后送往灾区。汉大作为发起校内非官方捐款的“始作俑者”，校方认为丢了脸面，组织开政治大会，分管院长亲自到场，由预备党员、学生会干部和各班长带头捐款，又把捐款的红箱子换成透明箱子，这样谁没有捐款，捐款数目多少一目了然。面子上还能挂得住的也只有瞿麦这种脸皮厚的。

事后有学生怨怒说医学部拖的后腿为何让全校补贴，加上给老乡会的，很多人一共捐款三次，一次更比一次多。坊间也总有人污蔑医学部，说医学部缺乏爱心、将来更不会有医德这种话都流传出来。汉大医学部的学生更不满意，非说是夹杂了医大的学生，他们算了人头总数却不愿意捐钱，导致整个医学部捐款总额和人均都是垫底，至此医学部也起内讧。但也只有安非几个医大的班长知道捐款金额的来龙去脉，只得不停地向各方解释，无奈声音太弱，被谩骂洪流淹没。几位医大的班长一合计，决定让浦野起草撰文，为他们发声。浦野有上次凯迪拉克肇事案的经验，知道这等稿子上不得台面，也怕影响不好毁了自己前途，所以决定匿名在博客写文。浦野想好了文章题目：莫让爱心染铜臭。

第八章　桂枝妹妹

野百合也有春天。

靠着晚自习陆英给打的掩护，洛芬断断续续在远房亲戚合伙的老街酒吧兼职半年多，那亲戚承诺她妈一定会盯好她，要她禁烟少酒。洛芬一门心思就想要钱而已，那种借着几分姿色拿小费数钱抽筋到天亮的日子，要比刷高数物理化学题舒坦得多。洛芬刚开始擦杯子摆桌还行，坐吧台收收钱，结果把账算错了，亲戚也不忍扣她工资；后来乐手缺勤，她自告奋勇上台子唱歌，把客人吓走了大半；再后来管包间开酒，她蹭客人的酒把自己整醉了，遇上心善的好说话，有的就绝非善茬——拿了他的小费就要做他的女人，洛芬这才怕了，亲戚只能过来打个招呼，谎称是大股东的女儿偷跑来客串玩玩票，不懂规矩还要带回去教育。那亲戚干脆补贴钱让她别来上班添乱了。她脸皮厚，还是来，来就得付工资。

洛芬逐渐学会看人下菜碟，但没少吃瘪子，怀揣着七上八下的忐忑看这三教九流个个灌得五迷三道：文身大金链子的狠人却愿意为姑娘挡酒掐烟，西装笔挺似个人样的白领却进了包间就露出衣冠禽兽本色，文质彬彬的正经人外套一卸腋臭脚臭满嘴烟臭，抚着妹妹丝袜开腔唱歌，偶尔也有工装男坐吧台听歌点廉价啤酒就为了消解做工的疲惫。

到主题月，服务人员打扮都与以往不同，用来营造氛围，洛芬的第一春盛开了。吧台一向有些新手，总盯着酒单上花里胡哨的洋酒名字踌躇不定。

那天走怀旧风，洛芬着白衬衣、黑马甲，一身中性打扮，台上奏的《昨夜星辰》，她戴白手套给安非、浦野两个倒酒时，注意到吧台一个清瘦小白脸，弱不禁风的喝两口就会翻下高凳的样子，沉默、内向。强健的下体、胸腹肌和肝脏，是男人们的酒吧生理通行证，他看来一样都不占，注定会被淘汰出局。洛芬问他只说在寻找素材，他是汉大中文系的同级，现当代文学专业，正尝试着业余写小说，有的情节涉及酒吧 KTV 之类，特地来找灵感，口袋里不充实，清汤寡水没啥能喝的，问调酒师推荐都是四位数的。同龄人之间话题总来得很快，日夜不分的夜场里聊天也是没天没地，就怕出了此地就去没羞没臊的地。

洛芬这等小女生兼职时常警惕，遇到伙伴才饶有兴致地敞开说话，她又偏爱那类散发文学气质的男生。这下一个爱讲，一个想听，和酒保三人凑成了酒话会。

“看，那边满场逡巡的老太太和大肚子孕妇，那是暴力捉奸来的；卡座里那些鼻子高入云、下巴戳到地的整容脸，是到处翻卡蹭酒的‘公交车’；懂行又规矩端庄的，那是我们的酒托。”洛芬一一评点众生相，也告诉他内部经验，比如调酒师照顾老客；洛芬也推荐自己喜欢的便宜酒。

“都是学生，就看个热闹。”

“调杯低度的给这位小弟弟。”洛芬请他喝鸡尾酒，酒保兼调酒师没好气地讲：“小心老板扣你工资。”

光线昏暗，安非、浦野见洛芬过去太久，看不清是何人引得她上瘾，便凑近了瞧，浦野说这是狭路相逢——好巧不巧，这男生竟是他的编辑部长。浦野看他最不顺眼，对洛芬的那点好感荡然无存，从此再也不来捧洛芬的场。文艺男生第二次来就专门奔向洛芬了，洛芬拉住他跳舞，亲自客串调酒给他尝，她逐渐和这男生黏在一块，没发生过喝醉上台砸驻唱歌手场子的事，也不再没皮没脸地向熟客讨小费，洛芬只是安静地享受和男友的美妙时光。洛芬仍然兼职，但不忙时就坐下来看看“羞羞脸”那纤长的玉指和他笔下的素材。因为他刚来时那副忸怩拘束的样子，店里其他姐妹都叫他“羞羞脸”。他姓刘，四人团都叫他刘羞羞。

洛芬甚至舍不得再花时间陪袁雪菁练游泳——这恰是安非的机会。但洛芬讲安非想得太简单：“她问我有没有认识的小伙伴找来陪她，我说要找医大班上相熟的男生来，她有些不情愿，我估计她猜到是你，而且怕破坏和那学长关系，所以我说你们宿舍本来就约定好那天游泳，她也没话讲了。其实我觉得你还是别去，学长说是没空不可能出现，但有偶遇的隐患，况且有救生员岸边看着，真的需要人陪同？她无非是作妖跟我耍性子，所以我建议你最好想清楚。”

“想什么，这需要想吗？”安非不敢多想，晚答应一秒就有人插队。

安非有些生气，洛芬自以为是，右心房到左心室，谁还不是四个心眼。约定的周末安非依然赴约，爱情和面包都不能落下，四人团一道去，方便及时给安非出谋划策。

上一次四人团同挑衣服还要追溯到第一次去老街酒吧约洛芬，这次是挑泳衣。瞿麦的胸毛多，想靠泳衣遮掩，无奈身材过于壮硕，游泳馆的小店里女式居多，又没有适合的尺寸，浦野坏心又起说：“你就穿V字儿式样的吧。”浦野从衣架抽出件性感的粉色深V女式泳衣，“你练得这么苦，可不能为了几根汗毛藏匿腹肌是不，你往下扯扯这就V到耻骨联合，就叫男色可餐。”

曲林也不正经：“不够，应该从胸口V到后面尾骨尖，你如果买下我就帮你再裁开些。”

“V到尾骨的那是开裆裤，对那些心脏带点毛病的大爷大妈来说，未免太情趣。”安非叫他们正经。

游泳馆是汉大校园中人最杂的地方，不止汉大的学生，还有附近居民区和老街的商户们，除了固定时间被上课和训练占用，其余时段游泳馆都敞开怀抱欢迎社会人士，建在学校却是社会营利性质，分为免费的露天区和计时收费的户内区。露天区因为免费缘故，校外人士偏多，热闹但池水却不干净，常有被风刮到水面的树叶和昆虫，有蛤蟆为捕食小虫展现真正的蛙泳，上演动物世界的水上大戏。四人团先在户外试水，趁袁雪菁未到先熟悉水性：曲林肚子上自缚有肥肉泳圈，沉下水又徐徐浮起；浦野精瘦，皮肤乍一瞧比正常女生还白嫩；

瞿麦下水前从更衣间一路走来如希腊雕塑T台走秀般，池子里个别年轻女性开始摘下泳镜，可趾尖才点水，瞿麦便缩成一团惊呼“好凉”，顿时气场全无。瞿麦身材过优的缺点也暴露：肌肉多，密度大，瞿麦几乎不会游泳，没有小浮板就会一沉到底，女人们一见，套上泳镜又钻水里了。

人多水杂，浅水区场面尤其混乱，欢腾的儿童们套着五颜六色的游泳圈扑打水花，更有男青年托住女友臀部抱起来亲嘴，荷尔蒙的哈喇子都滴入泳池里。安非突然发现女更衣区出来位穿比基尼泳衣的女生，轻薄的三角形布料兜起一对似小白兔蹦跳在肋骨上的酥胸。再定睛细看，安非失望了，这位不是袁雪菁而是曲林那位桂枝妹妹。自从约见失败，曲林就刻意躲着她，早餐也不见她天天送了，送了也是被曲林分与瞿麦吃了。没想到在这儿偶遇，又或是跟踪了曲林。安非一行赶紧招呼曲林来相见，曲林却避瘟神似的游开了去。两人自顾自地各自游在相隔最远的泳道。

袁雪菁到训练时间，这才招呼安非去户内泳池。幽碧的池水带着浓郁氯味儿，但相比户外清洁许多，曲林肉球般一屁股哗啦坐进水里，突然一声哨响："不许跳水。"安非这才发觉四角上各有监视全场的救生员。

袁雪菁蛙泳已算标准熟练，完全不需要人指导陪同，游累了便和安非交流些关于泳姿的经验，安非只能冒充行家表示赞同。袁雪菁看来情绪高涨，敞怀谈笑，一点儿不似前几次的拘谨，又要拉住安非比赛游一个来回。正说着两人中间涌出一串气泡来，很明显不是潜泳者的吐气，倒像是下消化道排出的。袁雪菁捂住嘴却笑得更欢了，故意做出躲臭的姿态来，忽然捏住鼻子仰面倒下，可爱的脚丫子啪嗒啪嗒着仰泳，招手示意安非跟上她。安非循着暧昧的浪花追赶袁雪菁，余光注意到一个正自由泳的戴银色反光泳镜的男生——老唐这么早回来了？凭借可见的脸部皮肤依稀分辨，似是老唐。

游泳也不喊上自己，安非想作弄他，偷摸到他相邻的泳道，故意轻踹一脚丫子提醒他，老唐却不在意，依旧游得欢。摸不着袁雪菁的屁股，那摸老唐的屁股可行吧，安非再加速游去一旁，从水下捏住老唐的一瓣屁股使劲儿蹂躏起来。老唐停止扑打水花，安非仔细看清这位是和袁雪菁有感情纠纷的学长，倏地老友变了敌人，心比水凉；而学长本是疑惑，这时也看清了安非。

“不好意思，认错了。”安非实在憋不出更多解释。学长咂咂嘴，正想开口，岸上的救生员突然吹三声哨子，安非以为是因和学长发生“交通事故”霸占了泳道的正中间，挡别人道了，待水花嬉笑声停，看护员指着瞿麦吼道：“不许在游泳池里面撒尿！”周围的人都好奇盯着瞿麦泳裤周围呈散开的黄色，瞿麦还不自知。众泳客看热闹，安非和学长两人也不禁绽出了笑意，气氛暂时缓和，安非则趁机抽身迅速游走。

瞿麦手掌翻腾一阵搅和等黄色散尽，生怕别人盯住他，刺溜一下钻入水下，再出水已是距离好远，他以为众泳客忘了他，刚想喘口气，面前两个低龄童大喊：“他来了，他又来尿裤子了。”瞿麦下意识驱赶小孩，俩孩子不甘示弱，胡乱拍水还击，瞿麦竟和小屁孩鏖战，在泳池你追我赶，救生员连续吹哨也不管用，担心他们出事，工作人员赶紧也跟进来。

安非看戏入迷，没察觉学长已悄悄潜到身后：“同学，你游完在更衣间等我下，有话和你说。”安非听这话顿时慌张，他没想好如何解释他和袁雪菁这关系，也没来得及知会曲林、浦野，就准备偷溜掉。上岸迅速擦身换衣，而更衣间的柜子老旧，一时卡住竟难以打开，工作人员又处理瞿麦去了，安非束手无策只得躲到淋浴房的最里头的莲蓬头下。学长还是搜出了安非，直截了当地说了段开场白，大意就是质问安非，和袁雪菁走这么近到底是什么意思。“啊？你刚说什么？”将水量开到最大的安非把脑袋藏在水柱里，假装听不清声音，学长粗暴地打回开关，声音高了十个分贝：“别人和你讲事情，你什么态度？”

安非开始装糊涂：“你是哪位，我们好像不认识吧？”学长怒气又升了些，他个头比安非略高，把膀子搭到他肩上，凑近安非耳边：“医大的，你才上大学，道理不懂我不怪你，但基本的规矩要守。再警告你一句，别人的东西不要乱碰。”说着二头肌也加力紧紧卡住安非脖子。曲林和浦野这才找着安非，安非霎时甩开学长：“莫名其妙，我不懂你在说什么，你再纠缠我就喊保安。”曲林、浦野也过来挡开这两位，以防他们下一步发生肢体冲突。

“哦，你自带保安是吧，行，你的意思我也看出来了。我话也都说明白了，今天就到这儿，下次碰面看你表现。”学长吹着口哨走开了。

瞿麦被柜台工作人员扣住要罚款，瞿麦尴尬地向他们解释，讲以前在老家很少游泳所以憋不住尿，出水太冷又不愿上岸去厕所，他也不知道怎么的大腿周围就热乎起来，他不知道是不是自己的祸。

安非只是后悔没听洛芬的劝，导致折戟沉沙，他也不想再糊里糊涂下去，想和袁雪菁当面谈谈，便让他们一行先走。曲林浦野劝安非一道回去，怕安非又挨揍，浦野帮安非分析道：如果学长自发的游泳锻炼倒是偶然，若是袁雪菁同时喊了学长和他，那就不可想象了。“没事，他俩要是一起出来，那我就当是被袁雪菁戏耍，那我认栽；如果单单是袁雪菁一人，那就是巧合，那我仔细问问清楚。”安非倔强地要等袁雪菁出来，众人没辙只能走了。

袁雪菁一出馆，安非就从后蹿出送她个小惊吓：“我送你回去吧。”

“我正找你，你怎么不打声招呼就出来了！”袁雪菁嗔怪道，“再这样下次我自己游，不带你玩。”安非不说话，乐呵呵地就跟上袁雪菁了。

“那我不来陪，你也不是一个人游泳的呀，不是吗？”安非尽量用柔和的语气暗示她，袁雪菁欲言又止，过了一会儿，说：“是啊，那还有教练和其他学员的，救生员也看着，一个人也出不了什么危险，你放心。而且，洛芬说你们宿舍本就约好了今天来游。”袁雪菁这招反客为主。

“我看见你那学长了，没别的意思，就怕他误会。”安非干脆更直接一点。

“误会？”袁雪菁嘟囔着嘴，“可是我俩就普通朋友而已，他凭什么误会呢？”

“男朋友看到别人陪自己女友游泳，总归不好的吧。”

“可是我和他也只是要好的朋友而已。再这样我生气了，你这样不礼貌。”

安非想追问，话到嘴边又咽回去了，两人的话题迎来长久的沉默。

天色渐晚，晚霞的红影引出一股自行车流，大妈大爷和三两小孩汇聚在校园的十字路口。

默默望着是

默默望着那目光似电

那刹那接触

已令我倒颠……

此时此刻，安非脑海回荡的是袁雪菁在 KTV 唱的那首《初恋》，每分每秒，不停不休，倒带循环着。

“雪菁。”

袁雪菁应了一声。

“雪菁。”安非以唤她为乐。

“干吗？说。”

“没事，开心。”

三轮车、二轮车和一对男女默契的四只脚丫，是马路上长短不一的音符，最欢快是俏皮的蹦跳短音。

袁雪菁展开双臂，晃悠悠地立在路牙上，边说着把后脚跟挪到前脚尖，左右侧弯着身体长轴保持平稳，忽而踮起脚尖作支点转个 180 度，裙摆扬起成游乐园的高空秋千。

“你看我走得多稳，我该去学芭蕾的。”袁雪菁拍拍安非。

安非却说：“那你怎么不上天？”

“你干吗骂我呢？”袁雪菁娇声娇气地问。

“我是说，你平衡感这么好应该去开飞机。”安非伸手去拨弄旋转袁雪菁的长发，嘴里发出类似螺旋桨的嘟嘟声。你来我往一番调皮打闹，袁雪菁的独步也乱了节奏。

“那是学长吗？”安非指的是隐在路口树荫下的男生，单脚点地跨在自行车上，注视他俩也不知多久了。闻言袁雪菁走神踩上了排水孔的凸路牙，眼见平衡不住，抓扑着想要牵住安非的手。而安非此刻，就像房间里做功课的中学生被爹妈突然按停了偶像金曲的磁带收音机，内心波澜翻涌。袁雪菁从失了反应的安非身上滑倒在水泥路边，膝盖擦破皮，安非扑下来忙搀扶起来。

袁雪菁也注意到自行车上那人，一时忘了疼，也不呼痛了。那男生见状没逗留，拨了两下铃铛便骑走了。

袁雪菁伤口颇深，血流出来湿润了伤口周围，安非赶忙扶袁雪菁到水龙头下冲洗脏污。

“好多血，我不会出事吧？”

安非连连安慰道，小伤口不要紧的，去医务室消消毒就好。可看袁雪菁眉头紧皱依旧担忧，安非便猛地扯下一块袁雪菁的干净裙子，三两下包扎得严实，笑呵呵地说是最专业的——创伤包扎，红十字急救社团里才学的热乎乎的新技能，安非得意地炫耀起来。

袁雪菁却一巴掌扇了安非脑门：“有病！你知道这裙子多少钱吗？”一瘸一拐的袁雪菁倚着安非，如同被扫黄大队冲入洗头店后逮住、被子裹住身子的哭泣男女，一路未再有言语交流。

进了汉大的医务室，只一个四十来岁的女医生坐诊，她一眼看见袁雪菁腿上的裙子绷带：“你给她包扎的？还挺专业。”安非点点头，“你医学部的吧，本博八年制？几年级？”这医生一剪子拆了绷带边问道。袁雪菁只是把头塞进安非怀里不敢看。

“不是，医大的七年制。”

女医生也不说话，拉伸几下袁雪菁的小腿。

“要不要拿酒精擦擦？”安非讪讪地凑过去问。

“你知道你哪里做得不对吗？”女医生反常地表露出厌烦的神色，用棉签蘸碘伏消毒，“这种浅表伤口包扎干吗？就算要包扎，膝关节要屈曲位，你捆这么紧是准备让她缺血截肢啊。”安非羞得无话可说，女医生仍旧数落着：“还用酒精，你怕是嫌她不够疼是吧。”

袁雪菁的表情已令安非难以形容，她仍接着嘲讽：“毕竟医大的，也怪不得你无知，要求不能高哦，”安非就想扶着袁雪菁赶紧离开，“哎，医生做不到顶，还是要尽力做个合格的男朋友的！”女医生最后几句把安非的自尊轰出门去。

“瞿麦这等爱情文盲都鼓起勇气写情书，我自给自足还不成？”那晚，安非在宿舍其他人沉入梦乡后，铺开做旧的黄信纸开始构思：首先使用什么主题好呢？那就最熟悉的武侠吧，张纪中的金庸系列武侠剧，安非全都看过，飞雪连天射白鹿，笑书神侠倚碧鸳，情情爱爱的谁都能懂。安非从一筹莫展到激情挥洒地誊写，用去十三张废纸、三杯速溶咖啡和一夜红眼。等浦野睁眼，安非给其过目评点。

致雪菁：

自从上次游泳一别，我又熬过许多日出日落，日子可漫长。我觉得你也有意，所以下决心严正告诉你那个众所周知的秘密了。

我记得小时候守着家里第一台大屁股的电视机看香港的武侠片，它这样吟唱道：

爱是微笑 是狂笑 是傻笑 是玩笑 或是为着害怕寂寥

爱是盟约 是习惯 是时间 是白发 也叫你我乍惊乍喜

那时小小的城里，我向往武侠电视里大大的爱；现在大大的城市，却藏不住我小小的喜欢。你我皆凡人，生在人世间，既然不是仙，难免有杂念，而这个杂念的秘密伪装已被你揭开——幼时朦胧的爱情模样竟在现实里兑现了。

原谅我没有屠龙刀，没有勇气把牵肠挂肚的情丝一刀两断，只能把它一丝又一丝地织在字行里。

曹雪芹说女人是水做的，我觉得你不是，你是琼浆玉液。你是游船上的换回女装的黄蓉，是花丛里怅然寻夫的小龙女，是豪杰们竞相折腰追宠的王语嫣，是扬起巴掌吓唬情人的任盈盈，是一切从古画里破茧成蝶的传说女子，可她们就算万般风情，这世间始终你好。

浪滔滔风萧萧人渺渺，璀璨的武侠英雄都躲不开儿女情长，更何况我这样糙皮厚颜的凡夫俗子。白雪菁菁，象征冬转春回，你只一名字就美不胜收了。

你是可爱的。在没有你的图书馆，只有陈年的灰尘陪我痴恋，歌厅里听你初唱又弹拨我“初恋”的心弦。

可我没有令狐冲的酒壶，酿不出沧海一声笑的千古风流；也没有郭靖的内功，打不出一片武林江山赠予美人；更没有韦小宝的嘴皮，不得时时刻刻讨你欢心。但我愿学张无忌一生为赵敏画眉，学杨过苦守十六载不离不弃。

我想等你老了，我们还能迷迷糊糊怀念浪浪漫漫旧故事，那些已经发生和未完待续的故事。

纸短情长，昨夜春雨不眠，你我若无缘，就让这信被尘世岁月掩埋，两两相忘于城市江湖。

望菁复信。

“结构涣散，华彩太过，真心不足，”浦野的嘴唇磨得很锋利，“你知道你为什么写得不够好吗？因为你不够爱她！”

安非熬夜的眼珠子更红了：“我可去你的吧。”

辩论赛到冲刺阶段，赢了友军二队，医大一队气势颇盛，那边汉京大学辩论队胜了药科大学，医大复赛轮空，决赛医大会和汉大相遇。借着轮空的喘息机会，秦巧凤更加紧了辩论小队的集训，管控更严，虽说是完成既定训练后秉承自愿“加班”的原则加练，秦巧凤对安非的缺席仍颇有微词。安非显然不在状态，因为熬夜写信，旁人念稿时总是眯眼偷睡会儿，集体交流环节时，安非准备的材料与前面他人雷同许多，打模拟辩论又借口去上厕所，特意等训练结束再回来，却被门口的秦巧凤劈头骂住。

“你回去吧，你还进来丢什么人，你以为我从医大赶过来给你们打模辩是闲出鸟来吗？我实在不好意思推荐你去打决赛，候选的优才太多了。”安非依然是不服气地想争辩几句，可秦巧凤没打算给机会，首先就针对初赛追责：“除了陈词念稿不用费脑子，其他时间你稀里糊涂在干吗？为什么两次失神？为什么要蹚雷去抢答汉大那人的提问，你思维有逻辑吗？”秦巧凤显然不需要安非的回答，她要的是下一轮的态度。

“队里有人说我偏袒你，一是我对你的培训倾注更多，二是你的失误差点害我们出局。你自己认不清理，大家都很清醒的。我知道你对我的经验不屑一顾。

我就大你一级，有时候我看得不够远，但我知道你炫耀的那些所谓的人际关系毫无作用。你可以浪荡，但请你做替补，不要拖累整体。辩论赛的意义何在？你真的以为参加辩论就只是为了赢个名头，给你泡妞时吹嘘几句？还是因为觉得没人参加所以你是替罪羊？你确定你对职业规划有自己的思考？还是像图书馆里芸芸众生，闷头耕田一般把一条条知识点码成整整齐齐的笔记，期盼着七年毕业后的好收成？那你还真是块种田的料子。”

“我想退出。”安非这一句噎住了秦巧凤，她也一时没话了。安非始终不明白，就是个简单的文娱活动，为什么非得兴师动众。“那先这样，没事我先回去。”安非说着就拿公文包，秦巧凤充满怒火的声音又结冰了：“你要退出我无所谓的，就当我这几个月白费力气。说句不好听的，你别占着茅坑不拉屎！”

安非实在困得难以再回复。临走秦巧凤补了句话：“我以为你铁了心要和大家共进退，你恶心死我了。”

自此安非心无旁骛，他只想拿下最后的山头，也很久没使用“秘密身份”和袁雪菁交流，他想，如果这次成功做了如意郎君，就让那手机号码注销消失。安非把情书交予洛芬，那边纠缠不清，这东西又惹是生非，洛芬坚持不肯转交。安非不得已去袁雪菁宿舍楼下苦等，宿管阿姨便让他把名字写在信封上：“又是这个袁雪菁，找她的男生还不少哩，我也分不清你们谁是谁，你把信放她那堆东西上就行。”

安非望着她宿舍的窗户倒退着，越走越远，余下的只有等待。隔天，安非的信封被送回到他的宿舍楼下，背面多了句回复：**非常开心，约个地方见面吧，那就晚上老街的酒吧请你喝酒**。安非反复琢磨：“开心那是答应吗？拒绝那就不会约我见面，但为何不直说想法呢？当面拒绝也是有可能的。”安非想孤身前往、秘密赴约，拒绝其他人凑热闹，甚至没告诉酒吧兼职的洛芬。

冤家路窄，刚进老街一段路偏碰上了那学长，阴阳怪气道：“小学弟晚上好啊。”安非看了一眼没理会径直往前走，被个冒出来的胖子拦住了：“别人问你话，怎么不尊重人？”

此路不通，安非又准备从小巷子里绕过去，着急去见袁雪菁，没空牵扯恩怨，学长想必是被袁雪菁甩了撒怨气，成王败寇也没什么好解说。后面抄过去几个骑自行车的毛头又堵住安非，车轮刻意溅起的泥点污染了安非的牛仔裤。“你上哪儿去？你看裤子脏了，丢人的。”那学长又把手臂搭到安非脖子上，使劲儿勒紧了。安非耸肩甩开，又被揪住衣服后脖领子，反身一掌推了他。

学长倒笑起来：“哟，大侠，您这是铁砂掌还是如来神掌？你信纸上写得明明白白你不是郭靖、杨过，这倒欺负良民了，大家作证啊，他先动手的。”话没讲完，学长已经一脚踹上了安非小腹，安非踉跄着背靠到墙，擦碎了墙上的苔藓，假意装痛，抱肚沿墙壁下蹲着。那伙人也不饶他，几个小弟动手动脚。“我听说你看上我们老哥的女朋友，是吗？带种的就给你个承认的机会，你说吧。老哥，您拿手机开录音，给这小浑球留个说法。”

安非护着肚子仍不作声。

“这样，你如果不喜欢咱大嫂，就说你自己是孬种，那放你一马，说喜欢也没多大事，就多吃巴掌。”胖子疾速拍击着安非的脸，噼里啪啦一声更比一声重，“敢不敢承认？”

“让你说你又不敢了，孙子！”胖子越拍越快，最后一记大耳光甩出了五杠红印子，自己的肉手震麻了，老旧屋顶六角檐上的麻雀也惊飞了。“胖子，你怎么乱打人，打人要带个理字。我们是大学生，要讲理的。”学长走上前拉开胖子，“来，你们先按住他。”安非原本旋转的视野瞬间被两边固定住了。

“我上次和你说看表现，游泳那次之后还敢散步，那是再犯；这次又写什么肉麻的东西，这是三犯。”学长从裤腰里拔出把大钢尺，“三下，三下不为过吧，你骚扰女生刚才那是招民愤，我这是有理有据的惩罚，是要你改正！”说着就把钢尺子向安非的手掌甩下去，像中学老师体罚学生一般羞辱，安非咬牙恶瞪着他。“为你好，你要学会忍，买不起的不要碰，碰了就要，要，要，赔！”学长一阵蓄力又来一尺。

安非挣开跑了几步又被押回来，“你还想跑，跑哪儿去，去酒吧吗？你以为真是袁雪菁叫你来的吗？那字是我写的，兄弟，是为了呼唤你到我的怀抱。还是说你要去搬救兵？你有舍友在那个日本鬼子道馆对吧，你回去最好闭紧你的烂嘴，如果我哪天看到他主动出现在我面前，我就弄死你俩。不光汉大我有人，公安我也有朋友，你想清楚，你们只要在汉大待一天就别想搞滑头。”

“分手就是分手，雪菁和我说你们俩只是普通朋友。”安非突然做出委屈的表情来，他也不明白自己怎么就讲出这些没骨气的话，“我和雪菁什么都没发生，也就是普通朋友，你凭什么质问我！”

“哥，他还硬气起来了，抽他。”一旁穿拖鞋洞洞裤的男生，手插着裤兜，轻轻踢着安非的膝盖，“别听他废话了，死命干他，最后留他口气就行，别我们撑场子的都整送局子就完事儿了。”

“你错了，他识相，他其实服软了，但是不彻底。”学长先对那小混混儿说，又转向安非，“这样，我们之间的事是男女朋友内部的事情，她自己怎么说我不管，外人别想干涉内政。”

“她根本就不是真心跟你好，就图你那点背景关系，你还当个真。”安非不知哪儿借来的胆子，那胖子又踢安非一脚让他住嘴：“嘴骚的玩意儿，我不知道你茬没茬过架，挨没挨过打，男人之间没这些叽叽歪歪的，大兄弟。”

安非看有几个不耐烦在后面踢石子，看出来学长不是混道的，大概是花钱找来摆谱的，就算来百十个站场，动手的没两三个又有何惧。学长被安非气得面肌直抽搐：“是啊，你连利用价值都没有，就只配捡玩剩下的。”

安非立即反驳回去：“但你现在是求我还你喝剩的冷汤！”

学长咬着牙开始用钢尺胡乱抽打安非，一边吼道：“瞪什么瞪，你再瞪，拿砖头把你脑袋抡开花，抠你眼珠子烧汤，这破巷子也没监控，我打死你都不偿命的！”喊得老街主路上的行人开始朝巷子里张望，学长开始找更趁手的兵器，众人看学长要失控便先拦住他。小个子混混儿上前捂住安非的嘴，肥仔接着往他上腹部杵了几大拳，安非弓着腰，胃酸沿着食道上涌，一阵翻腾吐进小个儿手上。

忽地后面有人号一嗓子，原来是一黝黑精瘦的老头竟抄着两米长的晾衣杆子走出楼道，声音却异常洪亮：“你们这群小兔崽子，又在门口打人！”老头抡起杆子揍了几个，正挥着又被其中一个从那头揪住了杆子，怒拔了铁叉头，两人拔河似的，其他人也上来恐吓老头。老太婆在厨房窗口见了也拎把砧板上的菜刀出来了。

老头老太婆碰瓷起来招惹不起，众人都不愿恋战，扔几枚石子就一溜烟地跑路。学长带头要走，只有胖子走前抓紧这会儿又给安非几记连环耳光。安非此前还计着数，这轮耳光被打得记不清前世今生。“小伙子没事吧，要不要去医院？”安非瞧这老头，就像杨过拜七公，二老又似伯通携瑛姑，一时侠义千古，安非红着脸，作揖拜谢。

回到寝室后，四人团愤愤不平，瞿麦摩拳擦掌，声称要亲手把那学长送上120的救护车，只有浦野理性分析：“这是雪菁之过，她践行的是下女的三不政策——不主动，不拒绝，不负责。这种女人，离得越远越好。”

安非显然是怕了，自此与瞿麦形影不离，把瞿麦当作警卫员，如厕洗澡就当是给瞿麦放小长假。但安非贼心不死，仍然托洛芬询问，袁雪菁只是通过洛芬传达不想见面的意愿，想要联系方式想和他说清楚，为此安非特地申请了新的手机号，生怕秘密身份被袁雪菁察出端倪。

——你伤得不严重吧，对不起，我自己的情感纠纷牵扯到你，实在不好意思。

——没事的，你也保护好自己吧。约个地点见面我们聊聊？

——不用了，最近不太方便。

——好的。宿管阿姨那封信你看过吗？

——什么信？

安非想让袁雪菁缓缓再发展关系，双方该冷静一段时间，但心里蓄积了许多种猜测，还是忍不住多问：

——那你觉得我们算是正式的那种关系吗？

——那方面我没有考虑，如果你觉得我们回不到普通朋友，我想我们还是不要接触，暂时就这样吧。

爱情的死亡证明书被敲上红泥印，盖棺论定了。或许换用秘密身份可以另辟蹊径呢？或许她就是想看看对方的诚意呢？安非又用原来的号码发送短信骚扰，意图发起对话。

无果。

袁雪菁自那天在楼下和学长吵得尽人皆知，变得自闭症一般连洛芬都不理睬，彻底成了一座孤岛。

瞿麦有道馆的沙袋，安非也有练武场用以解压，动动手柄便能圆了幼稚的男人梦。

安非凶猛，变得高大威武，把长得欧阳锋一般的学长掷在地上，一脚踏住蛤蟆样的肥肚皮，研钵大的拳头砸在脸上，但见门齿岔开两端，眼、鼻、耳都迸出血来。学长嘴里不断告饶，又像污了女神的尹志平，但很快就被消化道和呼吸道共涌的鲜血溢满口腔——安非触到脸上火辣的巴掌印，气得叉掉了街机格斗游戏的窗口，掂着手上的投币，突然抓住一旁疯狂摇杆的瞿麦说："我要练武，我要复仇。"安非摸着红迷彩的脸，除了沮丧还憋着一口气。

瞿麦可不愿意，一是训练和学期同步结束，现在入门实在太晚；二是现在整个社团都和男教练闹别扭，环境极不和谐。

即便社团里公开不说破，男教练和瞿麦结下梁子已成事实，有句笑话讲：瞿麦的特长不是空手道，而是激怒别的男人。半学期以来，男教练代课态度不端正，刻意找人麻烦已是公认的事实，但瞿麦的动作标准、体能过硬，也挑不出刺，因为敢出头顶嘴，至少吸引到男教练更多的注意，几个较弱的女生总算喘口气，社团里众人，即便是师兄师姐们也对瞿麦越发尊重起来。

早之前男教练"许诺"会找瞿麦算账，兑现的时刻很快就到来。男教练借口向全体示范转身后踹的动作，拿瞿麦做人靶，只肯用最薄且面积最小的小靶子垫在瞿麦身体前方，这样不仅肉体受到更多冲击，被误踢到真人的概率也更大——简言之，是正当理由的打人。瞿麦硬扛住了几下，心生一计。瞿麦提出来男教练的动作有变形，力量也不到位，想交换位置，也对男教练进行动作示范。男教练当即否决，认为自己如果有不规范，那是因为没有置身于实战环境中，可以在实战情况下两人各自展示，大家再做评判。

赤裸的挑衅意味，表达得不能再明确。瞿麦欣然同意，他也忍耐很久了。

两人仿佛置身于街机格斗的横版画幅中：瞿麦的身体素质优势明显，但男教练毕竟是高色带的练习者，经验丰富得多，任凭瞿麦生猛，男教练躲闪和步法灵活，不停反击得分。可瞿麦除了大学所学，打架的技术里藏了点野路子积累，出其不意袭击对方下三路，而传统空手道属于站立格斗缺乏地面技，男教练走了下风，双方逐渐打得全无套路章法，竟抱团到一起，出手必以向对方泄私愤为目标。大家眼见不对劲冲上去拉开，一片混乱中几个女生报复性胡乱踹踢男教练，各自归位后男教练暴起训斥他们，要把趁机打他的人揪出，要进行集体体罚。

不知谁通知的女教练，她及时赶回来打圆场，瞬时就把瞿麦和男教练驯服得柔顺妥帖。男教练也没法，从此退出汉大的代教，瞿麦心念的女教练正式回归，瞿麦也逐渐恢复课后悄悄找教练“加餐”的习惯。

瞿麦的暗恋接近尾声，女教练仍以为他只是好学。演示关节技时她要瞿麦当陪练者，在练习一个类似擒拿的分解动作时，她需要怀抱住瞿麦的头部以限制其挣脱，瞿麦的头皮瞬时感触到那胸部没有文胸的柔软，酥麻的电流传遍全身。

但女教练毫不怀疑瞿麦的初心，自有其原因：社团众所周知，瞿麦的训练拍档喜欢瞿麦，说他勇敢又有担当，魁梧又有力量，从身材到性格的爱慕，她背地里形容瞿麦像头雄狮。女教练也特地在某次课开堂时开他们玩笑：当总体教学进程开始到自由实战阶段，作为水平差距最为悬殊的一对美女野兽，她鼓励女拍档要有勇气去驯服“公狮子”。瞿麦为了表示自己对那女生的无感，对抗时用力过度，当众一个转身后踹，把女生踢出场外。女拍档的头部橡胶护具被甩飞，可怜瘦弱的女孩恰处于生理期，一度痛到哭泣。女教练看着瞿麦摇头叹气，他明显是故意赌气的一脚，可能他只是孩子气吧，心理年龄远小于生理年龄，但她仿佛意识不到：性早熟，是由内而外的。

退了辩论队又挨了一顿打，安非无所事事，四人团也唯有曲林和安非同等颓废，情场沦落人——曲林变得惹人讨厌了，没有妹妹的陪伴指引，曲林有时游戏打到凌晨才睡觉，白天再翘课补睡眠，浦野不理会他，吃饭全靠瞿麦打包带回，集体卫生打扫也变成能拖就拖延，曲林彻彻底底成了宅男，回归了囤积日本爱情动作电影的日子。

妹妹的声音再动听，现在的曲林也只觉得恶心。有时候浦野调侃好久听不到妹妹的歌声倒有点想念，曲林立马就由晴转阴。而苏桂枝越是追得紧，曲林越是恨她。有几次苏桂枝向曲林借书想借机接触，曲林就放在宿舍外让其直接拿走，又间接拒绝了她的见面。苏桂枝又把寄来的家乡特产的水果尽数送到男生宿舍楼下，通知曲林来取，就渴求和曲林聊上几句哪怕天气好坏、吃喝拉撒，寂寞的女人只是想要没有指向的对话。曲林从不出面，最后又是安非不忍心水果放坏，才给拿回去了，苏桂枝倍加失望。

一次，曲林终于愿意主动约苏桂枝出来见面。苏桂枝看起来花了些时间打扮，却没有粉饰那颗痣的心思。曲林只是想告诉苏桂枝说别再给他送早餐，又不是情侣，挂到教室门把手上给路过的都看到怪丢人的。苏桂枝本是心大的姑娘，最终真的生气了："你爱吃不吃，你不想吃就默默扔掉，没必要特地告诉我来恶心我！"

苏桂枝说着就跑，曲林见她气急了，又快步赶上想要安抚，倒不是回心转意，是怕她做更极端的事来毁自己名声。"怎么，我是下贱，但送不送是我的权利，你管得着吗？除非你做我男朋友，你才能要求我，你愿意吗？"苏桂枝似乎还抱有一丝希望，希望曲林不至于那么残忍，再多施舍点感情，哪怕是出于怜悯。"你愿意吗？"苏桂枝连着重复几遍，步步紧逼，曲林无动于衷。于是苏桂枝送早餐变本加厉，有时瞿麦和安非两人都不能分摊这分量。曲林忍无可忍，当着全班的面把早餐丢进垃圾桶。

大家劝曲林总不能事事如意，人家从来没提自己沉鱼落雁、闭月羞花，倒是你自己语音里整日吹嘘中学里是徐家汇三少、静安寺名草的空想炮，若是那么完美的女子又凭什么单恋了你呢？你是郭富城、金城武、钟汉良吗？加上过去尤通知开例会提到安非电话里曲林女声那事，坊间传言曲林是男同，才不断拒绝苏桂枝。大伙儿的立场就站到苏桂枝那边，这使曲林更厌恶她了，也不仅是苏桂枝，还厌恶瞿麦——苏桂枝送到楼下的水果，曲林并不领情，所以背地里全给瞿麦解馋，而瞿麦尤为过分，竟当面跑去问苏桂枝这新鲜味美的水果从哪里买来，说多多益善，怎么也不嫌多。

苏桂枝羞愧难当，再没“骚扰”过曲林。

总结而言，瞿麦和曲林是云游仙人，整日飘在知识的天堂之外。而安非和浦野人生态度则是积极入世，尤其安非耻于和曲林同类，想重新找回目标——尤通知的班团例会上，大家说起“卓越班”的事。

与汉大医学部的本博八年制同属卫生部“卓越医师教育计划”的拔尖式培养模式，医大的七年制学生将在大学二年级返回医大后重新分班，依据大一学年的综合表现，最好的二十名学生将组成新的卓越班，号称为了培养更高端的医学领军人才，就类似各地小学中学里，一度风靡的那种实验班。

“那进了这班，是不是具备一些升学或者今后职业发展的优势呢？”临床一班的男班长，这位学习上碾压全场班团干部的“学神”必当最关心这类问题。

“我也是第一年做辅导员嘛，之前不知道也没提这事。那我来详细讲下这个实验班的不同，”尤通知拿出纸质文件审读，边念给大家听，“毕竟精英教育带优惠政策，比如在校课程由各学系的负责人直接授课，并且内定去最好的附院见习和实习，可以优先选择心仪的研究生导师，也预留了更多直博和出国交换名额。我觉得这应该是医大能给到的最优质资源，这条件比汉大医的八年制还好，毕业留汉京最大的几家医院工作，肯定不在话下吧。”

众学生询问如何达到入选实验班的条件，“除了高考成绩、学分绩点，你做班长、学生会干部也算分，参加任何比赛，获任何名誉奖项，做项目、发论文，总之能称之为软实力的项目，最终都会被医大用来量化评分，具体有各项比重的计算公式，你们自己看通知吧。”尤通知的老毛病又犯了。

三班的“马屁精”班长，辩论初赛被安非一队淘汰的细眼男，又问到汉大合并医大之事，尤通知倒会撇清自己了：“所以这也是我一直没讲实验班的原因嘛，不是我健忘不管事——两校合并是和分班冲突的，如果真的下学期要合并，那我们自己重新分班也是白弄，要听从大计划的安排。但我觉得啊，历史上并过两次都不成，这次概率也不大，而且合并和你们没关系，埋头学习到时候听结果就行。”尤通知迅速把这敏感问题糊弄过去了。

安非一合计，靠冲刺期末成绩入选渺茫——到了复习的季节，所有人开始着手准备期末考，因为辩论训练的占用安非懈怠了复习，看着教室里乌泱泱的都埋着头的学生们，七年制近两百号人，个个都是高考筛出的刷题能人，靠硬拼分数要冲进前二十人的实验班难于上青天。或许还是该抓住辩论赛拿名次作为去实验班的捷径，自动退出把决赛资格拱手让人，安非心里不是滋味，想给自己俩耳光，触到脸才想起还火辣地痛着。

安非迅即找到秦巧凤，打听起实验班之事。

“参加医校辩论联赛，算不算进实验班的标准之一？”安非嬉皮笑脸问秦巧凤，仿佛之前的争吵从未发生过。

“那可能得拿冠军吧，我跟你讲过没，我大一时没有辩论联赛，是靠大一做科研入选实验班的。”

“你连你在实验班都没提过好吧。我们碰到一傻乎乎的辅导员，在汉大又接触不到大二大三的，都没途径知道这事。”安非又问，“如果我们没取得名次，那我是不是白回去训练，又占用复习时间？”

秦巧凤听得憋火：“哎，你这人怎么这么纠结，你就是现在回去加紧复习一定能入选吗？你什么都不做就想要结果吗？你怎么知道不能夺冠？问问有志的同级吧，也看看别人的上进心。

“辩论赛不再是过家家，舆论自有其威力，我们初赛辩论‘凯迪拉克肇事案’的视频传播得连新闻都提到，小领域的辩论竟可以引起如此多关注。你想想辩论决赛评委都是什么人吧，初赛就有系主任，复赛还有几乎所有的学院院长、行政副校长，决赛呢，评委那是省级医疗卫生单位旁听，如果你把能力水准充分展现，足以给他们留下深刻的印象，给学校挣足脸面，对你将来挑导师、升学、读博、出国，会有多深远的影响？资源都是自己挣来的。”秦巧凤激昂的说教下，安非眼里金光闪闪，等不及要求重返辩论赛场。

时不我待，原来安非留下的空缺早已有人补位。“你再怎样也只能作为替补了，或者说是陪练。在你提出退出后，你们班一同学报名要入队，叫浦野，不知道你听没听说过，这人还兼任汉大校报的外勤记者和校刊的文字编辑，我们考察他发现他无论逻辑思维、语言表达和反应速度，的确是很优秀，大姐大都后悔没早些开始培养他。”

安非打断她：“是我舍友，可他从没提起过啊。”秦巧凤虽然嘴上数落安非，又确实有心帮他，“要不你回去和他商量，等他自愿退出你再来。”安非气上心头，既然自己选择退出，谁补上位置都是理所应当，但浦野是自己舍友，乘人之危、刻意隐瞒，实在说不过去。

安非旁敲侧击实验班的消息，浦野坦言自己早就听闻：“为什么我一进校刊校报的文字部门，就想和那刘羞羞争，想做个小部长？我觉得自己有能力做出成果是次要的，毕竟明年我们就回医大去了，但是评实验班，社团干部的计分都是比重大的，谁都想做那前二十个幸运儿，每个人都有自己的途径，你有你的辩论，我有我的报刊，这没什么可羞耻的。说实话我若早知有这事，班长的位置都不会放着让你来当。”

浦野变得陌生，变得越发可怕起来，安非明白，浦野认定的事绝不会随意后退，所以一定不能动怒，而且要有十足的理由劝退他，于是决定暂时不跟浦野挑明。

安非重新开始蹲守图书馆自习，但目的不再是双重的，只是纯粹为冲刺期末。这次他见到袁雪菁时，她再也没有学长服侍左右和安非暗中垂涎的风光，孤零零地坐在单人座位翻书复习，安非避着她的视野找了地方，方便能看到她。或许物以稀为贵，雄性动物总喜欢追逐奔跑的猎物，没了学长，他对袁雪菁的热情几乎丧失殆尽，话虽如此，安非还是忍不住给她发消息试图关心，备用的秘密身份派上用场。

——你很久没来图书馆了，感觉你的状态相比前几次见你差很多。

消息越过层层书柜飞去，见袁雪菁拿起手机又放下，安非想把自己装扮成女生。

——是不是失恋了？我觉得是，你旁边的学长不再出现了，我们女生总有第六感，虽然我俩都不算一面之交，这样问有点冒昧。

安非突然清醒许多，意识自己又犯病，终究是有缘无分的人，再多强求就都是苦泪。

——你不是男生吗？一直以为你是男生来着。谢谢你的关心。

安非只想着了解袁雪菁的近况，这就熟络起来，便研究着怎么打字才显得像小女生。

——不是啦，我是医学部的，和你同一级。觉得自己的圈子太小，想多结交朋友，以为我俩有缘，算是用短信交流的“笔友”。那天我在辩论赛现场瞧见你了，很少能看见你这样的漂亮小姐姐，希望你变好。对了，你也是汉大医还是医大的？

袁雪菁看起来很有倾诉欲望：不是，我是陪朋友看的。你叫什么名字，我也有个医大在这边医学部的好朋友，她叫洛芬，你认识吗？

——认识认识，我叫桂枝，下次我们可以一起玩。

安非情急之下找不到汉大医学部其他的女生名字，又怕被戳穿，只得谎称成“苏桂枝”，寻思日后再浑水摸鱼。这就首战告捷，安非准备结束对话再从长计议。

——你坐哪里，我来找你，和你坐一块自习。

安非从前渴求的场景，这一时又招架不住了。欲擒故纵、欲拒还迎，安非总结不来这策略，这一回先得拒绝：今天不方便，下回我来找你吧。

袁雪菁也没再短信言语。

第二天安非再会袁雪菁时，她从惯常的座位消失了，于是率先发问其位置，而袁雪菁仿佛就守着“苏桂枝”的到来，即时回复道：我来找你，我想到个游戏，我们来玩捉迷藏。

安非一头雾水，没想会面暴露自己，只想线上聊聊。

——图书馆会吵到人家吧。我还是第一次听说有人在图书馆里玩捉迷藏呢。你在哪里？我就知晓下你的“新窝”。

——我给你线索，你找到提示的书的位置，我就在那附近，就这么简单。

赢了有惊喜。

这玩法也很奇特，挺考验阅读功底，安非这浅薄的知识素养必会露馅。

——第一题：世事洞明皆学问，人情练达即文章。

汉大的图书馆并不止这一处，有一大一小分布在偌大校园的近乎两端，理工农医的藏书也各有偏重，但《红楼梦》这等连宿管的阅览室都有，难以决定去处。安非当即回她：红楼太普遍，不够具体，也太看低人，生气。

袁雪菁再提示：幸福的家庭是相同的，不幸的家庭各有不同。

关于《安娜·卡列尼娜》，安非大概也就读过这开头一句而已，那便不必移步去副馆，文学类书籍大多在这主馆。可经典名著，精装平装，楼上楼下，几个版本译者都不同，又可难找。

袁雪菁再给提示：我生命之光、我欲念之火。我的罪恶、我的灵魂。这也是本书，目前国内就一个出版社出过。《安娜》的版本也是这个出版社。

安非全然不知，打给洛芬让她咨询刘羞羞，刘羞羞说这是《洛丽塔》。安非按图书馆电脑系统查到出版社，但这出版社实在大牌，出过三个译者版本的《安娜·卡列尼娜》，其中一个版本目前分布在图书馆不下七八处地方。袁雪菁嫌弃“桂枝”太笨，只给最后一个提示：“今天，妈妈死了。也许是昨天，我不知道。”对应这本书的译者。

而这刘羞羞也没辙了。问浦野，浦野坦言经常见到刘羞羞发表些风花雪月的散文诗，他很看不起这种岁月静好靡靡之音，曾经在宿舍讽刺刘羞羞写文章娘炮，甚至擅自毙掉自己的佳作，刘羞羞的文艺气质和他远不是一路。

果不其然，浦野更了解这类思辨性的文学作品：这是加缪的《局外人》。

安非迅速确定了特定出版社和译者的《安娜·卡列尼娜》，一面骗袁雪菁猜不出来，一面沿着楼层和柜子依次找去，然而该摆放那书的位置竟空着，安非一时疑惑，遍寻四周也无她踪迹。袁雪菁忽地从一旁钻出来，安非赶忙背过身，袁雪菁望了眼也愣住，然后把那本皮革封面的精装本《安娜·卡列尼娜》插入书排。

安非忍不住瞄了眼那本《安娜·卡列尼娜》，惹得袁雪菁也回看：“你在这儿干吗？”安非直视书柜，也不和袁雪菁对面，说自己在找书。

“是要我刚还的这本吗？”

“不是，我找隔壁书柜的。找到了，我先走了。”安非说着就走。袁雪菁端详着安非盯着翻找的这些书：《知性女人的100种养成方法》《女性生理健康大讲堂》。

为避嫌疑，安非赶紧发消息：我找到位置了，这就过来了。近乎同时，安非接收到袁雪菁的信息：你是安非吗？

——安非？那好像是我男友曲林的室友。为什么这样说？你是怀疑我是男的吗？我回自己座位了。

袁雪菁发觉错怪了对方——之前洛芬讲到苏桂枝喜欢一个叫曲林的男生，应该没错，连发好话求饶。安非放高姿态：又蹲又翻的，我找累了。你来找我吧，也受受猜谜的苦。第一题：百战江湖一笛横，风雷侠烈死生轻。鸳鸯有耦春蚕苦，白马鞍边笑靥生。不怕把名字也告诉你：凉州积翠楼题词。

安非熟谙金庸武侠，从里面挑段作弄袁雪菁，她定会当作是唐诗宋词，去找中国古典文学的书架。安非躲到对面，透过藏书和柜板的细缝看她笑话。

——给你降低难度，换一个：你瞧这些白云，聚了又聚，散了又散，人生离合，亦复如斯。

袁雪菁果然又去找中国现当代文学的书架了。

——要不太难是刁难你，要不太简单是消遣你，你可真难伺候。都告诉你吧，都是金庸小说里的，前者是《书剑恩仇录》，后面是《神雕侠侣》。

袁雪菁一联想和安非第一次唱《铁血丹心》，联想安非曾讲小时最爱读武侠，这“桂枝”又拖延不肯见面，吃准了就是安非戏耍自己，当下就逼他承认。安非早预料到，充分反击她的怀疑：为什么人与人交往要有这么多心眼，捉迷藏也是你要玩的，我只想简简单单多个朋友可以互相诉说心里话。挺伤我心的，今天没心情也不想见面了，心里咯硬，有缘就下次吧。

——或许过几天去化装舞会？袁雪菁瞬间尿了，她对自己的怀疑动摇了。

安非惊出一身虚汗：那我再考虑考虑。

安非多多少少收了玩心，脸上的红杠渐渐消去，熄灭些许对袁雪菁的期待，心思朝了另外的方向飞去。

洛芬那边，口口声声要复习备考，但依旧和刘羞羞厮混，擅自把自习地点挪到了 KTV 的后厨——她特地向酒保讨教几招，好不容易折腾出些西式甜点，准备给刘羞羞一个惊喜，但她却收到更大的“惊喜”——那个渣滓学长现身于酒吧。

倒不是洛芬已经有眼观八方的本事，是刘羞羞四处乱溜达时注意到这人，毕竟曾是学生会里的风云人物，刘羞羞看着实在眼熟。洛芬立马就打手机告诉了安非，安非嘱托她不要打草惊蛇。安非开始翻找宿舍有没有能用的家伙，瞿麦则攥紧双拳示意安非：“一双手就够了，狭路相逢勇者胜。”路过装修的工地时，不放心的安非还是拆了根木头条子，他想好了，直接蒙头套拖到厕所暴打一顿就跑。

这酒局是那学长凑的，卡座里那批狐朋狗友来路都不小，国企老总之子，酒店集团董事的富家千金之类，也都是汉大的在校生，圈子之中貌似加入了新人。洛芬穿的服务生的工作服，学长也认不出，洛芬暗地里听那学长一一给互相介绍。

“哥，那小崽子打也打了，你那位也没说法吗？”

“她不想谈了，散伙了。”学长面无表情。

唯一化浓妆的女孩侧身坐到学长大腿上说：“你得知道，女人需要的是一个爱她的人，不是优秀的人，是爱她的并且优秀的人。你肯定是毕业季给忙多了，把人家忘了。”又转头朝着大家讲，“就不像我，没架子的，随叫随到，倒贴你们！”这女孩拿指头戳戳学长的胸口，“但还有一句，别怪我多嘴。我妈总说门当户对，我觉得那学妹比你家差太多，将来也成不了。”

“我觉得不是，”一个痘痘脸的瘦高个讲道，“你是不是还没和那女的弄过？你得定期的，她一满足准就服帖了。”

“啥玩意儿？没让碰？第一次你带来吃饭时那冷冰冰的作态我一看就是雏

子！哥你有处女情结吗？每次都找那种年纪小的。女人哪里都有，这种喂不熟的要了干吗，真是的。”又一矮个子说着边给学长倒酒。

“你本来也不想再好的吧。”有个斯文的问道，学长也不作回答。

瘦高个起身举杯：“我就知道，我哥一向是敢爱敢恨的好兄弟。别苦着脸了，兄弟们约出来不就是图个乐吗？来，起酒，敬单身之夜！”

洛芬在一旁听得直哆嗦，恨不得用搭在臂上的毛巾箍脖子勒死这负心男。陆英忽然打电话给洛芬：“安非和瞿麦刚离开尤通知就来检查自习了，数人发现有人缺勤，找班长安非也不在，不过她现在又消失了，兴许是回去了。”

这下洛芬又得一堆麻烦，不过她不关心。酒过三巡，学长恍惚了，那健硕的矮个子凑过来说道：“好了，你又不是第一次谈对象，这次咋婆婆妈妈，你跟我念，‘去他妈的！’来，男人拿得起放得下，别让哥们儿看不起。这不是幼稚，你信我，就得骂出来才舒坦。”

“贱！骚！坏！婊！浪……”学长指着桌子，仿佛射灯下忽明忽暗的空气中存在什么隐形的人物。洛芬不敢相信，世上竟藏了如此多针对女人的脏话，更不相信这是外表文质彬彬的校园风云人物。洛芬继而愤怒，她倒很想动手干架，考虑到自己的性别，得使巧劲，于是赶紧靠近学长，把手机录音开着藏到沙发背。

“洛芬——”酒保遥遥的一声喊暴露了她，学长起身察看果然是了，抓起的手机又被他劈手夺下，洛芬下意识去抢，两人隔着沙发扭打起来。情急下洛芬用指甲嵌了他手臂，炫耀着抢回的手机，事实上并没录到几句：“你骂那些话我都给录下来了，我不仅要给雪菁，我还要公开到全校！”

狐朋狗党们这才搞清了关系，给他撑腰：“你怕她什么，是你被甩了，被人扣绿帽子了，你就该让她录回去放给那谁好好听听。你把朵白莲花供着当宝，还想拉进我们圈子里，你看她自己交的都是些什么玩意儿，和酒吧打杂的玩一块儿，两面三刀的搞窃听，都是什么烂人！”

洛芬不敢侵犯别人，只得把毛巾甩了学长一脸，那边气到怒发直起，两排牙咬合得嘎吱作响，竟先转头一口喝空了他的杯底，随后跳上沙发来揪住洛芬的马尾猛一拽，拉着洛芬从长沙发背上滚滑下来，那边刘羞羞冲过来却被那矮个子一脚踹翻了去。学长又将洛芬从沙发拽上四方的玻璃酒桌，紧贴着洛芬的额头嘶吼道："你——找——死！"飞溅的唾沫星子里一系列朗姆酒、威士忌、瓜子、柠檬、西瓜的气味杂作一团，连调酒的酒保都辨不清其中到底掺杂了什么。

洛芬被熏得眩晕了，手心一松手机也被夺去了，接着手机就被踩得稀烂。洛芬不敢再妄动一丝。音乐和射灯忽地关了，洛芬的亲戚，那叫洛经理的领着几个壮实的保安直奔过来，瞬时扑过来把这一群按倒在地上、桌子和沙发上。

安非瞿麦原本还在寻找学长身影，被这边的动静吸引，挤进人群去，一看情况不对，安非拉住瞿麦吩咐先不要瞎出头。

"洛叔叔，您觉得这事怎么说？"说话的是某局之子，陈老头过来潇洒时带来过几次，因此老洛才面熟，心想麻烦了，不好打发了，赶紧让保安松手。

"这样，这个姑娘呢是我侄女，你们年轻人之间可能有点误会，我也不多问，叔叔我先替她道歉。改天请你爸爸和几个朋友一起小聚下，今晚你们这桌随意消费不记账，算叔叔招待不周。至于他们俩就各退一步，看在洛叔面子上，互相道个歉吧。"

矮个子把刘羞羞推到一边去，叫嚣起来："经理您搞错了吗，道歉？你们的服务生动手打人，谁给谁道歉？"

"他给我道歉！手机也要赔！"洛芬这会有人撑腰急躁起来。学长酒劲上头，这关头竟站不稳坐了下去。那位公子哥又上前来，"洛经理我尊重您，但这事确实不怨我们，是您侄女上手打人。您是有脸的人，但还是请您侄女给我们大家道个歉。"

洛经理报以十足的微笑耐心倾听，看了眼洛芬回复道："怪我怪我，没早给你们介绍认识，既然都是熟人，只有和气生财，那我来给这位小兄弟赔礼！"

等了一会儿，见也没人回应，洛经理看看保安头子。

"这几位差不多得了，别人还要继续乐呵，不能一晚上全看男人打女人，演同一码戏。"围观的人群里有人插嘴道，"上万的酒都白喝，又要挣银子又要争面子，现在小年轻都挺美的呢。"

“叔啊，您这是安插了群演来加戏啊，果然老板就是老板。”痘痘男讲道。公子哥作为意见代表再次发言：“您这儿呢自己清楚，过去惹过不少事，我家也给您压住了，容留吸什么、消防不合格就不谈了，钱能解决的那都是小事。但他是他，我是我，说得也对，年轻人呢，就图个气节。你不要以为我爸在这儿玩了几次就怎么样了，你觉得可以拿我爸压我，他今晚在汉京开会，如果你想的话，我现在可以打给他把这事处理下。话就这么多，叔叔，您要是决定姑息护短呢，那我们年轻人自有解决方法，您自己说的，年轻人的事您不管。”

洛经理的保安头子憋不住火了：“好好说话你要横，蹬鼻子上脸了还，再怎么说她也是我们店的员工，怎么，这儿围了一圈的保安，虚了你几个小毛头？解决什么呀，出得了门吗？”

“洛叔，您说，出得了门吗？”公子哥阴阳怪气地说。“不能就这么让他们走，打了人，摔碎了东西，得赔得道歉吧！”刘羞羞说着和那矮个子又搡了几个来回。洛经理皱皱眉，继续保持着生意人的职业微笑：“当然当然，来的都是客，我们家大门随时敞开。小公子打电话就算了，不烦扰你家的大人。但我不是一个人当家呀，洛芬嘛作为员工只能到点下班才能走，希望这也理解下吧。”

周围一阵嘘声。学长灌酒太猛，早已经睡得不省人事。“没事洛叔，您忙去，不打扰您，能等的，毕竟免费的酒我们还没喝完。”公子哥假客气道。

“什么上班下班，这孩子逃课！”一矮胖女人拨开前面的看客，从他们腰间的缝隙直钻到舞台上来，“什么服务生，这是我们医大的学生，我是她辅导员。她现在是上课时间偷跑出来，业余兼职她哪怕出去卖我都管不着，现在她得跟我回去。”听这话周围的人都笑起来。“医大的？原来都是看着老实，背地里坏水。”学长方一男的说道。听这话洛芬还没反应，尤通知却突然发作：“放屁，刚才那句是谁说的？是不是你！”她明知不是，却死死揪住那位公子。

“你们几个是不是汉大的学生？请把名字、学院、年级、班级、学号，一个个报给我。算了就给名字和学号吧，其余的我自己能查，然后把身份证学生证之类的拿给我核对下。这事说大不大、说小不小，明天我会通报给你们汉大。”那一方全愣住没了话。尤通知煞有介事地从包里翻白纸，公子哥迅速想好说辞：

“首先，我们没见过您，不清楚您的身份是不是真实的；其次，这位女服务生是不是学生我们也不清楚，这里的社会关系不存在校园的成分，我们是成年人，做事要自己负责，但也是顾客，商家对我们负责。如果属实，那您尽管打小报告，汉大这边的分管联合培养的陈院长也是熟人，相信也会公平处理。”

“你算哪根葱，我还没见过你呢！我是医大的辅导员，这是医大的学生，只有这管用，除非是监护人，什么经理老板都不好使。什么陈院、刘院、猫院长、狗院长，你认识谁我不管，那是你们汉大的事，你要打电话现在就把人叫过来，我倒问问他，我们把学生送过来是不是让你们这些纨绔子弟糟践的。”尤通知也不等回复，转头看看洛经理，只说句“走了啊”，洛叔点点头，嘴上却讲着不让走、提前下班要扣工资云云。学长呼呼打着鼾，其他人也没人敢去拦。

人群散去。

“没关系，医大就要并过来了，新领导会给她上岗培训再教育的。”几个公子哥终于坐下歇歇，有人不服气地说道。

瞿麦和安非让刘羞羞赶紧出去照顾洛芬，两人则迎面去了他们的卡座，安非跟狗党们解释说自己是学长朋友，两人胡乱编造个姓名说给他们：“他之前打过电话，让我们接他回去。”

众人毫不质疑，安非、瞿麦没想到如此顺利就把学长架走了。

“怎么说，找个巷子收拾他一顿，静止的人肉靶子我还没试过。”

“打个不动的能泄愤吗？他醒了肯定猜到是我啊。”

“那就把他拖到洗头房，给人家点儿钱，让大妹子明早醒了再讹他点儿，再告诉他醉了酒都没戴套，吓他个半死。”

“瞿麦你真挺有想法，我决定下学期提拔你做副班长。”两人正架着学长，被尤通知喊住，尤通知让他们上车。洛芬在刘羞羞怀里哭着，刚见了渣滓学长就收住眼泪，上来猛踹几脚那没意识的。

尤通知开车送一众人回宿舍。

“尤老师，谢谢你救我出来。”

“谢谢我？我该谢谢你，让我知道你们晚自习都是这样不守规矩，医大的学生，将来做医生的，逃课、泡酒吧，说出去当笑话。当然不是你一个人的责任，安非说实话你是这些班里最不负责任的班长，对班级不管不问，既不对上负责，也不对下负责。自己也没忙出个名堂，就参加个辩论还自己退了，真不知道你整天在搞什么。今天这事前因后果是什么，你们讲讲我听着。”

车里没人出声。

“那你们准备把汉大这个男生带到哪里去，报复人家？”瞿麦、安非一同应声，回答一是一否，毫无默契。

“既然你们都不肯说，那你们再发生类似的校外争端我不过问了，本来送你们出来联合培养，安全责任就担在汉大这边的生活老师身上，我多管闲事是我犯贱了。但是安非，我要取消你这学期作为班长的评优资格，职务先给你留着，但下学期还选不选你是你们民主投票了。再说，说不定还得拆散了重分班。”

“那种保博的实验班，我们这届是真的会有的吧，与合并不是冲突吗？”

“呵，有没有我不知道，但你的年级排名我是知道的，有也和你关系不大。”

第九章 辩论赛

浦野惹事，让安非逮到机遇。

一篇《莫让爱心染铜臭》的博客文章，本也没掀起什么波澜，不料却被南方一家以时政评论出名的报纸点名并借鉴了部分内容，写了篇主题报道，集中细数了围绕慈善问题近年来的种种不当行为，未经浦野同意甚至别有用心地转载了浦野这篇原文。浦野不过是阐明捐款事件的前后经过，爱心捐助途径单一，这样的限制有失公正，希望汉大认可学生和社会自发使用其他途径捐款，只在结尾呼吁不要本末倒置，形式不能大于结果。依浦野平时的文风，这篇实在太过平和。而浦野的博文被报道宣传为典型事例用以举证，报道集中火力攻击慈善机构账面不清、财务不透明，使用“霸王条款”敛财，甚至夸张地认为慈善机构没有任何存在的必要，呼吁走其他捐款途径，不给抽成管理费的机会。

这家南方报纸言辞可谓激进，这更掀起了轩然大波。汉大不作为被针对的主要对象，不可正面回击，汉大学生会首先就是找博客的撰文之人——发布博文的原始地址和服务器竟是位于汉大校刊编辑部的办公电脑，这下查无对证，反被自己人戳一刀，只得处理校刊责任人，也便是浦野尤其讨厌的社长。借刀杀人而全身而退，这招之妙，浦野忙不迭和几个班长吹嘘。

浦野得意没多时，安非觉得时机已到，趁寝室四下无人直截了当要求浦野：

“麻烦请你退出辩论队。”

浦野倒先不提他答不答应，眼神无辜得像个做坏事被当场抓到的小屁孩：“你什么时候知道的，我进辩论队？”

“我去找秦巧凤了，我说我想回来。”

“没提我什么吗？”

安非抿了抿嘴：“说你有天赋。”

“所以你怎么又想回来了？凭什么呢？你觉得哪里胜过我？”

“我只能靠这个资本进实验班，尤通知连班长都给我撤了。”

“有意思，这和我有关？我不想退出，这是我自己争取的。”

“这不公平，你把上头整走了，说不准有位置空缺，你还能升成编辑部的小干部，这也算加分吧。我没别的办法，我为辩论付出太多时间了。”安非软硬兼施逼浦野。

“你别和我谈公平，你自己要退出的，我是补缺进的辩论队。你付出什么了？你心思都用去想女人！你以为是公共厕所，说来就来，说走就走？什么少爷脾气，都是凤姐给惯的。”

安非叉着手，摆出副横样：“你进辩论队，跟我提过哪怕一次吗？”

“我自己的事凭什么告诉你？”

“但你还是把在博客写稿的事告诉我们了，不是吗？”

“这有什么联系——你威胁我？你们让我写稿澄清事实然后再摆我一道？我就是正常发表观点，那样激进的说法是那报纸挑事，怎么算我惹的祸？”

“稿子是你写的，我要说出去讲的也是事实，现在到处找人背锅，你自己最清楚。而且这学期就算我做得万般不是，我班长的职权还在，期末评优秀班干，我还是会在尤通知那里提名你，并且投你的票，这玩意儿也加分，两条路你自己选。”

威逼利诱下，浦野识相了：“行，这次算你狠，不过我不太认你这个理，是看情面让着你的，你记着就是。”

安非心想，这也太容易说动，暂缓几天去找秦巧凤提请重返辩论队，浦野说要留给他适应和交接的时间。这一等却又让安非变成了候补。

秦巧凤诧异道：“你还真把浦野劝退了，但是实在不好意思，告诉你一个新的噩耗，我也不知道浦野是怎么回事，退出当晚就要提名陈博仁进来。”

“陈博仁又是哪个？”

“就是你们这届一班的班长，听说学习成绩数一数二，貌似是医二代。大姐大一听就决定把他扶正了，那我也不好多说什么，毕竟不可能连机会都不给。”

安非憋着怨气：“那你就不能截住浦野的屁话？你就说还有我，我也要回队里，也是考虑对象啊。决赛又不是彩排，他万一不行呢。”

传闻中的“学神”就是陈博仁，其是医二代，“博”取博闻强识，“仁”代表“医者仁心”，每天第一个起来到图书馆占位，安非想到他在班团例会积极咨询尤通知关于实验班的事情，立即这就把辩论赛这块争取上了。

“那孩子欣欣然以为正是表现机会，那我怎么说，上去浇他一盆凉水？你俩搞个模拟对辩打擂台？那你最后成了，我是恶人；你被他比下去，我就是小人。横竖我没法做人是吧？”

安非长叹气自我解嘲：“可能命不该我，仰天大笑出门去咯。”

秦巧凤提议个法子游说大姐大，能让她回心转意：“你俩一起训练，互为替补，最后临到决赛前看表现再决定谁上，这是我能为你争取到的最大公平。”

安非同意这方法，但一想袁雪菁相约的短信，心里便憋着狠劲。

——我们周六去化装舞会吧，喊上洛芬一起，还有你男友曲林。

安非本打算借此浪漫机会表明真身，有缘无分能和她做个亲密挚友也是好，既然要再进辩论队加训，便和化装舞会无缘，临时爽约虽然很不体面，但不至于天崩地裂、人间惨剧，安非打算找借口跟袁雪菁推辞掉。

瞿麦也有意凑热闹，他目睹学生会的特派员敲开宿舍门，把一封白色羽毛粘住封口的邀请函递给安非，这便是“汉大之夜”的入场券了。汉大之夜，是已经延续几年的传统联谊活动，汉大礼堂被用来做会场。明确地说，这是种联谊“相亲”活动，第一届举办时只是汉大的内部活动，为促进各男女比例失调的学院间交流，后来规模越来越大，至今汉京市十来所高校的单身男女只要支付一定费用，就都可以报名参加。瞿麦为省钱不愿通过正式渠道预约参加，意图混入会场蹭吃蹭喝而已；浦野独来独往，若非要为校报写篇现场报道，才不屑于去；曲林虽宅，一听闻不限制衣饰，可以着奇装异服，遂抖擞精神来翻出他的动漫周边。

浦野无意间一句话又让安非纠结：“今晚汉大门口老街的小旅馆可都提价了。所谓化装舞会，最重要的环节便是各位戴着假面的陌生异性舞伴互相配对到舞池邀舞，所有人的联系方式都会公开，所以才会促进各校‘联姻’吧。”那还得了！才摆平那禽兽学长，袁雪菁这空窗期要是被什么燕尾服的绅士暧昧地牵了手、摸了背、挽了腰，魂都勾出学校去了。安非越想越厌恶这晚会，心系着袁雪菁的清白别出岔子，因此安非不仅说自己不去，更怂恿袁雪菁也别出席。

——交了钱的晚宴怎能缺席，你不会紧张所以怕去吧。

袁雪菁在短信里调侃道。

安非赶忙去找苏桂枝，并和她详细说明一切由来，这真让桂枝感到莫名其妙，盗用她名号的事另说，凭什么还得陪夫人当丫鬟，给安非看住他喜欢的女生，让他自己去忙自己的事？况且她已经和主办方报名上台表演，根本没心思过家家。思来想去，安非决定让洛芬的男友代替自己去，这些人里只有刘羞羞瘦小，身形体态最似女生，遂托洛芬。洛芬先把安非批斗成二百五，但毕竟好兄弟一场，最终决定委屈下男友，刘羞羞自是一万个不情愿，男扮女装的满脸怨妇气。

那边晚会开放入场，各色装扮的人物一并进入，三三两两谈笑、起舞。

“汉大之夜”，庸俗的名字有着不俗的装饰：气球拱门，点着蜡烛的长桌铺满了金粉诱人的甜点。洛芬和刘羞羞扮演的假桂枝一同穿旗袍如姐妹般出现，浦野着装是正式的西服。每家高校的学生各有各的看点，工程学院和理工大男生的木讷，师范大学女生的端庄，航大的秀气，军校兵哥哥和体校健儿的身材。但人们总善于隐藏自己，仅看外表甚至辨不出雄雌，更不用提戴面具的假桂枝。

主持人报节目单，苏桂枝即将上台演唱《夕阳之歌》。背景音乐渐起，苏桂枝又一身漆黑的皮衣，红唇墨镜，伴着洞洞牛仔裤上沿裤边作响的一排银环，在顶灯下闪着不易接近的星光。苏桂枝一出声即是日语，旋律却是熟悉的，曲林一时想不到，只是惊讶苏桂枝竟也会哪怕是蹩脚的一丁点日语，墨镜的阴影遮住那痣，倒也不至于不能看了。作为校园翻唱红人，苏桂枝的人气确实很高，她握着话筒慢慢踱进了人群，歌至深处，袁雪菁恍觉是经典歌曲《千千阕歌》的调子，越发欣喜起来。袁雪菁等不及苏桂枝唱完，这会儿弃了手机直接奔去与苏桂枝相会了。苏桂枝于众人瞩目之下动情放歌，瞧了眼这位招手的陌生人，却走向了曲林。

“我唱得好听吗？”苏桂枝突然把话筒收音头对向曲林问道。

全场安静下来，所有人都期盼那个美丽的答案。

“好听，好看！”说这话的不是别人，正是跃起抢答的洛芬。

所有人都起哄欢呼起来，没人再关注曲林的表现，仿佛歌手苏桂枝正执行一个例行的剪彩仪式，大戏这才正式开幕。瞿麦等查岗的安保撤走后，这才偷溜进会场，被眼前这幕惊掉了下巴，刘羞羞也暗中换装成了苏桂枝同款的黑色皮衣，准备以假乱真。

“这是爱情的夜晚，这是浪漫的夜晚，不容许虚伪的认真，是不爱？是不可不爱，哪怕日出即是情人陌路。我们拥有神秘的面具，拥有不老的容颜！”主持人的开场白娓娓道来，台上正说着，一男人就来寻袁雪菁搭讪，这人戴着面具，刘羞羞认不出，只有洛芬认出是那杀千刀的学长。不巧真桂枝又从后台开门出来，假桂枝赶忙把学长推开，牵起袁雪菁的手挤出了舞动的人群。

袁雪菁不明白“桂枝”何意，“桂枝”也不说话，指着自己的喉咙，在手机上打字给她看：菁，刚才唱歌用力，嗓子坏了。

这不提还好，一提就让袁雪菁想起苏桂枝这即兴表演也没提前告诉自己，也不搭理自己，实在见外，太不把自己当朋友，莫名地来气，转身就要回去。情急之下假桂枝迎面抱住了袁雪菁，下意识用一种同性间奇怪的示好方式稳住她。

学长拨开人群，见两个女生久久地合抱着，明白了些许，决定放弃了。可无人关注到礼堂外小路幽深的角落，安非背着挎包赶到，默不作声。

刘羞羞领着袁雪菁一夜尽欢。曲终人散，瞿麦望着那片杯盘狼藉中，还剩很多完整的食物，询问大堂主管能不能打包，狼吞虎咽地恨不能把蛋糕和巧克力全塞肚子里带走。而送走袁雪菁后的假桂枝归来，安非意味深长地瞪着他，刚一起手洛芬就给挡下：“是你要他装的，你让我男朋友穿女装，我有过什么意见吗！袁雪菁还不是你的女朋友，可我的男友抱了我的闺密，有人问我的感受吗！滚你个马后炮！”

洛芬借了些酒劲撒泼，强行把安非骂走。安非估摸着刘羞羞那晚没少挨洛芬的揍。

医校辩论联赛到来，通告讲，辩论赛由教育厅主办，并和省卫计委共同定题，高校协办并提供人员场所，便是说，这不完全是科教性质的活动。根据事先定下的决赛辩题——当下需不需要优先发展中医，“板凳选手”安非和陈博仁需要一较高下。适逢政策上需要大兴中医国学，这辩题，既在意料之外，又在情理之中。

安非摆弄着软颈的话筒，眼见对面的陈博仁埋头最后过完一遍资料，双侧对边讲台上资料稿件准备齐全，大姐大和秦巧凤坐定了第一排观摩，“开始吧，自由对辩，一辩到四辩的话都你们自己说。”大姐大发话。

安非自知不在状态，但按理说陈博仁参加多次对辩该熟练才是，此刻却让安非觉得毫无长进。安非自己心不在焉不断走神，而陈博仁时而支支吾吾，甚至几近结巴。大姐大叫停了这场闹剧：“都是扶不起的阿斗，就这样明天怎么打汉大，半斤八两的都差得远。这几晚你俩都别睡了，最后冲刺吧。”她下了定论，掩面而叹，秦巧凤只得安抚道：“让他们加练，让他们不眠不休！”

所有人都在决赛前晚加班加点地准备，秦巧凤请客吃夜宵，五个西服搭肩的开心果儿顾不得换衣装，奔去老街的烧烤摊撸串，领带箍着颈，也不怕西服沾上孜然味儿。万事俱备，现在能做的只有闲聊，互相缓解焦虑。秦巧凤私下小结一番：“以你们目前的表现，只要不遇刁钻对手，危险不大的。”谁都明白这是凤辣子在安抚情绪，这才不是她的味道。

“今晚我得好好洗漱，这几天忙得胡子拉碴，对方汉大的小姑娘看见我都要吓得腹泻的。”安非自嘲起来。

“就算做替补那你也是脸面担当，要自信！”大姐大也承认，安非这面相立体、眉骨高突，长得算有点北方男人味道。但耳聪之人听明白，她委婉的隐含意是确定安非作为替补了。安非仿佛被毫无警报的空袭碾过一般，头顶轰鸣着一整个中队的轰炸机，只这一句炸弹就足以匍匐不起，又被螺旋桨搅拌着脑浆，意欲拍桌表不平，众人望他，忽地斩得七节八段的脑回路又重新连通成反射弧，安非手顺势伸去后脖颈挠了挠，又黯然放下桌面。

大姐大突然又板着脸问陈博仁："那你知道你唯一差在哪里吗？”陈博仁顿时两颞结汗，其实大姐大这是明贬暗褒。

“不自信，举止拘束，准备再充分，临场不行就把西装笔挺的气质弄没了！”秦巧凤忙抢过话头。因为安非落选坐板凳，秦巧凤极不给陈博仁面子。但不管怎样，陈博仁坐定了正宫，虽有些板正，大姐大却没想过激地指点他，只是要让他开放身心释放压力。此刻，陈博仁和安非分别把受宠若惊和心有不甘表现为同一种强颜欢笑，都只对桌头那两个年长的女人负责，让她们安心罢了。

安非本想把查好的资料分与大家，现在只得把自己那份牛皮纸封好的辩论材料收进包里了。虽沮丧，却不至于妨碍梦乡里的袁雪菁把奖牌挂到他的脖子上，再在记者抓拍时深情吻上一小口——安非总是习惯在晚十二点后晾晒出那些白日藏匿的卑微秘密。

早间安非睡到自然醒才到会场，排场很是隆重，台前铺着红绒地毯，相隔前些时候的“汉大之夜”没几天，大礼堂中央高台的地板又重新打了蜡，四围呈半圆形的千百号观众层层落座。江东省科教卫视到现场组织转播，满地灯光设备的黑色传输线盘虬如蛇。

汉大医学部的辩队有条不紊，而医大队乱作一锅。秦巧凤搬来笔记本，照屏幕不停地拿草纸抄抄写写，间或撕掉一两张，大姐大审读片刻便踢开凳子来回踱步——医大的辩手们近乎抓狂。大姐大递给安非一张纸："你看看辩题吧，这是整我们啊，我们辩队行政根本就没告诉我换辩题了。”安非读这临时更换的题目："综合性高校合并独立医科大学对医学教育是利是弊。”

“这题目三天前改的，我觉得他们汉大医肯定事先知道了，就算不是行政老师刻意没告知我们，就是再给我们三天准备，也不如他们充分啊。一定是上头见复赛结果出来，最后是汉大医和我们医大对垒，又在我们两校极可能合并的当口，一拍脑袋就把决赛辩题改了。”秦巧凤说大姐大准备弃权，受虐还不如留点自尊，安非劝她别急，连忙取出一份辩论资料来，悄声告诉秦巧凤：“前天浦野给我份汉大辩队的模拟辩论的材料，我一瞧辩题都不对，而且这题目未免太没质量，我就没信他。他说辩题可能有改动，虽不是最后版本，但凑合用吧。我问哪儿弄的，他亮亮自己的记者证。所以我这几日一直用‘冲击疗法’看这份材料来着。”

“行啊，这上面正反方辩词都齐全，果然他们是一早就知道辩题会改成这个，都打过模辩了。既然材料有了，他们的路数也就摸清了。”大姐大和秦巧凤把这份内部材料分发众人熟悉。安非特地强调自己研究过这份材料，大姐大依然没有让他替换陈博仁的意思。远看陈博仁低沉着脑袋，目光呆滞，讲话迟缓，或者说装死是动物们寻找生存机会的本能，下一刻他又快速扇动衣领，一直讲着空调温度太高。秦巧凤觉察他状态不对，询问得知因为紧张一夜失眠，以及上次和安非模拟对辩被批评后，连续多日熬夜真就“不眠不休”，这会儿发现辩题都被改了，更是心慌。

秦巧凤嘱托安非安慰他几句。“这么说来，大家心里还是更认同你的，那今天全靠你了。”安非讲着，陈博仁也不抬眼看，左右手指互相拨弄着。既然如此，微微地作践他又何妨——安非坐上邻座的正式辩手席位，自言自语起来：“轮不上我风光，不过好的是我没什么负担，这份材料也解燃眉之急，算为辩队做贡献。你注意到台下的席卡上那些评委和嘉宾没，汉大辅导员和团委院办的老师都沦落于无名，高校层面只摆了副校长、党委书记的席卡，省市卫生系统里说不出具体职位的领导们也都会来瞧瞧我们这些朝气蓬勃的青年。”

安非更凑近一些说道：“木桶效应你明白吧，要是因为某一个人的不当表现输得太难看，那后果不堪设想，那不得了的，上面肯定会不高兴的，评奖评优什么没了，降罪又拖累我们把整个辩论队的福利取消，让我们都被钉上耻辱柱。

所以别怪我啰唆，还有个把小时，你赶紧读这材料，加加油吧！”

安非有模有样拍拍他的肩膀，可这以毒攻毒之法适得其反——临上场前，陈博仁突然萎谢，面对满场观众竟开始呼吸困难，主诉透不过气来的胸闷，直言不行了。秦巧凤紧忙奔来，第一句煞有介事问他能不能坚持上场，随后立即让两个志愿者架着他去医务室：“给他面罩吸氧，上心电监护，电除颤、心肺复苏都备好，反正有能用的全给他用上。”秦巧凤毕竟经历过暑期医院见习，对解决临床患者的呼吸问题大概有自己的理解，虽讲得夸张不切实际，但她的确不了解该如何抢救一个装死的焦虑症患者。

大姐大一看陈博仁这面色便说：“给他喂两口水压压惊得了。”想着让他好转再次归来，可时间不等人，秦巧凤不顾大姐大的决定，直接喊来安非，一骨碌塞给他东西：“机会都是给有准备的人，现在行不行都是你了。”安非的席卡迅速被摆上了陈博仁的座位，已无回头路。

“这回你不会像初赛那次走神，不停左顾右盼吧？”秦巧凤捏捏安非的大腿，一股异性挨着坐时惯有的别样暧昧逐渐升腾起来。

“怎么，赛前给我例行按摩保健吗？”安非眼睛又往观众区乱瞄。一眼掠过，见一位摆放席卡的礼仪小姐，高挑清瘦的身材，随着起立的动作，像延展开的花瓣纹路，绰约的仪态因为光洁的脖颈和曼妙的腰线变得风姿尽显。安非脑子里不争气地浮出八个大字：玉肌皓腕，唇红齿白。安非直感慨，做一名合格的礼仪并不简单——预先记住每位领导的长相和座次，用甜美与热情引导入座，在合适的时间添茶倒水，既不打扰观看，又不至于让贵宾们口渴呼叫。水温多高，添多少量，谁先谁后，都有讲究。安非越发欣赏这礼仪的工作能力，心想她每日为自己泡茶便好。礼仪转身，侧脸似是袁雪菁——似是而非，可到底是不是她？她怎么不提这事？安非又忘了身份，发飞信问袁雪菁：你今天当礼仪？

那礼仪消失了片刻，但短消息并无回复，安非只当是认错人。

“别贫，看对面台子，杨门女将。”秦巧凤叫安非道。安非怔怔地望向对面四个活色生香的妹子，果真对方阵容是汉大医的女子天团了：一辩金丝眼镜，文弱气质，典型的高中英语课代表形象，这软柿子怕是要被秦巧凤盘问时可劲揉捏；二辩“穆桂英”，五官爷们儿，眉宇轩昂，我方一辩忧心一会儿扛不住她；三辩眼角一点红斑，腼腆娇羞，像极了郑秀文饰演的钟无艳；四辩学霸本色，宽厚嘴唇，皮糙肉丰，可见一肚子辩词傍身。

正和秦巧凤“评头论足”，领导入场、主持上台，安非把心从嗓子眼儿提到嘴里含着，准备最后一遍理思路。隐约有人轻念声“加油”，回看秦巧凤没动静，原是礼仪在给自己的瓷茶杯添水，再一定睛确是袁雪菁本人了。安非愣住片刻也小声回送句“加油”，秦巧凤又以为这是鼓励自己，发现是在勾搭礼仪，狂拧两下安非的大腿，叫他严肃庄重。两个女人一台戏，安非只咂嘴，全不理会，查查手机也只一条讯息：**桂枝，你也来看辩论？**

安非担心因此分神，迅速关机，迎来这场“生死战”。

一如其他任何辩题，合并话题涉及当下，本身极具争议性。正常来说，辩论一般都是正反双方各有理，决定胜负不在于能否驳倒对方的论点，因为那不可能，一个辩题如果存在就说明它的正反两面必须都成立。决定胜负的关键是树立自己观点的可靠性，以及攻击对方时的条理性、节奏性。

而合并一事特殊，无论是不是辩论的正方都没有回旋的余地。主席在大投影前机械地念着开场词和比赛流程：“自综合性高校合并独立医科大学逐渐占据了我国的医学教育主流，我们经常反思，这对促进我国医学进步和医学生的培养是不是一定有利无弊呢，长久以来，独立医科大学处于一个尴尬的地位……”

开战。安非心弦一紧，感到微微的气促，听不进主席的陈词，他开始理解陈博仁的境遇。

正方一辩，即安非方大姐大陈词立论。

“自本世纪初各地响应合并政策，积极推动综合性高校合并独立医科大学以来，高校建设的探索包括医学培养的模式改革都颇有成效，综合高校和医科大学进一步的资源整合，双方多形成双赢局面，证明是符合历史客观规律，也是正确政策指引下的大势所趋！”

汉大医的“穆桂英”作为反方二辩首先质询：“请正方详述怎样符合‘双赢’的定义，据我所知，诸多院校在合并的过程中出现了难于解决的矛盾，影响了自身的建设发展，光吃不消化，把肠胃搞坏，得不偿失！”

安非即刻回击：“矛盾？是内心多么阴暗的人，才能从这样喜闻乐见的好事中挑出不和谐。让我们讲历史，摆事实，实事求是，实践是检验一切的标准，排名的上升，科研的前进，论文数量的井喷——数据是最可以客观说明问题的方面。就拿典型的国内大学排名来讲，比拼的是综合实力，因为以往对专科院校并不友好，即使实力强的独立医科大学都吃亏，排名年年靠后，损失许多优秀的生源，而现在合并后，对注重学历名声的高考生们多的是两全其美的选择。对综合院校来说，吸收医科大后会获得经费支持，而且众所周知，医学类科研的产出效率极高，对提升综合高校实力有利无弊；而对医大生或者有志学医之人，即便以后想转专业，在综合院校都比医科大有条件得多，不是吗？”

开场的二辩质询应该先温水煮青蛙，初步确认对方的基础论点，但安非的急先锋奠定了主动进攻基调，第一句就冲着命门去，抓住词眼漏洞，实在不按套路，显得锋芒毕露。安非今天状态之好超出了他自身的能力范围，照秦巧凤的说法，“你学坏了，今天上来就很强硬，直压住对面，对面全是小姑娘，哪里吃得消你”。

汉大医那学霸迎上来堵枪眼，列举并入复旦的上海医学院被肢解后，发展势头远不如前。安非因为事先从资料通晓对方的战略布局，坐等对方吹完这通野生资料，不慌不忙地反驳道：“任何事物都具有两面性，对方辩友依据传言就如此片面反对没有任何意义，请仔细查阅资料说明出处再作为论据，满嘴虚假的荒唐话是对我方辩手的不尊重，况且对方辩友能找多少反例举证，我方就能罗列多少正面的例子。”安非想的是，“恐吓”到位对方便会另寻其他方向，不会死死纠缠此处，实则医大方并未来得及准备此类证据。

对辩进行到激烈处，反方三辩“钟无艳”回击道：“对方辩友，我们谈对宏观对医学教育的影响，不是对具体学校和个人的利弊，注意扣题。君不见医科大被拆分，失去了主权成为附属品，不仅无法保持行政独立性，连全体领导都得自降一级。你自己都提到，医学专业的排名不同于大学综合排名，医科大学管那么多虚荣的名声和排名，我很怀疑这种投机取巧的动机是否还抱着为社会主义医学教育奉献的理念。况且综合高校如果没有医学底子还好，如果类似我汉大已有医学部，合并就是扰乱原本建设，打破我校原本小规模精英教育的优势，使优质资源更紧张，我们有句老话，叫一杯水兑进半杯奶，宁缺毋滥！”

如果说之前汉大医还能客观围绕辩题迎战，此举之意便明显是激化汉大医与医大的双方矛盾，具象化成私人恩怨，把窗户纸捅破，让台上台下都不好看了。于是正方秦巧凤也不甘示弱：“对方辩友才是真阴谋论者，我医大为顾全大局都不提吃这点小亏，小肚鸡肠的汉大医倒为了自以为的小蛋糕显露出利己主义者的自卑来！”

到自由辩环节，语不惊人死不休。所谓唇枪舌剑，唇、齿、舌、咽喉、声带和气道，组成了现代社会最后的冷兵器。“说话带火药味”，即冰冷的言语被发射出去，就具有了热兵器的杀伤威力，双方一片混战，竟都打得认了真，进入白热化拼刺刀阶段——互相攻击汉大医学部和江医大的弊端，没人再关注主要辩题。

正方医大搬出撒手锏，最后以“官话”结辩，即政策上，我省教育厅最新报告提出，已进行合并的高校在医学教育上成效卓著，下一步要继续推动省内的教育部直属高校与省属重点医科大学的合并工作。此话是以果证因，以官方明确态度堵住汉大医的口，未免有恃政策之强凌高校之弱的嫌疑。

评委讨论结果的等待环节，照例是由主持人挑取个别台下观众提问辩手。

可疑的是，袁雪菁作为礼仪小姐竟第一个拿到话筒，质询医大方：“医大辩手们刚才提及，医科大并入综合高校，对于医学生的培养有诸多益处，可接触到丰富多彩的‘大学’生活，显然指的是如我校‘汉大之夜’这类与学习、提升自我毫无关系的娱乐性活动，敢问对于课业繁重的医学生是不是意味着心思越容易被各种繁杂扰乱呢？这难道就是对医学教育的有利？”

“如若合并是不好，我又怎能邂逅像你这般美丽的姑娘？学医不是出家，促进医学生心理健康也是培养优秀医生的重要方面，不是吗？”安非不等大姐大和秦巧凤的应允，私自抢答道。台下了解两人内情的学生们默契地起哄，很快其余观众也顿悟，明白他们有不一样的关系。

“可是姑娘们不见得想被医大学生骚扰啊。于我而言，只是聒噪。”袁雪菁此句于公于私都伤了安非的心。

秦巧凤再捏安非大腿：“你是被美色迷住，愿者上钩吗？你看不出她是砸场子的内应吗？”

毕竟双方辩论涉及具体当下两所高校的合并问题，官方自有倾向，因此结局汉大虽场面上完全获胜，评委依旧给予医大方冠军名分，但考虑到电视转播需要，证书奖牌予汉大，拍摄颁奖以及对外宣称时依旧为医大方胜——换句话说奖牌是安抚汉大的妥协之举，医大只是自己的赢家。

事后医大辩队内部总结，此辩论决赛之目的清晰——医大作为正方站合并，想对外显示，医大是积极主动、愿意合并的；汉大医的内部不想合并，因此辩队行政才没有告知医大辩题改动，而主办方想顺应合并大势，强行让赞同合并的正方医大队获胜。

人群散尽，连袁雪菁也消失了，安非挨了大姐大一顿训斥也噤了声。他跷脚坐在被收掉席卡的座位上，数月如梦，随辩论赛的红色大横幅被带走的，还有他的原本坚定不移的方向感，以及和袁雪菁情感游戏的兴致——他不明白袁雪菁的当众嘲弄是否出于校方的委派任务。情与爱堪比流沙，一份努力并不能换回一克真金。也许终究是要同城异地,可笑的是从不曾相知相会,又何谈离别。

安非把袁雪菁从飞信联系人里删去了，即便那串移动公司随机生成的数字他脱口即出，他也不愿做回假情假意的“桂枝”。

第十章 男女混宿

四人团诸事不顺，返校季便是分手季。

离校回家前，曲林约苏桂枝去老街的网吧开了包间，两人组了几局《劲舞团》玩得起劲，但点到为止，不提旁话。不过曲林委婉地暗示："这该是最后一局，回医大就注销账号不再碰这个。"

苏桂枝听者有心，猛然按掉他的显示屏问道："你什么意思？这次是你约我来着。"

曲林严肃起来，便明说要求苏桂枝不再骚扰他，尤其是回医大后有新的老师同学，新的社交圈子，不希望自己被传为笑柄。苏桂枝认为他口是心非，态度明明比过去缓和不少。

"骚扰？我不理你，你又约我来。不可能的，要笑，都是笑我女流之辈恬不知耻，死皮赖脸反追男人。"

"对啊，所以你就当不认识我，慢慢大家就忘了这事，没人再提、再笑话，对你我都好的呀。"

"也不可能的，我做不到。而且那天在舞会，我看你难得没拒绝我嘛，我觉得你心里有我，既然你默认了就得对我负责。"

"你这让我说什么好，那是当着全市高校大学生的面，怕太伤你面子。"

“你是不是像他们有些人说的，是那种人？”

“哪种？别听他们胡说，我只是，怎么说呢，我更喜欢那种动漫里的女性，现实世界里的女生，总觉得差点什么。”

“那我的面子也保得住，省得别人说我轻佻。”

可曲林心里想的却不是如此：虽说那天的苏桂枝仍不能让他心动，也不是不可救，把苏桂枝改造得完美一些兴许就接近自己的理想型。

“这样，除非你把那颗痣点掉，不然就不会答应你；然后把桂枝那么土的名字改掉，不然也不行。这两点你要做到。”

苏桂枝听得愣住，继而反驳：“你是活在梦里吗？没有人是完美的，凭爱也不能接受相貌的一点小缺陷吗？名字受之父母，总要商讨下吧。你怎么不干脆让我换张脸再顺便隆个胸呢！”

“真的可以吗？”曲林眼里闪出惊喜。

“对不起，我真的看错你了。”苏桂枝讲完便推门离开。曲林也不追，只在玻璃门边叫唤：“要产生爱情那也要准入门槛吧！”

瞿麦与女教练则颠倒攻防身份。

瞿麦在汉大空手道的最后一课，女教练要求大家围坐一圈，扯皮、谈笑，总结一学期的感想。瞿麦自告奋勇说要告白，既然认定他告白的对象是朝夕相处的拍档，大家就都充满期待地看着瞿麦的女伴，而他却不知道，他心里想的眼里看的是他的教练，与他人无关。他的情诗靠安非和浦野磨了不少日子了，念得自信，那些优美暧昧的词语意象混合着众人的嬉笑，在道场回旋着钻入拍档的耳朵，她拿瞿麦的干净汗巾挡住脸，像蒙着块新娘的花盖头般，用以隔绝大家的起哄，而自己在盖头下偷笑，直至听到瞿麦念的最后一句“我的亲爱的老师，希望你永远做独属于我的私教”。

所有学员都闭上了嘴，女拍档低下头去，没人再敢多一声笑，也没人能猜透那盖头下的心情。女拍档按住汗巾防止滑落，一边遮掩着脸，踉跄着到道场边缘寻摸自己的鞋，最后退出时把瞿麦的毛巾揉成团扔回了道场，重重地合上大门。而瞿麦见了此景也毫无头绪，他想着自己曾明确表达过态度，虽是训练拍档，但只限于固定时间和地点，出了道场就该形同路人不是吗？瞿麦褪去一脸疑惑，依旧憨笑望着教练。

高潮之处在于学期正式结束后的聚餐，女拍档照例没出现，席间瞿麦代替全体学员向教练敬酒，大伙儿生怕他又醉酒失态，闹出丢脸的事儿来，并没人向他劝酒。而北方男人的酒品文化仍是“我喝了，您干不干”，他想欺负女教练不会喝酒，一会儿又借着酒意要和女教练喝个交杯的白酒，自是被尴尬拒绝。

“您是我们这里最可爱的女孩！”瞿麦叫喊得毫无顾忌，满嘴喷溅着啤酒沫子，他总以为夸张程度和爱意之深浅有必然联系。天下没有不散的筵席，老街的小饭馆毕竟不是隔壁洛芬供职的KTV可以通宵，瞿麦拉着师兄师姐以及同届几个铁哥们吹瓶至夜深打烊，仍不过瘾，酒辞不断更换着，可他的每瓶酒都为教练而喝。在饭店门口，瞿麦组织大家把教练抱起来抛向空中再接住，做最后的玩闹，待接人时，他却猛地推开众人，亲自英雄救美，没想到酒喝多了不同平时，玩脱了手没接住，方向和平衡感都不到位，结果瞿麦面地、女教练朝天，两人四仰八叉倒地。

“还好老娘平时腰肌练得好，不然被你们这群毛头摔成截瘫。”女教练掸掸灰爬起来。

“瞿麦这小子多结实，都摔不垮，教练以后拿他当肉垫子练腰算了。”

受了调侃的女教练嗔怪道：“你们先走吧，可就会荤段子嬉皮，不好好学习瞿麦认真训练的劲头。下学期再约吧，不见不散。”女教练见众人仍等着自己，说道：“我和瞿麦，再聊聊。”瞿麦也一喜，大步跃起跟上去。

“瞿麦，今晚我说的话你要听，但别放在心上。”

瞿麦也连连应着。

“我不是不喜欢你。”

“那就是您答应了？”瞿麦兴奋得就差喊来乐队奏一段《拉德斯基进行曲》。

“你先听我说完！”教练努力让声音高过瞿麦，“你自己都听到了，你称呼我都是您。”

“那我把称呼改了呗！”

教练自说着不再顾瞿麦：“我说的喜欢，只是老师对学生的欣赏，你知道我们俩差多少岁吗？”

“就四岁不到，怎么了！”

“我上大学时，你还在上初中！你觉得自己了解什么是爱情吗？你谈过恋爱吗？”

瞿麦似个叫嚣的大公鸡：“我不懂你教我啊，就像练空手道。”

“我们活在现实社会，不是那几块道垫上。你还在上学，你不明白社会的残忍，你们总怪我喊别人给你们代教，自己跑去做私教，你觉得我走街串巷和卖艺的一样很轻松吗？可我要养活自己！

“我自己在这样的大城市生存已经够艰难，可这是我喜欢的事业，我不想放弃，更不会为了照顾另一个人放弃。也许这话伤你自尊，因为我看见，看见你的报名表上的农村户口。”

“就因为我不是富二代？”瞿麦惊得出不了声。

“谈爱情是要有资本的，你要是有本事，你就会请我去隔壁 KTV 开个包间喝洋酒，而不是去十点钟打烊的小饭店死命给我灌生啤。我不奢求什么大富大贵，可我也不会和身无分文的穷学生谈感情。”

“你早说嘛，去啊去啊。”瞿麦说着就要拨洛芬的电话订房间。

“你愿意为了这一时的确立关系花费近千，我知道你敢，可是两次呢？三次呢？你有收入吗？你要说你养我吗？你是周星驰吗？”

瞿麦摸摸口袋里上午从银行取的五百块，不知该如何回应。女教练要哭鼻子，想迅速离开，却又被瞿麦拉住衣袖，把打着转的泪又笑回泪腺，瞿麦不明白她又哭又笑作甚。

“别扯我了，你连打架都打不过我，回去吧！”教练麻利地拦的士上车，又嘱咐道，“等回医大，别老没事泡道馆了，好好学习，做医生！”

安非想也许再熬过这个夏天，他便能知道，缺少了这份荣誉，他这成绩单上的庸庸之辈还能否被挑进条件苛刻的实验班，还能否领先在这职业生涯的起跑线上，又或是两校合并皆大欢喜。

当然，弯道超车总有捷径，安非在这方面一向同秦巧凤看齐。

有兴趣来实验室看看吗？

安非答完汉大的最后一张试卷，收到秦巧凤远在医大的飞信消息。自从上个大雪的寒冬里秦巧凤在返乡班车喋喋不休地讲她的科研，逼得满车的男女老乡入睡，她大概很久没提这茬。安非提前告别汉大，搬家去小小的医大。

“寒假喊你，你不是没兴趣吗？这回来得这么快。”汉大到医大的地铁仍未运行，从接到“内部邀请函”到抵达实验楼安非片刻都没耽误，安非在医大收拾妥当，秦巧凤即刻领安非入实验室参观。秦巧凤忽然想起些事情，在实验中心盘折绕弯的走道里穿行时，不经意地问道：“如果，我是说如果，大姐大没有让你顶替陈博仁，你是不是就……就不准备把浦野的那份材料给大家了？”

“浦野只临时给的一份，况且和原定的辩题不一样，只是对方的模拟稿，谁又会当真？”

“嗯，也对。”秦巧凤拿出人皮般质感的指纹膜具，套在手指上按下门禁，没多话。一排相连的房间里遍布精密仪器，扫描荧光电子显微镜、凝胶电泳槽、涡旋振荡器、低温高速离心机、聚合酶链式反应扩增仪、免疫组织化学自动染色机，秦巧凤掀开防尘布，带安非一个个指认，一骨碌抛出一通术语，安非小心从旁走过，甚至不敢让衣摆触到任何仪器。

秦巧凤前去更衣室换上白大褂，让安非站在原位等待，安非却不安分，偷摸穿过仪器室来到大厅，只见仿佛电视宣传片般的场景——十来个戴口罩、橡胶手套的白衣人，摇晃着锥形瓶和试管，用小塑料管配置液体，做着不知名的操作，台面上躺着一堆开膛的白鼠、兔子，尸身下垫着桌布。安非接着绕过操作台来到门牌上大写细胞房的房间，又入迷宫般绕十八弯走到里面。一位工作人员见安非的装束，直接把安非赶了出去，摘下口罩大喊：“哪个组的？白大褂都不穿！”一位着格子衬衫、约莫是老师的三十多岁年轻男人闻声从办公室里走出，秦巧凤边扣白褂的纽扣也奔来这儿，该老师阴阳怪气地说道：“哟，秦同学，又带生人进来？”

秦巧凤忙跟大家解释，说带安非去见系主任。

“不是说了，不接受本科生进实验室吗？”年轻老师质问。

“不是，和我一样，七年制实验班的，他想见识见识，我带去给沙主任看看，不行就只参观一下，让他走人就是了。”秦巧凤很拘谨，也不是打辩论似的老油条了。

“那我可没本事决定，你是沙主任的小红人，你说了算。”这老师不太高兴，又把房门关上，一切回归正轨。秦巧凤带安非进主任办公室时她甚至连门禁的数字密码都知晓，“待会儿系主任来了问起，你就说你对基础科研很感兴趣，因为研究生阶段要用到，所以想提前学习知识，目前学有余力，成绩不错，重要的是要不经意提到你已经入选实验班。”

“小凤，这小同学是谁？”正说着，一年纪五十有余的男人进来上下打量安非一番，“又给我输送新鲜血液，可以，小同学你有什么打算？”系主任看来倒是比方才年轻老师架子小得多。

安非几句客套话，并没讲出详尽的规划。“我们这儿叫微生物与免疫系，主要做微生物与疾病，以及人体免疫系统相关的研究，先有微生物再有免疫，懂吧？”系主任试试他的底，见安非完全不理解便讲，“这暑假你先在这儿学学，隔壁那位肖老师是我的第一个学生，现在是讲师了，可以让他和小凤一起带你做做实验，过两个月开学我会再考察你，达到要求你就正式加入我们这个大课题组，你要向你优秀的小凤学姐多学习。”秦巧凤被夸得羞起来，连连摇手。

既然第一天来报到，安非想着回去收拾妥当明日再来，待系主任一离开，秦巧凤便明说了她的意思：就今天，就从现在开始学基本的实验室规矩、常识和简单的技术。七月份，她得继续去北京参加奥运志愿者培训，而手上科研课题不可因此放下，她和一位师兄，也是这系主任明年即将毕业的博士研究生，合作了一个课题，不能因此使得那位师兄延期毕业。所以当务之急是教会安非，让他承担起一部分工作量，以便奥运的八月能充分解放秦巧凤。

安非又紧张起来，坦言这时间过于紧张，自己还是个连细胞都没见过，小鼠都没碰过的懵懂少年，他做不到。

“你至少能把玻璃试剂瓶子刷刷干净吧。”秦巧凤再次亮出两洼酒窝来，“没事的，肖老师也会关照你的。先会做人，再会做事，至于科研思路理论之类，等正式入学上医学基础课时慢慢熟悉也无妨嘛。”

安非在申请的医大临时宿舍住下，就决定把这个酷热的夏天留给这冷气十足的“空调楼”。

闲暇时安非在医大新校园漫步。医大虽小，但胜在新；相反，汉大的校园虽大，有着古色古香的老教学楼，但是与学生宿舍的老旧实在是不可等同，地势低洼且排水设计不畅，今年又是连绵的梅雨季，就等着被水漫金山了，幸亏大学生们放了暑假，否则每日出课真是难题。

然而医大最负有盛名的依旧是男女混住，这在汉京十八所高校里也是个特例。医大建筑虽新，却没有汉大的人性化管理，便宜不能独占，这栋男女混住楼的美中不足就在于缺少独立卫浴，每层楼的男女公共厕所就在左右楼梯旁，但淋浴的澡堂则设在地下一层的民防工程里，同样是男左女右，出水时间极为珍贵，澡堂没有隔断，洗澡高峰时段，三到五个人围着一个莲蓬头，人挨人，满目白花花，像极了生鲜市场。

“创平等观念，领风气之先。”尤通知在开学动员大会上讲这是学校创立混住制度的主导思想。其实是当初楚老视察时说的话：“既然是医大，就该开放些，研究人体嘛，没那么多神神道道的，可以搞个混住试点。”领导之话，不得不遵，全校混住实行难度太大，只好拿乖孩子们“开刀”，成了临床连读生们的专享。下三层楼住男，上三层住女，而最上的天台除了晾衣服，便是饮食男女的天下了。每当安非上楼晒被子，经过盥洗室里瞄到高挂的女生内衣总是忍不住好奇，而靠楼梯的女寝兴许从未接触混住，也没有关门的习惯，嚣张惯了的根根大白腿子跷到桌上，如在无男之境。

安非日常工作便在实验楼刷试管、扫地、抹桌台、倒垃圾，抽闲空才有机会观察那些已经读研究生的学长学姐做具体操作，时常需要在实验室泡到很晚。暑期的医大澡堂晚十点便提前停水，安非洗澡就变得打仗冲锋一般，爬完楼梯简直就是白洗，得再出一身汗，唯有晚风里沁人的发香和楼梯上偶尔的女声欢笑，能给人一丝清凉。

而故事总是如此开始——日复一日的枯燥总会在某天发生变化。自这届升大二的医大生们搬迁，袁雪菁已许久不联系，她给“桂枝”飞信发来消息：好姐妹，又不主动联系我。

既然不再回汉大，安非实在不想搭理，袁雪菁又不舍：为什么总是你躲我在找，就像我俩在图书馆那天，辩论决赛也不约到一起。

安非想到图书馆花去的如此多心思，全打了水漂，更心生怨气，也不忍破除那层纱，便回道：就像我俩如果是恋人，那我肯定是愿意被追啊，多享受啊，爱答不理的。

袁雪菁乘势讲起化装舞会：如果是恋人？原谅我有点好奇，你是“蕾丝边”吗？当然可能你没接触过这个词，你抱我时我突然有这奇怪的想法。

安非哭笑不得。

某日他依旧独自享受热水，难得的是提前到达地下澡堂，学生基本放假归家，洗完澡堂子里又早已空荡荡无人。一墙之隔的女澡堂里传来女声的歌唱，悠长、连绵，沿着不可见的墙缝渗到男浴来，虽动听却发生在不合时宜的场地。水雾朦胧中安非关水倾听，这女声时有时无，最后完全消失只剩龙头滴水声，安非越发害怕，胡乱擦拭完身子，裹起衣服便疾速爬楼，一路到达住宿的三楼才敢停下。那女声竟顺着楼梯飘上来，不依不饶。

仗着邻近几个宿舍也有个别男生留校，安非这倒不怕了，他直直地站到楼梯转角等着一窥究竟——那披头散发的女人呢喃着方才的旋律，瘆人的白色连衣裙遮掩着双足，一摇一上飘忽于台阶之上。被晚风包裹半湿的身体，安非凉得一个哆嗦，想起自己是有双腿的，又算上两条“前腿”。四条腿加足马力，爬坡速度本不逊于奔马、羚羊，可一转身又鞋底湿滑，趔趔趄趄爬上台阶再不得动弹。安非脑子里止不住地调出在慈志楼见过的一幕幕标本影像，据说人死之前会回忆自己温暖的一生，而安非的回忆倒带则是在电影《午夜凶铃》和《咒怨》间来回切换。他怀疑自己无意触犯了魂灵，心想没有做出任何不敬的举动，欲呼救却被这细弱的女声不断中和。那绺长发渐渐飘到安非跟前来缓缓抬头，让未知的面目穿过长发。

安非自感命不久矣，但他没想好最后一句该喊什么，爸爸、妈妈还是只是随意一声窝囊的惨叫，他想他没有机会再考虑了，又或许是心爱女子的名字？

“雪菁？”互相确认是友军后，安非先是惊异地掸掸灰。

“好久不见。”

“对，好久不见。”

“好巧啊。”

“是，好巧的。”

“没想到。”

“对，没想到。”两台“复读机”互相重复着，袁雪菁把头发收集到耳后，安非则重整精神问她道：“那你在这里干吗呢？”

“实习，在一家会计师事务所。”

“那你是住在这里吗？”

袁雪菁点点脑袋：“是，你呢？怎么不回家？”

“我嘛，我也有事，申请的临时宿舍，对，那你怎么会住……”说着，熟悉的粗暴嗓门从楼下传来，洛芬才是千里姻缘的幕后黑手。水落石出，安非与袁雪菁就此别过。男男女女，楼上楼下，炎炎夏日又一出番外好戏。洛芬把安非约到附近一家音乐酒吧。

“你也提前搬来了，怎不回家呢？”不等洛芬开口，安非先问起她来，洛芬指尖戳戳桌台：“这儿，现在这儿上班了。老街那家我再也不去了。”

“你老叔把你赶出来了？还不是因为你总得罪人。”安非说着，啜口气泡水。

“放屁！我可干得好好的呢，从大堂到酒保，哪个岗我没做过，再攒攒学费得足了。”洛芬辩道，“要不是下学期回医大，再回老街兼职就嫌远了，我哪至于来这人生地不熟的生人地盘混小费啊。倒是你，你呢，你又借‘桂枝’和她聊什么了吗？”

“天地可鉴，明的暗的，我都和她断了联系，这事巧。”

“昨天在楼梯鬼鬼祟祟，那你怎么知道雪菁也来住，提前倒是来蹲点了，还等着我们洗澡上来，你是不是借着暑假人少，特意留校偷看我们洗澡？这狗屁男女混住楼就有你们这些色狼！”

安非想把杯饮料泼她脸上，话没过脑：“我留校是为做科研实验，和你俩哪有关系。”

“实验？什么实验？”洛芬好奇起来。

安非一向小心，本无意暴露：“我那学姐让我帮她去实验室打打零工，没什么。”洛芬眼珠子翻腾出“￥”的符号来，安非还是想隐秘行事，免得被浦野那等上进心过剩的“野心家”知道了去，因而极力劝退她，“主要是预习那些实验，又不是勤工助学，就自愿打杂嘛，不如你在酒吧多轮几个班的工钱。”

“那你有什么值得做的，还说不是为了雪菁才留校，嘴硬！”洛芬刚弃了追问，安非话锋一转，试探道：“你不为分班做点‘准备’吗？”

洛芬回他：“分什么班？不就直接搬过来吗？感觉你近期神神秘秘的。”

“我糊涂了，不提这话。”安非拿恋情遮掩自己的小算盘，“那羞羞呢，不陪你过暑假吗？”

“人家文化人可忙，早溜到四川去参加灾区大学生支教了，哪都像你凡事候着女神，不做正经事。”洛芬说完又补的这句，安非听得这褒中带贬，“他还说条件很艰苦，所以也不管我住得好不好。”

安非假意随口说：“说到住，你现在和哪些人住一块儿？雪菁住你宿舍？”

这下洛芬打开话闸，又往外倒苦水：原来重分宿舍后因为洛芬独自搬来，医大没有安排集体重新分配，只得落单和其他班留校的四个女生临时共六人寝室，并且空下一张床位来，而这张空床便有了用处。

嘴硬说不打袁雪菁的主意，但安非私下又隔空做回“桂枝”，与雪菁热乎个来回：洛芬讲你住到医大去了？

——我找了家会计师事务所实习，汉大淹了水，没法住才临时投靠洛芬。你呢，你在哪个宿舍，我来找你。

袁雪菁猝不及防地刨底，安非编谎则毫不含糊：我还在汉大医，我们医学部宿舍地势高，目前还不怎么受影响。洛芬跟我讲你住这的。

袁雪菁没再回复，兴许睡着了，但发现了又如何，以后便是两地分隔、再无瓜葛的生人，安非不再揣测她那爱莫名其妙的相处方式，睁眼闭眼都是想着分班的事：究竟凭什么标准才能入选实验班？这小两个月靠打杂到大师兄的论文作者蹭个位置？还是拍拍系主任的马屁，给负责分班的老师打打招呼？不管合并与否、政策如何变化，他只能靠这项成就抄近路去莫须有的实验班。可哪来的能力？哪来的面子？安非直愁得心里发毛，后脑在枕套上摩挲整夜，几近秃出粉嫩的头皮来。辗转反侧间袁雪菁又来骚扰，显然这不是该玩爱情游戏的时候，袁雪菁发来信息：桂枝，既然你还在汉大，帮帮忙到淹水的宿舍取点重要物件回来吧，洛芬讲你活泼，行动力强、动作快，本想拜托洛芬，可她得去看望男朋友。

“桂枝”干脆把袁雪菁拉入黑名单，单方面给她“禁言”，不接收她的短信，一了百了。次日，安非依旧得挣扎着和太阳争早，爬去实验中心赶在研究生们到达前，把各类玻璃容器刷洗得“既不聚成水滴，也不成股流下”，沥干挂好以备师兄师姐们取用。

他尽量在肖老师到达实验室时表演积极勤快的“洗刷刷”，刻意让肖老师见到自己的努力，然而肖老师本就不待见实验室里的本科生，更不会亲自带教他，这样做毫无意义，反显得做作。肖老师反问他：“你知道哪天会用什么耗材什么器皿吗？你做的所有准备都有必要吗？你每天擦洗的那堆小量杯，连续一周都没人用过的，其实你做了大半无用功。你最好得参与进课题干点有用的，但我没义务也不敢给你擅自安排，你可是系主任收进来‘试用’的，也不能劝你回去不是？”

安非自以为得了圣旨，只抓住参与课题做重点，斗胆去向有责任带教的这位即将毕业的博士大师兄提要求：给他个机会，就从最基础的喂老鼠开始。他的预想是在论文投稿完成一部分补充实验，论起功劳，便也能顺理成章在论文作者一栏挂上自己的名字，这必定是一年级学生里独一的，连秦巧凤都未曾料想过的成就。

同时，实验室里来了新人，班团例会上见过的“右护法”，安非不必想便猜到是尤通知打了招呼，这女孩倒也自称是入了实验班，早点来学点东西。系主任沙老师对她的态度反常之好，安非更加快了自己的“劳动效率”，生怕被夺了位置。

第一步就是套近乎示好，安非买了些小零食给大师兄，并在每次实验的前一天晚上就提前问好大师兄的安排，第二天一早优先给大师兄做实验准备。大师兄从未答应要把养鼠的重任交代给安非，但安非早已捧好小鼠饲料在动物房门口待命，这厚脸皮的火热架势实在“盛情难却”。安非极力想证明自己，任务也简单。后来称量饲料重量、记录老鼠体重的活儿也交予他，安非已能独立承担鼠房的基础工作。甚至实验室的其他研究生到鼠房时，安非还充当麻醉的助手，借此机会与实验室众研究生们打成一片。安非尽全力地同师兄师姐们维持关系，方便学习各自的实验技术。

每人都有自己的长处，除了常规技术，更有一些是与各自课题方向相关的特殊技术，此时的安非就好比早期未成材的杨过，还没参拜小龙女时随三教九流学了一身杂乱本事,却不成系统。好在安非的“姑姑”——秦巧凤,人在北京，还不忘默默无闻的小弟。秦巧凤第一次用奥运村的公用电话跟安非煲粥，除去关心大师兄发表论文的打算，她仿佛已经忘却关于课题的一切事情，她在QQ空间晒着与“鸟巢”“水立方”的合影,喋喋不休地发表关于北京的一切轶闻趣事。安非问起实验室里不懂的事宜，她总说：可能吧，应该是吧，就那样吧，先不管吧，问问师兄吧。

一个人变心是从心脏移位开始的，比如从汉京飞到万里之外的北京，简言之，心不在焉。秦巧凤扮成提灯者的样子，只给安非照亮了一扇带锁的门，却转身把钥匙别在腰上带走了。秦巧凤给安非打第三轮电话时，无论她分享如何鲜明的喜悦，安非的回复渐变得格式化，只一个字以及一个字重复循环的形式：嗯，嗯嗯，嗯嗯嗯。秦巧凤没了趣，便自己晒社交去了。而安非在逐渐取代秦巧凤的位置，成了实验室的“香饽饽”——能吃苦、麻利、不抱怨。虽不若秦巧凤的机灵，却是极为可靠的帮手。可揽活容易，甩锅却难。

再宽裕的假期也得休息，在学习和打杂之间似乎天然有着时间冲突，没有谁的时间会因为安非的空闲更改，为了集大家所长，安非慢慢懈怠了自己课题组养鼠刷瓶的本职，自家活竟有时顾不及，此举惹得带教大师兄不悦。安非是识时务的，迅速断绝其他业务往来。为稳住这免费劳力，大师兄白大褂大袖一挥，授权提升安非的能力资质——他在细胞培养箱被分封到一片属于自己的领地，虽然这些“子女”都是大师兄那块大陆上各类细胞的后代。

新手学徒历来要犯错的，怪只怪安非的初犯不是时候：公用细胞培养箱里，安非存放培养皿的那片领地是大师兄上方的一小块隔间，几碟小塑料皿由一片不锈钢网状底盘托住，皿里盛着含营养的液体培养液，安非的细胞子民们生长于其中。一次毛手毛脚的安非打翻了自己的培养皿，培养液渗过托盘网洞滴落到大师兄的皿上，本非要命的事，挪开下面的皿，喷洒少量酒精消消毒擦擦干即可，可安非心虚起来，对于一位心急又手贱的新人，这从未遇过的情形实在无法应付：一来下面隔间皿多拥挤，怕再弄翻大师兄的皿；二来喊了任意的人员来帮助，被传播出去便在实验室里背了做事不靠谱的名声；三是偷偷挪了位置消毒，若被大师兄瞧出端倪，就失了信任。

思来想去，安非只把自己的托盘消毒，其余草草擦拭一遍，不动如初。安非决定了，就当什么都没发生过。隔日，安非造祸的后遗症显现出来——安非从显微镜下观察，隔间下方大师兄的许多盘细胞尽数被污染了。

安非仔细想来，那些未擦尽的培养液处于37℃的温箱里，就成了天然的细菌滋生地，久之便感染了盘里那些细胞，一传二,二传四，导致所有的细胞全数死亡，尸体结成絮状漂浮在培养液里，整个培养箱充满腐败的恶臭。不仅是大师兄的细胞，他的隔间一旁，刚入实验室的“右护法”的细胞被污染更多，似乎损失更大。

不该偷懒怕事——安非觉得自己是这事最直接的罪人。安非倒又想去主动承认错误，可见到大师兄久久呆立于敞开的散发恶臭的温箱前，只觉得此事并不简单。

“找之前冻存过的细胞重新复苏，再从头养起来也不过几天而已。”安非心虚地讲道，尝试着提出建议。

“这分离纯化的细胞株，重新来过个把月的时间，而且不一定能成功。我已经多次尝试了，这是最顺利、结果最好的一次，好了，现在没了。”大师兄的表情包含着复杂的成分，沮丧、失落，甚至拔地而起的愤怒，“按理不该的，刚集中消毒没多久。如果让我知道是谁故意搞的……”

安非话到嘴边不敢出声了，大师兄咬牙讲：“我亲手弄死他！”这狠劲儿倒是有理由，这事不出意外会导致他延期毕业——实验数据缺项，论文投稿只得暂时停下。不过这下安非却无须着急了，他有大把的时间参与课题，争取在论文上的署名。同时遗憾的是，他没法在分班前拿到这强有力的资本，他只能听天由命了。

傍晚，肖老师把安非喊到办公室，问起莫名其妙的话来：“跟你师兄承认了没？”

安非一怔，肖老师说：“我当时看见了，我在细胞房巡视，你半个身子钻在2号箱里面，带着酒精喷壶和纸巾，你是把培养基洒了吧？”

安非脸皮薄，又惧怕被踢出实验室，所以脸皮一会儿红一会儿白，原以为实验室“大内总管”肖老师会大发雷霆，可现在看来他并没生大气。见安非沉默着，他又说：“你别担心，我不是沙主任，咋咋呼呼到处给你传播，我没那么无聊。我管理实验室的日常，但不是负责人，科研成果的考核与我无关，每年多一篇论文少一篇论文对我没什么区别。倒是你师兄的文章发不出，延毕了影响沙老师招学生。而我可以多留你那能力超群的师兄帮我做做小课题，干干文书上的杂活，白得的劳力岂不是好？”

“那老师你的意思是？”安非更摸不着他的逻辑了。

“其实你还没进直博班，新学期没开学根本就没分班，你和秦巧凤唬唬系主任还凑合。而且据我所知，因为和汉大合并的事没定，学校把实验班计划也取消了，所以你在师兄快毕业发论文你急着过来，还有意让我看到你每天起早来做事，这都没意义。”安非羞愧，直想溜出去，没想肖老师竟是欲扬先抑：“反正我的经验就是，不要轻易放弃。你本科这么早就来实验室，看得出你是想做点东西的。有野心就不要在乎一朝一夕的得失，直博、论文署名什么，都不重要，做科研是长远的事，明白吗？”

安非开门离开前，肖老师说，污染细胞的事，他会保守秘密。

“老弟，你看新闻没？”一大早到实验室，大师兄倒是一改被细胞污染挫败的沮丧问起他来，见他迟疑，大师兄说道，“你家凤姐上电视了。”

“什么叫我家，我们就普通关系，”安非反应慢一拍，“对了，她上什么电视？”

大师兄挪来办公电脑的显示屏说道：“播给你看，央视记者采访，她在马拉松的预热跑时救了个老外，可能当时是心脏的毛病，正巧就给马拉松的直播机位捉到了。”

安非专注看视频，大师兄边说：“关键这不是平时，你地铁飞机上救个老头老太，了不得感谢信再登个报纸，这救的外国人呐，还是北京奥运期间外媒先报道的。你知道你小凤姐这种没毕业没医师证的，分不到医疗组，这老外一看，北京一普通带路的志愿者，专业 CPR（心肺复苏术）的架势还带人工呼吸的，不仅把人按回来了，采访她讲英文还贼流利，一套组合拳，说是没彩排都不信的，这国家宣传形象实在太到位。

“你信不信，等发酵发酵，你凤姐回来就是校园小明星，什么评优、奖学金，随便搞。”大师兄还真就一副认真的表情，又转头去叹口气，“这可比她在这儿干一年半载的好使多了，实验刚放下，出去北京休个假竟然啥都有了，勤奋不如命好的哦。”

“别酸了，干活吧。”安非反催起大师兄来。倒不是因为安非想尽快弥补自己犯的错，把课题日程提上去，只是自感实在无法和“得势”的秦巧凤共情，没甚可开心的罢了。其间安非用实验室公用电话呼了秦巧凤几次，要不是占线，要不是挂断，偶尔接通那头总是“在忙，另说”。

二人组士气低落，效率尤下，大师兄做得越没志气，安非越是腻烦这课题。安非想着承认错误，好让他明白这细胞的事不是操作问题，他还是原来那个老练的从不失手的博士，他还能东山再起的——大师兄听安非坦白，只是瞧着他，苦笑又叹气的，猛一攥拳捶在桌板上。安非心想收回那些老实话已是晚了，便自动走远些，免得大师兄失神大发作，揪住自己扔出楼外去。正倒退着没注意，安非小臂一挥又把小烧瓶碰摔了，大师兄没理会他，径自摔门进了肖老师办公室。与那“右护法”一比较，安非俨然是实验楼里搞破坏的第一号人物，深深预感自己离被迫滚出实验室的下场不远了。半刻，大师兄出来收拾家当，安非也不敢上前询问，待他背包出楼，才偷溜进肖老师的办公室。肖老师抬首便讲：“你没沉住气，自己说了吧。”安非不作声。

“那小烧瓶培养过多少届研究生，我读书时就有了，标签上还是我的名字，老古董一下给你整成玻璃碴，可惜了。”肖老师说，“你说容得下你不？美猴王，师兄给你俩请了假，这段日子回去休息吧。”

这是撵自己走的意思，安非视作逐客令，迟迟不愿动身，肖老师见状又讲：“我是说真的请假休息，既然他博士延毕是铁定，也不在乎这一时半会儿。你这状态也糟糕得很，其他师兄弟也怕带教你，担心被你捣乱影响进度，干脆大家都放个长假，出去避避风头，心理调节好再重整旗鼓，不好吗？”安非也没话辩驳，这里头除了秦巧凤，其他人与他均是非亲非故，对医大的娘家印象实在薄凉了。

另一边，安非想起还有个袁雪菁要挂念，开通交流便看到她的既往消息，已经隔了不少天数，她说：不想去也不用假装消失的，你总这样，也许是我多想了，我们从来就不是朋友。我们别再联系了，谢谢。

莫名其妙！安非觉得这番话该是他的台词，在汉大时那是“跳恰恰”，我进两步你退三步，我自觉退两步，你又进一步，而现在和“姐妹”倒也玩起这花招来，看来浦野识人始终是比自己准的——袁雪菁就是过家家的矫情路子，就是爱装纯情，耍完异性耍同性。而安非倒想看看是什么玩意儿金贵得让一个矜持的江南小女子愁得胡搅蛮缠，顺道可以观摩下汉大金融系的女生宿舍，便回她道：不好意思，这些天手机没网络。你要取什么物件？要不你把宿舍门牌号告诉我，我取到后放个地方你来拿？

——那好吧，我前几日着急冲动了，还是谢谢你。阿姨那里有备用钥匙，你直接开门进去就行。是个唱片机，老式的那种怀旧款，不过是便携的，外部是木制箱子可以拎着，应该不麻烦的。还有一小盒黑胶唱片也要的，是一个带锁的方木盒。

——那我明天放到门卫处，你下午来取吧！

——不见面吗？我想中午请你吃个便饭。

——不用谢的，都是好姐妹，举手之劳。

可当他站到汉大门口才意识到袁雪菁为何执意要个帮手——连日暴雨，汉大积水成湖，尤其让基础设施老旧、地势偏低的商院宿舍区幻化成水乡泽国，踩水在野草树丛间行进像是掉入亚马孙雨林。熟悉的女宿下，低洼处的宿舍底楼已泡在水中，即使穿皮革高帮雨靴仍不足以涉深水区，安非一筹莫展，更糟的是，刚才还是白日响晴，突然天色渐渐昏暗，一场暴雨在即。恍惚间，安非发现了系在岸边的皮划艇——原本是汉大赛艇队的训练用具，现在是漂在马路的浅水上，安非入学见过几回他们比赛，做样子坐上去划拨两下，有了想法。

借着水势拖来小艇。可安非并没去多远，他发现事情不简单，划拉两下船桨不能前进，左右没有章法，皮划艇只能在原地打转。划艇的安非一时成为校园风景，有好事的留校学生拿相机把安非这滑稽一幕录下来。慌忙之中安非的桨溅水打湿了衣服，挣扎许久才发现需要两侧同时操作才能前进。安非从船上越到宿舍台阶上，袁雪菁寝室门锁着，男生去借女寝钥匙，显然不合规，而门被从里面抵住，全力无法撞开，安非转去爬二楼阳台，跃起抓住窗户铁框的边沿。突然一记雷响，安非被吓得几乎掉下水面，他一把拽着晾杆上的女式内衣，借力扒上窗台，回头再看那黑色蕾丝内衣，下面边缘已被扯坏，也不知这是谁的，又不知道该不该主动向袁雪菁承认，安非索性把这内衣扔到外面水里，假装被风刮去。

安非仔细打量女生宿舍，有股淡淡香味，门被鞋柜刻意抵住，不懂是哪番意思——即便是有钥匙也进不了门吧，袁雪菁的宿舍关系并不简单。安非找到了袁雪菁的手提箱式的唱片机，其实唱片机的外壳箱子是防水的，看边上有密封胶条，根本没必要担心，大概这唱片机对袁雪菁有特殊意义。安非看见袁雪菁提到的放置唱片的带锁方盒，翻到了抽屉里的钥匙串，一个个拨弄锁孔——里面却都是信纸，微微受潮。安非仔细辨认，是袁雪菁的情书，一张张翻找，原来曾有如此多的男生爱慕她。始终找不到自己的那封，安非才记起袁雪菁当时曾说根本就没见过他的信，可能挨揍那次早就遗失了。也难怪袁雪菁一定要救出这木盒，她有奇怪癖好——拒绝求爱，却珍藏浪漫的纸质证据。外面雷声逼近，安非还是不肯放过机会，满屋搜寻袁雪菁的隐私，在抽屉里看到自己归还的高数书，封壳内侧夹着一张半折信纸——确是安非的那封——原来她早就看过却不肯承认。但把自己的情书夹进高数里，是已经把他和送还高数书的“桂枝”联系上了吗？只是怀疑，还是确信呢？安非自认从未出过纰漏。

安非心满意足地归去，可雨终究是下下来了，他在划艇时特意用雨披遮住唱片机，自己便被淋得通透。安非刚停靠下来，欲跨下小艇，就有人撑伞帮他挡雨，抬眼竟是亲切的袁雪菁。任凭雨狂雷鸣，安非不敢再动分毫。

“赶紧先进来吧。”袁雪菁拉他到屋檐下，用事先准备的干毛巾裹住安非，帮他擦头、拧干，“苏桂枝呢？”

“她那个，她要回家了，就托她男朋友曲林，间接就托到我，帮你取这个。”

来来回回两人尴尬得竟忘了皮划艇上的唱片机，趁小艇仍未漂远，弃伞的安非冲回去抢回那木箱来，箱里漏进些水，安非便心弦紧张。

“真的不好意思，竟然最后忘了，进水会影响吗？”

“不要紧，你别淋雨感冒了。”

“如果坏了我赔你一台吧。”

“没事没事的，你已经够好了，都没人愿意陪我来，我很知足的。”

门房里，保安大叔打开取暖器，调侃这男友相当合格，袁雪菁怕误会，跟安非讲:“毛巾什么,这都是,为桂枝准备的,我约她下午取,想请她吃饭感谢她。”

“我知道，我知道，就没想到你提前了嘛。”受雨水冷激，安非切换视角难免短路。“真的感激,你后来见到那个唱片盒了吗？”安非迟疑几秒,才把那盒“情书大全”对上号。“没有。”安非说了谎，考量她把自己那封和别人的分开放，是不是有特别的含义。

“你就是苏桂枝，苏桂枝就是你吧！”袁雪菁轻声问安非，安非仍不承认，糊弄过去。袁雪菁还细心地备了条宽腿的女式吊带牛仔裤，回去时让安非找厕所换上，安非虽穿得不情愿，总归暖和了，只是脚踝露了一大截，煞是引人注目，便特地找人少的一节地铁尾厢，当然不只是怕因异装被嘲讽，还有别样的目的。这裤子不仅裤腿长度短，而且腿围尺寸也小，安非的大腿、盆胯也被吊带裤紧紧地束缚，尤其是黏湿湿的内裤粘住了前裆部。安非的敏感部位实在无法忍受这种痛苦，趁袁雪菁看向别处，手掌从侧边戳进牛仔吊带裤里，想缓缓伸入去抠开内裤的前兜，让地铁上的冷气灌穿，从而身心荡漾。

安非决定背身去铤而走险，不料列车停站，减速刹车使站立的安非和袁雪菁都重心不稳，安非从吊带裤里抽手，下意识转身去抓扶手柱，却紧紧地裹住袁雪菁另一只手，安非的心脏扑扑通通地跳动着，增加了循环血容量，以阻止潜在的神经源性休克——直到地铁到医大站，袁雪菁没有任何逃避和反抗，安非希望这地铁线路循环下去，永没有尽头。

本以为双方已算袒露心迹，这次志在必得，袁雪菁却仿佛从这世上消失了一般，再无音信。安非去她借住的洛芬宿舍询问，得知她那天回来收拾打包，第二天又悄然搬回汉大。

“怎么啦，想我了？”袁雪菁语态温柔，安非被袁雪菁一挑逗，反倒急不可耐：“袁雪菁，真的非得玩情感控制那一套吗？从汉大开始一直到现在没完没了，请尊重并且认真对待别人的感情可以吗？牵手时不愿松开的是你，一声不吭跑了也是你。喜欢就讲明，你进一步，我就没皮没脸贴到面前，你退一步，我就关上门再不往来！”

“我不明白你的意思，你是真的情商低装不懂还是想继续玩游戏？有些话我已经说得不能再明白了。”袁雪菁没好气地挂了电话，不再回他消息。或许有时就该当面说清呢，又或许如过去在汉大，只是她寂寞的一时兴起，安非只是一碟搭稀饭的小菜。

萧伯纳说，初恋就是一点点的笨拙加许许多多好奇。安非不敢苟同，他认为是一点点的脸皮加许许多多的脸皮，又想假充“桂枝”假模假样问起她是否取回了唱片机，实则打听袁雪菁对自己所作所为的看法。安非打开飞信便是袁雪菁的汉大当晚的待接收消息：桂枝妹妹，恭喜您再次升级，请领取来自雪菁姐姐的不限时私人通话服务。

安非打字手抖，九个键竟让十个指头错乱了节奏：升级成啥身份，是我想的那意思吗？做你的朋友、闺密还是男人？

——不知道啊，那你究竟是男人还是女人呢？看来被错怪的袁雪菁仍愠怒。安非回复道：我当然是男人啊。

安非只是没想到终于有一天，“桂枝”的身份是多余了。原来假充“桂枝”的小九九早被探得一清二楚，不知从哪时开始，袁雪菁觉得他是出于真心的可爱，便一直装傻逗着他。

安非对如何表达类似的喜悦没有任何经验，上一次大约是高考结束时，大家同在一处他可以模仿别人，撕书、扔书，脱老唐的裤子，但这是另一种不一般的情况。虽毫无借鉴，安非却有预兆身体一时间会无法代谢突然的情绪，潮红出汗、心率增加。他总不信，这有诈，万物的主宰、所有的宗教之灵，就这么轻易让他遂愿。小时候他在庙会吃过斋饭，也在圣诞节吃过火鸡，都不曾许过愿，没想到善报竟来源于一次摸裤底的“不敬”行为。他穿着袁雪菁给的吊带裤奔到操场，一言不发，又把内裤脱下挂在枝头，即以五十米冲刺速狂奔，直到精疲力竭赤裸倒地，等待脉率过山车般垂直上下，平稳后方才穿上裤头。

安非吹牛，声称靠揩油摸手讨着老婆了。洛芬即笑问袁雪菁，当时为何不挣脱这猥琐的安非。

“不要误会，我怕他手冷。”袁雪菁对安非泄露情事毫不知情，如此尴尬地和洛芬解释道。她转头便生气质问安非：“为什么不知会我就公之于众？而且这是两人之间的事，最好不要公布让外人知道。”

安非不答应，他从学长与袁雪菁的拉扯里得出经验——征服袁雪菁得速战速决，不宜恋战。安非打算抓住契机使用强势宣传使得袁雪菁无法拒绝：他在社交社区只发了设置成袁雪菁一人可看的动态来试探，袁雪菁并不知情，以为两人关系世人皆知了，只得在社交动态名正言顺地公开，回应安非的示众。

待尽人皆知，生米成熟饭，安非再主动负荆，袁雪菁虽怒气高涨，架不住甜言蜜语，两人关系就此确立下来，在月老的办事处备案并盖章归档。袁雪菁想来消不了闷气，因此草拟口头协议，和安非约法三章：诚实是第一要义，任何事都不得瞒住对方，下不为例。

安非的兴奋甚于别人结婚的架势，且好事成双——临近开学，肖老师突然要安非回实验室。

大师兄已先安非一步回去，在安非被喊进办公室谈话前和他讲明原委，看起来一副要杀人越货的表情。上次的污染事故不是安非的问题，反倒是共用同一个培养箱且细胞也被污染的“右护法”，被肖老师下逐客令，令人生疑。

“我们离开后，她用了另一个细胞培养箱，结果那里的其他细胞不久也都挂了。后来肖老师亲自观察了她重新复苏的细胞，得到结论：她冻存时所有那批细胞全是污染的。再仔细询问才知道一直是操作技术粗疏，而且不负责任——清理她的皿时发现培养液全黄了，那颜色最起码四五天没换液，就像没用的菜叶会腐烂发臭一样的道理，这才让我们那个箱子臭了，连累了我们的细胞。她见我生气的样子估计心里怕，谁也没说，就只告诉了沙主任。”大师兄提到“右护法”便气愤。

“她承认是自己的问题了？那沙主任是不是狠狠训她了？”安非若有所思，没等到大师兄答复便被叫进办公室。肖老师一脸板正：“我让你沉住气吧，患得患失。你的培养液是新鲜的，而且就算洒了点，并没多久怎么会全数污染，凡事要多动动脑子，我当时怀疑，没证据我也不能乱讲。”安非倒是被骂出笑容来，“但你承认不属于自己的错误，揽别人的祸，还脱了裤子在操场跑圈，不是很懂你们年轻人整天在想啥。”安非惊得说不出话，想起实验楼距离操场不远，余光顺着肖办公室窗户确实能瞄到下面的操场。

安非刻意跳开这事：“我听师兄说她私下和沙主任讲过了，承认过错误了。”

“你亲耳听到她讲的什么了？对人对事的预判，永远不要这么乐观。我就提醒你，沙老师对她夸不绝口，说主动承认错误值得表扬。”肖老师说道。安非心里也解脱了——同样被系主任超乎寻常地照顾，同样是女生，为什么肖老师也对秦巧凤有说不出的意见，似乎都有了解释，但安非清楚秦巧凤，是没有背景且从不屑于寻找背景的。此外，肖老师似乎有意栽培安非，虽说相比于正式研究生，安非的价值近似于清洁工。

“不仅要多练操作技术，也该着手了解一些概念性的知识了，沙老师这几天开中层干部会议，回来就该考察你了。”

“假期还开会，是和汉大合并的事吗？那分班呢？”

“什么分班，分个屁，你那算个鸡毛事？”肖老师变脸快，多问就烦了，没好脸色，安非告退。

安非频繁和挠心的女人约会，在医大汉大两头跑，为腾时间，他洗玻璃瓶的速度比同时给几个主子干活时更快，倒扣的锥形瓶在安非食指尖被冲洗得打起转，橡胶手套与沾水的玻璃磨出滋拉的高频噪声：这是他向大师兄宣告要快些下班的表达方式。安非和袁雪菁又回到当初的老街轧马路。彼时熟悉的景物蒙上了特别的色彩，对于安非，这不再是故乡的风景。安非东张西望着发痴，撇袁雪菁在一边。

“你看这老街还是繁华，街边小巷、市井风情，该撩客的撩客，该吆喝吆喝，我挺喜欢这种感觉，有人味儿。”安非说。

“这不叫繁华，重复的店铺毫无特色，哪个城市没这样的地方。改天雪菁姐姐我带你去广播电塔顶层看 CBD 的夜景。”

“这么讨厌老街？我在巷子里挨过打都没说啥。”

“挨打？什么时候？”两人牵手并排走，袁雪菁装糊涂，安非就把手撒开。

“小心眼，就你被人欺负过似的。”说着袁雪菁又不开心。安非提起他在实验室的事，喋喋不休，袁雪菁没兴致听，按理重返实验室安非该庆祝，却没法和袁雪菁分享喜悦，她之前的难过似乎不在于取不回宝贝唱片机。安非想起内衣的事来，想知道那件黑色内衣是不是属于袁雪菁的，暗示性问道：“最后是谁住在宿舍？衣服没收，很容易被刮走啊。”

安非猜测宿舍里有人故意捉弄她，她说借住是“宿舍淹水，住医大能和洛芬相互照应”，其实是假，受委屈的明显是汉大的袁雪菁而不是医大的洛芬，袁雪菁的宿舍门被从里堵住、回不去宿舍才是真的原因。

“她们为啥欺负你，你不和我聊聊？”

“谁，我舍友吗？她们挺好的。”袁雪菁低着头走路。

“我很好奇，用鞋柜抵住门，自己怎么出去呢？”

许久的沉默后，袁雪菁才肯开口：“也许爬隔壁阳台吧，我也不知道。”

安非一把抱住袁雪菁，模仿着肥皂剧的表演技巧，考虑双手摆放的位置要足够绅士又得足够深情，良好的肢体语言也是作为新上任男友的基本修养。本是开玩笑，袁雪菁竟真是一声哭腔出来：“我什么都没做，凭什么就是欺我一个？你不要笑我，她们两个人，我打不过她们。以前我和那个人说，那个人也不管，他就说让我和她们搞好关系，让我买东西送，但她们还是那样，就总是针对我。”袁雪菁抽泣得语无伦次。她不仅被寝室的QQ群排除在外，空置的杂物存放处也不给她留一丝一毫地盘，这点安非当时可见证。这使人回想到小时候校园欺凌的儿歌：“马屁精，孤立你，上厕所，不带你，毛毛虫，放包里，铅笔盒，撒楼里，教科书，扔楼底，值日生，全让你，放学走，不等你……”

“我绝对，绝对不让她们再碰你。”“那个人”让安非听着不舒服，他准备开学就帮袁雪菁复仇。袁雪菁平稳下来，但口鼻仍在拉风箱，她说：“没办法我才搬出去，我实在受不了，我现在回了宿舍，一想到她们开学还回……回来我就恶心，我还是想搬回医大。”

“你实习的会计师事务所不是市中心那块吗？靠汉大，回来不就又远了？”

“不打算再去了。之前实习也受气，老被人揪辫子说做不好事。今年到处都不景气，金融风暴次贷危机，香港股市崩盘波及内地，说起来也是业界标杆、四大之一的分所，明明连正经项目没有，没生意所以也辞退很多员工，人手是管够的，还招实习生骗我进来打杂，根本没学到东西。既然住医大，不如去大学城附近那家私人的小事务所。”

“你是想多和我待在一起，我就知道。可这边小所不是更学不到吗？”

“就混个实习证明，以后评奖申请、升学应聘用得到的，以后有机会我也想出国交换，我们院有项目。总不能学我那些舍友，人丑还懒。”

“那个人，家里也是做房地产，不受影响？”

“你指谁，我不知道。我只听说房价低迷，现在是最好的买房时机了，说不准以后房价会一跃而起呢！”

“买房？风险太大，还不如炒股，都不知道将来在哪工作，房子转手卖可就跌价得厉害。”安非并不感冒，不管袁雪菁是否有所暗示，他认为自己前途未定，买房的事从不考虑。

“也对，做医生职业道路长，都是不急的事。去实习才觉得还是你们好，苦点累点，铁饭碗丢不了，任何时候都替代不了的职业。而我们看市场看天吃饭，打雷得躲起来，久旱逢甘霖又拿盆去等着收。我爸爸也是医生，所以我对医生没好感，一年到头不好好在家陪孩子。”安非没想到岳父竟是同行。

“大主任你呢？你将来什么打算？要留在汉京的医院上班吗？”袁雪菁好奇安非为什么学医。安非说，他倒不图医生的收入稳定，他自有伟大的理想，自觉地回溯和老唐在高考前传递的那张小纸条：*老唐，和你一样的理想，我也想做医生。……我要做大牛，做专家，做教授，做两院院士，我要改生死簿，跟无常抢命，和阎罗谈价，下十八层劫狱，我要做神，做希波克拉底的继承人，让所有轻视我的膜拜我，让所有达官显贵求我出马。白袍加冕，人间封神。*

安非本以为袁雪菁会欣赏自己的思想高度，她听了只是嗤笑：“天呐，可别再提这幼稚话。不收回扣，不拿红包，你靠固定工资过日子啊。我爸是太固执、胆儿小，不愿意也捞不到油水，没办法的事。”

安非当即表露参观珍稀动物的表情来，说道：“你爸爸是哪个科的医生？这是什么思维？哪有人是只为钱做医生，你吓着我了。

“我将来想回我们县人民医院去，熟人多好照应。”

“我劝你留汉京，做像我爸爸的小医生真的很没意思，升职称不靠本事，要论资排辈，人家病人也不够尊重。”

“可是读不上博，留汉京挺难的。”

“我不管，我是不会跟你回小县城的。”袁雪菁停下脚步，认真说道，“做医生和其他行业一样，是要吃白米饭的，不是吊一口仙气飘着过日子。也许我们女生早熟，也许是受我爸熏陶，我这样说你不要生气，我尊重你的想法，这个社会需要理想主义者，但某种意义上，我想你只是和我一样，想做自己这个行业的精英罢了。医生是个参差不齐的整体，过分拔高职业、给自己脸上贴金，感动不了中国。”

安非有点不高兴，袁雪菁便挽起手臂来说：“做你自己，我喜欢的是你，又不是职业，对不对？别气，带你去个好玩的地方，有惊喜。”

袁雪菁带安非去了老街犄角旮旯里的音像店。唱片机受潮，晒干也无法播放，袁雪菁便把唱片机送去那里检修。袁雪菁一进门就到老板柜台抽了一张碟，拉着安非钻进里间的播放厅，看来是此处常客。袁雪菁打开店家的影音光碟机，插入一张印着“宝丽金巨星原唱金曲系列”的唱碟，邀安非一同看 MTV，是陈慧娴 1989 年“几时再见”演唱会。原来袁雪菁心底里一直有个小小的梦，想做个兼职的街头女歌手。

“这唱片机是我十岁生日时爸妈送的礼物，我听的第一张碟是我爸妈的，叫《永远是你的朋友》。当初这张碟刚发行时，我爸就是买的这碟讨我妈欢心，然后有了我，可他们并不了解唱片里的八卦。”

“感觉你很喜欢陈慧娴，是你的偶像？”

“算是吧，她也是和梅艳芳、张国荣同个时代的传奇人物了，但是知名度就差多了。梅艳芳你知道的吧？”

安非来了劲：“知道，明星，死于宫颈癌。罗文、林正英肝癌，黄霑肺癌，今年去世的沈殿霞，胆管癌。”

“好了，停，你咋关心这些？”袁雪菁纠正话题。

安非挠头：“职业病，还没学知识就预习完八卦了。”

第十一章　驻唱

临近开学，沙主任召开大组会，要求课题组所有的科研人员均出席，内容也包括组会最后对安非的独家考核。安非需要秦巧凤在沙主任身边的“美言”，可关键时刻秦巧凤仍然没有出现在实验室，安非打电话给她，她声称在北京仍有些事，老唐那边的消息却是秦巧凤已回医大。其实小字辈秦巧凤的三言两语是无所谓的，可这是她曾经承诺过的，所有人与人的信任与契约关系不该如此淡忘的。

在听取各个具体课题组汇报实验项目的最新进展前，沙主任还是依惯例先宣讲些上面的最新指示，这向来是大家打瞌睡的环节，但今天包括肖老师在内所有师兄师姐都把这当成重头戏——沙主任刚受邀出席省教育厅关于医学院校发展规划的会议，关于医大并入汉大具体实施方案的座谈会，势必谈到医大去向的最新动态，这关系到所有人的未来。开会前，肖老师以及其他几个年轻讲师已经等不及在私下询问，沙主任留到大组会一起公开说：“关于组建新的汉大医学院的红头文件，我开过会后已经拿到，我还没细看，就我在会上看到的情况是各家都在争执、太乱，具体利益关系错综，我也不详细讲，和你们学生无关。总结就是，并是肯定会并，最后措施和方案的定夺这个是由上面决定，我没资格参与。我要说的就是，做好自己的事，不要管外头的风雨，我们科研人还是该专注于自己的领域，接下来一年就是我们大家齐心协力出成绩的时候。”

大师兄听了嘟囔句:“哪年开学不是这么说的，每年都是要我们出成绩的时候。”

待下面各个小组长用幻灯片汇报完各组最新的一线实验数据，沙主任又想起这事补了句:“合并这个事请大家先不要声张，等开学后校领导统一公开发布，免得最后不一致都讲造谣是从我们微免学系传出来的。”

讲完合并，会后肖老师问起沙主任考察安非的事，沙主任便随口问了些较难的实验原理、操作要点之类，对新人不算是友善，但安非答的近似标准答案，显然是肖老师押题给他事先准备的。当着安非的面，沙主任不便多说什么。肖老师回来脸色不佳，安非猜到沙主任甚至就干脆拿他当打杂的了，沙主任会后嘱咐肖老师道:“补贴点劳务费吧，以后来也可以，干些简单的实验也行，不能算课题组成员，署名论文任何位次的作者都要经我同意，不要擅自做主允诺别人。”

最后不给论文主要作者这条，这是要断了安非的念想，要安非自动走人。但安非不解的是一开始沙主任还是很欢迎他的,而且“右护法”做坏事反倒“无恙”，难道真就缺了秦巧凤几句美言，还是说“右护法”最近还故意诋毁自己的表现了?

“理由很简单，说你是态度问题。”大师兄也在场，肖老师对安非说道，“只因为他见过一次你在工作时间把人偷带进实验所，说是不务正业。”安非故作镇定，实则心里头是羞愧的，这是事实，刚同雪菁确立关系的几天的确忘乎所以违反规章:非科研人员不得进入工作区域，进实验室须事先报备。

“带的女朋友?也难为你，毕竟是暑假嘛。你们那同级女生做得过分多了，也没见被批评两句，沙老师也是只许州官放火。”安非能看出肖老师和大师兄都不满，认为沙主任不公平——“右护法”自己出去约会，把培养的细胞忘得干净，不仅自己污染还导致别人的课题进度倒退，甚至企图隐瞒事实，可是严重得多的态度和人品问题。肖老师更有牢骚的是，沙主任自己不在意合并的具体规划，还说着不影响课题工作的空头话。

“你的小事,他小题大做、一板一眼;真正的大事,他又坐视不管,太过随便。可两校合并如此大的事情，怎么可能就课题计划暂不被影响呢?毕竟都是由我来统筹安排，担子又不在他身上。况且医大与汉大合并在即，医大这边可能停止申请国家科研资助和省级及以上的课题项目，课题的进行极不稳定，高校的合并具体涉及学系、教师和实验室资源的整合，而且现在手上没有太多课题经费，停止申请——那就没钱，没钱啥也干不成，他主任也别当了。”

听了肖老师的意见，大师兄也讲：“我也觉得老板凡事想得都太过理想了，两校合并成功概率不会很大的，这事情远比我们想象的复杂得多。沙老师虽说这两年做领导、管行政的时间长，出去参会听了太多场面话，可他还是一副老愤青的样子，听不进像我们这种下面的声音，又懒得揣摩上面的意思。”

安非给他俩的吐槽作出总结：沙主任还是适合做科学家，不适合做领导。

“我个人并不排斥你，倒觉得你各方面都挺好，有野心的人将来必有成就。”得肖老师这番夸，安非自认为有了新的靠山。

开学陆续有人提前报到，安非急切地想找人倾诉所谓的合并秘闻，但暂时不准备向班级公布，尤通知都不曾发话，思来想去只能问问浦野的消息。

一年的相处，并没有让班级内部形成强凝聚力，而是大家各有各的小团体，跨宿舍、跨班级甚至跨专业，又因为在汉大交流一年的特殊性，有的甚至是跨校的联系。就拿四人团来说，瞿麦和曲林都是有爱好的云游仙人，好动的瞿麦必会给宅男曲林打包带饭，而安非和浦野则是各自为战，自习、吃饭是两头孤狼，从不攀谈，却不是有意为之。但每当安非有疑惑，便会与浦野单独约谈，尽量速战速决，避免啰唆着拖延到宿舍继续讲事——毕竟和瞿麦、曲林说这些是对牛弹琴，一个脑子里都是肌细胞，另一个脑子里接了网线——正经是“电”脑，根本谈不深入；他俩若是感兴趣则更加麻烦，他们会究根问底，要求安非复述属于常识的前提摘要、背景情况，比如安非给袁雪菁表白的前后经过。

第一个周末，安非和袁雪菁约在洛芬兼职的音乐酒吧，为了谈事情特地喊了浦野。

关于这点袁雪菁似乎不满，安非没有商量，甚至没提前告知。而洛芬也心事重重，问起刘羞羞为何不来捧场，摆手不作答，因而一落座，袁雪菁点杯长岛冰茶，便拖洛芬坐远了去。安非、浦野索性弃了娇气的女士们，自顾自谈天。安非存了一肚子疑惑。

“今年实验班可能被取消，不搞了。”

浦野都不抬眼看安非：“这还用你当个事说吗？开学一周多，一点消息都没有。”

见浦野不当回事，安非敲敲桌：“这说明什么？说明合并的事敲定了。”

浦野还是不信：“没有直接关系，这是两码事。”

“我说正式的内部消息，不是我的私人推测。”

浦野听了便抓重点：“你哪儿听来的？你要肯告诉我来源，我就透露点我的讯息。”安非把暑期在实验室的前后一五一十说出来。

“所以取消实验班了之后，那留的直博名额，将来怎么分配？”

“并入汉大之后就很难讲了，而且万一合并又失败了呢？现在取消不代表以后永远不分班，可以重新恢复嘛，可以明年大三之前再重新考试，或者凭我们前两年的在校成绩再分班。”

“那我们闷声发大财，还有机会。为什么说不一定成功？感觉这半年来大会小会的绝不是儿戏，我听大概率是定下来了，就不说我们医大大部分学生都巴不得被并了，这样毕业了名声也好听，就算不同意合并也轮不到我们发声，上层决定的事情我等屁民哪有资格拒绝，难道你不满意还想游行示威啊？”

“我有说是我们医大搞事吗？你先说你这‘官方渠道’是什么路子，我就给你讲为什么合并不一定能成。”

“行，我先讲故事，从两校历史说起。

“医大历史，源于国民政府创建的国立中央医学院，校史上有的我就不提。而汉大医学院与医大同源，新中国成立前不曾分家，随抗战辗转武汉和重庆，解放后回原省会，独立建设了江东医大，几十年成形并壮大，而原属汉大的医学资源被划归部队编制，直到 1988 年汉京大学计划设立自己的医学部，才想到把家当要回来，起步稍晚。而医学不同于其他学科嘛，不仅耗费重金，人才的培养的需求周期也漫长。1993 年负责筹建汉大医学部的工程院院士，因力不从心第一次提出试图合并同省里老资格、硬实力的医大。省教育厅犹犹豫豫，而时任汉大校长目力短浅、自视甚高，对院士的想法嗤之以鼻，认为不过是钱力不足、哭着要奶，挥出一笔巨款后不许他再提此事。七年过去，2000 年上下，新的政策下来，掀起高校合并大潮，而又一任汉大校长新官上任，扬言在任期间势必并了省医大，上下走动后教育厅当即口头表示支持，实际是不为所动，把省属高校并给部属高校并不符合利益，再者同城另一所 985 院校因觉得不公平也提出异议，挑拨其中，第二次计划泡汤……”

安非打断浦野：“后来找了另一种合作方式，每年把我们大一送过去嘛，我知道的。先前合并的各家高校已经尝到甜头，每年靠医学部多发很多论文，科研指标、世界排名噌噌地上涨，汉大发展其实已落后，心有不甘总要卷土重来，不过这次来真的。”

“你这话一讲，我就明白你是从哪儿听的消息。你提到科研，暑假留校不光为了泡妞，你肯定驻扎到哪个实验室了。”

安非担心消息传播广了，大伙儿都去实验室捞金总归对自己不利，闭口不想谈这事。

“不是不允许本科生进实验室吗？只有实验班的学生才有申请渠道，”浦野追问道，“难道你骗实验室那些老师，说自己是分进了实验班？”

“我怎么可能用骗的方法？”

“说什么骗,在讲怎么把袁小姐骗到手吗？”瞿麦和曲林鬼影般从背后冒出，主动凑到安非一旁。洛芬到新地方工作，果然是把大伙儿都喊上了。

“哟，好福气，丈人是同行，将来对女婿哪有不满意的理。”

“二十年磨一剑，就等看你哪天夜不归宿，就是你利剑出鞘之时。”瞿麦、曲林一唱一和调笑，见安非愣住便解释，“你不好意思聊细节，自然有别人给我们讲八卦。”

安非也回他们道：“是不是洛芬那个大嘴巴女人？俗气的样儿，不然你们怎么一个个没女朋友。”

“笑话我俩没问题，瞿麦可是有新动静了，新学期新气象。”浦野眨眼暗示安非，帮他调转枪口，“你们就没发觉瞿麦总去吃食堂那家‘私房面馆’吗？”

“是‘牛肉面西施’吧！”曲林若有所悟，把背景知识娓娓道来，过去在汉大虽然不接触娘家，也在贴吧论坛听说过这个“牛肉面西施”，还有偷拍的近照。“‘私房面馆’去年才在医大开张的，是一家子经营的，出了名是因为负责窗口服务的小妹，模子清秀、人甜嘴蜜，算是食堂一枝花，是这家的小女儿。大家都愿意去吃他家的招牌牛肉面，其实口味一般，主要是为一睹芳容。”

说着安非捞起曲林的手机细瞧——照片上，暑假里关闭着的食堂店面全数开张了，饭点学生们排着队，小妹穿着工作服，扎个马尾方便干活，远看挺白净，瓜子脸、身形偏瘦。安非调侃瞿麦：“难怪你这周每天带饭都是各种面，酸汤肥牛、红烧牛肉、雪菜肉丝，天天吃面快把曲林吃吐了吧。”

曲林也搭腔：“对啊，现在小妹看见瞿麦掀食堂门帘，就讲‘你又来了啊’。说明第一步混眼熟已经成功了。”

瞿麦又扳回枪口对准安非：“都别消遣我，我这癞蛤蟆吃面有啥好说，还是说回安非这鸟人。”

安非这便拉袁雪菁过来——公开关系不该只在网络里，人多“示”众才能宣示主权。

“你们在聊些啥，并校？这挺好的呀，最近到处听到‘我和你，心连心，同住地球村’。”袁雪菁一过来，挽起安非的手臂。

这一会儿洛芬被袁雪菁哄得好了，脸色渐佳，也说：“想知道你们汉大的人一般什么看法？请商学院代表袁同学表态。”

“医学部似乎是不满，其实你们去年一年在汉大也感受到过，总有狭隘的人不待见你们，更恶心地说什么蝗虫、蟑螂……”

“汉语言文学专业刘同学呢？他不是作家嘛，我的部长大人懂得多，洛芬快请他来发言。”袁雪菁正谈看法，浦野突然打断。一句毒嘴招惹两个人，浦野恢复了本质。

“一个个的都别问了行吗？我早喊了。”洛芬即刻黯淡下去，看向小舞台上说，“今天到时间了，驻唱的哥哥妹妹们还不来，我去瞧瞧。”

浦野继续和安非的话题：“待在实验室这段日子感觉有趣不？过些时候上生

理实验课，等合并的形势稳定下来，我也想去找找老师，看哪个学系的实验室缺人干活，去凑凑热闹。”

“你又不是实验班的，去了也不要你。”

“那你倒是说到底是什么门路，谁介绍的？”浦野问。

“秦巧凤，不过她人都跑了，在北京还没回来，让我给她干活。”

“她啊，我在院里看见她了，奥运会救外宾的，前两天学院里单独给她开表彰大会，让她在台上分享志愿者经历来着，今年必能申请校奖和国奖。”

“怪不得她老不来实验室，原来是小庙容不下大佛了。”安非准备日后找机会痛骂她一顿，强压住被欺骗、被驱逐的怒气，“呵，做科研，根本就不该去，热脸贴冷屁股，本来各大实验室就不欢迎本科生。”

“不，你凤姐很聪明的，就该这么干。将来靠论文升职称，我听爸妈说在广州是这样，南京、成都、武汉那边也是，上海更是，像我家佛山这小地方还好点。临床医生搞基础科研，这是往后的趋势！”

“哼，听天由命吧。祝你好运，反正我是不愿意再去，系主任不待见我。”安非依旧不屑，袁雪菁好奇地进来插一嘴：“谁，你们说的秦巧凤是什么人呐，听上去很会来事，我觉得安非你还是该跟浦野说的这人多学学。”

“这就是安非的背后的女人。”浦野刚讲完袁雪菁的脸色变得难看，安非着急解释：“是我的老乡，大我们一届，对我们多有提携。”

“那是提携你，没提携我们，我都羡慕你有个十项全能的学姐督促你。”浦野添油加醋说道，瞿麦在一旁更是火上浇油：“老乡见老乡，两眼泪汪汪，那是有前提条件的——同性是泪汪汪，异性只怕是硬邦邦哦。”

安非怕袁雪菁要酒后算账，把话题拎回来：“不提那势利眼，我都耻于有这种老乡。科研机会很多的，以后再找就是，没了实验班，本科生做科研的权限最终肯定会放开的，实验班的名额、全部资源都会摊给我们整个专业，能者成事很公平，这个权利本来就该扩大到全体学生甚至是非临床专业嘛。”

“也对，真合并成了，那我们这边肯定停止招生，没有新的研究生，过渡期谁来干活呢？所以你别老出去玩东玩西的，老跑汉大去，利用好空闲多学实验总不会错的。”浦野这话一不注意到又冒犯袁雪菁，或者说就不把她放在眼里。袁雪菁在桌下狠掐了安非，被他们气得近乎爆发，说时迟，那时快，洛芬从工作间一路冲到袁雪菁身后讲：“雪菁，梅艳芳的《夕阳之歌》你会唱不？”

“你们猜今天是谁驻唱？老熟人，苏桂枝！”洛芬对三人说，“但现在到她时间人还不来，有人点了歌，雪菁只能靠你了，快跟我去后台准备下。”

“我不会啊，我最近一次上台唱歌还是幼儿园毕业呢，我紧张肯定一句都唱不出。”袁雪菁不犹豫地拒绝道。

洛芬生拖硬拽着：“就和你最喜欢的那个《千千阕歌》一个调子，就词不一样，我给你弄歌词本儿放乐谱架上了。哎呀，有钱拿的，你就顶会儿，已经打电话去叫她了。”

安非也起哄：“你还跟我长篇大论地说自己有个梦想，想当街头流浪歌手呢，这有舞台，现成的机会，我支持你。”说着便推袁雪菁走，心想再不忽悠她走，等会儿定然被他们这几张嘴激怒。袁雪菁拗不过，一会儿戴个耳麦上台了，下面有醉酒的男人们见是个窈窕姑娘，吹口哨要她自我介绍。

洛芬拦住公关小哥，自己特地跑上台客串下主持：“我们的原本的驻唱要稍等片刻，这个漂亮姑娘呢是汉京大学的高才生，今晚点的第一首歌，有请，袁雪菁，《夕阳之歌》，请欣赏，灯光、music！”

“大家好，那个，我第一次，上台，上台嘛就是唱歌，不好听就请大家……大家多多指教，不是，是多多包涵。”在伴奏声里，袁雪菁依然显得放不开，下面更有多事的流氓喊道：“第一次，这姑娘第一次啊！今天我们这些老男人好福气啊！”安非见状忙不迭捧了花上台，重重地吻在袁雪菁的脸颊上，给她加油打气，台下口哨声四起。

“编织我交错梦幻，曾遇你真心的臂弯。”歌至深处，款款情深，袁雪菁手指向安非，安非则挥手呼应。曲林只讲句“花椒粉撒肥肉”，洛芬不解，浦野解释道：“肉麻，肉麻。”

刚唱上两句，苏桂枝姗姗来迟，穿得花枝招展，招手与众人打过招呼，曲林赶紧钻到厕所去躲着她。苏桂枝对洛芬讲：“哎呀，再等几分钟等不了吗，拖一会儿客人又不会拖欠酒钱。那家多留我唱了首，本来多挣小几十的，全贴给打的钱了，你这边我又少拿钱，气死了气死了。找谁替我的？台上这女生挺好看的。”

一番闲谈，苏桂枝经由“假桂枝”安非才知道袁雪菁这人，而苏桂枝凭借唱功在音乐酒吧的驻唱舞台崭露头角已有一段时间，不仅仅是在这家，苏桂枝和大学城的几家酒吧都签了短期合约，俨然是小明星，狂野不羁的现场驾驭能力加上医学生的好学生人设，强烈的反差感使苏桂枝一直有成为明星的潜质，才被洛芬兼职的这家老板挖墙脚，叫来先试唱。袁雪菁一首唱罢下台，苏桂枝则接上去，唱了几首流行歌曲。

“你老情人是扫遍大学城酒吧的驻唱无敌手了。”曲林从厕所门口一路低下身子过来，不敢露头被台上苏桂枝发现。安非告知曲林新动向，曲林见怪不怪，“她早就这样了，网上翻唱录播的 fans 很多的，都是年轻学生。”

四人团解析苏桂枝的成功之道，此时的网络直播间、网红一词仍是未来时，苏桂枝可以说是早一批先行者。

“嗓子好，皮肤白，有气质，她要是没那痣倒好看多了，说不定你俩当时就成了。”

“羡慕吗？你已经被网络时代抛弃了。”

“不过挺想她，除了玩游戏，现在也没人跟我讲话了，你们一个在实验室，一个回来就看书写稿子，一个课后要训练。我只能，我只能听课了。”

“什么课？”

“苍老师的课。”

浦野嘲讽曲林：“噫，所以你又想被桂枝骚扰了？你不是喜欢人家了，想合法性生活！”

安非又分享过来人的经验：“真的，挺期待桂枝和你和好，今天在这儿又是个机会，毕竟你们不再可能一个大班集体出课。”

“又？之前重逢过？”浦野问道。

“曲林和她两个冤家路窄。回汉大宿舍搬东西的那次，临走了，我们准备去原来的教室再看一眼，教室门把手上又一袋早餐，我心想送早餐活动不是早停止了嘛，下课桂枝从他们教室出来了，曲林脸薄，四处躲避。”

“岂不是很尴尬。”

曲林点点头。

“桂枝见我就问怎么今天没看见我们班人，我说我们回娘家了，她一愣，哦了一声，就好像从来没想到过这点，把早餐拿走了又折回来问我，曲林在哪里，我说等下，我去男厕所见了曲林，回来跟她讲，我说，曲林让我说他没来。”

“你故意的。苏桂枝伤心了吧。”瞿麦对曲林说，隐约责怪他。

安非接着讲：“不知道。她朝男厕门口望了望，想过去也没过去，走了半路回来了，把早餐给我说，让他以后自己买早饭吃，多动动，吃一斤肉能长出两斤，别老钻网上发糟心的资源，省得被网警封号。”

“你说我当时是不是拒绝的话很过分。”曲林问道，两人并没接他的话，瞿麦直言，曲林这是免费早饭没吃够，当然多半也是指他自己了。

“你好，能留个联系方式吗？”众人正谈苏桂枝，最前排一位戴棒球帽穿休闲装的男人过来和袁雪菁搭讪，安非以为又是流氓，引起警惕，质问他身份。“给你们个名片，我在皇冠娱乐传媒公司工作。是这样，刚才那个《夕阳之歌》是我点的，就觉得你唱得挺好，有机会可以合作。”袁雪菁觉得新奇但更多是警惕，看着像搞传销、人贩子。

洛芬忙解释：“没错，这是真的，我经常见我们老板和他一块喝酒。”

“我们一向有意向多培养新人，我有时候会去这些音乐酒吧看看，也是你老板说的，他说最近有个汉大的大学生唱得好，是你吗？”

袁雪菁谦虚：“不是，不好意思，我也是汉大的，但是她说的应该是台上这个女生。”

这位“星探”转头看看舞台上苏桂枝，又说：“没关系，那女生看着也挺好，她嘛，反正平时驻唱几个场子转，经常能见，以后再说。主要是你，碰巧遇到挺惊喜的。”袁雪菁表面不动声色，暗地里温和地又掐了安非几下以示兴奋。

“人也有气质，再能放开点就好了。你大几？什么专业？小时候受过音乐方面的训练还是有参加过什么比赛吗，像大学十佳歌手、高校音乐节之类的？”袁雪菁摇头，男人讲，“那每家高校每年都有校内的这个十佳歌手大赛，我们呢想和高校教育这块合作，把高校的这种比赛注入一种类似选秀的性质，然后各家高校的十佳歌手我们再打包，搞一个高校音乐节，便于我们去发现新的潜力股，你这样隐藏的人才也不会流失了，目前是这么一个打算。”

浦野作为批判主义者，又跳出来表达意见：“校园十佳歌手，是个主打兴趣爱好、学生自娱自乐的活动，你们这样一来变了性质，弄得很功利，不好吧。”

“不会的，我们在前期校园阶段不会去干涉你们任何的活动。反正你一定要去参加你们汉大的十佳，好吧？到时候咱们再联系。还有想问，这首《夕阳之歌》不会碰巧是你练过的吧，或者你是梅艳芳的铁杆粉丝什么的吧？开个玩笑，别紧张。”

袁雪菁连忙摇头，表明自己确实是很自然很平常地在唱，不过这歌和哼唱过无数次的《千千阕歌》是同一个谱子。星探走后，洛芬的大堂经理听了苏桂枝的歌，夸赞苏桂枝台风老练、互动热情，是个大好苗子，迫不及待地代表酒吧老板与她签了合同，包含费用分成、酒水优惠的内容，看得贪财的洛芬心头直痒，羡慕不已。经理也邀请袁雪菁来驻唱，洛芬建议袁雪菁先靠每周来唱一两次锻炼锻炼：“唱夜场挣外快，也为十佳做准备嘛，你也别怕上台，你来我肯定在这罩着你，你自己去 KTV 那也只能是练练嗓子，没有在这里那种临场感。”

“别开玩笑了，我连校园十佳都没打算参加，我又不想当歌星，人多我就脸红。平时自习上课够忙，哪有闲心玩这个。”袁雪菁一口回绝，洛芬一听急眼：“都是 money 好吧，你看苏桂枝翻台子快唱成小富婆了，曲林还嫌人家，人是今日不同往昔了。”

安非义正词严：“洛芬你闭嘴，你这不尊重雪菁，这种兴趣的事哪有强求的理。我还没说你，你也少来兼职，大二都是专业课，不是大一上基础课，解剖组胚、生理生化，哪科不背都要挂科的，回医大尤通知不用跑那么远了，肯定查课紧，没你的好日子过了。”

“哦哟，官儿不大、官威不小，我快忘了大班长还会训人，本来今天我就不高兴，我倒问问你，我和雪菁是多少年交情，铁打的闺密、流水的汉，老娘的地盘你撒什么野！”

“我以后就不帮你打掩护，你挣屁的兼职！”

浦野挡住洛芬，袁雪菁拉住安非，两人才止住了嚷嚷。回医大时安非和袁雪菁一道，洛芬和浦野一道，互不搭理，到校内洛芬一伙直奔宿舍区，安非则和袁雪菁牵手散步。

“你那舍友浦野有毛病吗？说话带刺，也没礼貌。”

“他就是嘴贱，其人正派。”

“你替他说话，你也不是好人，喊了他都不告诉我，而且他还老打断我说话，弄得我很尴尬。你呢什么都不讲，也不知道护着我。”袁雪菁一个劲抱怨安非不作为，安非突然揪住袁雪菁的衣服往树影下躲。“别碰我，严肃说话，干吗呢？上学期撕我裙子包扎没要你赔。”安非捂住袁雪菁的嘴，让她注意远远的宿舍楼下隐约的争吵声。

“你怎么和浦野一块走？这人有反社会倾向，危险得很。”

“废话，你来这么晚，好意思说，要我一个人走夜路？”

“你平时都是一个人，你也没要我接。”

“我敢吗？我配吗？老远让你从汉大来陪我走两步路，你看人家安非袁雪菁，恨不能天天黏。”

“你好好说话，别阴阳怪气的，你要是还在原来汉大那边兼职，我肯定每天接送，现在得一个多小时地铁。”

“我要你每天来了吗？你这周就来这一次。”

“我这不是来了，我下课肯定来得晚。”

“我没怪你晚，你来了就给人脸色看，被浦野看见都要笑话我。”

“呵，我看你和浦野有说有笑，我才是多余的。”

“婆婆妈妈，你像不像男人？我都没说你暑假去支教，坚持不要我跟着去，要不是我偷偷去看你，都不知道整个团队就你一个男的，有说有笑的真是妇女之友，我要是再晚点，你能和那些女的把一窝孩子都生下来，你干脆自己建个村子当村长算了。”

“那是文学社团组织，我是部长，本来就没男的，我算是去保护她们，你要我说几遍啊。”

“是，我知道都是文艺青年，娇惯不得，最后变成你干活，她们到处拍照……”

“神经病。”刘羞羞再气也只敢小声说洛芬，“你再说一遍！”这一号，震得楼上都探头出来看戏。洛芬声儿一大，刘羞羞脾气一软，两人也便不吵了，相拥太平。

“洛芬到底是怎样的人，我看不懂，她看起来非常独立，自己出去兼职赚钱，有时候又很需要别人关怀，她爸妈是做什么的？”安非问起袁雪菁。

“她，她只有妈妈，没有爸爸。”

“她爸爸去世了？”

“不是，是她的爸爸也是别人的爸爸，你懂我的意思吗？”

“哦就是，她妈是离了婚再婚。”

“唉，算了我实话说吧，但你别声张就行，洛芬知道我讲这些非拿刀剁了我。”安非拉袁雪菁坐台阶上听故事。

“洛芬她妈妈是小三，是年轻时打麻将认识她爸的。”安非目瞪口呆。

“她爸爸是做生意的，和原配也有女儿，相当于她爸爸要养两个孩子，所以她家也不是很宽裕。洛芬她妈和我妈是中学同学，又喜欢打麻将，不怎么管孩子，你看她到处兼职混夜店，她妈问一句吗？从小她妈就经常把洛芬放我家玩，我们俩小学开始就形影不离了，她很独立的，我就举个例子吧。刚上大学报到时，我爸妈到学校来送我，虽然我和洛芬都是汉京城区的，但她妈就没过来，我都能料到的，妈妈不来，爸爸就更别想了。我爸搬牛奶进来，我妈妈在帮我铺床叠被子，那时候洛芬在旁边看着，等我们忙完去吃午饭，真的很突然地，她‘哇’地就哭出来，我舍友全都吓到了，只有我妈和我明白是怎么回事。那之后她就问我，说她很用功考大学，人生最重要之一的开学，爸妈为什么都不来，只给钱什么都不问，从来没人帮她叠衣服梳头发，最后一次给父母参与进来的机会都错失了。她觉得整个成长里都是一人孤军奋战，她现在连父母给的钱都不花，赌气，说要攒着全还给他们呢……

“所以，再坚强的女生，都只是女生而已。”袁雪菁实则在告诫安非，“以后你也得多让着我。”

第十二章　网红老师

在大二年级的第一学期，回到娘家的医大生们感到前所未有的兴奋，他们开始接触第一堂专业课——系统解剖学。

上课在慈志楼，俗称解剖楼，即安非与秦巧凤相识的那栋楼，在那里进行理论授课。作为正儿八经的医学课，没有恼人的代码和公式，只有一箱真实的、极具触感震撼的散装骨骼标本，以及常备于教室门后的一具塑料人体骨架，无课时通常被摆放于立式空调旁。李雷老师是医大解剖系的新晋讲师，三十出头，博士毕业不久，日常驻扎在慈志楼，其课堂以幽默搞怪、生动形象著称，而过分活泼也许自有弊端。

李雷老师的第一节课，他早早来到教室，端坐于第一排中央，让每位进门的学生报上大名，上课前他已记住了所有人，当然他也知道有两名女生是迟到了。李雷起身将塑料骨架摆出两臂骨前伸的姿态，移到前门后，又让大家把窗帘拉上，嘱托大家低头不出声，自己把门关上并且坐回第一排等待。两位女生姗姗来迟，见一屋子黑蒙，所有坐客沉寂，李雷猛然以钥匙扣上的绿光小手电照向她们身后的人体骨架，大喊一声“别回头、快跑”，慈志楼便回荡着女声的尖叫了。

而李雷老师从解剖学系一众老师中爆火成为网红，要从他独特的绘画天赋说起。在讲解人体各大系统时，他根据上课内容把内脏、肌肉、骨骼各个层次和部位用彩笔画到身体上，静脉用蓝笔，动脉用红笔，神经用黄笔，骨骼轮廓则是黑笔，加上身材健硕、沟壑分明的优势，让学生们能生动地学习解剖知识，并且允许花痴的女学生们拍照带回去温习，由此而闻名医大。然而轮到生殖系统的课该是如何？且不说李雷没有女性生殖器官，就算是只讲解男性性器官，他真愿意牺牲自己做模特？大家满怀好奇和期待。

围绕慈志楼也发生过许多惊魂事件，其中一出发生在开学季的安非身上。

安非为被赶出实验组的事苦恼着，为讨他开心，袁雪菁决定迁就安非，大阴天自己跑来医大，没想到却下了雨，室外没处耍。安非心想解剖课散后慈志楼人就少许多，顺道带她去慈志楼参观。一号室人体各系统单独的器官，心脏、肺脏、四肢乃至眼球，袁雪菁指指点点，似乎毫不惧怕，安非便带她去二号房间，那里有几个整具浸泡福尔马林的婴孩，足以吓傻她了。

标本室里帘影飘动，似有人状黑影，只有双瞳处略有反光，安非欲凑近仔细察看，被害怕的袁雪菁拽住了。黑色鬼影迅速飘来，来不及摸顶灯开关，两人受惊吓到连连后退，黑影上方竟露出洁白的牙齿来："Hi, buddy, nice to meet you."

在廊灯下，安非才看出是国际教育学院的几个黑人兄弟，着深色短袖短裤，又露出手臂、小腿，所以看来一身纯黑。

安非也由此认识了这几位国教院学生。

系统解剖学课给医学生们的影响，第一步便是培养了他们的"轻度"重口味，让他们开始拥有专业术语的冷段子。课后一块吃饭时，他们爱以食材的本质互称，对食物的来源有了立体的理解。

瞿麦问："你这啥菜，炒腰花？"

安非回："瞎讲，文化人该叫爆炒肾皮质。那你的干锅里，加的毛肚、百叶？"

"不，是牛胃，一个瘤胃一个瓣胃。"曲林也不忘炫耀更广的知识点，在吃完鸡翅鸡腿的骨头堆里，纠结着分辨出胫骨、腓骨，然而动物的构造的确与人不同；而浦野闹的笑话是打快餐，兴许是因为他的广东口音，他念不出来鸡肫，就跟打菜的阿姨讲要一份“鸡胃”。

另一类是重口的象形能力：曲林偶尔想减肥吃素，安非就强调道：“看这菜扭曲盘绕的，就是一打小蛔虫，是高蛋白的大荤！”让曲林食欲全无，变相达到少吃的效果。

以及浦野对成语的创新式理解：“所谓‘不素之客’，指的就是爱吃荤的人，像我们瞿麦这样的人，放屁都有股子蛋白味儿，专业地讲那是氨臭味儿。”浦野和瞿麦一同到私房面馆点面食时，当着西施小妹的面，浦野如此损瞿麦道。事实证明，高大威猛的硬汉形象在这个韩星盛行时代依然不失其魅力——即便是听了这样的“荤”笑话，小妹对瞿麦至少是不反感的，也是呵呵地笑。自从瞿麦结识了被男生们尊奉为“牛肉面西施”的面档点餐小妹，安非、浦野和曲林打饭时有意无意调侃他以及他的西施，已然成了习惯，也渐渐享受到和瞿麦同样吃面加量不加价的特殊待遇。

秦巧凤那边，安非离开后一段日子，她终于回实验室。

秦巧凤想把自己全部的专业课资料赠予安非，可安非单方面与她冷战，而被下逐客令的事，安非已经懒得再告诉她。安非觉得秦巧凤利用自己，还是想让自己附庸于她，以分担她的工作量为主，可她不明白，在大师兄和肖老师看来，他们是一样而无异的本科生而已。

秦巧凤在实验室里外找不着安非，忙问起大师兄人去哪儿了，是不是又偷懒缺勤——她对自己课题进度被“腰斩”、安非被“平反”，一概不知，甚至想要与两个月前的实验状态无缝对接。待到恍然大悟，发现手下的打工仔被董事长辞退了，赶忙去找沙主任，仗着沙主任看重自己，秦巧凤给安非求情。结果是：“小凤啊，我不是对他有偏见，拿去年说，当初和你一批进来的那些人，说是实验班，是挑出来的尖子，除了你还算出色还够努力，其余都是浑水摸鱼想要挂名作者，要不就是能力太差，烂泥不能砌墙，我看这个孩子大概率也是这类了。”

秦巧凤便任性搅和起来：“不怪安非，这个主要问题在于我。说好走之前只分配了他打杂，没来得及好好教他，如果哪里不如人意，我自己包括实验室的其他师兄也有一定责任。再说大师兄课题搞破坏这事，最后不也证明是那个学妹干的嘛。”

沙主任一听更觉得秦巧凤好，衬出安非的不堪来，但因为要事在身怕秦巧凤又话多纠缠，匆忙之下答应：“再考察一段，如果他有脸皮再来的话。你小师姐犯小错误，我觉得她勇于承认是好的。就别提这个话了。”

秦巧凤觉得对不住安非，找完沙主任也没敢告诉他，只跟他说还没回来，想等沙主任松口后直接呼唤他，心底也不用感到愧疚。安非见秦巧凤直至教师节还没给个准信，遂背着秦巧凤去给沙主任送礼。

安非提拎些保健品去，被沙主任拒收，但他的态度明显缓和下来，沙主任表示：“你还是跟着你凤姐再看看表现吧。不是刻意不让你来，只是你光干活没有成果也是白干。这些东西你带回去吧，你也是学医的，不会不知道这些都是伪科学、假养生，心意我领了，那你以后照常来做实验、汇报、参加组会。

“但是有一点啊，我还是和你确认，如果说你能完整地参与完成一个课题，我承认你，不会让你一无所获，但论文发表、作者署名这些，我们微免学系有自己的安排，是以优先学系发展、研究生能毕业为前提，从没有让本科生自己独立完成一个课题的先例，没有资金也没有能力。一个课题不可能无限发表论文，一篇论著根据大小也只能带几个有限的主要作者，主要作者和普通作者、综述和论著、SCI和中文核心，这些学术价值都是不同的，可能你读到研究生阶段才明白，比如普通作者的位置你能不能接受，马后炮抱怨找我我不搭理的，希望你明白。”

安非一合计，那还是得去，前期两个月花了算沉没成本，再努力就得到大师兄毕业的这篇论文作者了，普通作者也是作者，照浦野讲的，现阶段还是以学习为主,吃亏才是人生常态嘛。安非一个劲地说好。沙主任又补充强调道：“还有最重要一点，凡事不能作假，明白吗？”

安非走之后，沙主任找来肖老师和秦巧凤到办公室，私下评价道：“这孩子上进，但也挺功利，送什么脑白金、按摩仪来讨好我来了，不如小凤单纯。现在趋势是比拼科研，附属医院的医生个个都想找合作，他们也有钱、有样本，所以作者名额都很紧张，所以我把文章作者、通讯作者的关系和他详细讲了一通。小凤接下来你就好好带他，该上规矩的地方不要马虎。”

沙主任点评安非完毕，秦巧凤即刻找来安非：“为什么私自去找沙主任？沙主任最讨厌送礼那种事情，当成弄虚作假，现在好了，他现在对你印象不好。”

安非直言：“你是怕我替了你的位置。我看沙老师、老肖和大师兄，对我现在都不错，没你也行了。反正你是大红人，最美志愿者，急救女神，医大学生的领军人物。”

“你成熟一点儿好不，他心里讨厌你嘴上会说给你听？我欠你的行不行，我道歉，我已经跪着求沙老师了。”

“我自己争回来的权利，你还指望我愧疚咋的。”安非五味杂陈，嫉妒、愤怒、傲慢混淆在一块。秦巧凤懂他脾性，知道怎么治他：“我最宠你了，学姐再也不溜出去了，手把手带你。”

“别扮可爱，肉麻兮兮，还学口京片子。我有女朋友，凤学姐请自重。”

“嫁出去的学弟泼出去的培养液啊。这样，以后苦力活我俩平摊，多让你做点有技术含量的。”安非得这句好才肯罢休。秦巧凤最后提醒安非一点，“沙老师曾叮嘱过，外面传合并可能要闹出风波来，他不想我们实验室有人牵扯进去，要肖老师加强教育，好好看着别让学生们瞎搞。你做班长的，不久辅导员肯定找你开会。”

安非在医大这头也有预感，合并的雷声渐响。沙主任虽迂，但对合并影响的预判极精准，而“地震”震源并不是他的实验楼，主要是从汉大医与医大生共上的案例课开始，大一的新生总容易受人鼓动。

梅雨季刚刚结束，汉大医学部的新建筑便开始动工，据说是为了合并而扩建原解剖楼和医学教学楼的规模。汉大有小部分学生尤其是医学部，开始用各种方式表达不满，有人刻意制造医大新生与汉大医学部间的矛盾，甚至是汉大的教师。其一借口是建筑工程制造了大量噪声，据今年在汉大的大一新生反映，当时在课堂上有坐靠窗边的同学，因为电钻太响主动去关窗户，台上汉大的高数教授说出相当带有歧视的话：“还不是为了你们要扩建。哎呀，学生多了也不好，就不叫精英教育了，我上课速度都得照顾医大的，一节分两堂上，不知道领导们怎么想的。”

久而久之，在汉大的医大新生们，开始向医大驻汉大的辅导员报告，辅导员反而特别照顾汉大学生的感受，优先“冷处理”。学生们又接着向教务处报告这事，可是两校合并的事没有最终定论，没有底气也没法处理。最不识趣是某次案例课的老师，竟因地制宜，也可以说是不合时宜地，在课堂播放当时医校辩论决赛的视频，即几个月前医大队与汉大医辩论“综合性高校合并与独立医科大学对医学教育是利是弊”。老师的本意居好，是想让大伙儿理性地讨论，把事理讲通顺、明白，避免以后扩大争执，可在双方激进派的学生看来，这是摆明了开嘴炮大战，两方各派几个伶牙俐齿的代表。

医大新生：“其实来报到之前，我们医大生心里有数，毕竟是到别人的地盘交流学习，我们尊重东道主的想法，但是合并与否、什么方案，都是我们两方学校共同决定的，与我们学生个体没有直接关系，如果影响你们的学习生活，首先我替我们医大学校层面以及在场学生向汉大同行们道个歉。”

汉大医：“我觉得不用太见外，你讲这些空话没意思，得了便宜又卖乖，关于合并的先行版的指示文件已经在网上流传，扩建工程也开始了，该谈怎么解决问题。”

医大新生：“我们探讨的难道不是关于合并发展的利弊吗？决策权不在你们，也不在我们。”

汉大医：“对于我们来说，你们和你们学校整体都是既得利益方，没有区别。你们既然身在汉大就有体验、有经历、有发言权，可以拒绝，可以抗议，可以学习我们向上级建言献策，要发挥主观能动性。当然利弊其实没什么值得讨论，你们不愿意放弃天上的大馅饼可以理解，所以也没有指望你们去改变什么，医大这种官僚主义盛行的学校，没有啥民主可言，你们只需要沉默就足够了。”

医大新生：“我不知道这是你自己的看法，还是背后受人指使，还是说你觉得能代表全体汉大的同学。我不赞同你的天上掉馅饼，未免把我们看得太低贱了些，两校都同意合并说明从战略上来说应当是双赢的局面，但你非得争个谁占了便宜的话，发展的利好是倾向于汉大的，大可不必过河拆桥。”

汉大医：“你活在蜜罐里怕是不知道你娘家苦。首当其冲的倒霉蛋就是我们医学部，一旦你们赖在这儿不回去，大二开始上专业课，就拿局部解剖课来说，我们 6 个学生可以分到一具解剖用的完整的大体老师，而你们医大据说 60 人一具，将来就只适合围观，动手的机会都失去了。本来资源就不够，现在每年尸体都得多废几具，我们考名校不是为了花时间跟你们抢刀子抢位置的。正经的教育资源被摊薄，汉大的精英教育也就没了，你问问在座的汉大同学答不答应！”

医大新生：“资源是相对的，我们医大的也可以被你们使用。全市包括全省的绝大多数三甲医院，甚至三乙医院，都是我们医大附属医院，或者是有直接合作关系，如此多的导师、教师、实验室、医院都入不了你们的法眼？你们号称医学部，就几个班区区百多号人，省医大作为培养全省医疗力量的主力军，拥有百年历史的独立医科大学，这样的大型资源砸给你们都不够你们支配？”

汉大医：“可笑的道德绑架，就好比我自带一杯咖啡去了大食堂，师傅收缴了我的咖啡说分给大伙儿尝尝呗，你也不亏，我这儿的白开水可是管饱！半杯牛奶兑进一瓶白水，大而不精！”

医大新生：“这半杯奶的说法很耳熟，第一个提出的我记得是很久很久之前的汉大校长，那是历史上第一次要合并，他揣着半杯牛奶装阔少、甩大袖子，这么多年可是尴尬了你们后面的校长们，半杯奶拿不出手，到头来还稀罕这点白开水。既然要讲这么难听的话，那我们谈下经历和体验。我从学长学姐那了解到，这么多年汉大医学部的部分老师和学生一直有歧视排外的传统，毫无缘由的讥讽是常有的，日渐走下坡的汉大医就需要以这样一种方式找点存在感。汉大部分附属医院医生心理上还有名校光环，看重血统，喜欢看低在汉大附院实习的医大学生。”

汉大医：“你也知道，那你们就早该回去反映，不用每年往汉大送人。说句不好听的，但也是实话，你们不用生气——即便是你们七年制也配不上我们汉大的招牌，我们的培养理念是作为精英的八年制本博连读，要比医大普通学生的录取分数高不少，道不同不相为谋，只是我们先入学的是明显吃了亏。你们医大最好的不过是从本硕生里挑出尖子来组个实验班，保博需要占用每年医大的博士招生名额，我们则直接是直博。再者说，并过来不只是你们七年制，七年制人最少，其他专业都是些什么呢，拖家带口算什么话，拖油瓶的不要的。”

医大新生：“既然到人身攻击的阶段那就掰扯清楚。

“第一，对于我们医大生来说，很大可能将来的毕业证书也还是医大的，不会变成从汉大毕业；退一万步就算颁发的是汉大证书，对于医学这种学历至上的职业道路，我们也不多沾任何光。

“第二，我们是和你汉大医学部比较，不是你汉大的牌子——医大的医学专业排名远高于汉大医学部，附属医院不仅数量碾压，实力也不比汉大的差，而且作为全产业链，省市级大多医疗卫生岗的领导均是医大出身，行业霸凌你想感受一下？

“第三，因为资源分配不均，医大暂时不能设置本博专业，但是我们七年制本硕已经和你们本博连读是差不多的录取分数，行内明眼人都看得出，这正是你们汉大医的博士学位掉价的表现。

“第四，虽是名校，汉大医学却是弱势专业，你们很多人是被调剂等着转专业，所以在医学这行，你们也只能糊弄外行，去相亲市场上能找点优越感。

“第五，说鄙视医大长学制以外其他专业的，你们自己怕是不懂，医大排名最好的专业并不是临床医学，汉大图的不就是能搞科研蹭论文赚经费的几个专业嘛。”

这段案例课的对峙，现场有学生偷偷录视频传到汉大的校内“小百合”论坛上，但汉大医录的是自己方占上风的片段，医大新生们录的是己方罗列事实的碾压式“绝地反击”。

有阴谋论说是故意放出消息和方案探探风声，可换来的不是清风习习，是网络战争的暴风雨。医大驻汉大辅导员召开新生的全体会议，批评医大新生与汉大医学部闹出事端，要求当事学生自我检讨。案例课老师则被教务处请去喝茶谈话，被批上课内容有失妥当，从此号称“黑魔法课”的案例课——汉大医和医大生共同学习的唯一一门不固定上课内容、可以自由探讨的课程再次被停课。

从此公开的争吵不再，所有课只需要到堂听讲就行。安非感慨：“乖乖，比我们正式辩论赛还能喷，感觉是带私人恩怨的哩。”

曲林在论坛看骂战，脑袋气得冒烟：“看来学弟学妹们受苦了，做点什么声援一下？”

瞿麦又动了强出头的心思：“这帮狗眼看人低的，一个个送道馆里去我让他们脸上开个‘彩帛铺’，感受下‘全堂水陆的道场’。”

安非说：“尽说屁话，还嫌事儿小，嫌汉大不够排挤我们？将来被分配到汉大医的附属医院怎么办？不动脑子的啊。”

浦野便讽刺道：“看你这大班长的领导范儿，你放心，有了上次的教训，我什么也不敢瞎写，沉默是金。”

医大这边，学校一切照常，院领导、辅导员没有任何新动向和通告，不处在风暴中央的本部学生们，反应也比汉大新生迟钝很多。接着正如秦巧凤预料的，尤通知召开第一次班团例会，只提前了个把小时通知，很符合她的行事风格。

“但是我着重讲的是‘学生运动’的问题，当然可能这个名词不对，你们的学弟学妹在汉大搞暴动，也不对，说得像闹革命似的吓人，可能我最近抗日剧看多了。不管怎么说，我的意思就是不要被人当枪使，做了出头鸟，大二了，你们也理智得多。我对你们已经管很松了，汉大每个班一个辅导员天天蹲他们。这个事很简单，其实和我们没多大关系，合并成了你们得不到太多实质益处，不合并更没什么损失。

“所以如果有那种苗头，你们懂我的意思，请各班级班长和团支书回去敦促同学们埋头认真上课，并且及时上报给我。此外，这学期文娱活动方面有需要提前准备的，是众所周知的校园十佳。”

例会已经拖堂，安非赶着赴汉大的约，正是为了所谓的“校园十佳”。可临近结束尤通知突然要大家多留一会儿——亲朋好友给她物色了不少相亲对象，她把他们的头像和职业、家庭背景信息做成幻灯片，让在场所有团支书和班长一起品鉴遴选，最后还要大家投票，帮助她解决选择困难症。

这十来个班长团支书大多仍是情感白纸，未曾想辅导员要求帮忙这种事，惊讶之余见尤通知真诚，便真就热心挑选起来：职业上，自然是医生的选项最多，要不是“年轻有为”，也就是“无产”阶级的委婉说法，要不是多金的“高年资”医生，大腹便便甚至离异拖油瓶，且头发密度大多与学历成反比，均否决；自由职业是浪子，个体户、跑小生意的都不稳当；搞文艺、玩笔杆子的，破鞋专业户居多，看不住；律师伶牙俐齿，吵不过，离婚起来更费劲；老师是好，算同行，福利好、寒暑双休，但初高中老师又多少有些轴，说不定男女通病——嘴碎、啰唆、小家子气，接吻弄一嘴粉笔灰。外貌上，这个精瘦像孙猴子，那个富态是猪八戒，结实的健身教练又嫌弃人家头秃，怕是清心寡欲的圣僧。

“难道就没有那种长相不赖，身材好，学历也高的未婚男人吗？”尤通知叹气问道。三班长“马屁精”，与安非初赛对辩那位，竟说“尤老师再等两年也不着急的，这条件什么男人找不到”，显然拍错马屁，白挨尤老师的瞪。虽然“左右护法”及其他班团干部们都极不情愿，安非为了省事，还是供出解剖老师李雷是个潜力股，众男生不能更赞同。

受如此多推荐，尤通知打算哪堂课去会会李雷。而安非卖掉女生们的“男神”却遭在场女班团干部们的联名鄙视：“男生果真是没心肺，自己追到女神就不管别人死活了，要是尤通知抢到李雷老师，断我们的姻缘，生理课就把你架到板子上，小鼠一样手心脚心钉起来剥你的皮！”

第十三章　牛肉面西施

十佳歌手大赛报名截止日，袁雪菁接了通意外的电话。

“我还在等你，你怎么没来参加十佳呢？给你打点好了。”

早晨袁雪菁在女厕洗漱，听罢起先糊里糊涂，以为文艺部的干事拨错了号码。今天是首轮面试最后一天，初选报名人数太多，学生会的组织部和文艺部连续两周都在一块儿评选。对方表明身份：“我是那天在酒吧点你歌的啊，皇冠的策划经理，大概什么时候来？等你好几天了呢。”袁雪菁回绝了这搞“传销”的：“不好意思我没打算……”

“我给你留了名额，就来走个过程，省得你们学生会那帮愣头青说闲话。”

见袁雪菁电话里沉默，星探近乎哀求：“来吧来吧，初选截至今天最后一天，听完你的我就准备撤了，你的档案我在公司会上都报备过了。”

安非赶到汉大时袁雪菁已是初唱结束，看额上全是汗珠子，脸红扑扑，“好紧张，我就又唱了一次《千千阕歌》，没唱完就让我过了。”袁雪菁讲着，安非却没接话，径直往礼堂舞台的前排走，“你看那个是苏桂枝吗？”安非转头问袁雪菁，拉住她坐下。在一众大学生的普通衣着里，苏桂枝的着装最专业，明显最适于歌唱表演。

苏桂枝如袁雪菁，同样是唱了一半便通过初选，下去换装。安非拉着袁雪菁去打招呼，介绍双方认识。

“不得了，你这一身闪闪的银箔片，不愧是音乐酒吧小霸王，像表演专业出来的，干脆去转行出道吧！”

苏桂枝被夸得龇牙：“别瞎说，正经做医生呢，纯属玩票。”

“我也感觉你唱法挺有天赋的。”袁雪菁客气道。

苏桂枝问她：“学校里大大小小的文娱活动露脸多嘛，学生和老师评委里不少是熟人，也就沾了点名气的光。对了，那个皇冠的评委是你什么人吗？那天他怎么没听我唱就走了。”

袁雪菁稍显尴尬：“哦，那个小经理，那天在洛芬兼职的酒吧，我就顶你唱了第一首才互相认识的，他可能想培养我之类的，就强逼着我来参加，说我不来他饭碗没了，其实我也不愿意。”

“跟我不需要这样，真的，”苏桂枝打断袁雪菁，“不存在强迫的，这种事逼是没用的，你太客气，你肯定喜欢唱歌，而且你也想和他们合作吧。”

“真心羡慕你，形象好、运气好，机会就多，我就只能光凭着唱。”苏桂枝说着不明不白的话，袁雪菁无言以对，安非见势头不对便赶紧找闲话讲：“曲林，曲林他最近挺好的。”安非说完意识到口不择言，这人不该提。

“哦，那个废物还喜欢在宿舍玩QQ农场偷菜吗？回医大了，这下没人给他送饭了吧。”

“有，瞿麦给他带饭。”这句把得意的苏桂枝气到了。

“你就说是我说的，让他多挪挪屁股去食堂吃，胖了小心男性乳房发育，每天只动手指只动嘴，他离霍金不远了。”

安非借口告辞，赶紧拖着袁雪菁走。袁雪菁憋着闷气，到食堂门口猛一甩手：“想想就不对劲，她还阴阳怪气，好像是我抢她风头似的，意思是我是花瓶，都说了我本来没想去，什么小心眼儿！”

“哎呀，你也是说什么经理巴结你，你炫耀干吗呢？”在两人争论进一步升级前，袁雪菁远远见两位不善的舍友，正大摇大摆而来，反倒拖着安非赶紧走。

一男生推销产品似的过来：“你好，占用你们一点时间，我们是汉大医学部的学生。是这样的，我们在组织关于表达‘两校合并’意见的校园活动，能不能帮我们签名呢？”这人说着便拉住他们往食堂门口走，地上躺着他们的红色长横幅，密密麻麻布满黑色签字。安非竟在横幅一角签上了自己的名字，袁雪菁惊愕，事实上安非也不明白自己的目的。安非在签名信息中专业一栏写上了医大，台面的医学部同学愣住了，又去找上级的部长。

袁雪菁的舍友们刻意追上来：“你是雪菁的男朋友？我们是她最亲爱的舍友，走，坐一起吃呗。”

安非听得她们小声说：“雪菁，这是你医大的那个男朋友吗？”

“你这说的，我不就有过这一个男友。”袁雪菁说着就去挽安非。其中一个肤黑的舍友说道：“不还有学长嘛，哦，那个不能说，我们可什么都不知道。”可袁雪菁听来，这句刻意得够明显。

“刚才你们还签字了？你们医大学生肯定特别开心吧，要被收编，杂牌军入正规军了。”另一个瘦高的说。

“不是，这是他们医学部要抗议，我签字当然也是表示反对合并。”

“咦，奇怪，医大的不是占了便宜吗？”

“对啊，我看你在医校联合辩论决赛上，也是站赞同合并一方。”

“那辩论正反方是定好的。我觉得合并我们医大得不到什么好处，专业型高校发展靠些花名头有啥用。”俩舍友对安非顿时没了话。

肤黑的继续问袁雪菁：“十佳你不是不参加吗？”唱歌这事，舍友们只是看袁雪菁平时光吹不唱，想看笑话。之前问她，唱歌既然好听，去不去报名，袁雪菁推脱，明确不参加，她们便自己去了。

“我本来没想去，有个朋友临时要我去凑凑热闹做分母。”袁雪菁好心解释，怕她们误会。

瘦高个说：“我同学文艺部的，说你没怎么唱，有个唱片公司来做评委的，直接就要你过了是吧？”

“是啊，什么关系？有好处现在都不肯告诉姐妹们了，好歹别让我们一轮游呀。”

“你别说，现在的人都话里一套，暗地里一套。我发现雪菁他俩很有夫妻相，就是谦虚！”俩舍友轮流唱和。瘦高的听了直笑，肤黑的凶起来：“你别笑，我认真的！一个‘合并不沾光’，一个‘唱歌去玩玩’，别人自己谦虚，我们可不能当玩笑。”

安非不顾袁雪菁掐他，立即怼回去：“雪菁她自小就是金嗓子，其实之前就和唱片公司签合作协议了，她不好意思讲。现在皇冠作为雪菁的经纪公司，当然有义务捧她啊！”

安非一番吹嘘惊得舍友们疑真疑假的，袁雪菁后悔不迭，如若今后她们不提还好，否则又会嘲弄她吹牛签约了经纪公司。因而最眼红苏桂枝的并非袁雪菁而是安非，又是星探特地闻“声”来访，又是酒吧人气驻唱小明星，安非一不做二不休，干脆怂恿袁雪菁去继续参加十佳复赛——优胜者会晋级汉大决赛，甚至有机会被邀请到每年的汉京音乐节，与真正有名有姓的明星们同台共歌。星探也曾联系袁雪菁，想为她复赛提供些支持性的训练，类似肢体语言动作、发声训练以及练习肺活量等。袁雪菁仍然犹豫不决，还是觉得自己气场太弱，过于怯场，被太多人关注会羞怯红脸，不懂得表现自己——总之固执地坚持自己只是纯粹为了兴趣来玩票。

“你得报名复赛，真的，学学桂枝把握机会，我就记得你跟我讲你偶像陈慧娴的时候，为她懊悔放弃演艺生涯，现在你不也是怕影响学习，面对选择谁都一样的。”

“我还得考虑考虑，问问我爸妈的意见。”

“身在福中不知福，人家苏桂枝都是主动去联系皇冠公司。”

“说得跟真的一样，你亲眼看见了？苏桂枝好歹也是医学部学生，哪有闲时间弄这些。”

“她这次去毛遂自荐，接待她的不是原来那个星探男了，另一位女策划经理，态度一般，认为等校园十佳复赛看她表现再做定夺。看见没有，这叫过了这村没这店。”

“要不是今天临时脑子热去报名，就不会被舍友看见说闲话，说我里外各一套，多大点活动都要走后门。”

安非脸又板着：“所以你拉我走那么快，是不是怕舍友笑话？”

“哎呀，你也知道的，有人就是那样，喜欢讲医大合并那些事，烦死了，我是怕你听了不高兴啊。”袁雪菁想到舍友便很烦躁。

“我丢你人了？我表现可以吧，说得不卑不亢。”

“不关你的事，她们本来就排挤我。开学一来，故意问我暑假后来住哪里的，就差说是自己堵的宿舍门了。”

“想去帮你教训她们。”

“得了吧，你还想男人打女人吗？你只有抱怨的本事。你暑假那段，整天骂秦巧凤自私自利，现在她回实验室又使唤你，借我们二人世界的时间，你敢说一个不吗？有时候挺嫉妒她的，你和我的甜蜜时光，即便是骂也是把另一个女人挂在嘴边。你和她的工作时间，比我俩在一起的时间长得多呢。”

“我家雪菁生气了。找个机会我让凤学姐请你吃饭吧。”

“我要吃牛排。”安非计划再劝袁雪菁几次，让她多找点事，免得时常干扰自己做实验。

从汉大食堂说回医大的食堂，新开的西餐厅俨然给一众土味的菜色增添点小资情调。

近来牛肉面西施跟瞿麦吐槽面档的生意相比开学差很多，二楼新开的西餐厅来势汹汹，硬是在食堂就餐区辟出一块地皮，用四围玻璃板与整个餐厅隔开，一面朝外可赏树草茵茵，凭借阳台的景观优势，午场夜场都是爆满。不久，西餐厅的价格便上涨了，服务却远没有跟上，服务生人少，而老板舍不得多雇人，便想出主意——由学校出面，以勤工俭学的说辞招医大自己的学生来兼职。

之前食堂晚八点半统一关闭，西施家面档晚八点就收摊，西餐厅一家独自营业到晚九点半，食堂特地为其留下一块分区等打烊再锁卷帘门。因此八点之后，西施去西餐厅兼职到九点半，挣些外快。有时西施去后厨端盘，西餐厅负责人，那个猥琐胖大叔就等在就餐区和柜台的通行处，借着灯光昏暗揩油，使劲儿捏了一把西施的屁股。第一次发生时西施没预料，小声惊叫反被大叔恶瞪一眼：“看好脚下台阶，把盘子端正了，抖抖簌簌像什么话！”

“这你都能忍？不行，我得去找他。”瞿麦听得脾气上来。

“别，我们家不想得罪人。你没证据，他又不每天干这事，也不是对所有人都这样。”

“专挑好看的女生下手？”

“他面试兼职的学生就偏向找女的。”

西施又告诉瞿麦：这家老板有点背景，食堂所有堂口的当家集合开会，他从来都和食堂负责人坐一块称兄道弟。今年食堂评选“最佳口味”一栏的奖本是她家面档，也被西餐厅夺去，毫无理由，并不是贪这几千块的奖金，实在是气不过。

之后瞿麦晚上训练完就去西餐厅坐着，帮西施看住这老板。由于看得太紧，老色鬼见他面熟，有次问他为何每次来都不点餐，瞿麦挑衅似的回答自己是西施男友，在这等下班，老板便不悦了：“同学我们这里有规矩，不点餐是不可以坐的，而且现在是她的工作时间，守点规矩，麻烦请出去吧。”

瞿麦离开时，有意露出外套里道服的色带：“你店里有人的手不干净，再有人碰她，连人带店，我全给收拾了。”

那日西施下班后说，老板面色铁青，没对她讲一句话。自那事后，老板的淫手转移了目标。

定价一高，新鲜劲儿过去了，客流渐少，老板估计想着节约成本——有人吃出发霉面包，有的吃到馊西蓝花，甚至有人吃出牛排是廉价拼装肉，焗饭里一股冰箱味，屡次向食堂管理处反映后，依旧没有任何改善。促使刺儿头四人团真正开始行动的是帮西施过生日那回。

西施提前订好西餐厅的小隔间，他们点了西餐厅里几样便宜的小食、饮料，西施亲自去自家面档煮了一大份“全家福”的大碗面，端进来给大家分享。恰巧中午时段老板来巡视，生意不多，就一眼认出了瞿麦，主动上来找碴：“同学，我们这里雅座有人均最低消费的，麻烦理解一下。”

瞿麦要动气，西施忙打招呼：“老板，是我，我今天过生日，那我们再继续点餐就行。”

“而且，这个面不是我们家的吧。外面的食物不可以带进来，你上班这么久不知道吗？”

“我们点了你们家东西还不让坐，怎么那么霸道呢！”

“你们也知道，有人污蔑我们家东西不干净，你们外带不明不白的食物进来，到时候吃出问题算在我头上？”

“你明明知道这是她家的面，怎么就不明不白了？”

“不要和我吵，要么端出去吃，要么只能点我们家的，你们看着办好吧，不服我们就喊食堂负责人来评评理。”

西施拽拽瞿麦要他别发作，浦野今天没来，安非就是军师了，便问：“你有纸质明文规定吗，就凭你口头一说？”

老板扭头就走，迅速去办公室打印份公告，贴到西餐厅的柜台。结账时老板亲自站在收银台：“因为你们外带食物的行为，需要多付餐厅的服务费。”

“桌盘都是我们自己收拾的，你餐厅服务个什么了？”瞿麦踹了一脚柜台，朝他吼起来。西施从没见过暴怒的瞿麦，不知所措，哭得梨花带雨，引来食堂学生们围观。

第二天，老板以人员富余的借口辞退了西施。反击的第一回合，四人团败。

曲林在医大校园网的讨论板公开吐槽西餐厅定价贵而用料差，回复的学生纷纷赞同，甚至有部分老师也在帖子里讽刺西餐厅的性价比。老板多方打听，让食堂负责人托辅导员约曲林见面，当尤通知的面正式警告他：“同学，做人做事要厚道，我们一心为学生服务，决不容忍你们这样诋毁我们的工作，这背后还有你们兼职学生付出的辛勤汗水，你问问他们同不同意你这样污蔑别人。”曲林作罢。

第二回合。浦野带着他的记者证去采访西餐厅老板，指导老师分派的任务是写食堂评比获奖这几个窗口的专题，作为“最佳口味”的西餐厅老板自然夸夸其谈，然而浦野私自更改了最后几个问题。“我们校报收到学生反映，西餐厅经常出现食物不洁的问题，请问你有哪些后续的应对措施吗？”

“我觉得应该是谣言，造谣者没有事实依据。”当浦野拿出部分问题食物的照片给老板，老板立即改口，“如果图片属实，这个问题我也是第一次知道。这个主要是兼职的学生卫生清洁工作不到位。还有一些偷工减料的行为，当然我也有责任，过于信任学生导致监管不到位。我会严厉批评他们并督促他们做好本职工作，保障学生的健康是我们餐厅的首要目标。”老板起身说，“那你们等一下。”老板去工作区片刻，带着信封出来，“你们采访这么多配餐窗口也挺辛苦，这个你和摄影同学两人分一下。这段采访麻烦不要放到校报和校刊上可以吗？和上面的老师讲一讲。”

浦野不顾摄影同学的阻拦收下信封。老板走后，浦野便拿信封里的东西贿赂员工们，进后厨让摄影拍录，面包袋的过期的保质期、没有品牌标识的桶装油、脏乱的加工台面，连采访草稿一并交予指导老师，老师的意思是食堂的稿件她亲自来修改。

以此为契机，西餐厅老板以服务工作不到位的借口，再次克扣几个女服务生的工资。浦野愤愤不平，校报的最后刊登版本也没有浦野的后续采访内容，整块版面一片太平。浦野又犯多管闲事的老毛病，本打算跟指导老师理论一番，在一次偶遇她去西餐厅吃甜品之后，浦野发现她给整个记者团队每人分发一张西餐厅优惠券，逐渐放弃了幼稚的想法。

没有横幅飘展的食堂足够热闹，该来的还是会来。西餐厅甚至第一个开辟“校外人员”现金支付通道，被医大生称为一脸媚态，这与汉大医的学生近来到访“交流”一事不无关联。如同其他大大小小的高校，医大学生会的组织部也在做组织“校园十佳歌手”大赛的准备，利用食堂门口高人流量的宣传橱窗张贴海报，可他们纳闷的是，预先已向校方报备今日的宣传活动，现场还是有不明来历的学生在举大红横幅：坚决反对“两校”合并！坚决反对“两校”合并！

紧接着，他们使用扩音喇叭广播：“尊敬的医大的同学们，我们代表汉京大学医学院全体师生，邀请你们在横幅签名，联名反对两校合并，号召大家勇敢地发出自己的声音，维护医学教育的公平合理。”人群聚集起来，但没有人上前阻拦，大多数医大学生看完热闹便进食堂就餐。兵分三路，汉大这批“远征军”以食堂主入口为中心，一组喊号子，一组进食堂分发传单，一组在门口拉人签字。

四人团刚上完课想从侧门进食堂，汉大几个男生堆起桌椅板凳把两侧侧门堵住，只留下中央用于他们宣传的主门。

“他们到底想干吗？你看传单上头写啥，我们怎么可能反对，巴不得啊。”瞿麦说。

浦野便嘲他：“你以为和你一样不要脸。你说医大高年级的毕业了算哪家的，低年级的愿意沾光，高年级亏了不得酸啊。”

安非仔仔细细全读一遍：“上面说，下个月初在汉大医学部召开合并详细方案的研讨会，号召大家去表达自己的意见。还说横幅签名和发布会到场的会分别给予物质奖励。”

“哦哟，来真的，还买通人心，这会儿拦路我们学校都不管吗？这也太嚣张了。”

“别急，保安的电瓶车已经停那儿了，我们等人散了、戏看完再吃饭。”

四人团挤不进，瞿麦就去侧门拆下几张凳子，曲林个子不够，站在凳子上也看不见，不停地扯安非裤腿问。

“看样子我们的学生会刚和汉大的刺儿头吵过了，理由是占用了公共宣传资源，不向我校报备。保安在教育汉大几个领头的，但是他们不服管，还在吵。”

“瞿麦你怎么看，尽招些老头做保安，这气势不行啊，太丢面子，我都想主动给横幅签字了。”

瞿麦扮成大力水手，拱起二头肌道：“就这群汉大憨憨，我不热身都能打十个。”

“开始互相推搡了，我们这边学生会的在打电话叫人，叫学校领导吧！”

“估计要干起来了，气死我了，这男的是我们医大的吗？是不是三班班长‘马屁精’？不敢碰人家汉大的学生，只敢拉住自己学校保安，这不成肉靶子了吗？曲林你别把我裤子拽掉了，你现在跑回宿舍阳台拿起你的望远镜，说不定能看现场全景。”

此时食堂里空了，不用排队，曲林赶紧去随便打了点饭，冲刺回宿舍，把小桌板架到阳台，筷子摆好准备边看边吃，然而从镜筒看去，早已没料，只剩学生会一帮人在收拾残局。半晌，安非、瞿麦归来。

“不是打群架吗？这么快结束了，抡扫把、扔砖头了？到底输了还是赢了？”

“唉，丧权辱校啊，你前脚走，校领导后脚就到了，没打起来，也不管谁挑事，把保安和汉大学生都痛批了，一会儿汉大那边辅导员老师来交接把人领走，就说要相信汉大会公正处理保障他们的教育权益，不要听信谣言之类。”

下午两时，安非一行回教学楼上课，几乎每间教室的黑板上都赫然写着六个粉笔字：坚决反对合并！此次事件第一次激起医大高年级学生的厌恶情绪，第二天医大自己也挂起横幅来，不过很快被撤走了。

浦野判定是学生所为：“他们反对，那我们的横幅也是反对，双方目标一致，那吵什么劲呢。我觉得就是医大官方态度暧昧，不表明反对那就是支持，沉默才莫名其妙，让我们没法站队、没法声援，只等被他们把名声搞臭。”

虽明令禁止，汉大医学部的冲锋队依旧在汉大自己的地盘搞宣传，甚至有统一的标识和着装，网络上有极高曝光率，自称“October Revolution of Medicine”（十月医学革命），成功把两校私事上升成社会争议话题。

第十四章　兔子与蛤蟆

传说毕业季是分手季，对于回返娘家的医大鸳鸯来说，开学季也是。

起初，刘羞羞对洛芬的医学专业课有相当兴趣，悬壶济世也是他儿时理想之一，只是他胆小晕血的弱点实在不符合学习医学的要求，比老唐之色盲更甚。洛芬曾给刘羞羞一些词条，让他没事百度玩玩，卡波西肉瘤、梅毒三期、尖锐湿疣之类，对于单纯为了猎奇的刘羞羞，这些“美图”近乎噩梦。刘羞羞始终无法理解，为什么会有这么一群无聊的人在贴吧专门建个区，互相分享这些既荤又恶心的段子和图片，尤以医学圈为原始素材主要流出群体，并且其中一位活跃用户将是他未来的枕边人，当他翻到洛芬手机里的相册，就越发反感。

生理学实验课往往是充满趣味性的，材料是各类可爱的小动物，诸如小鼠、家兔、蟾蜍，是可爱的微型狂欢动物园，而刘羞羞也认为此次旁听应该是符合预期的。第一次课做蟾蜍。一个小组两位同学，洛芬刻意落单，才和刘羞羞分到一组。

所有人去挑水池笼子里的蟾蜍，刘羞羞特意拿一只肚子鼓胀、别人都不要的蟾蜍，他说是肥美、体质好，不容易被麻死，给洛芬双手奉上。蟾蜍刚抽动下，刘羞羞便吓得松手，那一只便到处跑跳，运用超强的弹跳力，不用助跑就到了隔壁瞿麦的实验台上。瞿麦见了忙扑下洛芬那只蟾蜍，自己的却伺机从队友曲林手中挣脱出台子，顷刻间满教室为逮捕瞿麦的蟾蜍乱作一团。花费大半节课，老师才让蟾蜍们安静地停留在每个组的木板上。

洛芬熟练地单手抓起蟾蜍，与刘羞羞相反，手劲儿使太大，按得肚皮似气球般，尾部喷溅，结果弄得白大褂上屎尿淋漓。洛芬气得踹翻刘羞羞的凳子，直骂他是搞破坏的浑小子：“我让你挑一只健壮的，你给老娘找了只满肚子屎尿屁的来，懂壮和胖的区别吗？我要一只瞿麦，你给我弄了只吃饱饭又便秘的曲林！”曲林耳朵好，后倾探个头，刚想发表意见，看见刘羞羞被洛芬拿橡胶手套猛甩了头，便没敢说话。

“哎哟，一届不如一届，你们真的是幼儿园保送过来的吗？把机能实验当体育课上。快来看我演示一遍，我们要观察腓肠肌刺激和骨骼肌收缩的关系。”

众学生拥到教室中央围观老师操作，洛芬只晚了一步就挤不进了，她让刘羞羞蹲着，自己骑到他肩上，又怕蟾蜍再跑，把紧抓着活蟾蜍的手背在身后，这滑稽的一幕被浦野偷拍下来。扛得久了，刘羞羞支撑不住，但不敢说，怕挨打，不一会他抖起来，肩上洛芬一阵不稳，背后的蟾蜍手不经意地，压到前排安非的头上去支撑平衡。安非脖子一缩，也说不清头上的液流是清凉还是温暖。

洛芬依葫芦画瓢，拿不锈钢针捣开蛤蟆的枕骨大孔，看它两条腿触电般抽搐到瘫痪无反应，而隔壁瞿麦曲林组已经在解剖蛙腿结构、剥离神经。刘羞羞本以为蟾蜍已经归西，拿镊子准备下手，碰它它又一抽，叫出声来，惊得隔壁桌的瞿麦手抖，竟把腿神经剪断了，只得从头开始。洛芬嘴上抱怨刘羞羞坏别人的事，心里却直乐：这下她不是班上最慢的人了。而瞿麦迅速抓、洗第二只，剁头、扒皮、结扎肌腱神经一气呵成，曲林在一旁也把实验报告撰写完毕，瞿麦组继续领先洛芬。

洛芬着急了：“都怪你一直帮倒忙，我做的神经反射怎么也没反应，算了你把报告作业写了，就当我们成功了。记得把数据改了，不然被发现。”

刘羞羞不懂教材，帮洛芬照抄书上材料，交给老师审阅后，老师把洛芬叫住了：“字写得不错，但是你们组用的是牛蛙吗？”洛芬看纸上红圈圈赫然标注：蟾蜍体重 2KG。课后，浦野让曲林把那张照片发到医大贴吧并配注解：医大食堂新动向，后厨女师傅学习田鸡料理。

第二次是家兔。为培养刘羞羞的胆量，只要得空，洛芬就召唤他来观摩。实验课要求三人一组，洛芬偏偏被和浦野分到一组，据四人团其他成员观察，刘羞羞暂时还没有明显不悦。事实是，大家都不愿意和招人嫌的洛芬、刘羞羞一组，只浦野自告奋勇——虽浦野离开汉大，已与刘羞羞脱离上下级关系，但两人一向不对付，此举耐人寻味。

讲好洛芬负责准备工作，浦野去拿兔子称量体重，根据体重计算需要的麻醉剂剂量，刘羞羞旁观打杂即可。可洛芬倔劲儿上来，执意要自己捉拿兔子。书上注明捉拿技巧：一手抓颈部的皮肤，另一手托住兔臀部，使其呈坐位。捉拿前可以从背部抚摸安抚家兔，禁止揪拿兔子的耳朵。这次洛芬亲自挑选，找了只最结实的。人多拥挤，洛芬提起兔子三番两次才称上体重，这只大灰兔几乎快被薅毛。

耳缘静脉麻醉时，兔子不停排便，像黑色巧克力球，浦野以为是给洛芬咋咋呼呼吓到的，没想到被彻底麻醉后，肛门括约肌松弛，竟粪球成堆了。浦野称此兔是“洛芬的巧克力工厂”。捆绑固定时兔子有反应，此时最好是补麻药，但浦野担心兔子排便太多，按原先体重会麻醉过量死亡，让洛芬再去称量一次再计算为稳。浦野在讲台抽取麻药，时不时眺望洛芬，刘羞羞出于好奇，则在满教室溜达参观。既然麻倒了，洛芬也不讲究抓法，中途竟揪起兔耳朵来，一阵四肢扑腾中，浦野远远见兔爪划到了洛芬手背，一个大跨栏奔来，白大褂飘成披风，刘羞羞也着实被浦野吓着，才注意到洛芬的危险。

“哎呀，看你们慌成什么了？”洛芬展示自己的双层手套，外面虽破开一道，里面一层却完好。浦野懊悔带这俩臭皮匠：“把给兔子的肾上腺素先给我用了吧，跟你们一起我快心律不齐了，我一个人一组算了。”

测量动脉血压和呼吸运动的调节实验，重要步骤几乎全由浦野一人完成，其中分离兔子颈动脉的操作非常精细，浦野担心他俩会打搅自己，把他们支到一边，俩人便去安非、瞿麦和曲林的三人小组围观。瞿麦有上次的经验，预料二人会碍事，不由分说推他们回去，可洛芬不是省油的灯，和瞿麦一来二去，碰到安非正操作着的胳膊肘。

“活见鬼，颈动脉破了！拿血管钳，血管钳在哪里？”纤细而蓬勃的血流一注上涌、喷射不止，安非嘶吼着却没人帮忙，慌乱中大家只不想被兔血溅到而躲避。老师赶紧投块干纱来盖住，出去隔壁取器械后，血很快又洇红纱布。家兔开始抽搐,湿透的纱布几乎被抖落下来,而老师还不回。瞿麦见状直接上手，左手托住颈部，右手指下狠力按着血管破开处，血流这才逐渐止住。

不久，带全套实验器械归来的老师，从一片血泊中迅速找到血管并且结扎，再让瞿麦松开，兔子早已没了气。

老师长叹一声，问瞿麦:“是不是抓脖子压到兔子气管了？”

瞿麦说:“没注意。”便也没人再说。瞿麦又厚脸皮提,兔笼里还有一只备用。

“算了，别作践兔子了，你们同浦野合一组吧。”老师讲道，“但是你们课后要把天花板上那几滴红弄干净，不管你们用拖把还是爬桌子。”

众人回头发现，除了桌台和天花板遭殃，历经腥风血雨、白大褂连带口罩都溅得红斑点点的刘羞羞，面色煞白倚靠着桌子蹲下来，说心里难受，要洛芬扶他坐上凳子。

“晕血，将来怎么做医生？”老师见了讲。

洛芬护夫心切:“他不是，不是我们医大的。”

老师更不客气:“那请下次别随便带外面学生进来，上课就上课。”

等全班完成后，实验老师解释后续处理：兔子统一处死，不留活口。

“好残忍啊，为什么？”实验老师话说一半，刘羞羞便问起来。

“SPF（无特定病原体）级动物，从动物房里拿出后就算被污染了，不可以再送回动物房里，避免身上的病原体威胁到其余动物，因此会统一处死。有人会想为什么不带回家当宠物养或者烧着吃，这是禁止的。虽然我年轻时做过这种事，但我觉得不安全也不符合伦理，让它们安静地离开才是最好的归宿，请尊重它们并深鞠一躬。”

“那放生可以吗？”刘羞羞不识趣地问，只得了老师的回瞪。

处死方法有多种。

推荐的是最常用最方便的——补充过量的麻醉药，即乌拉坦。乌拉坦在有效范围内只有麻醉作用，苏醒很快，超大剂量的使用可以抑制神经中枢，呼吸、循环衰竭逐渐死亡。而即便静脉注射大剂量乌拉坦，有些组的兔依旧生命力顽强，甚至有被放入动物尸袋后又“复活”的现象，更不用提洛芬精选的壮灰兔。洛芬组的左右兔耳更因为麻醉技术差劲，血管均残破没法注射。

浦野主张空气针处死法，注射大量空气形成气泡阻塞血流，这和临床上空气栓塞造成死亡的原理相同。

“可是耳朵烂了，空气针也没法静脉打。”

“那就空气针扎心脏，终止循环应该效果更快。”

“这种方法比麻醉药更快对吗？那就更能减轻它的痛苦了吧。”在洛芬心里，刘羞羞是这世上最天真的大学生，不过在四人团心里，“催熟”刘羞羞是一类乐趣，所以瞿麦边掐曲林脖子边翻着白眼告诉他：“呵，想多了，会挣扎，像窒息一样。”

寻找心尖搏动点扎入后回抽无血，说明位置不准，安非失败，换浦野来，接着曲林，三四针又不中，洛芬跃跃欲试。“够了！它是生命，不是玩偶。”一向人微言轻的刘羞羞号起来了，“残忍、暴力、漠视生命、泯灭人性！”

“那洛芬你看，是羞羞泛滥的圣母心作祟，不是我们不让你尝试。”

“给我点面子，别在这吵，行吗？”见老师过来打圆场，洛芬小声求他。

“老师，想讨论几句动物伦理。虽然我是外行，但是看法更客观，恕我直言，这样的医学教育，是有违初衷的。”

老师一听他们说他是汉大中文系的，便冷嘲热讽道：“哎哟，原来汉大的，我们这儿不入流，不如你们的医学部。那您说用哪种方法您比较满意。”

“老师，我不太懂，先是中途掐死一只，最后又要扎死一只，费大力保证兔子活到最后一刻，就是要它们实验完再死？难道送回去哪怕单独养不可以吗？不处死不可以吗？”

“实在不懂就没必要搞懂，我上课讲过处死的原因了。说掐死的，你做尸检了？我说是瞿麦掐死了吗？你了解失血性休克吗？说扎死的，都是容嬷嬷吗？扎针为了让兔子疼死吗？我这一堂课忍你很多次了，请不要对别人的专业指手画脚的。”

“那放生不行吗？老师，您回答我。”

老师也不认真回了：“失敬失敬，真的是汉大高才生，教不了，教不了。”老师被气走后，刘羞羞更理直气壮：“看被我驳斥得没有借口了吧。”

瞿麦实在厌烦了他的絮絮叨叨：“不能放生这是常识，老师是不想跟你解释。你不想让它走得有痛苦对吗？行。”瞿麦再次直接上手，在绝对力量的加持下，兔头的旋转尤其自然流畅，并没有电视剧里被人背后勒断颈椎的咔嚓声。刘羞羞不说话了。

兔笼里多出的那只活蹦乱跳的备用家兔，刘羞羞趁四人团没注意，用书包偷偷装着，实验老师瞟见并没阻止，就当是默许。刘羞羞心情好些，约定暂时将兔子寄养在洛芬那里，找机会一起放生。自此，刘羞羞出席生理课告一段落。

作为医大女生梦中情人的李雷老师，其系统解剖学课迎来最受关注的生殖系统一章。四人团上课也比往日积极了。

“如果这章也是展示他的自制人体彩绘，必将是全校轰动吧。”

“噢，我的妈，应该更早占座，前五排都没位置了。等了快一学期都抢不过，这些女生可真花痴。”

“我们医大的妹子们，整天蹲图书馆跟坐月子似的，连男生的汗香味都没闻过，有什么比穿着白衬衣的大学青年教师更有吸引力呢？”

“四班的女团支书还带摄像机是几个意思，安非，那次是不是她在班团例会向尤通知推荐了李雷，找相亲对象那次，她就不怕尤通知来抢？”瞿麦好奇地问。

“李雷算我引介的。那是‘右护法’，也是个马屁精，无所谓，辅导员的好姐妹，夫君都能共享。”

“安非，快别说了，人来了！”

“谁，李雷来了？穿裤子吗，还是打算当堂脱？”

有别的班男生发布警报："尤通知，尤通知！"后排都赶紧坐得笔直，曲林小声问道："她来干吗？"

"上次汉大的搞什么'十月革命'闹了我们食堂，班团例会上她说会加大看管力度，严查上课出勤。"

"顺道检查出勤，点名就行，那也没必要旁听。"

"你都说了，顺道嘛，看李雷才是真。"浦野机智。

讲台的李雷终于要有所动作，瞟见最后排的尤通知，解皮带的手突然停住了："尤老师来得静悄悄的，尤老师要点名吗？"

"噢哟该死，他本来是准备脱裤子亮相的吗？晚几秒发现也好啊。"曲林显得比前排女生还急。

"李老师尽开玩笑，李老师的课从不需要查勤，任何人缺席了您的课都是他的损失，您就当我是学生吧。"

李雷听了尤通知这番话，脸上竟泛红。

"这李雷不禁撩，管教学的副院长来听过课，都没这么窘迫。今天碍于尤通知，怕是脱不成了。"教室前排也纷纷沮丧哀叹，李雷却讲道："这节继续按教学计划讲泌尿生殖系统。"说着就开始脱，有男生吹口哨助兴，李雷不好意思，跑去厕所换装。这回是唬人的"空包弹"，李雷里面穿的竟是健身的紧身裤，盆部用细细密密的彩笔绘制着解剖结构，使人能看到肌肉、血管以及神经等的走行，虽薄却一丝不露。

临近下课，李雷搬来两个大箱，原来他联系了服装厂赶制了几十条用于上课的同款健身裤，分男女按尺码发予学生。男式的同他一样，女式的也略嫌"透"，女生们又羞又喜，但使用范围只限于宿舍里相互指认复习。

"关于这章内容，还有人有问题吗？"

曲林举手提问："老师，前段时间有部禁片叫《色·戒》，可以从您的专业角度剖析一下，那里面男主角和女主角是假戏真做吗？"

李雷讲："实践出真知，事实胜于雄辩，老师我没有欣赏过这部电影，也没有相关经验，但如果你们认真学习解剖就不会问出这么愚蠢的问题。仔细观察就会发现，男主角的呼吸短促、加快加深，面部表情肌抽搐，股后肌群以及臀大肌的收缩痉挛，这些都是正确的生理反应。既然能完美复现真实情况下的表现，是不是真的，于我们有何区别呢？”

“老师您不是没看过吗？”

李雷挠挠头，赶紧下课溜了。自打这次旁听，尤通知似乎成了头号女粉，每趟班团例会均询问系解课的情况。

再说微生物课。

既然身处微生物学系的课题组，肖老师作为讲师来上微生物课，也就在安非的意料之中，但让他惊喜的是其幽默风趣——“微生物与爱情”，肖老师以此独特的视角侃侃而谈，创造了不少经典语录。

“接吻，大有讲究，其实我不推荐情侣间随意地接吻，那会使得口腔菌群先于肉体发生同居。实在舌头闲不住，先问清对方幽门螺杆菌阳不阳。接吻的下一步，性生活，建议做全套体检，知己知彼才能百‘战’不殆。”

“一起吃大菜得乙肝，一起养宠物猫感染弓形虫，一起泡澡得皮肤病。所以情侣间最好啥也不干。不接吻，不共餐，不养宠物，做健康情侣，宁可分手，不拿身体做赌注。”

肖老师还“玷污”日常食物，造成大家食欲匮乏，尤其摧毁瞿麦曲林这等肉食动物的念想。

“食物与虫虫：米猪肉有猪绦虫，烂牛肉有牛绦虫；三文鱼、北极贝，异尖线虫；黄鳝，颚口线虫；小龙虾，肺吸虫：醉虾呛蟹，不仅有吸虫，还有华支睾吸虫。

“你们吃的是啥知道不？虾黄蟹膏，是精巢卵巢；鸡蛋，未受精卵子；酒，算是酵母菌的尿；腐乳，泡菜，都是霉菌的代谢排泄物。”

四人团想，此老师是医大最邪恶的大学教师，是体育老师派来减重减脂的间谍。

“右护法”去实验室次数变少，肖老师似乎是越来越不待见她，上课喜欢挑她回答些刁难问题。课后肖老师告诉安非一噩耗："右护法"借口担任社联副会长后事务繁忙，经请示沙主任，她的部分工作要让秦巧凤和安非承担。"看得出来，老沙宠她比你凤学姐更甚，单是你们辅导员打个招呼，不会这么供着她，我猜这小姑娘背后不简单哦。"肖老师拍着安非的肩说道。

"无所谓，本来她的细胞都是我帮着养，她要用时也是我传代给她。"

"不不，这次不是实验，是学校给我们学系分派有宣教讲课的任务，跟教育部门合作的，就是去中小学课堂做样子嘛，给小朋友们答疑解惑做健康科普宣教。你们那女同学不肯做，小屁孩们挺可怕的，就只能你们帮她把这活干了。"安非被肖老师讲得糊里糊涂，只等以后跟秦巧凤一起再商量。

另一边，两校愈演愈烈，据称下周即将迎来两校合并联合发布会，决定医大生们命运的时刻来临，而在一份貌似官方抬头的文件中，描述了合并的详细规划。

合并的背景，即原本的格局：汉大医学部每年招生一百多，专业只临床、口腔两个，走小班化的精英路线，学制上只有本博连读；医大的专业划分则大而全，每年招生一千以上，是全省医疗系统的主要生产线。

如果属实，这份方案——想象中经过两校最高领导层严谨商讨、据理力争的研讨结果——便显得不可思议。简要来说，就是强拆医大，把院系、学科打散，挑走好使的零部件：合并后的新医学院，全称汉京大学医学院，江东省医科大学的名称不再存在。合并后，长学制只保留原汉大医的八年制本博，撤销原医大七年制所有专业，现有的医大本硕生如安非这批，凭自愿原则申请并入汉大医，并且自动降为五年制，本科结束后凭借绩点及考试分数，决定是否授予继续攻读硕士研究生资格，不合格者即以新汉大医的本科毕业，放弃申请者只以原医大学位证书毕业；原医大除长学制外的其余专业，择优合并部分优质学系，包括基础医学、微生物、生物化学、免疫学、预防、流行病、医统等，组织上编入汉大的生命科学院，毕业授予汉大学位；医大所有非长学制的临床专业以及所有二本专业，暂不接受转入新汉大医，在新学校学习，但只能以医大学位毕业；原医大所有硕博研究生，暂不接受转入，按照原培养计划以医大学位毕业；卖掉医大老校区的地皮；对申请转入新工作单位的医大教师进行评估，不符合要求者继续按原医大待遇，到聘期后不再续聘；接收原医大所有大型综合及专科医院作为教学医院，并逐步取消与原医大部分附属医院的合作关系，即好的附属医院全收入囊中，一些看不上眼的地级市医院则迅速扔掉。

这份网传文件激起了所有医大临床生的愤怒，不管是本科还是长学制，硕士生还是博士生，甚至医大青年教师和附属医院的医生也下场叫板，医大、汉大师生集体舆论混战。其中有人认为两校合并对全省医疗事业是重大打击，称汉大校长曾在研讨会发言："如果说我在位上能为大家做件好事，那就是吃掉医大，巩固省内首位度，脚踩浙大、叫板复交！"这些评论虽难辨真伪，不得求证，却增添了几分官方意味。医大内部暗潮涌动，又迟迟不公布准确消息，作为小字辈辅导员，尤通知对这传言似乎充耳不闻，也没未雨绸缪的意识，喜欢临时发通知的人从来是后知后觉型——她不认为这份文件的出现会对学生情绪有何改变。

某日晚间，宿舍楼里有人偷偷分发传单，四人团的房间门下被塞进来一份《致医大全体师生的一封信》。

"安非，这上面号召我们与汉大医学生一起参与那活动，我猜尤通知明天又该临时开班团例会了吧。"

安非觉得文件是假的："无论哪样的领导都不会接受这样的霸王条款。老师们肯定也反对，至少会嫌弃汉大医的工资低，我听肖老师提到过。"

浦野说："从医大一个学院的领导变成汉大医的一个系主任，而且一定会削减职位，自然不乐意，关键是我们的附属医院也反对，合并后能给的教授名额迅速缩减，附院领导的在校行政职位也会被降低。我觉得汉大的附属医院也不好受，本院医生升硕导博导的名额也被瓜分。对更上头的也没好处——省属高校变成部属高校的一个医学院了，完全没有利益可言，估计也就嘴上支持。"

"那就是弄不成的多，怕啥。不过，这要是真的我也去，合并我赞同，凭什么搞这些区别对待！"

安非急眼："不许去！我都说了肯定是假的。"

“我又不傻，是真的我才考虑，你去看住洛芬是真的，她直性子不听劝的。”瞿麦无意透露一定时炸弹。

洛芬有意参加“集体活动”，冲动盲从万一背上处分，对班级不利，四人团决定找刘羞羞，大家一道劝住她。

“怎么这回不用我去医大了，跑老街怀旧来了？”吃四人团的免费晚餐，刘羞羞的心情不错。

“医大太偏，附近没有手艺好的馆子。”

“不就吃煲嘛，牛蛙煲鸡公煲，这些店到处都是。”

“哎呀，怕对不起好食材。”见刘羞羞疑惑，瞿麦笑得狡黠，“别急，一会儿上菜有惊喜。”

安非问正题：“那汉大除了医学部，有其他学院去参加下周的活动吗？”

“什么活动？你指的是去抵制合并？那要我肯定双手赞同大一统啊，他们医学部小家子气，没用的，大势所趋。”刘羞羞说完，瞿麦戳戳洛芬：“听见没有，你家羞羞都是这么讲，你之前还想跑汉大那拨人里一起反对，分不清敌友了还。”

曲林去接两口小瓷锅：“不说了，拆筷子，上大菜了。”

“这锅是牛蛙，那道呢，闻起来更香嘛。”刘羞羞说着拿筷子拨弄，从中搅出半个兔头来。四人团做样子，各自双手合十，嘴里念叨几句。

“你们这是干吗？”

“我们在超度它。”

刘羞羞似乎联想到什么，瞪大了眼望洛芬。

“对不起了，实在没空照顾它。”洛芬噘嘴扮可爱，“喊你来吃，就是怕你不知情要生我气。”

瞿麦也直言道：“羞羞放心，这菜也是我老家特色，虽然洛芬老家都是习惯做麻辣兔头，但这兔肉煲味道简直没的说，它的生命一点儿没浪费。”

“是啊，我们费了老大力了，先让食堂做砂锅菜的档口帮忙加工，厨师问哪来的，我们就实话实说，想给那大叔点人工费让他不声张，他拒绝了，说外来食材烧了回头吃坏肚子，他担不起责任。”

“西施家又只能煮面，到医大外面附近找馆子吃容易暴露，最后只能拿到这儿。”四人团一人一句，理直气壮。

大家期待刘羞羞脸上露笑，然而非常遗憾，刘羞羞说了句：“假惺惺，太恶心。”

四人团里几位也不客气了：“你还这样说，这就没意思了吧。”

“真的太自私、太残忍，这只兔子就不是养着用来吃的，如果上次你们胡搞还能说是为学习、为实验，不尊重生命，只能说，你们真的配不上做医生了！”

“动物花费是我们学费里扣的，凭什么埋掉都不能带走？这是一大块肉啊。”瞿麦拍桌子忍无可忍道，“不懂你是怕什么，你去过屠宰场吗？你见过杀猪吗？你杀过鸡吗？这都一样的，你就是菩萨心肠你也得补充蛋白质！你就是个吃肉拉屎、排气通便的普通人，别不做个人！”

“你们没必要，你们可以选择放生它们！”

安非也加入战斗：“你是无知，实验室的动物没有野外生存能力，饿死它们就是道德的？你能养一只，养到能生育后代之后，你能养一百只吗？每只实验动物甚至每个人自有他的使命，上次老师是懒得再和你深究。”

“但怎么也不能吃！”

“好了，我们回避你，偷偷吃行吧！”曲林向刘羞羞拱手讨饶，四人团捧兔煲去了隔壁空桌继续吃。这期间洛芬一直沉默，刘羞羞以为洛芬会陪着自己。

浦野问她：“要不再尝几口兔肉？”洛芬不假思索竟递碗去，刘羞羞摔了筷子示威，洛芬气性上来，索性坐到四人那边去。

“你也是不自觉，跟我们坐一块儿，生气了还不哄，没情商。”

轮到洛芬摔筷子：“我还要时不时关照他的感受？他还是男人吗？安非你要喜欢这么窝囊的人，那你和他去过日子好了。钻牛角尖又小肚鸡肠，早知道不喊他了。当初就是喜欢他书读得多，感觉会懂事理、体谅人，没想到一点儿男人气概都没有，也不太懂浪漫，说是中文系，连首小诗都没写给我过。”

曲林满口咽下一块兔腿肉调侃说：“听说他平时连生理宣教片都不看，说不定他就真不喜欢女人呢，但也没关系，毕竟再冷漠的男人，直肠也是温暖的。”

“呵，我可不敢和他开这种玩笑。不过看他憋屈的小模样，有时候突然一想，禁欲冷淡，哎，你们说他真的是不是那个……”

“可别这么说，那时候苏桂枝倒贴曲林而不得，我们宿舍也错判了曲林的性取向呢。”

瞿麦发话：“那不一样，我从不怀疑曲林。倒是洛芬你自己说，你和羞羞是不是没亲过嘴，唇瓣子吧唧吧唧这么简单的事都不会，怪不得缺生活常识，连个吃兔肉都当新闻。”

众人没意识到，刘羞羞没吃完，招呼不打，自己便走了。洛芬跑到门面外四处看，被四人团劝回来。

“随他去，洛芬，别去追。老街这么大，找是找不回来的。”

“我说实话，你也别生气，就他那个胆子，不出三天肯定道歉。”

“没关系，”洛芬说，“被他丢人丢习惯了。”

最后也没人记得这顿饭的目的是规劝洛芬了。

第十五章　合并风波

传言的发布会当天，即汉大医的学生“聚会”的重大日子，医大有些刺儿头也曾放言要去参加，因此尤通知特地交代了任务——安非作为班长，和本专业其他的班团干部，早早到教室数人头，安非尤其关注洛芬，结果全班整整齐齐，一个也不少。

上午第二节课，浦野提醒安非，洛芬已不在座位。安非给洛芬打电话，她讲自己每月“老朋友”例行拜访，先告退宿舍，另外尤通知也没来查人，因而安非没多想。食堂、体育馆、大礼堂、会议中心，一切照旧，安非总觉得有事即将或已经发生。安非计划照常去汉大约会，中午便睡安稳觉，迷糊中他的床被曲林使劲摇晃着：“定了，完了！”

“轻点，好吵啊，外面这么大动静，谁在楼外面喊？”

楼道里此起彼伏的关门声让安非没法睡回笼觉，浦野拉开窗帘说着：“方案出来了，呵，快起来看！”

安非惊得半个身子探出高架床外，一时说不出话：“停，都别说，我怕心脏扛不住，等我自个儿问。第一个，我们要降成五年制吗？”见三人摇头，安非舒缓下来，“那还挺好。其他专业呢？”

“没有其他，也没有我们，汉大医只拿走了两个学系。”

“怎么会，这不可能！是哪两个学系？”

“呃，首当其冲当然是最好的流行病学，还有一个是这个，这个和你有点关系的！”

“微免学系？！我要打电话给老肖问问怎么回事。那今早汉大医那帮学生嚷嚷没？”安非掀起被子坐起来。

“据说嚷得凶的是我们的人呢！”曲林浏览校内社群说道。

安非见瞿麦收拾书包，问他：“下午两点的课，为什么这么早去？”

“上什么课啊，去汉大看热闹。”

“你要去？”安非没法阻拦，瞿麦已经开门冲出去了。在走廊里来回踱步，安非自说自话，“乱了乱了，我得问问尤通知外面情况怎样，瞿麦被逮了尤免不了把我一顿批，现在坐大巴去把他们寻回来，又怕我自己到时候说不清，今晚我都不敢去汉大找雪菁了。”

“唉，你别啰唆了，我们班都是男女混宿，你下去一层层找，少人了打电话请示下尤通知再去汉大不就行了。”浦野回他道。

“不行，一直占线打不通。哦不用打了，尤发短信给我了，给你们念念。”

“别念了，是所有学生群发，我也收到了。”安非念出声：“出于医大构架调整过渡期的学生安全考虑，请我校所有住校生下午四时前返回宿舍，晚六时将由各专业辅导员逐一查寝。另：明上午九时所有师生于体育馆参加校园思想教育宣讲会，具体课程时间安排由各院系自行调整。收到请尽快回复。”

安非立即上楼搜人，第一站是洛芬，安非不便硬闯女生宿舍，电话不接、敲门无人应，借来门房的备用钥匙开门，发现是个空巢，地上躺着一长条红色横幅，上边字着实让他一惊，一把抓团起来，发现扔也不是、藏也没地，就用细绑带捆扎起来，用衣架子钩住，挂到阳台上窗户外面，任是谁也察觉不了。浦野巡完回报：除她和瞿麦外，其余同学都乖乖在寝、安然无恙。很快瞿麦也联系上，称刚上大巴就接了短信，已快坐回医大。

“洛芬呢，快继续打啊。”浦野竟比安非还急。

截至六点关宿舍楼区大门前，瞿麦和洛芬没能赶回，尤通知和其他几位管理学生工作的老师到达宿管站，即将开始查房。

“瞿麦你不是早坐大巴回来了吗，怎么回事？”

“宿管已经关门了，我现在蹲在矮墙外驮人爬墙呢，挂了啊！”

“洛芬呢？胳膊肘往外拐，净帮别班人。”安非一头只剩挂断音，尤通知一行已经从一楼开始由下而上，那帮老师每进入一个宿舍内，从矮墙偷渡回的学生就得到几分钟的通行期，从走道和楼梯迅速转移。安非再次拨通瞿麦电话，那头低着声音回答：“都进去了，我实在等不到洛芬，我也回来了，帮我打掩护。”安非手机报信要瞿麦上来，尤通知和学工办主任去了洛芬那层，而一位护理系的年轻女辅导员迎面逮到了瞿麦。

“老实讲，你哪个专业几班的？一身汗干吗去？”“老师，我刚从那头厕所回来，我冲凉来着。”

“那为什么身上脏？”“老师我在厕所摔了。”

“洗澡不换新衣服吗？背面有鞋印。”

瞿麦立马剥下衣服来，秀出堪比李雷的腱子肉，“我现在回去才换，这件踢足球时扔草地被踩了。”这老师便眼珠挪不动了，“同学身材不错。”

“老师客气，我和解剖学系李雷老师一起健身的，是铁哥们儿……”提到校园男神李雷，师生两位便一来二去聊得欢，没人注意到洛芬竟趁机经过。

上面楼层，学工办主任和尤通知正巧找着一个女生问话，洛芬卡秒，豁出去往回冲。尤通知无意间瞟见她，洛芬奈何也刹不住脚，以为尤通知会喝住自己，尤通知却背过身去，不仅视而不见，甚至挡住学工办主任的视线。洛芬呆愣住，被宿舍成员从走道拉回来问：“横幅怎么不见了？回来时门锁开了，会不会被收走了？看前几个宿舍的伙伴在挨训，不会把我们供出来吧？带横幅肯定罪加一等。”

洛芬和宿舍几人商议对口供，以防被逮到的学生出卖。手机刚充上电，安非的十几个来电便弹出了消息，洛芬回拨询问他，安非反倒更急：“洛芬你回来了吧？横幅被我卷起来套在你们阳台外面的衣架上，趁他们查房前赶紧把横幅扔楼下去！”

安非的手臂较长，之前把衣架挂在突在阳台外最远的晾衣钩，洛芬宿舍几个女生来回够不着，正急得跺脚时老师们已在敲门，尤通知给学工办主任边开门边介绍着：“主任，这个也是临床七年制专业的宿舍，都挺听话，就比较干净整洁。”

“欸，宿舍都全的哦。外面发生什么了吗？你们站在阳台看啥呢？我来看看，这卷挂在衣架上的红的是个什么？”

洛芬的寝室长灵感乍来：“老师，我是学生会组织部的，我们这个校园十佳的宣传横幅淋湿了，白天放阳台晒，刚才准备取回来的。”

“那没事，你们小姑娘攀凳子够危险，我来帮你们吧。”学工办主任不等她们阻止便伸手出去，顺利取下衣架，捆扎的细绳线却被晾衣杆上的铁环钩住。兴许是好面子，主任非得取来，一阵猛拽竟扯断了，横幅散开后，从上而下六个黄色大字对着楼外显露出来。

“啊……”几个女生恐慌地喊了一嗓子。因为楼间距的空旷回音，很快对面有人注意到横幅，对面男生零散的肆意呼喊传来，主任的角度看不到横幅内容，也听不清嘈杂的喊叫声。对面又几支强光手电的光束照射过来，大家似乎认为是窗户口的主任挂了横幅，理解为是校方支持他们、反对合并，男生们吹哨子、喊号子，一齐出来了。

隔日的“校园思想教育宣讲会”，原定全校师生出席，体育馆留给流行病学系的区域却空了大片，据称该系教师和硕博研究生参加了本校承办的“江东流行病与医学统计学论坛”，并未提前打申请汇报，显然违背了前日的通知，是一桩悬而未决的疑案。前晚的分管学生安全工作的学工办主任讲话，先是会上通报批评几位学生，他们是不够幸运的一批，所在宿舍区里缺少瞿麦这样“舍己为人”“侠肝义胆”之人，因此被逮住留名；而洛芬宿舍也成了藏匿横幅的“反面典型”，顺带让作为辅导员的尤通知和班长安非也遭了殃。紧接着，他继续措辞严厉批评部分青年教师，起了不好的带头作用，在网络及公开场合发表不匹配身份的言论，后几日将会集中点名谈话。

尤通知也召开班团会议，此次已不可称例会了，她要求各班班干回去后尽快召开内部班会，督促涉事同学作出检讨，要求他们课后到她办公室来逐个朗读检讨书；实验室的微免课题组也临时开急会，安非并未收到通知，秦巧凤事后告诉他，沙主任要求分开做小课题尽快结题。

“沙主任这是忍痛割爱了，把本来的一篇大课题分成两三个小文章发表。”

“难道真是想并到汉大去了吗？意思想迅速收工把论文发掉，把医大这边原来的项目收拾干净，任务完成然后溜之大吉？”

“哎呀，安非别那么讲沙主任，这不是他个人能左右的，我们倒无所谓，人不为己，天诛地灭，也不怪沙老师。再说对我们是有利的。”

“有利个屁，你知道的，不管微免还是流行病，这些学系是我们医大的科研产出大户，立校的三驾马车啊，本来属于我们进研究生后就可以支配的资源！”

“这是好事，你听我说，老肖也说了，课题大拆小后，我们俩和大师兄承担其中一篇，意味着你也可以作为主要作者了。要不是赶时间，本科生哪有这种机会，别出去说啊，我们俩的秘密，闷声发大财。”

“那两个学系呢，真的都要并吗？”

“流行病你也看到了，因为陈主任是副校长级别，硬气点，早上直接不出席，借口说是‘作为协会主委，年会临时取消或者改期，就是让外人看笑话’呢，所以没来出席宣讲会。”秦巧凤与安非私下交流说道。

“还没合并就这样目中无人了。”安非指的是流行病学系主任。

“错，这是要对着干，你要是不偷懒，像我一样在实验室待久了就能听到八卦：我们这个正校长丁校之前是做汉大分管医学部的院长，两年前调配来医大的，就是来做合并工作的，去年校庆时海内外校友会一起捐赠那么多仪器和钱，凭什么直接让捐给附属医院，还不是医大的直属医院，而是医大和汉大医共同挂名附属的那些教学医院；陈副校长嘛，属于典型的鹰派，八十年代土生土长的医大毕业生，后来出国去约翰斯·霍普金斯做了博士后，搞呼吸系统疾病研究的，是近几年全校最有望冲院士的热门人选，本来就指着他发达，现在上位后就更有话语权了。我们医大副校长里，他是态度最强硬的，反对最坚决的。”

安非理清现今局面：“两个学系，一个谄媚，一个反对，其他学系没表态？”

“他们貌似中立，”秦巧凤讲，“总之呢，我们的机会来了，好好把握这篇小文章，这半年多我们辛苦一点，后面分不分实验班，你都顺风顺水了。”

“本来就得补救大师兄毕业论文的实验，肖老师还要我们给同级那‘护法’采集数据，这下要更忙，我得请示我‘领导’。”安非无奈，秦巧凤只是笑他是“没有地位的男人”。

在班会上，安非把着教室的话筒，冲洛芬瞿麦猛发了通牢骚，意思是两人冲动拖全班下水，搞得尤通知对他们印象差：“以后评比评奖、班级荣誉，什么好事都要托你们福了！”

“安非你有完没完，已经通报批评了还要怎样。你说我们违反学校哪条规定了，莫须有嘛。何况我那天人都没跨进汉大门就赶回来了。”

“对，给你发个雷锋奖章，助人为乐。”

洛芬誊写着检讨书仍嘟嘟囔囔：“连处分都没背，早知道不来了。大班长，给你念念法条第三十五。”

“你闭嘴吧，你有本事早生二十年。”

“早生二十年怎么了？”

安非迟疑着重新组织语言：“那你现在该是四十多岁的成年人，有自己的判断！”

浦野给安非去火，似乎舍不得洛芬挨骂：“差不多可以了，洛芬她知错了，咱们班这是人民内部矛盾，不用上纲上线。想想合并以后我们怎么办才是。”

这一周，对医大、对汉大、对全省的医疗教育都至关重要——在一周的公示期后，若无异议，合并方案即算生效。与此同时，医大校内形成了“绥靖派”和“独立派”，前者只是一小撮人，由部分校领导以及两系的教师、学生组成，后者虽气势滔滔，几无任何决策权。而大部分医大人只是坐观其变。

汉大方面知趣，校门保安开始检查学生证件，非本校学生不给进；医大每晚七点晚自习随堂考试，学生只有在网上向两校填写意见书，骚扰校长信箱的软途径。

尤通知依旧极力劝告班级学生不要乱了分寸，把精力回归学习。安非做课题所在的微免系成为风暴中心之一，被顶上了风口浪尖——沙主任的课全体缺席，沙主任到教室一看，明晃晃的黑板上写的粉笔字“卖校贼”“医大汉奸”，只得无奈离开。更有流传的俗语讲“微生物”“寄生虫”，意思是微生物学系靠吸食医大的血长大了，让宿主元气大伤，然后去自谋生路，另找别的地儿繁殖去了。

文艺方面，医大的“十佳”无限期延迟，医大十佳歌赛的宣传海报上被红字大书“不知亡校恨，犹唱十佳歌”。而原定周末的汉大“十佳”复赛也推迟到公示周后的下个周一晚——特意安排在公示结束的后一天，刚巧避开这整周的合并风波，袁雪菁倒是因此多出了准备时间。周末按理没课，适合“独立派”搞小动作。但由于考试月将近，而学生们一个个因为合并都疏于复习，考试并不会更改或延期，复习任务依旧繁重，前期抗议毫无效果，安非料想到公示期结束前刺儿头们作不出名堂来了。周日晚七点的鼓楼钟声敲过，一切都是徒劳，安非终于安生了。

不知不觉，安非的一天也越来越短，傍晚密集的晚间实验，几乎把安非的闲余时间榨干，既然袁雪菁的十佳复赛必须出席，他开始考虑把专业课资料带过去看。安非在周一下午便提前到汉大礼堂,后台两三位化妆师分别给校园“歌星”们上妆，袁雪菁端坐在梳妆镜前。“好熟悉的感觉，去年医校联合辩论赛的场景一下都冒出来了。”安非对她讲道。

一位女师傅给她编着头发，镜面里的袁雪菁绷着脸也是骄傲的：“但上次你是主角，现在到我了。这妆容、这舞台，比你的辩论赛绚丽多了吧。后勤服务很到位，由公司统一赞助提供的，不差钱。”

“是吧，我劝你和公司多接触试试没错吧，你就是胆子小。作为见过世面的过来人，我还是得说一句，别紧张，正常发挥就行。”

“哎哟，不许引我笑，妆没化好。”

“那袁美人，歌选好了吗？”

“蔡依林的《倒带》，张韶涵的《遗失的美好》，孙燕姿的《遇见》，看情况吧，公司都建议我选的慢歌，比较稳一点。即使效果没那么惊艳，不至于被淘汰，毕竟有内定，还好啦，不紧张的。”

“行，那我出去逛逛。”

袁雪菁听了便不悦：“我化妆还有一会儿，不陪我说说话？整一周我俩没见面。”

安非捋了手里的16开装订的往年真题大全，“那大概多久？”袁雪菁屁股不离凳也能发通无名火，安非灰溜溜出来，赶忙找处有灯光的空地就开始背书。没翻几页就接收到学校的短消息：“请未经允许出校学生立即返校，晚七点后将检查寝室，名单如下所示……”安非主动打给尤通知询问：“老师，今天周一，公示结束了，不是停夜查房吗？”

“别来烦我，一会儿我会给所有班干群发通知，注意查收。”尤通知把通话掐了，安非又拨通其他人电话问问情况。

“浦野，究竟怎么回事？”

“又有几位不听劝的今天去那地方了，当然没给他们进去，他们就又来了一次常规套餐。”

“可是今天公示结束了啊，没用了啊，改不了的。尤通知讲她自己还在外面。”

“既然公示过了，找学校指定没用，所以一不做二不休就向上求援。昨天周末不上班，所以今天才去的。白天无所谓，但是到晚上人家都得下班吧，就让学校来领走，我都是听记者部的老师们讲的。”

“早上学校没管？”安非问。

浦野阐明内情：“谁去管？你知道的，现在我们医大已经不是上下一条心了，合并完成后多少教职工会失业，尤通知为什么保护洛芬？校报为什么未闻先动派校记者去拍摄？流行病学系集体缺席丁校的宣讲，是学生个人行为？”

“洛芬又去了吧！”

“对，全校都很太平的，只有她不在，而且我想找也找不到她。”

安非望着射灯笼罩的舞台，慌张地再拨给尤通知，尤通知也有为难之处：“洛芬不在我这，你最好把她找回来吧，就算不是去汉大胡闹，校门关了之后再回来也要严肃处理，这么晚还在外面闲逛谁也求不了情。这次我恐怕无能为力，学工办主任真的认真了，校门站岗的老师我都不太熟。”

安非联系洛芬依旧关机，欲进后台知会袁雪菁，但晚会已开场，汉大学生会工作人员拦住他，不得已安非先斩后奏，放弃听“十佳”去寻洛芬。

洛芬那边，兼职是白班，她请了下午的假，但没敢告诉任何人她要去干吗。大堂经理见她状态不佳，和客人交流生硬，端错桌、出错单，走神时而打哈欠，便叮嘱她早下班。但能干扰洛芬状态的不是汉大医的风波，而是一封手写信。洛芬读信第十三遍后并没有新的发现，把信纸折进信封套里，空酒瓶投进老街尽头的垃圾桶。给刘羞羞发送消息后，洛芬一直关机，她怕自己的卑微的表态得到不满意的答复，随关机被隔绝的还有安非的急呼以及关于回校警告的通知。

到晚天色昏沉，洛芬挤在公交上摇晃，头脑虽模糊，却清楚感受着食糜与酒精的固液混合物汹涌地撞击胃壁。到医大下站后，洛芬第一件事是弯腰吊嗓子，对着马路排水沟一阵倾吐。马路对面，医大大门紧闭，有老师模样的人在等最后几个学生进校。

门口也有老师盯住了灰头土脸的洛芬，隔马路唤她过来，洛芬顿时清醒了，毋宁说有些害怕，她本能地要拔腿走人，那几位老师过马路要追上来。忽地洛芬被两个火辣辣的大耳光打蒙，脑子哐当作响，耳鸣眩晕中，这偷袭者不由分说，揪住头发拖拉拽，一边喷洒唾沫星子：“你还有脸回来睡，回什么宿舍，我打死你个不要脸的，看你敢不敢分手，打你，打死你。”浦野装模作样教训洛芬，那俩老师拉开这一对，反而护住了洛芬。

男老师查验学生证：“都是我们医大的吗？赶快进校去，别在外面丢人。”

“哎呀你看把小姑娘打出五根手指印了，好狠的心啊，都没结婚，自由恋爱的这是人家选择，不要瞎作啊。”女老师帮洛芬揉脸心疼地说道。

进校到宿舍的路上，远离校门后，洛芬终于能说话了：“你为什么打我？”

“一身邋遢，老师们肯定以为你是被汉大那拨学生教育了，这怎么进得来？”浦野回她，面无喜怒之色。

“那你怎么知道我从这里回来，就不怕被错认成那种人？”

“我从后门出来的，前后门绕着骑好几圈了，就等着你。”

洛芬听着，终于哭出来：“我以为你是他，你说不要分手时我以为你是他，我好想打我的人是他，是他就好了。”

“你哭什么，你给我看看写的啥。”浦野拆开洛芬手里那封信。

洛芬：

我们就此结束吧。

抬头的称谓我本想加个“亲爱的”，但是实在不能违背本心——爱是建立在互相融洽的情感关系和互相理解的价值取向上的，然而我觉得我们并不匹配。我没喜欢上其他人，只是不再对你有感觉了。

从那天你坐到他们那桌，我就做出这个决定了，不再回头。其实我心存动摇挺久了，从我一次次被迫参加你的实验课又被莫名羞辱开始，我明白我们终究是不一样的。对于杀动物的看法冲突只是浮于事实的表面，你有你的圈子，狭小封闭得必须消灭我的存在。你们谈论着那些阴暗隐晦的术语，我却插不得一句意见，猥琐的是他们，可最后显得我可笑又狭隘。你离不开医大，离不开你的认知，就像离不开你的四个小伙伴。既然互相不能认同，又何必强融你的生活？你属于他们，属于那个与我毫不相关的世界。所以，就这样各自好好生活吧。

再见！

洛芬自嘲道：“情书没收到过，分手信倒是手写的，终于能重视我的感受了呢。”

“不是你幼稚，是他到现在还是不成熟，你不属于任何人任何领域，你属于你自己，OK？”

“那你别说出去，我信任你。”浦野同意。

第十六章　校园十佳歌手

汉大“十佳”复赛之后。又逢格桑花开的节气，来赏花海的游人渐多，大学城其他高校的学生以及附近高新科技园开发区的居民，也是花季的常客，到决赛时，冷寂又玲珑的校园想必该热闹起来。

一批聚拢校园人气的唱将从复赛中脱颖而出，开始在课余接受演艺公司出资的培训。这其中，因常常直播唱歌的缘故，苏桂枝的底子最牢、名气最响，唱功真一流了得，一头俏丽短发、明亮大眼，加上鼻唇沟那颗痣，就像梅艳芳，或者说著名谐星如花——恰是这黑痣拉低了整体气质。苏桂枝和袁雪菁都成功入围了十佳决赛，在这第一轮投票排名上，苏桂枝暂时屈居亚军，输袁雪菁一头。

袁雪菁成了十佳“头牌”，苏桂枝又闻言她在皇冠私下培训，备受公司青睐，心中不服，认为结果被做了手脚，再者听了袁雪菁舍友们传播的恶意谣言，觉得这也是验证了自己的猜测，便和袁雪菁结下梁子了。苏桂枝找到主办方的皇冠传媒，要求得到比袁雪菁更好的培养条件。

“我看过你的翻唱短视频，承认你的各方面都挺不错，能弹能唱能跳。但是你知道像我们这样业界有口碑的公司，每天都有自我感觉良好的人来给我们寄小样，全国驻唱的人恐怕几十万该有的，能唱歌的人太多了，真的。我们是缺人，但我们手上也有很多人要做，我们缺的是有特点的人，跟其他唱得好的不一样的人，要有辨识度，宁缺毋滥。”

“那袁雪菁呢？她凭什么？那天在酒吧是我的主场，本来该是我表现的机会，那位男经纪看完她就走了呀，这不公平。”

“人家就是漂亮，没什么，想要听起来唱得很好，办法有的是，可以练嗓子练声调实在不行还能假唱，你总不能整容吧。而且以名校做名头包装一个两个也就得了，还不知道市场什么反应呢，我们是有成本的，对袁雪菁的投资那也属于尝试，不能随意冒风险。”

苏桂枝听完还不走，气得似河豚。

“哎呀，咋这么倔呢。你是医学生对吧，将来没必要靠这个吃饭吧，你本职又不差，也不知道你图什么，有兴趣就驻唱不挺好嘛。”

“那这样，等我拿了我们汉大这站的十佳冠军可以签约吗？”

“那也不能保证。而且你拿不到的，已经内定了。”

“那通告上写的是决赛之后的二轮投票，将由评委和观众综合选择产生的排名，决定出冠亚季军，难道是假？”

“作假我们不至于，但是专家评选占比是很大的，况且决定了汉大这站的战略规划是优先发展袁雪菁，你懂吧。我实在是不愿意看到你抱好大希望最后落空，及时止损，你心里也能接受。”

“可是，唱歌需要那么看脸吗？歌手又不是演员啊。”

“这个真用不着你来提供意见，每家公司有自己的定位和计划。你要实在想做这行嘛，我们其实有对接的给艺人做医美的，正规公立医院，好像还是你们医学院附属，效果可以保证，至于走这条路能不能成功就不给保证了，这只是我的建议，你考虑下吧。”女策划话说到此，苏桂枝毅然拒绝了：“你觉得我唱得不行可以，羞辱人也不用这么过分！”

“点个痣都不愿意？一点点都不肯付出，奉劝你还是回去吧，大学生可就是犟，脑子读傻了。”苏桂枝撞了一鼻子灰，然而与她的想象相反，袁雪菁的日子并不好过。

复赛之后，因为安非的缺席，袁雪菁被误认为没男友，有不少单身男生托袁雪菁的舍友打听她，舍友们明知她情感状态，依然暗地里编造她和经纪人有一腿的谣言：“哎，菁菁没你们想的那么仙啦，不被‘走后门’哪能‘走后门’。你们要还是想打她的主意，我们帮菁菁‘选驸马’总得给我们意思下吧。”就这样舍友们满足了报复欲顺便捞了一笔金。安非远在医大，也闻到汉大老同学们吹来关于袁雪菁的不良风声，他便急找洛芬。

“跟你讲了不要去汉大跟那些学生发神经，你偏不听，这是你运气好遇到了浦野。”

“要说多少次，我那天就没去。”

“有什么好狡辩的，你是自己扇耳光打红了脸的？我去了你兼职的酒吧，老板说你下午请假，不是搞事那是干吗去的？”

“我的脸怎么样关你屁事。可笑，汉京这么大座城市，我只能在这俩地方出现是吧。”

“你知不知道，我连汉大十佳复赛都翘了跑出来找你，你自己不去给雪菁加油就拉倒了，现在害得我挨雪菁骂还被拉黑，你对得起袁雪菁吗？”

“你别拿雪菁压我，我洛芬一人做事一人当，我说了没参加就是没参加。我都看不起你，你比学生会那些听主子使唤的蠢狗好不到哪里去。”

“放你的屁，那天我找了你多久！”

“那也是维护你自己，你做班长的怕被降责，你就是既得利益者，不会管其他人的死活。你说微免学系是不是有好处给你，不然你肯冒着被骂的风险给他们干活吗？”

安非嘴里软了些：“反正我境地很尴尬，你最好找机会告诉雪菁，我是因为你的事才不辞而别的，她不愿意跟我交流。”

“我管你呢，活该！”

安非自讨没趣，只得自己想办法砸开袁雪菁的城墙——他想到那件年久失修的定情宝物。

去老街的音像店把它取回后，安非直奔袁雪菁的宿舍楼，在楼下宿舍站，一年前躺着他的情书之处，现在却是其他异性的示爱区：两三捧分别来自不同的男同学的玫瑰花，甜品礼盒，大铁盒的巧克力，等等。安非有种不安感作祟，对此，《动物世界》里的赵忠祥早有解释：交配期雄性动物的危机感，会驱使它们在领地外围巡逻或留下标记。被其他雄性挑战，安非才意识到犯了两大致命错误——缺席复赛以及出于各种原因的减少约会次数。

安非有了新的打算，拆了礼品的外包装，取出早已修好的自动唱片机，放置一张刚从音像店淘的唱片，播放音量调至最大。不一会儿，楼上几个窗格里女生探头看他，袁雪菁那扇仍毫无动静。接着有男生路过来询问安非是来找谁，安非觉得莫名其妙。

“你不会也是找袁雪菁吧！”

“我是她男朋友。怎么了？”

“这就有意思了，你要这么说，那我们都是她男朋友。大家都是同一起跑线，吹牛就是你不对了。”

“你们是有毛病吧。”安非转小音量旋钮，正准备和这帮猥琐男理论一番，他们却都变脸似的绽出媚笑，背后有人敲他的肩，是袁雪菁到身后了。安非反常的浪漫冲头，一把抱住她撒起娇：“不理不睬，担心你呢。”那三两男生见了也尴尬，把礼物速速带走了。

“洛芬和我讲了。”袁雪菁说。

“对吧，不怪我。”

袁雪菁仍僵着脸：“你就不能走前和我讲下嘛，我唱得都不专心，眼睛在台下到处找。”

“别气了，我把唱片机给你修好了。以后我们就以这个《初恋》做纪念歌曲。”

“从哪里知道我喜欢这个歌？音量放这么大，大男生也不害臊。”

“我们第一次去KTV，你仔细想。”安非掏出另一张黑胶，“这另一张，是你最喜欢的陈慧娴。别急着高兴，还有，我答应过你的，怂恿实验室那学姐请我们吃饭。”

“吃西餐！”袁雪菁笑眯了眼，对准安非的脸猛嘬一大口。

合并风波稍平息，安非和秦巧凤去替“右护法”完成健康宣讲任务——医大与师大附中、附小共建的医学选修课，需要由医大选派医学专家或在校讲师给中小学生授课，讲解急救、心理、流行病预防、营养保健等方面的基本常识。

此事沙主任交代给肖老师，而肖老师把任务分派给“右护法”，“右护法”又通过美言夸赞安非的辩论赛经历，找借口把这麻烦事推脱给秦巧凤与安非俩师姐弟。由于没有任何上课经验，安非只好托浦野提前做好了幻灯片课件。

在小学课堂，五六年级的小学生依旧相当调皮，女孩们羞涩，而男生们的提问往往令人哑口无言，譬如“红领巾是不是革命先烈的鲜血染红的？”“电视剧里到底是牵手还是接吻能使女生怀上宝宝？”“为什么女生大小便是同一种姿势？”相隔八九年的认知层次差别过大，安非和秦巧凤解释不清只能草草作答。

临近下课，前排一小男生悄悄问秦巧凤：“姐姐，是不是上了大学以后，老师就允许你们交男女朋友，像哥哥姐姐这样子？”秦巧凤的两颊瞬时透红，同桌的小女生搡着男孩说道：“我就说吧，不然爸爸妈妈总说，将来我们要努力学习考大学呢。”

“是，肯定会碰到很多，像这个漂亮姐姐一样的女孩子，我也要上大学。”这小男孩说着，开心得要与女同桌击掌，女孩突然收起灿烂的笑容，又噘着小嘴不理睬了。熬到久违的下课铃响，安非、秦巧凤两人逃离尴尬现场。

相比小学生，安非误以为中学生们较为善解人意。这次两人讲的是艾滋病预防，这对混迹于微生物与免疫学实验室的他们来说是老本行。安非本以为得心应手，直到打开课件，即刻后悔未事先审核浦野给做的幻灯片：卡波西肉瘤，口咽溃烂，带状疱疹……安非向秦巧凤直言是浦野的恶作剧，这批艾滋病并发症的重口味图片实在刺激眼球。台下中学生们惊叹不息，窗外暗中督促纪律的老师刚看到前几张缩略图，便连忙过来阻止说，孩子们看这些晚上要做噩梦的。

接下来计划安非讲解海姆利希急救法和心肺复苏术。演示心肺复苏术时，秦巧凤煞有介事躺平在地面装死，由安非进行胸外按压。安非刻意省略了口对口人工呼吸，以语言描述代替：“按压与通气比率为 30∶2，抬起下颌、开放气道，合格的通气要看到胸廓起伏，一共做五个循环再评估。”起身问台下还有何疑问，敏锐的少年们并不肯放过两人，仿佛勾结好似的，一学生指着纤薄的选修教材讲：“两位小老师，你们的演示忘了最重要的一个步骤。”安非和秦巧凤都猜到小屁孩们的滑稽心思，可不等解释，全班一同起哄喊：“吹气！吹气！”

学生们还提出二人从未料想过的奇怪问题，比如“如果对方是女同学，定位两乳头连线中点是不是要脱她衣服”“按压胸部会不会碰到咪咪”之类。女生们多问起青春期生理改变，如月经、祛除青春痘等，男生有私下问手淫是否对身体有害、包皮要不要割的问题。关于生殖方面，安非还讲起小蝌蚪找卵细胞的故事。出乎两人意料的惊喜是，中学校方安排报社记者拍照报道——这种由高校提供师资、纳入校本课程的共建选修课尚属省内首家，因而受教育部门的大力推行，两人竟轻松地上了报纸的文教版面，标题是“家长不好意思跟你说，医生没时间告诉你的小知识——孩子们自己的健康课”。虚荣的“右护法”终于意识到是把好事拱手让了人，后悔不迭。

回到微生物与免疫学系实验中心，学系办公区域的玻璃门又被贴了大字报，安非和秦巧凤每日例行清扫。

“什么时候是个头啊，天天有人堆垃圾到我们实验室门口，还泼油漆，上报了也没人管，每次都是我们自己清理。”

“作为小字辈，只能是我们本科生清理。没办法了，沙主任这是犯众怒，现在要夹着尾巴做人。”

“早知道沙老师就该暗度陈仓，不明着表态，偷偷转过去，你说是吧？”

“愁死了，并到汉大去，你说这个课题算哪边，发表单位和导师职位写哪边，我们也不能跟过去，发表不出去这不是白干吗？”

“不会的，而且我已经立下军令状了，哪能反悔惹得老沙生气，如果连大师兄那篇延毕的论文都不让咱挂名字，那才亏成傻子。”

“你这话说的，这是强买强卖。我本来要一件商品，现在卖东西的说还有一件打折促销的要捆绑着一起卖，要不买俩，要不不卖，是这意思吧？”

秦巧凤咂嘴不响。安非心想忽悠的机会来了："加班总要表示表示吧，又削减约会时间，我怕'领导'发飙影响实验状态，做砸了我可不管。"

"占用你的空闲时间是不得已，但我俩毕竟并肩作战，我也牺牲时间嘛。"

"屁，你又不谈恋爱，除了老唐，谁高兴掷千金买你一笑。"

"谁告诉你没人追我的？"

"是谁？你是不是吊着人家？"秦巧凤一向对男人的事嘴紧，不肯透露。安非也不管了，问正事，"你从北京回来那顿还欠着我，还作数不？请吃牛排。"

"好啊，求之不得，食堂西餐厅。"秦巧凤自实验室白大褂掏出西餐厅的优惠券，"老肖给了我一打，估计实在吃腻了。"

安非继续忽悠道："或者说他们就不想去吃，老师们都嫌弃西餐厅的餐品质量，给我点面子，我还要带个人一起，就不能出去吃点好的吗？"

"饶了我吧，都是廉价劳工，我也是月光族，用券我们可以多点餐，点满满一桌！等发出文章，老沙把奖励金发了，再请吃汉京民国老牌的那个汉金大饭店好吧。"安非也不好意思再吆喝秦巧凤花钱。

兴许是西餐厅风水不利，那顿饭气氛不甚友好，秦巧凤、安非、袁雪菁三人最后吃了场不适意的。

"安非唠叨好多次，讲你偏好吃西餐，这边装修、风景挺上档次的，才挑了这么个地儿。"还没出餐时，秦巧凤先替自己开脱，以防餐品质量太差挂不住脸，"听安非说，你参加十佳复赛很成功，接下来要决赛了吗？"

"通过复赛的人都会参加，这几周还得接受更密集的训练，像发声啊，体能啊，肺活量之类的。"袁雪菁嘴角上扬，看上去信心倍增，"公司挺重视我的，就一直求着我签约，我还没想好。"

"那签约之后，是不是像明星那样上电视？"秦巧凤顺着捧她。

"拿到冠军的话，就能被邀参加江东省高校音乐节，就是各高校胜出的头名的联合演出，到上万座席的汉京体育馆表演，更多公司和圈内大人物会观看，能得到签约、宣传的机会。"

"安非真的好福气呢，未卜先知得到未来女明星的芳心，得好好抓住这支潜力股。”

“我家袁雪菁相当于保送呢！”安非点餐归来，偷从背后把剩下的优惠券塞给秦巧凤，“不过，也不全是好，总有人看不惯我家雪菁。”

“怎么讲？”秦巧凤问。

安非说：“就有人传她和皇冠高管之间不干净呗，我看都是她舍友搞的鬼。”

“对，我也和她们说了，不要动那些男生送的东西，结果她们还是偷偷拿去吃了用了，让人家以为我对他们有意思，弄得我不好做人，变成拜金女似的。还有，你暑假是不是爬阳台进的宿舍，把舍友一件蕾丝内衣扯掉下去了，后来水退了被楼下男生捡到，我那瘦高舍友不仅不承认是自己的，还编谣言，说是我为勾引那皇冠的经理买的。”

袁雪菁委屈：“现在还有变态男生真信他们的话，送情趣内衣给我，问我多少钱包夜！”

“你得正面反抗，不要畏畏缩缩，怕她们什么。”

“她们不承认有什么办法，确实有些搞鬼是别人弄的。”安非、袁雪菁在外人前便一言一语吵起私事，“你看，雪菁她就会和我发牢骚。”

“你还好意思说，你也和你们寝室曲林讲讲，让苏桂枝别再赌气犯傻，她和别人说是我占了她签约的名额，明明是她在另一家多唱两场想多挣个几十块就没按时到场。也是因为酒吧拉我唱歌这事招惹她了，洛芬在学校同学嘴里传成了介绍卖淫拉皮条的老鸨，连学校的公共厕所门上都在诋毁我，在援交少女的小广告后面写我的手机号，这都是苏桂枝的恶意造谣。”袁雪菁把受的委屈全堆到苏桂枝身上。

“感觉这个叫苏桂枝的也是狠人。行，我们准备开吃。我理解你，我懂这种感觉，优秀的人是不容易受同僚待见的。”

“唱得好是被公司潜规则，分数高是给老师送了礼，稍微打扮说我浪荡，蓬头垢面说我颓废，表达不满说我做作，脾气好不追究说我装纯。”

“是，能猜得到。”然而秦巧凤只注意到袁雪菁进食的表情并无异常，说明这品质过关了。安非想着尽快步入正题，逐步过渡到向她争取实验的时间，便扯起学习方面：“曲林和苏桂枝都不联系了，只能我找机会给桂枝讲讲和。快期末了，继续弄这个唱歌，学习时间受影响吗？”

“对，我才想起来跟你讲交换的事。现在不仅去公司试歌培训，还得抓紧期末复习维持学分成绩，我们专业有去哥伦比亚大学交换半年的机会，在纽约的哥大巴纳德学院，我想争取下的，就五个名额。”

“那确实对以后投简历找工作有帮助，我们这边医大是对接约翰斯·霍普金斯大学的合作。”秦巧凤搭话，而安非被这突然的消息冲乱思绪，嘴里似乎是牛排的肉筋，发着呆三五分钟也嚼不烂，半年的异地恋可不好受。等安非反应过来是被袁雪菁敲打了手背，纠正他的用餐动作：“左手拿叉，右手拿刀。秦巧凤见笑，哈哈，我没教育好他。”

“哦，这还真不怪他，是这样，我们做实验因为整天需要揿移液枪，他的大拇指可能酸痛吧，就让他用左手吧，左手用刀更有力点，毕竟右手指都快腱鞘炎了。”不等安非自己解释秦巧凤便开口了，袁雪菁一时被堵了嘴。当着秦巧凤的面，袁雪菁就对安非发起脾气来：“那实验就少做点呗，又没人逼你，平时我们俩见面时间挺少的。”

恰恰安非想请示多做实验迅速结题，这竟没法开口了。秦巧凤也只敢对着餐盘说话：“安非能吃苦，就忍忍嘛，今年能有机会收获个学术成就呢。”

“对，想多腾空闲时间放在实验室的工作上，复习就不会那么焦虑嘛。”安非终于找机会接上了，袁雪菁的反应越发强烈：“我不知道你说这些什么意思，怎么安排时间这是你自己的事，你看着办，我也焦虑得很，谁来关心我呢？”

三人沉默歇了片刻，安非开口即错：“那要不你就放弃搞那个十佳吧，时间不够的话。”

“你不懂。不是光看成绩，德智体美综合评分，最后还要面试，十佳拿到名次也是文艺里的大加分，考试我哪一定能前五名呐，又不是上中学时候怎么考都是第一。”

“那这个互相矛盾的嘛，影响学习但又加分，你自己选吧！”

“那当然，你只管自己的事。”

秦巧凤从中做好人："哎，要上进那就都不容易，互相理解吧。"

"那我可以搞定最忙这段，以后慢慢给你补偿？"等秦巧凤结账，安非胆怯问起。

"我就一个要求，决赛那天一定不要迟到，我真的会生气的，能做到吗？"

安非口口声声答应得爽快，没想决赛那天又是实验的大忙日——肖老师把共聚焦扫描的预约时间定得太巧。毋宁说，哪天的实验安排都有其重要性，尤其对新手而言。

决赛那日，肖老师时而站到他们身后督促："一定要稳一点，预约一次上机得等好久，日期排满了，下次轮到我们课题组得一个多月。沙老师就想早点完成扫尾，迅速跑去汉大，要是失误了影响结题，他指不定又要发脾气了。丑话说前头，到时候我都保不住你们。"

"知道了，肖老师，我们两个人分工，精力足，问题不大的，您回办公室休息吧。"

等关门声响，安非吐槽起来："他要实在不放心干吗不自己来做？"

"这你别说，因为时间紧老肖这几天已经亲自下场，帮大师兄做点儿。他嘴上说自己无所谓去不去汉大，但肉送到嘴边他能不吃？"

"也不知道雪菁紧不紧张，这次她自己选歌，公司不做主。"安非关心起汉大那边，心不在焉。

"选得不好，观众不买账怎么办？"秦巧凤也问。

"反正评委的票都是十分的，基本十拿九稳，除非有其他选手赢得超大面积的观众支持。"

"安非，等等，这管核酸样品怎么插到我这边的冰上了，你加过样了？"

"我好像，应该是加过了。"

"那你怎么会放到距离手边这么远的位置？这不合常理。"

"有其他人动过吗？"

"没有。"

"你确定是加过了吧！"

“我……我不能百分百确定。”

秦巧凤和安非立即停止手上的操作，开始逐个检查板子上的加样孔，却查不出所以然。

“即使加重复、加错位了，也看不出来，外表完全一样，可惜了已经到最后一点了。”

“这怎么办，要告诉肖老师重新预约下个月吗？重新开始做我肯定得迟到。”

“如果你不能确定的话，那只能再来一遍，一个月等不起，我们俩速度快些说不定还来得及，你说袁雪菁是第几个出场来着？”

“不知道，没问过，我打个电话吧！”

“等下，你问场次，如果靠前，你就说你今天不一定能去了，别管她怎么生气你都顶住。”

“这不是找死！”

“你一点儿都没有说话技巧，你告诉她迟到肯定是挨骂，不如直接恳求不去，到时不管最后出现得如何晚，她都完完全全是感到惊喜呀。”

安非脱了手套拨号：“她说是倒数第二个出场，我还没说完就被挂断了。”

秦巧凤重新收拾桌面说：“那别管了，我们抓紧继续，但是既要快又要准。”工作量到达一半时，六点钟响，十佳决赛开始，安非心里默算着时间很危险，白大褂里闷出了汗，但两人手上并没加速——若再次失误便没有更多机会了。秦巧凤见状鼓励安非加油，安非反倒把移液枪放回架子，猛拽下橡胶手套，逸散出一阵手汗热气，说道：“我去找老肖替我，肯定是来不及了。”

“我们抓紧吧，别费时间了，老肖这么懒不会答应你的。”秦巧凤劝阻不下，安非一头钻进办公室。等出来，安非便直接收拾书包告诉秦巧凤：“原来的那板样品根本没问题，老肖刚站在我们身后说话时手贱，给移了位置，剩下的交给你吧。”

“等等，原来那板我给扔了！”秦巧凤悔青了肠。

“你什么时候扔的？”

“你说有问题的，问你是你自己说不能确定，这不怪我。”

“对啊，都说不能确定那你扔了干吗？我不做了！”

秦巧凤盛怒，故意扬手打翻了新做的样品板，实验台氛围已是阴风怒号，隔着口罩安非也能听到秦巧凤咬牙切齿，没想到先服软竟也是她：“都不做了，你赶紧去吧。”

“那，下月再说？”

“看开了，即使这次做成了，其他实验也指不定能按时完成，沙主任再催也是来不及的，干脆点儿放过自己，你快滚吧。”

险阻重重，决赛姗姗来迟的安非被拦截在汉大门口——保安要求他出示学生证，说最近医大来的不善者居多，只能本校学生进。安非拿不出凭证，而袁雪菁处于关机状态，只得在校内网上四处求救，期待有好心的大一新生来验证身份。这期间袁雪菁舍友也曾路过，安非好说歹说，那两位对安非的求助毫不理会。一晌，意外之人出现，递出学生证解围。

“肥仔，你哪来的学生证？”

“就你是蠢货，不做提前准备，根本就不上心。”曲林松开攥着汉大学生证的拇指，把大头照从贴图区上挪开，露出苏桂枝的头像。

“看来你是特地来捧桂枝的场，和桂枝不是不联系吗？”

曲林不响，拍拍靠前排的座位指示安非坐下：“桂枝她，不一样了。”

“这语调，感觉你俩有点意思哈。”

“别说话，听歌，马上到你家雪菁了。”

“咦，下面该到压轴人物登场了啊，这位和你一样，是无可挑剔的气质美女，明明可以靠长相，却偏要凭声音，你知道是谁吗？”男主持向女主持调侃道。

“好了咱别卖关子了，我承认今天的她要比我美得多了，有请汉大‘全民公主’袁雪菁，带来她的《初恋》！”

干冰营造的迷幻氛围中，聚光灯一齐打向后台，袁雪菁踏着暧昧的前奏而来，上身着汉大女生校服，下身却是花短裙黑长筒的“水手服”式样，台下男学生们哨声四起。

“爱恋没经验，今天初发现。”待袁雪菁的第一句粤语唱腔出声，却是从台

司练过一段，不还是像花瓶？”两人各自不服，静待投票结果：公司方评委不出所料，全投袁雪菁，而校方临时倒戈，有几个选了苏桂枝；观众席面大多数男生选了袁雪菁，而几乎所有女生倒向了苏桂枝。

苏桂枝是墙里开花墙外香，袁雪菁则是在校园里名气更响，最后综合评分苏桂枝力压擂主袁雪菁，略胜一筹。因为袁雪菁内定了优先发展，这样一来，两位便都能参加下学期的汉京高校音乐节。公司有评委总结道：袁雪菁主打初恋的味道，给人陌生的距离感，听她唱歌像谈了三分钟的恋爱；苏桂枝特别爱笑场，恰恰平易近人，走邻家少女路线，眼睛里眨着星星，使人返老还童牵起青梅竹马的手。

第十七章　青春狂欢

决赛后庆祝，大家决定等放寒假去集体旅行。

安非和袁雪菁想去纽约，去哥伦比亚大学踩点瞧瞧；曲林和苏桂枝想的是东京，拜访真实的动漫文化流行之地；浦野想去香港顺便回家也近；洛芬心心念念要去北京蹭个奥运的尾声；瞿麦的想法最多，云南、新疆和内蒙古，天高地广容得他打滚撒野。众人的方案争执不下，虽说袁雪菁和苏桂枝拿到了不菲的奖金，依旧不够挥霍，经济限制了现实，最后决定竟是去袁雪菁家里做客——趁这次爹妈出远门访亲的机会，袁雪菁邀请大家来居家派对、撒欢几日。

袁雪菁家住汉京市的江对岸，离市区远，平时只是周末偶尔回家，这些人里只有闺密洛芬来过。

“我小时候有个梦想一直没实现过，就是带好多好多同学到家里来玩，给我过生日陪我玩耍，可惜从幼儿园、小学起，我爸就对踏进我家门的男同学充满敌意。”袁雪菁家是顶楼打通的假二层，给人一种小别墅般的假象，众人爬上二楼去参观，最上面还有个小露台，置办了烧烤架，但早已年久积灰，袁雪菁便对着讲：“我记得还没搬来的时候，小学男同桌来我家玩，我爸就拦着人家不让进我房门，后来初中了，大门都不给进了，再后来高中时我吃饭提个男生名字都能查问我半天。所以你们看这烧烤架这么多年才等来它尊贵的客人们。”

“怕吗，安非？老丈人不满意赶你出门怎么办？”浦野问安非道。

“去去去，哪有这么早见家长的。”曲林和苏桂枝那边也躺在沙发上浓情蜜意的，招得安非调侃两人的地下情事，“我就说曲林看起来不对劲，这学期我们一进宿舍聊天页面就关掉，原来你俩早就和好了。”

瞿麦捧来整箱的生啤，也好奇地八卦：“那是谁先向谁服软示好的？”

“一直就好啊，没断过。”曲林嘴硬，苏桂枝倒是大方，指指原来脸部长痣的那块说道：“这得从公司让我做这个医美讲起。”

“怎么有种民营医院打广告的感觉。”浦野边开瓶还多嘴，曲林叫他不许出声。

“不是私立的，我看挂牌好像还是汉大医的附属医院。”苏桂枝说道。

“那还是有保障的。看你恢复得挺快，是手术切的还是液氮、激光什么的？”袁雪菁作为女生，也对医美的各方面充满兴趣。

“液氮冷冻，局麻就行，还挺快的，态度挺好。可能因为我说自己是汉大医的本校学生吧，开检查也少，因为这个医保不报，公司本来就答应包全部费用。”苏桂枝讲得洛芬也羡慕了：“桂枝，你也是光敏型皮肤，怎么没顺便把雀斑祛了？我看自己也是细细点点有一点雀斑，下次弄也喊上我呗。”洛芬照照别墅镜子看，也动了心思。

“长那么大的痣，你应该手术切掉的，然后让他们做个病理。手术根除比较保险，不能图恢复快。”

“这有啥区别吗？”苏桂枝完全不放在心上。

“医生谈话没谈到？总归小心黑色素瘤哦。”

“乌鸦嘴，呸呸！”洛芬直骂浦野，曲林也气得喷出一口啤酒：“你这毒嘴太咒人，屁话真多！”

“这倒没说，他讲这个大小基本不可能是坏的，方法可以选。我当然是要恢复得快，要决赛表演不能留疤嘛。”

浦野听苏桂枝这样说，摊手不再提：“当我没说。”

饭点，为吃上自给自足的烧烤，需要派出几位小伙伴分头忙活，买食材、准备厨房、清理烧烤架。瞿麦第一个找借口偷懒：“哎呀，我们那边都是女人烧饭，厨房里的事我不懂的，让曲林去，上海男人都会做饭的。”

苏桂枝牵着曲林进厨房，曲林斗嘴：“上海男人怎么了？谁不是独生子女，都不是天生会，我不会我也愿意跟着桂枝学。”

瞿麦越发神采奕奕：“这是我命好，能讨西施做老婆，她这么好的手艺，学了也比不过，何必呢？浦野你说呢，你们广东也是女的下厨房吧。”

“错，我们广东男人女人都不忙活，什么都吃，逮到两条腿及以上的活物就地取材，生的熟的都好打发。”

瞿麦还是不服，又问安非，安非瞄了眼袁雪菁，说道：“我们那边很民主，民风淳朴，一般碰到争执就打电话。”

“这还要报警解决？”

“不，我们叫外卖，店家做好了自己送过来，给点跑腿费。”

等着小区烧烤摊的过来上门，众人开了电视机，电视上的江东卫视正播着一档唱歌类节目。

“这种选秀会要求你们参加吗？如果签约的话。”

“会的，公司给安排上音乐节目露脸，攒出一点人气后还会花钱送艺人上综艺，买宣传做唱片，我想将来可能还有机会演唱那种热播剧的片头片尾曲，然后给动画片配音。”苏桂枝了解得颇多，袁雪菁也讲道：“还有上卫视的春节晚会表演节目的，不过今年我们应该没机会了。再接下去就接拍广告了，我看最近有新人歌手代言一款国产新款 MP3，她也是挂靠我们这个皇冠公司的。”

洛芬激动得要干杯：“啊，那你俩决定签约了？难以想象，明年登台的就是我们桂枝和雪菁了，现在能不能把签名先给我们？”

“那当然签，就等下学期的高校音乐节了。”苏桂枝爽快，大概是忘了她本职是想做医生，且曲林也是个不好学的，一直支持她转行：“我觉得没什么的，如果唱歌这方面做得好肯定得全职，哪怕本科结束后自愿放弃连读的博士学位。”

瞿麦继续发表大男子主义言论：“也是，女生读博，白花花的青春喂狗，嫁人都费劲。”听了这话，在场学历最低的西施止不住脸上得意。

袁雪菁依旧迟疑："我还是要听听爸妈怎么说，征求下他们的意见，之前也和他们断断续续地提过。其实我也不清楚在这方面我能走多远，这次决赛评委多，所以大家都卖力唱，看前面上台的人我都以为自己要落选了，尤其被桂枝的那种控场感震慑到。"

"还有重要之人缺席的失落。"

见浦野挑事，安非便急了："胡说，我怎么可能错过，我最后上去送花了，不信问曲林，曲林人呢？"

"换校长啦，换校长啦。"曲林闯进门来，带来一打新鲜报纸，以及一泡沫盒刚出炉、比报纸更新鲜的烤串，显然大伙儿对烤串的兴趣远大于他的新闻——在合并火热进行的时刻，似乎发生了什么戏剧性的转折。曲林先把装满肉类的泡沫盒给苏桂枝，被洛芬抄手截了去，浦野又主动帮洛芬拆了包装，说道："丁校长聘期没满呢吧？"

"说领导班子临时换届了，我们学校官网只讲了新的人事变动，但是你看《汉京晚报》的消息——原江东省医科大学校长兼党委书记丁盛因身体原因退任。"曲林说着主动递了串年糕给浦野，浦野把年糕串原封不动插回盒，重新抽了一串肉，"对，现在是陈副校长代理正校长兼书记的职位。"

"是流行病学系的陈校，明面上就和丁盛不太对付的那个？"

"对，但兴许将来要空降一个外来户。"安非抽了串羊肉，眼角提溜下，又迅速上供给袁雪菁，边说道："反正谁当和我们无关，好好学习挣个好医院就行。"

"这下合并要悬了，新官上任三把火，肯定推翻原计划，起码是要搞攻坚战了。"曲林说着起身把肉串的泡沫盒摆到饭桌上，用保温盖压住，再拖凳子坐回来。

瞿麦如厕归来，循着串香味把泡沫盒从饭桌上取来："怎么说，详细条目都出来了，最多是多争取点好处嘛，我看并是并定了。"瞿麦一直说家里看重这个汉京大学的名头。

安非顺手吃起第二根肉串，讲学期末李雷老师开展解剖素描比赛的事："开班团例会时，尤通知私下询问能否参与这个医学绘画比赛，明显对雷子老师有意思，那我当然愿意促成一段喜事。结果怎么着，我发现这李雷铁定也是认为学校应该独立的那边！”

“尤通知那次在宿舍门口护着我，肯定是。”洛芬也附和，“获奖作品展示，我就看到有尤通知的一幅画，是画的人体肌肉组织层面的一整具人体，但是脸上填补了皮肤，简直和雷子老师的脸一个模子！”大一时就传言尤通知是学的艺术，大家终于知道尤通知是哪种艺术生了。

“尤通知没这个功底，解剖绘画的专业上肯定是雷子老师给她把关的，而且李雷还负责作品的评奖，我才说他俩有点那味儿。”

“好像你是秘书一样，是不是在实验室听凤姐讲的？”浦野问道。

“怎么了？”

浦野眼珠子溜溜转起来，“你们实验室和陈副校的这个流调所，和里面的老师学生们熟吗？帮我问问他们还缺本科生干活吗。”

“嚯哟，你别想了，他们每年硕博名额都爆满。去年凤姐这届实验班要本科生进实验室，一个个的也都是想去他那儿，屁，连陈校办公室都没跨得进，一个不收。因为成果没法分，人家都大文章，没法拆。”

浦野阴笑：“那我更想去了。”

瞿麦满嘴里嚼着说不清，手中两三串并排，竹签过，羊肉留：“哦哟，受不了你们俩，又谈这些别人不感兴趣的。真不懂每周满课哪来这么多时间，做医生又不是做科学家，光学习又不锻炼，这一会净吃肉串盒子都空了。一个浦野狂吃不长肉的，脱了衣服是肋排豆芽菜，穿上是西施家的生挂面；一个安非只知道在宿舍放屁，该送去给膨化食品注气；看曲林这能量摄入的转化率，这半筋半膘的五花肉，让我想到我老家的村干部。”

“开学桂枝都说了，曲林你要少吃，多动。”安非说。

曲林听得忍无可忍，砸拳在泡沫盒盖上，按住这几只贪吃的爪，连续扔出几个屏蔽词，甚至动用了日语。一片洋溢着孜然味的男女混战，沙发枕头的捶打玩闹中，一个老太太进了门。

袁雪菁愣了，唤了声阿婆。紧接着是一对中年男女，男的稍显油腻，女的衣着气质更年轻些。

“爸，妈，怎么提前回来了？”

“就想给你个惊喜，20 岁大生日不得提前准备嘛，顺便带你外婆来看你。”袁母说道。

袁父自言自语：“看来这个惊喜是给我们的。早说嘛，我们晚一天回来没事的。”

见大伙儿开始收拾客厅，袁雪菁意欲摆脸色：“那你们自己怎么不早说提前回？”

袁母拽着袁父改口：“我们今晚睡旅馆，放心，就回来收拾下衣服。你们在客厅继续玩，不用管我们。”

四人团假意客气两句：“叔叔阿姨，没事，我们待会儿该回家了。”

“回什么家，回老家晚上也没大巴。”袁雪菁越发语厉，袁母也知她心思，“大晚上回家不安全，等吃了菁菁的生日宴再走，菁菁要招待好同学。”

袁雪菁的外婆眯了两眼，径直钻进小房间。

“老太太这是生气了？”洛芬问道。

袁雪菁嘟囔着：“不可能，想我还来不及。只是可惜，还想狂欢个三天三夜的。”

不一会儿，老太戴着老花镜从房间出来，站在客厅中央仔细端详这些男孩们。

“阿婆，您在干吗？”老太没说话，点点头回去了。几个人立即凑到房门上偷听里面。

“坐沙发那个小伙，结实、身体好，手膀上的肌肉一块一块的。”

“妈，那个显老，您戴眼镜了嘛，看得清吗？明明是旁边瘦高的白白的好些，像个文人的气质。”

“我看得多细，中间有个小胖子个头不太行，还有一个小伙看见我们进来，一下就站起来了，我再戴眼镜出来看，他就坐到最边上去了，离我太远，脸有点糊。我越瞄他他就越躲，鬼鬼祟祟不像好人，看他旁边坐的姑娘也不是个正经人，穿个睡衣，哪有穿着睡衣到别人家里的？”

“妈，穿睡衣的那是菁菁。”

“哎哟，我戴眼镜也不行了，后天菁菁生日宴请客，得喊他们坐一桌我再看！”

待袁家三人离开，四人团开啤酒、泡咖啡，准备继续狂欢，西施和苏桂枝再度举起枕头迎接大战，可主力女将洛芬已经被困意袭击，颓在沙发上。

浦野便使坏讲：“我有一个激怒洛芬的方法。”

洛芬不睬，正要闭眼，浦野凭记忆写下了一段纸条，指挥瞿麦洪声大念：“洛芬，我们就此结束吧！”

众人才意识到是刘羞羞的分手信，洛芬一个弹蹦抄起枕头便追打起瞿麦和浦野；曲林掏出一张医学院恐怖片的影音光碟，准备吓唬大伙儿；西施则去厨房下牛肉面做夜宵；袁雪菁和苏桂枝互称姐妹重归于好，讲起与安非之间假冒桂枝名义的浪漫故事。

安非想，如果高中似的大学生活有配得上“青春”二字的地方，不外乎那一晚的幸福。

正式的生日宴设在酒店大堂，吃完午饭，袁雪菁依然热情邀请众人，晚上再去家里吃爸妈烧的菜。

瞿麦、洛芬不约而同说好。

浦野说：“人家带女婿，你们凑什么热闹。”

可安非也不打算留。

“不行，你得在这儿，怕也不能尿，迟早有那天，赖个啥。”瞿麦凶起来。

“不能的，我没带礼物，空手上门，而且又不是专门拜访，成何体统嘛。”

“留这儿吧，你走不了的。”浦野暗里整安非，“我故意没给你买票，虽然春运没到顶峰，这个点你买不到今天的票了。”浦野这整天的阴笑，安非心里有了数。

袁雪菁倒是高兴：“其实也没事，我爸说想跟你聊聊呢，洛芬你也留下吧，好缓解下局面，晚上睡这明天再走。”

转眼回了袁家，洛芬本是配角，却在沙发四仰八叉吃零食，安非则正襟危坐，脊背笔直如目光，直视着前方电视机，不时收敛其余光。见袁母在厨房忙碌，安非问能否帮忙，本想客套几句，不料袁父听了竟直说：“那你要不切点菜？现在的孩子都不太会做家务，厨房里的事就更不会了，雪菁啊，你多和你这男同学学学。”

除了在校使了几回剖兔鼠的小手术刀，安非这辈子还从没对食材做过这类拦腰截成几段的操作，海口既夸下只能硬头皮——因为怕剁到手指，安非把左手别到身后，光个右手劈菜，引来洛芬围观并接手。袁父又拿了瓶酒，讲道：“菁菁和洛芬喝啤的，你呢，和叔叔弄一小杯？”

安非怕酒后言多：“不了吧叔叔，明天还要回家呢，酒驾不好。”

“酒驾？你怎么回家，自己开车吗？”

“我坐大巴。”安非说。袁父便也不睬，给倒了小半杯。

“孩子你是哪里人？”刚碰完杯，袁雪菁外婆率先开始盘问家底，袁母拱拱她让先别问：“听洛芬说，你是他们的班长，你成绩应该是最好的吧，做医生就是得用功。菁菁爸爸也是医生，在社区小医院上班。”

“那叔叔您是哪个科的医生？”

“他什么病都会看。”袁雪菁一旁插嘴。

袁父急了：“哎呀，你不学医又不懂，什么都会就是什么都不会，现在就是要到三甲做专科医生。看人家洛芬，都是女生，洛芬想做外科，这就有志向，你就整天搞唱歌。小伙子，你将来想干哪个科？”

安非想想讲：“我可能也是外科吧，具体的分科要到研究生阶段，目前没想好。”

“哦，那将来能留到汉京的教学医院工作吗？还是想回老家上班？要早做打算啊。”袁父直奔重点。

袁母打断他：“哦哟，你怎么和我妈一样，问这些干吗？安非，你多吃菜，菁菁多夹菜给人家。”

“菁菁妈，你还让不让我说话，不谈前途谈什么，现在他们这个年龄就是该学习，谈恋爱那都是顺带的事，要先把饭碗端好端正。”袁父仪态板正，洛芬盯着安非几乎要憋不住笑，安非紧跟上拍马屁：“嗯，叔叔说的对。”

袁父依旧揪住安非讲：“就像我跟菁菁讲的，找结婚对象，帅不帅、有没有才华的，这都不重要，年轻时候穷点儿没关系，志向远大，做大医生、做专家才是正路，我遇到的汉京这些老医生不少都年薪百万的。青年人，一定要奋发向上，将来不能偏安老家、格局小，这是叔叔给你的建议，明白吗？”安非频频点头，不敢造次。

酒过三巡，袁母和外婆两人有意无意地与安非来回闲聊，把底儿摸得差不多。洛芬发现她俩在桌下藏了张A4纸，凑过去瞧，纸上条条行行都是问题：喜欢什么，擅长什么，怎么认识的，认识多久了，发展到什么阶段，家里做什么的，父母情况，爷爷奶奶情况。每问清一条便会打上勾，直到安非酒劲儿奔头已经答不明白，袁母便怪罪袁父把小伙灌得太醉。而袁父那里竟也有张医院里的病历纸，其上“现在史”“既往史”“冶游史”“家族史”，按传统问诊病史来一通也和袁母的结果大差不差了。

“菁菁，跟妈妈讲讲你唱歌的事，我看决赛的扮相真的漂亮，比妈妈年轻时还有气质。皇冠那边怎么说了？”

“就等公司那边给出一个签约方案，最迟下学期开学发给我。公司就在市区中心一幢写字楼，包了五层，最上面两层是留给拍摄、培训的场地，我正常每周末去那里。”

“所以这学期周末就不怎么回家了对吧，爸爸妈妈想你啊，但你从小就喜欢这个，可以理解。觉得有进步吗？有没有学到技巧什么的？”袁母说话和气，不似袁父。

“在公司培训遇到的那些人，工作室那些艺术生，怎么说呢，和文化生感觉不太一样。”

袁父起来走动一番，中间脑子清醒了一段，说：“应当以学业为重，争取大三去美国哥大做交换生，唱歌就当是培养兴趣，不要本末倒置。”

“你们从来不尊重我的决定，哪怕我过20岁生日……”

“你也没决定啊，你自己也是犹豫，没说一定要签约，”袁母说道，“我们等皇冠公司的合同条件出来再讨论吧。”

“叔叔阿姨也是好心，主要怕你被带坏了。”安非想讨好丈人丈母，难得和成年人的看法保持一致。男友竟不和自己统一立场，袁雪菁满眼怨气瞪了安非。

“反正周末不肯回来，以后你就住那个公司得了。”袁父更泼了滚油，袁雪菁摔了筷子又摔了房门。

晚间洛芬从袁雪菁闺房出来如厕，睡在沙发里的安非酒醒些许。

“洛芬过来，有话问你。雪菁她爸是不是那种保守型的家长？我看饭桌上他对我倒没太多兴趣，对雪菁想唱歌一直耿耿于怀，你不是从小就和雪菁处得好吗？你给我讲讲。”

洛芬挥掌示意安非把沙发靠垫摆好，营造好舒适的软座，才肯开始讲评书：“岂止是保守，那是相当严厉。严加管教、挑剔苛刻，被逼着上各种补习班，在班上掉出前三名她爸就摆脸子。买了钢琴不喜欢学，气得她爸大发雷霆恨不得砸人，当时把我都吓跑了。幼儿园小学是不许男生来家里，越长大是越不能接触男生了，雪菁行事由此具有一种被压抑的刻板，小时候她会盲目地服从，导致时常缺乏安全感。她不像我说什么就做什么，她想做什么事总需要有人去支持她那么一下，哪怕这事明显没有可纠结和摇摆的。就拿高中分班那事来说吧，其实雪菁理科比我好，那时候害怕分到理科实验班，数理化考不过男生，成绩排名要往下掉会被家里说，就主动要选文科……”

“你说得忒骇人，我将来都不敢来她家了。”

“所以现在就是反弹性的叛逆，学会违逆她爸爸的想法了，我是独立早，她这是青春期延迟，迟得快跟更年期无缝衔接了。但是她妈溺爱她，又让她养成了骄横的公主病，有次我跟雪菁约会，我觉得要迟到赶不上了，结果她不一会儿给我打十来个电话，你知道多恐怖吗？”

“当然，我深有体会。”安非会心微笑。

洛芬反问安非：“你说雪菁真的那么爱唱歌，爱到要放弃将来的正经职业？”

“难道不是吗？我看她是真的非要做成歌手不可。”安非说。

洛芬详解袁雪菁的动机：“喜欢唱歌是真喜欢，但不排除里面有反抗她父母的成分。”

“不会的，她没你说的那么幼稚。”安非不赞同，洛芬直言他不懂女生心思。

直至第二天安非和洛芬离开，袁雪菁没再出房门。一整个寒假，袁雪菁和爹妈据理力争，依旧不愿放弃去皇冠培训。

第十八章　局部解剖课

从进大学门，七年制的医学生们便一直期待着大二下学期的局部解剖课——传说中最重口味的课程。

对应上学期的系统解剖课重理论，下学期的局部解剖课，全程为操作实践：每个章节部分，或者说是身体的每个部分，分别由一位老师任课，指导学生亲身动手，即学期末完整地解剖完一具大体老师。“大体老师”是医学生们对遗体捐赠者的尊称，又称无语良师：生前志愿捐赠遗体的人，一旦不幸过世，遗体要在 8 小时内急速冷冻到零下 30℃保存，在教学使用时再复温到 4℃，从而保证遗体的新鲜程度，使人体尽可能保持最接近真实的状态，供学生们进行模拟解剖训练。

每次课前，同学们会集体哀悼摆放于手术床上白布之下的大体老师，低头沉默时长一分钟，对无私奉献的捐赠者表达尊重。而大体老师之短缺由来已久，毕竟敢于为医学研究事业献身，甘受“千刀万剐”的人仅仅是少数，在大多数人看来，遗体不可亵渎，叶落归根，火化的骨灰也得受后人供奉，捐赠遗体是比“燃烧”自己更伟大也更难决定的事。

在汉大，五到六人分一具大体老师，已算人少尸多，医大的七年制和留学生十人以上才共用一具，医大的五年制则干脆没有操作机会。

李雷也是局部解剖课的指导老师，给大家介绍大体老师的来源：过去的大体老师多是医院病死后无人认领的尸体，或死后家属签字，其他如死刑犯、流浪汉，从他方购买也有，但涉嫌违背伦理，逐渐减少。其中自愿捐赠的最少，即生前由本人签捐献协议，去世后遗体接收站派车去医院或家中接，但这样的比例在增长。“希望你们之中也有人能踊跃捐赠，不管是临床移植的器官捐献还是用于教学的遗体捐献，我自己是在进校工作时下的决定。”听李雷说自己签过了捐献协议，班上飘出不少惊叹声。

“不要惊讶，就比方你们今天有一组人的大体，就是解剖系的老教授，是你们开学典礼上那位省人民老院长的导师，我上学时他去世捐赠的，所以我看到他有种别样的熟悉，你们学到的越多，越不会辜负他老人家的心意。”

下课，几个李雷老师的迷妹围在他身边在咨询，他说：“当然我是觉得这种事你们现在考虑还早，也要遵从家长的看法。”

“我是绝对不会捐的，我挺怕死的。”曲林被福尔马林的气味催吐，刚缓过来就着急发表看法。

“我觉得正常学生的爹妈肯定都不同意，在家里提这种晦气话会挨打吧。”瞿麦也附和。

洛芬嘲笑他们胆小，浦野的态度是等有机会了解相关情况后，会考虑这事。再问安非，大概与李雷意见一致：“这不是我们这年龄该考虑的事。”

局部解剖课后的午餐和炸鸡更配，是肉食主义者的附加鉴赏课。即便鼻腔里存有福尔马林的残留刺激，瞿麦在食堂仍还喜欢把鸡骨架拆开，把五花肉的纹理分出来，美其名曰：温故知新。但安非和浦野才是四人团里最用功的——每个班只有两具大体老师，最少也得十人一组，每次课手术床旁的空间位置有限，而安非、浦野从不放过动手机会，直到手臂手腕酸痛才肯换别人操作。

人体之震撼无以言表，正如李雷所说：“等真正进入临床，你们的每一个手术动作都会带有目的，不会像现在这样只是为了探究人体结构，以及纯粹培养一份用刀的感觉。所以请把握好机会，五年制的同学只能用你们剖完后的离体器官进行学习。”

首先是习得持刀方法：执弓式、执笔式，以及反挑式，进而医学生们了解到，真正人体的层次，并不是教科书上医学绘图那样清晰分明，为了解剖出书上轻描淡写的几笔血管和神经，需要众人轮流分离错综厚实的筋膜、脂肪，平均每堂课能用钝半盒手术刀片。再瘦的老太太，脂肪层都会剥到术者腿软，下课直不起身。

周末的慈志楼，虽然没有正式课程，但开放给有意向的学生加课：一来每次课时里的任务不一定能按时完成，再者一些对外科兴趣浓厚或是操作机会少的同学会主动申请来解剖。

袁雪菁曾表示对解剖大体感兴趣，安非突发奇想要她来周末陪着加课，但袁雪菁周末按例是要前往皇冠培训的——最主要是害怕见到遗体。安非以人多、阳气足为由，终归把袁雪菁劝来，而袁雪菁也带来个惊喜——苏桂枝。

“苏桂枝，你干吗来的？你们汉大没局解课吗？要来蹭我们的大体，我替医大收你学费啊。”对安非的玩笑，苏桂枝也假模假样地讲：“你把好姐妹雪菁喊来陪你加课，那谁陪我到皇冠培训呐。我来是给曲林完成作业的，那小子说受不得甲醛味，能不来就不来，我得替他多做点。”

在慈志楼旁河边，安非指着晴天晒在草地上的黄布问袁雪菁道：“猜猜看那是干吗用的？”

“最近你们学校是有节目排演吗？像舞美用的背景。”袁雪菁句句话不离本行。

“是裹尸布，搬运和存放遗体都是用它。”苏桂枝作为汉大医的本博生，这世面还是见过的。袁雪菁听完，大晴天愣是背上阴凉。

安非挂在慈志楼教室的白大褂只有一件，赶紧去食堂拿了大妈的白褂子冒充：“放宽心，周末老师们查得松，你看厨房的厨袍和白大褂外观差不多，只有皮筋收袖口这一个区别而已，厨师帽就免了，穿上只是以防万一嘛。”

周末惯常加练的浦野也安慰道：“上次问李雷老师也说，外校非医学生参观没必要拘谨，不拍照、不嬉笑、遵守上课规章就可以，不需要上纲上线。”

照例先默哀，而后开尸袋拉链，戴手套准备器械，袁雪菁第一次见到被甲醛浸泡数年后皱巴巴的遗体面容，视觉、嗅觉、触觉的共同刺激下，不出所料地出现生理不适，但又被安非拖拽回来。到在场的两具大体间来回参观一圈，袁雪菁已经胆量大些了，问题也生出很多，除了苏桂枝，旁边浦野被问得尤其不耐烦。

“浦野和苏桂枝那边是老太，牙床松软，牙齿不全，乳腺萎缩；我们这边这具就比较老了，中年男人。”安非边操作边讲解，复述解剖细节也是复习加深记忆的方式，“不要误会，我是说制作成大体的年代相比更老，不是指年龄。”

“那为什么人死去之后的那个东西是硬的呢？”袁雪菁小心翼翼地拿手套指尖触碰男性大体的阴茎说道。

“因为大体被福尔马林灌注固定后，组织发生硬化。话说人死后一段时间阴茎也会膨胀勃起，由于血液向下积聚，括约肌松弛，在古代这个现象老吓人了呢，法医班的同学是这么说。”

直到安非说不动，后来整间解剖教室便安静了，除了学生们偶尔更换姿势、挪动脚步的摩擦声，就是刀刃接触组织于表皮和脂肪间游离的细微沙沙响。袁雪菁显然兴趣已尽，催促安非收工走人，安非嘴上倒是“快了快了”，手上不肯停，非得完整解剖出从肘到腕部的神经走行，才算完成。

几个钟头一晃而过，待安非脱手套起身，甩掉积聚的手汗，发觉袁雪菁半途早提前走了，打开手机看信息里满是埋怨：“我这是第一次也是最后一次上你的解剖课，恶心得我要吐了，口罩也闷得厉害。非得逼我来，那我来干吗呢，没头没尾的讲解，听你自言自语絮絮叨叨，其他人都是各做各的，不如我去皇冠练两支舞。”

安非在慈志楼里走了一圈没找着，想出去找，看看躺在空解剖教室仍没收拾的大体，不放心又折回来。路过最里间的理论课大教室，安非见桌台上有一块鼓起的人形裹尸黄布，嘴里念叨：“明明是上系解的理论课教室，不可能存放大体在这儿，那黄布下另有他物？”安非顾及的不止于此，窗户被人打开着，窗外树丛忽有活物迅速闪过，传来簌簌的枝叶响动，兴许是走小石子路的学生，或是校园野猫？安非越靠近越不敢向前，只远远地喊袁雪菁的名字。作为坚定的无神论者，安非预感不祥，直直地往门口退，不忘余光回看身后。

“呔！”桂枝在门口拿块黄巾盖住安非的脑袋，同时袁雪菁也从窗外探头进来呼喊，把安非吓得不轻，一声下意识的号叫来回传荡在空旷走廊。

“你们搞什么？”安非倚在墙角，抚着胸口说道，显然这下被刺激到缓不过来，拉开桌台的裹尸布，其实是把原来在讲台的直立骨骼标本，挪放到桌上了。

“原来提前跑就是准备这种破事吗？这洗手的黄毛巾我以为裹尸布呢！这桌上的标本架子我当是雪菁躺下面，我一看不对，呼吸起伏都没有，没一点活人迹象。”安非骂道，用那块毛巾狠狠抽甩苏桂枝几下，押着她回原来加课的解剖室。

“浦野没在？浦野也是自私，做完自己的部分人就跑了，叫我一个人怎么抬尸放推床，不好意思，只能让你个女生帮忙了。”桂枝委屈巴巴地瞥了安非一眼。

久久等不到袁雪菁，原来她是被尤通知发现，逮在了门口，尤通知见安非过来便骂：“刚才那声你喊的？谁惯你随便带人的毛病，没有一点儿纪律！

“偷带外校人进来，以为我看不出来？这女生袖子这么长，哪是白大褂，两只手缩在里边唱戏吗？如果是来加课做解剖，头发都没扎起来。”

“可是解剖任课老师李雷同意过的。”

“他同意你们在遗体旁嬉戏打闹了？”尤通知打断安非的辩解。

“我们已经结束了，是在理论课大教室里。”

“还狡辩！为什么大体摆放在手术床没收进去，你们就跑出来撒野？幸好我今天值班，不然你们无法无天了。”

苏桂枝也没法辩白。

尤通知拖着三人去搬大体，四人合力才勉强搬动，尤通知手上费着力仍不停口：“大体老师是给人猎奇参观的吗？作为班长没起带头作用，不尊重遗体，不遵守学校规章和医学伦理。哎哟真沉，下次要留足人手才搬得动，算了，以后由浦野做临时课代表，负责上课纪律，加课也让他来找我们沟通。”安非的周末开小灶就此被“夺权”。

尤通知先走一步，收拾完安非几人也出慈志楼，偶遇李雷从二楼下来，问他们道：“大体搬进去了？”

安非一行诧异：“老师您在的啊，找您半天没找到，尤老师帮忙搬的。”

“那还挺好，她今天来找我谈论事情。”

“啊，她说是来值班，我也觉得不对，辅导员怎么可能跑解剖楼值班，肯定是来找您！”

李雷习惯性地红了脸。

作为被强行拉去看解剖加课却搞成乌龙闹剧的回礼，袁雪菁逼安非去看她和苏桂枝的排演，也让他体会无趣的感受。

皇冠文化娱乐的招牌挂在汉京CBD一幢高级写字楼，是那种猛然仰望顶楼会损伤脊柱的高度，安非和曲林到达电梯口时，只有一个小伙儿等在那里：“请问，你们是找袁雪菁的吗？她让我等在这儿带你们，不然过前台不给进。”

“你们都在一起排练吗？”电梯里安非问他。

小伙长得着实清秀，回他：“我是江东音乐学院的，流行音乐专业，也是被公司叫来培训的，我和袁学姐要在大学生音乐节合演一个节目。”

“学姐？你是大一的？我很好奇，你们是整天都在练唱歌吗？按实力的话，是不是随便拉一个出来，都是别的高校里唱歌顶尖水准的？”

“这个真是误解，有创作、制作、理论，还有音乐史好多课程，我们大部分同学毕业都不是做歌手，各行各业都有，这种培养歌手艺人不是光声音有天赋就怎么样！”

“因为你长得帅！”曲林羡慕他清瘦的身材，“哎，我小时候也是这么水灵的，小学时每有新来的老师都以为我是女生。”

安非便嘲讽曲林道：“我懂，那种天蓬变猪前的模样。”

他们进皇冠培训的那层，学员们在中场休息，安非和曲林在泡沫地垫边找张长凳坐着，背靠的一面墙上挂满了相框，安非猜测是签约在皇冠旗下的当红演员歌手。对面的整面墙是镜子，袁雪菁和苏桂枝正压腿拉柔韧，苏桂枝从镜子里看见他俩，连续两个后翻到跟前成一字马。

“这身手你该演《霹雳娇娃》，果然紧身的弹力袜就是显身材。”安非不遗余力夸赞苏桂枝，苏桂枝却叫他闭嘴，示意他多关心台垫边喝水的袁雪菁。一位教舞台表演的老师对袁雪菁以及刚才那位小伙讲解着，安非脱了鞋，悄悄凑过去，这女老师戏笑袁雪菁道：“过个年，你有点发胖了嘛。”

“是桂枝瘦得太快。”袁雪菁要个小机灵，老师却不领情，“苏桂枝瘦那是预料得到的，比你后进来，但明显积极多了，每周末都来，所以进步快。”

以安非的了解，袁雪菁是很敏感的人，表扬苏桂枝定会引起她不适，说不清老师是随口无意，还是想良性刺激她。

安非能理解袁雪菁的难处，她始终态度上有些畏缩，说到底是选择问题，认为学习为重，牵挂着大三去美国交换需要的学分绩点，不管练歌还是学习舞台演出技巧时总焦虑自己的时间。可一旦真正上了台袁雪菁就像变了人一样，完全投入角色，这是她的特点。而课业更繁重的医学生苏桂枝倒是对培训更倾入心血，同样对学医不感冒的曲林一如既往地支持她，然而苏桂枝自有阻拦她的障碍——按这老师的评点：“相比你自拍的那些小视频，舞台表现你还是有点怯场，虽然你没有迟疑和停顿，但有的动作不自然、不流畅。所以距离我们满意的标准还很远，需要时间沉淀。”

苏桂枝倚仗自己攒了些人气，决赛翻了袁雪菁的盘，说话也不是第一次找上皇冠时的客气劲儿：“我觉得我决赛表现已经很好了啊，您不也看过录像吗？”

“在舞台上你的眼睛到处乱拐，看观众、看评委，这就不自信，还老喜欢盯摄像机镜头，你得习惯这已经不是你的笔记本摄像头了。”老师说。

苏桂枝拿食指揉揉鼻子：“嗯，我也知道，我可能就是，怎么说呢，对着别人的镜头似乎很难表现很多东西，感觉不自然、陌生，因为我知道只有一遍过，没有第二遍补录的机会了，心里多少有点紧张。”被戳中痛点，苏桂枝便不嘴硬了。

“所以你的动作做得很快，就像完成任务一样，和台下互动也是应付差事，就想快点结束回后台，我说的没错吧。其实这是大多数人都有的状况，别害怕怯场，别管哪些人在关注你，自然表现就可以。你看评委或者摄像机不能左右他们怎么看待你，你要进入角色，你是主角你掌控着他们，你就像屋顶转动的灯球，发光发热的是你，所有人都该围着你转，甚至在不越界的情况下你要积极地自由发挥，这样台下观众看到的你就是自信满满的。动作细节我们可以慢慢纠正，心态和理念就要由自己调整。”

临训练，表演老师又补充一句：“还有一个你的不好我得说下，你老拿手指搓鼻子下面干吗，不论任何时候做这动作都很掉价的。”安非也发现苏桂枝的习惯性动作，拿手指擦拭鼻唇沟那里，对此苏桂枝解释说：“小时候鼻炎厉害，鼻涕流得快，所以习惯擦拭那里。”

刚练形体没多久，苏桂枝一屁股坐在地垫上不动弹了，曲林以为她被说几句倔脾气上来，见袁雪菁扶她到场边，两人才意识到不对劲。表演指导老师捧杯糖水过来，抚着苏桂枝的背说道：“下次多吃点，不然低血糖，不行提前吃点巧克力和糖块。你俩要积极性平均一下，就都好了。”

“要不我和上面说说，你课排太紧，练太猛了？”袁雪菁对苏桂枝讲着，眼睛却瞟着老师，老师不回应。等苏桂枝缓过劲，中午四人提前结束培训。皇冠的位置靠近医大位于市中心的老校区，安非提议顺路去逛逛老医大，到老校区的食堂吃饭，三人欣然同意。

老医大气质古朴，庭院中央是民国时期栽种下的银杏树，靠墙边是爬山虎和紫藤萝，去食堂的小路上，围着走道布满绿植，据称这里是这两年最火的那个青春电影的取景地。苏桂枝也说，这不逊色于汉大老校区的景致。而在食堂，安非碰到了预想不到的老熟人。

安非问曲林：“你还记得大一开学第一课，怒斥学生做药代的那个省人民的退休老院长吗？你瞧那个捞阳春面的老头是不是？”

曲林找手机里存的图片对比了下说：“确实是，但他不是退休了吗，还到医大上课？”

“这种级别的专家能放他回家养老吗？退休也是有门诊的，说不定还上台开刀呢，这附近就是省人民医院，他来吃饭也不稀奇吧。”而安非好奇的是，老院长吃完饭并未返回医院的方向，而是走入老教学楼，一行人也跟着进去了。

四人见到老一辈使用几十年的阶梯教室，讲台到最后一排有夸张的高度落差，漆皮剥落，椅子咯吱作响，几人疯狂对着电影剧照找背景出处，再自拍一番。安非整栋楼绕走了一圈，听得二楼有间办公室传来争吵声，标牌写的是“江东省红十字会遗体捐献登记办”，应该是红十字会设在医大的登记接受站。老院长坐在办公桌前填申请表，旁边手舞足蹈滔滔不绝的中年男人是他儿子：“爸，不是说好了这事以后再说嘛。”

“这是你妈自己的意见，我是直系亲属，她本人和我签字就行，没你的事，你回家去吧。”

“医生说了，生存期还是可观的。”

“他是医生，我不是？我副院长做了近十年，我心里没个传染科小主任有数？这事讲过多少年了，都这时候了还不捐！”老院长嗓门高过了儿子，儿子也不出声了，使劲儿给登记处的办公人员使眼色。

“老院长，要不您回家再和儿子女儿们商量商量？”工作人员也劝。

“见了鬼了，自己的身体，自己还做不了主了！”老院长吼起来面红耳赤，填完信息把黑水笔一摔便出门。

“儿子也有他的道理，情感上不能接受，毕竟人现在还好好活着嘛。”安非说理解这儿子感受。曲林也讲，谁愿意自己的亲人，骨灰都没得供奉，被别人用来解剖练手。

“㞞包，我就知道你要说这个，你自己的局部解剖课就不好好上，上次周末最后不还是我去医大，把你那部分解剖实践补上了？”苏桂枝批评起曲林来，也洒脱地坦言，“我反正填过登记表了，通过汉大医的红十字社团提交的，但我和这个不一样，我填的器官捐献，就觉得身体好还是该做实事，我如果老了也填个捐遗体的，就捐给学校。”

安非、袁雪菁二人目瞪口呆，曲林似乎早已知情：“不就是捐器官吗？找机会我也去登记了就是，遗体不要想的，谁也不能在我身上动刀。”气得苏桂枝直嫌他丢面子。

有了这次的经历，从此安非和袁雪菁的约会时间定在每周末的皇冠培训结束：公平而默契，这样两人路程上所花时间差不多，再无须为谁去谁那里起纠纷。

新校长上台后，医大与汉大并校的风波暂时缓和。

实验室沙主任那边催得不紧了，安非认为并校是完全泡汤了，因此可能重分实验班的说法又风行起来。秦巧凤说，掏挖几个学院这等事不会再发生了，但双方的杠杆谈判依旧会进行。

秦巧凤问安非："如果把吞吃医大快速崛起的模式堵死了，你觉得汉大医还有什么办法可以发展呢？"

"只把我们七年制并过去也行。"

"你总想得美呢。"秦巧凤笑安非幼稚，"当然是靠自己砸钱拉拢资源，扩张规模。一旦汉大医扩招，学生人数变多，那会怎样，你再想。"安非答需要更多的老师。"其次呢？你没说到主要的、与你相关的方面。你这么渴望分进实验班是为了什么？"秦巧凤提示安非。

"为了教学资源啊，哪哪儿都好。在校时间一共三年，已经过去大半还没分实验班就不谈了，看你们这上届实验班，也就是多了个本科生做科研的权利，还不一定能出科研成果。所以说来说去，优势还在后头——进最好的教学医院，那里带教老师水平更高，接触到的博导更多，因此将来发大文章、转博、出国的机会都更多。我一早摸得很清楚了。"安非答道。秦巧凤说："还有一些背景你没提到，就是我们医大这些教学医院的构成。"

"这我也知道点，我们七年制的医院应该说是省内排名最好的几家，五年制去的医院一般比我们连读生稍弱些，毕竟他们还得保研、考研，实习的医院不涉及未来的发展，所以最优资源供给我们。具体说嘛，我只知道省人民医院是实验班的定点医院，作为医大的第一附属医院，是省内龙头、全国前二十的巨无霸医院，大一开学来上第一堂政治课的老师，是那里的老院长。但是因为宿舍容纳人数限制，还有比如病理班、影像班等等的要在那实习，临床只得去一个班，所以无论如何我都得挤进去，虽说七年制分配的其他几家也挺拔尖的。”

“所以问题出在你没关注的那几家，其中有两家是汉大医旗下的，也就是双方共同的附属教学点。如果他们扩招了，研究生导师人数并不会无故增加，你们被分到那两家的班，势必会与汉大医学生竞争更加激烈。一般认为，本博连读的学生是比本硕更优秀，所以选导时你们丝毫没有胜算，不管那两家医院是汉大直属还是卫生系统直属。”

“那凭什么啊，让他们汉大自己再联系几家医院把学生分流不就行了？”

“会的。但是那样也不利，要找肯定是好的，那就又找到省人民医院了。问题来了，省人医一向是我们医大的自留地，从来不接收其他医学院的学生，或者说，我们医大绝不会同意自家直属的第一附院吃里扒外，把宝贵的资源分给汉大医，尤其在当下的敏感时期。所以汉大可能还会要求上面给统筹安排，短时间内不会善罢甘休。”

“太复杂了。真佩服你同时上课、看文献、做实验还能研究厚黑学。那你觉得该怎么办，除了期待一个虚幻的实验班，还有能咸鱼翻身的办法不？”安非感慨前路艰难。

“你别拐着弯嘲讽我，你不关心前途是自己吃哑巴亏。其实你回看过去，比我高几届的那些学长，他们都没有实验班的说法，就是整个班一起被分到一家医院，捆绑式的分配。”

“那多不公平啊。”

“你错了，那公平！像我们这样，用高考的成绩分个实验班出来，多少本来的实力派因为失去了压力，开始懒洋洋地躺着等保博混毕业？”

“也就是等大三结束，下医院之前，搞个什么比赛什么考试，然后凭成绩分医院？”安非再问。

“对，大一到大三的平时成绩，再综合大三最后一战的临床考核结果；也有说法是学生会主席所在的班级，会被内定安排去最好的省人民，但总归那个班成绩不能太差，不然说不过去。反正就是成绩，医学生成绩最重要！”

“那我也不能控制全班，逼他们周末都去图书馆学习吧，平时已经满课了，就因为你一个莫须有的说法，我又要去做恶人，得罪那几个自由主义的刺儿头，比方我宿舍就有俩不用功的。”

“你是不是班长，这点组织能力没有？得跟他们理清利弊嘛，只要是切身利益没人不关心的，你看并校要声援的时候，一个个怎么一呼百应的？说到你宿舍，上次我在流行病学系的实验室见过你那个舍友，好像是叫浦野吧，就大一要抢你辩论赛名额的。”

安非起疑心：“不对吧，他不能啊，陈副校的课题组都随便让本科生进吗？他什么都瞒着我。”

“看吧，你就知道咋呼，是不是傻乎乎在宿舍吹牛你要发文章，你进实验班的资本捞得足是吧，人家就闷头把正事办了！”秦巧凤继辩论赛之后，再“挑拨”他俩。

“所以在你看不见的角落，总有人在默默钻研，而你总以为自己是尽全力了。”秦巧凤看安非不吭声，停下手中的活说道。安非仿佛大脑宕机般发着愣，秦巧凤便执一根玻棒戳戳安非的橡胶手套，“我不是挑拨同学关系，他也没错。我是觉得，不能因为老沙不催了，我俩就自己松懈吧。因为我大四就搬去省人民医院实习，算上大三结束的暑假，我最多还有半年时间带你做实验，留给我俩的时间不多了，如果课题到时候还做不完，大三你就得独立了。”

安非一个激灵，当晚就召集全班开班会，讲了几种关于一年之后分医院的传言。这是安非唯一一次非尤通知命令下主动召开班会。

“对了，宣传委员浦野同学，这次班会的通讯稿你也不用写了，什么也不要记录。我们要的是行动！”安非发布号召，然而并没人响应他。反而有学生讥讽安非：“你自己有门路去弄辩论赛、去搞论文发，也不管理班级，现在发现终归要靠别人了？早别这么自私不就好了？”

洛芬接话：“我们也不是没听说过这类说法，但是别的班一点动静都没有，也不知道可不可靠。”

安非直指着她说：“哇，你怎么好意思，你仿佛是为你不好好背书复习找借口，别挣那点钱把自己前途葬送了！”

洛芬做出捏紧拳头的姿态表示要揍扁安非，安非接着讲：“我不包庇自己宿舍，还有瞿麦、曲林，自己不想学，不要拉低全班的平均分行不行？我以身作则，绩点一直排咱班前五，这还是算上我们班这些女学习狂魔，所以有资格说这话，男生这边我带头监督，女生交给学习委员陆英。”

个子矮矮的陆英声音也不大，发言道：“我们班成绩目前还是数一数二，不用过分担心的。”

安非定了心：“你早说嘛，大家继续保持，值得表扬。”

散了会，浦野跟几个死党暗笑：多亏陆英说句公道话，给他台阶下。

第十九章　黑色素瘤

安非与袁雪菁好说歹说，借得一整个周末做实验，偷一次懒不去看培训，没想到袁雪菁竟通知他和曲林：苏桂枝在排演时晕倒，吓得表演老师喊救护车送最近的省人民医院去了。

安非和曲林赶忙打出租到医院急诊部，一到便对袁雪菁讲："我猜和上次一样，要减肥估计吃得少，低血糖了。"

"不太像，我们当时没做什么体能训练。"袁雪菁说道，手上拎着苏桂枝的包和一堆发票单子。

"她人呢，我看看。"

"在诊室外坐着，刚抽了血，头脑比在皇冠那时候清醒多了，就是人有点虚，站一会儿就得坐下来。"袁雪菁焦虑地看手表道，"一会儿没什么事，我还得回皇冠，曲林带苏桂枝回汉大，你要回去还是陪我？"

"等我去问问情况。"安非回道。

片刻后，安非拿着化验单回来说道："血常规、生化指标基本正常。"

曲林已经搀扶着苏桂枝回普内科急诊室，当天值诊医生龙飞凤舞地在给苏桂枝写病历本："既然是本校学生我就不啰唆太多了。就是稍微有点贫血，血压偏低，你自己也讲运动量大，月经周期还正常吧？也有可能是劳累引起的轻度感冒，春天是流感多发季节。不放心的话，明天早上有门诊，提前去挂个号吧，淋巴结可以看看头颈外科，贫血可以去血液科或者妇产科查查是原发还是继发性贫血。”

四人出医院，曲林给安非复述他进来之前的话：“医生做的体格检查说触到了颌下淋巴结，不是特别明显，我自己也没摸出来。虽然诊断学还没学，但肿大淋巴结总不是好事吧，这医生还讲感染、炎症包括转移性肿瘤都会造成类似的情况，所以建议门诊排查。”

“那我觉得问题不大，休息一周看看情况呗。”安非说着，但看曲林心思挺重，又有些迟疑，“要不我去和尤通知说下情况，给你请个一天假，明天你带桂枝再过来？”

曲林不说话，安非便陪袁雪菁散步回皇冠。安非正想把那事和袁雪菁解释解释：周末还是暂时多留在实验室学技术，向培训后的约会时间里多借点，哪怕工作日的下午去汉大找她。袁雪菁反倒率先提出：“我不想再回去培训了，我可以不回去吗？”

安非猜想还是个人时间的问题没法解决，袁雪菁几近崩溃倾诉道：“我要不放弃跟皇冠签约吧，我受不了了，我等不了签约的合同，我做不到同时兼顾着交流的机会，还要一次不落地去皇冠培训，可我哪边都不能放弃。我爸妈没给我一点安慰，他们说是我自己太冲动没想好。安非，我可以放弃吗？我实在想去死了。”

安非怕她真要得抑郁症，只能不断地拍背安抚她：“皇冠到底承认什么时候能拟出签约的合同？”

“一直拖，一直拖，从一开始那个星探找我时就说要签，后来说等汉大决赛情况，然后桂枝拿了冠军，说再等等，把我塞进捧别人的 MV 里，露几脸、唱几句看看市场反响。我也不好反驳什么，毕竟第一名被桂枝夺了。可现在又要出桂枝的单曲，然后等高校音乐节之后我俩再一起签！我就这么好糊弄吗！”

安非问：“既然答应录 MV 了，那就试试看，具体做到哪一步了？”

袁雪菁说：“拍摄还没个准备，先试唱了几次，说是没达到他们想要的效果，我怕再不行，估计他们想给别人唱。”

“不会的，他们要你这形象，不然怎么不像桂枝出个单曲就行。”

“安非你不懂，负责高校这块的女业务经理，就苏桂枝之前找过并且碰壁的那人，已经和我们聊过对各自的规划了。”安非细细地理解其中逻辑，想把这跨行的道道儿搞明白。

“他们给苏桂枝立的形象是对标坂井泉水、蔡依林这种，翻唱像《舞娘》《Super Star》啊，还有《爱情三十六计》《看我七十二变》，偏向节奏性强的快歌，对她的肢体舞蹈要求比较高；后来他们发现桂枝会一点作曲，你知道桂枝竟然有本事自己写歌了吗？皇冠就计划让她做那种独立创作型歌手，我怎么比得上她。”

“你就别管苏桂枝了，她反正是不想好好念医，就说他们对你是什么安排。”这会儿安非把袁雪菁哄太平了，还是不敢提实验室这茬。

“也是一样，没有签约的合同就没有具体的方案。目前还是以翻唱为主，高校音乐节给我选的歌是《美丽的神话》，不会考虑给我做新歌出专辑之类，等看这MV的情况。以后大致就两条路让我选，一条路就和那些十来岁的小年轻一样，出去全职做练习生，因为现在皇冠的能力还不能模仿这种模式，只能送到日韩去。”

“那不可能啊，你还得上学！”

“对，我知道。所以另一条路就是当网络歌手，靠翻唱、参加些线下活动挣钱，不温不火当个兼职了。”

“肯定也不行，那不就成了苏桂枝一开始的时候，网上或者酒吧唱唱玩玩票，倒退了啊。他们就是看不起你，真把你当成花瓶，哪有歌手一辈子翻唱的。”安非为袁雪菁受的委屈鸣不平，然而他并不打算亲自去为她争取什么，只是想慢慢劝袁雪菁放弃。

“如果是那样的合同，我都没法说服爸妈让自己签约。你要是会作词谱曲就好了，给我做一首歌，好歹曲林还能教苏桂枝日语发音呢。”

安非听出来袁雪菁醋意十足，便说：“你听听你自己说的都是什么。你状态不行，可以跟皇冠说想歇一段时间，稍微清醒一下。我认为现在最要紧的事就是把那MV拍好，其他尽力而为吧。别太焦虑，该有的都会有的。”

这当下，安非想讨周末时间的事只能暂时作罢，等时机再说。

晚间回宿舍，安非再次问起曲林明天陪苏桂枝检查的事，曲林说不用麻烦去请示尤通知，自己夜里去校医务室要病假条，出宿舍前嘴里含了口热水、胳肢窝夹着热水袋，临到医务室门口一扔一吐，老练得很，进去便测出体温高，装感冒发烧，麻利地填好假条就出来了。医务室老师似乎是曲林的老熟人，说明这事他干得多。

第二天即周一，到中午还没消息，安非不放心便打了个电话，曲林那边说：“因为贫血首先怀疑是霍奇金淋巴瘤，先去的血液科，现在血液科说体征、症状各方面都不太像，但开了检查，在等着做B超呢，门诊真是太忙了，都排到下午了。”到晚上曲林还是没动静，宿舍其他人问起他，安非也如实说出。其间曲林回来，不等浦野、瞿麦问，自己便讲起情况：“超声打的报告是性质不明，不排除淋巴结反应性增生，上面写纵横比、周围血流什么的我也不太懂，血液科转诊到头颈外科了。头颈外科说如果是有原发肿瘤的话，那鼻咽镜和喉镜没发现异常。”

“那就结束了？我也觉得没什么的，我咽喉发炎时也有耳后淋巴结大，不要自己吓自己。”

“没，头颈外科听说是自己学校的学生，就给安排住院了，明天去办住院好好查查。”

瞿麦一听却表现敏感：“啊呀，自己学校的还要坑钱，过分了啊。”但浦野的意见是最好查一查以防不测，安非让他住嘴：“真是受不了你，你这乌鸦嘴，曲林本来就胆小，你就想让他晚上失眠睡不着，二十出头能有啥毛病，高血压，冠心病，糖尿病？”

浦野又想说什么，欲言又止，让人回想起他在袁雪菁家对苏桂枝的“刺耳”提醒。

住院后的上午，曲林隐隐揪心，想让苏桂枝打给她父母，苏桂枝又嘲他几句："干吗要咒我，没什么事后天就办出院回去了，就查查放心嘛。就一两项肿瘤标志物高出标准值一点点，昨天门诊的医生也说嘛，这种指标的特异性不高，高得离谱才说明有问题。"一会儿，管床的男医生来查问病史，约莫三十不到，兴许刚入职，问完并没觉得有特殊之处，临结束时出于头颈外科专业上的敏感，他顺口问道："你鼻子痒吗？我看你总是搓鼻唇沟那里。"

"痒是有点，过去也有鼻炎，"苏桂枝答，"也可能是因为我之前冻过痣，这里有颗痣大概半年前液氮给去掉了，也挺大的，还是不适应这感觉。"

医生用手指揿了揿原来痣的部位说道："刚才问你没提到嘛。之前看诊的医生们没有问过你的既往病史，手术、外伤之类？"

"问了，我觉得局麻小手术嘛，就没提这事。"

医生听着继续做记录："在哪里做的？液氮的话那当时就没法做病理了。"

"就在汉京一家二级医院。我觉得冻痣跟她现在的症状之间没关系，手术顺利，做得挺好的，之后没什么不正常。"

"行，我去跟上面的主任讲讲。"

曲林仍去医生办公室问了问，医生讲道："做的头胸部增强 CT 结果未出，还有部分血报告也没出，也不着急，诊断现在说不准，明早查房主任再说。"

傍晚，头颈外科主任竟亲自过来，一下来了三四位医生，曲林着实一惊，主任内里穿的是洗手衣，外面披的白大褂，应该是刚手术下台。先前的年轻管床医生在一旁说道："这就是汉大医那小姑娘。"

"别紧张，给你做个体格检查。"说着，床边另一位三十多岁的女医生便过来触摸苏桂枝的头面部、前后颈部，之后对主任说："仔细看其实也能看出点痕迹的，颜色比周围深，跟周围皮肤组织质地相比，有点硬硬的。生化上 LDH（乳酸脱氢酶）高吗？"住院医生点点头，接着女医生喊主任出去，留下管床医生在病房。

"刚才是我们科请的皮肤科会诊，现在考虑是他们科方面的疾病，明天你们就转皮肤科病房去，我们来安排，你们不需要做任何事。"管床医生对苏桂枝和曲林说，之后便也走出病房。

曲林追出来拖住他："那到底考虑诊断的是什么，是那种吗？"

管床医生也很为难地说："你学医的多少懂点，病理诊断其实才是金标准，影像学上超声、CT都是从外面笼统地看，那现在还没有取活检，都不好说的。"

"老师你这都是哄病人的套话，我翻过书、查过百度，有没有可能是黑色素瘤？"

"也怀疑是，但概率上谁也没法保证。"曲林听了也不想再说多余的，这医生反倒不急着下班，拍拍曲林的肩膀说，"我觉得她那里别说什么，毕竟没确诊，你自己心里作好不好的准备就行。你和她一样大，今年也大二？"

曲林眼神呆滞。

"如果确诊是的话，太难为你了，都太年轻了。早点喊她家属来吧，你又不是直系亲属，要有什么手术签字同意书，你都不能签的。"这医生走出去老远又折回来，"千万不能想不开啊，你就把我当成你们的老学长，心里有什么话就跟我讲。"手指了指自己的手机，"电话留给你，有事打给我。"

然而曲林第一时间拨通了浦野的电话。

"这下好了，皮肤科，非手术科室，一般都没大问题，估计就是冻疮那地方被我抓得发炎之类，终于可以放宽心了。我想吃夜宵，曲林你去买一整只炸鸡回来我俩分着吃，我再也不减肥了。"

曲林回病房后，苏桂枝坐在床上，开笔记本准备视频通话："我给舍友们报个平安，减肥把自己减进医院了，她们肯定笑死我了。"

鼓楼的钟敲过七下。浦野竟到了，拎着炸鸡进病房来，苏桂枝惊坐起来，责怪曲林："哦哟，你个懒人，自己不肯动就叫他买，三个人分一只鸡怎么够！"

"我吃过了，就来看看你。先别高兴，"浦野说道，"没带花给你。"

"当然不用带花，我又没病。要有问题你该直接背花圈过来。"苏桂枝这句也刻意随浦野的风格了，浦野"呵呵"了一下，而曲林只是难受。

隔壁床的老奶奶诊断早期鼻咽癌，刚开过刀，听得这话，小声和老伴叨叨道："现在的小姑娘说话可真狠，年轻不懂命短的苦哦。"

没聊上几句，又有人进病房，苏桂枝以为是隔壁床的家属，发现他们待在自己床尾，坐起来细看。“爸妈，你们来干吗？怎么还把弟弟带来了？”苏桂枝转头又骂曲林，“你是不是昨天就打电话给我爸妈了，拿我手机打的？”

曲林不吱声，苏母便说：“不怪他，担心你的身体嘛，孩子你回来太少了，趁你不上课的机会来看你。”

“住哪里？市区旅馆老贵了，我做检查又花好多钱。”

“等你检查完出院，我们没几天就回去了，顺便带你弟弟到大城市逛几天，家里田也托人看着，放心，我们都好的。”

曲林第一次知道苏桂枝还有个弟弟，看样子四五岁，穿着土里土气，被爸妈揪着小手仍在摇晃多动。大家一片欢笑，一家人团聚尽量开心，而曲林感到压抑，偷偷躲到病房阳台上，戴上耳机听起苏桂枝之前的翻唱集锦。

病房里，苏父苏母刚出去，弟弟便求着她讲故事书，浦野嫌聒噪，皱着眉上阳台去，摘下曲林的耳机说道：“进去吧，躲着有用吗？还没到你宣泄情绪的时候。桂枝没垮，你要先垮？”

“没，我就是忙了一天，身体累。”浦野接过MP3，帮曲林整理好衣冠，推他进病房，片刻，曲林又回来对浦野讲：“这会儿她不要我，要弟弟。”浦野不响，曲林发现他正听着歌，泪闪欲流，便问：“浦野你怎么了？才说我的，你自己成这样。”

“怎么会有这个歌？”浦野指着MP3问道。

“这什么我听听，就是《宝莲灯》动画片里的嘛。桂枝早期在宿舍拍的搞怪视频都是动漫主题曲之类的，这种没名字的音频是在皇冠练习时录制的。”曲林回他道。

“《爱就一个字》，这个歌我表姐最喜欢了。”浦野说，“其实她更喜欢《爱你的三百六十五天》，但是李玟音太高，表姐唱不上去，所以每到歌厅她就只唱这个。”

曲林故作乐观：“那等桂枝过了这关，亲自教她唱！”

“表姐去世了。”曲林顿时安静了，浦野讲话变得很慢，“因为非典。”

“我表姐因为我阿姨宫颈癌去世早，从小跟我妈亲，每次跟姨父吵过架都是往我家跑。她学的护理，2002年毕业才没多久，那时候在区中心的小医院上班，我爸升了高级职称做的第一件事，就是托关系把我姐弄到他们工作的佛山人民医院。她想去产科，可能没有妈妈的人有那种特殊的情结，但是我妈在妇产科，亲属关系为了避嫌就去了儿科。结果没几个月非典就开始了，她们医院成了佛山的集中收治点。”

“那也是好心办坏事了。”曲林说。

“那时候调人去隔离病房，人手不够了，公平起见，要抽签，表姐科里也要去两个护士。她没结婚没孩子，按常理也该被安排去，我妈和她们科护士长关系不错，讲好了多照顾照顾她。名单里四抽二，事实上正好没抽到她，抽到的是她关系最好的同事，都是和我们现在年龄一样大的女孩子。我妈舒了口气，那个被抽到的当场就崩溃痛哭。表姐安慰她，她反倒揪住表姐不放，以为表姐私下跟她提过的照顾照顾是作假换签，说她是要给表姐做替死鬼，要求重新再抽一次。那我妈当然不肯，最后那个护士的妈妈也来医院闹了，说要不辞职要不重抽。”

“那就让那护士辞职算了，而且，你妈是真的要求护士长帮着作假了？”

“你可真是算术差，那人辞职不就是三抽二，表姐被抽中概率更大了。当时我妈和表姐已经做好了被抽中的准备，照顾就是想轮班轻松点，夜班少一点，防护做足一点而已。两个中年女人掐架，大灾大难在即，院里觉得那护士的妈妈胡搅蛮缠，讲不通理，息事宁人重抽算了，没想到我妈作为医院自己人更不好说话。表姐担心旁人说闲话影响到我妈将来的工作，就偷偷答应再抽一次，居然就真中了。”

“然后你妈呢？就这么同意了？”

“我妈也是后知后觉，等知道了，表姐已经去上班好几天了。我姨父是知道的，但我妈一直瞒着我和我爸，她怕我爸也去和院里闹。每天我妈会扒在病房的隔离门那看表姐，晚上躲着我们和她打电话。至于她什么时候感染的我到现在都不知道，不敢问我妈，问了就是关房门不理我们爷俩。印象里我最后一次出门时，已经到处是板蓝根的味道，学校无限期放假，不知道是第几个月，我在家闲到不行，把家里的录像带翻出来一盘一盘地看。有一盘录的是我爸妈结婚，我看到我爸来外婆家接亲时，有一个小女孩，穿着小号的婚纱，死死地抱住我妈的腿，鬼哭狼嚎不肯让我妈上婚车，哭得妆都花了。我问他们是谁，说是我表姐，我就笑，说她特别傻，她以为我妈嫁出去就永远不回来了。笑着笑着我就笑不出来了，因为我突然想到，她已经很久很久没回来了。我跑去问我妈，我妈早泣不成声了。原来我的出生就意味着，我表姐第二次失去了她的'妈妈'。"

"所以这歌会让你想起她。"

"对，《宝莲灯》。1999年《宝莲灯》上映，印象里表姐攥着我爸妈单位发的电影票，拉着我挤进佛山唯一一家电影院。那时我十岁，她刚上大学，我坐在她和她相好的之间，被动画片里小猴子逗得哈哈笑，她什么声音都没有。等放到沉香求大圣出山时说'你没有妈妈，失去妈妈的痛苦你永远不会明白'，大圣反问'你怎么知道我没有妈妈，没有妈妈哪来的我'，我转头看她已经哭得一抽一抽的。"

许久，曲林沉默着，心思沉重，浦野又笑说："有时候我很遗憾没能最后目送她，但想想我是幸运的，至少她留给我的最后印象不是躺在隔离病房吸氧，对外面的人竖起大拇指。想来我妈也挺有意思，到今天看见院里儿科的人，无论医生护士，从来不打招呼。"

那夜浦野就着家属区的长椅睡觉，清晨醒得很早；曲林则连续两晚整夜失眠，精神恍惚。苏父苏母也早早从附近的小宾馆过来等查房，苏桂枝转床到皮肤科，而两位面生的医生把除了苏桂枝本人的一干陪同者，全都叫到了休息谈话区。

"你们是她的父母和同学吧，我是皮肤科的主任医师，负责苏桂枝的医疗组长，先和你们沟通下她的情况。"一位四十多岁的女医生说道。

苏母很急切道："她不要紧的吧，她和我们说查一查就准备出院了。"

"那就是头颈外科没和你们预先讲过，我们这边初步诊断考虑是恶性黑色素瘤。综合浅表淋巴结B超结果来看，肿大的淋巴结形态不佳，考虑是肿瘤局部区域转移。”

“黑色素瘤，那是不是不好？”苏父抓着主任的手臂，浦野和曲林倒是极度冷静，尤其是曲林。

“等我全部说完，先别急问问题。诊断的可信度是有级别的，我们还以切除后做病理，也就是能在显微镜下观察到具体的细胞，这个结果为准。有小概率会判断错误，医学上的事没有绝对的说法。”

“也就是说，还有可能不是这个叫恶性黑色素瘤，有可能一点问题没有？”

“我不是要刻意打击你们，其实有的话我可以选择不讲，从临床经验上来说，应该大差不差了。”苏父苏母不再提问或者打断女主任讲话，而是静静地听，“他们汉大医学院已经知晓这事了，学校很重视，校方特地来打过招呼了，所以我才亲自来沟通她的情况。她做液氮冻痣有多久了？”

“大概快有半年了吧。”曲林回答她。

“是这样的。我们也曾经遇到不少病例是这样子，几年前或者十几年前点过痣，后来随年龄增长免疫力有所下降，发现有淋巴结肿大或者是其他部位有痣破溃，还有病人误将脚底长的黑痣当鸡眼，不去医院，自己瞎弄，针挑刀割，就会范围越来越大、周围颜色越来越深，出血出脓老不愈合，最后都到我们这儿诊断出恶性黑色素瘤转移。有的查不到原发灶，反复询问病史，他们才说过去点过痣，所以他们甚至不懂得这之间是有关系的。”

“怎么可能，她才刚过 20 岁啊，咋就有肿瘤的啊。”苏母每讲几字就抽一大口气，泪珠子不自觉滚下来，苏父也红了眼眶。“她原来不是这些症状，液氮冷冻手术之前和之后检查都没有的。”曲林在一旁补充。

“这不好说。其一，她皮肤白皙、雀斑明显，说明是光敏感肤质，晒伤会促发。其二，激光或者冷冻这种不恰当的处理，我认为是主要的因素。她自己也说那里皮肤瘙痒，摸啊抓啊摩擦，包括用指甲抠挖，就像我刚才提到针挑刀割，都有可能刺激增生。肿瘤的事情很难讲，你甚至没法说是先发生再造成痒，还是因为痒去搔抓促使它发生，而且冻掉的痣也许本身就存在恶变趋势。很可惜的是当时那颗痣她没选择手术切除，一般满足指征是不可以直接点掉的，点痣是利用化学药物或激光来烧灼黑痣组织，无法获得准确的病理信息，破坏细胞就没法看出它的性质好坏。”

“即使当时没做病理，那血检跟影像学检查也能有发现吧，为什么都没发现？”浦野追问主任更专业的问题。

“虽然她当时做了测了几项标志物，但黑色素瘤其实没有特异性的肿瘤标志物，因此可能从这方面察觉不到异常，这是我的猜测，况且民营以盈利为主，对于风险不可能深究。她原来的病历资料带了吗？我看看是哪里做的，应该不是正规公立医院吧。”

“不算大医院但挺正规的，之前也是我们医大和汉大医的教学点，现在好像取消合作关系了。”

“你说那个，哎呀，这家的整形我知道的，没错它是公立，曾经还是军队医院，但是改制后因为不符合资质被取消了挂牌，并且它的整形美容科是后来外包给私立运营的，一度因为偷打着军总分院的旗号，实则与军总并无往来，挂羊头卖狗肉、自作主张老出纠纷，被卫生部门多次警告处罚。都是一个圈子的，我们才相互了解内情，所以很多病人说那里宣传好、费用低，但我从不推荐，有些事情我不能多讲。”

“是不是那个黑心的医院把我家桂枝害了！我要向他们讨个说法！”苏父苏母愤恨不平。

“黑色素瘤进展快，当然是越早期介入，预后越好。但是现在诊断和分期都不明确，我认为明智的家属应当协助患者稳定情绪，积极配合治疗，至于法律上的事，不在我们讨论范围内。”主任说道。

浦野又询问主任具体的诊治方案。

“当然首要是手术，对液氮冷冻处的原发病灶进行扩大切除，切除的组织送病理，就是手术中途做冰冻切片观察，确定良恶性。检查还要做基因检测和全套的肿瘤标志物，尤其排查与黑色素瘤相关的。因为考虑区域淋巴结转移，脑部做增强 CT 和增强磁共振，全身骨扫描。”

“我从网上查指南，说要做前哨淋巴结活检。”

“那个不需要了，已经侵犯淋巴，我们会直接做颈部淋巴结清扫，整形外科也会上台，具体手术方案你们不用参与。”主任开始不耐烦，浦野又问：“老师我能再问下，手术完需要放化疗吗？”

“主要是术后一个月高剂量干扰素注射，术后每三个月来复查一次。放化疗由手术得到的详细情况决定，但黑色素瘤对放疗不敏感，化疗方面，单药或者多药联合，有效率都不高。”

曲林问完这句，苏母一下蹲坐在地上：“意思就是其实没得治了。”周围过往的家属似乎投来同情的目光。

“目前确实没有特别有效的治疗手段。如果你说是生存时间的话，相比正常人或者早期一定是折损的。”

“一会儿查房您会主动跟她讲吗，老师？”曲林问着，揉捏自己的衣兜。

主任说：“如何告知患者本人，需要遵从你们的意见。”

“你们是专业的，你们来说吧。”苏父扶着妻子说道。

整八点时，以皮肤科主任为首的一众医生，推着病历车，从走廊一头依次巡房过来，浦野感到小医生们捧的不是病历夹子，而是死刑审判书。

“还好吗？”浦野问曲林。

曲林却说：“感觉整个人轻松了，没那么压抑了。我这样想，是不是对不起桂枝？”

“你一个人承受不了这种压力的，我理解。让他们查房告诉桂枝总觉得太残忍了，桂枝爸妈又哭得不能停，而且查房只能留一个家属，要不，一会我去跟桂枝讲吧？”浦野自愿承担重任。

曲林说：“你平时跟她满嘴跑火车，尤其这两天都是你逗她，你说了她都不信。还是让医生说，我在旁边陪她吧。”

曲林去喊苏桂枝起床，苏桂枝依然睡得迷糊，眼红浮肿，主任带着住院医们到门口时，曲林冲出去找那主任，表示还是想自己去告知。曲林接着带苏桂枝到楼梯间里，苏桂枝便讲：“等查完房再说呗，这会儿不是要查房吗？”

“有事说。”曲林说着，每次张大了口以为他要开腔，最后却只是吸气，苏桂枝也知道这是泪崩的前兆，语气生硬：“到底说不说，你要打哈欠吗？”

“医生是不是提前找过你们了？”苏桂枝问，这下曲林彻底释放，涕泗横流，“是黑色素瘤吗？”曲林点头，晃得泪滴滑到嘴边。

“我又不傻，过年那么喊你见我爸妈你都不敢，没事你怎么可能主动打电话给他们呢？我也会偷偷查书翻百度，皮肤肿瘤、黑痣、淋巴结受侵，我心里大概就有数了，我只是没想到还没做活检，他们就给我确诊了。”

“他们没说一定是，还是要等手术再……”

“我知道，我都知道。我昨天晚上蒙在被子里哭了一晚上，哭累了睡，睡醒了哭，不敢出声就怕被你们发现。”苏桂枝终于也到忍不住的时刻，两人抱一块哭哭啼啼。苏父苏母听见楼梯间的号哭，连忙过来安慰，随即又哭出来。

“我为什么……我运气不好，要是淋巴瘤，就好了，可以活好几年，十几年。你不要……不要喊我起床，我想睡，多睡一会儿，我一醒就想，这个事，它是真的，我就暗示自己，是检查看错了，你说是真的。”

“桂枝，妈妈接受不了，你别说了，切了就好了，切了就好了。”

曲林有一声没一声的：“我不应该……不应该让你去冻痣的，怪我不好，都怪我嫌你的痣不好看。”

“不是，不是的，我应该早点切，怪我自己，图快，我想冻恢复快，大家就认可我，不笑我的痣。我好后悔，我不应该……”

浦野觉得，如果不是医院的清洁阿姨要清扫楼梯间，他们所有人的泪水可以蓄满医院门口的人工湖泊。浦野一向是不爱流泪的人，但自从表姐走后，他从没这样一次买过两包纸巾。

几日后，手术扩大切除病灶并取活检，创口恢复顺利。除了汉大医的辅导员和要好的同学，袁雪菁也来看望苏桂枝，苏桂枝的面部和脖子上各有几块纱布敷盖。

“你爸妈呢，回去了？”袁雪菁捏捏苏桂枝的上臂，又比之前更细些。

苏桂枝叹着气讲：“没办法，没个住的地方，三个人连吃带住一天开销不少，我后续治疗还得花钱嘛，省着点，而且经常有人看我，曲林也能照顾我。”

“那就是一直住院嘛，还回去上学吗？学校怎么说？”袁雪菁语露关切。

“暂时先休学半年，后面再说喽，学院里在帮我募集捐款。唉，要是我家里条件稍微好一点，就真不需要了，搞得尽人皆知其实挺丢人。哦，学校还委婉地表达过，让我劝劝曲林不要找麻烦。”苏桂枝看袁雪菁满脸疑惑问道，“安非没给你讲吗？”

袁雪菁不解，苏桂枝讲：“其实是无用功。赶在我爸妈走之前，曲林、瞿麦还有我的几个死党，带我爸妈一起去我原来做痣那家医院了。”

“哦，是和皇冠定点那家，前几天还有学员提到，皇冠和那整形美容科终止合作关系了，换了别的单位。可能因为他们去闹的？”

“他们找了院里好多处地方要说法，但医院是医院，科室是科室，因为这整形美容科是独立外包的，医院就撇清关系不担这事。想想这个科是医院里一栋独立的楼，我当时就没多个心眼。”苏桂枝只是悔恨。

袁雪菁问：“这个算医疗事故吧，他们怎么就不管了呢？得有个说法。”

“来了啊，前天这个所谓的整形美容科专门来人道歉了，喏，床头这些水果牛奶都是他们带的。因为曲林在网上发布消息，讲我这事的全过程，接着我那些粉丝们就传播得广了，有媒体要来采访这事，估计他们慌了。这还有当时的录音，你要听吗？”

苏桂枝给袁雪菁开了外放，录音里一直是个自称整形科领导的人讲话：“我们愿意支付您部分医疗费，就是希望您不要走法律途径。

“孩子，你是学医的知道，切除手术会留疤的，所以选择冷冻也是为了美观、恢复快不是吗，那就没有病理可言，这个我们事先签署同意书上行到告知义务了。

“不是不能做病理，我们和医院对接也不是百分百的，有些环节还没打通，病理科不肯给我们做病理的，你也说了是管理混乱，这样说医院也负有责任，你不能光欺负我们啊。”

袁雪菁听完还是不太明白，便问什么意思。“打个比方，商家告诉你一种商品有 A、B 型号，他只强调 B 的优点，隐患一带而过，但其实 A 也有好处，而且依据个人情况应该选 A，他却省略不讲，只标在说明书上，所以你最后选了 B，但他隐瞒了最大的事实就是 A 型号他是缺货的。”苏桂枝解释给袁雪菁。

“那应该告他们啊！这不是欺骗患者吗？”

苏桂枝拉着激动的袁雪菁坐下继续讲：“曲林还是不肯放弃，因为术前谈话我还留了录音，又去咨询了专打医疗官司的律师。律师说，医院确实是公立医院，没提这个科室包给民营的事情。至于这个谈话，谈话者巧妙绕过了如果手术切除能不能做病理的问题，而是利用恢复快的借口把你导向去做液氮，但是同意书上又把风险隐患写明了。”

袁雪菁的愤怒和悲伤搅作一团，不知道该说什么。

“他们很聪明。算了，本来告他们胜算也不大，还会连累医院本体，医院曾经和我们汉大医学院有合作关系，学校也不支持把事情扩大。”

“自始至终医院选择不吭声，这很有问题，他们在逃避责任！”袁雪菁不爱发火，又实在忍不了。

苏桂枝竟又哭起来：“你怎么也这样，争这个理还有什么用，回不来了，都回不来了。我太累了，我不想再看见他们了。”

袁雪菁抱着苏桂枝的头帮她抹泪，苏桂枝哭诉道：“你说我怎么这么蠢。我好悔，心里好难受。”

“不行了，不能再这样，要振作，我这几天哭出一个太平洋了。”苏桂枝缓了缓说，心底舒坦点。隔壁床鼻咽癌的老太收拾家当准备出院，评价苏桂枝道：“这姑娘是林黛玉转世，来一个人看她哭一场。没关系，多哭哭就好了，我刚开始儿子女婿来看我，我也这样，后来开了刀又用上药，心里就看开了，我这岁数，活够本了，多赚一点是一点嘛。”

等换了曲林回来陪苏桂枝，袁雪菁抽身出去找安非。袁雪菁眼角也有些红，问安非：“桂枝现在情况算好吗？我都不敢主动和她提治疗相关的东西。”

“手术没问题的，手术嘛就是切掉原发的那个地方，这一个月左右住院期间要一直注射干扰素的，出院后还需要做局部放疗。”

“好可怕，听起来就像电视剧里那种绝症，要掉头发的。我到现在都不太相信，竟然就是自己身边的人，这么年轻。”袁雪菁眼神恍惚。

“呃，可能比一般的癌症还要倒霉，黑色素瘤的确是肿瘤里生存期比较短的。”安非悄声告诉袁雪菁。

袁雪菁便问：“说老实话，你觉得桂枝能活多久？”

“目前临床分期判断她是ⅢA期，曲林给我看过他查的临床指南，有淋巴结区域转移就已经属于高危了，五年生存率百分之五六十，Ⅳ期好像差一点，大概百分之二十。”

“五年都活不到？”袁雪菁惊骇。

“五年生存率百分之五六十是指，到手术之后五年这个时间节点，和她情况相似的人有一半多的人还活着，是这个意思。”

“那就是她还是有可能活十几二十年的。”

“也许吧，把手术做了最重要，之后寿命完全取决于转移灶造成的危害，一般来说转移到肺、肝、骨、脑比较多，如果到脑子和肝脏好像就很快了，要那个……”安非接下去便不说了。

“你快别说了，不能想象，太残忍了。”袁雪菁捂住胸口，脑袋靠住安非。

安非仍说：“好的是，除了切掉的淋巴结，目前看不到转移的病灶，而且年轻人预后比老年人好，女的比男的好。

“我们能做的都做了，就看造化了，桂枝一天天恢复，我就该去催曲林了。”

“催曲林干吗？”

“不能一直颓废下去啊，课紧考试多，大三抢医院要按集体成绩，他要连挂十几门怎么办？最后桂枝人好好的，我们全班‘陪葬’？”

袁雪菁代表苏桂枝捶了安非几拳：“好残忍，你说的是人话吗？

“桂枝，她应该还想唱歌，你听到她写的歌就知道她很有才华，我觉得退学是最好了，她的歌手梦兴许还能实现。”

“唱歌？你就像在说笑话，你还好意思说我对曲林残忍。”安非听袁雪菁这话，脸变得吓人的严肃。

“对啊，桂枝已经和皇冠吵过一架了。公司不知道她的具体病情，经纪人有新的方案，觉得当下二人组合团体的市场反应也还不错，跟我说希望桂枝改名字叫苏瑰芝，想要我俩凑一对搞组合，线下在酒吧办个‘菁芝玉夜’的小型演唱会。皇冠还想打电话敷衍地关心一下，我劝他们不要，他们还问桂枝新艺名好听不好听。我在皇冠办公室那头都能听见桂枝爸妈的嘶吼，算是彻底闹掰了。”

但当皇冠意识到事情严重，真正来人看望她时，苏桂枝情绪已经逐渐平稳，她打算回老家住段时间，等做化疗再回校住宿舍，到那时约定再续歌唱梦。出院时来了很多人接她，包括在皇冠培训的几位好友，舍友、四人团全体以及父母、弟弟，浩浩荡荡十几人组成了亲友团，有的还穿着上课的白大褂，被簇拥的架势甚至让新入院的病人误以为她是皮肤科大主任。

医大那里，安非发觉自己的担忧是多余的，曲林虽不愿与人交心，但似乎很刻苦——苏桂枝回广西老家后，他把经营多年的网游账号注销，作为医大非著名学渣，罕见地开始通宵自习，连夜把关于黑色素瘤的所有背景知识全都补习一遍。即便是上课，曲林也是不断阅读资料写笔记，但学习的内容与这学期正进行的课程无关，多半是临床肿瘤学方面。

这使安非感到，曲林在学习上是个很有潜力的人，如果能找对方向的话。事实上曲林找对了一个不可行方向：免疫治疗。

于最新的外文文献中，曲林查到了 PD-1。曲林知道安非在微免实验室挺有存在感，和研究生们都相熟，于是挑了个宿舍中两人独处的时机，竟主动向安非发起对话：“安非，你们实验室有人做免疫细胞程序性死亡促发肿瘤的类似课题吗？”

安非一头雾水，不明白曲林为何问起这种“资深”问题，便说：“你指 PD-1、PD-L1？有个师兄貌似在做这课题，这还是个挺热门的科研方向，怎么你也眼红浦野和我，要进实验室吗？你还是先把期末考好吧，下学期我带你去溜达找找老师。”

曲林又问：“我是想知道，你说的那个师兄做课题会用到 PD-1 的抑制剂吗？有效吗？贵不贵？”

“有啊，抑制剂效果我还不清楚，这种具体问题哪能随便问，即使同在一个课题组，这也属于科研机密。还问贵不贵，都是用学校经费买，随便哪种规格也要小几千吧，买了能喝咋的，你想干吗？”

“我看到美国和日本人的科研论文讲，运用PD-1抑制剂不仅能抑制霍奇金淋巴瘤，还能一定程度逆转好几种肿瘤包括恶性黑色素瘤。”

安非打断他的空想，“那是用于体外细胞的抑制剂，体外和体内是完全不同的好吗，根本不是商品药品，不经过好几年的临床实验，那就连副作用、血药浓度、效果评价、安全剂量都没有，也就是能不能用作药物都不知道，审批更不要谈了。我知道你为苏桂枝心急，但这东西估计最快也得十年八年才能上市。”安非解释说。

“我怕桂枝活不到那时候。”曲林这话徐徐而有力。

安非只说了俩字：“呸掉！”

第二十章 抑制剂

周末，安非得空去练解剖，实验室的大师兄听说后便拜托安非道："安非啊，像你们局解课这种周末的非正式开小灶，一定必须是你们特定某个班级去吗？像我这种基础学科的博士生可以申请吗？因为我博士之前都是读临床，找工作也是打算做外科医生，解剖什么的太久不碰，想复习复习练练手。"

安非本想欣然应允，但还是故作为难状："肯定是优先轮到的班级去，但人数不冲突时，登记好的话本校人员都可以的。申请太麻烦，要不我带你去试试看，如果今天有开放慈志楼的话。"可等到李雷的办公室通报，想提前打个招呼时，李雷却讲："你直接去就可以了，已经安排好了，今天就是该轮到你们班啊。尤老师上次不是任命你们班浦野做临时课代表吗，他没告诉你们班同学？"

安非怒气冲冲地带着大师兄直奔解剖室，只见用于加课的大体一周围满了学生，没留一点空位给旁人。浦野私下带上别班与他要好的同学，以及他流行病实验室的师兄师姐们，甚至还有他社团里的交好，总之均是对他有利的人，而自己班上，他只叫上洛芬一人。安非压制住怒火，厚着脸皮、婉言好语劝返了大师兄。穿戴一次性橡胶手套时，安非刻意拉扯得噼啪作响，不打招呼就粗暴地挤进去，一边挤一边说："浦野啊，这些都是什么人？我们班同学在哪里？你叫他们了吗？"

“平时他们也没什么人来，都爱去图书馆背书，叫了也白叫。”

安非没料到浦野早备好了说辞，又当着这些外人的面讲：“没关系，我叫了，他们有人说一会儿就到。你看你这些同学是怎么办，有些话我不方便讲。”

等浦野“余党”散尽，安非班上也没见有一个人来，浦野愠怒地说：“小人行径。”

安非不理他，却对洛芬讲：“洛芬你理解我吧？把机会给别人，到时候别的班成绩考得比我们好，到哪里说理去。”

浦野打断他：“我认为你的方向有偏差，不仅是成绩，班级里的同学，在校级组织及学生社团里担当干部职位的人数越多，总体上对分医院就是越有利的，不管是获取消息还是话语权。你也听到陆英讲的了，我们班目前平均成绩是最高的，担心的不应该是内部问题，而是外部的竞争力。”

安非对其借口不感冒：“你还一套一套的，你拉拢这几个小喽啰就能混到学生会主席吗？内部怎不要担心，像曲林、瞿麦这种平时不背书、底子太薄，临时抱起佛脚也就是及格线上飘不了几分。而且我们班就是因为老学习，没人经营学生会的关系，靠走学生会主席的路是彻底不要想了。”

“你嘲讽谁呢，谁说我要当学生会主席，你知道我最讨厌学生会那种地方，整天搞官僚主义颐指气使的，没进社会先把不好的风气学了去。我是说，学生会主席只是个标签，它代表的是与学校、与尤通知的关系，就算走这条路太晚，也不能就彻底放弃，要曲线救国嘛。至于我们那几个成绩弱点的，他们自己会用功起来的。”

“哦，曲线救国都出来了，这词语和你今日行为非常搭。”安非学会了浦野暗讽那一套。

洛芬放下手术刀，脱了白大褂，说：“受不了了，难得不去兼职，周末来复习下，就听你俩唠唠叨叨。”

安非问浦野：“还有一件事，我学姐秦巧凤讲，你到陈副校的流行病学课题组了，今天有几个是那里的师兄师姐吧？”

“怎么了，碍着你了，看不惯别人搞科研？”见洛芬走了，浦野也不耐烦起来。

“你说话一直要这么冲吗？想什么呢，个体越强对班级越好，我能不懂？我没那么小心眼。”安非说。浦野听了也不理，继续动刀，安非又说他：“那你岂不是也有，实验中心的门禁？”

“嗯，我有。”

“那你小心曲林。他可能会想要你的门禁卡。”

“为什么？他想去实验室的话，拿你的不行吗？”浦野疑惑。

安非悄声说：“他动了想给桂枝搞免疫治疗的心思。”

“那就去找家提供免疫治疗的医院呗。”

“你医二代你不了解吗？吹这牛的多半是私立民营啊，假的，不靠谱，但他竟然想到实验用的抑制剂，PD-1。”安非觉得曲林可笑。

浦野干脆停下刀，找张凳来慢慢聊：“PD-1？这东西挺火的，我好像听说过，什么原理？”

“我们分子生物学课上都学到的，T细胞可以清除DNA突变细胞，阻止肿瘤发生，对吧。那么近几年发现了T细胞上面有个程序性死亡受体1，简称PD-1，是个免疫抑制分子，而肿瘤细胞上有个PD-L1蛋白，是PD-1的配体，肿瘤遇到免疫T细胞，那么PD-1与PD-L1一结合后，就抑制T细胞活性，甚至诱导了T细胞凋亡，肿瘤就如鱼得水。”

浦野的悟性很高：“那抑制剂就是阻止这两受体配体结合，然后T细胞发挥作用，就能杀死癌变细胞。听起来很诱人，研究进行到哪步了？什么时候上市。”

安非始终声音放低，仿佛曲林在外偷听似的：“外国在做动物实验了，美国好像要批准临床I期了，估计等我们毕业该上市了。”

“那太可惜！”

“别废话，你把自己门禁卡藏好就行，我怕他进实验中心揪住老师和博士生们，死缠着问问题，他问明白了也就心里图个安慰。”

浦野皱眉道：“他搞不好偷拿抑制剂。”

安非觉得浦野是高看曲林了：“以他的脑子，他不敢，又不是药，拿了用不上。”

宝贵周末的剩余时光，安非打算用于庆祝惊喜——听闻皇冠给袁雪菁拟出了初步的签约合同，安非想给袁雪菁买部新手机。沿着老街一直去往手机大卖场的途中，袁雪菁喋喋不休讲着梦幻般的未来。

“你都不敢相信，那部 MV 在音乐点播台被点了多少次，公司还收到粉丝来信说希望多看到我的作品！等高校音乐节结束，桂枝身体转好，就给我和桂枝做个共同的专辑。”

“不对啊，看到作品，不是听到，怎么搞得像日本拍 AV 的。”安非瞟见袁雪菁要发飙，赶紧改口，“那就是垂涎我家漂亮雪菁的美色，本来可以凭借脸蛋，偏偏靠嗓子就出了名呢！”

“不要你讽刺我，我知道我唱得不如桂枝，不过皇冠也有这方面考量，下一步考虑让我往演艺圈靠拢。”

“我就好奇，皇冠对你态度怎么突然这么好了，我记得是说好等音乐节之后再拟合同。”

袁雪菁透露：“还是要有贵人相助的，在洛芬酒吧挖我的那个星探，突然升职上位了，现在是策划经理，他特别看好我。所以如果桂枝不参与了，他还答应给我单独出唱片呢。”

“不可能，怎么可能都是给好处，肯定规定了你要履行的义务，你给我瞧瞧合同具体内容。”安非要深究，袁雪菁便不乐意：“到店了，说好的买手机呢，买了我就给你看。”

“才开学的大一新生吗？那你们该买最新最好的。”店员热情地介绍着，个个身上都斜挎着迎宾绶带，把他们引向玻璃柜台边说，“现在翻盖的都淘汰了，滑盖手机比较时髦点。”

见电子屏上打着：“开业大酬宾”，安非便讲：“你们这家还挺有意思，每开学一次你们就开业一次，每年都要亏本大甩卖。”

店员讨了没趣，自己让开了。袁雪菁拿起其中一部端详起来，安非开始展示他事先做好的功课。

“您现在手上的是横向滑盖的诺基亚经典 N97，右边是三星新滑盖 U608，目前是最薄的，还有这款索爱 W908c，播放 MP3 是最好听的，不信您看，楔形的底部是不是印有‘Walkman’字样？为了您的购物愉快，我已经在百忙之中抽出学习时间帮您踩过点了。”袁雪菁又拿起最角落的一款，“这个呢，哼，我就不信你全知道。”安非看这标识是朵菊花，“这是啥新牌子？华为，没听说过，不要冒险买。”

袁雪菁迟迟没个决断，安非心一狠抄起诺基亚最新推出的型号 5800：“据说这是第一个采用全触屏的手机，后面还带触控笔。”安非拔出电子笔来给袁雪菁看，“看完这个别看其他了，这 2999 块，最贵的手机，不许说我抠。”

“唉，你哪是要省时间，你就怕我挑个超出你预算的。还第一个触屏，你听说过苹果吗？”袁雪菁说他见识少。

“苹果我就听说过电脑和 MP3，特别贵，还做手机呀？”

袁雪菁点点头：“这策划经理想送我一台 iPhone，说从美国带回来的，国内买不到。都递到我手上了，强行塞给我了，我找借口不要，我说礼物太贵重，如果将来唱片卖得好，再收下当奖金。然后他说就当我收下，先暂放他那里，所以我肯定是有的换，这次就是来给你买个新手机了，惊不惊喜！”

“那星探经理不知道你有男朋友吗？”

“知道啊。哎呀，公司不建议我显露情感状态，别想多了。”袁雪菁解释着，安非只觉得惊，丝毫感受不到喜，“那是对外形象，对公司内还是得注意着点。”

嘈杂的环境中，两人都不说话，气氛竟显出不该有的僵。安非开口问：“签约条件里有没有太过分的要求？”

“还好，也不叫过分，就是有些为难，他们想叫我大三继续去江东音乐学院进修，毕竟短板还挺多，可以理解，但是大三我还有去哥大交换的规划嘛。”

“你和你爸讲过没？”安非冷冷地问道。

袁雪菁也没了兴致：“手机不买就不买了，签合同的事再说吧，期末都忙，你管好你自己的事就行。”

袁雪菁周末特意回家，给爸妈预留了音乐节前排的内部票，然而袁父袁母似乎并不领情。

袁雪菁尝试与父亲商讨签约的事，却遭到严厉呵斥：“本末倒置，不分轻重。”自上高中以后，这是父亲第一次骂她。袁母则是配合袁父软硬兼施，在一旁唱红脸：“菁菁，爸爸妈妈要对你的选择负责的。鲁莽地签了，赔钱事小，耽误青春事大。”

“我都说了就两条路可走：要么放弃学业，皇冠负责联系日韩的公司对接做几年学员正式出道，或者是大三继续去江东音乐学院和汉京视觉艺术学院进修，再慢慢把人气积累起来，哪怕等我大四毕业再往全职发展。那我已经妥协选第二个方案了啊，你们到底是想怎么样！”袁雪菁恨不得撒泼打滚求父亲松口。

“我就问你一句，你大三还去不去美国交换？毕业还要不要继续读硕士？影响了学习成绩将来怎么保研？本来就是业余玩玩开心的，你想靠这个吃饭，当初要考什么大学呢，不如中学毕业就去学表演。”

“当初没人说我能签公司出专辑，没人说我有潜力，现在情况不一样了！”袁雪菁想好好理论，并不想哭得输气势，但眼泪由不得她。

“你怎么还是倔强呢，菁菁，上大学就是为了正经找工作，妈妈支持你练唱歌，但不同意你将来做演员歌手什么的，你看电视上这个女明星被老总睡了，那个又被逼演裸戏封杀的。”

袁父打断袁母的苦劝，措辞更尖厉：“你太看得起她了，她都到不了那一步，你瞧你们娘家有人结婚，婚礼中间请过来唱歌走场子的，唱些没文化的口水歌，帽子摘下来还让大家扔钱给她，还有人家办丧事的也唱什么《世上只有妈妈好》。她就想当那种人。”

袁雪菁摔门而出，难得回家又回校睡。

而苏桂枝在广西农村老家休养两个多月，也打算提前到皇冠试试声音，看能否如约上台演唱，但此行一来便直接到省人民医院了。四人团到达医院时，苏父苏母已办好入院手续，不再去皮肤科，直接住进肿瘤内科。

苏桂枝睡在病床上，病号服还没换，由于贫血，脸色比两个月前更显苍白，“动得多了就恶心、想吐，会不会是路上晕车？我心想着不到三个月就转移复发了？”苏桂枝有说有笑。

曲林忙纠正她："呸掉，不许提复发，上次讲了放化疗会有这些副作用的嘛。乖乖听话，休养好我等看你上音乐节露个脸呢。"

苏父苏母随医生一同到病房，医生完成体格检查后，曲林比旁人都急切："做的颅脑 CT 和 MRI 有结果没？"

医生并不解释什么，带着病历站到门外招手让家属出来。苏父拉住往外走的苏母，讲道："医生您进来讲吧，我女儿想听，没关系的。"

医生应苏桂枝要求当她的面讨论病情："到我们肿瘤科来的，一般都不是第一站，所以你们多少有点心理准备了。皮肤科宣教应该讲过，黑色素瘤是容易早期转移的，这里面肝和脑转移是预后最不好的，头颈部黑色素瘤又比其他部位更差一些，因为靠这里近。"医生指了指自己的头。苏母紧握苏父的手掌，以面对这虽在意料之中却来临过早的冲击。

"头疼头晕，恶心呕吐，这都是颅内压增高症状。所以一来就给她查了增强 CT 和增强磁共振，显示有明显占位。"医生见众人不理解意思又说，"虽然文字报告没出，但我们主任看过片子考虑脑室和脑膜多发转移，而且有瘤周水肿。"

"脑子可以开刀吗？开刀能治好吗？能安排赶紧手术吗？医生你救救她吧！"苏母泪意滚滚上翻，苏桂枝咣地从坐姿直躺倒病床，一时气促难平，曲林赶紧把她挽到怀里。

"多发转移是没法再行脑外的手术了，我们的方案是伽玛刀，也就是立体定向放疗，让瘤体缩小甚至消失，再加上一些对症治疗、营养支持。"

"谢谢医生，可以了，我不太想听了。"苏桂枝语气不稳地赶走了医生，安非和浦野便跟出去追问医生："做完这次伽玛刀，下次是不是还会复发？"

"脑转移是终末阶段了，病情进展迅速，也是致死的主要原因，其实就是尽量延长生存时间，中位生存期大概半年，有可能更长，也可能更短。但如果瘤内坏死后出血就很麻烦，那种需要急诊手术抢救的，而且这种伽玛刀副作用会破坏免疫系统，更容易复发，如果再转移到皮质功能区就没办法了。"医生连连叹息，"之前就听院里传，说有个汉大医的小姑娘得了黑色素瘤，唱歌挺好的说都要出唱片了，就是她吧，这么年轻挺可惜的。”

苏桂枝整日醒醒睡睡，时而发呆时而傻笑，傍晚她拉着爸妈的手讲道：“什么时候我们去把材料填了吧。我知道你们不能接受，先让曲林带你们去那个地方吧。”

曲林心领神会，领着苏父苏母到医大去。

“叔叔阿姨走这边，进来之后不要大声喧哗。”曲林也是第一次参观慈志楼的志友伦理馆。墙上红框裱着献身医学事业的历代志友照片，看生平介绍不乏政府高干、高校教授和医务工作者，苏父问曲林：“桂枝要是捐了，遗像是不是也会被挂在这里？”

曲林点头道：“应该是的，毕竟捐遗体的年轻人很少。”

苏父先松口：“都是勇敢的人，为教育做贡献，被世世代代的医学生瞻仰，桂枝要是坚持的话，我就赞同她的决定。”苏母一直不讲话。下一站，征得李雷老师同意，曲林领他们参观当天的局部解剖课，希望通过解剖课现场的“震撼”观感来说动苏母，可不知是甲醛还是视觉的刺激，苏母在解剖室待不到一刻钟便出去了。

曲林忙探出去看，苏母缩在苏父怀里痛哭：“她爸，人还是入土为安，至少要把骨灰带回老家立个碑，不然以后想她了都没个可祭奠可念想的东西哟，还要跑到这儿看女儿吗？”

回病房时，苏桂枝看着电影，鼻涕摧枯拉朽，纸巾一抽又一抽，缓了会儿，她问曲林：“我们要是现在做那事，还来得及生个小 baby 吗？”

曲林一愣，答得机智：“你的身体供养不了一个小家伙，会伤了自己。”

“十月怀胎，岂不是暗示我活不过十个月？”苏桂枝拍曲林大腿说，“如果我不在了，你是不是要一辈子用你的‘传统手艺’解决性生活？”曲林无意识地点头，苏桂枝不乐意，“没出息的家伙，你真打算打光棍到进棺材啊。

“刚才重看一遍《泰坦尼克号》，比过去注意到更多细节，特别感同身受，比如最后老年露丝梦回泰坦尼克号，船上与杰克重逢时，杰克回头一笑牵起她的手，众人掌声祝福，我就又哭了。其实看似死亡带走了爱人，但爱情最终会跨越生死，爱情与死亡，真的是文艺作品永远的主题。”

“别老看这些跟临终搭边的，影响我们抗击疾病的士气呢，上次你也是在病房看梅艳芳去世前的告别演唱会，哼唱那个《夕阳之歌》，夜里把隔壁床都哭醒了吧。”

“我还没说重点，我看的这些都给我灵感了，我那首歌的词我自己填好了，歌名就叫‘Cancer 不怕 cancer’，我是巨蟹座嘛，就是巨蟹不怕癌症的意思。”

曲林将苏桂枝抱在怀里，壮起胆问她：“等好一点，我们领证结婚，喊同学们来见证？”

“万一我倒在婚礼上呢，结冥婚啊，你不害怕吗？”苏桂枝说他不切实际，但心里很甜，顺势要和曲林接吻，恰巧苏母拉床帘进来，苏桂枝赶紧挪开头，曲林闭眼一头栽到床上。苏母讲道：“孩子你犯瞌睡了，先回去休息吧，阿姨和桂枝说会儿话。”曲林躲到帘子外。

苏桂枝问起苏母伦理馆的观后感。

“桂枝，你听妈妈说，这个事再想想。”

“妈，你看了一点触动都没有吗？我没有别的多的愿望，求求你了，不然我走了都不甘心。”

“你不要求妈妈，妈妈要求你，不要签那个，妈妈去看了，心里受不了，受不了你被人又割肉又剥皮，好多刀片就往身上戳啊，太痛了，好好的身子最后剩下骨头和碎肉，妈妈看得都疼，每一刀都剐在我心上啊，妈妈签了那字一辈子都要愧疚……”

曲林闯进去插嘴，母女两人眼都红湿了：“阿姨，我理解你，我一开始也不同意，因为我自己都做不到。但是我和桂枝讨论几个月了，渐渐也懂她的决心，您也尊重她的决定吧，您不签，也许这辈子活得不内疚，但是桂枝就会留下遗憾，阿姨，求您了。”

但曲林也没能求得成苏母答应她，签同意书的事依然是悬。

转眼音乐节前一天，安非如约到汉京体育馆看袁雪菁排练，顺道想把苏桂枝的情况转告她。

已经不知道是第几遍排演《美丽的神话》了，之前见过的江东音乐学院的那个男生饰演蒙将军，袁雪菁扮演玉漱公主，每次看到他抱起袁雪菁吊威亚腾空旋转，安非心里都不是滋味，但显然袁雪菁的气性更大。

“签约的事情，是你告诉我爸妈的？”

“可能是洛芬吧，而且你不是本来就要告诉他们吗，这种事怎么可能你自己做主？”安非躲藏着袁雪菁的眼神。

“不，这是说法的问题，肯定是一上来就说我不想上学要全职唱歌，搞得他们不可理喻。我自己可以和他们理性沟通的，他们也不肯告诉是谁打小报告的，让我知道就和那人绝交。”

“哎呀，我给你看聊天记录吧，我承认是我说的，我就把合同条款发给你爸妈看了，其他没发表意见。”

“那你这样子什么意图，你说？”袁雪菁化身愤怒的朝鲜公主，步步紧逼。

“我怕你自己冲动就把合同签了，然后你又将来反悔赔得求爷爷告奶奶的，最起码让你爸妈找律师过个目。”安非讨饶。

袁雪菁说:“托你的福，现在和他们说不通。先不谈这事，影响我排练心情，只能以后再说了。”

“而且我不是很信任皇冠，大公司不把你们新人放在眼里，说是重视你,《神话》这是合演的节目，有给你单独登台的机会吗？”

“有啊，公司对我已经很好了，给我量身定制了新歌，我明天还要唱一首单曲呢！我都说了，是因为策划经理特别欣赏我，从酒吧找我一直就是他最替我说话，你别来激怒我行吗！”

“别吵，别影响心情。这新歌让我听听，我不说话了。”安非戴上耳机片刻，奇怪地盯着她问道，“我一听这旋律，这是苏桂枝上次自己写的啊。这，这样好吗？桂枝同意吗？”

“公司有编曲的给稍微改改，找人填了词，我其实是不太愿意唱，攫取别人的劳动成果，而且通篇全是讲廉价爱情，桂枝现在这状态这心情，到时候怎么想我？”袁雪菁说话失了方才嚣张跋扈的语劲。

“要不你今晚去看看她？”

袁雪菁答应得爽快。

晚间到肿瘤科病房门口，她要把安非支走：“女生聊，有些话不适合男生在场，你和曲林都回去吧。”

出医院去地铁站的路上，曲林一直把外套的衣帽扣在头上，推他也不睬，安非想起关心他的期末复习，没等开口，曲林凑近竖起一根指头说：“求你一件事，你能不能，去实验室拿一支 PD-1 的抑制剂出来？”

“我说过不可能，你不要想的，抑制剂不是药物。”

“就一支，我按原价把钱打给你，你当作实验经费自己再买个放回去，没人会知道的，就试试，没用就没用。”

“这是间接下毒，我要拿给你，我就是害人，不是救人，我要担责任的！”安非曲林抢着说话。

“你不愿意帮忙算了，我就自己找试剂商买，虽然不走官方途径很难买到，但有钱能使鬼推磨嘛。”曲林喃喃自语。

安非拿着包，转身准备回医院：“你先回去吧，我要跟桂枝讲，让她劝你，今天就把这问题解决，不然你一直想着，你再不肯听桂枝的话，我就通报尤通知了，你自己想清楚。”

没等安非坐上电梯，袁雪菁已经从肿瘤病区出来：“别去打扰桂枝了，累了一天已经睡了。感觉她精力大不如前，刚才她还自己唱了两句，哄爸妈开心，但声音不如过去有力，说使不上劲，头疼。”

“这种‘临终’病房的老爷爷老奶奶都睡得早，正常，我是想和她讲曲林的事。”

“曲林又崩溃了？”

安非皱皱眉：“没事，和你没关系。所以你想好了吗，明天能唱桂枝写的那个歌吗？”

袁雪菁摇头：“不唱那首，我决定了，唱我最喜欢的那首歌，你猜猜看。”

“是那个《初恋》，我们的定情之歌！”

“那是你喜欢，我指的是我最喜欢的而且我唱得最熟的，哎，你一点都不记得了，我跟你讲过的嘛，那次我还讲了这歌的大长段背景。”

“哦，是《千千阕歌》！”安非醒悟。

“但是真的不显得老气吗，高校音乐节都是年轻人，别人都是唱周杰伦、李宇春、凤凰传奇啊。公司呢，皇冠那边备的还是桂枝的歌吧？”

“音乐不是空白的音符，音乐从来都承载了主观的表达，《千千阕歌》唱的是再见，《夕阳之歌》代表的是永别，这首一曲两唱其实对我和桂枝都有特别的纪念意义。你不明白，和桂枝聊这么几小时，我已经决定好对未来的规划了。”

安非不屑于搞艺术那套感性的故弄玄虚：“好听就行，这种舞台上的东西，情感哪能听出来的，你还想表达什么内涵似的。别离什么呢，少年不识愁滋味，为赋新词强说愁，他们让你唱啥你就唱啥呗，你又不是经理夫人。”

“你什么意思？”袁雪菁听出安非的嘲弄，“你最近为什么就不肯说几句好话！”

“当然不是你想的那个意思，别想多了。反正我明天会全程观看，一丝目光不会偏移，陪好丈人丈母，这次绝对不缺席一秒。”

在汉京体育场，皇冠人熟悉的老地方，高校音乐节正式开幕。

皇冠曾在此为旗下的艺人以及合作的大明星举办过大型演唱会，而这次是给高校选出的新秀们集体亮相的机会，因此尤为重视，提前一周舞台搭景、铺设地面。届时全汉京的音乐人和热爱音乐的大学生们齐聚场馆，还会有皇冠的成名艺人来捧场，门票放出后即被一抢而空。音乐节计划下午五时开幕，时长四小时。

一早备场，袁雪菁对女经纪讲：“我想改换今天唱的单曲，我昨天去找桂枝，恐怕她不太情愿我唱她写的歌。”

“她签了合同的，就算现在解约了，她是在那段时间写的，这个歌的版权就算皇冠的，她无权决定由谁唱。这个姑娘，生病了也不消停，当时她来找我就不太喜欢她，像谁欠她的，认不清几斤几两。”女经纪不明白这是袁雪菁自己的意思，袁雪菁不好意思讲。

“我自己驳不过面子，毕竟朋友一场嘛。”袁雪菁面露为难之色，女经纪并不正视，仍放不下手头的活儿：“那你想唱什么歌？都到这时候了才说要改，后台和录播那里的备份都得改，非常麻烦，年轻姑娘就是想法多啊。等结束我打电话给她吧，你别出面了。”

午饭时段，女经纪场内外来去，忙完一阵想扒两口冷掉的盒饭，袁雪菁逮着机会找到女经纪说：“我跟后台、主持和录播都讲了，都对上了，我就唱我自己准备的歌吧。”

女经纪听得直想笑：“那舞美呢，你也不要了？姑娘你真有趣，这是你自己做主的时候吗？还剩几小时，可不可以不添乱？看在经理面子上，我说话真的非常客气了。”

袁雪菁也便从了：“那就不改了吧。”

袁雪菁转身要走，女经纪叫住她：“正好我吃两口冷饭的机会，我给你盘盘形势吧。你说你究竟想怎么发展，你最当初参加校园歌手大赛的目的是什么？”

“我就是完全出于兴趣，就想看看自己究竟能唱到哪样，因为我本身学业挺重，我也不清楚往这个方向发展能不能成功，所以我不敢冒险把全部精力扑上去。”

女经纪打断她：“不要说学业重时间少，像苏桂枝是学医的，工作日都满课，但她时间就安排得很好，她凡事有目的，有那种强烈的渴望，她就想做个专业歌手，能写会唱也有实力；而你很含糊，你到今天都没能明确自己的方向。”

“这不是每个人情况不同嘛，我想等合同拟出来，看条件再考虑下一步的规划。”

“你完全不用等合同再付出努力，你自己知道的，无论合同怎样，都不可能许诺你一个百分百能成功的未来。你在逃避做选择，现在你拖不了了，你想好了吗？”

“但是，公司不是有安排吗？上次策划经理单独找我谈了谈，讲了些他的初步想法。”袁雪菁拿最欣赏她的“星探”当挡箭牌。

“对，让你到江东音乐学院进修那只是第一步，我们想让你的声音和长相一样有辨识度。等我们觉得你唱功有点起色，所谓唱而优则演，可以考虑慢慢往演艺方向发展，因为照经理的眼光，你是面容姣好、气质娴雅，他一直想推你的，确实形象气质不错。不过都是后话了，现在还是脚踏实地先起步再说，但问题是你第一步都踏不出去，不要拿出国交流搪塞，几个月的事而已，以后呢，长期呢？”

“我和爸妈还没商量出结果。”

“哎哟，你多少岁了？”女经纪无奈地捂脸，“那你听我讲，下面我的话，是脱离皇冠的利益，出于一名客观的经纪人的专业的忠告，你听完自己考虑清楚。”袁雪菁点头。“首先，你了解皇冠是家什么样的公司吗？”袁雪菁又摇头。

“每家经纪公司都各有特点，说几个有名的：华谊，一线大牌演员很多；天娱，芒果台的快男超女；光线，他们家主持人出名：太合麦田里当红歌手很多；至于像华纳、环球，离你更远了。你觉得自己符合哪一家呢？作为一个新人，你不符合他们的要求，他们也不会安排星探去挖没有市场价值的你，所以不是想被哪家公司签，那家公司就签你的。即便巧合之下你能有幸进去，面对更多比你更加优秀的人，那你能保证自己能成功吗？

“那么皇冠为什么签你？因为皇冠的特色就是挖掘新人，也许听着不如前面几家‘星光璀璨’，但为他们培养和输送了有生力量，所以随便办个音乐节也能叫来别家的当红艺人。在新人市场，皇冠是一家独大的，作为新人得到皇冠的推介，实属幸运。说白了，皇冠是块绝佳的跳板。”

“你算运气好。”女经纪一本正经。

“第一，你避开了选秀的汪洋大海，直接被经理挑中了。我国目前还是靠选秀比较多，像最近的超级女声，层层竞赛才能出头。大多数节目都有剧本，很多选手在赛前已经签约了，表现出的实力虽然不怎么样，但目的就是人气流量。你自己也明白，在复赛前我们已经倾向于你，很多人要靠睡觉去抢的机会，现在已经摆到你面前了。

“第二，皇冠愿意把资源分给你。你知道无论做歌手还是演员都需要成本的，打个比方，一两千可以拍一组艺人照，小几万可以出个单曲，几十万可以出CD唱片和MTV，千万级别才够拍影视作品，或者组织场歌唱选秀。如果签了合同，类似对你的投资，至少需要再押上几十万，加上没有年限的时间等待，如果最后你没有风光出道，不温不火地被市场淡忘了，不仅你的努力会付诸东流，皇冠甚至是赔钱的，那么这个风险是皇冠承担了。任何一家公司的资源都是有限的，无论你多么优秀，只要还有比你好的，就会顾此失彼，最大的盈利点永远就是少数的那几个，比如你，就属于被期待更多的。

“第三，你赶上了好时候。刚才说的是公司的成本，现在说艺人的，无论唱还是演都是要正经受培训的。这也不算新鲜事，最早的香港的TVB你听说过吧，他们在70年代就开展艺人训练班，那是香港明星的黄埔军校，训练班上的艺人现在都大红大紫，所以有计划的培训班是必经之路。像韩国的明星，他们好像叫练习生，日本的叫研究生，他们出道前会受艰苦的专业训练。皇冠也组织我们去韩国学习考察过，他们受训少则几个月，多则六七年，很多条款尤其苛刻，不能有手机、不能私会朋友、回家要请假，吃饭、睡觉、起床都有固定时间，每周检查体重，胖了就要立刻想办法瘦回来，很多人最后得厌食症。吃苦还不算什么，无良公司还会逼迫整容，整得爹妈都认不出来那种，让唱民谣的清纯风穿热裤短裙扮性感，逼着女艺员为一些VIP客户提供不正当服务，否则就是巨额违约金伺候。这就是为什么很多人赔钱也要回国发展。”

“那桂枝不也是听了公司的建议去做了整形。”袁雪菁反驳。

“苏桂枝是个人行为，她那时还没有和我们签署任何东西，合同上从来没要求她做这些，而且她切个痣怎么就称整形了呢？人家都是隆鼻削骨。反正这事影响不好，在公司内外都不要提到，好吧。”女经纪说着，恶恶地瞪了一眼袁雪菁，“遇到好时候，就是说皇冠想自己培养新人，想慢慢地学习那种职业化，把质量提上来，搞一套自己的模式，过去毕竟条件有限，要外送出国，现在不用。就像过去和你讲的，聘请江东音乐学院和视觉艺术学院的老师来做导师，制定严格正式的课程，如果最后新人的表现不达标合同即作废，甚至要赔付公司的培训和人力费用。甚至从高中、大学开始着眼，从更年轻的初中高中生里造星，我们目前已经找到三个刚进初中的帅小伙组成了歌唱组合，取名叫 boys，是别的经纪手上做的。所以我说你运气好，你还羽翼未丰公司就打算包装你，边上学边训练，边成长边推广，要知道一般毫无功底是要全职受训一至两年的。要想光鲜亮丽，就得吃得苦中苦。”

袁雪菁再次打断她的长篇大论：“可是我还是想等两年毕业再考虑签不签合同，到时候如果我这么长期的受训都没成效，那就不用签了，公司也不用担风险啊。”

“姑娘啊，到时候培训完成，公司钱也花了，资源也给了，全当慈善捐款没有反馈吗？只想享受好处，你还不想受约束？哪有这种好事。要想那样也可以，那就再说代理合同。

“全约合同就是我刚才说的，公司出钱，你负责挣钱，公司拿多你拿少；代理合同是你出钱包装打造自己，用公司的资源，签的期限一般也不长，也不会续约，你拿多公司占少。看似你赚了，但对于公司来讲，一个不怎么挣钱的人，况且还是个新人，认真经营你有必要吗？会给你好的资源吗？反正火了也没条款约束，时间一到，你屁股一拍跑别家去了。”

袁雪菁从包里掏出合同端详：“所以就是没得选，照原来合同就是毕业前完成培训，本科毕业了得全职出道，听从公司的商业安排，如果不成功，约期一满我就是颗废棋了，同时还废弃了学业和原本的前途；要不就是代理合同，自己花钱自娱自乐，大概率是不温不火；要不就是不签皇冠，但是新人别家也不会要，签了也不会把资源倾向我。”

“对，话难听，是这个理。”

“那我要不，不签了吧。”

“姑娘是说气话，还是认真的？”女经纪问，袁雪菁沉默。

“不愿意签约那就都没必要了，等今晚音乐节结束你自动退出好了，要不今天也别演了。合同的具体条目可以商量，你不签合同公司就没法帮你，就等于从此毫无瓜葛，不通过公关和宣传保持人气，就算火一时你也会被慢慢遗忘。”

女经纪人不客气地讲，“你不要觉得我好像是在忽悠你签卖身契一样，经纪人是你的伙伴，而不是老板，你想退出了，其实我是无所谓，无非是换一个其他人做。我是觉得机会难得，女人的青春宝贵，等你本科毕业，到这行可就是老女人了，机会送到面前，你要背过身去？你的初赛、复赛的经费赞助都是我们拉的，你以为赞助商是要赞助学校？这个行业并不看重你的学历，再怎么名校，不过是所大学罢了，毕业了朝九晚五拿死工资，在资本面前学历到底算什么东西呢？这完全是两条路，不存在重叠的，反正尊重你的决定吧。”

虽然安非很早就过来陪袁雪菁，但还是错过这段对话。袁雪菁在最后排练后一直发呆，而袁父袁母直到开场都没出现，安非预感是出了争执。节目单上，袁雪菁的单曲在前，《美丽的神话》的节目排在后。至袁雪菁准备上场时，留给二老的座位依旧空着，袁雪菁盯入场处好一会才上后台。

氛围灯转动，袁雪菁戴顶礼帽，一身很“宝丽金”式样的复古装，缓缓步入舞台中央，不伴着任何前奏背景。

“今天站在这里呢，我想我是代表两个人，代表一位不能来现场的小伙伴，一位此刻正艰难地对抗病魔的好朋友，一个热爱唱歌的才华横溢的妙龄少女。”台下有呼喊苏桂枝名字的粉丝，前排女经纪和策划经理焦虑地站着。

“此刻我想有一首歌非常应景，它叫《夕阳之歌》，2003年梅艳芳前辈身穿婚纱以此歌告别乐坛，也告别了这个世界。但选它不是为了盲目去模仿什么，它对我和桂枝来说有着不同的意义，因为这首歌产生了一种很奇妙的缘分，不仅在第一次见面时见证了我们的友谊，更因为它与我偶像陈慧娴的经典歌曲、大家都很熟悉的《千千阙歌》是同曲不同词。唱这首歌，为桂枝表达对歌唱的不舍，更为表达我自己对世界的态度、对未来的选择。

“此刻的桂枝或许就在电视前，我替她向这个她渴望并热爱的舞台说一声——拜拜！这首歌献给她，献给大家。”

安非眼见前几排的经纪和经理急躁地来回走动，但皇冠方面的工作人员并未前去沟通或者阻挠袁雪菁的讲话。旋律渐起，现场氛围强烈，台下不会粤语的观众都挥动字牌、跟唱起来，袁雪菁全情投入，临近曲末竟唱出哭腔，观众里苏桂枝的好友粉丝们也泪花翻涌。安非耳旁有轻声哼唱，才发现袁父母已不知不觉到现场。

袁雪菁唱罢，皇冠方面见反响很好，派一位领导样的人上台讲话，改换一副说法，宣传苏桂枝是“抗癌的斗士”，为表示支持和关爱，皇冠要主动为苏桂枝实现愿望，要无偿制作发行苏桂枝翻唱的唱片合辑，并推出苏桂枝的“绝唱”——屏幕播放苏桂枝之前录制的哼唱写歌的剪辑视频，即袁雪菁弃唱的单曲，事实上这视频早在苏桂枝发现黑色素瘤之前就录好了。

袁雪菁归来时，女经纪人竟不责怪袁雪菁的自作主张了，后排的浦野对安非讲：“这都不肯放过消费苏桂枝，皇冠这是顺势推舟，要靠吃人血馒头大赚一笔。”袁雪菁没有久坐就去后台准备歌曲《美丽的神话》，安非见手机上多了几条未接来电，找僻静处拨回去，是实验室的办公电话，肖老师在那头问：“你今天翻过冰箱吗？这么乱，特别是存放试剂的冻存盒。”

“我今天压根儿没去实验室。”

“那你见过这几天有陌生人来过没？连转运试剂的保温冰盒都被顺走了呢。”

“那我问问其他人吧，肖老师，您别急，放冰箱里都别动，东西我今晚回来收拾。”安非挂了手机直奔向浦野：“你实验中心的大门门禁在身边吗！”

“在宿舍抽屉，怎么了？”浦野不慌不忙。

“你走时曲林在吗？”

“在啊，你说什么事？”

安非一把抓起书包，另一手揪起浦野往体育馆出口跑：“我让你把门禁藏好你不听，实验室的冰箱被翻了，冰盒都弄走了！”

“我的天，曲林他偷……那别回医大了，赶紧打的去医院拦他，怪我大意。”

等安非和浦野到达肿瘤病区，搜寻苏桂枝的病房，包括整个走廊都不见曲林的踪影，据苏母讲，曲林刚来看过苏桂枝，但不知何时离开的。两人一筹莫展，浦野讲道：“大概真的回去了吧，你看桂枝妈妈在那，他不敢造次的。”

“不可能，你不知道曲林对这抑制剂起效的期待有多狂热，他已经失去理智了，肯定计划很久了，就猜到今天我们要去音乐节。”安非说着，又扑到护士台找值班护士，“请问苏桂枝的家属有看到吗？”

“就是那个汉大医学院的小姑娘？她的家属不就是她的爸爸妈妈嘛，来看她的同学不少，我分不太清的。”

“就是有个微胖的挺白的小伙，个头一米七多点，你今天见过他吗？”

“没印象。”护士不耐烦了，听见后面配药室动静大，朝房间呼了声，“注射器还没找到吗？”

“快了，没关系，不用管我。”

安非和浦野听这句回应明显是曲林，直往配药室里冲，护士张手一把拦住了他们：“干什么！医疗操作区域家属不能随便进！”

“曲林你出来。”安非吼一嗓子，曲林果然鬼鬼祟祟探个头，戴着医用口罩帽子，身穿医大字样的白大褂。护士还蒙在鼓里，对他俩说：“认错人了，这不是你们同学，这是脑外科过来会诊的啊。”

浦野缠住护士，安非奔过去揪下曲林的口罩，曲林想反抗不成，不料打翻了装抑制剂的冰盒。护士以为是医闹打人，准备叫保安过来，安非便扯住曲林胸口衣兜处的“江东医科大学”给护士看：“这是我们同学，他冒充医生，要自己给苏桂枝注射不明药品！”

“难怪他折腾着问我怎么把那小瓶试剂稀释入盐水，我这边都没记录，说是神外那边开的药呢。”护士叫来肿瘤科的值班医生核对。安非撇开曲林，赶忙把地上的冰块塞回保温盒，嘶吼道：“你是作死啊，偷窃、谋杀！抑制剂四度保存，你认字吗，失效了，你知道怎么用吗？死肥猪！”

“我赔！让我给桂枝打进去试试，就试试！我查文献了，就按给动物的浓度，真的没事的。”

“你还知道才动物实验，先给自己用试试，你死不掉，我们就给桂枝吊上，你敢吗？”浦野也想拽曲林领子发威，一点没撼动其吨位。

曲林把悲痛化作愤怒，还是要抢抑制剂，安非余怒难平，跳起来狠踹曲林充满弹性的腹部：“你这害人精，桂枝有你这种男友简直是倒大霉了，冰都快化了，这小瓶几千块废了，我还得瞒着实验室老师去给你收拾烂摊子！”

“我知道你就是怕被人发现，根本不关心桂枝死活。”曲林哭丧着脸还是挺有劲儿，不松开冰盒，浦野竟来拦安非：“你让他打，打进去人立马死，你看他怎么反应，桂枝能活两个月，给他搞成两分钟，是吧，曲林，你去啊，没人拦你。”

病房里一些家属出来看热闹，苏母也闻声赶来说：“曲林，别闹了吧，桂枝醒了，她要你。”曲林终究撒手，让安非带走了冰盒，泄了气般躺倒在走廊扶手：“反正是活不久的，赌一把也行啊。”

苏母拍拍其背：“阿姨知道你也很痛苦，白费精力，不如多陪陪桂枝，听阿姨的。”

后来，当晚值班的肿瘤医生叫曲林到办公室，二人长谈到深夜，曲林自此不再提抑制剂的事。

第二十一章　遗体告别

音乐节之后，医学生们期末连环考的高潮时刻，更是微免课题组开期末总结会、安非该拿出表现的关键时候，合并既已被换校长一事耽搁，沙主任定会做重新规划。因此安非再顾不上去管曲林，督促曲林从彻骨的悲伤中自醒以按时复习，这任务被交代给浦野。

秦巧凤和安非手上同时进行的两项课题：当初面临合并，亟须仓促结题的那篇论文，沙主任认为数据单薄，需要补充实验、继续打磨，意味着安非的暑假兴许泡汤，而秦巧凤自始至终是不要假期的狂人；至于另一篇大师兄用于毕业的文章，此番被沙主任寄予厚望，甚至把投稿目标定到 *Nature Communication*，作为大名鼎鼎的 *Nature* 的子刊，沙主任会同几位出过力的“劳工”亲自商讨论文作者的分配，虽安非挂名志在必得，但具体作者排名须等沙主任这次会上定夺。

安非心想，若能作为共同作者之一，不仅事关能否选入莫须有的实验班，这老本几乎能吃到博士毕业找工作。秦巧凤的意见是：“稳妥起见，你最好加强一下自己的存在感，由你发言，跟老沙汇报数据和进展程度，尽量展示自己对课题的了解，准备做足点。大师兄毕业事务缠身，也没空管汇报。”

安非求之不得。但袁雪菁突然的要求显然违反工作日不见面的约章，即便课程完结已开始全面复习，袁雪菁电话里讲：“安非，我想找你聊聊，你今天来汉大吧。”

自音乐节那日，曲林在医院一闹而安非不告而别后，他俩仍未对此交心过，而此时的安非又认为，准备幻灯的要紧时刻绝不容干扰，“现在没空，等明天吧。”正如刚接触时洛芬所言，袁雪菁有时是个恐怖的人——她任性发作，不依不饶连拨安非电话，通话后逼问：“是不是因为我音乐节表演那个《美丽的神话》？我爸妈说你那天没等我上台就走了，你当真吃醋吗？”

“想多了，都说是曲林的事，晚点桂枝命都没了。今天要汇报，真的忙，挂了啊。”

下午又有袁雪菁的十来个未接电话，安非本着“态度大于对错”的原则回拨过去，接通后对面却是陌生的女声：“安非吗？我是雪菁舍友，她下午下楼梯摔了一跤，现在到医院了，你要过来吗？”

“摔得严重吗？你让她接电话。”安非不耐烦。

“她捂着疼呢，接不了，感觉摔了好几个地方，脚踝、膝盖和屁股都很疼，挂了急诊号，哦，雪菁她让你现在就过来。”安非听那边说完，考虑后还是让拍完X片再说，他晚点再过来，至于理由他并不多讲。

而没几分钟对面回打来，这次真是袁雪菁：“医生讲，说不定要手术。”

“现在腿能活动吗？能走动的话，可能只是软组织损伤，要不你先喊你爸妈去陪你，他们从单位过来比我近，我汇报结束就——”没等安非讲完袁雪菁便挂断，紧接着竟是袁母的电话：“菁菁说她摔了去医院了，安非啊你先替阿姨看她一会儿，阿姨下班就过去接她，好吗？”

安非无可推脱。下一步惯常是喊秦巧凤救场的，但今天的女人们似乎都不好说话，秦巧凤咆哮道：“我压根就没准备，说好是你汇报，还有两个小时不到，你说你要去哪儿，天塌了吗？她要真的需要开急诊刀，早就收住院了，会来回打一个多小时电话跟你啰唆吗？她就是作，凭什么我要为你女友的小姐脾气买单！”

安非乞求：“有事我肯定得去的，没事的话说不定一小时内就回来，你先准备准备呗。”

秦巧凤拒绝再背锅：“不行，就这会工夫你让我怎么准备，这是普通的组会吗，今天讨论文章你也署名，你没数？你自己去和大师兄、沙主任说明情况，我不管你。”

安非懒得争论，硬把囤满实验数据的U盘塞给秦巧凤。直到坐上出租，安非耳边仍是秦巧凤龇牙挥舞U盘的环绕立体声：“你敢去，去了就别再回来了！”

至医院创伤急诊处，轮椅上的袁雪菁见安非过来，什么也不讲，安非问什么也都不回，舍友也不见踪影，安非推她去见值诊医生，医生讲：“CT没看出骨折，回去冷敷，制动休息。”

袁雪菁却插嘴：“可是医生，为什么我还是非常痛？我膝盖直不起来，真的没问题吗？网上说如果骨折不处理会畸形愈合，我这种会伤到腿的神经吗？”

“你要实在不放心再做个磁共振，对骨折伴发的肌腱、软骨还有半月板损伤看得更清楚，但是我觉得没必要，而且估计等得久，前面人多。”对于做磁共振，医生不建议，却也不介意。

安非对等的时间久这句非常敏感：“雪菁听见没，没问题的，一般X光看着没骨折就行了，CT都做了，没必要为肿痛做磁共振，又贵时间又长，哪怕再有问题明天再来吧。”

“医生，那就做个磁共振看看吧。”袁雪菁说。

袁雪菁既然讲了，医生也想省事打发她走，安非看看表，多问一句：“前面大概等多久？能安排快点吗？一个小时能不能排得到？”医生不说话，安非推袁雪菁的轮椅出诊室，边推边叹气，“怎么就不小心嘛。”

“你忘了，我们那片校舍最低，一到夏天梅雨季，楼梯就湿滑，我摔滚好几级台阶。你还记得去年宿舍淹水吗？你帮我去宿舍取唱片……”

袁雪菁的话，安非丝毫不进耳，只讲自己的烦：“真的，其实冷敷就好，早点我还来得及送你回宿舍，今天真的很重要，非常重要，不去会出事。”

“你知不知道，你说你不能过来，舍友在场我那时候多丢人！”袁雪菁突然有预谋地爆发，“你知道她们平时欺我，但凡我自己能做的都不会要她们帮忙，我就生怕她们笑话我！”

“我真的没办法，今天老板讨论论文署名，我不去说不定就没我的份。”

“你还要跟我吵，说个对不起真的难吗？不去影响你毕业吗？”

“我来都来了，你有必要追着不放吗？说这些没用的，你摔了变成我的责任了？”安非的嗓门几乎盖过这片急诊楼的嘈杂。

“皇冠的合同签不了了。”袁雪菁声音突然低下去，眼里攒的水珠子不争气地往外滚。

安非知道嗓子大过了，到嘴的粗口咽回去。“为什么？怎么啦？”安非低下身子问她，“是你不想签了，还是公司要毁约？”袁雪菁抽带吸的哭腔也随之出来。

袁雪菁不答，呜呜地止不住，磁共振叫她号，安非忙平复袁雪菁的情绪：“好了好了，咱不哭，乖乖的，不签就不签，那就以后好好学习，开心的事在后头，下半年去美国交换玩几个月呢。”袁雪菁开口想讲什么，安非不给机会，送她到磁共振室，扶上检查床，“现在先不说，等做好出来我们再聊。”

而安非出来第一件事是先找手机——这个点早该开完会了，摸口袋里手机竟不在，浑身上下也翻不到。门口的护工阿姨叮嘱下个进去检查的病人，要把手表、手机、磁卡等物件放外保管，不要带入磁共振室，安非才想起刚才两人把手机放一块儿，想留在轮椅上，轮椅又不能进，手机准是被袁雪菁带进去了。

安非预感不祥，拿到手机果然有秦巧凤的未接来电，紧张地回拨，连拨几次没通，又拨实验室座机，怎么也打不出去。安非把拨的每个数字仔细查验都没问题，换袁雪菁的苹果手机也不行。一旁的护工阿姨道破玄机：“小伙子，这是消磁了。我第一天来上班也是这样搞坏了手机，刚才在门口我一再说任何含金属的物品都不能带进去，你肯定没注意听。它这个里面有什么强磁场，我也不懂，我记得有个医生进去连剪刀都被吸飞了呢，不锈钢的都弯了。你手机坏了事小，砸坏了机子你赔不起……”安非不想听这阿姨啰唆，袁雪菁也劝慰：“你的手机本来就要换，坏了就坏了。”

安非顾不得袁雪菁，开始借周围家属的手机打给秦巧凤，每次却都被挂断，给她连发短信，大费周折才联系上，那边秦巧凤的声调不稳：“你才打来啊，我拨你手机不通。唉，事情有点复杂，等你回来说吧。”

“你说怎么了，快说！”

“你最好有心理准备，算了，等你回来详细讲。”

“你说你说。”

秦巧凤坚持等安非回来再讲，安非急得嘴里冒火：“你快说！最多不就是把我们四班那马屁精塞进共一的位置吗？老沙一向偏袒她，了不得把我再往后挪一位呗……”

那头支支吾吾的：“咳，跟你直接说吧，老沙又想把省人民医院的一个老师塞到共一里面，这样大师兄第一作者，那个老师排共一第一位，你那同学放第二，我就掉到你原来的位置，排共一最后一个，你就变成普通作者了。”

“那凭什么，这篇这么大的文章，总不会三个共一的名额，一个都不给我？你们都不提意见的吗！”安非忍无可忍。

“没法说啊，老沙是系主任，而且他也是借题发挥。你让我汇报，但是幻灯里少一页数据，虽然不重要，就不知道他是不是故意就非得要看。数据源都在你那儿我哪找得到呢，打了几个电话给你也不接。老沙因为合并的事本来就愁，就更不耐烦，问我是谁准备的汇报，我说是你，他就一怒之下提了要加那个老师的事，说你这个态度不值得拿成果，问我们怎么想，我们哪敢说个不啊……

“我就问你，我为什么打电话你不接，你接了，告诉我数据在哪儿，找出来都不要一秒钟的。

“你弄个陌生的号码打给我，我以为骚扰电话，开着会我接了干吗呢，会开完我才看到你短信，晚了呀。”

安非满肚撒不完的怨气：“还有，你就不能骗他说是你准备的幻灯吗？”

“你第一页幻灯写了自己大名邀功，生怕老沙不知道你做的，这能怪我？我没办法，我替你背锅了咱俩最后都没份，这样就好吗？而且我说了，老沙就是有预谋的，现在课题资金紧张，那老师是个等着拿论文升职称的副主任，作为利益交换老沙这边就能用那个副主任的课题资金救急，所以不论找什么借口，早晚他都要把那老师加上去。我也很气愤，但你更应该恨你那同级女同学，她干一丁点活还老是出错，细胞污染让师兄延毕的事她有直接责任，最后作者次序还排在我前面，这难道就合适吗？”

“那你倒是当时提意见啊，你和我解释有什么用。”

“老沙就是说你为什么不在场，说明你不在乎不重视，而且那大师兄和我都帮你说了，说你也做了很多工作，老沙就提及把你放那另一篇用于结题的论文，说那篇让你做共一的第一位。”

“我才不管那个，那文章根本发不了多高的影响因子，金的换成铜的，有意思吗？”安非这时处于理智之外，秦巧凤那头也沉默了。

“老沙还在吗？我现在回来到他办公室找他去。”

“早开完会了，你现在回来翻脸，像什么话呢。老沙是多固执的人，你一小本科生跟他呛，让你滚出去都不带打招呼，后面结题论文你也不要了？西瓜没了，芝麻还是要捡起来的。”

“捡你个头，一丘之貉！”安非骂完这句，掐了电话还给路人，秦巧凤回拨，发现不是安非便不再打了。

轮椅上的袁雪菁大概听明白前后，从诊室出来磁共振结果也没事，稍微平复些许，问安非：“还有挽回余地吗？你要回医大找他们吗？”安非陷入应激状态，不答。袁雪菁又讲：“要不你等我妈来再走吧，或者送我回校，我腿还是不能怎么动。

“改天你回去再和那系主任求求情试试，今天回去也来不及，你陪陪我呗，我有话想跟你说。就是皇冠因为我在音乐节提桂枝……”

“皇冠，皇冠，你脑子里就自己那点事，本来合同你就不满意，本来就签不了的，你还真想做明星，而且现在各种娱乐明星经纪公司到处是，你换一家经纪公司，自己花点钱出个专辑满足了唻，还想怎么大红大紫啊？！”

“说了你也不懂，这是个小圈子，得罪了人我到哪儿去，你坐下来听我说。”

“我没心情听，既然你说我不懂，我还听什么。我一会儿先走，你等你妈来接你吧。”安非说着要动身。

“你回去有用吗？你是不是怪我？我也不知道你今天这会有这么重要，我不是挑着今天摔的，能不要这么凶、这么过分吗？你手机坏了，我不是？我怎么联系我妈？我这还是那经理送的手机，我还得还他的。你只关心你自己，我说我签不了皇冠，你有主动多问哪怕一句吗！从初赛到音乐节，初赛你迟到，决赛你又迟到，音乐节你玩消失，哪一场你完整陪我全程，哪怕只有一次？我就摔了这么一次你就这个态度？”

“我本来就没说怪你，你说什么风凉话，你还要闹？既然这样我就跟你争个理。你要不是嘴硬坚持要我过来，你今天给舍友讲点好话，她们会像平时一样犯坏、会丢下你自己跑了吗？你要是不在那哭，我会接不到电话？你要不是非做磁共振不可，手机会出这档子事吗？我就说一点问题没有，你就是作出来的，拖延时间就是想看我到底有没有耐心，就告诉你，我今天还就没有！你舒服了，你反正下学期还去交换美滋滋，这下我的论文只落个普通作者，毫无意义，一年多的工作几乎是白费！”

“要怎样你才满意，我去死好不好！”袁雪菁转着轮椅不知往哪去，因为深大呼吸，安非胸口剧烈地起伏，也不拦她。袁雪菁去了没多远便没力了，转着轮椅回来，“安非，我们分手吧。我今天看开了，反正好多天我俩都不能好好沟通了，你同意吗？”

“神经病，懒得理你，我马上走了。”安非回道。

袁雪菁嘲他道：“我今天就跟你赌一下，你就算回去了还是不敢顶撞你那主任，你有胆量去和秦巧凤讲要她把名字让给你吗？你本来就只会朝我撒气。你现在就走，我看你能不能把你该得的要回来，做得到，今天的事就全算我头上。”

“有意思，我为什么要这样？做事要理智，这样做对我有任何好处不？‘忍’字头上一把刀，你懂个屁！”

袁雪菁的泪已风干：“就为了我，这个理由你觉得够不够？我给你时间，你仔细想一想吧，不行就分手。你平时总说没心思讨好我，我已经把我想要的都明确告诉你了，你没别的借口了，我都告诉你了。”

“随你，我走了。”安非真就打算离开医院，袁雪菁气得跺脚，虽脚痛但心狠道："滚吧你，窝囊废！"

安非、袁雪菁争吵之后是熟悉的冷战，每次日期不定，这回应该更久些，安非心想，还得照常去实验室干活，装作没事人。

秦巧凤越想越过意不去，主动放弃在校这最后一个暑假的出游计划，承诺多分担点结题论文的扫尾工作。肖老师则安慰道："无论做基础科研还是干临床工作，无论做什么行业，永远不是你想的那么非黑即白的。习惯就好了，你那同级的女同学，那头是熟人人情，省人民医院那老师是利益关系。肖老师站你这边，那小马屁精随她自生自灭去，我不教她实验的，以后苦活累活多派给她，解你的气。"

这日沙主任出差，也没机会正面对峙，众人哄小孩似的，任由安非在实验室里发狠劲、放大话，说给旁人听。安非心想昨日不见他们发作，今天都装好人，那"右护法"本就是直接拿成果不用干活的人，教她她还懒得学呢。不过每逢她经过，安非倒是自觉收敛几分。回宿舍，安非把前因后果向他们三人讲了，不出所料直男瞿麦站安非，暖男曲林站袁雪菁，浦野一向不待见袁雪菁，这回一反常态说："你确实过分了。她是作，但你不是第一天跟她处，男女本来就不能平等看待的，你想清楚要和她好，就得做出舍弃，感情需要经营的嘛。"正讨论着，虚掩的宿舍门被洛芬踢开，她一把拽住安非袖子把他揪到阳台："你俩怎么了？雪菁现在崩溃似的，什么都不说，越劝她越哭。"

"你多管什么闲事，你自己问她去。"

"果然是有问题，你欺负她了？"

安非气性上来："欺负她？那是她舍友！谁都能欺她，除了我，我为她吃了大亏！"

"你能不能像个男人，担待她一下？雪菁一无所有了，当然心底对你有怨，你还落井下石？"

"她快活死了，皇冠不签就不签，这样也好，省得跟爹妈作对，本来原计划就要去交换，重重打击她以后才能正经搞学习。"

"放屁！去哥大交换的事泡汤了啊。她没跟你讲，还是你根本就不关心？"洛芬恨不能啐死这不要脸的。安非想起，袁雪菁确实这段想说事情来着，欲言又止的。

"这事她都不敢告诉爸妈，你又是大忙人，没兴趣听。你记不记得，汉大每个月都在礼堂办大师讲堂，就是邀请杰出校友和社会名人回校演讲，上次就请了倪业弘。"

"就是那个众寻网络巨头企业的 CEO ？虽然上次苏桂枝住院时，医生讲很多人就是被众寻的竞价排名骗去不正规民营医院，像苏桂枝一样耽误治疗的，但众寻是国内最大的搜索引擎了，这人可以算是汉大目前最富贵的校友吧。"

"那当然是，给汉大捐五千万什么概念，所以主办方也做得很……怎么说呢，极尽谄媚，就打算让雪菁和苏桂枝一起给倪业弘献唱，毕竟是要参加音乐节的红人，就唱苏桂枝自己写的那首，让校文学社的同学改编了歌词，歌名也改叫'众寻之旅'。那苏桂枝的脾气你知道，立马就不干了，校方就让雪菁一个人上台唱。雪菁一看改过那歌词什么'我爱你，想钻进你的众寻世界里；我听过你，传说中的英雄就是你'，实在受不了，并且学校还要雪菁给他献吻。"

安非气愤："这过分了，这是毫无脸面地向资本卖笑！"

"对啊，雪菁拒绝了。但是辅导员劝了几回，说这个对文艺活动项的加分很大之类，还承诺她不需要再亲那 CEO，雪菁就有些心动。临到上场，雪菁又发现给她准备的礼服特别暴露，又露背又是抹胸，下面也很短，关键是倪业弘的秘书对于袁雪菁来说很敏感，你猜是谁，是你的大一情敌！那个渣男学长没去留学，托关系到了众寻上班了。所以雪菁就拒绝上台，想回去换自己的衣服，让主持很难堪。校方赶紧随便找个礼仪上台唱，又难听又尴尬，词也不对，学校很没面子……"

"就是这个事学校不让她交换？她为什么不早告诉我呢？我也跟你一样，上汉大要说法去！"

"学校当然不可能说这么直接，总之这事你没办法的。交换遴选名额最后有一个面试，有个评审老师批评她是'特权观念，毫无集体主义意识'，指的应该是这个。而且雪菁在宿舍曾经抱怨说了几句，大概是说献吻有辱人格啊，被舍友传到辅导员那里去了，德育分被打了不及格。”

“这叫什么事，就只抓住影响声誉，完全不考虑她参加歌赛赢得的荣誉？”安非也搞不清是关乎面子问题还是心疼袁雪菁为她鸣不平了。

洛芬又讲：“可能去认个错或者好好解释下，兴许有机会，雪菁当时是这么和我讲的。但是她的脾气倔嘛，仗着自己要签皇冠甩脸色，摔材料出门把评审晾那儿了。谁知道她又脑抽，非要在音乐节提苏桂枝，外面本来风言风语说皇冠勾搭黑心整形医院，这不是猛戳皇冠的软肋嘛，后来皇冠又没签。”

安非虽郁怒未平，决定主动向袁雪菁低头和好：“行，我知道怎么办了，同是沦落人呗，我大丈夫能屈能伸，再让她一回。”

“她今天还会去皇冠，可能离开前还有些流程，你去给个大惊喜。”

安非顺着洛芬的思路要在“女神落寞地退下舞台时反赠予芳香”，于是买束花到皇冠等袁雪菁。

来得多了，前台都认识安非，便放他进去，安非以为这是给被扫地出门的袁雪菁最后的特权，然而所见出乎意料，袁雪菁不是想象里低头丧气的颓样。

“星探”经理左拥右抱，有男有女个个神采飞扬，都是这次高校音乐节的佼佼者，大家一起摆pose庆祝举办成功，在皇冠那面挂满明星头像的“巨星墙”前拍照合影，其中的袁雪菁紧靠着经理，侧身抬小腿亲吻了他。经理还宣布，晚上办庆功宴，在皇冠十字对角的绿地洲际酒店，到时更有汉京文娱圈的高层管理者出席，因此晚宴上要着力推介这些年轻新人。

袁雪菁的笑容越灿烂，安非心里越不是滋味。晚宴前，经理请袁雪菁到绿地的咖啡厅聊天，袁雪菁和那经理有说有笑，这中年男人从台面上递给袁雪菁一部跟之前一样的新的苹果手机，袁雪菁推辞几下便接受了。安非未曾离开，一直远远盯视着，并且拍了几张人脸模糊的“证据”给洛芬。两人起身赴宴时，安非编排好“进攻”台词，拨通了袁雪菁的手机。

“你在哪儿？”

“干吗，跟你有关系吗？我气还没消，你又来招惹我？”

“我看你挺开心，不太像有气的样。手机修好了？还是经理又送你一部新的？”

“你看见我了？你在哪儿？你还跟踪我？”袁雪菁走到大堂四下张望，“你有病吧，你找我就不能提前告诉我？”

“不敢找你，你是大明星红人，怕丢你的人。”

“好好说话可以吗？今天不想和你吵，我还有事，回头再说。”袁雪菁刚掐了电话，安非又打来。

“你是什么态度，好不容易有空找你一次。”

“你平时跟我什么态度，我就什么态度，你自己感受一下。而且凭什么你有空我就要迁就你，你做破实验我——”

“那你腿摔了问过我有空吗？搞烂我的文章署名然后你这儿又好上了，皇冠不是不签你了吗？鬼哭狼嚎都是骗我的哦，正经学校活动校友的脸亲不得，到搞副业皇冠经理的脸就亲得，你丢了交换的机会也是自己作的，洛芬不告诉我都不知道，搞得大家以为你是天底下最惨的人呢！”安非一鼓作气，把这几日的不满倾吐而出。

“谁告诉你我没得签了，我说了以后慢慢跟你讲。”

“你不讲我都知道，你又死皮赖脸求那个策划经理，你还要配合皇冠拿苏桂枝做文章，你肯定算准了音乐节提她你就要火，消费桂枝的人设有市场，之前恨皇冠恨得入骨，现在给颗糖你又贴上来，你哪天翻了车别怪没提醒你。”

“你还装得很懂，我亲倪业弘的脸，你就开心吗？都是迫不得已你能理解吗？你对别的行业一无所知，小格局小心眼，你就执拗于自己那点东西，每次还妄言什么心无旁骛专注于自己的领域，自以为是心气升到天上去，地上没你过的日子。刚认识那会儿还讲学医那套矫情话，什么治病救人伟大光荣，什么‘改生死簿，跟无常抢命，和阎罗谈价，下十八层劫狱’，吹的什么牛，听得我想笑。你根本不是想做救世主，而是想成为精英，和其他任何行业一样，是世俗意义上的精英，请别给自己脸上贴金了。你就是普普通通的利己主义者，不要企图以一种特殊职业身份掩盖你的自卑以及理想跟现实的落差。我管你读多少年书呢，现在没钱将来也没钱，没钱就是没钱，和你伟大的说辞无关，你就是纯粹的失败者。跟你提过多少次未来规划，我爸妈问你是不是想留汉京一起和我奋斗，你到现在都在打马虎眼，你说你焦虑有压力，但你敢直面吗？你只会逃避，那就回你的县城老家去！最后再问句实际点的，你的论文要回来了？我猜没有吧，所以你管好自己的事，不要自己倒霉见不得我好！”

没有什么比嘲讽和摧毁别人的理想更恶毒更猥琐的事了，安非被这轮要命的反击挫伤自尊，直接泄了气：“反正你早点回家，少单独和那经理吃饭，也别用人家送的手机。”

袁雪菁乘胜追击：“我就不能有社交？和男性朋友一起吃个饭碍着你事儿了吗？我这相当于公司借用给工作专用的手机，要和你讲几次！”

“我哪是这个意思啊，天黑早点回家不是客套话嘛。”安非笑说着，莫名其妙硬气不起来了。

“呵呵，你也知道我们已经貌合神离，只剩客套话了啊，因为本来就不是一路人，谈不到一块去，和你呐，沟通无能。你冷静好再找我，这几天都不要见面了。”

安非终究憋不住粗口：“见你个屁，我这是最后一次犯贱，你自己都说分手，我再主动找你我就是不要脸，你吃完饭直接和经理睡这儿吧，再见！”

当晚庆功会后，狗仔抓拍到皇冠的当红艺人携袁雪菁出酒店，勾头搂腰、举止亲昵，《汉京晚报》文娱版面刊登标题：“新片宣发偶遇庆功盛会，男神挽手新人，皇冠传媒疑似力捧汉大小花旦。”那之后，安非没和室友们提起分手之事，曲林在宿舍提及，皇冠公司官方除去来确认新歌版权时看望过苏桂枝一次，之后再没有来过了。曲林愤愤，安非却不惊讶，对皇冠之黑心早有预料，只是越加怨恨。

既已与袁雪菁完全闹僵，安非倒不觉这新闻扎心，这片名为“信任”的大陆已经板块断裂，形成从汉大贯穿医大的大裂谷，所有企图搭建桥梁、跨越峡谷的沟通，都会掉入无尽的深渊，只剩飞鸽传书的古法——洛芬给安非带来袁雪菁写的信，这次连心善的洛芬也是劝分不劝合了。

致安非：

本想那晚直接从QQ发给你，一想到你给我写的那封情书，我觉得还是手写分手信，正式一点对待这段关系，哪怕是结束。这样慢一些，但也有好处：你或许已经看到那条新闻，厌恶感会使你更快地放下。

第一反应我猜你会恼怒吧。或者你根本就不在意了，早就继续沉浸在你的小世界里，我这只是路人与路人的故事了，与你无关。

其实我们注定会分手，只不过是早晚的问题。你不是不关心，你是不愿意、不在意。我太害怕了，你现在忙得连解释都没有了，就剩下抱怨，这大概就是我解脱的时刻。

你之前好奇，音乐节之前，我去看望苏桂枝当晚聊了些什么。聊了很多很多，通过那次夜聊我看开了，追求自己想要的和珍惜自己拥有的，有时不可兼得，成长必须学会割舍。

我一直在想，为什么苏桂枝看得上曲林，他人一般，毫无长处，身材不如瞿麦，模样不如浦野，本业也不长进，照你一对比就是混吃等毕业的，是你们宿舍最不起眼的，甚至苏桂枝做双眼皮和冻痣前还嫌弃她不好看。但是苏桂枝声称点痣不是为了吸引曲林，签约和唱歌才是她渴望的驱动力——在她看来，曲林是唯一不把她的唱歌实力和长相挂钩的人。那段时间，大一那时候苏桂枝刚起步攒了些人气，因为听从粉丝劝慰露了正脸，许多人原以为她说自卑不露脸是卖关子、营销手段，真的见了脸就嘲讽，苏桂枝人气大跌，心理打击很重，死缠曲林也是心理扭曲。曲林虽然不接受谈恋爱，但坚持苏桂枝该走唱歌这条路，一边躲她一边帮她，从始至终地支持她，哪怕苏桂枝那样骂他，他还是在评论区帮她张目。

我想过很多次，你和曲林不同，除了嘴上敷衍，你不会真正支持我，你把自己的未来看作第一要义。追求想要的和珍惜现有的，在我，不，在我们这里是不统一的。所以经历了这么多，我觉得她留给我的忠告，就是学会平衡、适当放弃。

爱情，对目前的我们仍是不必要的，对你、对我来说都成了累赘。那条新闻，我不是像你想的预谋已久，分手就立即找下家，你是明白人，该知道那只是合同上说的对我的“投资”而已。至少我单方面目前的状态不适合恋爱，公司也不希望我向公共空间透露情感状态，影响今后的发展。

舍不得我们之间的回忆，但爱情诚可贵，“面包”价更高嘛。另外放心，我和父母彻底和解了。

最后想说，希望你不要总是逼自己，风大时能允许自己跑得慢些，生活不用刻意去争取什么，该有的幸福都会慢慢地来。

祝你成为一位有名有钱有地位，同时有善心的医生，不负初心。

为了不让室友发觉，趁众人睡下，安非偷钻在被窝里，拿手电照着看信，一夜无眠。

不到一个月，苏桂枝的情况逐渐加重，头痛发作频繁，严重贫血、感染发热甚至转移灶出血，意识模糊、胡言乱语。弥留之际，苏桂枝仍安慰家人，她说：“爸妈，如果哪一天我走了，你们要想开点，要多吃饭，少一点烦恼，不要寂寞和沮丧，弟弟以后还要花钱，不要把钱都花在我身上，终究是落空。”

几天后苏桂枝陷入昏迷、呼吸衰竭，依照她之前的决定，不插管、不上呼吸机，只简单胸外按压、药物支持。那期间，曲林一度躲进医院楼梯抱头痛哭，不肯出来面对现实，安非他们轮流来守曲林，只怕他想不开，最终是苏父签了放弃抢救同意书。

据曲林讲，苏桂枝去世前曾喃喃自语，说听到学校 120 来医院接她了，今天要回到学校去。遗体拉走时，医院不同科室的许多医生听说捐献遗体的事，都到肿瘤病房来，鞠躬并且目送这位苦命的后辈。

苏桂枝的告别仪式定于离世的第三天，原计划在汉大医的新解剖楼，因扩建整修，改到医大慈志楼举行。

八月底已是暑假的尾巴，除却少数几片区域，医大校园一片冷寂，汉大的校车缓缓驶入慈志楼旁的停车场，不久着白大褂的汉大医学生也加入医大师生的悼念队伍。人群汇集至慈志楼门口，所有老师、同学和亲友们手捧白菊和千纸鹤，肃立在慈志楼外守候着。

设置在伦理馆中央的灵堂庄严肃穆、哀乐低回，敬献的花篮摆放在正厅四周，苏桂枝的遗像被黑色的幔布围绕，幔帐上挂着“沉痛悼念苏桂枝同学”的横幅，挽联上书“天使陨落，大爱无私”，苏桂枝妆容朴素、神态安详地躺于鲜花的簇拥中。

鼓楼的钟声敲响了八次，祭奠仪式开始，人们依次进入解剖楼的告别现场献花。

“亲爱的学姐一路走好”“愿天堂没有病痛”，苏桂枝的同校们握着写满哀思的祈福袋，默哀一分钟，郑重地把祈福包放入盒中；媒体记者们进入灵堂后也放下手中的拍录设备，来到遗体旁三鞠躬。哀悼的人群里除了整班整队的学生，其中有几位单独前来——苏桂枝的高中同学专程从各地的大学赶来与她作别，泣不成声；而袁雪菁穿一身黑，与皇冠的几位伙伴相伴，双眼挂泪，低头静默。

汉大副校长、汉大医的院长致悼词：“苏桂枝同学，正值青春却被黑色素瘤夺去生命，我们对此深怀悲痛惋惜，命运不公，但她返以博爱，志愿将遗体赠予母校医学教育事业，她的决定令我们肃然起敬，她无私奉献的精神诠释了医学生的高贵品质，是值得我们汉大师生学习的榜样。同时，我们也当感谢她的父母，忍受丧女之痛仍愿把女儿送回母校，完成苏桂枝同学的遗愿。”

最后的道别时，一句“苏桂枝同学，一路走好”，仿佛刺激了泪腺，全场呜咽。汉大的解剖系老师给苏父苏母介绍流程：“完成告别仪式后，我们将对遗体防腐固定处理最后入库，经过两三年以上的防腐固定，遗体可能将被重新启用。在那之前会有启用仪式，任课老师会带领学生向遗体标本鞠躬致敬，静默三分钟，尊为大体老师。到时会通知并征求您同意，让您参加仪式。”

就在安非以为仪式完毕，一切归于平静时，院长宣布到会议厅就座——苏桂枝生前还录制了告别视频。

距离分手有些时日，袁雪菁看起来十分憔悴，出灵堂时安非自觉避开和她接触，邻近曲林就座。所有人满怀期待地想知道这个二十当头、花一般可爱的小姑娘，这个一直以唱代说的充满才情的年轻人，想最后对这世界表达些什么。

视频一开始，画面是苏桂枝的病房，苏桂枝俏皮捣蛋地做鬼脸，对镜头悄悄地说："今天我要去办件大事。"接着翻行李箱挑漂亮衣服，视频里苏桂枝父母情绪低落，她撒娇似的抵着父亲的头："爸爸，笑一个，来亲亲，妈妈。"

下一秒画面剪切到志友办公室，也就是她和安非一行在皇冠培训后去过的遗体接受机构，红十字会遗体捐献志愿者办公室。等签完字，苏父苏母含泪欲哭，苏桂枝大大地拥抱了他们，称赞他们是最勇敢的父母。办事员则打开登记在册的志友名录，苏桂枝亲自把名字写在最后一个，招手让镜头凑近说话："像我们医学院，每年医学解剖教育需要至少 30 例以上的人体标本，医大甚至需要百例以上，但现在的遗体捐赠量还远不能满足教学需求。现在，作为本市第 5266 名志友，第 912 名遗体捐献者，汉京目前最年轻的志友，我号召大家填写一份像我这样的'生死状'！"

下一幕，镜头跟拍苏桂枝漫步于傍晚的汉大校园，佐以她的独白："为什么要拍校园呢？我想，可能潜意识里，熟悉的地方风景才是最美的吧。二十岁的时候，我签约公司、登上舞台，积极地社交、唱歌，通过歌声去结识无数的大人物和小人物，拼尽全力想见见这个广大的世界，却丝毫感觉不到开心，到头来发现，还是脚下的地和手边的人最有感情，比如汉大、比如老家：在大学宿舍的本色表演，是我最能放开的唱法，而回广西的两个月，是我大学后最幸福的日子。正如老土话所说，失去了才知道弥足珍贵，到此刻，我的生命将以月计算，不对，是以天……"

"别咒自己。"录像者发出声音，安非听得出是身旁之人。

"你录就行，别影响我发挥。大家见笑，这是我乐天派的男朋友。"

视频里独白依旧："我只是难受，有时候挺悔恨，不该迫切去点痣，我再也不能嘴硬了，像第一次手术后吹牛讲什么'我命由我不由天'，但不代表我低头认命，我有我自己表达生命存在的方式，即便因为肿瘤转移的风险，不能捐赠大部分器官，我还能捐赠遗体给学校，以这样的方式永远留在医学院。我想起院长每开学一次讲一次的‘每个人都可以尽自己的绵薄之力为医学事业做贡献’，虽然他在今天的告别会上一定以此话狠狠地表扬我，我还是想说这太空泛了。”苏桂枝泪中露出微笑，继续讲：“既然没法拯救他人，凭我一个小生命让教授们研究出抗黑色素瘤新药也为难科研人员，我想最实在的说法，也许不好听却是实话——就让每个学生都能分到尸体，让他们上课能剖个痛快、学得精细，在面对真正的人体时不再胆怯！”

苏桂枝说这话时眼神英气逼人，而拍录者听得抽泣，彼时以及此时。

“在立志做个专业歌手之前，我的理想是成为外科医生，兜兜转转才领悟，生命才是最伟大的，所以希望几年后围绕我身体的那五六个学弟学妹能延续我做外科的理想，未来勇敢地拿起柳叶刀帮我圆梦。既然我成了大体，我也希望我的男朋友不再畏惧大体，因为以后不再有我帮你做解剖实践了。”曲林终究忍耐不住，又是一场泪如雨下。安非已辨不清哭声来自视频里的抽泣还是身边本人。

“哎，实在舍不得离开汉大，离开我唱歌的宿舍，亲爱的父母、舍友、老师、同学，还有我爱和爱我的曲林。但最初的诞生和最后的死去一样，都是人生的必然。”视频里，苏桂枝最后在解剖楼门口停下脚步，“好了，我的终点到了。

“感谢可敬可爱的老师们，祝一切顺利；感谢意气风发的伙伴们，祝一路精彩；最后感谢观看此期视频的大家，谢谢对桂枝一如既往的支持。我要去泡个很久很久的澡，等我的身体被启用解剖时，我已经是一名特别的‘老师’。我们，不见不散！”

本以为告别视频是结束了，间歇兴起的哭声突然被后面的花絮打断，画面是曲林深夜在剪辑这视频的正片，苏桂枝远远地旁白：“本来想弄个我唱的动漫作结尾的，我妈不肯；我也不想让灵堂奏哀乐，想放我自己写的歌，我爸又不肯。算了，我拍的翻唱小视频合起来够开个人演唱会，够给大家留下回忆了，不枉来此世间一趟。可怜我的曲林，没机会陪他走完这辈子了，偷偷叫他一声‘老公’吧，哈哈。”

曲林守在灵堂，安非、浦野、瞿麦走散在慈志楼旁的林荫小道，浦野进入苏桂枝的 QQ 空间，她最后一次发布的是一首小诗：

你留下了什么？
身体和歌声。
你要带走什么？
长发和行李。

第二十二章　匿名曝光帖

安非升入三年级，而升大四的秦巧凤即将下医院见习。

临近正式开学，秦巧凤把课题全交代给安非，提前收拾准备妥当，到时整个实验班连人带行李，都由校巴运到市区的省人民医院宿舍。赶在离开前，秦巧凤吵吵着让安非请客，要求隆重地给她送行。

历经苏桂枝的去世、和袁雪菁的分手，此刻又将作别朝夕相处的老伙伴，安非表现出肉眼可见的情绪低落，秦巧凤慨叹道："唉，看你苦命，还是我请你吧，食堂西餐厅还有几张券。"

安非拎来提前准备的六联罐啤酒："我还记得大一老唐退学的时候，心里感觉也是差不多的。"

"我可不喝，我可没失恋，你要喝闷酒哪天自己去找老唐，明天我得起早坐校巴。"秦巧凤摇手。

"要不今天喊他来聚聚，或者咱到老街去？"安非扳开一罐拉环推给秦巧凤，秦巧凤竟把啤酒直接倒在地上，边说："祭给过去的老唐，求你别回忆忧伤往事了，你就当他死了。替他忧心什么呢，他早在汉大入学了，你瞧他还喊你玩不，恋爱达人现在左拥右抱的，和我们是两路人。"

秦巧凤抛个媚眼："说好了，我们今天二人世界。"

安非有意调侃她："老唐可喊我去过，我做实验没空而已。冷落你是真的，你吃醋了。"

"我吃什么醋，当初是我不想搭理他的。我要是想理他了，那只说明一个问题：我缺钱了，拿他当取款机。"秦巧凤没好气地讲道，"倒是你这么想去汉大，不会是想偶遇那个人吧。男孩子家能有点志气吗？是她甩的你。"

"她是做作些、公主病，可你不觉得我也有问题吗？其实我给她的很多建议，做的很多决定，都挺自私的，我害怕她真的一炮而红，会逐渐抛弃平凡如我、家境学历都再普通不过的医学生。我有时是不是该实话实说？"

秦巧凤直言："以你的情商，你还是算了，你越解释越不清，你心里已经做出了选择——你的未来就是比她重要。不过以女性的视角来讲，你是蛮自私的。"

"我知道……"

秦巧凤打断他："我还没说完，我是想说，自私没什么不好，有时候对于我们这种人，又处于这种情况下，必须二舍一。你越摇摆，感情和事业，越是什么都得不到。现实就是前途与爱，不可兼得，医者无可自医。"

某个瞬间，安非觉得，秦巧凤似乎是在自己脑袋里说话："你才 22 岁，她也是，中国的中学生没资格谈恋爱，因为学业繁重，没家底没本钱没未来的；其实大学也是，有区别吗？何况我们这儿号称医科高中，你就当成自己又上了三年高中而已，像我这样的，下医院之后时间更少。你还属于早恋，还是得狠下心棒打鸳鸯的。大学不如高中，没家长和班主任管，感情的事得自行了断，你得有自残的勇气，才能避免将来自惭形秽……"

"那她……她为什么也得这样拼？一个人累不就够了，女生嘛随便怎样都行，压力不用这么大。"

"我不也是女生吗！"秦巧凤听了肺腔里憋出火来，翻白眼道，"难怪你不讨女生喜欢，马上 2010 了，你怎不问我为什么不裹小脚待在家里做女红，你怎不留头发扎辫子呢？"

"这地上的啤酒谁洒的？"西餐厅老板皮鞋尖蘸蘸地上的酒沫，"现在学生素质真的差，你们弄脏地面要自行清理的。"

秦巧凤早看这老板不爽，便说：“又不是故意的。老板，哪有餐厅不小心洒了酒水就要客人自己清理的道理，这服务态度也太差了吧？”

“那你们拿去年发的优惠券来钻空子点餐，还想要什么样的服务？”

“你这券上没限期怪谁呢。”秦巧凤拖开凳子站起来。

“老板我来吧，稍微拖下地就行了。”西施倒是和事佬，安非惊异于她仍在西餐厅兼职，主动过来挡火。等老板走到一边，安非悄问西施：“瞿麦不是不肯你到西餐厅上班吗？”

“非饭点只有西餐厅有生意，学生来喝喝咖啡吃吃甜点的，那我闲着不如来兼职挣点，时间都是钱啊。你别告诉瞿麦好不？”

安非答应着，秦巧凤点点安非暗示他关注老板的举动——老板没走开，倚着墙监视西施拖地，但角度和姿势诡异。

秦巧凤把餐盘搬到隔壁，挪个位置刻意挡住老板视线。老板又不耐烦来讲：“你们随便又换座位，我们要清洁桌面，要多收服务费的。”秦巧凤不甘示弱，顺手塞了张五十到西施口袋里说：“我们把服务费给服务的人，这没问题吧。难不成中间商想克扣赚差价？这倒又是校园新闻呢。”

老板被顶得无话说，秦巧凤拉西施坐到身旁：“你知道弯腰拖地时他偷看你胸吗？你这衣服领子这么低。”

西施面带无辜：“这是老板定制的统一的夏装，吧台的和服务生都得穿，平时倒还好，我第一次知道低下去会露。你们别和他搞了，回头都算我头上，扣我工资咋办。”

秦巧凤思忖着，片刻说道：“既然我得离校，我还有锦囊妙计相授，这老板再作妖你就这么干。”秦巧凤让西施避开，凑近安非悄声叨叨几句，安非回她：“这不好吧，有点狠，铁定弄得倒闭。”

“我是说万不得已。万事机灵点，想好前因后果就别畏畏缩缩。”秦巧凤猛灌下手里剩的啤酒，安非见这餐完结，忙不迭想到问她最要紧的问题：“度过这整个大学三年级，你有什么经验总结？有何战略可‘指教’我？分配医院‘决战’有何致胜关键点？”

“我一直在实验班，内定去省人民你知道的，课余时间泡实验室，其他班的纷争我没怎么关心过，所以你问我我也答不上来。只知道在组建实验班之前几届，一直是学生会主席所在的班级内定最好的医院。”

“学生会主席？不是按综合评分吗？”

“是的，以往没出现实验班这说法时，都是按综合评分整个班级捆绑分配医院，但往往学生会主席所在的班级都被分配到最好的省人民医院。但这种看似的‘惯例’兴许是种巧合——那些学生会主席所在的班，要么是成绩本身拔尖，要么班里恰巧有学生背景关系很硬，况且分配时学校会有一套内部的打分机制，班级里有学生会主席这本身就是一个加分项，所以这惯例究竟是偶然的共同点还是潜规则，谁也说不清，但结果便是如此。”

秦巧凤提供的这“惯例”对下一步战略具有指导意义，安非再召开班会即“战前动员会”，收集全班的小道消息以做出总结。

浦野、瞿麦两人从大一以来便不和气，新的学期，他俩照常是不太对付。主题班会前，浦野见人来齐了，使唤坐靠走廊的瞿麦去关教室前后门，瞿麦见不得浦野闲逸，阴阳怪气地说：“你顺便去下呗，你不得上黑板写个粉笔字啥的吗？一会尤通知来旁听。”

“你是真傻假傻？让你关门，说明这是内部秘密班会，怎么能喊尤通知？”浦野要掐架。安非上讲台清清嗓子，意思停止吵闹，他要讲正事。

“大三了，我们在校的最后一年，明年这个时候我们已经打包滚蛋离开医大了，至于我们能分去哪里，这部悬疑剧的完结季，就看我们怎么努力，所以这大三上下两学期很关键。我先简单解释现今情况，截止到大二结束，我们在五个平行班里保持着成绩平均分第一，鼓励和褒奖的废话我也不多说了。但是——”安非话锋一转，“第二名的班级与我们的差距被缩小了，我们本是远远甩开他们的。所以我说这两学期‘关键’的意思是，课程学分都是大分值，并且难度更大，不像过去死记硬背就能成，外科基础和诊断学有很多操作，医患沟通也需要灵活，我们很容易被反超。

“至于为什么领先优势被缩小，众所周知的原因，有同学挂了科，他的情况大家知道，可以理解，我只是希望不能一遇打击就颓废。”安非说这话时偷瞄了曲林，曲林因为抑制剂的事一直没和安非和解，起身就走：“我身体不舒服。”场面尴尬，安非便不提这茬。

“目前所知，省人民医院是所能选择的范围内的最优项，所以围绕整个大三年级的唯一大事，也是最终目的，就是要争取分配到省人民医院。现在整理下已知的信息，我先说，大家随后补充。”安非起头，“我们上一届内定是实验班去省人民，之前未曾有实验班时，分至省人民医院的班级有一个特点：一定是学生会主席所在的班级。但造成这‘惯例’是有部分前提的，并不完全确定。

“总结起来，一个比较普遍的说法是：分配的医院由好到差，分别对应综合评分由高到低的班级，评分里包括学习成绩、班级荣誉、个人成就、文娱活动，辅导员与任课老师的反馈意见，包括刚才讲的学生会主席可能都是计分项，看似非常公平，但具体每项占比重多少，从来就是一个暗箱。但有一点是肯定的，学习成绩总归是占比最重：分到省人民的班级学习不会差，成绩最好的班级也不可能被匹配到实力弱的医院。

“总而言之，大家搞好学习，积极参加班级活动，争取班级荣誉，结果就不会亏待我们。”安非准备散会，问下面有无补充，没人回应。“还有，关于大三结束时临时组建新的实验班这种说法，我会继续关注动态，但我觉得大家不要抱有幻想。个人与集体，唇亡齿寒，个人发展好就是集体发展好，学习好的同学不能有自私的想法，多关心其他同学和班级事宜，学习差的同学不能破罐破摔，或者赖着不出力贪集体的便宜……”安非讲这句时讲台下一片不和谐的嘘声。

等人散尽，安非喊住学习委员陆英，他好奇大家为何反应冷淡，陆英解释：“不是冷淡，努力不需要老开会强调嘛。而且前两年你喜欢忙活自己的事，大家可能觉得你平时也不关心班里，你既当班长又兼任团支书，拿双份的个人成绩，但最后班里的事变成我一学习委员操办最多。你在大伙儿心里威信不高，所以你提‘个人与集体’之类就……你别生气，就有点显得讽刺吧。”

“哦，这样子。”安非考虑后对陆英讲，“要不，这一年你当团支书吧，以后同去开班团例会，两人有个照应。”

陆英欣然答应，安非顿觉这丫头也不简单。

次日，浦野去校报记者部开晨会归来，跟宿舍里讲道：“这才开学，我们汉京高校界就出了两条重大新闻！”

曲林自从经历苏桂枝一事，开始对网络时事无感，除迫不得已交作业时用笔记本，台式机都落了灰，对网络信息的敏感程度远逊于浦野。

“有一个好消息和一个坏消息，你们先听哪一个？”浦野讲话带股“国产电视剧”风格。

瞿麦抢说：“当然是先听好的了！”

“那行，好消息是医大老校友楚安楚老，就是百年校庆来出席的那位，今年再次被提名当选了，依然负责科教方面。”

“那关我们什么事？顶多你去采访拍个合照。”

浦野不情愿被瞿麦扰了兴致：“等我说完你再评价。楚老此行将走访各地方医疗卫生系统，带着‘促进医学教育发展、深化医疗体制改革’的新目的，其中第一站就是我们这儿，此番仍会回我医大。医大内部消息，楚老此次会着手解决我医大和汉大的合并纠纷，如果顺利，会永远断掉汉大的合并念想！”

“哎呀，这明明是坏消息嘛，我还等着被并掉，我老爹在街坊邻居都吹下名牌大学的牛了。”瞿麦听了直叹气,浦野讲他“没志气”,接着说“坏消息”:“因为扩建过于着急，外加汉大闻名汉京的每年梅雨季排水问题，汉大的解剖楼施工时发生倒塌，所幸没人员伤亡，但没能及时抢救出很多珍贵遗产，据称损失了部分泡缸的老标本，具体情况不明。”

被窝里的曲林听了浦野的“坏消息”立马飞下床，瞿麦被说得不服气，打断浦野：“这怎么又是坏消息呢？照你刚才说的合并不成是好事，这事在这楚老视察的当口就算汉大的负面新闻，那当然又一桩好事啊！”

浦野赶紧作势堵瞿的嘴：“你是不是傻！”

“哦，苏桂枝的那个。”瞿麦醒悟，而曲林脚踩进运动鞋里，早穿着睡衣奔出门去，压根儿没理他。浦野马后炮：“不过幸好苏桂枝的遗体还存放在医大慈志楼里处理着。”

“人走了你说个屁。”瞿麦说道。

“他这么急匆匆肯定去找李雷老师问，我讲的他不信。而且就算不是桂枝的事，人体标本被损毁不值得心痛吗？我觉得你个人素质有待提高。”浦野的执拗性子偏对上了瞿麦的口不择言，两人的呛声持续到楚老讲话的发布会上。

楚老近来要在医大的体育馆发表讲话，在汉京视察一周，最后选择在其母校医大结束此次对汉京卫生、教育系统的调研。医大所有在校生组织到场，省卫生厅、卫计委以及教育厅一干人马簇拥前后，这其中包括汉大副校长，即汉大医的院长，昨日他已承担解剖楼的扩建事故责任，此刻脸上便也无光。

“楚老同八十校庆时一个模样，不显老。”现场的瞿麦说道。

浦野不忘暗嘲他复读过两年的梗：“两年看起来能有差吗？也就你长了两岁像奔三。”

瞿麦直咬牙：“要不是尤通知坐得近，我拿你当道场的人形靶。”

浦野又歪理频出：“没错啊，两年对于楚老就是不到 3% 的衰老速度，对于我们是 10% 左右，因为年龄基数小，所以年轻人老得快，没问题啊！”

安非注意到，担任临时校长的陈副校，桌面席卡标的是正校长，而他过去兼任的流行病学系主任一职，席卡摆在他人位上，这说明陈副校已正式接任校长。

楚老对学子寄语，称呼自己是老学长，并对医大的未来发展发表看法：“我始终认为，医科大学应当谋求独立发展，争创业界一流的高水平医科大学，让独立医科大学与综合高校的医学院形成‘两开花’，在这方面，尤以首医大和我江医大为榜样，成果卓著。”接着，医大方面有领导准备了空白条幅，建议由楚老题字留墨，楚老大笔一挥：建设世界顶尖的医科大学。

合并之事就此定下基调，瞿麦自言自语：“It's over.”（都结束了）浦野接了句：“We win,finally.”（我们终于赢了）活像好莱坞动作片的结尾台词。

不知是否记者部的同学刻意使坏，摄像机镜头对准座席上的汉大校长拍摄，其画面被投影到楚老背后的大屏。汉大校长面色铁青，但讲话结束随即起立鼓掌、笑容僵硬，安非“夸赞”：“输了也装体面，果然是政客应有的风范。”

尤通知随即通知安非，要求就着体育馆的会议室召开班团例会。

安非对第一次参会的陆英悄声说："楚老讲话才结束就要开会，看来是'蓄谋已久'，内容和计划早都准备好了。"

陆英不是洛芬一般"胆肥"之人，急问道："我要注意些什么？座位、说话有什么讲究吗？我们班比较闷不爱出去活动，我也不熟其他班的人啊。"

"尤通知左右两侧是身边'红人'坐的，其他随意。她问问题你不要主动回答，实在点到你，任何问题顺着她讲，不要有意见，坚决维护她的领导，随大流恭维她是一定没错的。这是我吃了很多瘪后得出的经验。"安非领着陆英坐在会议室角落，小声介绍，"七年制一共七个平行班，五个临床班，一个病理班，一个影像班，所以这里一共十四个班团干部，数得过来吧？

"首先是'左右护法'，左边是病理班女班长，右边是临床四班的女支书，'右护法'跟我在一个实验室的，来头不小，'左护法'纯粹能拍马屁，人心不坏。你可以把她俩看作尤安插在学生间的信息间谍，她俩会把任何风吹草动传递到尤那里，当然前提是符合她们班级或者个人利益的，所以她俩是必须提防的，懂没？"

陆英听得头大："我都分不清谁是几班，别用一二三，咋比大一背的生化那些循环还复杂呢。"

"好，下面我就用特征代替。一班你最熟，除我们班，他们班成绩是最好的，甚至包括水课我们两个班都是出勤率最高的，传言他们班班长陈博仁是医二代，父母都是咱医大附院的主任，他能带动全班上进，所以称他'学神'，他是当之无愧。二班是我们班，学习最刻苦，考试月一声令下，随时能在图书馆里召齐人员开班会，每学年都是绩点最高的，没得说。

"三班，他们班的特殊在于团支书是男的，对，就是传言他在这学期会接任长学制学生会主席，如果'主席班'去省人民医院的潜规则属实，那我们就回天乏术了。

"四班，'右护法'她们班，能搞活动，文娱最佳，班团分别是社联的正副主席，而且是情侣夫妻档，班级学生广布各大社团，因此露脸次数最多，被校领导关注得最多，省三好学生、明星班级、红旗标兵之类的个人和集体荣誉，累积起来可绕医大操场一圈。

“五班，目前所知背景最深的，他们班团支书的老爹据称是当地两家民营医院的共同董事，可以与当地地级市的卫生官员们称兄道弟的医疗寡头。

“至于病理班和影像班，他们虽然内定都去省人民医院，但由于只能做病理科和影像科，前途只有一条道，进临床后极少有机会选择临床导师，无论高考进校成绩还是平时学习成绩，都逊色于我们五个临床班。而对于尤通知，他俩之间就是天上地下的区别，尤最喜欢病理班，因为‘左护法’伺候得好，也因为女生最多；最讨厌影像班，因为男生最多……”

“停，我总结一下，”陆英掰指头重理一遍，“一班‘学神班’，三班‘主席班’，四班叫啥呢，‘情侣班’？”

“错，是‘夫妻班’，你就没听说那个笑话吧。因为影像课读片随堂考试，其中一张CT片，全班答案都是肝癌肺转移，只有他俩是肺癌肝转移，为什么呢？因为他俩是班长团支书嘛，先拿到卷子对过答案了，谁知道老师后来改了题目，片子位置都不一样简直错得离谱嘛，所以获外号‘夫妻肺片’。”

“这还挺有意思。那五班呢？”

安非一一详解：“五班成绩最差，将来全靠女班长的爸爸，就叫‘爹地班’吧。”

“咳咳，开会，”尤通知数下人齐了，“汉大和我们学校合并基本是没得成了，今天楚老讲话大家也都听到了吧。那么先说一件你们最感兴趣的事情啊，就是‘卓越医师培养计划’，大家平时问的实验班这个事，这届大二和再下届的大一是继续执行原来计划，按大一的情况分实验班。而你们的位置就特别尴尬，你们上下届都是正常分了实验班，但你们现在在校时间都一年不到，再分班就得全部打乱，宿舍也得重调，同学都处得有感情了，所以学校是不准备再分，但是不排除大三结束学校领导又想分实验班。”

“还有一件事，学生会干部选举的唱票结果统计出来了，我们长学制的新学生会主席，当当当……”尤通知指着三班的团支书，“主席”立马站起来给大伙儿鞠躬：“感谢大家给我机会，一定不负众望做好学生工作，以积极向上的态度为大家服务……”

安非继续给陆英补充知识点：“听说他家里是地方小干部，溜须拍马玩弄权术那一套他是耳濡目染，就不提大一时辩论初赛虽负于我一队，但他牙尖嘴利确实能说，再看他当时合并前期闹得凶时，那时还是副主席，他一直支持合并，为校方说话，说什么七年制去不去无所谓，要以大局着想；现在换校长，风声变了，在空间里发的都是要做独立自主的医科大学，拥护以新校长为首的领导班子。”

陈博仁似乎被“主席”二字牵动了神经，举手问道：“那尤老师，既然目前是不分实验班，大三结束分配医院是什么选拔方法呢？”

“选拔？这医院分配不存在哪个医院好哪个医院坏啊，都是凭个人意愿。每个班自己回去统计同学们的意向，整个班给我一个统一结果，从七年制的教学医院大名单里，从一列到五，填五个志愿分配的医院，就跟你们高考填志愿一样，有冲突就按照班级整体的综合排名竞争。在这之前呢，学校会安排你们轮流到医院见习，每个月每家医院每次去一个班，到大三结束正好轮完一个循环……”

陈博仁不断打断尤通知：“那老师，综合排名是怎么计算呢？”

陈博仁追问下，安非捶得陆英大腿哎哟哎哟的：“我就猜到是和过去一样的分配方法！”

尤通知开始打官腔：“怎么计算是教务处和学工办的事，我就带过你们一届，怎么搞得清呢？反正学习成绩、文娱活动、班级荣誉，哦，还有最后的技能竞赛都是算在内的。”

“那尤老师能不能问到学校的一个详细答复，给份具体的文件表格之类的给我们参考？我们班同学都挺想知道的，麻烦尤老师了。”陈博仁非得拗到底。

“看他那憨憨样儿，又不是只有他关心，别人都不问，就他嘴快惹到尤通知了。”安非评价陈博仁时陆英却犯花痴：“我觉得他有一股正气、一种责任感。”

“胳膊肘别往外拐，分配医院前在座的可都是敌人。”安非再强调。

会议最后，尤通知从包里掏出一叠红函，两旁的“护法”捂住嘴，瞪大了眼，下一秒要哭出来似的。发到安非手上，安非眯起眼确信没有看错——尤通知和李雷老师的婚礼请帖。

“这也太快了，李雷果然是象牙塔里读了十几年书，一沾女人就掉坑里了，怪我那次例会多嘴，让尤通知知道了雷子老师。”安非替“男神”感到惋惜，两位“护法”不是感动，而是“心痛”！

楚老一行的活动结束后，医大并未恢复平静。

发表讲话那天中午，省市卫生系统的领导校友们，或许是为向楚老展示清廉和亲民，并不敢到校方准备的附近酒店包间聚餐，商量邀请楚老组团到医大食堂吃些便饭，他们选择了与大堂相隔、略微安静的西餐厅。事实发生正如质疑西餐厅卫生的师生们所担忧的那样——有几位领导当日饭后出现腹痛腹泻，一位严重者甚至发热、呕吐，到医院吊水时化验为大肠埃希菌感染。所幸楚老本人无恙。

墙倒众人推，校园里控诉餐厅之声四起，医大论坛贴吧群起而讨伐，学生里也常有吃西餐厅拉肚子厉害的，终不见学校积极处理，大家欣慰于这回要取缔黑心的西餐厅了——中招的领导们没表示追究责任，但医大要求查明卫生情况，对“肇事”商家做出通报批评和整顿处罚。

食堂负责人召集那片的商家开会，但西餐厅老板自有推脱的说辞：当日领导们把那块分区多个窗口的餐品带入西餐厅，并且有交换分食行为，这回老板没敢阻拦“外带食物”，恰给他提供了借口。

“在我这聚餐就是借个地方，不代表就是我们家餐品的问题，早说不要带进来，都是大人物我也不敢多说，出事了吧。”

西餐厅老板仗着和食堂负责人关系好，不仅先撇清自己，而且把事先裁下来的校报新闻照片当证据，锁定那位吊水的领导吃的是西施家的牛肉面。

西施爸爸跳怒：“凭什么怪我们？腹泻的好几个人，只有他是吃了我家的面，其他人不都是牛排、炸鸡啥的？”

负责人向着西餐厅：“那不管啊，其他的人不严重，兴许是着凉肠胃不好呢，只有那位领导确认是肠道大肠杆菌感染，最大的嫌疑就是那碗牛肉面！”

“李领导也吃的我家面，他怎么没问题呢？坐外面的好多学生也吃我家面。”西施爸爸坚决不担下这责，负责人就向大伙儿摊牌：“那就处罚平摊，罚金均摊，通告讲问题出自整个片区，既然搞不清问题来源。”

这五六家商家焦急问：“那会要求我们停业整顿吗？”

“不保证，可能会。”负责人这一说，西施爸爸感觉周围邻里的摊位，明着暗着都埋怨他可能连累大家。会后，食堂负责人又私下找西施爸爸：“学校那边需要我做个表率，要不你们家主动担下来，免得这片区摊位全都受罚，不就是批评公告嘛，又没说逼你关张。”

“那不就是断我财路？学生都认为是吃我们家拉肚子了，以后哪还有生意做，不就被赶走了？”双方不欢而散。

西施仍在西餐厅兼职，自以为和老板说得上话，亲自去求老板和自家面摊平分责任，反被老板辞退了，自讨没趣。偷偷兼职的事，西施也没瞒得过瞿麦，瞿麦倒不生气，只是怒向西餐厅老板，一番争吵在所难免。

浦野又是那套旧方法，想在医大校报报道食物中毒一事，毫无预约便带着摄影同学采访老板，想让老板良心发现，自己承认是牛排不新鲜。老板早认出这两位不速之客，浦野话不多说，持记者证强行拍摄西餐厅后厨，竟出乎意外地整洁，想必此次出事老板是真的怕了。

老板说些套话打哈哈，心里有数：校报的编辑老师们过去都拿了优惠券，不可能来搅浑水。见老板软硬不吃，浦野领着摄影同学知难而退，躲在塑料门帘后偷听的瞿麦一心急，便直冲进来揪住老板：“你究竟承不承认有卫生问题！”

老板见四周同学都围观，越发心平气和：“同学，说话讲证据，你凭什么污蔑我们西餐厅？我们就看这餐厅整洁的外观，哪一点不比外面普通窗口干净？你们可以随便到我家后厨参观，随便检查食材和操作，有没有一点问题？”

包办食堂的负责人闻骚动赶来，再加这五六个涉事商家也凑热闹，师生七嘴八舌混战起来。

“不需要看，我们说的是之前，你现在怕再出事才整顿的，这都不算！”瞿麦嘴拙，陈博仁帮忙声援：“我也是人证，我曾经吃到青虫和蛾子，你说起码是高蛋白，是偶尔发生，那经常吃到清洁球那种钢丝，不小心要胃穿孔，出了事谁负责？”

“我负责！既然是我承包食堂后勤，我敢打这个包票没人投诉过这事。”食堂负责人信心满满，而“主席”擅长和稀泥，对瞿麦讲：“你不要管别人，自己不去吃不就行了？真的卫生质量不行，自己就会倒闭，就会淘汰，用得着你们来闹腾吗？”

“对啊，你们得拿出实打实的证据，你们说这说那，又吃坏肚子又吃到虫子，没证据就是胡搅蛮缠，口说都无凭的，你们要给我道歉！”西餐厅老板得人撑腰，态度越加傲慢。

“不能刊登校报上，但不代表照片就被我扔了，跟你算算旧账。”浦野忽然回来，把去年采访偷拍的后厨照片掷到老板面前，瞿麦一度以为浦野这小子早跑了，接着将挂食堂入口的投诉簿子给众看客示意，问承包大老板：“看看投诉册子上西餐厅食材不卫生的有多少次，是你不曾看过还是故意包庇？”

人群里一片嘘声，食堂负责人默默地退出去，老板还想挣扎：“这照片连个日期都没有，厨房不都是水池灶台油烟机一个样，这不能说明就是我家啊。”

浦野继续追击：“我还没提你对兼职女生耍流氓的事，你要自己说还是请几位当事人出来？”人群里有女生应和赞同，西餐厅老板开始心虚，想驱散聚集人群，说影响正常营业了。

瞿麦没料到情势逆转如此迅速。众商家也早瞧这西餐厅不顺眼，夸赞这俩小伙厉害，卖砂锅菜的商家突然多嘴：“哦，我想起来了，你们就是去年问我能不能加工兔子做红烧的，我有印象来着，说是做实验剩的兔子是吧，后来你们把那只兔子带到哪里去了？”浦野让这大叔别再说话，大叔没明白：“太不好意思当时还拒绝你们，我主要是怕你们吃出问题嘛，请你们免费吃一次我家的餐品好不好！”

“等下，吃实验剩下的兔子？”西餐厅老板问道，砂锅菜窗口的大叔没吱声，被浦野吆走了。而此时食堂负责人归来，竟喊管总后勤的校领导救场，西餐厅老板忙给领导立军令状：“要有证据证明我们家餐品和这次领导感染有关，我立马承认这个责任，不仅是接受罚款，我关店走人！”

领导也不正眼瞧老板，对浦野、瞿麦讲：“你们跟我出来一下，其他同学继续就餐不要围观了。”训话时这领导声音高低起伏，抑扬顿挫的，“同学你身为记者团的干事，利用工作方便，未经允许就偷拍是不妥的，这些照片可作为参考，先交由我保管，真实性我再与你们宣传部老师确认。”

“那食物中毒的事情，能不能让西餐厅独自担责？这确实是他们的问题，实在不行我们拨打食品药品监督管理局的电话，请他们……”

“你想干吗？造反啊，我说了食物中毒这个事学校自有处理。”领导厉声呵责他。瞿麦这愚蠢不识相的一问，让两人要多挨一顿批。

“真的以为是汉大吗？瓜皮大的医科大搞民主呢？”

浦野、瞿麦二人一折腾，作为班长安非气得够呛：“冲动，没证据你们就瞎搞，手上仅有的照片被没收了吧。都说了，不利于集体利益的事情不要干，给领导印象不好的事情不要干，影响分配医院的事不要干，听见你们搞事的消息我心里都咯噔咯噔的。真是咱班级荣誉里最浓墨重彩的一笔呢！”

“反正西施不能被赶走，我愿意付出一切代价跟那色鬼老板拼了！”瞿麦较劲起来。

“行了，从现在起这事你别参与，怕你冲动，我和安非自有办法治色老板。如果有人逮着逼问你，你就实话实说，一问三不知。”浦野口中的办法指的是揪住他的道德品质——浦野亲自执笔，以一受害女生的口吻，把老板好色之事打磨得绘声绘色，再用匿名账号发布到网上，打印后贴到食堂告示栏，西餐厅本就冷清的生意再受重击：医大女生们点杯咖啡、奶茶都会额外关注老板在不在盯住自个儿，女生圈子产生一种评价人丑的新说法，叫“丑得连西餐厅老板都不敢正眼瞧你”。

“这样下去，不管承不承认食物中毒，西餐厅的客流都不足以让它支撑下去。”浦野很得意，“色老板那边毫无反响，兴许是准备打包走人呢。”安非不乐观地讲：“虽然目前束手无策，他绝不是坐以待毙的人，所以我还留有后手，但波及太广，不能随便使出。”

而后手是什么，安非绝口不提。四人团没料到，西餐厅老板将对“性骚扰故事”的反制，强加到最强硬的瞿麦头上。

一日夜里瞿麦照常从道馆训练归来，路过食堂时被人从小径前后堵住。这几个带文身的青年并不像医大的学生，瞿麦不确定是不是西餐厅老板派来找碴的，过十点这路走的同学不多，也没机会呼救。瞿麦沉默，直直地向前，小混混不让开，大汉们来去推搡，但没一个敢真的动手把事闹大。

西餐厅老板从一旁过来，手里举着便携的小摄像机，见瞿麦仍身穿空手道道服，便说：“怎么着，小伙子会点儿皮毛花架子，真的要挑衅？”

瞿麦的英雄主义发作，至少气势上输不得：“什么意思？单挑还是一起上，新仇旧账做个了断？”

“都是成年人，遵纪守法，不斗殴打架，我就是问你个事。”老板笑呵呵，瞿麦则直截了当：“网上不是我写的，告示的故事不是我编的，我也不知道是谁，再烦就打一架，不啰嗦，正好我今天没练到量。”

“小伙说话别冲，我还没讲是什么事你怎么就全抖出来了。我就拍个视频，这样，你对镜头说，是你编造的谣言，向医大西餐厅全体员工道个歉。就这么简单个事情。”

“不是我做的事我为什么承认？你们家食物中毒的事证据确凿你还狡辩呢，对不？”瞿麦猛力推开社会青年便要走。

“那说说兔子的事，据我所知把实验剩余的兔子带出去烹吃，违反你们那个叫动物实验伦理吧。我去问过来西餐厅吃饭的实验老师，这个性质严重要受处分的，而且我已经向卖砂锅菜的求证，证明视频也拍了，就是你们宿舍的几个刺儿头，不要狡辩。”老板拦着瞿麦说道。

“都过去多久了，这屁大点事还威胁我？”瞿麦看似不屑，趁老板不备抢其相机，老板一躲闪，几个文身青年制住瞿麦：“还说不在意，不在意你激动什么呢？你觉得你们像七年制的学生吗？传出去给学校抹黑，你们是贼。大三要离校，这个事挺有影响吧，我会如实与学校沟通，我相信你们学院领导会对你们有相应的问责……”

“行行，我拍，我对镜头说，行吧。”瞿麦被磨得没了脾气，自认为这是对集体利益的妥协。

后知的浦野只说他蠢：“你说话就不能先动脑，你被骗了！我去问过砂锅菜的大叔，西餐厅老板找他时他根本没搭理，而且我早就和大叔招呼过，他怎可能讲出去！这下好了，我们成造谣污蔑、品行不端了。”

“不着急，你俩都不用管了，此事自有公道，不值得干扰我们大三的节奏。”安非如此沉稳、态度之耐人寻味超脱浦野的认识——安非从来不主张扩大事端，以他的性格是劝瞿麦息事宁人，只要不牵扯到集体利益，任随西施被赶到哪里，如此“担当”必有蹊跷。

西餐厅老板发布瞿麦的道歉声明视频后，校园里指责西餐厅的风向发生变化，依西施的话讲，“那些商家不站队，只管自己不被罚，又不指望西餐厅能担下来，就只能欺负我们呗，催我们交罚金做样子，他们不敢去找西餐厅叫板。”食堂负责人手狠，直接把处罚西施家牛肉面摊位并要求整改的文件贴到食堂告示窗，上面戳了学校后勤部的章。西施爸爸是老实人，餐饮小门面做了多年，自称不是刚入行时好欺负，又当着食堂负责人的面撕了处罚通知，一时僵持不下。总后勤表示这是食堂承包商与招商个体户之间的问题，有异议可协商，按法律相关规定解决，这暧昧的说辞令明眼人心寒。

转机到来的一日，汉京市食品药品监督管理局突然联系医大，要来校对食堂进行卫生检查，对食材做了实时抽样。

紧接着，尤通知就找浦野和瞿麦两个“前科犯”质问，是否是他们举报的，浦野和瞿麦听不明白，尤通知展示她电脑上正浏览的“匿名曝光帖”：一份抬头和盖章为医大微生物与免疫学实验室的检测报告指出，“江东医科大学食堂西餐厅—冷冻/熟成牛肉”的这份样品中，微生物菌群多项超标，其中含多项常见人体致病菌，并且配一篇科研论文截图，显示这份报告曾作为流行病学调研数据，被录入科研论文统计结果，而此论文不久前被刊登到核心医学杂志上。

浦野和瞿麦预感这是安非所说“后手”。

“可能你没注意，我们微免实验室的牌子上全称还有‘江东省微生物检验所’，所以从专业角度，这份结果的权威性更大于食药监局，可以说是最终定论。对医大而言，要不大大方方承认检验能力不行，出具结果是毫无权威性的，要不就老老实实承认食材确有问题，关停西餐厅，让色老板卷铺盖滚蛋。”安非怕瞿嘴漏，只肯把这事告诉浦野，浦野听了诡笑：“你这是为论文署名的委屈报复沙老师吗？以子之矛，攻子之盾，这招借刀杀人啊。那万一沙老师就发个声明，说这份不是取的西餐厅的样，搞错了之类呢？”

“不会的，我后手之后还留了后手。你看到这和论文数据挂钩了吧，为什么呢？当时暑假，四班那懒散的‘右护法’又通过沙老师，让我帮她的小课题收集数据，前面的数据收集是实验室里好几人，包括我和秦巧凤一起搞的，秦巧凤和我那日在食堂被色老板刁难，见他偷窥西施老早就不爽了，就把这点子留给我，我录剩下的统计数据时就把这份样品算进去了，而且当时样品还是西施帮取的，拍照证据之类都齐全……”安非言语透露些许得意。

“找到是你怎么办？”浦野问。

“什么怎么办，现在不是追究是谁录数据的问题，对外我们是一个课题组啊，重要的是数据真实性，矛盾已经转嫁给实验室与医大以及杂志社之间。反过来说，如果承认检测结果不实，那就是课题组造假数据啊，科研诚信那可是大问题，不然让杂志社撤稿重修，老沙名声扫地？再一说，这和我大师兄的毕业论文挂钩了，他找工作还要文章。沙老师不是偏宠‘右护法’吗？熟人面子与学校那边掂个轻重，反正沙老师和校里关系也就那样喽，让他扛一扛呗。”安非等着尤通知找上“右护法”的麻烦。

一向见招拆招的西餐厅老板狗急跳墙，见有匿名举报便又怀疑瞿麦，先威胁他不要揪住这事不放，影响母校的声誉；又指责他品行有问题，因此瞿麦的话不可信。而食堂承包人跟他解释这证据牵扯多方，非同学所能解决的，老板意识到这回是罪责难逃，只是轻重之别，犹狡辩：“那不是最近的取材，那以前有问题不能和领导这次感染画等号啊。老哥啊，我光装修餐厅就好多钱，我不能亏了走啊，要不你和学校讲讲条件，我多赔点钱算了，大事化小，小事化了吧。”

食堂承包老板这时倒义正词严地撇清自己。

“你放心，学校会秉公处理，我们之间也是严格依照合同内容，但最终处理结果还得等这次食品药品监督管理局的检测。如果确有问题，只能依法吊销执照并赔偿损失，公开道歉发声明。”西餐厅老板等着上刑，食堂告示栏清光，难得清清爽爽的。

第二十三章 军区总医院

除食堂风波外，最近有一件盛事传来——李雷与尤通知要结婚了。

不巧，尤通知办婚礼的酒店是皇冠公司街对角的绿地洲际，西装立整的李雷挽着披婚纱的尤通知站于大堂中央迎客，即几个月前袁雪菁与安非电话嘶吼之处。尤通知仍是体重不减，照浦野的玩笑，这是“美女与野兽”的反面，叫“美男与兽女”，但一白遮百丑，这一对组合竟少了平时的违和，结婚是女人一生最美的时刻，这话不假。

安非这届是尤通知当辅导员带的第一届学生，尤通知又与十来个班团干部最熟，因此被盛情邀请安排凑在一张大圆桌上。与尤通知最要好的“左右护法”甚至成了伴娘团成员，据她俩讲，李雷接新娘，闺房不让进，就要他做俯卧撑，尤通知坐在李雷身上，一连做了一百个，她们一众伴娘十分心疼。但她们也发觉这真是真爱，毕竟房间里哪个伴娘不比尤通知漂亮，李雷连看也不看一眼。

“尤通知那婆婆看起来凶恶哩，说将来一定要养带把儿的，要是龙凤胎男的归李家，女孩才能随她尤家姓。不过平时看尤对李雷强势，尤家也比李家家底殷实，江浙这块的人又不至于这么老土的，但最后尤妈反倒理亏似的服了降。”

“兴许是自身条件比雷子老师差太多吧，婚后必得跟她婆婆有场硬仗。”两位“护法”交流伴娘观察团心得。

“去附近省人民医院的精子库转了转，浦野估计脸皮薄，就我们仨去了，曲林想验精子质量。”

袁雪菁怒而坐起，呵斥道：“你不愿意正规行房，和单身汉们跑去捐精？”

“我没有，我不满 22 岁……”不等安非辩解，袁雪菁扬手一个大巴掌打醒他。安非爬起来下床，兴许是昨晚喝多了，梦做得真。

依照教学医院名单，安非所在二班的见习第一站是江东军区总医院。在搭载全班去往军总的校车上，大伙儿期待见习，就像士兵要上前线，只有曲林有明显的 PTSD（创伤后应激障碍）式的排斥，理由也不难猜。

班上的同学对此行并不期待，不会有任何班级把军总作为第一选择：军总的生活据称管理严苛，若分配在此，不仅要忍受医院里等级分明的上下关系，而且住解放军学院宿舍诸多不便，晨起、洗澡和熄灯按严格作息，被子叠成豆腐块，卫生收拾稍差便得罚写上千字的检讨，见到保洁阿姨都得尊称一声“老师好”。

但安非对军总的名气早有耳闻，因为军队病源的特殊，其神经外科、烧伤整形和创伤骨科都异常出色，在全国范围上数，论总体实力稳居于汉京医疗界第一梯队，院里建有解放军野战医学研究所，出过两位院士，科研也属一流。

而陆英想得天真：“分配到这儿，上下班准可以邂逅到帅气的兵哥哥，撩一个带回宿舍给我们叠被子。”

洛芬也附和：“这里头的老师们，上班白大褂，下班着军装，这是双重的‘制服诱惑’呐！”

“想得美，看见戴军衔和徽章的都得行礼。下班？当然是跟我们一样的，啥制服也不穿。”安非给泼盆冷水。

“那身材少说赶得上瞿麦，不穿，倒也是顶好的。”洛芬迎着安非的话，越发花痴相。

进院入眼两头石狮威严庄重，把守门诊一层正门两旁，震慑度不亚于外门岗亭里武警挎的钢枪。“军总果然气派啊！”安非感慨一声，又注意到创伤急救室门口，有持防爆盾牌、逮捕套绳和橡胶棍的两位“门神”：“这医院自新中国成立后就不曾有过医闹，谁敢撒野分分钟被95式顶脑门上。”

这次军总负责带教的老师是医大毕业的“老”学长，但据尤通知讲，这位年轻老师不巧换班，今日轮值急诊创伤中心，具体等待流程不详。尤通知刚完成婚事，对杂事并不上心，安非班只得靠自己。急诊大厅里人来人往，安非叫上几个亲信做先头部队，仅把附有证件头像的见习表当寻人启事。

与大楼外墙、廊柱的气派截然不同，急诊走廊里满是加床的病患，许多重病号不便下地，因此吃饭排泄同在一块四方狭窄的推床，最局促之处两张病床甚至头尾相连，隐私和清洁是遥远的奢侈。粪臭、酒精、老人味儿以及公用微波炉里的热饭菜，气味扑面而刺鼻，预检前台护士扯着嗓的叫号声与老年病患的疼痛呻吟此起彼伏。

刚辨清“急诊创伤中心”电子门牌的绿字,只听院外巨大的轰鸣声由远及近，安非班的学生一个个自觉走出门去仰起脖子瞧。一架标有汉京战区图案的军绿色涂装直升机，悬停于楼顶的停机坪上，随发动机的呼啸渐渐缓慢下降，此时螺旋桨的六叶仍是辨不清的圆盘，两张简易的滚轮担架就被抬下。众学生这才发觉屋顶的停机处有直达电梯通到楼下急诊大厅，血袋和吊瓶拍打担架上的输液架，四名军装士兵护送担架直往急诊创伤室推去，护士已经事先动员轻症的留观病人撤到两边。

安非几个人尽量凑近瞧——其中一个士兵的眼眶裂开形成空洞，下颌的纱布敷料被血迹浸透几近掉落，脖子被颈托固定住，口中呻吟不止；另一张担架上，病人脸上只有几道浅表伤口，身上被铺盖覆盖，显得很安静。

一位可能是带教的老师从容应对，不断引导对答保持其神志意识，并检查仅有的一只瞳孔有无涣散、肌力和神经反射情况；另一位则负责整理CT和X胶片的影像资料，与护送士兵交流病史。

出于业余记者的本能，浦野掏出手机拍照，警卫见状上前制止道：“军区医院，尤其是涉及军事人员及活动的禁止拍照摄影。”

洛芬似是晕血，被瘆人的伤口吓得嘴唇泛白，身子不自主地往墙上倚靠。

需要军衔，并不适合你们长期‘深耕’发展。弟弟妹妹们还是一股脑钻去省人医吧，这里是别人的地盘，不是一家人不进一家门。”

上午的剩余时间以及整个下午，每人将挑自己感兴趣的科室见习观摩。

鉴于出师不利的见习遭遇，军总给全班留下歧视与死板的印象，安非决定把军总的志愿先填到最后。

第二十四章　慈济医院

漫长的等待后，食物中毒一事有了最后决断——学校通知食堂的这片隔区全面整顿，这块分区的全体店面关停整顿半年，虽然西施家牛肉面不用单独背锅，但却同样被迫搬走。

四人团到牛肉面窗口吃最后一碗牛肉面，西施眼神落寞，亲自烧水下面。安非首先破冰，问了西施第一句：“食药监局的报告怎么讲的？”

西施不想提伤心事，浦野抢着说：“西餐厅肯定是有问题的，是重点关注对象，但是毕竟全体窗口都检测了嘛，还有几家店面有部分指标不合格……”

西施一下迸发出积压的委屈：“那就谁有问题谁整顿，我们家牛肉面凭什么关？”

“这个问题我们校报老师了解内情，这食堂承包商是老校长在位时招标来的，怀疑来路不正，而且学校也不放心他护着西餐厅老板继续瞎搞，承包人和西餐厅老板之间也许还有见不得人的交易呢，权力寻租嘛，不惊讶。这次是大肠杆菌，万一下次搞出什么诺如病毒、霍乱弧菌、金葡菌呢，必须取缔他们，以后学校自己经营这片食堂，安全和价格都会有保障的……”安非桌下用脚点醒浦野，他说得越尽兴，西施只会更加郁闷。即便关停是正义，对西施一家也是心理上的无辜伤害，经济上的致命打击。

“就搬走不再回来了吗？”安非问西施，她瞥了一眼低头吸面条的瞿麦，不言语只点头。瞿麦很“坚强”，一言不发。

浦野又问：“就不能等整修好再搬回来吗？”

“老家那边有亲戚想一起开店，有人分担租金，可能条件难以拒绝吧。其实我不怪爸爸坚持要走，半年不做生意也不是个办法，不然谁养一家子呢！”西施当然不会一人独留在汉京。瞿麦听了直抽鼻子，大伙儿沉默地盯着他。

瞿麦依旧低头，突然讲：“太辣了太辣了，鼻涕下来了。”

“可你的面，我没放辣椒啊，我知道你不吃辣。”西施说道。

“不是，说错了，是根细面呛进鼻子里了。”瞿麦假意拿餐巾纸糊住鼻孔喷气，趁大伙不注意把眼皮也抹了下。

西施离开汉京，坐高铁回四川那天，瞿麦和西施在食堂门口久久相拥，引人围观。

见习第二站，安非班去了慈济医院。

所有人都对慈济医院印象不错，又一抬眼，慈济医院的洋房式样的老楼，彻底从视觉美感角度征服安非一众见习生们。慈济极富历史气息，由19世纪后半叶来华的传教士创建，虽然曾被西人管辖，却秉持乐善好施的院旨——抗战时遭遇日本人屠城，因为地处租界，慈济医院曾开放院区让难民进来避难，时任院长为接收难民与搜查的日本军官对峙，开医院存粮救灾，并在地面铺开英美国旗防日机轰炸，堪称人道主义典范。

评价医院的标准无外乎“医教研”，历史好感只是一方面。在“医”上，慈济以内科见长，血液科、肿瘤科名声远扬，外科里骨科发展最好，排名与军总也不相上下，此外妇产科、辅助生殖科也是此家的特色，慈济的医患关系向来和谐，即便没有类似军区总医院的“重兵把守”，这里也堪称医学人文的示范教研基地；“教”字体现在慈济的隶属关系上，汉大医与市政府共属，学生以汉大医为主，受偏见冷遇之苦与军总相差无多；“研”上，因为依靠汉大医的支撑，慈济的科研成就强于军总，对医大生们来讲机会更多。

这次尤通知也随班来慈济医院，声称是为了严抓见习质量，也就是来“看”学生的。而她刚把安非整班送至医教处，人却消失无踪。带教老师照例是要求大家去感兴趣的门诊跟诊。

安非和瞿麦计划去骨科，半途上被去妇产科的洛芬、陆英喊住：“你猜尤通知去哪儿了？她竟然偷偷跑到了妇产科。本来我俩找了个小医生跟诊，也没发现她，是她自己插队进主任的专家门诊室，被在外排队的候诊病人们怼了，闹腾了，我们这才发现她的诡异行踪。”

两边诊室里相通，安非几人从隔壁保持安全距离探听八卦——这妇科主任似与尤通知是老相识，尤通知一进门，上来便问她：“最近怎么样了？有规律锻炼吗？”

“停了达英之后，来了一次例假，但是这个月已经过了十天还没来，我觉得是——”尤通知下面的话没明讲，只是欣喜地点头。主任却没有像尤通知想象的那样向她贺喜，只问她：“难道这几次没做保护措施？”

“确实，有一次是急了些。”

“测过试纸了？”主任问。

“嗯，试纸是阴性，但不是有假阴性的可能吗？我觉得有戏，所以我想来查查看的。”尤通知摇晃着花瓶似的腰身，略显兴奋。

“你也知道，多囊卵巢的月经时有不正常，最长几个月才来一次的都有。”主任这句没能浇灭尤的渴盼，尤通知反而更急切地说：“验个 HCG（人绒毛膜促性腺激素）再查个超声不就证实了嘛，我有信心的。”主任开好单子后，尤通知像个小女孩似的，蹦跳着出去做检查，四人组赶忙躲到患者队伍里。

靠了主任的熟人关系，尤通知迅速做完检查取了结果回到诊室。尤通知神色黯淡，走路步子拖着地，这会儿是做错事的青春期女孩。主任看着生化单子讲：“雄激素水平依旧高，但是血糖控制得不错。”

尤通知撒娇似的噘嘴埋怨：“有什么用，这次又没中奖，空欢喜。”

“你这才结婚没几个月呢，急什么，今早上还有五十岁的半老太太来做试管呢。”女主任讲道。

尤通知连声长叹："唉，我是真害怕生不出孩子，一直不敢告诉李雷。你知道吗？我有一姐妹就因为卵巢有个巧克力囊肿，已经订了婚，婆家都不让结了呢，非要先怀上才肯办婚礼……"

主任耐心劝慰："你放心啦，李雷这都大学讲师，又不是没文化的土包子。"

"唉，这跟学历无关，怀不上我都胆战心惊，怕婆婆给我脸色看啊。"尤通知一脸委屈。

"原来她是瞒着李雷做婚后咨询。"安非一众好奇小朋友窃笑着，陆英讲："怪不得身材像库欣综合征，满月脸水牛背，之前脸上还生顽固痤疮，其实是多囊卵巢综合征造成的腹型肥胖，我们之前怎么就没猜到呢，到底是底子太差，理论得运用到实践中。"忽然又一十几岁的高中小姑娘进来诊室，后面跟着她母亲，面目凶恶。尤通知起身让开一边，姑娘腼腆地把检查结果给主任，主任迅速开好住院单。

"这也是不孕的吧，看样子二十岁不到，都在着急生呢。"等这女孩出去，尤通知对主任讲道。

主任又被尤逗笑，说道："什么啊，这是打孩子的。"

"啥，家暴？确实这老女人面相刻薄似是后妈，一看不是善茬。但是这种病人怎么来你这儿，伤到妇科的器官了？验伤需要公安在场不？"尤通知好奇地问。

主任便一字一句解释："哎，打孩子，是人工流产的意思，俗称打胎，明白了吗？"

"这姑娘是普内科转来的，头晕乏力、恶心呕吐，一开始死不承认，典型的早孕反应她妈妈非说是胃肠炎呢。我都不直接问性生活的，只问有没有男朋友，她妈又抢着说没有，我把她妈支出去了，结果还是怕，还说只牵过手呢！"

尤通知眼红不已："才十几岁啊，几次就能怀上了，唉，什么世道，真是旱的旱死，涝的涝死啊！"

主任听言笑得合不拢嘴，对尤通知讲："你又羡慕人家了。"尤通知不苟言笑，主任也收了笑容再劝她："放心啦，多囊女性是非常多，实在不行还有辅助生殖手段嘛，放宽心吧。”

尤通知遗憾地离开慈济，随后瞿麦与安非继续跟骨科门诊。慈济骨科全国闻名，规模也大，有一整层楼用于门诊及检查，候诊列表里仅上午已排了上百号。依旧是仔细的安非，从密密麻麻的就诊名单里见到了熟悉的名字。

“这是你大一的女教练吗？”安非指着候诊大厅里的电子屏幕问瞿麦。瞿麦迟疑不动，安非主动问他，“那要不，我们去那诊室瞧瞧？”

安非和瞿麦向坐在运动损伤专病门诊的老师说明身份，老师让俩人找凳子坐到旁边。瞿麦干坐着等了几十个患者，终于轮到女教练就诊，然而她身后跟了位五十多岁的妇女，模样像是其母。

带教老师把这次的CT及上次就诊的MRI两相对照，带着责怪的语句说：“跟你讲了不要再进行任何运动，再加重就不可逆了，甚至要手术缝补半月板的。”显然她是老病号了，看病历本的病史上，女教练因为四处走穴，跑片带学生，过度运动劳损关节，久而久之造成慢性滑膜炎和半月板损伤。

“可是，我也得工作挣钱啊！”

老师略过她的解释，态度严正，“半月板撕裂！你懂字面意思吗？撕裂，就是要断开了，再任性懈怠，下一步就是残疾！”

女教练不作声，老师降低些分贝：“唉，膝盖肿胀，关节腔积液不仅没吸收，甚至渗出更严重了。你是怎么对自己下得去手的，你是边吃止痛药压住疼，边去做动作吗？”女教练瞟了眼母亲，不情愿地向医生承认，其母见状也插嘴斥责她：“就是，听医生的，腿都不要了吗？指着后半辈子我和你爸养你吗？说了回去到市里小学做个体育老师妥当，非得留汉京打工，有什么出息呢？”

“患肢制动，卧床休息，冷敷、外用消炎药，缓解后康复理疗，定期复诊，如有加重要住院手术的。”听完诊疗意见，女教练说了几句客气感谢话，转身出诊室，瞿麦借口上厕所也跟出来偷听。

“算妈求你，回老家吧，工作你爸都打点好了。还有谈朋友的事，上次相亲的语文老师我看真就不错的，还有财政局那公务员，哪里差啦？”

“妈您能不管我，别折腾我行吗？那俩一个翘兰花指跟肾亏阳痿似的，张口闭口三从四德；另一个一嘴黄牙满口烟味，说女人挣钱多不如早生孩子，说我在大城市浪荡得心都野了，就这些人，都不如我教的穷学生对我真心！”

“哎呀，主要看门当户对，对方条件都不错，不管人家想法怎样，在市里都是有头脸的工作啊，过了二十五就别挑三拣四了，学大城市晚婚那一套在老家不顶用的。”

“对，都是我的错，是我让你们在亲戚里丢脸了，我自己把腿弄残废了，行吧。你们没责任吗？如果不是你逼得这么紧，断了我的粮，冻了我的卡，我至于拼命挣钱证明自己吗？”

女教练母亲怒火中烧，扬手给女儿一个响亮的耳光：“治疗费我一分都不会出的，你给我回家结婚去！”吼完这句便径自离开。女教练待在候诊区片刻，愣生生把眼泪憋回，忽而发现一旁窥伺许久的瞿麦。

“我想问，你是瞿麦吗？”瞿麦愣住，不敢言语，女教练盯他良久，最后失望地讲，“打扰了，认错人，不好意思。”瞿麦也不追，默默坐回诊室，再之后的见习，瞿麦便心不在焉。

见习离开时，众人一合计，慈济实力确是不可小觑，于是把它列为除省人民医院外的第一志愿。返校校车上，沉默一下午的瞿麦终对安非坦言，将来在不违反法律和道德的前提下，他想尽量选挣钱多且快的科室，才不会被现实境遇所掣肘，不会亏待家人和爱人。

当晚到十一二点，瞿麦没回宿舍，担心他因西施的离去想不开，宿舍三人喊上洛芬分头找他。操场、自习室、小河边以及几条主干道，都不见其踪影。食堂、体育馆、实验中心都关了门。

“实在找不到，打给尤通知报警吧。”洛芬讲道。

安非恍然：“还有一处地方！”

安非率众人从河边拐个弯到隐蔽的体育馆侧门，门锁果然是开着。“体育馆不是早就关门了吗？”

“瞿麦经常晚训，看门大叔走得早就让他锁门，所以他配过体育馆小门的钥匙。”安非解释给众人。

空旷的走道里回荡着瞿麦拳套击打沙袋的闷响，以及脚底板与橡胶地垫的刺耳摩擦声。不似汉大之豪阔，几个主要社团有各自的小道馆，医大的练功房是学校里唯一可以“合法殴斗”的地方，也是几个社团多用途的“兵器”云集之处，入门的物品架上摆满女生的瑜伽球和彩缎带，空手道的长棍、剑道的木剑、跆拳道的双节棍，甚至锁在柜里的双刀长剑。众人欲上道垫，竟不脱鞋，刚踩到边，安非让他们回去：“你们也不懂道场的规矩，回头再把瞿麦惹急了，我跟他单独聊聊。”

毕竟四人团里瞿麦和安非处得近。安非悄悄跪立于瞿麦一旁，手掌拂过他的翘屁股：“瞿森赛，心情还好吗？”

“听说把汗都流尽了，蒸发掉体内多余的水分，就不会再流泪了。”瞿麦说着话，打出一套直摆勾的组合拳，震颤的肱二头肌、胸大肌和股四头肌上洒下咸水滴子来。

“嚯，你这文艺得适合做QQ签名，哪儿听来的？”安非问道。

“王家卫的《重庆森林》。”

“你是为借景抒情临时补看的吗？你往常不就爱看些武打动作片和军事杂志？”

“西施喜欢，她不喜欢打打杀杀的，不爱运动。我带她来这儿亲自教防身技巧，她总是懒散没热情，不像……”

“不像什么？”安非问他，瞿麦不响。安非揣测瞿麦是联想大一的道馆时光，不经意地问：“怀念那教练了？”

瞿麦停止动作，痴痴望着道垫：“想听实话吗？平时训练时确实是会想起，但只限于走进这练功房时。我觉得这不好，是对不起西施。

“但你别误会，今天我来捶沙袋是发泄愤恨，不是为怀旧。恨的不只是西餐厅，还有他们那些假装无辜的档口，当初有任何一家肯担责，这事就不会发展成这样。”瞿麦一个正踹，沙袋偏离中轴近九十度。

安非很敏感，便讲：“你怪我吗？是我弄论文数据夹带私货，把事搞复杂了，不然西施家牛肉面赔点钱还能支撑下去。”

瞿麦回答果断:“当然不是你的问题。其实我心里已经有数，西施是走定了，只是对你的‘后手’留有一丝希望。不怪你，你不留这‘后手’，西施还是会被逼走，其他坏人安然无恙，我心里会更不平衡。

“你回去吧，我释放完很快就回宿舍了。”

“其实我不是担心你大半夜的人身安全，毕竟谁抢劫你谁倒霉，我是担心你心理上能否走出来。”

“你怕我跟曲林似的要死要活吗？放心吧，我以后好好复习，明天一早就去图书馆占座，你也不必再怕我拖平均分的后腿了。”

“可你也是个普通的大男孩啊，故作坚强干吗？”

“面档卖得最火的时候，西施最后也要留一份面给我，无论我训练到几点，所以西施在的时候我尽量不晚训。”瞿麦转过头向着安非说，“所以不是我学习偷懒，我每天的下午课不是有意早退，只想训练早点开始早点结束，不让面摊久等我一个。

“最难受的不是西施要走，而是她要离开我，我竟然没有挽留。我怕面对西施爸爸，都没去火车站送她，而且我感受不到自己强烈的悲伤，我是不是不爱她？”

瞿麦袒露真诚，安非这时反问他:“那你想听实话吗?

“我觉得你还是放不下那教练。和西施开始时就没考虑清楚,你俩兴趣爱好、未来规划又不完全般配。你也即将离开医大，而西施没有学历文凭，没有独立工作的技能，难道就在牛肉面摊位上永远等着你回来吗？西施爸爸迫不及待要她结婚，她说过年要你带她回家，你为什么不呢？你是怕太快吗？不，你是不敢肯定。你是异性缘很好的人，怕以后自己会对不起西施。”

瞿麦听完不再多言，只说自己想好好反省。

瞿麦的第二段感情就此死于外因，早早散场。

第二十五章　市中心医院

安非带班见习到第三站，汉京市中心医院。

与前两家不同，汉京市中心医院并非任何医学院或者医科大学直属，是纯粹的市属医院，但在门口牌匾上，它是汉大医、东汉医、汉京药科大和江医大共同的非直属教学医院，似乎暗示得很明白：因为不是任何医学院校直属医院，太缺学生干活，谁来都欢迎。

医疗特色上，心内科与神经内科两科室独大，病源以老年病患多为特点；纯粹市属医院，与医学院都是合作关系，也就是说，同一位主任可能兼任多家医学院校的导师，管理上稍显混乱，因此在一众见习医院里，其教学最弱；至于“医教研”里的“研”，照带教老师的话讲：“科研？赚钱就行，没有金刚钻揽啥瓷器活，没条件搞什么研究。”照安非的理解，就是说，这医院实力与潜力很一般，但收入和福利确实到位。

刚到院时，来接待的带教老师脾气暴烈，跟医大对接的老师发狠道：“可别再送大三崽子们过来见习了，忙死我了，这批小屁孩是能换药拆线收病人还是咋的，还得抽空伺候他们问这问那的。”虽满口抱怨，但正经带教起来，这老师对学生的态度积极，有问必答。

在示教室演示腱反射检查，依然是“模特”瞿麦扮演被检查者。瞿麦呈坐位，肘关节稍呈直角屈角，带教老师握住他上臂，持叩诊轻轻叩击肱三头肌上方位置：“同学们看啊，正常反应呢，为前臂伸直，亢进和减弱都有问题。”瞿麦被叩后毫无反应，场面令人尴尬，浦野多嘴：“不可能啊，老师你是不是姿势不对？反射消失说明他颈神经受损。”

带教老师冷冷地瞄浦野一眼，让他凑近看，于是调整力道和方向，再次使劲敲击，瞿麦的右前臂瞬时伸展，直直地甩中紧靠着的浦野肚子。浦野胃里空气受挤压，一个带有多元食物味道的大嗝震惊全班，浦野强忍住又嘴硬：“老师，他这是亢进，还是有问题。”

带教老师领班上同学到病人最多、病种最齐全的心内科见习，取下脖子上的听诊器，让几位同学轮流听心音。因为打扰病患时间过长会影响病患情绪，带教有心，每位病患只允许三到四个同学听诊。

带教老师接着找到一位老病患，其病程发展时间长，异常血流音较明显，因此让瞿麦、曲林几个听心脏瓣膜关闭不全以及反流的杂音。病人积极配合，倒是隔壁床的家属，和其他床的患者聊着天，突然声音高起来：“应该收他们的学费！”他们即指安非这帮学生，似乎怕这批学生注意不到，女家属特意重复了一遍：“我说，你们趁这老爷子女儿不在床边，就偷偷拿人家老爸练手，不该收学费或者减免点医疗费，补贴下我们吗？”

说这话时，家属指着瞿麦。因为学生没经验，听时要仔细分辨细微的差别，时间确实长了些，带教让大伙儿别理会：“汉京本地老土著嘛，多少蛮横点。”完成后，带教老师对这老病患关切地说道：“受累了，衣服解开久了怕你着凉，到此为止了。”老爷子依旧和蔼地讲：“不要紧，空调暖和，年轻人要多学习的，不然怎么培养呢？我理解。”

那隔壁家属突然冲带教老师问道：“就这样了？我就纳闷，你们这是医院还是学校啊？”众人没反应过来，那家属叉着腰站起来质问：“把我们当成实验品，你还好意思问冷不冷啊？这是我今天在这儿看住的，我要是出去会儿，是不是也对我家老头下手了？”

带教老师的温柔遮不住，这时候脾气回来了：“我们这里是教学医院啊，住院须知里写了。”

“教学医院又怎么样，拿病人当牛做马啊！”两边叫起板来，带教老师也回得义正词严:“那请您以后不要选择后缀带有医科大学附属字样的医院，谢谢。因为我们这儿叫教学医院，除了治病救人，还有一个很重要的任务叫作带教。你住院就诊，就默认自愿履行这种义务，明白了吧？”

“瞎放屁，我家老头住进来也没人提醒过，而且我怎么没看到你们医院挂了什么附属的牌子？”

“我们医院名字里没有不代表不是教学医院，你要想挑事，那跟你说不清楚，你要有意见我叫主任来和你沟通可以吧！”家属骂骂咧咧讲了几句，便不“追究”了。带教老师领着同学们走出了病房说:“哼，果然提了主任就不啰唆了。所以啊，家属也是看人的，我们这种小医生看起来好欺负，当了主治医生稍微好些，到主任级别才镇得住人，你们以后好好努力都当主任吧，我是没多大机会喽。”

“如果每天都遇到这类找碴的家属，就不怪这带教感到烦了。”浦野这会儿倒同情起他来。回示教室，带教老师继续聊他的经历:“我今年才是做正式住院医的第二年，我刚来的时候就见过，我的上级主治医生坐急诊遭家属为难。家属因为等了很久，做完一堆检查，结果上级看了认为没事，没说几句就要打发走，对方怒而争吵投诉，见投诉没用，就直接威胁说第二天带人来找他算账。虽然当时那是气话，但上级医师还是把凉爽的洞洞鞋换成了篮球鞋。这件事对我影响很深，你看，我们办公桌为什么全是正对着门的呢，防人之心不可无啊。”

“老师，我们要是分配医院，您觉得这医院好吗？”既然带教真心相对，安非也就代替全班斗胆发问了。

“我们这儿？不一向是差班分配来的吗？你们当然都要争取去第一梯队那几家，我们这不上不下的医院，到这儿工作，不是大学直属就没研究院，大家都不做科研，没有太大影响力也没得跳槽，只能院内内卷恶性竞争，要不就论资排辈等空位升职称，要不就当一辈子小主治了此残生。”带教老师也讲了市中心医院的优点，“近几年我们医院跟随扩规模的大流，在汉京城郊建分院，处于扩张期，床位远多于你们之前见习的那两家，你们分配来的研究生有充足的留院工作机会。现在硕士生越来越多，找工作不比过去容易了，这里算是你们备选的铁饭碗吧。”

带教老师的说法不出安非全班的意料之外，果然这中心医院只能做最后的备选项。此外，汉京脑科医院与汉京市中心医院邻近，几乎只有一墙之隔，因此脑科医院的精神科也在本次见习之列。

脑科医院在本地之有名在于从建国起始便“关押”了许多精神病患，一些病患或者家属把电击矫正等正规疗法传得极为夸张，本地人吓唬小孩常称“不听话就送到脑医去”，因此脑科医院的精神科医生们总是在流言中变成可怕而黑暗的形象。安非见习观察并非如此，这里不仅是权威的三甲专科医院，还是江东省的精神医学司法鉴定所，大一时辩论赛中的“凯迪拉克肇事案”，负责其嫌疑人精神鉴定的即是此家，而那位当时深陷舆论的医法老师，同时也是此家的主任医师。

即便自汉医大“案例课”停课后，大家已近两年没见过这位医法老师，对他的印象依然深刻：睿智风趣、博学多才，医生、律师、教授，身兼多职、三位一体。虽年近五十，但在李雷出现之前，他曾一度牢牢占据七年制女生心目中“男神”席位。

主任级别需要坐镇专家门诊，因此他下午四点后才有时间给安非班讲大课，在此之前，大家同样分散到精神科各具体分类下的门诊见习。浦野及曲林去到“青少年心理专病”门诊，坐诊的是位三十岁上下的年轻女老师。

浦野隐到帘后，激动而小声地呼唤洛芬：“刘羞羞他爸妈带他看病来着，你快过来。”洛芬不想露面，只从老师后面远远观察，以口罩做身份的掩护。刘羞羞及其父母围坐在医生一周。

空间相当宽裕的一间诊室，色调铺设很温暖，力求尽量缩短医患间的心理距离。

“这孩子，他是不是这里出问题了？吃不香、睡不好，就想有的没的。”刘母指着自个的太阳穴讲道，而刘父急切地打断她，“还不是读那些乱七八糟的读成这样，小时候我说少给他买点书你偏不听，把个大学都给上废了……”

“你们先让患者本人坐下来，行吧，我要把详细病史问问清的，家长请先回避下……”

“我们小地方医院说上省城这能治的，有叫啥子通电的治疗嘛。”刘母全然忽略带教老师的解释。

“我不了解您是从哪里了解这些，对于一般病情的精神疾患，心理辅导和药物控制是首选——”

刘父毅然地打断医生：“我听说有电休克和理疗之类，给脑子里插电可以吗？或者实在不行关起来一段时间我们也能接受，老家那边也有教养医院，但是搞出事弄死过人咧，咱也不敢送他去。”

带教老师显然不悦，扬手要他们出去：“强制惩罚和约束毫无意义，只会加重孩子的心理负担，有家属最后逼到孩子跳楼跳河的你们知道吗？请你们先出去吧，尊重我也尊重患者本人。”

“请放松点，讲讲吧，你有怎样的感觉和想法，什么让你不开心？”

等父母回避，刘羞羞才敢袒露想法：“之前有段时间，对生活很迷茫。”

“哪方面？具体讲讲。”

“很多吧，学业、前途、人生的意义，做任何事情都感觉缺少行为动机，兴趣减退，逃避社交，白天嗜睡，晚上又失眠，想事情很厉害……”

“感觉你了解过一些这方面的知识。再深入一点讲呢，我想了解的是你焦虑和抑郁的根源，你最本质的想法，不要怕，大胆讲出来，这里没有其他人了。”

“就……就……怎么描述呢，不知道自己活着是为了什么。从小到大都有个目标，考大学、找好工作，这点大家似乎相同，而真正进了大学却感觉人生失去了意义，我一眼把自己的日子看到了头，我不想再付出努力去换取我不需要的东西，好工作不就为了稳定地赚钱嘛，我只想开心地活着。我读了些哲学，康德、海德格尔、尼采、萨特，我思考得越多，对现实的事就越失去兴趣……”

带教老师略带尴尬地打断：“这个，哲学的事情我涉猎少，没法掺和，你就主要关注你情绪的特征好了。描述你难受时的感觉。”

“那种丧的感觉像海啸，很突然便让人溺在其中。所以我向陆地跑去，找很多事填充自己，我翻过一座山，结果又是一座山，再用尽全力翻越下一座山，总以为每次的难受是终点，却发现是下一波噩梦的开始，我不知道自己什么时候会滚下悬崖去。但我能确定的是，每次我都很痛苦。当然我本身是个有些感伤的人，挺敏感的。”

“这些你跟别人倾诉过吗？还是一直自己憋着？”

“说过。家长亲戚都是那一套，要不是不相信说‘你不像抑郁的样子’，要不是不屑，‘现在孩子矫情，日子太好、饭吃得太饱，有什么好抑郁的’，还有就是灌鸡汤‘你要加油，战胜自我’之类。”

“女朋友有吗？你这个年龄，模样也清秀。”

“刚上大学时曾有过，后来感情淡了，突然不喜欢她了。后来还有人讲我是同性恋，说我不喜欢女生，其实是症状加重了，那时候谁也不想搭理，不是她的错，仔细想想我当时还找借口和她分手，我是不该隐瞒的。说来可笑，俗话说一醉解千愁嘛，去酒吧也是想摆脱糟糕的情绪，恰巧在那认识的……”

洛芬揪紧了白大褂的衣角，浦野低声凑到她耳边讲：“看到了吧，其实不是你魅力不够，他才是有问题的。”

“我听你家长说你学文学的，你可以尝试把你的心情与所想写下来，自我对话有时很有效。”

刘羞羞听了便摇头：“有，一直有记录，效果不大。”

“这里几张量表你填填，务必遵从自己的想法，用于测试性格、焦虑等的各项指标。”

“没了？不给我开药吗？”

“情况比你自己预想的要好。保持心情舒畅，多与外界保持接触，多运动，参加集体活动，实在不想，看别人玩都行。定期来心理门诊辅导，控制欠佳再给你开短效抗抑郁药，遵医嘱谨慎服用。当然，主要还是靠你自己。”

刘羞羞苦笑：“是啊，怎么能不服药？除了吃药，我还能做什么？还能有正常的机会吗？”

带教老师长叹一声：“无论男女贫贱，每个人都曾在别人关注不到的角落，笑过、哭过，这不是你的错，也不是某个人的错。生而为人才有情绪，情绪本就像日夜交替，有潮涨潮落；你得意识到，它是具有可塑性的橡皮泥，我作为医生，无论我开药或是疏导，只是给你提供工具和方法，而主动权在你手里——做你想做的，并不需要感到羞耻，摆脱源头是第一步，就算周围的人都不理解你，至少医生会坚定地站在你这边。”

刘羞羞听后泪如雨下。随后带教老师又把其父母叫进来宣教一番。洛芬悄悄溜出诊室来到刘羞羞身旁，不待他反应即摘下口罩，刘羞羞惊住，问她在此的缘由。

“见习，心理科，我一直在诊室里。”

“你都听到了？”刘羞羞无法直视洛芬的眼睛，“对不起，我当时觉得羞耻，都不敢当面说，只能找借口写信。要求你陪伴只能是耽误你，不撇清关系才是不负责任。你是发光发热的小太阳，不适合被我这种情绪的阴霾遮蔽。”

洛芬竟也羞愧起来：“其实你早和我讲没什么的，我虽然当时很气愤很沮丧，但是我不知道你心里这么难受……那样我就会脾气好一点，你知道我一向心思大条。”

“很羡慕你，有那么几个打得火热的异性朋友，拉拉扯扯玩玩闹闹，能及时把你从不良情绪里拔出来，拥着你往前走。我需要你，而你其实不需要我的，我只会拖累你。”说这话时，刘远看着安非、瞿麦几个，洛芬则是尴尬无言。

“我只是偶尔有点遗憾，我们之间就那样草草地结束了，其实应该更正式一些，找一处僻静的地方，向你坦白我的无奈，点上两杯饮料，喝到天黑，望尽杯底，再郑重地道别，一字一句地，看着对方的眼睛……”

“没事，见字如面，也还是会相见的嘛，你现在正视我的眼睛，也不迟呀。”洛芬故意把气氛搅得欢快些。

刘羞羞还是没控制住，抱住不知所措的洛芬道：“谢谢你理解我，我会努力的。”

“那我们和好吧。”洛芬讲。两人约定恢复往日友谊，但仅限于正常范围，而浦野幽怨地遥望着。

下午，医法老师提前结束门诊，全班于脑科医院的大示教室集合。老师坐定后说，接下来他会带来一位老朋友，让他讲讲对自己病情的看法以及对世界的认知。

医法老师外出片刻，领进来一名三十出头的男子："大家掌声有请他上台。"

"法官大人，我没有，我没有杀人，我不要上法庭，这个陪审团好多人啊。"这男子望着台下许多学生，对着医法老师恐慌地讲道。老师双手从后搭住他的肩膀，悉心安抚他："你从来就不是罪犯，你是医学教授，下面都是你的学生，今天又到你上课啦，你得告诉他们你所知道的事情，回答他们的疑问。"

这位"教授"依然战战兢兢："同学们，我要告诉你们一个秘密。你们知道吗？这世上我们一直被监视，有造物主监控全人类的行为，就像《楚门的世界》，就像《黑客帝国》。没有任何人能逃脱自己的命运，我们都是提线木偶，一切都是程序设定好的，甚至连反抗命运的行为都会被事先预料的，比如……"他说着突然开始疯狂抖动身体，沿着讲台蹦跳一圈，又立即折回，"看到吗？即使像这样，毫无规律，不符合逻辑的行为，也无法打破造物主的规划，因为这也是被预判好的，我们无法独立创造一条时间支线来影响命运进程的……"

"那你知道为什么自己会在这里吗？"有学生问他。

"因为有人在追杀我，因为我企图向更高维度的领域窥探，造物主禁止且担心这种行为，会派出人类的同类消灭我。那些杀手身穿警察制服，而记者们都是间谍，通过手上的摄像机可以发现我们这些'觉醒者'，一个负责瞄准另一个开枪，这也是预先安排好的。但所幸世上还有许多我这样的人，在这里被保护着，这是我们的基地，他是我们同外界的联系人。"他指向医法老师，"他是假教授，教授是他掩护自己的身份。我才是真的医学教授，而且我还是哲学教授，是这家基地的精神导师，我把身份借用给他，才会使我安全……"老师见他讲得绘声绘色越发兴奋，看了看表，让两个男护工带他回封闭病房。被架走时这位"教授"惊恐万分喊着："我不想出法庭，外头有枪手埋伏，就混在那些拿摄像机的记者里。"

“你们不要笑，不被人理解的痛苦你们是无法体会的。”老师站上讲台准备打开幻灯课件，“大家可以看到，这位病患的‘幻想’虽然荒谬，但自成体系，逻辑联系紧密。他有妄想性障碍，是较典型的偏执型精神分裂症，哪种妄想更具体一点，你们有人知道吗？”

安非答“被害妄想”，而曲林说是“物理影响妄想”，因为这类病患觉得一切思维意志都是被外界某种力量操纵的。老师讲解道:“这两种都有,他还有‘被洞悉感’,即认为自己的所有内心活动都事先被人揭露,并且他每次过来‘讲课’的表现略有不同，刚开始面对人群甚至有退缩行为。我们也会依据此判断其病情变化，这对我们评估药物及心理治疗的效果很有意义。

“这位病患入院前是位‘名人’，这也是拿他举例的特殊性，急性短暂性精神障碍，有人记得否？”医法老师的表情耐人寻味。提起这名词，安非记忆犹新——导致大一案例课停课的凯迪拉克肇事案便与此相关。

当年辩论初赛后一个月，凯迪拉克肇事案重回热点，据浦野称，当时辩论初赛的视频被传到网上，原先一味无脑讨伐车主的舆论分裂成好几派，在一定意义上影响了案件判定的走向，再后来检察院又出官方通告，安非用手机搜索判决结果，罗列大致几点：肇事者没有顶包；肇事者并非主观肇事逃逸，他曾事先报警称有人迫害自己，且言语模糊毫无逻辑；未酒驾或毒驾，车内一千克多白色粉末是玉米粉；车主不是富二代，车是远在美国的表弟的；车速确实要比身边车辆快一些，但并没有出现狂奔的现象；受害者家属希望在异地再次进行鉴定，经司法机关许可，以避地方干预之嫌疑。

医法老师忽然把安非点起来，问道:“我记得你，在医校辩论赛录播视频里看到过，你是其中一位辩手吧？”

安非点头并反问老师:“可是他不是诊断为急性短暂性精神障碍吗？怎么变成今天这么严重？”

“他是由环境因素诱发且持续不能消除诱因。你们没注意到吗？他提到了警察记者法官，都是事发那段时间频繁的出庭、鉴定以及来自家庭和舆论的压力，给他造成巨大精神应激加重了病情。可惜后来是被‘平反’了，媒体的搅局也不了了之，而这病患就得住院治疗了。”医法老师也为自己当时背负的污名连声叹息，“媒体记者们靠百度得到的知识，就敢从容挑战从业几十年的老医生们的权威，实在不可理喻。

“做医疗鉴定的都是‘两院院士’，一只脚在医院，而另一只脚跨在法院。因为职业特殊性，我们常受到威逼利诱，譬如出庭作证前被寄送威胁信，半夜接到骚扰电话，下班路上被人跟踪，甚至遇到受害者或者嫌疑人家属登门胁迫、贿赂。当然我承认，我们中的许多同僚违背了道义伦理，甚至是位居高位之人，也有靠开假证明获利的败类，但绝不会是医大出身！”

最后下课前，医法老师不忘告诫学生：“无论做医疗鉴定的哪个方面，尸检还是伤残鉴定，都要秉持公正客观原则，要保持自己的独立性，不能被环境声音左右，人云亦云凭印象办事。因为那案子，我作为医生的名誉受到损毁，家里窗户被扔石子砸碎，妻儿被迫搬家，甚至我的老病人一度拒诊不信任我。有人问我后悔吗？值得吗？我的答案是，回到当初，我依然会坚持！”

第二十六章　医大二附院

每学期一度的考试月即将来临，连续一个月左右的时间里，三天一小考，五天一大考，甚至一日两考。而此大三的考试月不同以往，专业课更难、更多、学分更高，关系到分配的评分“地基”，连“自由放飞派”的瞿麦、曲林都感到压力，逐渐早出晚归泡图书馆自习，安非倍感欣慰。

安非曾暗中观察过：曲林喜欢找图书馆顶楼没人的角落，累了看窗户发呆；洛芬虽然把音乐酒吧的兼职辞了，但依旧贪睡，没课时十点才到图书馆，坐几分钟就去吃午饭；作为自愿帮扶别人的优等生，浦野的座位一般在距离洛芬一排书架的范围内，每半小时抬头规律地监督洛芬；陆英最认真，和开学一样，爱找陈博仁咨询些偏题怪题、冷知识点，她的理由是“病人不会按你的题目和书本生病，所以刷题背书必须面面俱到”，不同的是，她在洛芬的怂恿下学会化妆了，以为这样会推迟陈博仁每次出现皱眉的时间。

而瞿麦，封印爱情后的学习宣誓很唬人，流程复杂、阵仗庞大，表面工作一向很足，考试月装备最为齐全，为决战通宵买了大旅行包：笔筒、教科书、题库、复印资料、笔记本电脑及充电器，雨伞、驱蚊水、热水袋、耳机、充电器、纸巾、水杯，咖啡、茶叶包、糖包。他认为自己两年多来，考不过女生是由于装备不够好，为须眉不输于巾帼，瞿麦仔细观察她们，发现自己还是疏忽欠缺了一些东西，为此补上了小板凳、靠枕、面霜面膜和充饥零食。

而由于记性不好，总落东西，瞿麦出一次门，还不等走到宿管站，就得中途回来三次。

通宵猝死的传说一度削减大家熬夜复习的胆量——传说上一届有学姐因为半夜跑出校门去看演唱会，耽误了一宿，担心拖累班级平均分只能熬夜背题，连续48小时通宵复习后，竟突发心律不齐，被辅导员送往隔壁大学城医院，诊断为心动过速。

相较其他人，安非则更显劳累，不仅加紧复习备考，实验室的课题进展依然不停歇。由于失去秦巧凤的辅助，安非单打独斗时常到半夜十一二点，“右护法”因食堂风波一事更心怀怨恨，把大量苦差事“谦让”于他，起早贪黑致使安非苦不堪言。

曙光来临，大三上学期见习迎来最后一站，江东医科大学第二附属医院——当地人简称为“医大二附院”，安非期待在校车上打盹缓解疲劳，跟门诊见习也能眯上半个下午。

医大二附院，从名字便知，铁定差于第一附院的省人民医院，从地位上奠定它拔不了头筹，不如做个逍遥散人——其地处山脚下，周围建有老年养护院，是离退干部们的养老胜地，它同时也是最接地气的大医院：医院宿舍围墙外是菜场，每天五点多楼下就放电台读有声小说，六点开始讨价还价，中间卖番薯的大妈会念佛经，间歇有“倒车请注意”的提示音和“磨剪子抢菜刀”“收书本报纸，罐头铜铝”的吆喝声，傍晚会放黄梅戏，好处是修门窗、修锁配钥匙，随叫随到。

医大二附院最好的科室是皮肤科、内分泌科、老年科和康复保健科，都是休闲养生的科室，医患关系简单而和谐。安非心想研究生毕业要在这地儿上班，工作强度不会像这几日在校鸡飞狗跳，和时间抢分数，把大把的文字信息往脑壳里灌。

此次见习，其他没收获，带教老师详谈了选科室的道道：“选专业选科室是门大学问，得见习实习就带着想想，否则一时失足，半辈子皆输！”

带教老师金句频出：“内外、妇儿，麻醉、病理、影像、超声，能选择的无非这些了。常说的俗语，‘金眼科、银外科，稀里糊涂进内科，又脏又累妇产科，吵吵闹闹小儿科，走投无路传染科，混吃混喝营养科，死都不进急诊科’，当然在我们医院，营养科就是食堂的代称了。到外科里细分来看：泌尿外科没看过病人上半身，乳甲外科没见过病人下半身，人身五个洞，所以当外科医生好像当矿工一样——耳鼻喉科两个鼻孔、两个耳朵与一个嘴巴，眼科剩下两个洞，妇产科只剩下一个洞。”

带教老师语速快，同学们反应了一阵才笑出来，而安非半闭着眼瞌睡，突然被笑声惊醒，便感到些许莫名不适。

“下面讲点干货。你们是想把医生干出一番事业呢，还是只想挣钱养家糊口过小日子？讲点实在的，先说收入，外科平均高于内科，收入较高外科属骨科、普外里的乳甲外科和血管外科，多金的眼科、口腔科也算外科，内科里属肿瘤、心内、消化和血液科，所以按科室来讲，想搞点名堂我们二附院肯定不是合适之处。当然你们分配医院也得考虑选导师和专业，比如喜欢骨科或者想做科研就得去慈济；想做广义的外科，有充足的练手机会，就去军区总医院；女学霸想追求高级点的内科，比如心内神内就得去市中心；想将来跳槽私立，眼科、口腔、皮肤、儿科都是好门路；如果想不出来，想全都要，随便都能选到好导师，那就得去省人民医院，毕竟咱医大的资源都堆积给第一附院，每年批复的导师资格都偏心地全给那边了，或许你们不理解，医院和医学院校并不是完全一条心的……”

安非只在提及慈济医院的特色时睁开一条眼缝——照此说来，除去高大全的省人民医院，只有重科研且位居老二的慈济医院适合安非。

“再推荐个鲜有人提及的，教学医院里最后剩余的选项——江州市人民医院。你们很少有人关注它，虽说是地级市医院，心肺肝肾的器官移植是其特色，而且常年坐冷板凳得不到优质生源，一定会把分配到那儿的研究生当成宝。”带教讲道。

瞿麦对这医院出奇了解，私下向众同学讲：“这江州市人民医院即是‘爹地班’五班女班长的地盘，实力大概与市中心医院相当，优于二附院，每年在放榜前，也有家靠江州或者垫底班级的同学主动报志愿分配去那里。”

这回见习结合医院特色，安非一行被分配到老年保健专病门诊。

期末季连续的熬夜使得安非昏昏欲睡，一次家属大力关诊室门，砰一声把安非惊醒，安非感到心动过速，身体能清楚地感受到心脏搏动的“跳感”，似乎是心悸的表现，当即报告给一旁写着病历本的带教老师，众同学也发现安非不断冒虚汗。带教老师也很重视，立即关门拉帘，浦野过来协助，把推车式心电图机的导联接上安非胸口。一会儿安非平躺后发作缓解，带教老师仔细查看心电图波形，让诊室几位同学一同解读，浦野数了数指出心动过速且有早搏。

带教老师开了门诊检查，再做心电图、超声心动图，查了血常规、心肌酶谱和全套心肌损伤标志物。安非不以为然，表示休息即可，没必要大动干戈，检查既费时又费钱。

“你不要以为年轻就一定身体好，上次来见习的，我让学生听心音，有个明显杂音的我让去一查，你猜结果怎样，可比你严重多了——主动脉瓣关闭不全！先天的！那家伙还跑马拉松，得亏我逼着他查，现在休了学，人工瓣膜都给换上了……”在带教老师的催促和同班们的怂恿下，安非乖乖接受全套检查。老年病房的床位宽松，老师给安排住院，给安非背上了动态心电图，通过便携的心电图仪在日常生活状态下连续 24 小时记录其心电活动的全过程。

安非第一时间想到打电话给实验室请假，托肖老师找“劳工”先替自己干两天活。当晚瞿麦、浦野和曲林三人从宿舍给安非带来生活用品。

“真有趣，医学生还没上临床，自己先被学业整垮了。”众人纷纷讲起自己考试月起早贪黑的悲惨遭遇。

然而不知是谁泄密，安非手机竟接到家里来电，而他们均摇头否认存有安非父母的联系方式。

“怎么样了，是累倒的吗？你那个学姐打给我说你住院了，查的结果出来没？是真的心脏有毛病吗？”安非妈妈急切。

“目前还是好的，结论得等明天。没事，可能太累了。”

“要注意休息的，实在太忙就不做那个什么实验吧，你就正常毕业将来回来呗，到你舅舅这上班也挺好。”

“妈，先不说了，我还忙。”

“等下挂啊，平时做实验没空讲电话就罢了，现在住院还忙什么哩，妈妈明天订票来看你。”

“别来，没个大事，明早我就出院了。”安非讲完便掐了通话。

“你对你妈讲话可狠呢！”瞿麦劝道，安非也不理会。忽而门口两声叩响，众人抬头瞧竟是秦巧凤，她拎着袋水果径直到床边来。有秦巧凤陪伴，他们三人便自觉回寝室了。秦巧凤透露，安非“过劳”之事经肖老师的努力宣传，实验室现已尽人皆知，沙主任知晓后对安非印象大有改观。

“以后你那懒散女同级的杂事都由她自己做去，老沙让肖老师多关心你呢，他兴许明天来看望你。”秦巧凤给安非削着苹果讲道。

“别啊，没问题明天就出院了。”

“老肖嘴上意思一下，不一定来呢，你还当真。”秦巧凤笑他。

“你说你，我都走了，你一人还想当两人使吗？干吗这么拼呢？”

“你不也是吗？是你领我入门的，不比我少耗精力。”

“那我是有限度的可持续发展，心里有数，不像你有多少精气就全都燃尽，再优秀也是普通人啊，是肉躯凡胎而已。”秦巧凤嗔怪。

“你说的对，我就是太普通了，不如浦野有才华，不如你有规划，不如洛芬洒脱，不如瞿麦有身体，不如曲林……”

“别看低自己，你们宿舍‘四人团’里，你总比曲林强吧。”秦巧凤插一句。

“呃……曲林家在上海有好几处房产。”安非这句让秦巧凤接不上话。

安非聊天似赌气：“就是因为我太普通了，我才不愿甘于平庸，来去跟阵风似的，这辈子就太可惜了。安非安非，安于现状？非也，我猜这是我名字的含义。”

“扯，你过去不是讲，你原来叫安菲，是因为你嫌每次升学时，新老师都把这名字当成女生，你才闹着把草字头去了吗？”安非不承认。气氛沉默，安非突然问秦巧凤：“你觉得我是怎样的人，我想知道。”

“坚韧、隐忍、早熟、心思缜密、有野心和很强的抗压能力，但自私、自卑、敏感而好面子，以及一点点的势利和大男子主义。”秦巧凤对安非从不见外，即便如此，安非还是受些许刺激，边吃着秦巧凤切的水果块边讲道：“我知道，我性格有缺陷，我尝试着把自己的阴暗面拗过来，努力做个更好的人，像陈博仁那样优秀……”

而秦巧凤言语显露对安非观点的不屑：“这有什么，人无完人，我又不是在贬低你，只是陈述事实。性格这东西，和成长环境以及遗传基因都有关，大多数人对生存处境的自由发挥，都脱不出出厂设置的性能阈值，那是造物主给你的原始框架。所以我记得上中学时，每次考试分数出来，老师都会讲这么一句话：自卑的学生才会去和别人比高低，他人并不是绝对固定的标杆，能超越过去的自己实属不易了。明白吗？”

安非不解其意，秦巧凤便讲明：“我的意思是，你非比着陈博仁干吗呢，你是小学生思维吗？对，他是绩点高能力强，一点就通号称学神；他医二代的起点高，高中就有科研成果，含着金汤匙靠自主招生进的医大；他脾气随和人缘好，老师同学与他亲近。可你差吗？大一辩论赛不是你顶了他的位置才力挽狂澜？再说他医二代又怎样，大一回县医院见习时你自己还讲呢，你那一堆沾亲带故的都是从事医疗行业的，说不是医二代，胜似医二代啊！”

“怎么，你觉得这是好事？你恐怕不能理解，这意味着我自小生活里就充满焦虑和压力——你想想，作为一普通工薪家庭的孩子，而七大姑八大姨包括隔壁邻居家的同辈都比自己条件优渥，那到底是什么样的感觉。就不提每年的压岁钱红包，我只有别人的一半厚了，我讲个最经典的例子吧。”安非说着朝秦巧凤侧个身，预备讲长篇故事集，“犹记得那是 1997 还是 1998 年，第一家肯德基店进驻我们那儿，立即成了全市儿童的圣殿，小朋友都以六一节能吃儿童套餐、挤进上校爷爷的乐园坐滑梯为豪。那天我妈跟我叔、我姨、我姑约好，下午让我们一帮小孩到肯德基一块儿玩，下了班再一道把我们接走。开始相安无事，直到他们向我炫耀手上的肯德基玩具，才知道我姑他们都给买了儿童套餐，甚至还有加餐，而我妈仅仅给我买了一个汉堡和小杯可乐。我吃光了自己那份后没饱，小心翼翼地要堂姐剩的鸡块吃，又眼巴巴看他们摆弄了一个下午的玩具，到现在我都觉得那是很残忍的嫉妒。后来我姑先下班来接，她发觉我幽幽的眼神，二话不说给我买了带玩具的儿童套餐。我妈来之后顾及自己的面子，非说是我任性在前，姑姑才买给我的，一个劲儿讲‘还不快谢谢姑姑，你这孩子好吃，恨不得天天吃汉堡薯条，又不是买不起套餐，垃圾食品不健康’，然而事实上只有期中期末大考进前三名，我才能被奖励吃上肯德基。回家后我气哭了，我妈却讲，姑姑虽然买东西给我，但不代表她比妈妈更爱我。那时我不到十岁，但其实什么都懂，所以我从小就很让父母省心，自觉不会开口提这样那样的过分要求。”

“那挺好的啊，这样的孩子父母们才喜欢呢。”秦巧凤插一句，安非听怒，朝她吼道：“如果有选择，谁愿意早熟，谁不愿意做个天真单纯的少年郎！”

“我爸妈双职工，跟医不沾边，家里条件本不差，因为与医字挂钩的家族环境，却显得像高原上的盆地。所以他们有理由坚持认为做医生好，我没有提任何反对意见。你觉得我学医是为蹭可有可无的人脉资源，不，对我爸妈来说，某种程度是为了让我跨阶层，对我自己，这事关自尊——他们老爱把我和那院长舅舅家年龄相当的表姐比较，即便我脑袋瓜子很一般，我学习比亲戚家小孩都用功，可人家学钢琴书法绘画素质教育，我觉得都是劳什子，只有分数能说明一切，只有做医生能证明我自己，是远远比他们更优秀的……”

秦巧凤递张抽纸凑近看安非说：“我以为你讲哭了呢。”

安非笑：“呵，我这种人没心没肺，永远都不会哭的，别想看我笑话。”

“唉，跑题这么远，不就是讲到陈博仁吗？最起码，陈博仁他……他是个单身的命，好歹你的女朋——前女友，是汉大最漂亮的吧。”凭着亲近，秦巧凤不担心激怒他。

“你别提了，你让我想起，我连恋爱都谈不好。她摔伤腿后羞辱我的隐忍，给她买手机那事刺激到我的自尊，我害怕再也没法满足她、配不上她，也许我长久的计划内不会再找她和好——袁雪菁永远、永远不会随我回老家的，我必须在汉京扎根，如果时间与面包必须给一个，靠谱的一定是后者。”

“我认同。”秦巧凤以往安非嘴里塞水果的方式，给他加油鼓劲。

次日早查房，科主任也来了：“心律失常，早搏二联律，这是你压力过大，身体在抗议，需要积极调整状态，少熬夜，缓解焦虑，要引起重视啊。”

排除了原发性器质性心脏问题，安非的恐慌逐步消解，便问主任：“可是为什么我这么年轻也会心律失常？”

“哎哟，现在高血压、心血管病是越来越年轻化了，我国每年几十万人心源性猝死，医生群体里这种情况多你是知道的，其他行业的年轻人也一样。年年体检依然猝死，经常锻炼依然猝死，上个月就有女白领白天生龙活虎，结果半夜倒在公司工位上，第二天保洁发现打 120，送过来人都凉透了。”这位心内科主任又转向下级医师们说，“我前些时候还在跟北京上海的专家们讨论，临床指南里要新添疾病分类，叫‘青壮年猝死综合征’，类似半夜惊叫、呼吸困难、四肢抽搐一组症状，即以心源性为主的突发死亡。”

最后主任告诫安非：“杜绝抽烟喝酒熬夜，你为事业拼了命，最伤心的不是老板，而是你的父母。”安非不以为然，却由此提高了警惕。第三天早上，安非被放出院。

即便大家如此拼命，大三上的全年级成绩也比过去难看不少，有一门主干课竟挂科近一半人，相比之下，安非班发挥如常，压制住“学神班”的追赶，暂时保持住擂主地位。原定下学期提交最终名单，安非班会讨论后，志愿后四位暂定为“慈济医院—军区总医院—市中心医院—医大二附院”，不出意外等见习完成，会把省人民医院放到第一志愿。

安非一合计，婚宴上打听到三班“主席班”没有背景，但“爹地班”铁定是个大麻烦，自己也得寻摸路子找人。安非并不忌讳找关系的龌龊事，思来想去只有找老家医疗圈的院长舅舅。

第二十七章　县人民医院

就安非的大学生涯而言，在校的最后一个寒假难得清闲：再没有课题，没有实验，没有肖老师的催促和大师兄的啰唆，当然，也是第一个没有秦巧凤相伴的假期。也许是被秦巧凤熏染太久，安非养成一“陋习”：闲不下来。

假期里安非接到秦巧凤的越洋电话，先前她曾提及因“奥运急救达人”和“科研先行者”的优势，入选实验班特有的本科交流计划。

“太震撼了！”秦巧凤向来是不爱嚷嚷的冷面女人，从未表现如此兴奋，安非做好这通国际长途要以小时计的准备。“我的医学观，不对，整个世界观都被改变了。可以负责任地讲，约翰斯·霍普金斯的医院和医学院是这世上最好的，不加‘之一’都不为过……”

“你这夸张了，不把哈佛、斯坦福放在眼里。”安非认为秦巧凤在巴尔的摩着了魔。

“从最早摩尔根研究染色体结构，到发现限制性核酸内切酶、端粒酶、多巴胺的运作机制，第一次分离出脊髓灰质炎病毒，你知道他们的教授和校友里出过多少个诺贝尔生理学或医学奖吗？外科方面主持第一例心脏搭桥、第一例完全变性手术、第一例新生儿法洛氏四联症手术，还有手术用橡胶手套、心肺复苏术、肾透析，甚至第一个录取女性医学生并且男女平权，这些都是从他们那里开始的。简直就是现代医学起源！”

趁秦巧凤喘口气的时机，安非问道：“那你这两个月是待在医学院上课还是每天要去医院见习？感觉你都不想回来了。”

“当然不想回来，两个月太少！校方征求我们个人意见安排规划，每周除了固定时间一起去医院观摩、实习，其余时间待在医学院，医院和医学院共享一个校区。这才一个月不到，我只能感慨差距实在太大，医教研三方面都是。

“先说临床的感受，和我们省人民医院门诊楼那种熙熙攘攘的架势完全不同，虽然约翰斯·霍普金斯名声在外，但人口和体制的原因，他们患者少很多，运行很有条理。关键是，他们医院的医生数量竟然是病人的两倍多，一千张床位配近两千名正式医生、三千多名护士还有两千多名住院医、研究生，要知道我们两个院区加起来三千多张床，正式职工都不到四千人！对患者来说，这种医疗质量可以说是无可挑剔。”

“但医疗花销更高，一般病情的病人根本收不进院吧。”安非冷冷说道。

秦巧凤不苟同：“顶级医院本来就应该负责疑难杂症啊，不然感冒头痛去那儿干吗？

“相比医疗，差距更难弥补的是教学。首先，培养体制完全不一样，他们先要拿到四年本科学士学位，才有申请读医学院的资格，本科任意专业都可以，我曾经碰到过原先读神学院的，还有辞掉原先工作的人，不过要提前补修一些医学相关课程。这些人要通过医学院入学考试，严格筛选后极少人被医学院录取。之后两年上基础课，考医师执照 step1；再两年上临床见习，和我现在类似，考 step2。一共四年拿到医学博士学位，再向心仪的医院申请做住院医师，完成三年的规范化培训，你看过《实习医生格蕾》吗？就那个阶段，毕业前考 step3 并拿到执照，这才算是正式的全科医生，但大概只能去社区诊所，还要再申请三年的专科培训才能到大医院做主治医师。你算算，到美国做个外科医师得 14 年！”

“你这么一说，给我感觉这才是精英教育，我们七年毕业就能去个不错的医院工作岂不是……”

安非被秦巧凤连珠炮打断，“别想太好，我们省人民医院的热门科室已经只收博士了，而且我听说北京上海已经学习美国这边搞住院医师规范化培训，毕业后还需要培训三年，估计到你毕业的时候要全面实行了。”

安非不想把秦巧凤的预测当真：“求你不要乌鸦嘴，我还想顺利找工作呢。”

秦巧凤接着从教学侃到科研：“他们这里大部分医生同时在医学院任教，也到实验中心从事研究工作。所以他们医学院的教师也是学生数量的两三倍，我们刚兴起的案例课，那种小组讨论式的教学模式，他们几十年前就是了，哪像我们上大课还能偷睡。这也和他们作为口号的‘使命’匹配：培养富有同情心且有能力实践临床医学最高标准的医生，在医疗传递及基础科研中定位并解决疾病的机理、预防及治疗等问题。举个例子，周末和平时晚上，我和另一个同学选择到分子遗传学实验室学做实验，那儿的仪器设备比我们医大的老陈货先进不知多少，有意思的是，我们发现好些实验人员是临床医师和规培医师，原来他们每周都有科研组会，搞研究的很多也要去医院，每个人都喜欢新想法而且自发地做尝试，真正是临床、科研不分家了。你想想，在我们这儿，你见过想主动尝试科研解决临床问题的医生吗？大多数都是为了升职称发水文！”

安非觉得刺耳，是秦巧凤被资本主义迷了心窍，便说：“哎，别人好归好，用不着自我贬低嘛，更高的回报意味着更高的投入，学费更高，通过率也低，也得讲性价比吧。”

“你不懂，他们的正经收入是你不可想象的，不需要像国内疯狂地收回扣，和律师一样算上层阶级，河边全是他们的游艇呢！”

“讲这么多，反正是别人的生活，羡慕不了。”

秦巧凤不屑于安非的冷言冷语：“哼，听说也有国内直接来考执照的，等我遇到再打听情况，我觉得我也行。”安非觉得她不切实际，也不当真。

一回老家安非便托舅舅帮忙联系，想到医院实力较强的几个外科科室见习观摩，早日定下发展方向，也早些打点关系、认些熟人。医大的硕士在县人民医院算不多的人才，未来靠舅舅的门路，职称爬升也更快。安非其舅官至县人民医院的副院长，也兼任儿科的病区主任，帮这忙不在话下，但安非另有他图。

第一天去儿科报到，适逢办公室大交班，安非在外候着，见对面护士台一人面熟，一番细瞧，想起这护士是两年前一起做导医的卫校女生，尤其记得她当年飞扬跋扈的样子。安非心想，当了护士总该消停了，态度要再不好，儿科的家属们都不好惹的。交班完毕，科室里论座次排位，看得出分了两个医疗组，除了其舅还有一个胖胖的带组主任，下面各有主治医和住院医。安非其舅姓高，因为人好心善，一点没有领导的架子，对待患儿无微不至，堪比“爸爸”般负责任，科里人都唤他“高爸”。

“这高才生是哪里来的？”胖主任问道。

高爸介绍安非：“我大外甥，医大的七年制，大三就想见习了。”

“哎哟，高爸自己女儿不学医，尽劝亲戚往火坑里跳哇，真坏。医大分数不低的，小伙子不如上个弱点的985读金融。”

高爸忙说：“开什么玩笑，我这外甥想学医呢，自愿的。”

胖主任调侃安非道：“倒是该学你舅舅做领导，干临床医生不如干行政，医而优则仕，等将来你就懂了。”

安非舅舅正准备带他出去，便讲：“别瞎说哦，教坏小朋友，他又不是我们做儿科，又累又穷的。我带他去外科转转。”

“期待你毕业后加入我院。”胖主任拍拍安非的肩膀说，安非对他挺有好感，可舅舅背地里告诉他：“这人尽是会说，当主任了还没担当，上次碰见有医闹过来，人家医闹开场词还没说完呢，他拔腿就跑，留给下级小医生应付，结果他自己顺道去青岛玩了三天才回来，院里也不好说他什么。”

骨科、神外、心胸外，安非重点想去见识的三个科室。几日轮转下来，安非心里大概有数：神外太高深，外科里的“尖端”，脑子的刀太精细，成才很晚，县医院外伤居多，高难度的手术少有，病人多跑大城市去开刀，因此前途堪忧；心胸外科，听似牛气，实则不成气候，因为病源不多，心外和胸外甚至分不了家，合成一科，换心、主动脉置换，那都只是电视剧里的传说，且不谈导管技术的兴起，心外还被心内科抢去不少生意——安非并没有理想主义的牺牲精神。

转来转去，最心仪的还属骨科。

安非观摩的是台全膝置换手术，人员配置很齐全：除了器械护士，手术台上还有四个人，科主任主刀，两个助手一个是副主任，另一个为高年资的主治医，最后搬大腿的是小住院医，负责移动X光机的是器械商公司的随员。等麻醉的时间，这主任讲道："我们骨科呢，是外科系统最怕感染的科室之一，手套都是戴两层。所以小伙子，不是不让你上台看，风险比较大，理解吧？"

安非在军区总医院见习时被骨科手术室赶出来过，知道这手术洁净级别之高，便自觉不提洗手上台参观的事。副主任也炫耀似的插嘴："这个层流手术间也是为我们做关节置换准备的，因为基本就我们骨科单独用，要求洁净程度高，毕竟我们科可是全院创收效益最好的，问你舅舅就知道，顶他们两三个儿科的业绩。"

主任笑笑："你就骗我们小朋友来骨科。"

副主任又想到一个类似的笑话说："这个，实习的时候，同学们问老师哪个科室最好挣钱，一同学说骨科最能挣钱，老师就不同意，说'屁，眼科才好挣钱'，这位同学后来就选了肛肠科。你知道为什么？"安非曾听浦野说，他那做胃肠外科的爸爸讲过这段子，于是脱口而出："因为这同学听成'屁眼科'！"一时手术室笑语哈哈。

手术床不让靠太近，安非就找张凳站着，远远地观望，即便戴口罩仍能闻到生理盐水冲洗后的血腥味，安非强忍住一口干呕，主任边操作边讲："小伙子你看我们这大开大合，就很有外科的感觉吧。你还算不错，以前有来第一次实习直接看得晕倒的。

"其实做我们骨科医生很像木匠，我们这台上有电钻、骨锤、螺刀和钉子，敲砸凿拧钻，哐哩哐啷的，可以允许你手术刀用得不溜，但是玩锤子一定要手感好，而且需要用力的步骤很多，手套容易破损所以戴两层。小伙子以后想干骨科的话，多练练肌肉，扛大腿要很大的力量。"安非听主任讲着，再瞧这最年轻的住院医，果真是满额的汗，让巡回护士给他擦拭。

手术进程过半，全员精神集中，没人再与安非搭话聊天。主任嫌弃巡回护士拿东西慢，让他们等太久，便厉声说了她，气氛顿时僵住。该护士看着三十出头的样子，护士里算是老手，语气很是无辜："全膝我可好久没做了，你出国进修之后我就没做过。"

"那为什么不做呢？"主任问了话，实际是想体现目前只有他有能力主刀这手术，巡回护士就趁机撒起娇："不经过你的允许，我哪敢跟别人做哦，别人技术没主任您的好。"众人沉默，安非也觉得诡异，哪里不对劲。

似乎是想起还有个见习的小朋友，主任让都别说了，副主任连说："没关系，同学年纪小，听不懂。"安非实则是以口罩掩饰大咧着笑的嘴巴。

阔气的骨科每顿都请吃饭，多金的前景、轻快的氛围还是令安非动容。虽说骨科毕业生大有膨胀之势，但安非偏居一隅，并不愁工作机会。安非也对舅舅提起分配医院之事重大，需要他帮忙打个顺手招呼，舅舅满口答应，等开学联系在省人民医院已做教务处长的老同学。

某天大早，安非到儿科换白大褂准备再到骨科看手术，没见到舅舅，但导医护士在和昨晚夜班护士交班。

夜班的护士面容憔悴，眼睛快睁不开了："昨晚胖总组急诊收进来一八个月大的男孩，肺部感染重，一夜又是心电监护又是吸氧的，爸妈乡下的，交流也费劲，累死我了。目前平稳，你白天多注意点，我要回去躺了。"换班的导医护士皱皱眉，似乎是不满麻烦的病人被收到自己负责的床位。

中午手术室吃饭，安非果然听到有年长的护士讲："知道吗？儿科又出事了，下午估计要热闹。"安非预感问题不小，立马向骨科主任口头请了假，更衣室套起白大褂便赶往儿科病区，还在电梯口，安非就听得病房里人声沸腾。

二人间病房里挤了五六个家属，小孩平放在小床上，嘴唇泛黑，身上贴着电极片在拉心电图，却没一丝起伏，监护仪的警报一串串响得揪心，地上一脸盆呕吐物和纸巾团。胖主任和家属解释沟通，告知孩子已临床死亡，是否要把遗体接回家。其中几位女性仍在哭丧："大夫你再按按，试试能不能救回来。昨晚还好好的，今天早上怎么就没了。"

"好好的孩子被你们给害死啦，赔我孙子啊！"看样貌应该是孩子的奶奶，冲上来抓着胖主任一个劲摇，被一旁小医生劝开。安非旁观片刻，家属里带头的中年男人自称孩子叔叔，他决定把孩子遗体带回家，但提出想带走所有病历资料，而且流露出打官司的意图。胖主任解释封存病历要走流程，等收集完成所有报告，最后到医务处报备拿复印件，并把详细过程讲述一遍。这叔叔嚷嚷："你们现在不让我们带走，就是想改记录，你们心虚！"胖主任一听这话就不乐意了，两人争执起来。几个家属要去护士的推车里抢病历资料，不一会儿医院保安上楼来，家属见吵不成，把孩子遗体抱走了。

病区恢复平静，安非乏了便去其舅的主任办公室躺睡。约莫一两小时，有人开门进来，安非见其舅穿便装进门，正换上白大褂说道："胖总打电话给我说搞不定了，我估计他也担不起事，特地从家过来的。你也早点回家，别穿白大褂，别去凑热闹。"门外病区里传来叫嚣声，间杂着玻璃瓶摔地碎裂的脆响，安非心里虚，但好歹没穿工作服，那帮人不会伤及无辜。

护士台正中，安飞舅舅耐心地解释道："孩子去世了，你们的心情悲痛可以理解，但不要太冲动，要合规合法，有意见走法律程序，等院长书记一起到场倾听你们的诉求可以吗？"

"说什么官话，你们都是一伙的，别以为我们不知道。"

"对于孩子的诊疗流程，我是问心无愧的，先天性心脏病、急性脑炎加脓毒血症，这么重的病情，其他医院是不敢收的，不然你们也不会送到我院，我完全可以拒绝，让你们再转上级医院。入院时候也讲了是积极尽量抢救，你们同意知情，没有人说过保证能救。"

安非舅舅苦口婆心地劝说他们理智，家属仍然不依不饶，领头的叔叔冲着安非舅舅挥了一拳。

"有事好好说，围堵儿科护士站、不让开展正常的诊疗活动，这都是违法的。"医院负责人出面和亲属代表对话。

"不得了，害死人你们不管，管我们受害人要说法咧。"

双方沟通不畅，局面一时僵住。

医院领导召开紧急会议，在会议室里讨论情况说："那他们亲属究竟是什么意思呢？”

中间人传话：“一直声称是你们护士吊错水导致病情加重，而且认为抢救的午餐时间儿科医生因为就餐没有全部到场参与，是延误了抢救时机，并且他们对卫生系统主导的医疗鉴定程序极度不信任。”

“那怎么办？我去儿科问过话了，治疗没问题。这孩子之前找假中医看了三天，越烧越不行了，来时就是半条命，该签的都签了，该告知的都行到义务了，撑了一晚上，抢救也没问题。”院长很是无奈，书记便讲：“你们的具体治疗我也不懂，不过我跟他们说了，先把孩子遗体从护士站抱走，让我们恢复正常的诊疗活动，但他们不松口，要我们先答应赔钱。”

院长问：“说到底就是要钱，要多少？”

“要一百万。”

“狮子大开口，这是勒索。”

“这样，先答应他们赔钱，晚上坐下来，我们和他们把话说清楚，赔多少具体再谈，口头的毕竟也不算数嘛。反正别再聚集闹事，医院工作能正常开展，其他都好办了。至于赔偿金，院里先垫付，最后这钱分摊给儿科绩效补扣，你看这样呢？”医院里商议达成一致，问题有望顺利解决。

安非回到家，将医院发生的事原原本本地说予父母听，说罢，忍了整下午的眼泪溃坝而出：“你看看舅舅他们医院，你还觉得学医好吗？”

安母光流泪不讲话。安父拍拍安非，安抚道：“没关系，你将来到大城市做医生，不回来上班还省你舅舅找关系的事呢……”

“做到主任又怎样，副院长又怎样！”安非撇开安父的手，“为什么那些人要恶毒成那样？为什么明明不该赔钱但为了省事就要自认理亏？舅舅做错什么了？”

“哎呀，这都偶然现象，多少年才闹这么大的事呢，毕竟孩子死了能理解。”

“你能理解那你去当医生吧，我不学了。你只想你老了看病方便，你儿子做医生的你脸上有光呢，你也不管我愿不愿意。别人上大学快快乐乐，我继续上高中，我都累得住院了，出来做医生就这种下场，我都觉得自己贱！”

安非和安母一夜失语，没再和安父讲一句话。

后来据媒体报道：当晚十点，在媒体摄像监督下，有关部门在县医院小会议室组织召开医患双方座谈会，向双方告知处理医疗纠纷的程序，双方依法享有的权利和应尽的义务。次日早晨，公安依法将涉嫌寻衅滋事、聚众扰乱社会秩序的六名人员带离，并采取刑事拘留等强制措施。

而安非听舅舅说，最终还是赔了小几十万——“不管明面暗面，多少都得赔，医疗官司从来不存在赢不赢的说法，多一事不如少一事吧。”

第二十八章　省人民医院

开学第一个月，安非班迎来最后也是堪称重磅的见习——被誉为“人均第一志愿”的省人民医院见习。

每次坐校车下院见习的路途，等同于几十分钟的微型班会。安非回校才知，信息爆炸的时代，来自老家的“小事”竟成了大新闻，这回大家都在八卦。

“仅凭家属一己之词，怎么能一口认定就是医护的错？”

“就是啊，等到医疗事故调查部门出具报告，查明死因，再讨说法也不迟。”两位同学起头。

瞿麦最是气愤：“调查？还有什么好查，最后关两天不还是放出来？”

陆英则是心痛孩子：“那么小的宝宝死了还不能安息，为人父母如此残忍，怎么舍得！”

“我认为大城市的大医院情况应该好很多，医院等级越高、水平越高，事故越少，纠纷就越少。”洛芬说道。

浦野忍不住嘲她：“上次去市中心没遇到蛮横的家属吗？等这次去省人民见习，你就知道事实是一场空，医患矛盾无处不在的，和医生水平几乎没关系。”洛芬执拗，就不信浦野，她认为不该对医疗环境失去信心，随医改只会越变越好。众人转而问起当事的安非。

“班长，你舅舅真被打了？新闻讲闹事的家属把护士站都砸了是真的吗？”

安非嫌烦，主动挪到司机旁的副驾位。司机瞧见后面热闹，也不甘寂寞聊起天：“你是他们的班长？”

“对的。师傅您就专门开校车运学生来去吗？”安非拒谈新闻。

“也不是，一般都是坐班车的老师来往直属医院和医大，其他特殊情况比如你们这种。我最怕开一附院了，进了市区就交通拥堵，堵车就像血栓，要命。”

“为什么这么说？是因为当司机的久坐，容易下肢静脉血栓吗？”安非问道。

“不是。你看，一座城市就像完整的人体，道路就是血管，堵车就是血管堵塞，从一条马路开始，然后范围越来越大，最严重就会交通瘫痪，就像栓子脱落入脑入肺，最后会丧失功能，造成死亡；警察就是免疫细胞，专逮那些有问题的‘细胞’，有外来的细菌病毒，也有好人变坏的比如癌细胞，但是坏蛋多了，警察就被围攻……所以，开车也像做外科手术，一路通畅无堵塞无事故，所谓轻车熟路，就代表速度快、出血少……”

安非想，果然连医大的司机都有医学特色，便说：“师傅您懂得真多。”

“嘿，可不是我发明的，是个经常坐我班车的外科大主任跟我讲的，这是医大司机的福利：只要身体不舒服，每天都能随口问全省最好的专家，免费科普保健常识，听起来还不错吧。上次他儿子的班也跟你们一样，好像也是你们长学制，坐我车去省人民见习，不知道你认不认得。”听司机这番话，安非脑袋“嗡”的一声——如果平行班级里有“医二代”的存在，全班可能靠其一人就顺利分配到省人民医院。

安非越发紧张，司机不清楚那人的班级和名字，只能等进院后再找机会具体核实。

省人民医院，省内的巨无霸型医院，“医教研”均稳居全省首位，是江东医科大学直属第一附院，号称“头牌”代表作。在全国医学界具有一定影响力，科室齐全几无薄弱环节，不仅虹吸省内病源，甚至吸引很多邻近两省来求医的病患。在一堆气派的高楼前，安非全班下车便迷了路。

见习到最后一家才见了大世面，对省人民医院的褒扬，大伙儿听前边那些见习医院的带教们讲得多了。瞿麦抬眼望楼高，啧啧赞叹："分配在这儿是真好，如果能在这里当上主任，不吹不黑，站稳脚跟，手上不出人命，一辈子富贵荣华。"

"而且导师数量、科研资源，都是分不尽的羹。"浦野作为内行也满怀羡慕。

一番摸索到院教务处，本次的带教老师已经等在那里，年纪看来不小："你们是今年大三见习生的最后一批吧，按说都是大四才见习，去年的大三生也没见习，最后直接分配一个实验班来，就是今年大四的，算你们学长学姐，你们俩班这次一起见习。"

从那批大四生里，安非搜觅不到秦巧凤的踪影，按时间秦巧凤早回国了。

"诊断学、影像学、外科学基础，都是桥梁课程，得下功夫打好基础，临床见习虽看起来有趣，等真到这阶段自有苦恼哦。"带教老师有意给大伙儿摸底，"最基础的视触叩听都学过吧，那谁来做一套胸部体格检查？"

见没人应声，带教又讲："算了，每个人都做，每人做其中一小部分。来一个人做模特就行。"毕竟要裸着，还是没人自告奋勇贡献自己的纯洁肉身，当班长的安非不怀好意："就洛芬吧，女生她胸最大。"

"好啊好啊。"瞿麦期待着老师发话以求最后恩准，男生们似乎要一拥而上剥了洛芬把她扔上模拟病床，唯有浦野护她。这一胡闹，安非确认浦野是暗自对洛芬有意。瞿麦虽表情猥琐至极，因为关系向来要好，洛芬只当是玩闹："小时候没吸过你妈的大猪奶吗？直肠指检拿你做示范！"

带教老师板起脸来讲："瞎起哄，你们这些小流氓，乳房不就是块带腺体的大肥肉吗？当然是要个男生来。"瞿麦是练武老将，自觉身材不可耻，秀秀肌肉倒也好，大伙儿也不客气，轮流"蹂躏"他的胸肌。

做乳房触诊的步骤时，老师边讲同学边做："以乳头的水平线及垂直线将乳房分为四个象限，从外上象限开始触诊，按逆时针或顺时针的顺序，最后挤压乳头，观察有无分泌物及分泌物的性质。"正好轮到洛芬，见瞿麦乳晕上几根"头发"，洛芬想着复习太过辛劳，弯腰做个触诊，"头发"都能掉不少，拿手背掸了掸头发竟没动，以为是眼花，猛地揪起，竟没能拎起，反弄得瞿麦龇牙眨眼、面露痛感。洛芬意外之余再用拇指食指揉搓那根"毛发"，才确认是牢固地生在乳晕上的“奶毛”。瞿麦什么没说，浦野倒感同身受一声“嚯，好痛哟”，全班哄笑起来，带教老师也笑到教案卷子掉了满地。

瞿麦满脸尴尬示意洛芬完成触诊检查，洛芬也回以微笑。又完成几项学习，老师问还有什么疑惑。

洛芬举手：“老师，我发现每次只要我一腹泻，马桶里就带有斑块状的白膜，这种是不是考虑伪膜性肠炎？我需要去做肠镜活检之类的吗？”

“有黏液和血便吗？腹泻时伴疼痛吗？你有恶心呕吐发热吗？有经常吃抗生素头孢青霉素之类的吗？”老师随即问道，洛芬表示均没有上述症状，而且腹泻只是偶尔发生。

“哦，腹泻是比平时的成形大便臭吧，是不是还有在马桶或者蹲坑里垫纸防水花的习惯？”

“对，对，老师您说得太准了。”

老师一脸不屑说：“同学，是你垫的纸被排泄物冲碎了，正常没发现是之前成形的大便直接把纸带下去了。”这下轮到一众学生嘲笑洛芬，浦野也戏弄她：“你可能不是伪膜性肠炎，大便颜色与性状的改变也是直肠癌的早期临床表现呢！”

洛芬瞪他：“你还拐弯咒我？”

“同学，你笑她干吗？”老师盯住爱打嗝的浦野讲，“爱打嗝不是好事。幽门螺杆菌造成的慢性胃炎可以逐步进展到萎缩性胃炎，是胃癌的癌前病变。”

老师又转头对着曲林：“肥胖引起的脂肪肝会缓慢发展成脂肪性肝炎、肝硬化再到肝癌。”

众人面面相觑，不知老师是不是故意吓人。

“是吧，随便说一点常见毛病，心里就犯怵了吧。”老师略显得意，“你们这叫医学生三四年级综合征，这名词的大致意思是指医科生到了大学三四年级，理论与临床相衔接的桥梁期，总爱把书本上的各种疾病症状往自己身上套，身体一出问题就开始怀疑各种离奇绝症，开始翻书对号入座。不用担心，你们这种‘贪生怕死’的现象会先后经历疑病期、恐慌期、冷漠期，到自己上临床干活之后慢慢就消失了。举我自己的例子，我上学时小便尿流太猛，把马桶里冲出泡沫，我以为是肾病的‘蛋白尿’，在厕所一直等啊等，等十几分钟看泡沫消失了最后才放心，这就很典型。我舍友脖子粗，怀疑自己是甲状腺癌；还有同学大便之前往马桶吐痰，完事起身忘了这事，看大便上白色浓稠不知道是个啥，还怀疑自己黏液样便！”

同学们嘻嘻哈哈，带教老师说：“别笑啊，医学生喜欢观察自己的大便这很正常，还有同学随便哪儿有颗痣就考虑是不是黑色素瘤。当然不是说所有的怀疑都是多心，不知道你们听说过吗，我们医院肿瘤科上半年收了个汉大医的黑色素瘤女生，那是相反，专业课上得太晚，自己警惕性不够高，确实疏忽了，发现的时候已经晚期，太可怜了，听说遗体捐给了学校……”大家望着曲林，期待发生什么，然而曲林只是面无表情。

见习结束时，安非让大伙先坐班车回校，自己找带教老师私下聊天。

“老师，上几拨见习的班级里，有没有哪个同学，家长是这边的医生，比如谁谁的爸爸是外科主任这种，你清楚吗？”

“你问这个干吗？”

安非便实话实说，他们这届因为并校的特殊情况，按照整班分配医院的方式，兴许会发生不良竞争。

“这样子，我想想啊，之前有个班倒是奇怪。每个班都先去教务处等我去带他们见习，一般都会找好久才到，毕竟我们医院这么大跟迷宫似的，但他们班不一样，不仅提前到了，班长直接领学生到我科室找到我，连我姓甚名谁都知道，而且他们班长非常优秀，让他讲述操作的注意点，他会提到生僻的冷知识点，临床思维很好，就像你说的‘医二代’。但也有可能，只是大一大二暑期见习比较认真，纯粹是个学霸而已。”

安非确定那次去见习的班是“学神班”，老师对班长相貌的描述也符合陈博仁的特征，安非心凉了一截——他们班本就是最大的竞争者，如果有医二代背景的加持，我班处于完全不可逆转的劣势，除非在最后的考核竞赛取得大胜。

安非再去找秦巧凤求证，通过询问那群大四的实验班学长学姐，安非找到躲在医院自习室的秦巧凤，据说她访美归来后一直阴晴不定，行为很是奇怪。

“怎么不去见习呢，懒惰得不像你了，被资本主义腐朽的医疗圈‘策反’啦？”安非嬉笑道，秦巧凤不啰唆，接着给安非讲了两个病例。

“在内科见习，一慢性病患者的家属来到办公室嚷嚷，说医生开的药不合理，掏出手机按照网上的东西指挥医生用药。管床的主治耐心跟他解释每种药物的作用，对方大发牢骚说按我们医院的药吃，回去病情没起色还要找来算账，然后不情不愿地离开了。一会这家属领着主任亲自过来重开药，明明还是一样的药，但家属欣然接受，主任还批了一通老师的沟通技巧：‘不要轻描淡写，不要啰唆解释，都是对牛弹琴，要把病情往差了说，不要说什么常规用药、统一定价，就说是我主任挑的最符合病人情况的药，明白了？’主任气走了，我对老师说，什么时候医院也变成菜市场了，开个药都能讨价还价，临床指南和药品价格又不是我们定的，毫无专业权威啊！老师苦口婆心：‘哪还管什么话语权、自尊啊，遇到这种挑事的人，咱能保住命就不错了。明年你开始实习了，一定要会察言观色，实在说不动就全顺着家属，否则被投诉你要花好几倍的时间再和他们道歉。’

“这是内科。还有外科见习时，我自愿跟夜间病房值班，一病人重症肝衰，因为病情稍转好，加上家庭经济条件差，被ICU踢皮球，转来外科普通病房。其实患者应该待在ICU，即使命不久矣，至少ICU的抢救措施比普通病房更完善。这重病号在普通病房的这几晚先是大小便失禁，发热，引流管渗液，接着意识谵妄、又喊又叫，护士和值夜班的小医生被折腾够呛，只要病人有一丝不舒服，家属都会不厌其烦地央求过去看。

“病人是弱者，弱者无罪，医生也没过错，在马里兰交流的两个月和现在是两个完全不同的世界，医院就像交易市场一样现实，有点对医疗环境失望了。”

“所以你想表达什么？”安非问。

秦巧凤倍感沮丧：“在学校里时，我曾想当我正式进入临床接触真实的病例之后，我会更理解生命的意义，但这些不友好的经历让我觉得，我再也没有勇气讲出那些矫情的话，什么了解生命与死亡的真谛，更遑论舒解对死亡的恐惧了。我很疑惑，他们高年资医生更有理由和机会参悟，却比常人更加陷入庸庸碌碌的日子，不是吗？”

“别管别人，努力经营、保护自己就行呗，谁也不能左右超出能力的事，都只能维持半径不大不小的生活范围。”安非安慰着，下意识欲拥抱秦巧凤，秦巧凤一讲话，安非缩手挠起头来。

“对了，我周末想回医大看看，转转校园放松心情，你有空不？听说食堂装修重启，顺便蹭你顿饭。”秦巧凤说着，安非不答，懊恼着方才的不当行为，秦巧凤拱拱他，“不白吃你的，正好教教你一些家兔手术、器械使用的技巧，毕竟你也得大决战了。”安非这才有反应，同举双手赞成。

“今天时间还早，带我去手术室吧，前面几家医院见习都没机会多看手术。”安非每次见习都提这请求，秦巧凤却摇手不从：“我不想去，逮住了又要我上台拉钩帮忙，累死人咧。我给你推荐个人，大一带我们辩论队的大姐大，你还记得吗？”

“当然，她也在这上研究生吗？”安非问。

“什么研究生，她大我三届，你大一那年她大五了，今年下半年都算正式入职了，做麻醉。”

安非惊讶：“麻醉？咱七年制很少有选麻醉方向的。”

“说到她选导，我也是进医院才知道，你记得她当时总是拉你们同级的陈博仁进辩论队，很偏袒他吧？”

“那是，最后要不是他心慌了，根本轮不到我上场。”

“那时候大姐大正是选导师的时机，她想选陈博仁的爸爸——我们泌尿外科一个亚专科的科室主任，所以就想讨好陈博仁呗。”

“陈博仁真是‘医二代’，我就说嘛，我们班人都不信！”安非终于证实此事，又好奇说，“但大姐大女生做泌尿，不大合适吧。”

“所以嘛，后来家里不同意，她就选了个麻醉，白拍了陈博仁家的马屁。待会儿你去手术室注意了，别喊她麻醉师，务必尊称麻醉医生，否则她会暴跳的。”这是麻醉医生的痛处，安非表示理解。

到手术室门口，大姐大来接应安非说：“这三十间手术室，同时都在开展各类手术，流水线似的，你今天来得巧，我刚轮空，不用帮老师看着麻醉机。”安非换好洗手衣，大姐大问他想看哪种手术。安非犹豫着没想法，大姐大突然想起什么，“今天应该去看韩院长啊，他退休了难得来主刀，再不看看不到几回了！”安非愣住，不明白她是指谁。“安非，你大一时他上汉大礼堂的‘开学第一课’，你当时在吧，就那头发半白的退休副院长啊。”安非恍然，他确是公认的外科名家。

“赶紧走，去晚了没地儿站。”安非被大姐大拽着一路小跑到面积最大的教学手术室。手术台上两名医生一名器械护士，手术正有条不紊地进行中，巡回护士正给韩院长系隔离衣的衣带。

“这台是胰十二指肠切除术，又叫 Whipple 手术，在普通外科里除肝移植外最难的手术，属于老院长的看家本领。现在台上已经划皮，正进入腹腔，老院长一般不上手的，只有带教学生时才来看着，有时完成一两个关键步骤用以演示，跟剪彩似的。”大姐大给安非讲解道。

安非问：“老院长年纪大，是不是身体不能支撑跟进手术全程？”

“不需要啊，他学生太多，所以不用亲力亲为，最早的学生自己都是主任了。再说，不管多难、多大的手术，只要老院长在，大家都会定心，他只是个象征，省人民大外科的象征。”大姐大言语中满是敬仰。

“象征？外科都是专科，他只能说是具体一种外科的大师啊。”安非不解。

“开玩笑，韩院长啥都开，从胸开到腹，过去脑外和骨科也做。他们那个年代没什么专科的说法，技能点都是点满的，看他打结，兼具速度、精准和艺术感。算了，距离太远了，你看不清的。再问你个问题，你知道如何从外表直观地了解一名外科医生的手术技艺高低吗？”

安非答：“询问同行？或者到手术室观察？”大姐大摇头，安非又答：“身材魁梧而手指修长。”

“不对，是看他手上的‘外科钻戒’。”安非不明白“外科钻戒”的内涵，以为是国际外科协会发出的纪念品之类，大姐大作出名词解释，“指的是右手的拇指和无名指上厚实的老茧，是由于几十年如一日地操作手术器械，光滑的不锈钢材料长期与角质摩擦生成的。韩院长总是对学生讲，这是对外科医生的认可和奖赏，日复一日地精进，胸有成竹才能有胆魄。等他脱手套下台时，你可以注意看他右手的‘钻戒’有多大颗。”

在安非脑海里，一位外科宗师的形象已然脑补形成。

“关于韩院长,再讲个故事给你听。你知道什么是英雄吗？”大姐大说道,“英雄是铁血柔情，扛起家庭事业两片天，做医生也能是英雄。大概是二十年前的事，我听我导师讲过，那时她也只是刚入行的年轻麻醉，韩院长已经是外科主任，但还不是副院长。当时他女儿出国留学归来，来医院接他回去，准备三人团聚庆祝，没料想半途被撞车了，和撞她那人一起被120紧急送来我院。撞他女儿的人反而更重，开放伤止不住血。韩老上手先给肇事者急诊手术，他的下级医师负责他女儿，腹腔积血需要剖腹探查，到台上一看肝脾破裂，下级医师处理得很艰难，没人敢告诉正手术中的韩主任。当韩老顺利完成那边的手术下台,到隔壁手术室,目睹当时二线止不住他女儿的腹腔出血,当即准备上台替换。你知道外科有不成文的规定，医不自医，不得给直系亲属做手术，尤其是这类危重症，因为容易误判或情绪波动造成严重后果。当时医务处长亲自过来阻拦，说已经喊到其他主任来帮忙，允许韩老一旁指挥但不得主刀。韩老毅然强硬吓退医务处长，说如果救不回来，责任要不他担，要不医务处长担，然后争分夺秒洗手穿衣上台，自己寻找出血处之后稳健地缝扎血管，反倒是二线的下级医师因为怕救不回主任女儿，手抖慌张险些让她休克致死。最后他女儿被他自己救回来的,那是他第一次,也是唯一一次违反医疗规定。后来,他升任副院长后,建立了‘带头人负责制’——所有重大手术,只要他在场,不管有没有亲自上台,责任都由他担着，所以才能培养这么多优秀的学生。”

安非问:“那找他求医的患者特别多吧，照我叔叔的说法，这样的医生要去我们地方医院开飞刀，塞红包得上千。”

“患者真是太多。但患者都知道的，给他送红包基本是吃闭门羹。韩院长自述年轻时只收过鸡蛋水果之类的土特产，金钱从不碰，那时他住在医院旁边，紧急时刻都是爬墙到医院开刀。过年值班他还给科室医生发红包，不论是实习生还是老主治，也把单位发的粮票和咸鸭蛋省给病人。曾有患者坐飞机来，只为了确认韩老收到了他的锦旗，他经常爱说的一句话，‘德不近佛者不可为医，才不近仙者不可为医’。而现在他退休了，那锦旗下藏着医生们防身用的棒球棍。”

“世道变了，韩老对医患的认知还停留在过去吧。”安非说道。

韩老上手后，来的人越来越多，韩老那些已经做到主任的老学生、年轻的主治医师以及博士生、硕士生、实习同学，来观摩韩老的风采的人几乎把手术室空间填满，安非只能看到前排密集的人头。巡回护士于是不满，嫌人多挡住她工作，最后面安非等一批最小字辈的被挤出手术室。

“有件事对韩老影响也挺大的，两年前他最欣赏的博士生去做了药代，那之后他再没收过学生。”安非知道大姐大所言，“对，他当时还说呢，看着那学生成长的，经常叫去家里吃饭，师母也最宠他。”

提及师母，安非想到捐遗体一事，问起大姐大韩院长与他妻子的过往。

“韩老的夫人是患了朊病毒病。她也是我院的病理科老专家了，大约是你们大一暑假那时候吧，据说是给研究生改论文时精神错乱似的，把纸稿撕碎丢进垃圾桶里。韩老以为是学生的论文太差，她脾气上来了，赶忙来安慰她，却听得讲话内容全是胡言乱语，慢慢地共济失调，现在已经是痴呆了……”

“朊病毒是什么病毒？”安非不太了解这病毒，大姐大便嘲笑他：“就是‘疯牛病’的病原体啊，不是病毒，是只有蛋白质而没有核酸的侵染因子，WHO把朊病毒病和艾滋病并立为世纪之交的顽疾。看来你待在微免学系实验室这么久，光顾着干活，理论知识没长进啊。”

安非问大姐大：“那玩意儿不是很罕见吗？怎么会轻易感染的？”

“年轻时她做过朊病毒的相关研究，兴许是那时候感染了也说不定，毕竟这东西潜伏期不确定，但发病后预后生存期不超过两年。”

“两年……那岂不是……快了？”安非惊了。

大姐大点头表示遗憾：“其实就是吊着命，致死率是百分之百的。”

“怪不得着急签署遗体捐献协议书。”安非嘴里喃喃道，想到大二下学期在老校区见到韩院长和他儿子那时，他夫人应该是刚告病重。

“韩老其实显年轻，快七十岁的人还在游泳、打羽毛球，看起来也就刚六十，那几周整个人的模样迅速恢复实际年龄，甚至更显苍老，自那以后头发便也不染了。”大姐大感慨。

里面手术台上，韩老“剪彩”完毕，脱隔离衣，出来洗手然后回望整间手术室，每次以这种方式告别为之奋斗一生的手术台。安非和大姐大也跟着韩老出手术室，因为照例韩老接下来会去临终病房看望夫人的。

“听秦巧凤讲，你和她都跟在微免学系的沙主任后面。那再跟你八卦一番，韩老的夫人其实算是沙老师的师妹，他俩都是 1977 年恢复高考之后考了医学院。韩老的夫人也是有名气的，她在汉京医学界外号‘当代神农女’。”

“什么，神农女？”安非怀疑自己耳背。

“对，神农尝百草以试毒，韩老的夫人曾自吞寄生虫做研究。她年轻时到云南血吸虫疫区搞防治工作，顺带培训当地医生，结果她在当地居民的粪检中发现一种新的血吸虫虫卵。她原本计划用携带囊蚴的螺蛳感染当地的鹅，再把感染吸虫囊蚴的鹅带回汉京市，但从云南坐火车要几天，在车上养鹅行不通，鹅死了也不行，她就用‘自体感染’的方法，把囊蚴吃下肚，憋到汉京再排便，用显微镜在粪便中取到虫卵，并由此发表重磅论文，第一次证实人体可感染此种虫卵。这是当年只能发中文没引起太大轰动，搁在今时今日绝对是能发 CNS[1] 的。而且她常年到莲藕池塘水渠找淡水螺研究虫卵，成年累月地弯腰还患上腰椎间盘突出，所以我才猜测她是多年前搞朊病毒研究才不小心感染的，她一直是这种科学态度。现在看来，韩老夫妻真的是为医学事业奉献一辈子。”

安非发问道：“她这么拼，韩老真的不会感到心疼吗？”

“你错了，这是她的理想，有的人就是觉得，活得精彩比活得长久更重要。但其实最心疼她的不是韩院长，是她师兄沙主任。沙老师对他这师妹可以说是溺爱，凡是危险和辛苦的都不让她做，而韩老是尊重的爱，当时三人之间是有

[1] CNS 是国内对 *Cell*、*Nature*、*Science* 三大顶级杂志的简称。

故事的，但最后显然她选择了韩老。这段历史你有兴趣问问沙老师，他肯定愿意讲个明白的。”

“我才不，沙老师本来就不喜欢我，我不敢没大没小。”安非讲着，不觉他们已到病房门口。韩老在病房最里的床，正给夫人喂粥，他把白大褂留在外面，兴许是怕被病房其他家属认出医生的身份。

韩老的夫人年近六十岁，却像六岁的小孩，调皮地拿起输液架上白蛋白的吊瓶，嘴里咕哝着“营养液，我要吸收得身体棒棒”，全然不似一位与老院长权威相当的病理专家。老院长颇有耐心，一口口吹冷再送她口中。此时，管床护士正巧到病房门口，警惕地问起两人身份，随后打开话匣闲聊几句。

“现任正院长提出让夫人住单人间，毕竟夫妻俩都是为医院‘打天下’的元老，韩老坚持住普通病房。一对儿女因为工作经常不能陪，他担心太麻烦我们，一有空就来看，把夫人照顾得真是无微不至，擦身、洗澡，生怕她得褥疮，夫人想吃什么都给弄到。她把老院长当成‘爸爸’，喜欢要老院长抱她，老院长一把年纪，居然‘公主抱’还能抱得动。夫人有时候挺刁蛮的，老院长亲自排队买的早饭，说不吃就不吃，送到嘴边就扭头。我们护士长也说，不能这么任性，实在太迁就她了，老院长说：‘还能跟我皮几次啊，我想她皮，皮不动人就差不多了。’”安非没想过还能用“刁蛮”这词形容板正的女教授，小护士却讲得自己眼眶都红了。

“有一次夫人说‘爸爸，我想吃你做的红烧肉’，韩院长人就愣住了，红烧肉是夫人的拿手菜，可他不会做啊，毕竟结婚几十年来都是夫人做饭，于是他就让女儿做了带过来，我看他女儿回去烧了十几次带过来，她都说味道不对，说不是‘爸爸’的口味。我们也纳闷韩老根本不会烧饭，怎么就有味。结果韩老就回去烧了一次，铝饭盒装满带来，拿过来一尝，夫人便笑了。我们护士们也每人吃了一块，你猜什么味儿，咸到齁却没放糖！

“最后韩院长自己讲，夫人怀儿子时想吃红烧肉，他那几个月亲自下厨，几十年后才发现原来是这么难吃。”

安非听后，彻底把韩老供上心中的神坛，想直奔去拜师。

安非对大姐大提想读了研选老韩做导师，当下便想套近乎，提前留下好印象。大姐大阻拦道：“人老了，你当徒孙差不多。而且他现在脱下白大褂，便不再履行医生职责，只想做个普通的家属。你在这泄露他身份，不是给他带来麻烦嘛。”说着安非也脱了白大褂，进去与老院长交流。他自称是医大校刊的记者，伪造成浦野的身份，采访他关于临终关怀的看法，以便使韩老放下戒心。

“她趁着有意识时嘱托我，不插管，不折腾，走的时候人也漂亮些，把身体归还医大做研究。作为病理医生，她是有觉悟的，特别是遗体能作为朊病毒研究的珍贵标本。”韩老轻轻讲道。安非又问起韩老关于做外科医生的经验，此刻对他来讲，韩老的声音极具磁性：“年轻时一想到上手术台就跟上刑场一样，会整夜失眠。而现在到我这年龄，开刀，开一次就少一次了吧。所谓退休，退而慢慢休，还是不想彻底离开手术台，更不想离开爱人，有些生活习惯保持了几十年，要适应就只能一点一点慢慢来吧……”

最后安非问韩老对当代医学生有何寄语，这是浦野做访问的惯常套路。

“德不近佛者不可为医，才不近仙者不可为医。学不贯今古，识不通天人，才不近仙，心不近佛者，宁耕田织布取衣食耳，断不可作医以误世。以上是明代《言医·序》所说，听起来似乎遥远，但我想说，不管做哪科医生，这句话，是我们永远追求，但只能接近而不能达到的目标。”安非誓将牢牢记住韩老的语录。

“我大前年到医学院做过一次开学演讲，不知道你当时在不在。”韩老问安非。

安非点头：“是的，您当时为了学生转行做药代心痛不已，告诫我们要不忘初心。”

“其实我后来跟我那博士生聊过，我后悔不该把想法强加给他，每个人都有自己的需求，因人施教得依据学生的意愿。我原以为他愿意这样。

“他的父母务农，家庭条件很一般，但他自尊强从不跟我讲。他的愿望是早早当上医生，普普通通地挣上体面的收入而已，而我让他硕士在实验室待了三年，转了博又继续做科研，最后毕业才开始教他手术，准备留他在省人民医院。

而他的师兄们，我有截然不同的安排，我让他们在临床上轮转，自然做医生的本事学得多，也有些小钱做补贴，这些年比他过得滋润些。他嘴上不说，心里其实可羡慕了。但他真的是很聪明的孩子，比他的师兄们更有做科研的天赋，他应当做医学家而不是像我一样的开刀匠，所以我才对他寄予厚望悉心培养。

“到头来，我只得承认，是我忽视了对他真正的关心。所以我不再收学生了，毕竟我的学生们有些已经成博导，他们更贴近时代，更懂育人之道，培养学生的任务，就交给他们了。”

安非听得韩老不再收研究生，心里一阵咯噔的落空感，竟比韩老本人更显沮丧了。

安非师从偶像的梦想至此破灭。

第二十九章　恐怖病院

“学神班”升级成“太子班”，安非回想起暑假里，舅舅答应帮忙找在省人民做主任的同学，托关系打点的事，但电话那头的消息让安非更没了底——其舅自身难保，因县医院医闹影响波及太广，即便无过错也被院方“雪藏”避风头，派去援疆一年，副的院长转了正却挪了地方，汉京的关系现在更说不上话了。安非确认失去了最后的资源支撑，只有正面战场背水一战。他把这“危险”告知全班，大部分同学认为他听风是雨，过于敏感，现在全年级谁人不知安非有个地头蛇般的副院长舅舅，不是医二代，却胜似医二代，安非有口难辩。

而安非所在二班确是个奇怪的班级，别班暗流涌动，他们一如既往沉浸在小世界。前两年时间宽裕，大伙拼命忙学习考试，越紧要的大三下，越是搞情情爱爱，一次乌龙事件，浦野的暗恋以及瞿麦的小猫腻被暴露无遗。

四人团里，瞿麦豪爽大方、不拘男女小节，洛芬一直把瞿麦当成最好的朋友，毕竟出入兼职酒吧这样的场所，需要“大哥”样的保护伞。瞿麦复读两年，而洛芬又小安非同届们一岁，瞿麦把洛芬看作小妹不为过。即便两人时有亲密之举，没人把他们当成世俗的暧昧。

这日，洛芬竟独出心“裁”，持手术器械包的不锈钢线剪，到四人团宿舍给瞿麦理发。瞿麦对发型几无要求，和军训一样就行。浦野蹲守图书馆一整天没遇见洛芬，此刻回来见这场面，心底里起芥蒂。

借口“抓紧复习”，浦野说她两句，要她明天按时去图书馆或者自习室，瞿麦听了便不舒服：“她给我剪头碍着你了？你是暗示我今天也没去复习呗，你对我有意见直说，别拿洛芬当幌子。”

浦野对瞿麦不示弱，当真嘲讽起瞿麦：“我跟洛芬，那是班长配对出来的学习伴侣，我们要互相监督的，又不是我要逼她学，不过你也花头多，学个习还要削发明志。”

洛芬打断两人无端的吵嘴：“都别吵，我都剪歪了，我这也是间接学习操作，是熟悉器械，为最后外科比赛练手。”

安非坏笑，见瞿麦没懂浦野的心思，便问浦野道：“学伴？我制定的那叫一对一帮扶对象，到你这咋这么怪异，你嫌洛芬不认真，我帮你们换下呗。”

“你曲解我的意思，我是说既然定下……”

安非不等浦野解释，直接问起洛芬的意愿：“洛芬，让瞿麦和你组一队咋样，咱四个是不是一直‘瞿大哥’对你最好，就这丁点头发根都舍得给你糟蹋。”

浦野急得坐不下凳子：“不行的，他俩都是中下游，互相拖后腿那是恶性循环，没意义！”

洛芬为难地装笑，选谁都不好，坦言听从班长安排。浦野吃了醋，又意识到安非在消遣他，背起书包又回图书馆，再战至闭馆。

夜里，浦野回寝室时瞿麦在写东西，远观是封信，浦野不放心，趁瞿麦泡脚打水时偷看，看起来像封情书的草稿，字体像沾了墨水的蚯蚓爬出来似的，信上说什么“像蛔虫的雌虫雄虫，合抱不分离”“肌肤的触感是一种奇妙的东西，让我产生了感觉”，浦野回想的是洛芬触诊揪胸毛的“肌肤之亲”。瞿麦突然开门，浦野一个激灵把信纸扔回去，幸好瞿麦没看到，不然这一脚盆开水肯定泼来烫他三层皮。

浦野骨子里自尊强，最是好面子，喊瞿麦上天台说：“既然是舍友，是兄弟，我就直说了，我俩跟洛芬都是好朋友，是平等的，你不要做破坏我们三人之间友谊的事情。”浦野仿佛是声明，要和瞿麦争夺洛芬的“所有权”。

“你有病吧，我下次也让洛芬给你剪剪头，修理下你思维错乱的脑袋。洛芬想跟谁一组是她的权利，你自己找她去。”

“那你倒别给洛芬写情书呀，你倒是情伤愈合快得很，这么快就把西施扫进垃圾堆啦！”

“你个浑蛋你偷看！我不是写给洛芬的，莫名其妙、多管闲事。”

“你是大男人，敢做不敢当，你承不承认是写给洛芬的？”

两人动静颇大，安非上来调解时发现是浦野先动的手，面对武力愈加成熟的瞿麦，实在勇气可嘉。瞿麦当时也没想啰唆，一个过肩摔把浦野撂在地上就回宿舍了。于是四人团召开深夜座谈会。瞿麦坚称信不是写给洛芬，只是摘抄优美词句练字，虽然在浦野看来尽是土味情话；而浦野事后仍说瞿麦动机不纯，会把洛芬成绩带坏，并且矢口否认喜欢洛芬，他抢的是“最好的朋友”的名分使用权。

“都什么时候了，兄弟们，你们让我有一种当上高三班主任的感觉。”安非自称情感失败者，管不了男女私情，只关心“班级大爱”。对私底下谈心的安非，瞿麦依然嘴风严密，只承认是找到“志同道合的，能陪自己一起成长”的同行；浦野那边，任是曲林来问话都是大仁大义挂嘴边。

安非托陆英旁敲侧击问舍友洛芬，浦野和她究竟发生了什么，陆英娓娓道来：“那天省人医见习结束，我们没坐班车回校，想在市区吃一顿，我跟他们一道走。在地铁站附近，洛芬看到一台娃娃机，叹气说从来没抓着过，浦野不知吃错什么药，固执地非要抓个娃娃给她。

“浦野请客，先让洛芬去抓娃娃，有点儿背，黑黢黢的扁洞吸掉了浦野袋里的所有硬币，但浦野说一定要抓一个给她，洛芬就说都能直接买一个了，又说听说抓娃娃有一定的概率，每隔六十几次才能掉出一个，所以还是算了。谁知道浦野去人工窗口用红钞子兑了许多硬币，让她抓个够。你知道洛芬条件跟我差不多，都是省吃俭用的类型，哪里那样释放过自我。其实浦野是真有天赋，到最后洛芬实在抓不动，换浦野来，没几下就抓出了，浦野讲以后不会的事情就都找他。

“洛芬原话是这么形容的，她说‘我就像被抓住的那个娃娃兔子，在浦野执拗的坚持下束手就擒，轻而易举被揪住了后脖颈，再也无法挣脱了’。他们两人默契，互不袒露真心，可能觉得真心的朋友之间不该这样，和瞿麦关系也亲密，闹出矛盾破坏你们几个友情。洛芬说，她只想等‘决战’出结果的那天，再找浦野好好聊聊。”

洛芬是个执着的人，但她从没见过比自己还要执着的人，就凭这点她从了浦野。然而安非想的是，洛芬只不过把一种孩童式的天真当作了爱的执着。理性而默契的爱，才是安非向往的。

安非在实验室独立后，有能力单独把科研课题进行下去，但秦巧凤还是偶尔回来看看沙主任和肖老师。安非答应让她来蹭食堂的便宜饭菜，酒足饭饱后，安非仿佛黄蓉求洪七公：“你在省人医，那你应该最了解他们那帮评委老师的手法技巧，教教我呗。”秦巧凤心情大好，应允给他培训。

“我带你做一遍，你照样子学。”两人到实验中心的动物处理室，秦巧凤站到台子对面，边取器械包边讲道，“将来去了医院见习实习，你得勤快些，凡事讲自己会一点，不要说太满，强行逞能容易出事，也不要显得一窍不通，人家会懒得教你。听见不？

“做兔阑尾，处理系膜血管，分离、结扎要快；结扎的配合主要在于‘持钳’和‘松钳’；持钳要轻，轻轻提起钳环即可。”秦巧凤演示完便到安非身旁来，拇指和食指套进安非的钳环，协助他用力：“松开时需要稳，就是不能因为松钳的力道扯到钳夹的组织，还要连贯，从卡齿锁住到松开的过程不是一个突然的过程。反过来，你按我的指头感受下。”

手把手，指腹与指甲盖相贴，心率不升反降，安非感觉浑身放松，手上劲道松软。

“以前我们在实验室都戴橡胶手套，没注意到，其实你的手也挺好看，手指长长的、白白的。”秦巧凤研究起安非的右手，又问他，“其他呢，器械打结熟练了吗？”

安非很直接地答她不会，要她教。

“那你站我后面去，跟当初学实验一样笨笨的。”秦巧凤边说着就握住安非的右手腕，食指按住安非的手背发力，持针器在安非左手的缝线之间绕圈。

“姐姐，头往左撇点，挡着看不见。”秦巧凤个头不高，但安非依旧视野受限，索性踮起脚，秦巧凤没反应时，安非已经把下巴搁她脑袋上。秦巧凤停下手上的活说：“你这什么泡妞的体位，分手太久没使用，玩到学姐头上了？”

“不习惯，感觉你好陌生。”安非说道，秦巧凤感到莫名其妙，问他何意。

“你换洗发水了？”安非问秦巧凤。

秦巧凤茫然：“怎么了，我以为你要说我身上有医院的味道，84、酒精之类的。”

“啊，就是，想你了呗。”

听安非这句话，秦巧凤把持着安非的手，慌乱打了几个结，憋出来两个字——乱伦。

“好了，学会没？搞得老娘头重脚轻。”

“果真是，你温柔不过三分钟。”安非埋怨着，自己打了两个结，秦巧凤拎起指头说：“指甲里挺多垢，比赛前记得剪指甲。”

“那你给我剪。”安非嘴里咕哝着，不敢讲清话，秦巧凤还是明白了，说：“那你要来省人医，我不上门服务的。”

安非突然紧紧抱住秦巧凤，挤压出两人间所有的空：“真的舍不得你。”安非是出自真心，而秦巧凤有些抗拒，恍惚间以为还穿着实验室里不干净的白大褂，她问：“你觉得我们俩是那种感觉吗？”

“我不知道那属于什么感情，就是离不开你。”

“那你努力，要争取来省人医，说到做到。”秦巧凤感到右脸颊湿润，分不清嘴角的咸属于谁。

时隔半月，实验室大课题组团建，安非与秦巧凤再相见，厘清了这段支线感情。

众师兄师姐商议决定玩个符合职业身份的，去废弃医院主题的密室逃脱，据称汉京市区这家是国内首个高仿医院的。

“有什么好怕，不就是套个染血的白大褂、弄些假骨头嘛。”大伙纷纷表示不屑，“我们就是来砸场子的！”

秦巧凤在省人民靠得近，一下见习便直接穿院里的白大褂奔来，在入口处付钱时，老板一度把她当成工作人员，没收费就放进去了。组队时猜拳决定位置，秦巧凤输了得排队伍最后，嘴上说没问题，安非知道她是怕的，提出替她殿后，师兄师姐们只是窃笑。“探险”开始，密室里灯光昏暗、背景音嘈杂，游客的尖叫和工作人员的鬼吼此起彼伏，师兄师姐隐约在讲笑话，把他们暧昧的旧事重提。

“真的是一对吗？虽然每次在实验室看到都是一同出现，但我觉得就是普通的关系好。”上届一师姐如此讲道，已毕业的大师兄便来补充八卦：“那是你来实验室晚，有的事不知道，这俩是老乡，高中就认识了，他没分手时女朋友都整天吃醋。”

“确实，每周相处时间得是和女友的几倍，街上随便找对适龄男女来，只要不是歪瓜裂枣，每天细胞房、动物房的关上个把小时，最后都有感情吧。那这俩怎么一直都不成呢，怪有意思的，是谁看不上谁？”另一师姐问。

“你要是天天辫子扎着穿个破破烂烂的白大褂，上面红的绿的紫的还带鼠臊味儿，实验做砸了还经常满腹牢骚，这样谁喜欢你？其实这种事不急，得等他们经历多了才能领悟，对于我们这种事业忙的职业，同行之间更能理解。”大师兄边聊着，领人往更暗的深处走，“就说有一次，安非抓鼠打药，磨磨唧唧的，被小鼠一个回头咬伤指头，这事我们做科研的谁没遇过？挤血、冲碘伏就完事嘛。凤那个急得啊，搁那儿用力压他手指，就差自己嘴上去吸了，又倒出一大杯碘伏让他伸进去泡着，还亲自包上创可贴。这鼠上下几代养在实验室，说实话比我们自己都干净，凤硬要带他去医务室打狂犬疫苗，这秦巧凤一温柔，安非小脸都羞红了。”

“你这么一说，秦巧凤对后来的师弟师妹们可从没这么上心过，都是爱答不理……”

前面穿行机关，当后面安非和秦巧凤听不清，若不是暗门后蹦出一“电锯鬼”吓了大师兄，他们能一直意淫到结婚生子。后来，无论这些“鬼”是长舌的还是畸形的，吐红血还是绿血都吓不倒他们，众人直言“身经百战，见得多了”，甚至到“手术室”时，大伙竟要起了手术器械，摸摸质感实属残次品，弯剪的轴节生锈，止血钳的齿扣咬合不紧，手术刀片竟是塑料，人体器官是海绵和橡胶制的，不过都称赞福尔马林味道很正。

秦巧凤也清楚他们开自己玩笑，即使再怕，也不好意思拉安非的手，因此最终在“太平间”与大部队走散，快到出口安非才发现她走丢了。而当安非紧紧牵着那位受惊“小女生”折返出来时，大伙儿欣慰于先前的精准判断，打算继续去K歌，好好捣鼓他俩的小故事。

半路秦巧凤忽然接个电话，说临时有事不能去KTV，安非便问：“不敢去了？怕他们开涮吗？怕甚，身正不怕影子斜，我俩也没啥。”

“不是，是正事。”秦巧凤说着，指了指停在路边的一辆车，旁边站着一个男人，冲着她笑。秦巧凤把白大褂脱给安非保管，里面衣装倒是鲜靓，原来她的妆容打扮并不是为了自己。

“你知道的，我要去美国考美执医，他以前是我老板的学生，是第一批的先行者，已经在美国拿到证，难得回来，我不能放弃求教的机会吧。”

安非试图挽留她的心：“课题组难得聚，以后他们有的人没机会见了啊。而且你说不考虑考美执医，在省人医还有机会直博呀，你说好的要求稳，美执医比国内难……”

秦巧凤不言语，无辜地望安非，默默松开手，又重重地拥抱说：“友谊长存，而爱情不会，不是所有互相珍惜的人都得发展成恋人。第一次也是最后一次牵手，上次我不好，以后再也不会了，人生很多阶段过去了就回不去，收藏起来就好。”

月老若是学医的，在安非眼里算是外科结都打不牢的垫底差生——他从不遂安非的愿，系红绳都是打活结，稍一扯便松了。

安非沮丧，但没时间感时伤怀。考核竞赛的报名已开始，比赛流程登出。

因竞赛结果涉及所有临床学系的医院分配，此竞赛不仅有长学制参加，五年制包含影像、口腔专业的学生也将参赛，总参赛队伍预计二十支以上，总共一两百人的规模。第一轮是专业理论竞赛，包括视频纠错、诊断决策，以集体抢答的形式；第二轮为人文伦理竞赛，以模拟医学沟通和话题辩论两步进行；因为材料成本的限制，前两轮会筛掉大部分参赛队伍，只有三分之一的人员能进入第三轮外科手术竞赛，而第三轮的分数占比最重，也最考验综合素质。每支队伍组一个标准的手术团队，配合完成一场完整的模拟动物手术，从抓捕、备皮开始计时，到动物苏醒为止，速度越快、手术完成度越好者排名越高。

所有课程考试结束后，竞赛的前一周，安非召开动员会，讨论志愿填报与参赛报名。“三天决定三年，不为奖项，只计排分，成事者胜，败走者听从分配。”安非的描述略显夸张，“一旦咱们失败了，就会变成自己最害怕的人——那些工作日在社区卫生院打针吊水，周末业余推销保健品和按摩仪的冷酷阿姨。”

八点准时，人齐，安非把门反锁，开投影向全班汇报：“我把所有可选择的附属教学医院逐个列了表。我们长学制最后分配的教学医院一般为六个，省人民医院、慈济医院、军区总医院、市中心医院、医大二附院、江州市人民医院，除江州市人民医院其他都在汉京市内。

“因为跨市所以没去见习，有人问我江州市人民医院的情况，过去并没有单独一整个班级分配到江州市人民医院，其实是由各班打申请去那里的同学又组成一个‘新班’，江州人民实力排倒二，比二附院好些，比市中心差些，为了吸引学生去，他们准备的生活条件是最好的，导师方面因为学生人少，将来几乎不用竞争，医大学生在那里一家独大，总结起来很是有优势的。

“但再怎么吹，江州人民都是最后选项。”安非说道，全班表示同意。填报分配志愿,后三位志愿确定为“军区总医院—市中心医院—医大二附院”无疑问，争议在于把省人民医院还是慈济医院放在第一志愿。

安非的想法大胆，想采用“田忌赛马”的方式：“据我所知，并不是每个班都把省人民填在第一志愿，也有班级会把慈济或者军区总医院放第一位，毕竟都是第一梯队。既然我们班希望渺茫，何不退而求稳，把慈济医院放第一位，可以避免类似高考滑档的情况。如果我们填省人民又没有十足的把握，那么一旦失误，就可能连那俩医院都轮不上。”

然而安非确有私人理由，对他来说，没了秦巧凤的省人民医院寡然无味，吸引力大减。

浦野站起来怼安非："停，我同意你说可能有的班把那俩放第一志愿，但也有极大可能他们每个班都把省人民放第一。'夫妻班'有一堆省级校级荣誉；'主席班'毕竟有个'主席'必去省人民的传言傍身；'爹地班'的背景关系万一搭桥到汉京来呢；'学神班'更有可能，尖子生众多。这竞赛是挑人组队，又不是全上，我们班是集体实力强悍，但一对一不见得沾光。所以我觉得每个班都有这胆，都会把省人民写第一，而我们只要发挥正常，加上之前三年蝉联最高分的底盘，怎么就希望渺茫了呢，是很有希望！"

瞿麦不赞同："很有希望？那几个班有自知之明吗？他们成绩那么差，凭什么勇气这么填志愿？"

"对，瞿麦讲得对，这也是我所想的，一班和我们班实力太强，他们心里有数，再怎么算，之前累计的平时成绩差'学神班'和我们班太多，省人民是成绩一二名的争夺战，他们不可能凑热闹。所以我们只看'学神班'和我们班就行了，浦野刚才也讲，我们在决赛很可能被'学神'翻盘，但是还有更重要的一点，你们从不信我——陈博仁爸爸并不是一般人啊。"

陆英突然站出来讲："我接触陈博仁多，我了解到的他爸爸真的只是省人民医院的普通医生，而且他爸爸认为他应该多去接触不同的环境，不想把自己儿子留在身边，怕惹人说闲话，说他动关系之类的。"

"别班人的话你也信啊，你得习惯一点，在最后结局定下之前，所有人都是敌人。而且跟你讲了，我们班内部的事也不要泄露出去。"安非斥责陆英。

"就算他爸是科室的行政大主任，就一定能左右这么重大、正规的竞赛结果吗？就能影响我们两百多个学生的命运吗？你逗我呢吧！"浦野不知有意还是无意，一直犯"理想主义"的毛病。

安非坚持填慈济不退让："我是班长，理应占有更高的权重，最后也是我填的，你们得听我的，不然将来真被潜规则坑了，你们要后悔的！"

曲林也坚持填省人民医院还有希望："幼稚，这不是你班长一人的事，安非你这是赌上全班的命运，你担得起责任吗？”

浦野冷笑起来：“幼稚？你觉得班长幼稚吗？错，他是聪明的，也是最自私的。如果遂他的愿填慈济，以我们的实力最后几乎百分百就去了慈济，一班大概率到省人民，最后本来就是第二还好说，如果我们获胜然后因为第一志愿是慈济，把省人民让给了一班，这种情况怎么办？而且学校不一定会给具体的综合评分让我们看，我们只知道一个光溜溜的结果，所谓错位竞争就是没有竞争，所以就算是亏了，根本没法说是安非的责任是不？”

“浦野你怎么回事？这时候还不团结，你才是间谍呢，简直就是扰乱军心！”

浦野驳斥安非的私心：“你什么你，我有一点儿不对吗？我就想起大一你先退辩论队，又拼命回来把我挤走；还有，你光搞科研弄自己的学术成果，从不过问班级事务，要不是最后不分实验班，全都捆绑在一起，你早就远走高飞做你的‘人精’去了吧。你关心别人吗？你有一点情感吗？你连女朋友摔了都不想去看！我再提点大家一下，安非将来是想选骨科，而慈济的骨科是最好的，所以对我们大班长来说是万般好而无一失……”

安非被戳中心思，继而愤怒道：“放你的屁，这是所有人的未来，我是这种人吗？这是我们内讧的时候吗？”

最后，几位掌控话语权的班干部都僵持不下，全班集体投票，省人民医院的票数获得压倒性的胜利，安非脸上挂不住，摔门而走。

因为班级能人众多，大家报名也积极，两位主力干将安非、浦野又无法言和，安非班最终分成两个队伍，分别由安非与浦野领队：瞿麦因先前的事憋气，排斥浦野，主动选择和安非一组，洛芬为避嫌远离浦野，也去安非那里，陆英虽个人能力强，做决定则随洛芬；浦野实操能力强于安非一队，或许是因为遗传，或许是天赋使然，浦野眼明手巧，打结速度奇快、器械上手娴熟，女生里几位学霸也加入浦野队，最后的空名额带上了曲林。

最后的报名确认名单上，各班的队名很有“韵味”，都类似巴宾斯基、盘尼西林、普鲁卡因的专业名词，安非队名为“安非他命队”，浦野队依据名字与心肌传导的浦肯野纤维相似，起名“心电起搏队”。

第三十章　安非他命队

竞赛所有环节里，医学人文最不易把握，有传言考核方法是以“演讲或者辩论的形式表达对医学的理解及观点”。为找到当年辩论赛的感觉，安非到汉大听“大师讲堂”，而更充分的理由——这次有沙主任出席。

汉大海报上，预告的话题是争议极大的“转基因食品”，邀请的嘉宾共四位：一位爱造舆论的媒体人老洪，一位汉大哲学院的伦理学教授，一位汉大的经济学者校友，还有唯一一位专业人士，就是汉大曾于合并时期抛出橄榄枝，邀其跳槽汉大生科院副院长的沙主任。

当天礼堂入场需要登记，奇怪的是，汉大的生科院、医学院等专业学生被负责管理的同学以场地座位有限为由拒之门外。安非填了文学院混进场，周围多为女生们的香氛环绕，随口问问都清一色是新闻传播学院，不愧是媒体人的本家。一开始讨论气氛很浓厚。媒体人老洪久经舆论场，先大方开说：“相信诸位专家了解，我一向是反转基因的。”伦理学者便问，怎一个“反”法。

老洪义正词严：“要在保证百分百安全的情况下慎重推广，保证公众的选择权、知情权，从法律层面强制标识所有转基因的食品。”

经济学者开始反驳：“2002 年农业部就发布了《农业转基因生物标识管理办法》，已经着力进行转基因强制标注了，我不知道您讲的标识需要到什么程度，从经济产业上来讲，完全的标识是做不到的。我打个比方，我国粮食很多依赖进口，转基因的是最便宜的，大部分大豆是进口美国转基因，美国 FDA[1]认为它是安全的。大豆榨油，油是转基因，那么余料拿去做饲料、种田，牛羊猪吃了产生粪便，再用来沃田，这里面从粮食到肉类都含有转基因的成分了，再进入工厂、超市、饭店、菜场，没人敢保证自己不含有一点成分，这种标注就是伪标注，以为是不一定就是；种田的农民、能种植的土地，没你想的那么多，转基因作物不怕虫、不怕药，产量高、成本低，那么再严格一点立法，强行追溯所有的流程会耗费大量的人力物力成本，最终成本摊到所有消费者头上，转基因经济、便宜的特点就被抹消，接下来非转基因食品涨价，生产销售号称天然有机食品的那些人就会得利……”

老洪打断学者：“停停，你这是什么意思，做不到的事你就不做是吗？就要强制消费者去吃吗？不清楚那可以标识为不确定！”

“不不，可以不吃，但是整个产业链成本增高，贵的更贵，便宜的也不便宜了，这样就好？食品价格不是其他，如果恩格尔系数突然地增长，就不利于社会稳定和谐。”

“我说了，如果确实不详就写不确定。天然作物就是我们几千年来吃的正常粮食，什么叫‘号称’，什么又叫‘得利’？价格由市场调控，我的正常投资天然食品行业有问题吗？你是讽刺我吗？”

现场火药味十足。主持人示意专业性方面最有话语权的沙主任发言。

“你们讲的经济学方面，我不甚了解，我只谈我的专业。我作为江东省生命科学伦理委员会的副主委，一直致力于科普转基因，破除一味‘反转’的歪风。刚才洪大师也讲了，我们要先有知情权再有选择权，这个知情权不仅是知道这个商品是不是转基因的，更重要的是，知道转基因到底是什么东西，原理大概什么样，有什么好处，有什么影响。”

老洪立即予以反击：“还歪风，还大师，首先你们部分‘挺转’科学家的科

[1]指美国食品药品监督管理局。

普，就不一定是客观的知识，让公众以你们的角度和逻辑去理解转基因，那么就等同于洗脑！”

沙主任激动起来：“转基因就是转基因，就是那么一个东西，它的基础理论其实没有问题，很多民众误以为它是个多精尖的高科技，其实它早就发展几十年了，中学生物课本上都有原理介绍，只是技术操作、后续流程不成熟，在最原始的最上游，它是对的。”

老洪笑起来：“那，问题就是出在你们这种疯狂的科学家，只看自己的领域，可能初衷是好的，但缺少宏观全局观念，你以为是好的，它不一定结果就好。现在没毒不代表以后也没毒，也不代表长期食用没问题，影响可能累积到下一代身上才会发现。转基因生物应该讲是一种新物种，存在不确定性，转入的基因是否影响其他基因，一切都是未知。你能百分百说没问题吗？所以请别说这种大话！”

沙主任：“我说的是目前科学发展达到的条件下，验证没有问题且有益无害的转基因作物，就应该推广，就应该停止将其妖魔化。比如黄金大米，其实拿到国家的食物安全证书了，以食物的角度讲它就是安全的，最大的问题就是后面的程序问题、伦理问题。但这些不能跟转基因自身问题混为一谈。”

老洪发问：“呃，对不起，什么叫‘混为一谈’？我没听懂。”

沙主任耐下性子细讲：“我是讲科学问题和程序问题是两个问题。就说黄金大米，转入了 β－胡萝卜素合成基因，含有更高浓度的胡萝卜素，对于夜盲症儿童，对于贫困的发展中国家的儿童，是极其有用的。是经过几代科学家的努力，得到很多公益的支持，花费国家基金和纳税人的钱，最终才把这个项目做出来的。”

老洪问：“这是您的个人观点吗？还是说花了国家钱、完成了工作，就必须赋予它一个重要的‘意义’？”

沙主任回应：“应该说是我们业内专家共同的观点。因为我个人主要是做微生物与免疫学研究，但是与研究转基因的科学工作者算同行业，我们叫‘业内共同体’，刚才我讲的就叫专家共识，是联名发表在权威科学杂志上的。”

老洪开始挑刺："只要是研究转基因的专家都叫业内共同体，是吗？"

沙主任也意识到话中的漏洞，便答："呃，我不跟你计较这个细节概念，你要抠字眼找漏洞，这没有意义，这就是你们做新闻人和我们做科研人的不同。"

老洪找到发力之处："我跟您说，有意义！因为在我刚才争论的时候，你说是科学家的共识。这是'分子生物科学家的共识'还是'有良心的分子生物科学家的共识'，能具体一点吗？"

沙主任乱了阵脚："你这话不要这样去展开，我只是说黄金大米的科学性，跟它的伦理、程序的问题不是一回事。我认为科学的，你讲不科学，这是你的事情，说句老实话，你有什么资格跟我谈这个黄金大米的科学问题呢？"

台下有零星的掌声。老洪升高了嗓门："我告诉你，不是我说黄金大米不安全，我确实没有资格，这是我拜访的一位美国教授说的，他也是生物科学的专家，明白吗？"

沙主任驳斥道："不能因为某一个生物学的科学家就否定这个共同体！"

"那你也不能凭你一个人就否定这位美国教授！"老洪再次打断他，质问道，"人家比你了解透彻，沙老师您告诉我黄金大米转入了几个基因？"

沙主任解释："呃，我不是直接从事这个工作，据我所知就是将胡萝卜素代谢酶的两个基因转进去。"

老洪穷追这点："它转了几个？到底转了几个？两个吗？"

沙主任不停擦汗："这个有一代和二代，具体而言不一样的，而且还在不断地完善，你不懂，而且也不重要。"

"这么简单的问题，您好意思说是教授啊！"

"我不是跟你今天来争论这个的。"

"我告诉你，七个！"

现场骚动。安非担心沙主任下一秒就心肌梗死了，沙主任情绪激动讲："七个，那是包括抗性筛选标记基因，那是工具基因，目的基因就俩，那些没有实际用途的并不能算啊。"

"那我不管，七个不会是错的。"

沙主任问他："你要求慎重推广，院士们要求推广已被认可安全性的转基因作物，就问你一句，冲突吗？"

"安全？你这太开玩笑了！你知道吗？你连转入了几个都不知道，你就说安全呀？"

"安全性不是我说的，是业界共识！"

老洪："这就说明在科学家之间有争论！不要说什么'业内共同体'，我学播音主持的，你学过吗？你有什么资格和我谈？"

主持人继续努力维持秩序，安抚沙主任，沙主任说："我没有激动，我是要纠正思路。今天是来讲转基因的，讨论些鸡毛蒜皮，还有争论的必要吗？我不学播音就不准讲话了吗？"

"你恨不得把我吃掉！你就用这样的方式科普啊，我坚定地告诉你，用这种方式推广转基因，就是没戏！"

"莫名其妙！谁要吃人了，这是你的感觉。"

"那你为什么要让我有这样的感觉？"两人纯粹变成了吵嘴，这位媒体老将咄咄逼人。

"我们在谈转基因的程序伦理问题，你老拿一个无意义的细节在不断纠缠。"

"什么叫细节？那是你本身研究的专业！你连转了几个基因你都不知道。"

"我说了两个，我也不是专门从事这个研究，我们算业内共同体，作为伦理委员会的副主委我有责任……"

老洪开始站起来讲，指着沙主任鼻子："我告诉你，我们新闻界共同体，就认为你们这个东西，不靠谱儿！哪个诺贝尔奖是颁给科学共同体的？都是张三李四王二麻子！哪有这个共同体？"

台下新闻学子们连连叫好，主持人来圆场："大家……大家稍微都冷静一下——"

"不用，冷静什么？我跟他谈正事儿，我彬彬有礼能解决问题吗？"

沙主任被骂到灵魂出窍，伦理学教授帮着沙主任说话："当然是彬彬有礼且理性客观来讨论。科学的成果靠的是规范的反复实验和缜密的逻辑分析，而不是打嘴炮和胡搅蛮缠，开始我觉得不错，后面愤怒之情溢于言表。但有一说一，我觉得你是以一个非常聪明的角度阐述……”

“不是，您误解我了，不是我选了非常聪明的角度，而是我作为外行只能理解到这个程度。说实话我不明白转几个基因都说不利索的人，会怎样去研究科学伦理呢？”老洪讲到这儿，台下又一阵哄笑。

沙主任缓过来：“我觉得你根本不在乎转基因是否安全，只是要捍卫自己的形象和话语权。中央都提出了要加强转基因技术科普的重要政策，如果没有转基因，不仅科技要落后，你将来连饭都吃不饱！作为新闻界的标杆，希望你谨言慎行，不要再给新闻界抹黑！”

老洪听了更来劲：“好，这位沙教授，你不要拿‘国字号’压我，现在你可以说出我的一个错误观点，我哪个说得不对，你可以说出来，没有关系。”

沙主任仍想奋起反击，主持人制止了，宣布直接提前到现场提问环节，因为现场新闻学院学生居多，前面几个提问都是褒老洪，安非几番争取要到话筒发言：“请洪先生清醒一点，首先就想问问你何德何能，一个人代表全体‘新闻共同体’？我们中国的科学虽然起步晚，生命科学领域至少是世界第一梯队，反观你们所谓的‘新闻共同体’，什么口碑呢？当然有国情因素所限，但你们的职业操守，比香港记者高到哪里去？你在美国有机超市拍片声称没看到转基因食品，是不是故意误导大众？这是搞新闻的担当吗？你说别人利益相关，你自己开了非转基因专卖店，你就有说服力了？”

中途许多学生笑场，竟缓解僵持的气氛，主持姑娘见安非没完没了，要回话筒。沙主任远远地认出安非来，朝他点点头。

新闻学院的院长上台，从把控不了的主持姑娘手中接过话筒：“没想到双方争论很激烈啊，这样吧，我简单说几句。我们今天办这个大师讲坛，非常荣幸请到几位学界大师，包括新闻传媒界的知名人物，可以说是明星、红人吧。他的本意是想唤起公众的知情权、选择权意识，先前也是牺牲了自己的体面和形象去传播这个事，他的精神值得我们学院的同学们学习。而民众呢，他们先有我们帮助下的知情权，才有了自主选择权，在转基因方面的知识普及，我们需要做得更多。其中对错我们尽量少去干预，保持新闻人的客观，这方面，我们的媒体人同僚略微热心了些，双方多有误解，也没必要上升到号称整个新闻媒体界对抗整个科学界。下面我们还是以热烈的掌声感谢他们的精彩辩论，谢谢大家！”

沙主任起身离开时没有一点鼓励和尊重的掌声，无比落寞。

而安非在“大师讲堂”的积极表现自有其用处——合并当时需要结题的小论文，安非已把补充实验陆陆续续完成，当日下午他最后去找沙主任签字投稿。

自从上次安非因心律失常住院后，沙主任对他的态度已有改观，上午略显刻意的“声援”是否算得关键印象分，安非不敢肯定，但他渴望在此次的论文作者排名里，得到自己该有的位置。

门虚掩着，安非进来时，沙主任正注视书架上的相框，来过沙主任办公室这么多次，都不曾注意到这照片上三张熟悉的面孔——两边是各一个男青年，托举着中央一位漂亮的年轻女子，眉眼五官似是韩院长的夫人，花衬衫、喇叭裤，模糊的相片中依稀能感到，比之现在病榻上的韩夫人，那时候的她无论身形、皮肤还是神色、气质，都更富于青春的气息。左边，年长一点、身姿挺拔的，身着解放装的方脸应该是韩院长，骨子里透着干外科的魁梧；右侧瘦长清秀的中山装青年是沙主任，手里帮韩夫人拎着女式的线织包。相片的背景是棵大香樟树，安非认出就是市区的医大老校区那棵，而右下标着时间是1978年的6月。

“沙老师，这是您年轻的时候？”

沙主任正看得入神，被安非一惊，缓缓说道：“对，这是老汉京医学院前的入学合影。恢复高考的第一年，我26岁，从农场拿到录取通知书，那个男青年是省人医的韩院长，我们一道入学的，他当时32岁，还在工地搬砖，中间的女生是……是韩院长的夫人，也是我的师妹，比我们小一届，穿得时髦吧，大户人家毕竟不像我俩土包子……

“唉，年轻真好，都老了。”沙主任逐渐封闭细碎的回忆，想起来正事，“说吧，找我什么事？”

“小论文差不多撰写好了，需要交给肖老师投稿，您看作者排序……”

“哦，这个事，我早考虑了。一作就填你吧，把你大师兄和秦巧凤放后面。”沙主任刚在讲堂被抨击，心情料定是糟糕的，却给出预料之外的惊喜，“你大师兄毕业了，也不太需要，而且这学期都是你干的活，挺辛苦的，你要注意身体，科研之路任重而道远。”

安非突然不知该说什么，之前没准备任何感谢辞，沙主任不提他住院，也不提录“错”数据的敏感话题。临走前，沙主任抛出更意外的橄榄枝：“小安啊，你待实验中心快两年，你喜欢做科研吗？”

沙主任莫名其妙问这事，安非不敢贸然回答，免得他旧伤复发，撤了安非的署名权。

“经过下医院见习，你应该知道，现在很多临床医生热衷做‘科研’，不如说是爱文章吧，而且是狂热的爱。”安非卖力地点头同意，沙主任继续讲其缘由，“他们需要论文傍身，来升职称、混学会，其实说到底和收入挂钩。但你觉得这是真正的科研吗？科研的目的是什么，你说说看。”

“为拓展人类对自身以及世界的认知贡献新的知识，为人类的未来谋福利。”

“说得好！”这几乎是沙主任的第一次表扬，“这么标准又精简的答案，他们说成是冠冕堂皇、不切实际！”

沙主任让安非坐到办公桌对面，开始慢条斯理地讲他的想法。

“多少人不是做不到，而是根本不想去尝试，因为他们把个人利益放到最高了。就拿我们生物和医药圈来说，很多研究生以为发表一篇自圆其说的论文就是真正的科研，很多临床教授以为靠学生给自己忙活几篇像样的SCI当代表作，再多买些不入流的边角料扩充论文基数，就能在专家简介后面再挂上个响亮的‘科学家’头衔。但他们在同化、毁坏这个学术生态，科研不该这样单打独斗，靠几个学生组个小作坊做些短平快的小项目，利用国家经费、浪费纳税人的钱来养活靠吸科研大环境的鲜血来生存的末流杂志社，制造除了审稿人以外不会有第二个人认为有价值的学术垃圾。也许你会选到这样的导师，也许这样的人会成为业界翘楚，但真理最终会翻出他们奇奇怪怪的旧账——造假、腐败、买卖学术成果……

"我上学时有一句老话：过去一流的人才做科研，因为科技攻坚需要顶尖的脑袋，二流人才做行政，因为是作为优秀的医生升上来做管理，三流人才做临床医生，他们首先的任务是完成繁重的临床工作；现在反了，一流的都去临床争做主任挣大钱，二流的人才做科研，但多少怀有不纯粹的目的，捞文章、骗经费、做横向，三流人才做行政，因为从一线医生做到院长的慢慢变少了，许多远够不上临床分数的学生最终进入行政类专业，将来竟摇身变成领导！

"搞科研是多少年坚持再坚持的努力，我希望十年之后你依然秉持这样的想法，仍在科研路上耕耘。有的人说为科学事业贡献一辈子，结果一事无成，那做医生难道就能救活每个病人么？失败是难免的，做外科医生完成多少次手术才能练出本事来，而科研即便只成功过一次，或许就年少成名了。"

醉翁之意不在酒，沙主任终于袒露实情："你若真心想做一番事业，我这有硕博连读的名额，等你五年本科毕业，我给你打包票有能力保你转进来，不需要再考，而且博士送出国联合培养。但到我这儿算基础医学，不能再干临床医生了，当然在科研内部层面，你可以任意选择你感兴趣的方向，我也有很多想法供你参考，硕博连读共五年的时间足够你折腾出一篇成名作了，很清苦，但成就足以让你留校任教，你可以考虑考虑未来的打算。"

安非想起作为沙主任培养的第一个博士，肖老师就是被这么诱人地一忽悠，留在医大当高校教师，过起了压力不痛不痒、工资不高不低的生活。安非也就琢磨几句套话打太极，先行告辞，毕竟是备选的退路，还有两年可以慢慢考虑，眼前的分配大战才是首要。

陆英那边打听到小道消息，夫妻班的参赛队不知用了什么法子讨好外科系的老师，搞到一笼总共十来只兔子，这几天在白昼不分地练手术。

"这都不算秘密了，现在全年级都听说了，担任主刀的他们班长已经熟练到除开关腹只要半小时的地步，号称'兔阎王'呢。"安非说道。

"那我们也去练不？"陆英忧心忡忡问安非应对之策，安非觉得陆英头脑简单："能练大家都不去吗？肯定是特地开小灶照顾他们啊，模拟手术室不可能随便开放的。而且动物中心这一笼洁净级别的兔子，价值得有上千吧，果然夫妻班‘右护法’的马屁就是拍得不同常人，搞不好是尤通知给他们说话的。想想我们平时上课就做过两次兔子，还是在老师指导下完成，从没一次独立做完整的家兔手术，他们这要稳拿第一了。”

陆英傻乎乎地讲：“那就去买兔子，周末早起到宠物店和菜市场买，生活委员可以向全班筹班费，咱班两个队各买几只，钱也不算大数目。不过有人去问外科系老师，确实把模拟手术室封闭了，说是准备考核竞赛的现场布置。”

“你是真呆，外科老师当然不会告诉你有人在里边偷练，你以为三年的马屁是白拍的？”安非不屑于解释。

“那是，这太有心机了，学校里还有别地儿有条件做动物手术吗？”陆英问。

“有是有，我做科研的实验楼有间动物处理室，但只有一个手术台，条件简陋、器械不全，最重要的是实验楼的各个学系都要用它杀老鼠蟾蜍，所以是预约制的，可供使用的时间段不多了，基本是晚上。”

陆英看到新的希望，迫不及待，“那我赶紧让生活委员收钱买兔子练起来。”

安非又让她慢着：“这事私下做，不能到班上筹钱。我既然说的时间和条件有限制，肯定就不支持我们班两支队伍一起练，轮流是来不及了，还不如保我们一个队冲名次，兔子不用到外面买，我去问‘右护法’砍价买几只。”

“砍价？我要是他们，做不完也不卖给你。”

“我说你呆吧，他们速度练到顶，肯定就消停了，还得留时间背理论题呢，拿着兔子又没本钱，剩下的兔子还不如低价卖给我处理掉，你说是不？”听安非讲，陆英的榆木脑袋终于活络些。

当晚，安非召集队员到实验楼的动物手术室，四人团里瞿麦第一次来，直夸安非聪明：“在这里练安静，外面有门禁，一般人还进不来，其他班发现不了，不像夫妻班搞得尽人皆知，赢了也得被人说闲话，说他们开小灶胜之不武。”

安非忙提醒他，到宿舍不要提起，浦野身在流行病学系的课题组，也有实验中心的门禁。

洛芬心软说：“这样瞒着不对，都是一个班的，生死同命，谁拿第一都行啊。”

浦野和洛芬关系非同一般了，安非怕她说漏嘴，颇有耐心地教育她："我问你，为什么一定要分两个队？你真以为是我和浦野合不来，事大事小、孰轻孰重，我俩心里没数？分两个队就是因为我们班同学能力太过平均，整体是强，平摊到具体职责比如理论知识、麻醉水平、打结快慢，谁敢说自己有某方面的压倒性优势，只组一个队就非他不可？没有，所以为确保最大的赢面，有能力者全都得上，我们两个队都要保证有独立的竞争力，以及队内的默契、信任，毕竟外科手术是团队作战。我相信如果他们事后知道会理解的，你懂了吗？"

洛芬看似不够坚定，实则懂大局，不把男女私情扯进前途里来。

当晚第一次尝试独立完成家兔阑尾手术，六人配合一塌糊涂，从抓兔到处死将近花了三小时。安非他命队开始反思，首先探讨调整人员岗位。

"一台二级手术的标准配置：主刀，第一助手，第二助手，器械护士，巡回护士，麻醉师。手术小组里每个角色分工需要明确：主刀和一助完成主要操作；二助维护手术视野，暴露、擦血及剪线，警惕时间的松紧、手术节奏快慢；器械护士清点、准备器械包并传递手术器械；巡回护士非无菌人员，可以拆拿刀片、手套并且暗中监督所有人操作是否规范。

"这六个位置里，主刀、一助和麻醉师不可或缺，麻醉完成后，麻醉医生除了临时补麻药和结束时的家兔处死，其余无事可做，阑尾手术里巡回也没有太多任务，因此完全可以考虑由麻醉医生兼任巡回。"对于安非提的这点，大家达成一致。

安非接着提出进一步缩减人员的看法："要不要舍去二助？二助的事完全可以由一助代为承担，只不过耽误一点时间，但多一个人上台，违反无菌的失误率越高。"

目前二助为陆英，暂定为一助的女生立马不同意："也不是这么说，这么多针缝合，二助帮忙剪线就能省不少时间，况且只要无菌观念得当，二助的位置不会有犯错的机会，去掉二助只会徒增我俩的压力。"

瞿麦也为陆英说话："而且这是大学在校生活里最隆重最具有纪念意义的活动，突然不让陆英参加是不是过于残忍了？"

安非妥协说："又没最后决定是陆英做二助，搞得我欺负她似的。这样，今天再做一台，这次不带二助，主刀、一助、器械、巡回兼麻醉，四个人做，陆英换做麻醉，瞿麦先替补着，如果速度明显变慢，下次就还把二助加上。"

一助女生再补充："还有一个注意点，家兔手术种类一共教过两个，阑尾切除和脾脏切除，既然正式竞赛没具体明确做哪个，那我们把这俩都做一遍。虽然照以往大概率统一做阑尾手术，但以防万一嘛，这样也把这兔子最大化利用了。"

后来，第二只兔子一直做到凌晨。动物处理室的预约时间，白天和晚间稍早的时间段都被占满，安非他命队不得已熬夜练手。缝完最后一针，众人坐瘫在一地兔毛、弥漫着尿臊味的动物室里发牢骚。

"计时没意义，我们这种手术速度肯定与实际不相符，晚上太困了，精力根本不够的，还不如仔仔细细地做精细了。"

"而且这儿没条件，穿隔离衣戴手套、铺单的时间咱也没算上，不能模拟最真实的情形。"

众人你一言我一语，安非深感郁闷。

"而且这次两个脏器一起切，没法掌控手术时长，麻药补了这么多次，我看麻死了倒算正常。"陆英摆弄着家兔僵硬的尸体说道。

兔的切口缝合平整，可惜已失去体温，死于操作中的失血过多及术中的麻醉剂补充过量。

一夜两条兔命呜呼，安非他命队散伙睡觉，准备次日再试。安非摸出手机，有父亲的未接来电，等人走房空再回拨，竟立即接通："爸，这么晚还不睡？"

"之前打你没接，我猜在复习，今晚结束了吗？准备得怎样？"

"不太好，没什么底，手术水平太差。"安非这头声音很低。

"没关系，尽力就够，再难能比高考难吗，对不？实在分配个差医院，将来就回来上班，让你舅舅找个好科室跟个厉害的主任，好好教你。"

"爸，高考只顾好自己就行，这情况复杂多了，你不懂，算了。就像我寒假讲的，你能给的帮助就是想办法找人脉，后台够硬什么都好办，其他不用你管，不说了，我先睡了。”

再坚强的人都需要被深情安慰，而不是临阵杀敌被亲人敲退堂鼓。

第二晚，按计划动物处理室的预约空当只两小时，安非他命队打算做第三只兔以磨练配合。此时距离正式竞赛还有两天，赛前一晚不得熬夜，因此练手机会尤其宝贵。

“比先前顺利些了，等明天白天再做最后一只。”安非总结道。

安非他命队做这第三只兔，速度有所提高，出血量更少，顿觉心情舒畅，安非不忘夸赞一助：“男生手最快属浦野，女生要属我们有金手指的一助！”

“那得归功于我妈教我做女红，手是练出来的，而且为了竞赛，我这学期每天没事就打结，书包拉链、桌腿、台灯、栏杆，到处都可以，我打单结最高纪录每分钟超过一百，我不信浦野能比我快。”一助自夸倒不谦虚，她是仅次于陆英的学霸女二，是手术一助兼操作比赛的打结手，不仅要训练单双手的速度结，也得熟练掌握所有缝合方法，吹嘘完自已到一旁练器械打结去了。

一声电子音响，动物室的门禁被刷开，吓得一助的持针器掉地上——浦野拎着器械包，以及队员们抱两只兔，见到安非他命队时便呆在门口。实验楼夜间无人，这种突袭无异于惊悚片。

安非怒瞪左右同僚，瞿麦忙撇清：“不是我说漏的。”其他队员只是尴尬，不知如何解释。安非刚想说话，浦野迎上来，器械包甩上手术台：“我看你和瞿麦总半夜回来，今早洛芬在图书馆复习竟睡得迷糊，还不告诉我原因，我就知道不对劲。我不惊讶，你本来就这种人，这种单独开小灶的事就你做得出的……”

安非来火，本来准备收拾台面回寝，把位置让给浦野，突然改了主意挑衅他：“我预约时间是两小时，现在还没到，请你带着组员到外面等着，等我们使用完再进来。”

“又搞窝里斗？”浦野质问道。

“别吵了！”安非的得力一助朝浦野嘶叫，原来刚才浦野突然推门害她霎时手脚错乱，三角针扎进了指甲间隙，“金手指”正血淋淋地颤着，场面可怖。

安非气得把剪子戳到木制台面：“就算瞒着你，你知道不能好好说吗，你这搞得我们队不仅影响手术，操作比赛也完蛋，手术陆英还能替补一助，可是打结比赛追求极致的速度，我的一助她还得参加负责速度打结！”

浦野着实对其受伤感到抱歉，变和善，先妥协了：“怎么办，干脆我们合一队吧，我这的曲林也不是特别能胜任。”

“不行，改不了了，尤通知那里上交名单了。你非要在填志愿时和我闹，分两支队是你的功劳，你记住就行。”安非不苟言笑说道。

随后安非他命队带一助女生去医务室处理手指，把浦野晾在动物室，两位冤家再也没有私人交流过。

第三十一章　竞赛修罗场

一年一度的医大临床竞赛，它不仅决定医大生的归宿，能否靠优秀的教学医院出人头地，还作为“国家临床技能大赛”医大参赛队的预选，那是更盛大的比赛，胜者将代表医大在全国医学圈争夺名次。因此每年这时，没机会接触临床的医大其他专业以及汉京附近医学院校的学生，都会集中到医大体育馆看场外直播，尤以第三天的外科竞赛为关注点。

第一天，诊断抢答和基础操作环节。

预备入场，各队起身收拾装备，换统一的洗手衣，用回形针把编号别在队服上。女更衣间里，陆英犯了焦虑症，听诊器、叩诊锤、瞳孔笔、厚厚一沓资料甚至还有便携手术包，把一大背包塞满。洛芬按住她的肩，边安慰着边帮她整理：“有的东西赛场会提供，不用都带着。你别急，坐着冷静冷静，深呼吸可以平复情绪。”

陆英端详洛芬从包里取出的听诊器，突然心疼地抚摸膜式体件：“呀，我听诊器的听头膜片破了，你咋弄坏了？”

“肯定是你上边太重压的，下医院我给你重买个双头的。”洛芬不承认，觉得陆英过于敏感。

“这还是陈博仁送我的，外国牌子不便宜呢。”这样说来，这惋惜倒情有可原，而一旁路过两位学神队的坏女孩，其中一个阴阳怪气道："膜嘛，破了可以补。"另一个唱和道："补了也不是原装啊，廉价货哦。"

原来陆英自己并不知晓，坊间谣传她死皮赖脸倒贴陈博仁，被带出去过夜的"笑话"——实则是图书馆闭馆后，陈博仁去校外肯德基通宵，方便讨论题目，因此陆英也常去，甚至有次两人意外睡着，次日才回校。

年级里不乏暗恋陈博仁的女生，她们暗示陆英是"母蛤蟆攀太子"，洛芬欲帮陆英出头找陈博仁本人来，叫他管好他们队的几张"烂嘴"，陆英却拉扯住洛芬道："没事，我和他都互相信任的。夏虫不可语冰，等臭味散了，我们用实力说话。"洛芬气愤不过，但还是随陆英了。

抢答共分四个场次，每五支队伍共用一个考场，同场不排名、不淘汰，只计分。安非祈祷，不要第一天就和陈博仁的大爱仁医队同场竞技，被挫伤锐气，导致后两天士气不足。

抽签结果公示：安非他命队竟是与浦野的心电起搏队分到同场！一班两队，两队同场，其他班代表队似乎暗地欢喜：两支强队互相竞争，必会自伤元气，怎么也得淘汰掉另一支。

第一轮放题：45 岁女性，主诉腹痛两小时来急诊。接着幻灯打出可供处理的选项。

安非举手，如此弱智的问题被手快的四班夫妻队抢先："问诊加体检。腹部全套体格检查，病史注重采集现病史里的饮食、二便，以及既往病史、手术史。"

依据诊断进度，监考老师继续读题干："体格检查示右腹中上部压痛，全腹软，墨氏征阳性。饮食曾于酒店暴饮暴食，含蛋黄、螃蟹、炸薯条等油腻食物，入院前曾有呕吐，病程中疼痛程度有加重，体表疼痛部位有扩大和转移，有高血压、高血脂病史。请选下一步影像学检查及实验室检查。"

这已经暗示很明显了，安非抢到机会："全腹 CT 平扫，血常规、生化常规、淀粉酶及脂肪酶测定。"

考官再次确认："多选或者少选都不得分，确定吗？还有补充吗？"

安非迟疑了，浦野队赶紧按话筒：“再加心电图、心肌酶谱。”考官隐现一丝笑意，安非恍然，40 岁以上又高血压高血脂，最好查心电图鉴别冠脉综合征，因为心梗的胸痛位置有时与上腹部极为接近，但已经有明显急性胰腺炎或者胆囊炎的特征，安非不确定查心肌酶谱是不是多此一举。

检查结果，CT 示急性胆囊炎，白细胞中性粒高，C－反应蛋白高，肌钙蛋白高，心电图示下壁心梗。浦野得分，这是急性消化道疾病合并心梗。安非并没醋意，毕竟也压制其他三队。

第二轮放题：28 岁男青年，半夜与妻子争吵后，胸闷心悸半小时，伴乏力、烦躁、多汗。血压偏高，心率偏快，氧饱和尚平稳。

胸腹体检、问病史和心脏相关检查的送分题又被手快的夫妻队拿到。后续题干：既往无高血压、冠心病、糖尿病史，心电图基本正常，部分 T 波低平、个别 U 波，心肌酶谱及心肺腹查体无殊，患者职业为高温作业，曾有腹泻史，白天有工作过劳、食欲不佳，就诊的主诉并非首发，其母因颅脑肿瘤去世，具体不详。检查结束往返途中病患剧烈呕吐，头晕头痛，四肢无力感加重。请选择下一步检查及处理。

安非他命队里讨论：“一开始就误导我们往冠脉综合征去，夫妻队肯定以为是争吵的情绪激动诱发的，这就上当了，一分都别想拿。下面如果按喷射呕吐暗示的中枢神经系统疾病，我们应该查头颅 CT，情绪激动起来颅内血管瘤破裂引起颅内高压……”

陆英细心：“但是他心电图还是有些异常，是否再复查一次心电图？毕竟胸闷心悸，还有没有可能是肺栓之类的？年轻人也不排除先心病。”

“中暑有没有可能？高温作业嘛，头晕呕吐无力烦躁多汗都符合。”瞿麦也提供几个想法，“又吐又泻，也可能是食物中毒感染。”

“但是体温正常啊，而且职业归职业，谁半夜工作的，都说是争吵后了。”安非他命队另一女生讲道。

安非他命队六人摸不着头脑。其他队也绞尽脑汁报答案，血常规、生化常规、电解质、凝血常规、大便常规、冠脉造影、头颅 CT 等扯上关系的都补充个遍，只有浦野给出另类的选项："再查心电图，生化电解质，甲功，头颈部体格检查。"

考官继续念题："病患病情进展加重，突发意识障碍并出现抽搐，心电图示室颤，电解质回报：钾 1.45mmol/L，颈部可扪及甲状腺小包块，心肺复苏加电除颤，抢救无效死亡，后血检报告出：T3、T4 高，TSH 低于正常值。"

安非他命队才厘清思路：这人是甲亢，本来就代谢消耗大，多汗乏力烦躁易怒，容易和妻子争吵，高温作业、进食减少加吐泻（腹泻可能也由甲亢的肠道蠕动异常引起）造成失钾过多，低钾血症所以就心律失常，两次心电图提示血钾进一步降低，最后心衰了。

浦野再次拿分。如果说上一轮众支队伍对浦野之"聪明"刮目相看，这一轮已经对浦野的心电起搏队产生深不可测的恐惧感。

第三轮为纠错口答题，安非他命队扬眉吐气。

"马路急救，20 岁少女走入施工地段，掉入无井盖遮蔽的下水道中，倒地不起。路人中有医务人员，借助工具进入下水道后，先检查意识、呼吸、脉搏，并要求路人拨打 120，发现生命体征尚稳定，计划与其他人将该少女一同拉上地面等待救护车。请回答该医务人员行为不当之处。"

安非毕竟是跟随"奥运急救超人"秦巧凤做过野外救护培训，几乎不假思索："第一，进入井窖前没有确认环境安全，地下可能存在沼气或有毒气体等，导致急救员也搭进去；第二，除必要的心肺复苏，尽量不移动伤者，以免造成骨折错位等的二次人为伤害。"

安非依旧速砍分数。

"60 岁老年妇女，因言语不清、肢体麻木等卒中典型症状入院，既往有严重冠脉狭窄及心梗史，安装过心脏支架，当晚行脑血管造影确诊后，积极溶栓治疗病情稳定，次日早，拟行头颈部高分辨磁共振成像、颈动脉 B 超等进一步检查并制订治疗方案。请指出哪里不合规。"

安非印象深刻，袁雪菁犯别扭要他陪诊摔伤时，磁共振室门口阿姨清楚地讲过：凡安装心脏瓣膜、支架、动脉瘤夹等金属植入物的患者谨慎进入 MRI 室，否则后果自负。因此趁其他队仍没意识到，安非答得果断："心脏支架患者行MRI检查，至少要等影像科医生会诊排除风险再做！”

总体积分，理论抢答环节安非班两支队力压其余三队，好的开始便是成功了一半。

下午为基础操作环节，每组两个人出战：一人缝合打结和器械辨识、消毒铺单，一人完成诊断实践操作。中午时间大家都不回寝，就着候考教室休息。按原计划洛芬负责诊断，而一助的“金手指”还包扎着，因此陆英出战速度打结，两人商议趁午休人少，去模拟诊疗室再过一遍考核内容。

诊疗间门口，浦野和曲林双双趴在门上，耳朵紧贴门缝，四人相遇，面面相觑。

“你俩干吗？要练就进去啊。”洛芬感到奇怪，要去拉门把手，浦野指示她小声：“嘘，你看门被反锁了，你过来听，有惊喜。”洛芬凑上去，里边是一男一女，男的是瞿麦，另一种女声略熟悉，可以肯定不是本班同学。

女声问道：“你自己觉得，你这个有15厘米吗？”

“我觉得我这个应该有15厘米。”瞿麦的声音很肯定。

女声又讲：“那你这个15厘米有点短。”

“你才短，我这是第三次了，肯定没第一次长啊！”接着便没动静了，浦野和曲林莫名窃笑，悄声问洛芬：“你懂吗？”

洛芬作势要敲门，浦野挡手让等着，里边仍在说话：“消毒范围应为切口外围半径15厘米的圆，由内向外消毒，一共三遍，每圈范围小于上一次，以免造成污染。”俩男生反笑洛芬：“你看你，想成啥了，就是练腹部消毒。”

女声又对瞿麦讲：“你躺下吧，我练乳房触诊。”

一会儿听得瞿麦提醒她：“乳房触诊最后一步你忘了，要捏一下乳头的，检查有无溢液，对了，别揪我奶毛，很痛的。”

女声回答：“才不呢，做你的美梦，你个大变态。我继续心肺听诊了。”

安非见队员都消失，此时也找来。里面瞿麦声音正讲：“看我对你多好，我这身材全年级找不出第二个，练诊断的标准人体模型，胸是胸，腿是腿，屁股是屁股，我们宿舍那曲林小子胸和肚子连一块都分不清的。”

女声说："行了，少吹，没几个小时我就得考了。"

安非朝众人点头，嘴角会心地咧出笑。

"心尖搏动位于第五肋间，左锁骨中线内侧，唉，你胸肌太厚太宽，一点儿也不好找，你屏气我再摸摸看。"

"屏不住，痒痒，头发垂到我身上。"

"那我扎起来，让我拿出听诊器来听听哪里心音最响。"

又歇了一阵子，瞿麦出声："找到我的心没？"

"你这话怎么听着这么奇怪的。我刚听心音你心率挺快，你是被查体的紧张什么，我数了一百多下，不是说锻炼多的人，静息心率会变慢吗？"女声问道。

"你想知道不？那你得多听会儿。"

"不听了，大空调开着，你裸半身这么久要着凉的，算了。"女方说着准备收拾器具，瞿麦突然讲："我故意让它跳得快，好让你找。你再听听，今天不听够了，等赛完你就不用听了。"

安非边咚咚地砸门，边说给旁人听："这是哪班的女间谍，再不掐这奸情的幼苗，一会儿他们得做妇科检查了，然后练产检和新生儿体检了。"

瞿麦别着衣扣子来开门，活像被警察叔叔敲开了酒店房门。门外一群人问道："你们为什么同在一屋练呢？"再瞧这女生不是陌生来头，正是五班"爹地班"的女班长。为缓解尴尬，瞿麦竟占起全体女生的便宜："同屋有啥问题，别说是一房间，以后，我们都在同一张床上呢！"

众人被惊到，女班长也羞怯不语。

"怎么说，什么意思？"众人问。

瞿麦答："下医院啊，那都在临床呐，哎哟，你们真傻。"

大伙儿被逗笑，女班长招了两下手，伺机溜掉。安非怀疑这不是错觉，瞿麦与八竿子打不着的爹地班里的"镇班之宝"关系暧昧，之前可从没迹象，但浦野的一问提醒了安非："你半夜码的那信是为她？"

瞿麦立马变脸："我说了那是摘抄名言警句练字，你有病！"

下午的操作名次，浦野险胜陈博仁，尤其打结速度，不管器械还是纯手，浦野无可匹敌。五年制的强势班级一点不弱于七年制，其中的佼佼者们把主席、夫妻几个班压制住了。

晚间总结会，陆英人不见了，班里不参赛的同学见到她在男生宿舍楼下号哭。据称她是第二次围堵陈博仁被拒绝。

“他下午输给浦野，我就挺惋惜的，我想安慰他，他就很冷漠，不理我。”洛芬听陆英讲着，见泪滴晕染了她的口红，心里一切都明白了，劝慰道：“别像失恋似的，你跟他连恋爱都不算的好嘛！”

陆英仿佛过度通气，听了哭得更凶，就差呼吸性碱中毒了。

“我猜，你今天跟他表白了吧！”

陆英不情愿地承认，洛芬深深地叹气，接着连珠炮似的轰击陆英的自尊：“怎么，真把自己当他女友？你和他睡了？”

“洛芬，你怎么也这样污蔑我？”

“那就是没睡。那他这么对你？你肯这么对他？这年头，还真有浪漫的，什么都不确立，什么都不承诺，女生就敢把脸埋到男生的膝头，娇怯怯地说不要离开我。想到感情里那些唯唯诺诺的女方，我就恶心得想啐她们。你知道吗？陈博仁在食堂吃饭，他们班男生一说你过来了，他饭都不吃就跑了。陆英，你要是还想和我做朋友，让我看得起，你就给自己留点自尊，你放心，我是不会为你找他吵的。因为你，对他来说，什么都不算！”

陆英听了骂，竟一点也不恨洛芬，哭累了，决赛第一夜睡得更香。

第二天，医患沟通考核环节。相对来说是用不到硬核专业知识的轻松环节，但也最考验应变能力。

每组出两人，题目案例不重复，没法透题提前准备。每组剩余之人，将作为模拟的“标准化”患者，参与到别组的考核中，如若表现疾病特征或人物特点准确，可获得额外加分，这便又成了全组成员通力合作的环节。

依共情能力排序，瞿麦和洛芬先被排除，只得安非和陆英出战。陆英抽到的题难度中等，患者设定为中年农村妇女，怀疑血液系统疾病需要骨髓穿刺，依从性较差，担忧做骨穿的并发症，答题者的任务是劝导她完成穿刺。

这场次，“右护法”扮演胡搅蛮缠的妇女，竟找了块花布巾围在头上：“我该做的检查都做了，为什么要在我身上戳个大洞？做这个叫什么穿刺，听起来就吓人。”

“首先您得知道骨髓穿刺的意义——”陆英对付“右护法”尚显稚嫩，被她无情打断：“那之前检查是不是都白做了？已经抽血、留大便、留尿，好几百呢，都没用吗？现在又要好几百，你们就是要挣我这点钱，不把我这点家底都掏干净了不罢休……”

“每个检查的目的都不一样，就像做排除法，这个穿刺结果比前面的都更精确，我们需要它来指导后续的诊疗，否则就无法继续……”

“那，那你看这同意书上并发症好多，这个那个的，就是告诉我你们做坏了不负责任嘛。”

“这是同时保障医生和患者安全的必要措施，而且一般不会出问题的，是由经验较多的高年资医生完成操作，出上述意外的概率很小。”

“你能保证一定不会出事吗？”

“右护法”实在难缠，眼神犀利直逼弱小的陆英，陆英语塞：“呃……不能，医学上没有任何事情是百分百的。”

外面观摩的瞿麦性子直：“好说歹说，跟她讲床位紧俏，她不做直接轰她走啊。”见陆英反被“患者”为难得犹豫不决，安非难免心虚，轮到他进考场看题。

这是“主席”即三班团支书扮演的家属，身份为私营企业小老板，想给管床医生“表示表示”，安非的任务是拒绝家属硬塞的红包，同时获得家属信任、给予病患信心。

“家属”敲房间门进办公室：“医生今晚值班吗？你们怪辛苦的，小小的一点表示，您收下吧。”安非赶紧按住“家属”掏公文包的手：“这可要不得，违反我们职业操守，治病救人是本职工作，不能接受额外馈赠……”

“知道知道，但是做医生很辛苦，尤其你们小医生，这是应该的，您放心，我们不会说的。”

“真不能，您不要客气，我们的治疗方案不会依据这个而改变，一视同仁的。”

“真的不要紧，我们不会出去说，这房间也没别人，而且我妈妈病情转好，也不会出问题。”安非与“老板”来回推让。

安非声色俱厉起来：“您不要这样，反而让我们难做，我们又不是要饭的，不接受这种施舍，强塞只会使医生们对你印象不好，也会影响对病情的处理和判断！”

“老板”摇摇头：“你这样讲就难听了，你该这么想，这是为了激励你们更好地做医生。说句实话，我家里也有后辈做医生，年轻时真的清贫，我真的想为你们加油鼓劲。你又不是暗示我索要红包，是我自愿感谢你，你懂这个理吧。”

“这样吧，您先去给我们带组主任吧，他是有决策权的人，给他才会对诊疗有直接影响。”安非开始转嫁压力给莫须有的角色。

“我已经去过他那里，他有他该得的报酬，所以我说你拿不要紧的。他只是每天看两眼，真正干活的是你们基层实干的。你看，我这是个牛皮信封，黄色壳子，不算是红包吧。”安非没料到还真有主任这一层面，也没料到这“主席”可以把一个油腻商人表演得如此逼真。

“你偷偷告诉我，是不是与你们主任不和，你不收，就不怕他们孤立你吗？”安非宁可相信这是“主席”自己加戏，没有家属会对年轻医生心理有如此细腻的觉察。

安非也同样以世俗语言推辞：“这样你看，这房间有监控，既然话说成这样，我心意领了，你去把这给主任，让主任分配。因为我能拿多少，喝汤还是吃肉都是上级说了算，你直接给我才是陷我于不义，懂吧？”

铃声响，时间到。“主席老板”丰富的面部表情和肢体语言瞬时恢复冷漠，安非拍拍他的肩说：“你们队就靠你额外表演加分了，都能比正式考核两个得分多了。”“主席”听了马屁笑得灿烂。

心电起搏队由浦野出战，题目来源于上届国家临床技能大赛，虽难但浦野看过原题有所准备：17 岁患儿急需肝移植，父亲坚持活体供肝，患儿 O 型血，母亲 A 型，父亲 AB 型，请与父亲进行医患沟通。

陈博仁扮演倒霉的父亲，开考便很主动凑上来：“医生您好，我想知道这个手术预计什么时候做？”

“这个要等一等，现在血型配型出现了一些问题。”

“什么问题，亲子之间不能直接供肝吗？”“父亲”追着问，不给浦野仔细斟酌每句话的空间。

“血型的配对很复杂，可能和你想象的不一样，这涉及移植后的免疫排斥，所以最好等合适的肝源再——”

“不可能，我看别人父子案例都是可以的，那你说我们家三口的血型各是什么血型呢，我好歹也是本科学历，简单的套路忽悠不了我，老实说，是费用问题需要我额外表示一部分，还是因为手术能力不够想委婉地让我们转院？”

在安非看来，这是两位“医二代”的对决，他怀疑陈博仁这熟练的沟通套路是源于真实的医院场景。

“都不是。您是明白人，那我就直接把内情告诉您了。您儿子是 O 型血，他母亲也就是您妻子是 A 型，您是 AB 型。”看到浦野是如此答复，场外心电起搏队成员和安非他命队无法理解：这么直白，还不如摘下自己的一次性绿色手术帽，直接戴到这位父亲头上暗示他的处境。

这位“父亲”装作目瞪口呆：“什么？医生你确定验的血型准吗？照这样子说，我儿不可能是 O 啊，除非——”

“就像您说的，您是有一定文化水平的人，所以我才做科学解释，没文化、没自信的男人断定孩子不是自己的，直接就回去打老婆了。”

“父亲”听浦野这样讲，决定冷静地理解下。

“确实普通的 AB 血型是不可能有 O 型后代的，但您的血型可能为 CisAB 型血，又叫顺式 AB，比我们常讲的熊猫血还要稀有，大多数都是基因突变引起的，与家族遗传有关系。它跟普通的 AB 血型不同，它的 A 和 B 是在同一条染色体上，所以另一条是代表‘O’的染色体，而普通的 AB 型是 A 和 B 分别位于两条染色体上。所以理论上您若是 CisAB 型血，孩子可以是 O 型血……”

“哦这样，有点懂了，但是化验单上没表明我是 CisAB 型血啊，也只说我是普通 AB 型血。”

“对，CisAB 型血的发生概率较小，检验科关注不到也很正常。”没到规定时间，浦野已经顺利完成任务，场外安非班两支队想击掌相呼，但安非觉得浦野失误留下把柄了，果不其然陈博仁又穷追不舍：“那要不再测一次血型，这次准能验出我是 CisAB 型血吗？我好心里有个底，这辈子不能不清楚自己血型吧。”

浦野迅速想对策：“呃……既然 AB 和 CisAB 都不能配对活体肝移植，那这个验了没有意义的对不，何必自寻烦恼呢？而且检验科并不一定能肯定地判断您是 CisAB 血型。”

“医生，您这就奇怪了，如果我的验不准，那配对我儿肝脏的供者就能验得准吗？这样子的水平我哪敢在这医院做手术呢？”

安非猜测，再逼问下去浦野快崩了，有背景知识打底也不该这么胆大胡来，先前就该直接讲检验科没法确定，太直率、话说太满，导致这“父亲”非常迫切要确定自己是 CisAB。

到时间浦野依然是被陈博仁盘问的劣势，显然不是最佳表现。安非在队内点评浦野：“明明多说点套话可以拖延时间，还有几分钟就响铃了，晚节不保只能说是自作孽啊。”

安非他命队里，瞿麦被抽中作为标准化病人，巧的是，他即将“为难”的对象是跟他暧昧的“爹地班”女班长。瞿麦扮演的老头由于一直迷信民间大师的驱鬼拜神，排斥进医院检查，导致胃病加重，此番是呕血腹痛被儿女强行送医，首诊医生怀疑上消化道肿瘤，目前老人烦躁拒诊。

“老爷子，我们下面安排您做钡剂造影和胃镜检查。”

“不做不做，很痛的，费钱又没用的，大师讲我气数已尽，命该如此的，地藏王菩萨说，我不入地狱谁入地狱……”瞿麦嘴里振振有词，不知是考官安排还是自由发挥的。

“不检查怎么能知道毛病在哪里呢？老爷子您得相信科学，医生才是能救你的人，您儿子女儿不会害你，他们的话你也不信？”

“他们被迷了眼，他俩都是我一句一句地向上天求福，才考上大学的！”瞿麦说着甚至咳嗽两声以示病情之重，“我每次就是喝了符水就好，是我的心不够诚，烧香和祷告少了，等我回家再拿些东西孝敬大师，开两服符水续续命。”

瞿麦还表达出讳疾忌医的倾向：“我这辈子都是身体好好的没进过医院，人不进医院一般都没事的，一进医院原来没病也会瞧出病来。我遇到不少过去的‘案例’，好好的一辈子身体棒，一进医院就住进去，没多久就都去世了，所以医院是不吉利的地方，我今天来这要沾了晦气。我这根本不是病，是命数到了，你们凡人是不懂的……”瞿麦把“案例”俩字着重强调。

“哦，是这样啊。”女班长目测受了挫，讲两句废话边拖延时间边思考对策，安非他命队窃喜。瞿麦却继续暗示：“你说要是神仙下凡，我也就信了你的药了，可惜我老了人太懒，上庙供奉次数少，估计是得罪了神仙们。”

女班长突然来了灵感说道：“老爷子，善有善报，心诚则灵，您这辈子不作恶，肯定是有福祉护佑的，您听我细说——您是不是没胃口，人没力气，一吃饭胸口、肚子就不舒服，大便有时候是黑的，而且每次吃不进，只要吃软的或者只喝水，就舒服多了，是不？”

瞿麦狂点头：“是的，你是怎么知道的？”

“您看大便都是黑的，说明是脏东西，那是妖魔在肚子里作祟，您吃东西下去就是喂养它。我们给您吊水呢，就是把营养注进血里，不把营养给鬼怪，是要饿死它们。它们目前还只是肚子里腐烂的小肉块，一旦不检查治疗消灭它们，它们借您的精气成形，您才是大师说的气数已尽……”

“那我是一心向善，敬重佛祖菩萨，为什么仙人不自己来解除我的病痛？”瞿麦目的已到，便顺着她的思路走。

女班长看似真心诚意，讲：“老爷子，我就告诉您实话吧，昨晚我眼皮跳，以为是不祥之兆，结果晚上做梦，梦里仙人告诉我今天要救一个人，说他阳寿未到。不然还没检查，我怎么就知道您哪里有问题呢，对不对？”不等瞿麦反馈，她便继续发挥，“神仙能力也是有限的，天底下如此多等他帮助的人，所以不能一直顾到你，才托我先行治疗，除非命悬一线迫不得已，神仙是不会亲身出现的。而且你犯了大忌——神仙是不能试探的，如果你能治得好却去刻意等他来救，那就是滥用你攒了一辈子的福气，是得折寿的……”

安班长彻底入戏，众队伍观摩中感慨她必然获高分。安非预料瞿麦会有意放水，果然是引导她把案例课所学活学活用，大一曾讲“无国界医生巧胜巫医，‘智’疗非洲传染病”那堂课，与她这招真有异曲同工之妙。而安非他命队里其他成员们都愠怒于瞿麦，认为他为私情把分拱手送予别人。

第二轮竞赛结果在三轮前才会揭晓。

比赛第二日晚公布结果，安非班的两支队伍竟都脱颖而出。现场交头接耳，四班“夫妻”俩吹捧道：“你们班稳赢了，就只有你们二支队伍全过了两轮，听说评审老师们都在表扬你们班，不得了不得了。”

忙不及和伙伴们去庆祝，安父打来电话问情况，安非说了几句就挂了。

下半场，外科风云，家兔腹腔里的修罗场。

据称这次安非的偶像——省人民医院退休的韩院长也会来观摩。手术抽签，不出所料，签有两种：兔阑尾切除或者兔脾脏切除。

夫妻班的代表队“阎王队”、安非班两支队“安非他命队”“心电起搏队”以及陈博仁的“大爱仁医队”，四支队分到一个手术间，统一做家兔阑尾切除手术。

开考准备时，瞿麦调笑“情人”：“你知道头大是什么体验吗？”瞿麦穿一件 XL 的洗手衣演示给她看——手术衣卡住他脑门上下不得。女班长被逗笑，噘嘴扮得可爱，又给瞿麦一个“感谢过头”的拥抱，让丘比特的爱锤敲晕了头。

长学制和五年制各一个兔笼，在把家兔带进手术室前，需要先麻醉再备皮。

瞿麦笨手笨脚，力量有余、细致欠佳，不适宜在台面做助手，只能担任麻醉一职，且手术正式开始后麻醉师事很少，瞿麦足够胜任，但问题在于手术开始前的耳缘注射麻醉——这是洛芬的强项，即使瞿麦能完成注射也得花多时间。每个队员背后都贴有身份标签，按理讲，麻醉全程只能由标“麻醉医师”的队员一人完成，即从一开始注射麻醉到术中看护补药，都由麻醉医师独立完成，若被监考或监控看到是洛芬把持着针筒，此项即不得分。

安非他命队想出解决方法：身体正对监控操作就看不到背部标签，如此多支队伍，仅凭人脸是难以辨别身份的。

“小白兔白又白，两只耳朵竖起来，竖起来给你来一管迷魂汤。”洛芬揪住家兔左耳，拇指推进注射器排尽空气，针头滋出戊巴比妥，温柔地安抚家兔，“姐妹儿，对不住了，让你多睡会儿。”

“你咋知道是小姐妹？”瞿麦两手并排，死死卡住家兔后脖颈以防挣脱。

“下面没把儿啊。”斜戴手术帽的洛芬，嘴角勾起一针见血的自信，随着液体渐进，耳缘静脉的蓝色褪去。忽然现场巡考官开门，正面朝安非他命队踱步而来，一股紧张的气流在几人间传涌着，而兔子强有力的后腿逐渐迫使安非加力：“麻利点儿，打进去多少了？快按不住了姐！”

“基本没打进去！刚那老师出现我慌了，药进组织间隙，耳朵都打肿了。”洛芬赶紧换个姿势准备打右耳，按压耳根部使血管充血，利于寻找。

“怎么办？巡考一会儿就绕到我们后面，这太明显了，我先找准血管位置戳进去，固定好针头方向，让瞿麦接手继续推针。”洛芬计划太美，松开注射器与瞿麦换位时，瞿麦竟又失手挪了针尾，麻醉剂依然推不进。众人叹气，前倾按压兔子大肥屁股的安非感到一种压迫感，不仅是时间上，洛芬嫌弃的表情使他联想人类童年的共同记忆——皮筋缚住手腕猛拍小孩手背的护士阿姨。麻醉室弥漫着一股臊味儿，几十只兔子的体臭交织，众人躲在口罩里咳嗽，麻倒的兔子们被迅速翻身剃毛。对于过敏体质者，这里无异于地狱了。

瞿麦顺着静脉向近心端挪动入针点：“考官停在附近了，还是我自己来吧。你们都没让我完整地打过麻醉，怎么知道我不行呢，不能因为我手大指头粗就断定我打不进吧。”四人都惊喜，注射极其顺畅，但瞿麦忽然停住不推了。

“怎么了？”安非问。

“也不知道洛芬左边打进去多少，我再打多怕是麻死了，等要醒再补吧。”瞿麦喃喃自语，于是安非他命队给兔子翻身，把腹部剃毛。再看浦野组也开场不顺，队员几乎全员女生，因此抓兔棘手，磨叽到最后只有其他组挑剩下的兔，抓兔利索的组往往能挑到最健康结实的，术中不会轻易出血休克，也不容易被麻醉过量致死，而浦野这只是畸形缺损的“烂耳朵”，形状不规整自然会给耳缘静脉麻醉造成困难。

老师讲，要不回库房换，要不直接强行注射腹腔麻醉，但得分低于耳缘麻醉。浦野犹豫不决，安非这边薅毛速度很快，也管不了兄弟队，领先大部分队伍把“病人”拖进手术室，五花大绑，消毒铺单。

家兔仰卧固定于模拟不锈钢手术台，碘伏棉球消毒手术视野，铺无菌巾单，接下来大家动作放慢，穿隔离衣戴手套，生怕破坏无菌原则，这边扣分细节颇多。考核官正襟危坐，一支笔，一张纸，决定了术者们的生死，而巡回考官则是东瞧西望，把每个人从头到脚看个仔细。

安非最后穿隔离衣，要了七寸手套，第一次因为手绷太紧，直接扯坏手套。既巡回又兼麻醉的瞿麦，拆开第二副手套倒在无菌台，安非额上渗出的汗汇聚到颌下，半只手先套进去试几下，发觉手套早不是原来训练用的牌子，所以尺寸才偏小，请示考官又拆开第三副七点五寸的手套。安非模仿隔壁大爱仁医队的方法，由器械护士洛芬先把手套撑开，安非直接把整只手连袖插进即可。

“大概是兔子们怕了他们，夫妻班的兔子太跳，不知道麻药大了还是兔子体质不行，直接麻死了，刚绑到台上，先深大呼吸，后来不动了呢。”无所事事的瞿麦低声跟大伙儿讲，“果然兔阎王就是兔阎王，之前被练手的兔儿们冤魂索命，报应来了吧。”

除阎王队出意外，心电起搏队是最后完成麻醉进入手术室的，瞿麦开始幸灾乐祸：“幸好浦野没要求换兔子，虽然给那残疾兔麻醉挺费劲，但起码用掉了考场最后一只兔，阎王队没的备用，等老师再取新的兔笼时间更久！”

现在理论上速度最快、技术最好的阎王队几乎出局，这间手术室里容纳的其余三支队伍实力相近，安非他命队、大爱仁医队以及心电起搏队，三个台子依次相邻。各支队伍进入中间耗时最长的“平台期”，也就是兔蚓突切除手术的主体流程——打开腹腔，寻找、暴露、分离阑尾，接着结扎阑尾、荷包缝合，再切断阑尾、包埋残端，最后全腹壁缝合。

空气中弥漫着浓浓的碘伏味儿，无影灯下兔子胸脯规律性地呼吸起伏，器械护士不断地递钳、组织剪。每间手术室都有四台手术同时进行，加上不少围观的自由观众，虽然开了空调，但温度还是很高，巡回护士帮助主刀调整口罩、擦汗。虽然拥挤，但手术室氛围安静，除了器械取放的金属声，就是主刀和助手们讨论手术进程的声音。“顺藤摸瓜”式寻找阑尾，先找盲肠，安非提起直视范围内最大的薄壁肠管，念念有词：然后找到与其相连的具有结肠带的肠管，即为升结肠。沿着与升结肠相反的方向捋盲肠，在末端才能找到阑尾……

安非捋着一段段没头没尾、外观相似的肠管，问起一助陆英的意见：“阑尾壁比盲肠肠壁明显增厚，颜色发红，交接处根部容易看出，为什么我找不出来？我们练手时没这么难找。”

“可能是阑尾位置变异，估计还埋在靠下的里面，不完全可见，你得往一个方向捋，你来来回回其实看的是同一段肠子啊。”陆英点醒他。

安非不得已向尾端扩大切口，方便暴露阑尾。下刀切腹壁时，兔子突然剧烈颤抖，虽然中枢已经麻醉，而局部肌紧张，有收缩反应。瞿麦从凳上蹦起来准备补药，安非让停：“不打耳朵，腹壁局部麻醉，这样不会打多了麻死，而且补静脉还得等吸收时间。”瞿麦递送吸满麻药的注射器，监考老师见状也凑来，安非感觉不对劲，急忙让瞿麦停住：“你的脏针筒不能拿上手术台的，你先拆个干净针筒扔到器械台，再把乌拉坦拿来，让器械护士洛芬吸药递给我，洛芬你的针头也别碰脏的瓶壁。”

巡考欣然走开，安非他命队庆幸逃过一劫。瞿麦去另两个台子转了转，夹在安非班两支队间的大爱仁医队进展稳健，略快于安非组，瞿麦没心眼地催了句：“安非，他们到结扎了，马上荷包缝合。”

“你别催我，我之前不是跟你讲了吗？你就坐那儿别说话，兔子醒了补药就行。”因为方才扩切口费了多余时间，安非本就焦虑，不想知道别队的优势，耐心与时长成反比。

到整理、分离阑尾时，安非不小心扯到肠系膜小血管，点状出血汩汩的，众人再次紧绷，一助陆英拿纱布按压，安非找活动性出血点：“缝扎，洛芬，带线。”

巡考又来观看，手术出血量也是打分机制里的一栏考核项。洛芬只顾盯老师，忘了手上该做的活，急得安非把压低的声音提高一倍：“在失血呢，拿针线给我缝扎！”

“肃静！手术指令不要影响他人，手术室严禁大声喧哗以及谈论和手术进程无关的事情。”考官训斥道。

安非这一骂，洛芬竟僵在器械台，眼神一片空白，陆英赶紧言语安抚洛芬，也报了第一天问答前的恩情。

终于安非他命队也进行到荷包缝合，安非主动让瞿麦去瞧瞧陈博仁的进度。“你确定真的想知道吗？”出于“善意”，瞿麦这次说话很谨慎，惹安非焦躁：“别废话，我心里好有数啊！”

瞿麦汇报不利的实况：“他们开始缝合内层腹壁了，我们应该是赶不上了！”

“不慌，待会儿我们连续缝合，而且我们整体手术质量不见得差。”安非这话，安慰自己多于安慰他人，埋头继续穿缝盲肠壁浆肌层做荷包，发觉陆英松紧血管钳以及打结速度明显慢许多，便悄悄地问陆英，“有被针刺伤到吗？”

“没有，没事，我们抓紧。”陆英嘴上表示无恙，手指又间歇抽痛，安非肯定，陆英指头是在自己那阵手抖的操作中戳伤，但手套外表没有可见的破损，就算伤口有微量的血也会被兔血掩盖住。

安非让陆英下去：“破了吧，我自己一个人没问题，就慢一些。”

“不行，你太抖，手不稳，又没二助，少了我更加慢。”陆英不肯答应。

“这兔子不知道干不干净，你最好下去挤血消毒。”

“我换副手套继续做，学校的兔子又不是买的，没什么病原体。”

“不行，你脱手套时里面的血能看到，依据规则考官会让退场，就不让你继续上台了。”安非陆英小声争执。

形势走到低谷，主刀安非反而手变稳了，一手将夹持盲肠缚线线结的蚊式钳向荷包内推进，另一手夹持住荷包旁盲肠壁，顺利将阑尾残端埋入荷包内，陆英边提线尾边收紧，安非结扎闭合荷包，剩下的便是缝合全层。安非突然呼叫巡考：“老师，我们队一助被针刺伤，能不能带她处理下？”手术间的考官及学生都停下观望安非他命队，洛芬、瞿麦也不敢相信——陆英被考官带走，台子上就只剩安非一个主刀，那必输无疑。

评委老师在评分表上画了几笔，安非让洛芬来帮忙：“如果还有夺冠的希望，就全交给浦野了，保全浦野那队，我们踏踏实实做完就行，不计时间了。”没有压力，大伙儿的手术完成质量却更高了。

大爱仁医队已经缝合最外层腹壁，全程近乎完美，稳操胜券。除缝里层腹壁时兔子苏醒过，一度有挣脱行为导致无法操作，麻醉师积极补麻药便太平了。接近尾声，大爱仁医队的麻醉师着手准备最后的处死，发现兔呼吸微弱、躯体冰凉，此时已看不到心脏，陈博仁再从体表触诊心脏，感受不到任何搏动。手术彻底地失败了，“病人”死亡是比超时更严重的失误。

巡考暗示陈博仁可佯装注射麻药处死，毕竟家兔先失去生命体征，还是主刀先完成全部缝合，除了自己没人注意，时间上就几针的差别而已。陈博仁和队员讨论后跟巡考讲：“算了老师，我们手术确实是失败了，家兔死于麻醉过量引起的呼吸抑制，申请退出考场。”安非班的两支队，隔着陈博仁离开后的空旷手术台，会心对视着，把笑意藏到口罩里——命运的天平将再次倾向他们。

清理腹腔、确认无活动性出血后，浦野为省时间，不等器械护士曲林清点纱布、器械完全，就开始缝合腹白线。待曲林清点完毕，发现少了缝荷包的一根圆针，巾单、地面怎也找不到针——依据原则，没清点完全前不可贸然关腹。

“不行，最后老师重新清点发现少器械，依然会扣分的。”

“那时分数都出来，评委们人都走了，发现又怎样呢？”浦野和队员起争执，浦野想拆开已缝好的腹白线，找找针是否被遗留在家兔腹腔，巡回护士建议：“实在不行我去拆个新的放进来冒充，包装找机会扔了，任是谁也发现不了。我们这样为这种吹毛求疵的事情拖延时间，安非速度又赶不上，输了都对不起全班！”

浦野一意孤行，还是拆线找针，可腹腔里根本没针，便仔细翻找肠管间隙。曲林怪自己没担好器械的职责，泄气地瘫坐在凳上，浦野目光瞄见曲林洞洞鞋底有银光闪过——圆针竟粘在手术鞋底上。浦野为冲动地拆开腹腔的缝合线而懊恼不已，只得再缝一遍，此时最慢的阎王队竟凭借娴熟的操作已快赶上，而安非没有助手协助更垫底了。

“难道我们两个队都要输给那个遭报应的队吗？如果要输，输给陈博仁我心里更舒服。”瞿麦和洛芬说着，大伙儿都陷入绝望，预感大局已定，安非甚至想主动申请退场放弃比赛。阎王队那侧似有似无的笑声，有意无意都击溃安非和浦野两支队的心理底线。

“记得重新洗手穿衣哦。”门口传来场外监考官的声音，三人顺着看过去——陆英站在门口，扬起得意的眉毛：“破得很小，老师说自行消毒处理完毕，根据自愿原则，我可以再上台。”安非他命队齐呼叫好。

最后完成结果，有二次上场的救星陆英加速，顺序排名上，安非他命队与阎王队并列，心电起搏队稍落后十分钟。附属医院嘉宾团点评，韩院长坐于正中央。

首先是军区总医院对主席班点评：“主刀是整台手术的灵魂和核心，需要全面负责，依据手术进程和病情变化指挥协调所有成员。我注意到三班的主刀操作不如一助娴熟，甚至二人手术中途临时调换位置，所以主刀为什么是听从一助指挥呢？”

医大二附院评价夫妻班：“四班开场就麻死了兔子，这个大减分，不谈。说一点重要的，我刻意在手术包里拿掉了一把蚊钳，请问四班的洗手护士在手术结束后是如何得以把器械清点完全并且打包的呢？”

汉京中心医院怒评爹地班：“主刀站在术野最清楚、操作最方便的位置，腹部手术一般在患者右侧。五班主刀站在手术台左边，基础常识错误，荒唐。并且结束后我特地折回模拟手术室观察，你们台子垃圾不清理就走了，留下台子上血也不擦？”

慈济医院表扬学神班：“一班的这个大爱仁医队手术做得不错，但是可惜最后家兔死于补麻醉。我注意到你们用酒精棉签擦拭破坏和消毒阑尾残端黏膜，防止术后继续分泌液体形成局限性积液，这个细节做得好，很专业，其他队要学习。反观三班，我要批评了，因为临近结束，家兔苏醒后不补麻药就继续缝皮，任由兔子挣扎，这符合动物伦理？一班正如队名大爱仁医，我让巡考设了局，也是和三班差不多，三班的兔子活过来了，一班的兔子死过去了，其实如果抓紧缝几针，针间距大一点，立即打上麻醉处死，这个界限就很模糊。所以缝合结束时算濒死状态，还是算正式的处死，巡考可以睁一只眼闭一只眼，但他们选择诚实，很棒！”

老院长代表省人民医院，最后讲安非班的两支队：“这个班真的很优秀，如果说一班体现的是极个别同学的出色，那他们就是整体的，两支队都能闯入决赛，首先底子就很牢。二班一队，叫安非他命，缝合后我注意看了，有的对合不整齐，有的呢，直接还有一点渗血，赶时间所以质量稍次，但有一点值得表扬：他们没有设二助，一助在手术中戳伤手指，主刀主动提示考官关注处理，安全大于天，如果是真正给人的手术，针刺伤会造成术者和患者相互感染的，并且这名主刀同学抗压能力强，一度单独进行手术，拥有合格外科医生的谨慎和潜力；还有一队叫心电起搏，主刀也是男生，缝合很漂亮，同样是零基础的起步，男生很少有这么手巧的，而且他们也是态度端正，把这次比赛当作真正的手术，东西清点不齐便重新打开腹腔找，当时我看视频他们本来是所有队伍里速度最快的之一，因质量放弃速度，也就放弃虚假的荣誉，坚守原则很不容易！”

然而没人预料到的黑马竟是病理班，他们评分最高，无菌观念是毫无漏洞的，按照评分准则，每一项都没有欠缺，其他班的消毒、铺单、穿戴手术衣等或多或少都有细节问题。令人尴尬的是，如此赢家却鲜有医院评委注意，只能草草表扬几句作结。

“病理班或者影像班即便拿了冠军也不得志，本来就内定去省人医，不妨碍我们其他班级的激烈竞争。而且如此多得分点都能踩准，很难让人不去怀疑是他们被事先辅导过，另一个原因是他们的表现找不到任何亮点，很标准、很完美但不惊艳；以及作为临床医生的评委们，潜意识里充满对辅助科室专业的歧视。”浦野以医二代的视角作出解读。

当晚，安非依然没给家里报平安。

第三十二章　分配风浪

曲林收拾宿舍，把教材和资料堆叠到一处，边说："从初中开始，真的是三年一大考了，大学三年的'绿皮书'摞起来得有一人高。"

灰尘飘散呛醒安非，安非从高架床上瞧了瞧他，嘲句"那是你矮"便翻个身睡起回笼觉，以防又一轮连日劳累引起的"心律失常"。浦野想到的第一件事就是真挚地给瞿麦道歉，为误解他的"练字信"。瞿麦则计划约爹地班女班长去汉大游泳，不介意讲起与她的交往。

"慢慢我去图书馆多了就关注起她，安非以前讲大学恋情百分之九十九发生在图书馆我还不信。我可第一次和小富婆谈恋爱，就说刚交好那时候，她请我吃酸奶，我犯了选择恐惧症，她就买下所有品牌和口味的酸奶给我尝，整整两拎袋，这要是小时候在老家，爹妈得心疼死。其实我不是很关心到底分配到哪里，只要能做个有稳定收入的好医生，在哪里都好，比我爸妈的社会地位高过一个等级了……"

"这叫阶层跃迁。"浦野讲道，"可怜你，三年生命里走过三个女人，感情密度太大了。"

"不，该是我可怜你，三年连洛芬的手都没敢碰。"浦野听了后悔与他和好。瞿麦出发后，浦野赴洛芬之约。

“一瞬间感觉什么都结束了，就像三年前，高考完最后一门出考场，唱K聚餐、网吧通宵，撕书、吻老师，有情侣开房、发泄欲望，还有人大睡一场，睡出褥疮，更多的人像我这样无所事事，第二天起床都不知道该干吗。”浦野说道。他被洛芬叫出来，洛芬想好好聊聊，而浦野对往后的每分每秒都觉茫然。“我预感会有好的结局，毕竟有你有安非有陆英有曲林，大家都尽力了。”洛芬讲道。她出来前喷了香水，是陆英为“唤醒”陈博仁攒钱买的名牌货。洛芬暗示性问浦野，自己今天哪里不一样。

“脸色更憔悴，黑眼圈更浓，发型更凌乱，前额的发根也更稀疏。我知道，这半年你实在辛苦了，但今晚一定是你气色的转折点。”洛芬听他讲着，一度想撂下他独自回寝室。

浦野又说，未来等他有本事了，要为洛芬写本书，写这七年的医科高中生活，洛芬欣喜：“好呀，以我为人物原型。”

“不是，是把你写到序章的感谢里，排到同学亲友的最前位置。”

“吹……”

“吹什么，我写不出吗？”

“我是说你吹把我放最重要的次序，你妈、你爸呢？”

浦野思忖，回答她：“他们和你并列，排名不分先后。”洛芬久久地张大嘴巴，以一个大大的哈欠伪装忍不住的笑容。

浦野又告诉洛芬，陆英今晚第三次围堵陈博仁。于是洛芬回寝室前，特地到小卖部买了一打卷筒纸及一副耳塞，前者为她，后者为自己。出乎洛芬意料，陆英毫发无损地坐在书桌前，无泪无涕无言，是表白成功的喜悦超越表情、语言和动作可表达的范畴，还是被拒后悲到极致的抑郁发作？洛芬注意到垃圾桶里，廉价又珍贵的听诊器躺在最上面，乳胶导管被拦腰剪掉，伴以折断的口红，问陆英：“你怎么没哭？”

“我不懂，既然不喜欢我，为什么允许我走得那么近，热情地和我讨论、谈天？我逼他讲实话了。”洛芬佯装认真地听，把陆英那瓶拆封不久的香水，不动声色转移到自己抽屉。“学校里一直有个别女生喜欢他，疯狂地骚扰、暗示，我比较有礼貌，或者说是谨慎胆小，不像那些学习差的敢拿‘人体有多少块骨头’的题目刻意打扰他，他说觉得我挺可爱，而且是真的成绩很好，能讨论到一起互相提高。他其实早感觉我喜欢他，但我不说破他就不好把我推远，他先挑明只会显得自作多情，而且我俩走到一起，那些他厌恶的女生就离得远远……”

“那他想过遭流言中伤的人是你不是他吗？”洛芬直说他是浑蛋。陆英黯然，只是接着讲：“我问，现在我们算怎么回事，他避而不答，只告诉我他现在有心上人了。我说，那就这样了。他说不好意思。我说客气，本来就没发生什么。”

“没了？没劈他俩巴掌，没踹他两脚，真是便宜他！”洛芬说道。

陆英一笑而过：“你说的嘛，搞暧昧就不能当真。”

在校的最后一次班团例会，班长安非和团支书陆英却第一次上正桌，竞赛表现之出众给一向蹲角落的安非班带来底气。陆英再遇陈博仁，两人只隔桌点头呼应。尤通知此次主要布置期末结业的准备以及下医院事宜，会末，围绕分配问题，大伙儿蠢蠢欲动。

“尤老师，我们分配医院不是按综合评分排序吗？那计分规则明细能发给我们看吗？”陈博仁一副正气凛然之态问尤，最没存在感的陆英竟接话：“是啊尤老师，像我们普通班级又没有爸妈做大主任的太子，前途只能靠自己去争取。”大伙儿盯这两人似有喜感，有所揣度。尤通知依旧讲空话：“即使总分出来，校领导层会有安排，也不一定就是以评分为准。”尤通知预感这样说不恰当，立即改口讲：“依据各部分比重有不同的方案，计算得出总分也不同，每个班志愿也不同，等结果就行，过程能确保是公正的，并不需要大家参与。”

散会后，安非拜托别班班长帮忙套尤通知的话，找了与己班毫无利益关系的病理班和影像班，这两个班不涉及临床五个班的竞争，内定去省人民医院。病理班左护法问：“老师，您应该有我们三年所有各项活动、荣誉的名次，最后大竞赛的分数也公布了，您的评价也有很高的占比。其实依您那里的数据，算出结果大差不差了。按往年的评分方案，今年哪个班去省人医？”

“多管闲事，你们班又不愁。”

“但是我们将来都在一家医院，所以更关心一些，以后互相照顾。”

尤通知听了笑问她：“你觉得呢？”

“一和二最有希望，不管平时还是这次竞赛，他们名次都是前三。”影像班班长讲道，“五班不错，三、四也有可能，一个奖项多，一个是班级里的校干部多，但是比起来最有希望的还是安非他们二班，学医主要还是看成绩嘛，虽然二三四五都有机会，如果最后是别的班的话，我还挺不能接受的。”他刻意不提陈博仁所在的一班，想看尤通知作何反应，尤通知讲：“你怎么肯定大家都想去省人民呢，你们呐，太想当然！”

“那尤老师意思是还有班不把省人民写第一志愿？”

尤通知不答，另起话头：“还有，你们怎么没说一班？一班学习成绩也是挺优秀的嘛。”尤通知没说透，随即意识到又一次失言了，立即改口：“我是说，机会是公平的，谁都有可能，我是不会先入为主判断谁好谁不好，我没有决策权，别缠我了好吗？”

这番打听后，几位班团干部会面与安非相互通气，安非心里有了底，彻底放弃了省人医的期望。再之后，安非再开班会讲：“总结目前趋势，硬实力的成绩排名，我们班略胜一班，其他班不足一提，但可怕的是我们五个班都有背后门路。”浦野打断安非，直戳其痛处：“除了你院长舅舅的是虚张声势的假关系，只不过他们还不知道。”

“我是想说，如果大家家里有任何一点点的人脉，请不要吝啬使用这些不光彩的手段，毕竟别的班不会仁慈，如果被暗箱操作最后怎么输的都不知道。我们班的成绩是稳赢，可万一算上其他项，集体荣誉、奖项之类，我们很有可能负于一班的……”

班上同学反驳安非说道：“身正不怕影子歪，我们这三年包括临床竞赛的分数是死的，是没法改的，主动找关系反而显得鬼鬼祟祟，心里虚，况且我们班没人有这门路。”

另有人讲：“尤通知之前暗示五个班里四个都填省人民，我怀疑没填的那个是你，可能交志愿时把全班定好的省人民私自改成了慈济。”

“各位，到现在你们都不信我，我知道你们觉得我自私，我只想说，我的命运和大家捆绑着，我没必要做对不起你们的事，我带队拿下临床竞赛，问心无愧了。”安非竭尽心力却被误解，宣布这是最后一次班会，下医院以后大家各自安好。

竞赛后一周，公布名单的现场如盛大的闭幕式。

台下的安非屏息凝神，周围有的是粗细不均、此起彼伏的喘息，病理班和影像班则抱着看戏心态，叽叽喳喳议论可能的结果。尤通知的声音拥有相比以往更重的分量：“大家静下来，我们看下各班级分配医院的结果。”

大投影的幻灯上显示着一张表格，胜负成败一目了然：安非的二班名列第一，一班学神班正如安非猜测，稍落后于安非班，第三的爹地班比第二的学神班差得多，再之后的主席班与夫妻班是难兄难弟，位列第五和第七，即主席班甚至被病理班还压了一头，夫妻班则稳拿倒数第一，分数上低出安非班两位数。

安非班出奇地冷静，这结果是意料之外，也是情理之中，虽说之前对尤通知的套话曾使全年级认定陈博仁会去省人民医院，但上天总是公正的，文昌文曲、神农华佗、希波克拉底、阿斯克勒庇俄斯，一切医神、药神、执掌功名爵禄之主宰，统统站到他们之间了。周遭间或有其他班学生发出的哀叹，但总体大家似乎接受应有的命运，一分耕耘换一分收获。

突然“主席”举手有异议，认为尤通知放错了表格。再一看，这表上只有排名，没有标识各班分配的医院，抬头是三年的学期绩点与最后临床竞赛的总分，即只代表专业成绩高低。尤通知慌乱，再调投影出来张新表，只有班级和医院一一对应：省人民医院花落一班；安非的二班，分配的既不是慈济医院也不是军区总医院，而是掉出第一梯队的市中心医院，那两家仅次于省人民的军区总医院、慈济医院则分别给了主席班和夫妻班，爹地班竟被发配到唯一远在地级市、最冷门的江州市人民医院。

小声的议论和质疑都沉寂了，所有学生都在试图厘清这其中的逻辑。之后有人大喊：“老师你又放错了，这张也不对。”尤通知回头看屏，再次确认讲：“没错，这结果没问题，刚才的第一张是我搞错了，那是上届的分配结果。”安非班、爹地班，甚至利益不相干的病理班和影像班的部分学生，纷纷起立质疑。

“尤老师，这不对，第一张没有写医院，不是分配结果，只是成绩排名。”

“第一张抬头就是写的今年。上届分出了实验班，如果是往届的，班级数目也对不上啊。”

“老师，第一张是真的排名吧，现在这张一点都不对，和预期的根本不一样。您和学工办再确认下吧。”

“是啊尤老师，最起码每班的分数和医院都同时给出来，不管结果好坏，我们心里才有数啊……”

尤通知没料到学生们当场找碴令她难堪，此时恼怒了：“同学们严肃点，这是事关所有班级的分配结果，请认真对待，有什么疑问积极提出，不要你一言我一语地发牢骚。”

其后，以浦野的诘问最为刺耳：“尤老师，您自己先认真起来好吗？表都做错了，分配结果都不符合之前的成绩排名。还是说结果有猫腻，不能一并放出来呢？我们提出来，您倒是积极解答下呀！”

爹地班全体则更激动：“尤老师，我们根本没填江州人民医院的志愿，再差也要分配我们二附院啊！”

尤通知抓住讲台的固定话筒吼：“安静！我接下来还有事情要交代的。这个分配结果仍有一周的公示期，目前不要再提了，有意见在会后向学工处正式提出，不要扰乱秩序。”然而在绝对的切身利益面前，没人会后退一步，“公示”这熟悉的词语，对经历并校风波的学生来说是最大的幌子。话筒音量被各种不同的声音吞没，三年来尤通知从未如此威严扫地，只得黯然退场，会后以她擅长的文字通知告知全年级会议剩余内容。

直到午饭时间，七年制的学生们仍在会场争论不休——按意外泄露的第一张成绩单，爹地班排名第三，对应实力第三的医院，那就该分配军区总医院或者慈济医院，而最后去了地级市的江州人民医院，主席班学生无意间透露，主席家曾暗地找到后台，因此爹地班认为自己的成果是被潜规则强夺了，两班男生差点打起架来。而安非班按第一的排名却分配到第四顺位的市中心医院，背后的手脚不仅是诡异一词可以形容，是史无前例的荒唐。

安非班的人并不充分信任班长安非，不等捋清各方消息，决定派团支书陆英和宣传委员浦野为代表，去尤通知那里问问清楚。

尤通知表现真诚："这样吧，我实话讲，你们不要说出去。第一张确实是今年你们总成绩的排名，但没把那些软实力算入计分。所以你们从第一掉到第四，是因为除成绩外的其他项目占比太大的原因。"

浦野打断尤通知，说话带刺："尤老师怪我们学习用功，不像他们爱玩？既然玩得好就能抵消我们三年辛辛苦苦考的分，那积极搞临床竞赛干什么呢？为什么我们不搞个唱歌比赛？"陆英担心激怒尤通知得不偿失，忙揪住浦野。

尤通知着了急："集体活动和班级荣誉，这怎么能叫玩？你们班到现在都不能认清自己的不足。我们虽然是专业大学，但楚老说了要争创独立医科大学，也要有大学的样子嘛，不能老埋头像高中似的整天学，现在附院老师都说医大生比汉大生老实得多，其实是暗讽你们傻乎乎不机灵。以及更关键的一点——"尤通知示意浦野别插嘴，继续听她讲，"有其他班级提议，你们两支队伍进入决赛，不能按两支队里成绩较高的计分，应当把你和安非两队的得分算平均分以示公平。"

"凭什么？大家都是派出班里的精英组成参赛队来代表整班的实力，我们班同学普遍能力强，组两支队伍也没人有意见啊，最后全靠实力进了决赛，确实是分数高的那支队伍代表我班的水平，这哪里有问题？而且考核竞赛开始前，规则里也没讲明啊，他们分明是见不得别人好，简直不可理喻。"这回轮到陆英，气鼓鼓的五官拧作一团。

尤通知解释道："对，你们讲的也有道理，这个方案我不是很赞同，但他们是直接向管分配的校领导提意见的，学校开会时一考虑，确实只能有一个分数能代表班级的整体实力，多队参赛要算平均分，况且那时分数仍未出，不涉及别的班级恶意报复，所以领导就接受了他们的方案。"

"是哪个班哪个人提的意见？我们去找他对质，我要把这事放全年级评评理。还有，为什么他们可以越过您去提议，而我们根本找不到领导，翻来覆去只有您在与我们交涉？这是什么意思？”

“你不要为难我，不说了，关于计分方案和分数明细，你们找学工办吧，但我估计多半是没用的。”尤通知想把两人从办公室轰出去，浦野不依不饶：“尤老师，您说的这些和这不公平的分配结果没有直接关系，这样的借口我没法和全班同学交代。”尤通知起身开门推两人走，不料办公室门外爹地班的人在等着，这下钻进来继续折腾她了。

当晚，各班私下交好的学生相互交流一番，这令人颠覆认知的分配结果终被解读得水落石出。

对于学神班摘得省人民医院，大家意见并不大，第二的排名合上七七八八的软实力，的确有超越安非班两支队伍的可能；但陈博仁的主任父亲今早来了会场，所受礼遇绝不同于小医生，陈博仁欺骗陆英的低调说辞不攻自破。

主席班夺慈济医院纯属偷梁换柱，毫无正义可言。主席对外声称曾苦苦寻人脉不得，甚至在尤通知的婚宴上不惜装醉以骗安非，实则已做好发配二附院的打算，以此掩人耳目，尘埃落定便不再隐瞒：其父母作为资深药代，通过熟人中转求到慈济医院内部人士帮忙，上下打点和饭局的代价并不小，虽大费周折，然而花销最终由全班垫付。

夫妻班分配军区总医院的手段最为神秘，传言班级“右护法”有托底才敢放肆搞社团活动和班级团建的软实力，再追问则无凭无据，没人胆敢深究，且提议把同班的多支队伍算平均分的自保提议也是“右护法”向校里提出。

爹地班则一直想依靠女班长的福利，众人皆知其父为江州私立医疗集团的董事，与省里卫生系统交好，然而老爹念女心切，动关系的结果恰恰相反——把其女召回江州人民医院的自家地盘，带走一整班有更好选择的优秀学生。由此，唯一志愿不填省人医的人不是安非，恰是五班女班长，瞿麦眼里纯情的乖乖女。

所谓各路神仙势均力敌的局面并未出现，大家只是各取所需，除去以安非的院长舅舅虚张声势的二班回天无力。凌晨一点，卧榻上的安非被班级群聊闹醒，围绕分配大家各执一词。

陆英："学工办去找过了，按校历现在算是放暑假，只留了个值班的小老师在那里，她说她什么都决定不了，查分数也做不了主。"

浦野："尤通知把锅直接丢给学工办本来就不对，就应该由尤通知向上反映我们的意见，这是她的责任，她这是逃避、推诿。"

洛芬："既然我们自己不能解决，为什么不去求助家长呢？我妈说想找辅导员谈谈。"

曲林："没用，之前班里开过会，家长里没有能走关系的。要有，早不就来了。"

洛芬："我说的不是和平方式。以我们的关系网，就是学主席那样全班众筹，也找不到能说得上话的关键人物，钱也花不出去啊。"

瞿麦："对，光脚不怕穿鞋的，咱搞上访，柿子专挑软的捏，腰杆子要挺起来。"

有同学问安非意见，自分配结果出来后，安非没发表任何看法，他直言别为难尤通知："她只是个传话筒。闹，那更是火上浇油雪上加霜，以后跟我们算旧账使绊子，七年才过三年而已，还毕不毕业，还工不工作？"安非还是不允。洛芬不声不响，突然发了张车票照片到群里："管不了，我妈要来，我拦不住。"

群里闹腾起来，洛芬拉拢几个同学要搞家长访校团，后天集合，河南的、四川的、湖北的都要聚到汉京来，其中本省一个同学说能把村上的几十号散兵游勇都喊来。安非更是头痛难入眠——摊上这等烂屁股事，处理得好是作为班长的本分，邀不了功；处理不好，那就走前给自己乃至全班添个污点，到研究生选导师都没得翻身仗打。

安非想提前知会尤通知，打个预防针也好，而同学们料到安非必然会出卖班级通风报信，提前一天召集家长们到汉京，让尤通知躲避不及。

辅导员办公室里，尤通知收拾东西准备离校，年长一点的男老师正羡慕她："往届公布分配，有那种微调的时候闹得是一塌糊涂啊，我根本管不住，每次都得院系领导出马训话，你说又不是我们做主，凭什么当挡箭牌呢？尤老师你这是运气好。"这话没完，以洛芬母亲为首，几个男女家长坐到学工办的扶手椅上，眼盯着尤通知："哪位是尤老师？"

男老师见状不妙，直说自己不是尤通知。尤通知不讲话，也取了挎包准备跑路。一家长发现其喝水的喜庆红杯上正面刻的是“早生贵子”，侧面则单一个“尤”字，便顺手把她拦下：“尤老师您往哪里去呢？”

尤通知忙解释：“我们这边姓尤的老师有好几个，不知您说的哪个？”

“我是二班洛芬同学的妈妈，想和您谈谈分配的事情。”

尤通知战战兢兢地讲：“哦这样，您好，你们坐里边吧，人来人往的也不好。”

陆英妈妈是经营肉摊的小个体户，圆圆的眼珠子镶在红皮脸盘上，敦实的底座死死盖住扶手椅的所有面积：“有什么不好？是怕别人看笑话吧，只许老师家访，不能家长参观学校？”

“就是，什么时候你们领导给答复，我们就什么时候走。”说话这人是瞿麦叔叔。

曲林的父亲看起来斯文些许：“既然这个分配说是按照综合成绩公平公正地计算，那也给个具体数字看看吧，不能你们说什么就是什么吧。”

“分配结果的最终解释权归学工办和培养办，我们辅导员真的不好讲什么，希望你们理解我们工作的苦衷。”

“你的工作是工作，我们的工作就不是工作吗？辛苦抚养孩子二十年，送进大学指望能出人头地，遇上这种事谁能忍，是你孩子你愿意吗？”他人正声讨尤通知，倏地寒光闪过，陆英妈妈从后腰拎把切肉刀出来，剁在尤通知的茶色办公桌上，盆栽花枝乱颤。尤通知连连惊叫，把双手盖住脸，食指中指间露条缝，这一瞬，尤通知见了佛祖、阎王和这位女屠夫，把他们看作了并列，再不敢造次起来。“姓尤的，这刀，剁牛宰羊，拉扯大洛芬，现在出了这渣滓事，你问它答应吗？”尤通知抖得凳腿直点地板。

瞿麦叔叔提高嗓门：“尤老师，断人前途的事，做了必有报应。发到网上，我们也不怕你拿毕业威胁做花样，有句老话，舍得一身剐，敢把皇帝拉下马！”

“那你倒是剐皇帝老儿，刀劈我个宫女没用的。”尤通知的声线颤巍巍。

“那你现在就领我们去找管这事的领导。”曲林爸爸讲道。

陆英的屠夫妈妈拎住尤通知的耳朵一个狠拽，尤通知合掌护住耳朵，顺势向着门口奔去，不料被钢制门槛绊个大跤，直挺挺地趴地不起，按瞿麦的描述，如拳击手被人击中下巴。

保安的电瓶车停到楼下，后座上的李雷飞跳下，赶到办公室大吼道："她怀孕了！你们是野人吗？什么话不能好好说！"家长们一听是孕妇，也不作声，只陆英妈妈幽怨地瞪着李雷扶尤通知，浅浅地骂句："我呸，生孩子也没屁眼。"

当晚，年级群里流传出一张照片，省人民医院出示的病情证明书：妊娠八周，早期流产。学校和尤通知本人并不准备追究责任，也没有报警备案，毕竟扩大影响不是光彩的事，家长们深感逃过一劫，各回各家。

又几天太平日子过去，在分配公示期结束前，那位年长些的男辅导员召集安非班开会："你们都知道，尤老师仍在住院中，我作为你们的临时辅导员跟你们讲下分配的最终决定。你们二班下学期要分配去上海的一家医院。"

全班哗然。

"我们与两家教学医院积极沟通过。一是因为汉大医要扩招，原定你们班分配的汉京市中心医院要归汉大医直属了，与我们终止合作关系；二是原定四班同学分配的军区总医院，因为响应国家政策需要回归军队管辖，以后只接纳军医大的学生，所以造成的结果就是，你们二班和他们四班都需要重新安排。因为二附院之前是没有班级选的，所以四班分去二附院了，你们要去的呢，叫上海人民总医院分院，刚扩建的郊区分院，所以有大量空缺，向我们医大发起合作。你们应该算是第一届到上海去的班，没有先例我也没办法提具体建议，一切要等你们到上海听医院安排，以后你们就归医院管理了。你们若还有想法，提出来我们讨论。"

"那这个医院好吗？"陆英问。

男辅导员皱眉道："同学你这问题很模糊，什么叫好呢，你们一直在意好的医院被别班夺了，可事实上医大官方从没有讲过哪家医院比哪家好，没这个说法。你们看的那些医院排名，医大并不承认，医院自身也不承认，都说了最终解释权在学校，较真儿没有意义。"

讲台下的洛芬追问："同样是重分配，为什么不让四班去上海，让我们到二附院呢？要算平均分的事是他们恶人先告状，现在又要拣我们现成的，抢了军总现在倒又抢二附院，他们班是强盗吗？”

“他们不愿意出汉京。这事协商不了，他们班女支书嘛，有亲属也是咱医大的，不是我们小辅导员能顶撞的。听说她还在实验室耀武扬威，你们班长应该清楚的，为了保全她的小论文，西餐厅那事，对吧，相互体谅。”

瞿麦气愤：“再硬气能有多大本事，不信楚老治不了他们。”

“孩子，不是这么理解的，没谁会为了分班这种小事去得罪同事和上级的。这不是什么博弈，只是人家电话打个招呼的事罢了，你们生活在象牙塔里永远不会理解自己有多渺小的……”

“那照老师您的意思，总结起来我们是运气不好喽：一是两支队伍分数被算了平均，吃了别人没有的亏；二是今年计分方案把其他项‘软实力’占比提升了，成绩降低了，我们又不沾光；三是医院排名，学校不承认医院之间有高下之分，这个我们连不满意医院的理由都被剥夺了；四是合并的影响，中心医院要脱离教学关系。种种反常和巧合，造成我们要去个鸟不拉屎的地方建设新天地对吗？”

男辅导员咂嘴：“怎么能这么讲呢，那可是上海啊！”

“我们到上海要承担比本市更高的交通费伙食费，这些补贴我们吗？导师数量、宿舍条件、教学质量、科研水平，什么都不清楚，万一达不到七年制教学医院的标准，就是让我们去蹚雷。”

“哎呀，你们受的委屈，学校方面会做出补偿的，就不要为难我了，同学们。”男辅导员总结发言只有八字：深表同情，无能为力。

安非班离校前的夜晚，校园里大部分班级已归家，食堂仅剩几家店面未歇业，电视机里回放着国庆六十周年阅兵仪式录像，烟花齐放，音乐喜庆，男女高音欢快。

“真是不搭心情，怕什么播什么。”洛芬问师傅要来遥控器，啪地调台，却是更有悖氛围的奥运会开幕式：“五星红旗迎风飘扬，胜利歌声多么嘹亮”。

“果然是胜利的歌声才响亮，感觉我们说话声音都高不起来了。”瞿麦盯着对面，有气无力地讲道。原来西施牛肉面的店面关张后，此地新开了一家西式简餐，讽刺至极。

“你听那小女孩唱歌唱祖国，真的好小好单纯，不知道他们到我们这年龄会是怎样，会不会被世俗恶习污染。”

“可这就是成长，要像我们这般田地才通晓，就是接受成年后再教育了。”安非坐在拼接起来的长桌一头，回答陆英。

大家围坐一桌，男生们意淫些上海放浪的日子，演唱会、世博会和外滩，欢笑又夹杂着时有时无的哀叹，之后就是默契的沉默，除了碗筷相击再无声响，似乎是集体为折断的前途哀悼，心里各自明白这长久的流放令已经不可更改，最无赦之罪莫过于天真。不一会儿，被驱逐的愤怒和失落的自嘲又被几个女生强忍回转的泪稀释：“随便找个医院把我们扔过去，那就是不管我们的事了，发配外地自生自灭。”

“早知道自愿申请去江州人民医院了，人家把我们当个宝！”

“我恨医大，我恨它，我们压制玩性，苦了三年最后被当猴耍。”

“呵，我们该开心点，应该感谢瞿麦情人的不杀之恩，带着整班回她的江州，不然我们得被贬到二附院养老去。”

众人言语统统是低落不振，乃至怨恨。

“你们这是干吗？又不是服刑。没事的，我们优秀，金子在哪里都发光。”陆英劝慰大伙儿，自个儿却哭呛声了。可谁都明白，在这个年代，在这个特殊的境遇下，优秀，其实是最不必要的。

“如果我不那么自私和悲观，我们就能组一队，浦野和我齐心协力，一定稳操胜券。”安非给自己灌了酒，自责起来，陆英也反思：“我们应该信班长的。如果当初听他的填了慈济，我们顺理成章就能拿下慈济。”

几颗心充着血，搏动过速，颈脉怒张；又几颗缺血的心已然冷掉，循环休克，亟待灌注。

安非灌一口酒便叹一口气，浦野终把浑身的尖刺收回，彻底想通：“都别说了，哪有那么多如果。命运无常，事已至此，一味发狠没意义的。恨医大有何用，医大只是个物象，作孽的是人，是你左右不了的利益关系和人情社会通行的潜规则。别人世代积累的人脉网络，凭什么不如你三年的一时奋斗，这是残忍又正确的事实。

“真正的恶人永远是那些伪善的、沉稳的人，他们往往隐于幕后，只用世俗的规矩和道义操纵平衡，让看似不可思议的结果都有理有据；而那些表面凶神恶煞的如‘右护法’一般的人，都是小头目，显得过于热情，不爱遵循和利用世界运行的规律。你想教训他们，反被打倒在地。我们能做到的，就是在等我们这批人成为世界的掌权者时，不被同化，能使用同样世俗的权力手段抵制不公，践行纯粹的正义……”

安非潜意识被激发出来，一反常态不肯顺应现实：“你点化了，你开悟了，你是哲学家，你是社会学家。我们不是，我们的理想已经被踩碎了，我们不能接受这个事实。以往为了最终的结局能是好的，我能接受不光彩不好看的习惯，甚至自己也去这样做，但我这次就不，我不接受！为了该死的卓越班、为了分配个好医院，我牺牲了多少东西你知道吗？”

与父亲的通话里，安非情绪则更是崩溃。

“爸，我尽力了！”

“安非不怪你，怪我不好，没事先给你舅舅那边交代好，找他省人民的同学帮忙兴许是有用的。”

“不是，不是那个原因，是各种运气不好。而且当时是我胸有成竹讲凭实力不需要的，我后悔了。”

“做个小医生爸妈就已经很满意了，我儿子优秀呢，早点回家，别哭了，让班上同学笑话。”

“没事，他们也在哭呢。我憋了三年，一定要哭完我才舒服……”

男儿有泪不轻弹，安非认为上大学前流的泪都是不值钱的盐水——眼泪越老越值钱，18 岁之前泪腺进化不完全，只是排泄体液，是情绪的污水管道，成年后才有表达真实情感的功能。

那晚安非还不自觉地拨了袁雪菁的号码。许久没有人接听，而突然的接通后他却哑口无言。

“嗯，有事吗？”

“没什么事。”也许当不知道说什么的时候，最好的选择是以“有急事”挂断电话，之后酒精入血，被激怒的神经元产生异常电活动，血流燃起的急火攻心——安非蒙起被子，连睡一日一夜以避世。

细细的、凉凉的、轻轻的风刮过书页，收集的声音细节一一展开：凌晨最后一班或是清晨第一班地铁破着风激荡着轨道，床铺铁架在咯吱摇晃，厕所的漱口吊喉咙，蛋壳敲碎落进鸡蛋饼，冰棒融化前的大口吸吮，晨跑前的运动员进行曲，以及勾肩搭背的男生交流睡不醒的梦话。

傍晚，老街华灯初上，小吃的店家出摊，下班的食客、散课的学生点缀于老街的街景上。

某个犄角旮旯的烧烤摊，四人团和洛芬围着一盘最小寸的蛋糕坐定，安非最后才到，抱怨辩论队的秦巧凤不通情理，一边自觉插上 19 根蜡烛，却被浦野拔掉一根。浦野说，天天有亦师亦友的学姐相伴，安非是身在福中不知福。

“他志不在此，还没上几堂课，你问他整天跑图书馆，到底有啥好复习。”洛芬暗示大家，安非辩解：“我是预习，你们不懂。”

瞿麦被恍然点醒：“怪不得，我今天训练回来路上，看马路中央羞答答的袁小姐和西装领带的学长刚要牵手，安非不知道从哪儿冒出来，就飞快地踩着自行车，车铃铛一溜一溜地响，自行车直冲冲把俩人拨开了，可真坏啊。”

大伙儿笑作一团，羞得安非转移话题，劝起曲林：“你要不从了那妹妹，要是实在不喜欢，就让她别送早餐了，每节课间都来坚决地确认豆浆温度，那偷瞄你的眼神多让人心疼呐。”瞿麦则一遍遍捺平包里道服的褶皱说道：“别啊，免费的大肉包，肥仔不吃我得吃，明天我把豆浆也喝了，她不就消停了。”

瞿麦忽然熄了灯，要洛芬吹蜡烛，引得其他食客谩骂。

洛芬讲：“等会儿，人还没齐。”

“还有谁？”安非问。

洛芬不理，从包里掏出一叠报纸，久盯着浦野，浦野藏着窃喜，洛芬把报纸递给他，指着上面的一篇文章，紧张而得意地询问：“你看看，刘羞羞的小说是不是很有才华？”

浦野不言，洛芬催他：“你说，你快说。”

洛芬忽然拎起安非：“喏，你要的人来了。”安非听得门上的铃铛响，一女生进门来，侧对着他们，挨个座位找他们。安非全身紧绷起来，等那长发的女生回视，却是尤通知的肉盘脸，她突然清起嗓子：“我们上第一堂案例课。”转身在黑板写下四个字：酱料高中。

安非觉得这一切乱了逻辑，又嗅到煎荷包蛋的香味，大喊声：“上课起立。”从家里床上坐起。

安母端着早饭，吓得一抖手：“你喊啥起立，放假了。三年不怎么回家睡，一回来就流哈喇子，我才洗的枕头都泡臭了，还是早点去上海吧。”

大四开学前，大家很早去宿舍收拾东西，只有安非拖到最后一天，逃避即将离开汉京的事实。

安非落下东西，甩下伙伴们回宿舍，站到门口扑面却是浓浓的水蒸气，只见两张脚凳架起小电锅，旁边摆满生菜、牛丸、冻水饺和大瓶可乐，瞿麦打赤膊，椅背上搭着破洞的汗臭背心，见安非两手空空，问他道：“让你买的肥牛卷呢？是不是在图书馆看那女生，饭都不吃了？”

浦野则摆正跷着的二郎腿，合上他的《哲学通史》说：“不思进取，你对不起秦巧凤，更对不起牺牲的爱情。”

曲林被包裹在耳机的二次元世界里，发出与世隔绝的憨笑：“人生如梦，要懂得珍惜，饶过自己吧，心情也很重要。”

洛芬则闯进来想蹭吃蹭喝，拍着他的肩讲：“输了也不要紧，你还有我们呢！”

“请问你也是住这宿舍吗？我刚从汉大搬回来。”安非尴尬地拂去虚幻记忆，见身后一学弟拖着拉杆箱，胸前别着汉大的校徽。

“你也是实验班的吗？你睡哪张床？重新分班我也不认识新宿舍的。”

“不，我不是你的新舍友，不好意思。”

楼下的校车狂按喇叭，安非只得高一脚低一脚地下楼梯，又回想尤通知私下找他，说校领导重新考虑过，确实可能有失公允，在原分配结果不变的前提下，按年级个人排名自愿申请，在省人民医院加补一个实验班，他、浦野和陆英有入围资格。

“真有意思，大一升大二，我们在盼卓越班，大二升大三我们仍在盼，终于不盼了，机会到手，又舍不得离开伙伴们了。”校车上的安非唏嘘不已，对陆英如此说道。洛芬递给安非和曲林各一盒唱片，是袁雪菁的专辑，主打歌叫《Cancer 不怕 cancer》，作词作曲则是苏桂枝。安非问什么意思，洛芬说：“上学期最后那晚，你自己喝醉，打给袁雪菁胡言乱语的。”

“我说什么了？”

“你问大家，饭桌上可都听见了。”所有人只是笑。只有浦野注视着窗外，讲些莫名其妙的话：“很好玩，相同的事年年发生着，每代人都认为自己是最特别的。对于客观世界，时时刻刻都是进行时。”

第三十三章 魔都同行

“尤老师？”

“咦，安非？”SUV后座，一三十多岁的辣妈正开门下车，怀抱两三岁的小男孩，安非惊异于尤通知生二胎后的苗条。前排驾驶座也走下一肥硕的中年男子。

“尤老师，这二胎的男孩是再婚的？”

“啥呀，再什么婚，尽瞎说，这是你李雷老师，不怪你认不出，你看他这油腻的啤酒肚像怀了第三胎。走，先去你们医院食堂吃起来再说，正要找你呢。”尤通知让安非带路。

“是送学生过来吗？刚看到医大的大巴停靠在临床教学楼。”

“对，还有别的事。呵，这食堂一年比一年气派，连牛排、火锅都有，你留这儿上班不亏啊。”尤通知在食堂东瞧西晃说道。

“嗐，2010年刚来人总时只有快餐，食堂都只砌了一半，青菜是闷熟的，狮子头一半是淀粉，打饭得排到外边桥上。”

“还没医大好对吧，什么时候回医大瞧瞧。”三位成年人携一小孩藏进雅座里，在那讲话私密得多。

“医大变样了吧？”安非问道。

"她主要想让你参观她的新办公室，"李雷终于开口了，"你尤老师现在是学工处处长了。"

尤通知有点得意："对，有自己的办公室了。今年分配医院就变成我负责了。"

安非插一嘴："要公平公正！"

尤通知便心领神会："当然，必须的，绝不允许营私舞弊，天王老子也不能来托关系！"

"唉，又不是为了炫耀，提到这个，我主要是想把信带给你。"尤通知说着从挎包里取了个信封递给安非。信封里仍是信封，只不过壳软纸黄，有些历史了，"你的时光信，我外面又套个新信封保护好，怕给你弄皱。办公室搬东西时，我收拾最下边的杂物抽屉，就把这个翻出来了。"

安非仔细端详，问："时光信不是本科毕业就发还本人吗？我当时没拿到，都忘了这事了。这信封怎么开了口，中间还有洞？"

"那不是洞，你记得那年放假前家长们堵我，最后你们班陆英的妈妈把杀猪刀剁在我桌上吗？当时我在收拾所有的信，你的就摆在上面，后来我去医院，可能搞清洁的阿姨收到下面去的。"

"替陆英给您道歉了，那事……"

"根本没流产啦，到妇产科随便找张病历拍的，把个人信息隐去了。不然家长们赖着找领导，不知道最后怎么收场呢！"尤通知笑笑。

安非开玩笑似的："尤老师真的坏啊，又骗到我们。那尤老师看我信没？既然口子开了。"

尤通知坏笑："实话讲，看了，感觉你思想挺早熟的，志向也远大，你应该能做个很不错的医生。"

"不提了，后悔了，果真是时光信，人会变的，现在有点想去医药公司。今年博士毕业，接下去该规培，又是两年，谈得好好的女朋友，都等不下去了。早知道硕士毕业就该直接工作，那年政策刚出来还没强制要求，现在呢，等我规培出来坑都满了，想留院都留不下。"安非扒几口沮丧的冷饭讲道。

尤通知也理解："确实，你们七年制多半回省里上班了，很少继续念博的，我就记得你们班的五人组，一个寝室四个人再加洛芬，就你们几个还在上海，在上海过得都还好吗？”

“还行吧，都凑合。瞿麦在跨国药企刚升了职，到处飞项目跟会；曲林留在我们院的妇产科，还在轮值住院总；洛芬干的麻醉，闲空时老想怪点子开餐饮店，还是想暴富；陆英做了儿科，以后想有机会跳槽和睦家；只有浦野和我两人正经读博的，浦野还想继续念博后。我们每两周都聚的，雷打不动，今晚也约了火锅，尤老师去吗？”安非把众人境况娓娓道来，李雷一直不讲话，情绪有些低落，突然问句：“你听说韩院长去世了吗？”

安非茫然，费了番劲才想起，关于他的记忆都是断断续续的。

“你们医院胃肠外科的黄大富主任也是韩院长的学生，虽然跟我不同届。这次韩院去世，学生们都到汉京碰头了，我也见到他，他连夜开车来汉京的，医大办的追思会，他应该还会来，到时候你可以跟他一起。”

安非回想起开阑尾切除考核那日，黄大富确是匆忙下台换上了自己的老板。

尤通知提示：“你李老师是老院长的学生啊。”

“可上学时从来没听他提过。”安非说。

尤通知便吐槽李雷：“那是不好意思，老院长培养了这么多优秀外科医生，别人都做主任，你李雷老师才在学系做副教授，还没我升得快，真的是清贫地搞学问，课上得好有啥用，不如多发文章升职称。”

“微免学系的肖老师呢？”安非再问一久违的名字，毕竟肖老师和李雷年纪相仿。李雷表示不认识，而尤通知是医大新闻万事通：“他后来自己开生物公司，真的是老总了，沙老师本来准备给他提教授正职，气得要死不活的，现在不也妥协了，实验室的试剂耗材都是买他们家的。不过沙老师真的是科学家，前些年还想申院士，年年受挫，今年再试最后一次，但他每周坚持来医大，比别人家的小讲师都勤快，就是为人太板正，给本科生上课没人听还备那么认真，培养出的博士个个倒是学术水平都很高。我还跟李雷讲，实在不想搞文章就趁沙老师还在位子上，去抱大腿合作弄一篇……”

尤通知过午便离开了，安非则想平稳度过最后两个月的博士生涯。回住院部的路上，安非手机振响，微信推送的医大讣告：沉痛哀悼，外科泰斗、人民的好医生，一附院老院长昨日于临终病房与世长辞，遗体将捐母校。

安非一想到老人家十年前在老校区为签字捐老伴遗体与儿子争吵，开学典礼训斥学生做药代，历历在目，从心头直酸到眼睛里。

“读医十年，来上海七年，最终还是要做当初自己最看不起的逃兵吗？”安非自问。

“同学们，医生是干什么的？”

“治病救人，他们是白衣天使。”安非乍一抬头，有位年轻女老师正领一队小学生参观院史走廊。去博物馆、动物园常见，第一次见到参观医院的，安非凑过去时老师在问：“今天去看了这么多地方，同学们将来想做什么呢？”

有人说想做科学家，有人说想做飞行员、警察、消防员。果然是没人要学医了，安非心想，上海土著小朋友还是机灵。

“你们呢？”老师问另一批孩子，听得一细嫩的声音：“我想做他那样的人。”

安非欲揿电梯，回望小朋友正是指着自己，周围几个也回答：“我们也要做叔叔那样的白衣天使！”

安非抿了抿嘴，躲进升驰的电梯里又笑又哭。“叔叔”的称谓虽刺耳，但纯洁的初心令人动容。

初恋は
ふりこ細工の心
放課後の校庭を
走る君がいた
遠くで僕はいつでも
君を探してた
浅い夢だから
胸をはなれない
……

那位身着日系校服的女青年演唱完毕，一首日语原版的《初恋》令安非魂牵梦萦。城市的节奏让人要得干眼症，雨珠于眼中回转，似乎是舒缓了一切。

浦野坏起洛芬来："你知道刘羞羞的爱情小说又出版了吗？也是写的初恋，我逛书店瞧见了，腰封上那骚话连篇的，纯爱治愈系青年作家，他的致谢提到你没？真不知道他写第几本初恋是指的你。"

洛芬笑："你还好意思，你书呢，你不要写书的吗？"

"改论文，没空。"浦野耸耸肩。

"省人民医院泌尿科青年专家陈博仁坐客江东省健康频道，医疗世家与大家共话前列腺问题与性功能障碍，今晚八点，让男人自信，女人幸福"，陆英排斥公共电子屏上辣眼的广告，说："羡慕你们，初恋，我都不知道那算不算，他选的专业倒是对应他的花名呢。"

搭着曲林的肩，瞿麦问："你呢，今年去看她了吗？"

"你指伦理馆还是陵园？她爸妈只去陵园，不敢去伦理馆，我两边都去，每年都是逛完伦理馆，顺道从汉大花丛扎一把勿忘我带到陵园去。最近 PD-1 在国内上市，每次有门诊病人咨询我免疫治疗，心里都特别不是滋味……"曲林回忆纷纷。

瞿麦不敢多问，曲林每年总把苏桂枝的故事讲一遍。他又拿皮鞋尖点点安非的屁股："别想初恋了，过去的事都过去了，我可有三个初恋，你看我吹嘘过吗？还是要昂首挺胸，高歌前进，下一个我给你物色，我们公司市场部新来了个贼嫩的小姑娘。"见安非瞪自己，瞿麦忙摇手，"放心，不是做药代的，学临床的学妹，这算同行吧。"

"咦，瞿麦你要抢我功？我都说了我这儿有推荐的 A 货。"洛芬转头对安非说道，"别听他的，你得相信我的品味，瞿麦就会看皮囊。"

浦野不同意洛芬："瞿哥没那么肤浅，他还会眼测三围呢，这都是我们四人团上大学练出来的。"

安非沉默良久忽然发声："都别啰唆，我想起来了！"

"想起来什么了？"众人不解。

“我做阑尾手术的那个五十来岁的妇女，那是袁雪菁的妈妈呀！”

安非下定决心给第一任“丈母娘”致歉。即便大学时代不欢而散，想必袁雪菁还是会念及旧情，打消诉讼想法放安非一条生路。

趁着袁母出院前，那日查房后，安非酝酿好情绪踏进袁母病房，在床边摘下口罩：“伯母，您还认识我吗？”

不料袁母眉头紧锁，掏出一支录音笔悄悄放到床旁柜上：“你就是给我开刀的那个学生吧，你别想推卸责任的，现在道歉晚了，我告诉你，你们医院问题很大的，尤其是你和那姓黄的主任。我女儿是律师，你们等着吃官司吧。”

“我是安非啊，伯母，您还记得吗？我是洛芬的大学班长，袁雪菁的前……前朋友，大学那会儿我还去过您家里呢，您不记得了？”

袁母愣了，回想片刻，怀疑地摇头否认：“我不认识你，再说是洛芬的同学又怎么样？你套近乎不管用，我倒要问问洛芬交的什么没水平、没责任心的朋友呢。”

这并非预想的反应，安非手心积汗，插进白大衣兜揉捏着换药的纱布胶带，只得尴尬以对：“伯母，我没别的意思，就都是熟人嘛，想多关照一些，明天就要出院了，我给您换药吧，我这就去取换药包来。”

“你先别走，你叫什么名字？我喊我女儿过来对证。”袁母起身欲拨手机，安非出病房跑得更快了。

洛芬安排的相亲，几日后约定的日期到来。安非、洛芬两人提前到达酒吧埋伏，选了距离驻唱舞台最近的雅座先点壶茶聊着，晚八点夜场才开始。

“可她怎么就成律师了呢，你也不跟我讲。”

“你俩这都多少年前的旧事，我没事提她干吗？她唱歌不温不火你知道，毕了业她爸妈安排她到一家国企上班，她自己不满意，考研之后又过了法考，就转战做律师了……”

“你联系联系她吧，真的，别把我前途都断送了啊，这么多年你一直同她关系不错我知道的。”

“不行不行，你那一套认亲搞得她妈妈对我都意见很大。你不是不想做医生吗？这不是正好断了你的念头，免得你成天纠结。”

“别开玩笑了，你向她求求情吧，官司赢不赢对我在院里的名声都是污点。”

“这事一会儿再说，你今天表现好些，要能把我这同行的小姐妹认领了，我就考虑觍着脸再帮你争取宽大处理。”

安非的境遇，洛芬也挺遗憾。而洛芬操心安非的感情，毋宁说是夹带私货拉郎配，想撮合他和圈内的小姐妹。

“真是搞不懂你为什么把相亲安排在酒吧，还要我上台唱歌。”

“这不是第一次见面，为给人家留个多才多艺的好印象嘛，你放心，你站台上能看清第一排的，要是不满意，我就告诉她相亲对象今天爽约了。”洛芬解释。

安非问起她的职业：“她是干吗的，这就要见面了，总得告诉我吧？”

“医疗律师，没想到吧。”洛芬这才肯透露，隐约坏笑着。

“你不是说要给我找同行吗？咱医生最忌讳这种打医疗官司的了，你这是咒我。”安非即刻变脸，起身要离开。

“跟医院打交道也算医疗相关行业吧，别那么挑剔，真是为你操碎心了。”洛芬拉住安非，“走了你后悔，这个真是沉鱼落雁闭月羞花国色天香倾国倾城……我跟你讲，她原来是打离婚官司，你知道她为什么转去做医事律师吗？因为曾经有几对找她咨询离婚的夫妻，那些起二心的丈夫们见到她都会坚定离婚的信念，魂都被她勾走了。你见了她就知道，比酒都醉人，五分的清纯，兑进三分孤傲，再掺进两滴魅惑……”

安非被洛芬说动，咽了咽口水：“那行，一会儿见到人要是不满意，我就直接溜了，你随便找借口应付下，昨天值夜班还没补觉呢。”

酒吧人气寥落，洛芬特地挑这工作日，并和这家熟人店的DJ预先打了招呼。洛芬远瞧见，等的那位女士从前门一路匆匆，低头到舞台最前的座上，洛芬留了位，两人热切攀谈。

相亲女好奇地问：“你说是同行，是怎样的同行，是我大学专业的同行，银行、证券之类，还是搞法律的像公检法、法务？”

“同得比较远，你见了真人就知道了。”洛芬搓搓手期待着。

到时间，四人团竟悉数登台——瞿麦敲鼓，浦野拨吉他，曲林弹奏电子琴，唯独安非还在后台换装试音。伴奏相当出色，台下期待开嗓，熟悉的《初恋》旋律刚漫过舞台，把持话筒架的主唱安非第一句蹩脚的粤语出口，相亲女疑惑着前奏似曾相识，洛芬赶紧朝台上喊：“有个女学生，斯斯文文，要给你献花。”

安非倍感尴尬，这流程与洛芬约定好的不同，他便不敢再唱，背景音乐随之停止。

“咳，是袁小姐？”

“你是……安非？”相距甚近的安非、袁雪菁两人相识不相认。

袁雪菁反应过来责怪道：“天呐洛芬，你怎么……”

安非也惊怪道：“原来你们一早就串通好了。”

洛芬向 DJ 打个响指喊：“music，《初恋》继续。”

安非与袁雪菁结成默契，齐齐叫：“音乐关掉！”

“所以故事讲完了？”老唐问，我再与他碰杯。

老唐说：“袁雪菁还迷人吗？”

我说：“当然，此外，秦巧凤的故事要听吗？单独给你讲。”

“够了够了，你今天怎么回事，那么感怀？没想到我离开医大后面有这么多曲折，这故事值得码篇小说。”老唐也深怀感慨。

“开玩笑呢，浦野快写了，等着出版呢！”

老唐听了竖起大拇指，又发觉不对劲：“我是问你现在学医到底好不好，是不是抄底的机会，你净讲许多有的没的，离题万里了。”

“前三年就这些，后面的留着下次，这不得多蹭你几顿饭嘛。”我说。我又问老唐：“你侄子怎么说，我刚才说的你跟他讲明白了？”

老唐说：“给他大概讲了我的意思，他更坚定了学医的信念。”老唐为他骄傲，我也欣慰：“随口一问，协北复交，齐鲁华西，湘雅同济，浙大中山，四大军校，独立医科大学还有八大金刚，你侄子想报哪个？”

老唐肯讲实话了：“上个卫校就不错啦，运气好能有个正经二本上，他二伯开药店有个中医堂缺人，就怕读得太苦。”

“他还有其他想学的专业吗？”我问。

老唐说：“哲学。”

“哲学？那还是上哲学系吧，读了更聪明，别像我，学傻了，吃个便饭还犯职业病，呵呵。”

Call 机一响，我一跃而起，披起白大褂，拂袖而去。

FONGHONG
凤凰联动出品